DROEMER

DEBORAH O'DONOGHUE

DAS STRAND HAUS

THRILLER

Aus dem Englischen
von Ulrike Clewing

Die englische Originalausgabe erschien 2019 bei Legend Press, London.

Besuchen Sie uns im Internet:
www.droemer.de

Aus Verantwortung für die Umwelt hat sich die Verlagsgruppe Droemer Knaur zu einer nachhaltigen Buchproduktion verpflichtet. Der bewusste Umgang mit unseren Ressourcen, der Schutz unseres Klimas und der Natur gehören zu unseren obersten Unternehmenszielen. Gemeinsam mit unseren Partnern und Lieferanten setzen wir uns für eine klimaneutrale Buchproduktion ein, die den Erwerb von Klimazertifikaten zur Kompensation des CO_2-Ausstoßes einschließt. Weitere Informationen finden Sie unter: www.klimaneutralerverlag.de

Deutsche Erstausgabe März 2022
Droemer HC
© 2019 Deborah O'Donoghue
© 2022 der deutschsprachigen Ausgabe Droemer Verlag
Ein Imprint der Verlagsgruppe
Droemer Knaur GmbH & Co. KG, München
Alle Rechte vorbehalten. Das Werk darf – auch teilweise – nur mit Genehmigung des Verlags wiedergegeben werden.
Redaktion: Peter Hammans
Covergestaltung: ZERO Werbeagentur, München
Coverabbildung: locrifa / shutterstock.com
Satz: Adobe InDesign im Verlag
Druck und Bindung: CPI books GmbH, Leck
ISBN 978-3-426-28243-4

2 4 5 3

1

Sie weiß, dass es ihr letzter Blick auf das Watt vor Culbin ist, während sie über den Strand läuft. Den Blick zurück zum Haus mit der Rauchfahne, die sich wie auf einer Kinderzeichnung in den Himmel schlängelt, erträgt sie nicht. Stattdessen wendet sie sich dem Meer zu, dem Strandabschnitt in der Bucht von Moray, an dem sie früher stets Trost fand.

Sie zaudert dort, wo der Sand sich dunkler färbt, doch das Wasser steigt weiter an, umspült sie und schließt sich hinter ihr, als giere es danach, den Saum aus Treibholz und Muscheln zu erreichen, der sich am Waldrand abgesetzt hat. Ein paar Meter weiter schlagen die Wellen schmatzend auf der höchsten Stelle der Sandbank auf. Feinste Tröpfchen stieben in die salzige Luft, verharren einen Augenblick, bevor sie auf dem geriffelten Schlick unter ihren Füßen niedergehen.

Sie spürt die Kälte des Wassers an ihren Zehen nicht. Ihr Blick geht auf die Bucht hinaus: auf die silbrig blaue, sich vor dem weiß-grauen Himmel im stetigen Rhythmus hebende und senkende Flut. Das Flusspferd kann sie nur schwach erkennen, den Felsen, etwa vierhundert Meter weit draußen im Meer, zu dem sie immer hinschwimmen wollte, als sie noch ein kleines Mädchen war.

Er beobachtet sie vom Waldrand aus. Erneut vernimmt sie seine Stimme, die ihren Namen ruft. Sie geht los.

2

Eines Nachmittags im Sommer wird ihre Leiche am Strand gefunden.

Die Luft vor dem Wald schwirrt vor Mücken. Die Familie lässt die Frisbeescheibe in der leichten Brise lieber nahe dem Wasser zwischen Vater, Mutter und Sohn hin und her sausen. Ganz knapp huscht sie über den Kopf des elfjährigen Jacob hinweg. Er läuft mit seinen sonnengebräunten flinken Beinen über den fahlen, geriffelten Sand zurück, den Blick starr auf die rote Scheibe fixiert, die träge über ihm rotiert.

Fast fällt er über sie.

Später stellt der Pathologe Verletzungen oben auf dem Kopf und am Hinterkopf fest. Jacob kann sie glücklicherweise nicht sehen. Er starrt sie nur an.

Sie hat kurzes, dunkelblondes Haar, ist zierlich und trägt ein hellgrünes Bikinioberteil, orangefarbene Baumwollshorts, aber keine Schuhe. Ihr Bikini ist verrutscht, sodass Jacobs Vater sie mit einem verblichenen gestreiften Strandtuch bedeckt. Bis auf die seiner Mutter hat Jacob noch nie Brüste gesehen.

Nur die Zehen des Mädchens, die Knöchel und die Handgelenke weisen Verletzungen auf – so massiv, dass wächserne Knochen durch die schwarz verfärbten Wunden nach außen dringen, als wollte eine Pflanze Wurzeln schlagen.

3

Es ist kurz vor zehn, als Dominic das Büro verlässt. Die Titelseiten sind im Kasten. Nach einem fulminanten Abendrot hat die Dämmerung in London eingesetzt. Die Luft ist feucht. Jogger ziehen ihre Runden, Pärchen schlendern umher, und der Duft von Streetfood schwebt über der South Bank. Die Lampen, wie Perlen in Bögen an den Brücken aufgereiht, spiegeln sich schwach auf der Wasseroberfläche. Dominic lässt sich auf einer Bank nieder, um die SIM-Karten in seinem Handy auszutauschen, und wählt die Nummer seines Vaters.

»Palmer.«

»Dad« – er überlegt, sein Vater hasst derlei Kinderkram, wenn es ums Geschäftliche geht – »Bernhard hier. Wir kommen mit der Story morgen als Erste raus.«

»Wunderbar. Keine Vorankündigung?«

»Die wird ihr blaues Wunder erleben.«

»Und wasserdicht ist sie auch? Und abgesegnet?«

»Sie haben alles überprüft. Kannst dich auf mich verlassen. Alles sauber. Das Interesse der Öffentlichkeit ist garantiert.«

Am anderen Ende der Leitung ist es still. Das heißt, nicht richtig still. Ein gedehntes, zufriedenes Einatmen lässt sich vernehmen. Dominic kennt seinen Vater und sieht ihn förmlich an seiner Spätabendzigarre ziehen. Dominic kramt in der Jackentasche und zündet sich auch selbst eine Zigarette an. Eigentlich sollte er aufhören.

»Über welche Kanäle?«

»Erst mal nur unsere. Die bringen es alle. Das ist der Aufmacher, der Knüller für den *Examiner*.«

Lachen. »Gute Arbeit, wenn du mir die Bemerkung gestattest.«

»Und Brockwell wollen wir wirklich nicht groß herausbringen? Im *Courier*?«

»Oh ja, ganz sicher. An irgendwelchen Scharmützeln zwischen dir und Brockwell mit seinem linken Schundblatt besteht kein Bedarf. Konzentrier dich auf Goldman. Sie muss noch viel lernen.«

»Sehr gut.«

Erneut gedehntes Atmen. »Und den Zeitpunkt hast du dir auch genau überlegt?«

»Hältst du es für zu früh?« Dominic war sich nicht sicher. »Drei Monate?«

»Nein. Es reicht weit über die Wahl hinaus. Und bietet genügend Zündstoff. Diese alten Fotos von Lyall. Mach damit weiter.«

Sie legen auf. Die Lichter auf der Wasseroberfläche flirren, als schwitzten sie ihre Wärme in die feuchtkühle Nacht hinaus. Dominic steht auf, öffnet den Kragen seines Hemdes und legt sich den Mantel über den Arm, bevor er sich wieder auf den Weg ins Büro macht.

Exklusiv im *Examiner*: Prominente Feministin in Sex-Skandal verwickelt

9. Juni 2018

- Fiona Goldman, Parteivorsitzende der Progressive Alliance, hat Affäre mit Zeitungsverleger.
- Kompromittierende Fotos liefern Beweis für heimliche Liebschaft.

Die in der heutigen Ausgabe des *Examiner* veröffentlichten Fotos liefern den Beweis für die Affäre zwischen Fiona Goldman, radikale feministische Vorsitzende der Progressive Alliance, und James Brockwell. Brockwell ist verheiratet und Chefredakteur des *City Courier*.
Brockwells Ehefrau ist die Fernsehproduzentin Amy Brockwell. Das Paar hat zwei Kinder im Teenageralter. Unsere Fotos (rechts und Mitte) zeigen Brockwell beim frühmorgendlichen Verlassen von Goldmans Apartment in Islington. Eines davon zeigt das Paar in inniger Umarmung in einer Straße unweit des Hauses, in dem Brockwell mit seiner Familie lebt.
Der *City Courier* unter seinem Herausgeber Brockwell tritt offen für die Progressive Alliance (PA) und ihre kämpferischen Forderungen nach Investitionen in die Infrastruktur und sozialen Reformen ein. Das wirft zwei entscheidende Fragen auf: Was hat das Blatt dazu bewogen, die PA zu unterstützen, und wie gelangte Goldman an die Spitze der Partei?

Nicht zuletzt im Hinblick auf die in nur wenigen Monaten anstehenden Wahlen müssen sich Mitglieder der PA die Frage gefallen lassen, ob eine Ehebrecherin, die sich Gefälligkeiten der Medien mit Sex erkauft, das geeignete Aushängeschild für eine Partei ist, die für Elternrechte am Arbeitsplatz und eine allumfassende psychiatrische Versorgung eintritt.
Mit ihrer kürzlich abgegebenen Erklärung zur Flüchtlingskrise und der Kritik am Waffenhandel Großbritanniens mit Saudi-Arabien hat Goldman bereits an Glaubwürdigkeit verloren. Goldman ist Vorsitzende des parteiübergreifenden Ausschusses für Ethik in der Finanzwirtschaft. Die Geschäftsführer von über zwanzig Unternehmen unterzeichneten im Mai einen offenen Brief, in dem sie den Rücktritt der ehemaligen Schauspielerin forderten und Goldman »als Risiko für das internationale Ansehen des Vereinigten Königreichs als Handelspartner« bezeichneten.
Weder Goldman noch Brockwell waren bereit, sich zu äußern. Amy Brockwell ist zu Hause nicht anzutreffen. Ein Lehrer, der namentlich nicht genannt werden möchte, teilte uns mit, dass die Kinder heute nicht in der Schule erschienen seien.

4

INVERNESS. DREI MONATE SPÄTER

Der Tag der Wahl. Juliet kann für Fiona oder die Partei nichts mehr tun. Und heute wird Beth beerdigt.

Sie wird früh wach, wieder einmal jäh aus einem Traum gerissen, in dem es um Wasser geht. Declan liegt leise schnarchend neben ihr. Sie fühlt sich immer noch matt von der Reise. Die Hektik, mit der sie gestern direkt von der Arbeit zum Flieger von London in den Norden hasten musste, und der anstrengende Besuch bei ihrer Schwester Erica sind nicht spurlos an ihr vorübergegangen. Juliet ist müde, auch wenn sie weiß, dass an Schlaf jetzt nicht mehr zu denken ist. Sie liegt still da, den Blick zur Decke gerichtet, so wie sie es fast jeden Morgen tut, seit sie vom Tod ihrer Nichte erfahren hat.

Nüchterne Strahler in der Decke des Hotelzimmers glotzen leer auf sie herab. Die Laken fühlen sich rau und schwer an, fast als trachteten sie danach, sie zu erdrücken. Das Hotel am Ness, das ihre Assistentin für sie gebucht hat, ist eine gute Wahl. Es liegt zentral, und es ist ruhiger als bei Erica in der Stadt oder in dem Strandhaus ein paar Meilen entfernt draußen an der Küste, das Juliet gehört. Doch daran denkt sie nicht. Sie sieht Beth vor sich, als Baby, das ihr die Arme aus der Wiege entgegenstreckt, und heute der Erde übergeben werden muss. Das Geräusch eines Lasters dringt von der Straße, fünf Stockwerke weiter unten, zu ihr herauf.

Declan dreht sich um und sieht sie einen Moment lang an. Er rutscht an sie heran, und sie wendet sich ihm zu, drückt sich an ihn, legt die Hände auf sein drahtiges Brusthaar und fährt ihm, auf der Suche nach seinem Herzschlag, tastend mit den Fingerspitzen über die Haut. Sie schlafen zärtlich miteinander, Declan küsst ihr Gesicht, die Augenlider. Ein kurzer Augenblick, den sie festhält, länger als sonst. Dann schwingt er die Beine aus dem Bett, tappt zu den Vorhängen und lässt das Sonnenlicht herein. Sie blinzelt und kneift die müden blauen Augen zu, als sich die Pupillen erschreckt zusammenziehen.

Er geht mit dem Wasserkocher ins Bad, und sie hört, wie er das Wasser einen Augenblick laufen lässt. »Soll ich die Nachrichten einschalten?«

Murrend reibt sie sich das Gesicht. »Ja, kannst du machen.«

Er schaltet den Fernseher an, den Ton aber stumm. Archivaufnahmen von Wählern, die Schulen und Kirchen betreten und wieder herauskommen. Regale voller Stimmzettel. Der Bericht eines Reporters, der sich vor dem Parlament postiert hat. Worüber eigentlich? Für Umfrageergebnisse oder gar Analysen ist es noch zu früh. Der nächste Bericht: eine griechische Insel; Leichensäcke; ein Berg aufeinandergetürmter Rettungswesten; der Schuh eines Kleinkindes. Juliet greift zur Fernbedienung und schaltet den verdammten Kasten ab. Sie kann diese Bilder nicht ertragen. Nicht heute.

In dem Moment fragt sie sich, ob wohl die Presse auf der Trauerfeier erscheinen wird. Ein paar Blättern war nicht entgangen, dass die Beisetzung auf den Wahltag fallen würde, und sie hatten diese Tatsache als gutes Omen für die Wahl gewertet. Natürlich ist das Unsinn. Juliets Einfluss auf die polizeilichen Ermittlungen oder die Beisetzung ist genauso begrenzt wie der auf den Wahltermin. Ehrlicherweise muss sie sogar gestehen, dass sie sich wünscht, mehr Zeitungen hätten es aus dieser irrwitzigen Perspektive gesehen. Jedenfalls würde das den Dampf aus dem Kessel um Fiona Goldmans Sex-Affäre nehmen.

Als Generalsekretärin der PA hat Juliet seit Wochen alle

Hände voll damit zu tun, sich gegen die reißerischen Schlagzeilen über Fiona und James Brockwell zur Wehr zu setzen und zugleich allein mit ihrer Trauer und damit fertigzuwerden, dass sie einfach nicht glauben kann, dass ihre Nichte gestorben ist. Das Porträt, das die Polizei von Beth gezeichnet hat, in dem sie als krank und depressiv beschrieben wird, entspricht ganz und gar nicht dem, was Juliet zu wissen glaubte, und das lässt sie nicht los. Dennoch muss sie die letzten Monate voller Zweifel und Selbstvorwürfe heute beiseiteschieben.

An jenem Abend im Juni war es schon sehr spät, und Juliet arbeitete noch allein im Portcullis House, als sie die Nachricht von Beths Tod erreichte. Sie befand sich mitten im Krisenmanagement, brütete über der Verleumdungsgeschichte gegen Fiona, nahm sich jede einzelne Rede und Stellungnahme noch einmal vor, gab Tipps sowohl zum Inhalt als auch zur Formulierung und zu rechtlichen Fragen. Vorbereitet sein. Das ist der Schlüssel. Aber auf das, was sie dann erfahren musste, konnte sie nicht vorbereitet sein.

»Juliet? Hier ist Cathy. Cathy Henderson.«

»Hallo, Cathy. Wie geht es Ihnen?« Kein Grund, sich Sorgen zu machen. Noch nicht. Juliet hatte in all den Jahren schon viele Anrufe von Cathy bekommen, der Psychiaterin ihrer Schwester. Sie erinnert sich, sich sogar gefreut zu haben, wieder von ihr zu hören. »Wie geht es Erica?«

Währenddessen hatte sie weiter ihre Anmerkungen an den Rand des Papiers geschrieben, das vor ihr lag. Im Nachhinein kann sie kaum glauben, wie ahnungslos sie damals gewesen ist.

»Danke, mir geht es gut. Aber eigentlich rufe ich nicht wegen Erica an. Es geht um Beth.«

Erst jetzt, als ihr Stift gerade zum Querstrich eines T ansetzte, stockte Juliet.

Cathy fuhr in ihrem leicht kehligen Highland-Akzent fort. »Ich habe eine schlechte Nachricht. Beth ist verschwunden. Sie hatte einen Nervenzusammenbruch. Wie es aussieht, hat sie ihre Entwürfe zerstört und ihre Arbeiten an der Universität fast vollständig in Brand gesetzt. Seit heute früh ist sie verschwunden.«

Juliet erinnert sich an das Rauschen in ihren Ohren: an das Demoband, das ihre Nichte ihr unaufgefordert zugeschickt hatte. Ein kleines Mädchen im Wald, das sich vor Kichern kaum halten kann, weil Tante Jet darauf bestand, sich Bärte aus Moos vor den Mund zu halten und mit Moos-Stimmen zu sprechen, strahlende Mandelaugen und das Zahnlückengrinsen, die als Einziges durch das Grünzeug zu sehen waren. Eine gertenschlanke Halbwüchsige am Strand mit karamellfarbenem Haar und langem Sommerrock, die mit ihrem Großvater tanzt. Die Studentin bei ihrem London-Besuch, die auf einem hohen weißen Barhocker sitzt und überschwänglich von Stoffentwürfen schwärmt, am Strohhalm in ihrem Cocktail nippt, mit hohen Wangenknochen und lebhaften Augenbrauen.

Cathy sprach immer noch. »Den Anruf von der Polizei bekam ich leider erst, nachdem sie schon bei Erica gewesen waren, um sie zu informieren.«

O mein Gott, Erica. Der Gedanke an ihre Zwillingsschwester, die zu begreifen sucht, was ihr ein Trupp Uniformierter gerade übermittelt, ließ Juliet zusammenzucken. »Sie sind bei ihr geblieben, bis ich da war. Sie ist jetzt in der Klinik. Sie ist schließlich doch freiwillig mitgekommen und hat Sie als ihre nächste Verwandte angegeben. Wir mussten sie ruhigstellen.«

Das Bild eines kleinen Mädchens schoss ihr blitzartig durch den Kopf, das in einer stillen Stunde daumenlutschend auf dem Schoß seiner Mutter sitzt.

»Juliet?«

»Ja, ich bin …« Sie kniff sich mit Daumen und Zeigefinger in die Falte, die sie zwischen ihren Augenbrauen spürte. Sie wollte sich nach Erica erkundigen, als ihr einfiel, dass ihre

Schwester gut aufgehoben war. »Seit wann ist Beth verschwunden? Wo hat man sie das letzte Mal gesehen?«

»Ihr Freund hat sie am späten Vormittag vermisst gemeldet. Sie wurde vor zwei Tagen das letzte Mal gesehen.«

Freund?

»Sie würden bestimmt gern nach Schottland kommen, aber das ist vermutlich erst sinnvoll, wenn wir mehr wissen und Erica stabiler ist. Sie ist vollkommen außer sich. Sie macht Ihnen Vorwürfe und Alex ... allen macht sie Vorwürfe.«

Juliet stand auf, ging zur Tür und sah den Flur entlang. Er war menschenleer.

»Cathy, gibt es irgendwelche Hinweise, wohin Beth gegangen sein könnte? Könnte es sein, dass sie hierher nach London kommt?«

Cathy schwieg einen Moment. »Nein, das halte ich für unwahrscheinlich.«

»Was bringt Sie zu der Einschätzung?«

»Im Moment wissen wir noch gar nichts. Aber die Polizei ... es ist schwierig, Juliet. Es gibt Anzeichen, dass sie ... versucht haben könnte, sich etwas anzutun.«

Juliet sieht zum Hotelfenster hinaus, während ihr all diese Gedanken durch den Kopf gehen. Es ist erst September, könnte aber auch schon Winter sein. Der Himmel präsentiert sich in einem fahlen Blassblau, die Luft ist kristallklar. Declan lässt den Löffel leise klingelnd in der Kaffeetasse kreisen.

»Ich wünschte, es wäre vorbei«, bringt sie nahezu tonlos hervor. Sie soll ein Gedicht vortragen, das Erica ausgewählt hat.

Declan sieht sie an. »Du schaffst das«, sagt er. »Es sind doch nur ein paar Strophen.« Das Wort *Strophen* bringt er nur vernuschelt hervor. Immer wenn er sich bemüht, besonders ruhig zu klingen, fällt er in seinen irischen Akzent zurück. Sie hat bemerkt, dass er seine Sorgen in letzter Zeit heruntergespielt. »Denk daran, dass du für Erica hier bist. Niemand zwingt dich.«

Er hat recht. Alex, Ericas übellauniger, wortkarger Ex-Mann, würde nicht mal für seine eigene Tochter eine Grabrede halten. Deshalb hatte Juliet sich angeboten, ohne zu wissen, ob sie es durchstehen würde, etwas für Erica vorzutragen, um ihr ein wenig von dem Leid zu nehmen, das ihre Schwester durchmachen musste. Das letzte Mal, dass sie Erica so zerbrechlich und benommen erlebt hat – in Phasen der Krankheit und danach –, war vor drei Jahren, als ihr Vater starb.

Juliet sollte dankbar sein, dass ihre Eltern nicht mehr erleben müssen, wie ihre Enkelin beerdigt wird. Sie weiß es. Trotzdem wünscht sie sich, sie wären noch da. In ihrer Kindheit erschien ihr Inverness wie eine verschworene Gemeinschaft. Und wie viele Familien mit Zwillingen, waren sich die MacGillivrays besonders nah. Erst mit Ericas Krankheit wurde alles anders. Kurz danach war Juliet in den Süden an die Universität in London gegangen und nie wieder ganz zurückgekommen, weder körperlich noch gefühlsmäßig. Dass sie sich so weit von zu Hause entfernt ein eigenes Leben aufbaute, bedeutete nicht, dass sie Ericas Zustand nicht ertragen konnte. Und niemand behauptete das. Dennoch empfand Juliet immer ein Gefühl von Schuld, zumal Mum und Dad den größten Teil der Last allein zu tragen hatten. Sie begleiteten Erica durch die Krisen ihrer Ehe, nachdem Beth geboren war. Sie ließen Erica und Alex bei sich wohnen, solange sie klein war.

Auf diesen Rückhalt kann sie jetzt nicht bauen. Erica ist die Einzige, die Juliet geblieben ist. Diese Reise nach Schottland wird nicht die letzte sein.

Sie sieht Declan an. »Ich habe Angst davor, dass Erica es nicht durchsteht, wenn ich zu weinen anfange oder meine Stimme versagt.«

»Du wirst nicht weinen. Es ist ein miserables Gedicht.« Er lächelt sie aufmunternd an, während Juliet auf dem Nachttisch nach dem Zettel fischt, den sie am Abend dort hingelegt hat.
»Ich meine die Worte. Hör dir das an. Hör mal.« Sie versucht ein Eselsohr glattzustreichen. »›Heiter und sorglos ... stark wurde sie ...‹ Das ist doch Beth, oder? Unsere Beth. Warum können es nicht ... ich weiß nicht, die Korinther sein, oder sonst was, wie bei allen anderen auch?«

»Möchtest du wirklich, dass Beth eine Beisetzung bekommt wie alle anderen auch?«

Juliet lässt sich in die Kissen zurücksinken. »Ich möchte überhaupt keine Beisetzung für sie haben.« Sie kann nicht schon wieder ihren Standpunkt vertreten. Auch die Ermittlungen werden mit der Beerdigung zu Grabe getragen.

»Ich weiß.« Declan setzt sich am Fußende aufs Bett und streicht ihr mit dem Daumen über die Zehen.

Juliet hat wirklich versucht, sich mit dem Entscheid zu arrangieren. Aber nichts von dem, was auf einen Selbstmord hinweist, scheint ihr auch nur halbwegs plausibel zu sein.

Die Indizien sind erdrückend; alles deutet darauf hin, dass Beth ins Wasser gegangen ist. Dabei gibt es ein Problem, das allem Anschein nach nur Juliet sieht. Und dieses Problem besteht darin, dass das Mädchen, das alle diese Indizien hinterlassen haben soll, kaum etwas mit der Nichte gemeinsam hat, die sie so gut kannte.

In den vielen Telefongesprächen und Nachrichten, die sie sich geschrieben hatten, war Juliet nie etwas von Beths angeblicher Einsamkeit oder ihrem seltsamen Verhalten aufgefallen. Nach all den Jahren, die sie bei ihrer Zwillingsschwester unentwegt auf Veränderungen gelauert hatte, wären ihr Zustände von Depression oder Angst bei ihrer Nichte doch aufgefallen. Nichts deutete darauf hin, dass Beth Valium nahm. Trotzdem hat man eine Packung bei ihren Sachen gefunden. Juliet schien sich als Einzige zu fragen, warum es weder ein ärztliches Rezept noch einen Hinweis darauf gab, wie sie darangekommen sein könnte. Es war nicht einmal erwiesen, dass es überhaupt ihres war.

Aber jedes Mal, wenn Juliet es wagte, einen Zweifel zu äußern, speiste man sie damit ab, dass sie zu misstrauisch und nicht bereit sei, sich der Wahrheit zu stellen. Als wäre Selbstmord eine Art zusätzliches Familienstigma, das sie sich auf diese Weise vom Hals schaffen wollte. Am liebsten würde sie es laut hinausbrüllen: *Ericas Diagnose wurde vor zwanzig Jahren gestellt, mein Gott. Das kann ich wohl kaum leugnen. Ich hatte genügend Zeit, mich damit abzufinden, dass ich mit dem Mist leben muss, danke.* Natürlich schrie sie es nicht hinaus. Eher schloss sie es tiefer und fester in ihrem Innersten ein und wurde stiller. Das ist so, seit sie ein Teenager war; unentwegt überprüft sie ihr Verhalten und tut alles, um nur ja nicht den Eindruck zu erwecken, sie würde dieselben Symptome entwickeln wie Erica. Als Zwilling einer Erkrankten glaubte sie, sich schon lange mit dem möglichen Risiko arrangiert zu haben, selbst eine bipolare Störung zu entwickeln. Mit Beths Tod wurde die Wunde erneut aufgerissen.

Ihre Zweifel aber haben weder etwas mit Scham noch mit Leugnung zu tun, sondern damit, dass sie den Tod ihrer Nichte verdammt noch mal gewissenhaft aufgeklärt und die richtigen Fragen gestellt haben möchte, statt sich mit dem Nächstliegenden zufriedenzugeben. Ihr reichen die Informationen nicht, die andere für beweiskräftig zu halten scheinen. Am meisten verunsichert sie die Nachricht, die beim Strandhaus der Familie gefunden wurde und ein stichhaltiger Beweis sein soll. *Ich kann so nicht weiterleben.* Wie weiterleben? Beth hatte Juliet um das Sommerhaus gebeten, um Raum für sich zu haben und Abstand zu ihren Eltern zu gewinnen, die sich gerade scheiden ließen. Alle hielten das für eine gute Idee. Dort konnte sie sich entfalten und auf ihre Entwürfe konzentrieren. Sie hatte sich sogar einen Hund zugelegt und schien ihr Leben zu genießen. Von einem »*Nicht so weiterleben können*« konnte keine Rede sein.

Das ist auch so ein Punkt. Der Hund. Beth hatte Bucky geliebt. Für Juliet war er immer der Größte, und das nicht nur, weil sie selbst auch eher Hunden als Menschen zugeneigt ist. Bucky war vermutlich allein im Strandhaus zurückgeblieben, als Beth ins Wasser ging. Und genau das klingt nicht plausibel. *Und ins Wasser gehen, um sich das Leben zu nehmen?* Wie schon Erica und Juliet ist auch Beth an der Moray-Küste aufgewachsen. Sie hat das Wasser geliebt. Sie war eine sehr gute, sichere Schwimmerin und respektierte das Meer.

Nach Abschluss der wochenlangen Ermittlungen mit dem Ergebnis, dass es sich um Selbstmord handelte, wünscht Erica sich eine Trauerfeier, während Juliets Einwände auf nichts als ihrem Bauchgefühl beruhen.

Mit vorsichtigen Schritten bringt Declan ihr den Kaffee ans Bett. »Finde dich damit ab, dass sie tot ist, Jet. Du wirst es vorlesen, weil du es tun musst. Für Beth. Und wenn du es hinter dir hast, wirst du froh darüber sein.«

»Für Beth? Ich dachte, du würdest sagen, das ist aber abgedroschen.«

»Na ja«, räumt er mit einem verlegenen Lächeln ein. »Es ist abgedroschen. Aber wenn die Strophen etwas mit Beth zu tun haben, dann wirst du sie auch vortragen können. Lies es vor, als würdest du mir im Bad etwas vorlesen. Oder im Bett, so wie gestern Abend. Ich bin ja auch in der Kirche. Lies es mir vor. Mach es persönlich.«

Wenige Stunden später tut Juliet, was Declan ihr geraten hat. Ihren Blick an seinen geheftet und mit ungebrochener, fester Stimme bis zum letzten Wort.

Heiter und sorglos das Wellenspiel,
flüstert von Freiheit und Gottes klarer See.
Stark wurde sie, suchte ein Ziel,
ihr Lied sanft hinfortgetragen, von einer Fee.

Sie trat ins Tal, vertraut die Hügel,
treib dahin mit klarem, hellem Klang.
Dorthin, wo Finsternis spannt ihre Flügel,
folgt in die Kälte sie ohne Bang –

… um Wärme und Licht zu finden an anderem Ort.
Sollen die klagen, die ihr Lied nicht mehr hören?
Nein, Hoffnung und Glaube leiten sie dort,
und Wogen und Wellen lassen ihr Lied immer währen.

Danach verschwimmt alles vor ihr. Gebete. Die Worte des weißhaarigen Pastors über den Verlust eines so jungen Menschen. Dann schreitet die Gemeinde ins kühle Sonnenlicht hinaus, und alles erscheint wieder klar: die silbrig schimmernden Birken, die den Weg zur Petty Chapel in Tornagrain säumen, die beiden kleinen Kreuze, die sich über dem rötlichen Sandstein und den weißen Giebeln zu beiden Seiten des Kirchendachs symmetrisch in den Himmel erheben.

Tornagrain war nicht Ericas Wunsch gewesen; sie hätte sich das große Areal aus viktorianischer Zeit in Inverness gewünscht, auf dem auch Beths Großeltern begraben sind. Alex hatte darauf bestanden, und ausnahmsweise ist Juliet ihm sogar dankbar dafür. Östlich der Stadt gelegen und unweit der Küste auf dem Land, erweist sich Tornagrain jetzt als der bessere Ort. Trotz der Abgeschiedenheit sind die Kapelle und der Friedhof mit vielen Studenten und Freunden der Familie gefüllt. Juliet kennt die Menschen nicht, aber soweit sie sehen kann, ist von der Presse niemand da.

Als sie vor dem Grab stehen, lässt Erica zu, dass Juliet ihre Hand hält. Buckys Leine um die Hand gewickelt, steht Alex im Hintergrund. Der Hund drückt sich flach auf den Boden, die Brauen kummervoll hochgezogen und den Kopf auf die Pfoten gebettet. Der Dekan der Universität und einer von Beths Kommilitonen halten eine Rede und legen einen von Beths Textilentwürfen auf den Sarg. Ein dunkelblauer, von grauen und silbernen Fäden durchwirkter Stoff. Juliet wünscht sich, sie hätten etwas weniger ... Maritimes gewählt.

Erst als die Menge sich aufzulösen beginnt und auch Alex sich mit Bucky auf den Rückweg macht, kann Erica nicht mehr an sich halten.

Sie löst sich aus Juliets Hand und sinkt am offenen Grab zu Boden. Ihr Schluchzen durchdringt die Luft, als würde sie zerbrochenes Glas einatmen. Es ist grauenvoll, das mitzuerleben, aber Juliet weiß, dass sie nur abwarten kann. Sie signalisiert Declan, sie allein zu lassen. Widerstrebend kommt er ihrem Wunsch nach, denn auch ihr laufen Tränen über das Gesicht. Hastig wischt sie sie weg und greift sich mit der Hand an die Kehle, um die erstickten Laute zurückzuhalten, die sie sonst von sich geben würde. Nebelschwaden steigen geisterhaft von den Hügeln auf, und der Rauch aus dem Schornstein der nahegelegenen Holzfabrik steigt säulenartig in den Himmel empor. Ganz allmählich wird Erica ruhiger. Cathy steht mit dem Auto bereit, um sie in die Klinik zurückzubringen. Juliet hilft ihrer Schwester auf wie einer alten Frau.

Später zieht der Nebel den Ness hinauf und verhüllt barmherzigerweise den Blick von der Hotelbar, an der Declan Juliet mit kleinen Whiskys versorgt, aufs Wasser. Zaghaft fragt sie nach. *Hat sie das Gedicht wie ein Roboter vorgetragen? Das Wort »Gott« gar gefühlskalt ausgespuckt?* Declan versichert ihr immer wieder: nichts von beidem.

Im Fernseher über ihnen laufen die Wählerbefragungen. Es

ist zwar noch früh, aber sie verheißen nichts Gutes. Juliet nimmt einen Schluck von dem Whisky; er schmeckt metallisch. Nichts schmeckt mehr richtig. Sie konzentriert sich auf das, was als Nächstes zu tun ist. Das Strandhaus und Beths Sachen müssen ausgeräumt werden. Erica ist dazu nicht in der Lage, und Juliet möchte es selbst tun, und zwar jetzt, bevor die letzten Hinweise darauf, warum und wie es ihrer Nichte so schnell so schlecht gehen konnte, auch noch verloren sind.

Sie nimmt noch einen Schluck. Die Fernsehbilder spiegeln sich schwankend im Glas. Sie hätte mehr Zeit hier oben in den Highlands verbringen sollen; mit dem Flugzeug sind es nicht mal zwei Stunden. Vorgenommen hatte sie es sich immer wieder, nachdem Dad ihr vor drei Jahren das Strandhaus und Erica die Wohnung hinterlassen hatte. Kleine Fluchten hatte sie sich vorgenommen, mehr Zeit für die Familie. Aber bei dem Vorsatz war es geblieben. Nie fand sie den richtigen Zeitpunkt. Dass sie Beth mit Bucky hatte ins Strandhaus einziehen lassen, war vor allem ihrem schlechten Gewissen geschuldet, dass sie selbst nicht öfter nach Schottland kam. Eine Art Absolution dafür, dass sie ihre Besuche immer wieder aufschob. Solange es Beth im Strandhaus gutging, konnte Juliet sich ihrer Arbeit widmen.

Selbst jetzt wird sie schon wieder zurückgerufen. Vorhin ist eine Nachricht von der Zentrale, von Fiona Goldman persönlich, gekommen. Es ist der Tag, an dem Beth beigesetzt wird. Und trotzdem geht das Geschäft weiter. *Ich hoffe, dir geht es gut.* Wenigstens hat Goldman es selbst geschrieben und nicht einen ihrer Laufburschen damit beauftragt. *Um vier, vielleicht fünf Uhr morgen früh wissen wir mehr. Bitte komm her, sobald du wieder zurück in London bist.*

Juliet lässt das Eis im Glas kreisen. »Ich glaube, ich fahre gleich morgen früh zum Sommerhaus«, sagt sie. »Es sind nur zwanzig Meilen, und ich sollte es tun, solange ich hier oben bin.« Ihr Mund verzieht sich zu einem verkniffenen Strich. »Wenn Fiona etwas von mir will, kann sie anrufen oder herkommen.« In dem Moment fragt sie sich, wann jemand von den wichtigen Leuten der PA zuletzt in den Highlands war. Das wäre vielleicht eine Gelegenheit ... Sie hält inne.

Declan hebt die Augenbrauen. »Du kannst Fiona nicht im Ernst bitten, herzukommen. Jedenfalls nicht jetzt. Hast du eine Ahnung, was sie von dir will?«

»Nein. Wahrscheinlich geht es um die Leichenschau.«

Er sieht sie fragend an. »Meinst du wirklich?«

»*Nicht die von Beth.*« Ihre Stimme bricht. »Ich meine die Partei.« Declan verzieht keine Miene. Er bekommt den größten Teil ihrer Verärgerung und Trauer ab. In einem unbeholfenen Versuch, über das verzeihliche Missverständnis hinwegzugehen, fährt sie fort. »Sie möchte vermutlich über die nächsten Schritte sprechen. Über ihren Ausstieg vielleicht.«

Declan schüttelt den Kopf. Sie spürt, wie sehr er stets bemüht ist, sich nichts anmerken zu lassen. Sie sind sich nicht immer einig, konnten bis vor Kurzem darüber aber noch lachen. In den letzten Wochen des Wahlkampfes aber nahmen diese Unstimmigkeiten zunehmend persönliche und sogar feindliche Züge an, und Juliet – die normalerweise allem mit Gelassenheit und Ironie begegnet – verwandelte sich immer mehr in eine Art tickende Zeitbombe, die schon bei der leisesten Andeutung einer abweichenden Meinung hochgehen konnte. Es ist für beide aufreibend, und sie weiß, dass sie überhaupt nicht so ist wie sonst.

Trotzdem möchte sie die Diskussion nicht abbrechen. »Weißt du was? Vielleicht sollten sie einfach mal ohne mich auskommen. Nur dieses eine Mal. Das ist doch das Mindeste, was sie tun können.« Nicht einmal in ihren eigenen Ohren klingt das überzeugend. Sie legt noch einen drauf. »Ich habe gerade meine zweiundzwanzig Jahre alte Nichte beerdigt. Ich hätte schon vor Wochen hier oben sein sollen. Aber ich hatte ja zu viel zu tun, musste ausbügeln, *was andere verbockt haben.*«

Sie verstummt, als sie den Hass in ihrer Stimme bemerkt. Sie hat versucht, nicht Fiona und die Schlagzeilen über ihre Affäre mit Brockwell verantwortlich zu machen. Ihre Verärgerung richtet sich auch eher gegen sich selbst als gegen jemand anderen, auch wenn sie weiß, dass sich das für Declan ganz anders anfühlt. Jetzt und hier aber kann sie sich nicht verzeihen, nicht früher hergekommen zu sein. Wie ist es möglich, dass sie nach Beths Tod nicht mehr als eine kurze, wenn auch anstrengende Nacht lang Erica besucht hat? Und selbst da stand ihr Diensthandy nicht still. Nach fast zehn Jahren bei der PA, in denen sie sich von der kleinen Assistentin schnell zur Generalsekretärin hochgearbeitet hat, ist Juliet Dreh- und Angelpunkt der Partei. Und diese Abhängigkeit hatte ihr gefallen. Bis jetzt.

Auf der mickrigen Stippvisite im Norden hatte man sie in Ericas Klinik weggeschickt. Besuche seien im Augenblick nicht hilfreich, hatten sie ihr höflich, aber bestimmt zu verstehen gegeben. Das wäre die perfekte Gelegenheit gewesen, sich selbst ein Bild vom Stand der Ermittlungen zu machen. Declan hatte darauf gedrängt, vernünftig zu sein, nach London zurückzufahren und sich um die Arbeit zu kümmern; ihr Handy klingelte weiter, und natürlich gab sie klein bei und flog zurück. Als die Maschine in den leuchtend lachsfarbenen Abendhimmel stieg, versuchte sie, durchs Fenster einen Blick auf das Strandhaus zwischen den Bäumen an der Küste erhaschen zu können, als könnten sich daraus Rückschlüsse auf den Sinn von Beths Tod ergeben.

Sie bemerkt, dass Declan sie beobachtet. »Du kannst unmöglich alles stehen und liegen lassen und hier oben einfach

verschwinden. Nicht ausgerechnet jetzt. Sie brauchen dich mehr denn je. Fiona mag der Star sein, aber vergiss nicht, dass du der Kopf bist.«
Juliet seufzt.
Der Star. Juliet war sich nicht sicher, was sie von dem Zusammenhang zwischen dem Glamour eines Stars und dem Erfolg der PA halten sollte. Fiona Goldman und sie kennen sich schon sehr lange. Vor fast zwanzig Jahren hatte es Fiona als Anhängsel eines Mannes von Welt, mithilfe einer aufreizenden Rolle in einer Filmtrilogie über Sexualität, in die Schlagzeilen der Boulevardpresse geschafft. Eines Tages hielt sie auf einer Veranstaltung der London School of Economics einen Vortrag über Geschlechterrollen in der Filmindustrie. Juliet schämt sich heute noch dafür. Jung und von der Welt der Stars in den Bann gezogen, hatte sie es gewagt, eine Frage ans Podium zu richten. Sie fühlte sich geschmeichelt, als Fiona sie auswählte, um die Diskussion über das Ausmaß an Gewalt gegen Frauen in Großbritannien, eines der höchsten in Europa, fortzusetzen. Nach der offiziellen Fragerunde führten sie das Gespräch im kleineren Kreis im Foyer des Old Building noch eine Weile fort. Am Ende erklärte Fiona sich bereit, eine basisdemokratische Bewegung anzuführen, in der Juliet sich damals engagierte, um etwas am Umgang mit sexueller Belästigung an den Universitäten zu verändern. Die Bewegung breitete sich wie ein Lauffeuer über alle Universitäten des Landes aus und hatte Juliet zweifelsfrei als Steigbügel zu ihrem ersten Pressejob bei *Woman's Aid* gedient.

Von dort ging sie weiter zu den Grünen. Jahre darauf schloss sie sich einer Gruppe an, die eine neue Partei gründen wollte, eine politische Vereinigung, die die Linke zusammenführen und sich eine größere Wählerschaft erschließen wollte. Die Ziele dieser Partei schienen alles in sich zu vereinen, was Juliet umtrieb: soziale Gerechtigkeit, Gleichberechtigung, Nachhaltigkeit, ganz zu schweigen von der Entschlossenheit, Veränderungen auch tatsächlich umzusetzen.

Macht und Einfluss waren ihr nie wichtig. Juliet wurde gebeten, die Spitzenkandidaten genauer unter die Lupe zu nehmen. Sie hatte sich für ihre akribisch recherchierten Hintergrundpapiere einen Namen gemacht. Obwohl die Aspiranten auf Herz und Nieren geprüft worden waren, bevor sie es überhaupt auf ihren Schreibtisch schafften, fand sich Juliet keine achtundvierzig Stunden später in einer Runde von, wie Declan sie immer nannte, *Thinktank-Wichsern,* wieder und machte ihnen klar, dass ihre Auswahl unhaltbar war.

Als man sie dann mit der Gegenfrage konfrontierte, ob sie denn einen besseren Vorschlag hätte, fiel ihr ein, dass sie tatsächlich jemanden wusste. Fiona hatte sich aus dem Showbusiness zurückgezogen und engagierte sich seit Kurzem in zahlreichen prestigeträchtigen Kampagnen. Sie war eine hochgeschätzte und enthusiastische Rednerin. »Wir brauchen Fiona Goldman«, platzte es aus Juliet heraus. Kaum ausgesprochen, wurde ihr Einfall schon umgesetzt.

Zum Teil ist es die Enge ihrer Verbundenheit, in der manche eine ... *Reziprozität* erkennen, die Juliet stört. Über den Einfluss, den Fiona als Star hat, kann sie sich jedoch kaum beklagen, wo sie doch selbst ihren Vorteil daraus gezogen und ihn ungeniert für die Progressive Alliance ausgenutzt hat. Mit Fiona an der Spitze schafften sie es, Abtrünnige aus anderen Parteien und unterschiedlichste unabhängige Kandidaten für sich zu gewinnen, und waren erfreut, der Presse ein Gesicht und eine Persönlichkeit vorzeigen zu können. Fiona gewann Förderer und Spender, die ganz scharf darauf waren, ihren Namen in Verbindung mit ihrer neuen Politik zu sehen, sodass zur Unterstützung wichtiger, regionaler Kampagnen genügend Geld da war. Schon ein Jahr nach Fionas Eintritt war es der

Progressive Alliance gelungen, sechs Wahlkreise in Wales und fünfzehn im schottischen Parlament für sich zu gewinnen. Und die Bewegung nahm weiter Fahrt auf. Vier Jahre später verfügten sie über zwölf Sitze in Westminster und einen im Europäischen Parlament. Nach dem Brexit-Referendum jedoch und der Darstellung von Fiona als männermordendem Biest in der Presse ging es mit der Unterstützung für die PA bergab.

Declan lässt den Whisky in seinem Glas kreisen. »Du bist die Königsmacherin«, sagt er, als hätte er ihre Gedanken gelesen. Der Begriff lässt Juliet zusammenzucken. Er rudert zurück. »Du musst Fiona helfen, da ohne Gesichtsverlust rauszukommen. Du kannst sie jetzt nicht im Stich lassen.«

Er beugt sich vor und spricht mit eindringlicher Stimme. Was er zu sagen hat, scheint er für so wichtig zu halten, dass er eine Abfuhr von ihr riskiert. »Hör mal zu. Wenn du hierbleibst und jetzt zum Strandhaus fährst statt erst in ein paar Wochen, dann könnte das, von deiner Karriere mal abgesehen, schlimme Folgen für die Partei haben. Nur für Beth ändert sich nichts. Sie ist schon tot.«

»Aber wenn ich nichts tue, wird die Spur noch kälter.«

»Die Spur?« Declan sieht sie auffordernd an, und sie hält seinem Blick stand, während er sein Glas leert. Mit leiserer Stimme fährt er fort. »Juliet, du musst die Nerven behalten. Die Polizei ist allen Hinweisen nachgegangen. Was glaubst du, noch finden zu können?«

Einspruch. Die Polizei behauptet, allen Hinweisen nachgegangen zu sein, denkt sie. Und dass ausgerechnet Karen Sutherland die Untersuchungen leitete, eine alte Bekannte aus Schultagen, der Juliet misstraut, macht die Sache nicht besser. Um die Wahrheit zu sagen: In der Schule damals war Karen eine ignorante dumme Kuh, schikanös und neunmalklug. Sie schob einen Hass auf Erica und Juliet, weil die Jungen immer sagten, sie wäre fetter als die beiden zusammen. Jungen in diesem Alter können gemein sein, aber Karen ließ keine Gelegenheit aus, mit Gemeinheiten zurückzuschlagen. Sie rempelte Erica und Juliet an, stellte ihnen im Flur ein Bein, machte schnippische Bemerkungen darüber, wie abgedreht es sei, Zwilling zu sein, und bedachte sie mit den Spitznamen Jerrica und Jerry, lange bevor es als schick galt, It-Girl zu sein. Ihre Identitäten zu verschmelzen, war der Gipfel an Gehässigkeit, wussten doch alle, die sie kannten, wie sehr jede der beiden verzweifelt versuchte, eine eigenständige Person zu sein. Mit ihren ständigen Bemerkungen über die französische Herkunft ihrer Mutter zettelte sie sinnlosen Streit zwischen den Familien an. Am allerwenigsten entschuldbar war Karens Bemerkung, dass man Erica, als sie einmal weggelaufen war, doch bitte auch in der Klapsmühle suchen sollte. Dass jetzt ausgerechnet diese Frau mit der Aufklärung von Beths Tod betraut ist, erträgt Juliet nur schwer.

Sie sieht in ihr Glas. Der Whisky schimmert in der Farbe von Beths Haar.

»Ich glaube«, fängt sie an, bemüht, ihrer Stimme einen entschlossenen Klang zu geben, »ich komme langsam zu dem Schluss, dass Karen …, dass sie etwas übersehen haben. Ich möchte mit Beths Freunden sprechen. Ich möchte in die Uni gehen und mir ihre Sachen ansehen.«

»Aber wenn du dich jetzt mit Fiona triffst, dir anhörst, was sie zu sagen hat, und dir die amtlichen Endergebnisse ansiehst, dann ändert das nichts an dem, was passiert ist. Wenn du ein paar Wochen wartest, würdest du bei der PA kein Risiko eingehen und einen frischen Blick auf die Dinge bekommen. Anschließend kommen wir wieder her und kümmern uns um Beths Sachen, wenn du weniger …«

Er hält inne. Aber es ist zu spät.

»Wenn ich emotional weniger aufgewühlt bin, wolltest du das sagen?«, ergänzt sie eisig.

Schweigend gingen sie in ihr Zimmer und ins Bett. Von Alkohol und Müdigkeit benommen, die Morgenmaschine nach London ist ohne sie geflogen, gibt Juliet vor, an Declans Schulter gelehnt zu dösen. Das Strandhaus muss warten. Die Wahlergebnisse sind da. Die Progressive Alliance hat verloren. Jeder Sitz, alle hart erkämpften Kommunen, alles weg.

5

Der Nachhall ist gewaltig und trifft sie hart. Fionas Rede ist ruhig und souverän, wie auch sie selbst. Sie gesteht die Niederlage ein und gratuliert den Siegern. Auf unaufdringliche Weise gelingt es ihr, die, wie sie es nennt, *geheuchelten Mitleidsbekundungen* der rechten Presse anzuprangern, ohne den Wählern die Schuld zu geben. Allein die fahrigen Bewegungen ihrer Finger, mit denen sie sich ständig durchs Haar fährt, offenbaren ihre Bestürzung. Noch während die Journalisten sie mit Fragen bombardieren, verlässt sie das Podium.

»Miss Goldman, Miss Goldman! Wie geht es jetzt mit der Progressive Alliance weiter? Werden Sie zurücktreten? Miss Goldman?«

Am nächsten Tag folgt ein längeres vertrauliches Gespräch mit der Wahlkampfzentrale in Brixton. Juliet steht in der Tür zu ihrem Büro und hört aus der Ferne mit. Die Frage, die allen unter den Nägeln brennt, beantwortet Fiona immer noch nicht. Was geschieht mit der PA, wenn sie geht? Und wer wird die Führung übernehmen? Unter anderem wird auch Juliets Name eine Zeit lang gehandelt, wobei sie diese Spekulationen selbst weder dementiert noch befeuert. Und wenn sie ehrlich ist, weiß sie nicht einmal, was sie von der Idee, die Parteiführung zu übernehmen, halten soll. Selbst in dieser schwierigen Lage ist Fiona ein Faktor, den man nicht außer Acht lassen darf. Es ist geradezu einschüchternd.

Eine junge Praktikantin in unmittelbarer Nähe bricht vor versammelter Mannschaft in Tränen aus. Juliet beneidet sie um die Fähigkeit, ihre Empfindungen zu zeigen. Das Gefühl von Benommenheit, das sie seit Wochen verspürt, beraubt alles seiner Vielfalt und Lebendigkeit. Fiona beendet das Gespräch mit überschwänglichen Worten, spricht von großer Dankbarkeit, persönlichem Bedauern und Kampfgeist, auch wenn es Juliet vorkommt, als versuchte jemand, mit blassen Wasserfarben ein kräftiges Bild auf die Leinwand zu bringen.

Fiona verlässt die improvisierte Bühne, kommt zu Juliet und schließt die Tür hinter sich. Die beiden Frauen sehen sich an. Sie arbeiten schon lange zusammen, in der Regel aber in Gegenwart anderer. Die Zuneigung zwischen ihnen ist greifbar, dennoch ist Juliet ein wenig bang. Fiona ist eine Frau, die man nicht zum Feind haben möchte.

Juliet wählt ihre Worte mit Bedacht. »Das war eine sehr schöne Rede.«

Fiona schlüpft aus ihrer eleganten roten Jacke und hängt sie in der Ecke an der Garderobe auf, wo sie sich neben Juliets weitem Trenchcoat wie das Kleidungsstück eines Schulkindes ausnimmt. Sie tritt an den Schreibtisch und legt die Hände auf die Lehne des Schreibtischstuhls. »Es tut mir leid, Juliet.«

»Du musst dich bei mir nicht entschuldigen.«

»Doch, weil ich weiß, was dir die Partei bedeutet.«

Juliet antwortet nicht. Sie traut sich nicht, etwas zu sagen.

»Du hast all die Jahre eine Menge eingebracht«, fährt Fiona fort. »Deine Klugheit, dein Urteilsvermögen, deine Kontakte.«

»Das gehört zum Job.«

»Ja, aber du bringst viel Talent und Leidenschaft für diese Arbeit mit.«

So geht das also? Hat Fiona vor, sie zu bequatschen, ihre Nachfolge anzutreten? Oder sind die Entschuldigung und das Süßholzraspeln nichts als ein Versuch, gut Wetter zu machen, um dann einen anderen Kandidaten aus dem Hut zu zaubern? Es ist nicht das erste Mal, dass Juliet sich einen Vorhang herbeiwünscht, den sie vor die gläserne Trennwand ziehen könnte. Ihr Blick wandert kurz zu den Leuten vor ihrem Büro, die sich bemühen, möglichst desinteressiert an dem zu wirken, was sich hier drinnen abspielt. Als sich auch Fiona zu ihnen umdreht, huschen sie davon. Mit dem Rücken zu Juliet tritt sie an die Scheibe und berührt sie mit den Fingerspitzen.

»Du hast unter einem großen Druck gestanden.«

Juliet erstarrt. *Was soll das werden?* »Fiona, bitte. Einfach war es für uns alle nicht. Auch für dich nicht.«

»Aber deine Nichte.«

»Beth.«

»Ja, Beth.« Fiona dreht sich zu ihr um und sieht sie an. »Ich weiß, dass sie wie eine Tochter für dich war, und ich rechne dir hoch an, dass du so schnell zurückgekommen bist. Der Tag muss furchtbar für dich gewesen sein. Es tut mir wirklich leid.«

»Danke.«

»So etwas kann man nur schwer ertragen, besonders bei Selbstmord.«

Will sie auf ihre Trauer hinaus? Die Schuld für das Scheitern darauf schieben? Juliet antwortet nicht gleich. Sie rückt ein paar Unterlagen auf dem Schreibtisch zurecht und bemerkt dabei, dass ihre Hände zittern und die Fingernägel abgekaut sind.

»Was soll Beths Tod damit zu tun haben?«

»Wusstest du, dass es eine Verbindung zwischen Beth und Dominic Palmer gibt?«

Wie vom Donner gerührt, sinkt Juliet in ihren Sessel zurück. Dominic Palmer? Dass Fiona den Namen überhaupt in den Mund nimmt, ist bereits erstaunlich genug. Der Erbe der Eden Media Group. Sein Name wird in der Parteizentrale schon lange nicht mehr in den Mund genommen. Sein Vater, Bernhard, hat das EMG-Imperium vor Jahren aus einem eingeführten Zeitungsunternehmen heraus aufgebaut und schon bald danach um ein Plattenlabel und mehrere Fernsehsender erweitert. Er ist ein bekannter Unterstützer der politischen

Rechten und sollte sich eigentlich schon lange im Ruhestand befinden. Dem Vernehmen nach denkt er aber gar nicht daran, das Ruder aus der Hand zu geben, und hat zwei ultrarechte Social-Media-Plattformen aufgekauft, in denen es von Rassisten und Holocaust-Leugnern nur so wimmelt.

Die meisten Beobachter sind sich darin einig, dass Dominic kaum der Bewegungsspielraum zur Verfügung steht, der erforderlich wäre, um den *Examiner* zu führen. Obwohl er sich abstrampelt, seinem Vater und den Gesellschaftern von Eden zu zeigen, dass er das mitbringt, was es im krisenbehafteten Printmarkt braucht, ist das Blatt in bisher ungekannte inhaltliche Niederungen hinabgesunken. Alles, was politisch links von der Mitte angesiedelt ist, sieht sich wahnwitzigen Hetzkampagnen ausgesetzt. Dominic hat die Story über Fionas Affäre als Erster gebracht und eine Reihe alter Werbeaufnahmen und Aktfotos von ihr veröffentlicht, obwohl sein Vater vermutlich immer noch das Sagen hat.

Wie kommt Fiona jetzt auf Dominic? Juliet und das Team der PA erwogen, gerichtlich gegen ihn vorzugehen, denn es war nicht klar, ob die Bilder überhaupt echt oder, was wahrscheinlicher war, von Malcolm Lyall, Fionas PR-Agenten aus Schauspielertagen, an die Eden-Gruppe durchgestochen worden waren. Über Dominic eine Verbindung zu Lyall und Bernhard Palmer herzustellen, wäre ein Kinderspiel gewesen – zwischen ihnen bestand seit Jahren eine unheilige Allianz –, aber Fiona wollte nicht noch Öl ins Feuer gießen.

Fiona setzt sich ihr gegenüber. »Die Information wurde mir zugespielt, und zwar bevor Beth gestorben ist. EMG soll an ihr interessiert gewesen sein.«

»Was, um Himmels willen, hat Beth mit Eden Media oder Dominic Palmer zu tun? Sie ist ... sie war doch nur eine kleine Design-Studentin.«

»Könnte sie versucht haben, Werbung für sich zu machen?

Ich meine, sie wäre nicht die erste junge Frau, die es auf diese Weise versucht.«

Ihre Blicke treffen sich. Fiona lächelt verlegen.

Juliet steht nicht der Sinn nach irgendwelchen Bekenntnissen. Sie runzelt die Stirn. »Von wem weißt du das?«

»James.«

Juliet fragt sich, wie Fiona den Namen ihres Ex-Liebhabers über die Lippen bringt, ohne sich auch nur den Anflug von Scham über das Chaos anmerken zu lassen, in das die Affäre die Partei gestürzt hat.

»James Brockwell hat dir gesagt, dass Beth und Dominic Palmer sich kannten?« Juliet schüttelt den Kopf. »Das kann ich mir nicht vorstellen. Beth war weder reich noch berühmt oder … Sie hatte keinen Grund, sich mit einem solchen Mann einzulassen.«

»Das ist richtig. Aber er muss an ihr interessiert gewesen sein. Wir wissen, dass Dominic Palmer …« Fiona macht eine Pause, legt sich die Worte zurecht. Sie sieht sich wieder zum Fenster um, aber die Parteifreunde sind schon lange gegangen.

Sie zieht den Stuhl weiter heran. »Auf Palmers Schreibtisch lag eine Notiz über sie.«

»Über *Beth*? Was stand drauf? Und woher weißt du das?«

»James hatte jemanden an der Hand, der ihm hin und wieder ein paar Informationen zukommen ließ. Er hielt ihn über Eden und deren Projekte auf dem Laufenden. Auf dem Zettel stand nur Beths Name … zusammen mit deinem.«

Juliet schließt die Augen. »Und das hat jemand gesehen, der für James arbeitet? In Dominic Palmers Büro? Das darf nicht wahr sein.«

»Damals dachten wir nicht, dass es wichtig wäre.«

»Wir? Du und James? Seit wann führt ihr die PA zusammen? Warum seid ihr nicht zu mir gekommen oder habt euch an die Zentrale gewandt?«

»Wir dachten, es ginge die PA nichts an. Und wie hätte ich dir erklären sollen, woher ich das wusste? James hat es mir erzählt, weil ... na ja, weil er sich um mich kümmert und weiß, wie sehr ich dich schätze. Sollen alle glauben, was sie wollen, ich habe weder ihn noch meine Position benutzt, nur um etwas für mich ...« Sie hält inne. Der seltene emotionale Ausbruch überrascht Juliet. Fiona scheint wirklich bewegt zu sein. Sie holt tief Luft und fährt fort. »Jedenfalls haben wir es für unwichtig gehalten, Juliet. Wie du weißt, hatten wir es nach meinen Bemerkungen über die Saudis mit Wirtschaftskreisen zu tun. James und ich haben uns natürlich an die Presse gewandt, und das ist dabei herausgekommen. Und als Beth dann gestorben ist, hatten wir diese Palmer-Sache schon fast vergessen. Es war schon traurig genug, und wir wollten es dir nicht noch schwerer machen.«

»Und jetzt?«

»Jetzt? Ich bin mir nicht sicher. Ich bekomme es nicht aus dem Kopf. Und jetzt denke ich, dass du es wissen solltest. Wir werden die kommenden Wochen alle mehr Zeit zur Verfügung haben. Es stehen ein paar wichtige Entscheidungen an. Ich glaube, du musst mal für eine Weile raus. Fahr zu deiner Familie, nimm dir Zeit zu trauern und ...«

»Und?«

»Denk in Ruhe über deine Rolle in der Partei nach. Die Palmers sind gefährlich. Wenn die zu dem Schluss kommen, sie könnten der PA Schaden zufügen, indem sie dich niedermachen, dann werden sie es tun.«

East Coast Herald: Suizid einer Studentin macht Kommilitonen fassungslos

12. September 2018

Der Selbstmord der zweiundzwanzigjährigen Beth Winters im Juni hat Forderungen nach einem leichteren Zugang zu psychosozialen Beratungsstellen für Jugendliche verstärkt. Der Freitod der jungen Frau in der Bucht von Moray erschütterte die Einheimischen. Nach ihrer Rückkehr aus den Semesterferien organisierten die Studenten am Dienstag ein Sit-in am Elgin Campus der University of the Highlands and Islands. Der Dekan sagte eine Erhöhung der Mittel zur Behandlung psychosozialer Probleme zu.

Trotz eines Rückgangs der Suizidrate bei den 15- bis 24-Jährigen in den letzten zehn Jahren verzeichnete die Rate letztes Jahr schon zum zweiten Mal in Folge in Schottland einen Anstieg.

Beth Winters wuchs in den Highlands auf und studierte Textildesign an der Moray School of Art in Elgin. Jeannie Logan, führende Textildesignerin, beschrieb sie als eine »beliebte und talentierte junge Frau voller Energie und Tatendrang. Ein großer Verlust«.

Winters war die Enkelin des kürzlich verstorbenen, ortsansässigen Architekten Gordon MacGillivray sowie die Nichte von Juliet MacGillivray, der Generalsekretärin der Progressive Alliance. Beths Mutter, Erica Winters, leidet an einer bipolaren Störung.

Georgia Owen, eine Kommilitonin, die mit einer spontanen Ausstellung in der Galerie des Colleges Geld für die Beratungsstelle sammelt, fasste die Reaktion der Studentenschaft in den sozialen Medien folgendermaßen zusammen: *Es ist für uns alle unfassbar, dass Beth sich das Leben genommen hat. Es ist so traurig. Sie hatte ihr ganzes Leben noch vor sich. #RIPBeth #OutoftheBlue*

6

Die Straßen sind menschenleer, als Juliet sich eine Woche später auf dem Weg zum Strandhaus befindet. Der September geht zu Ende, der Sommer ist vorbei – soweit man überhaupt von einer Sommersaison sprechen konnte dieses Jahr. Eine Tote an der Küste lockt keine Touristen an. Kilometerlang sind die hohen, schwankenden Kiefern ihre einzigen Wegbegleiter.

Sie möchte vor dem Dunkelwerden ankommen, beschließt kurz vor Inverness aber trotzdem, eine Pause einzulegen, ein wenig frische Luft zu schnappen und das Rauschen der Reifen auf dem Asphalt aus dem Kopf zu bekommen. An der schmuddeligen Snackbar einer kleinen Tankstelle trinkt sie einen Automatenkaffee, der, so kommt es ihr vor, zu nicht mehr taugt, als ihre Blase zu beleben. Sie blättert in der Vortagesausgabe des *East Coast Herald*, als sie im Lokalteil einen Artikel über Beth entdeckt. Sie knüllt den Kaffeebecher in der Faust zusammen, geht über den Vorplatz zum Auto zurück und setzt sich ans Steuer, um auch das letzte Stück der Strecke hinter sich zu bringen.

Die Sonne geht bereits unter, als sie die A96 in Richtung Culbin Forest verlässt und schließlich in einen dichten Wald mit grünlich-schwärzlichen Bäumen fährt. Ihr Herz beginnt schneller zu schlagen. Ein Gedanke geht ihr nicht aus dem Kopf: Beths Sachen werden dort liegen, wo sie sie zurückgelassen hat. Auch das Meer, lange Jahre ein Freund der Familie, nun aber eine Bedrohung, ist noch da. Sie schiebt diese Vorstellung beiseite, als sie sich der alten Eisenbahnbrücke nähert. Sie denkt an den abgeschmackten kurzen Artikel im *Herald*. #RIPBeth. Haben die Leute überhaupt kein Gespür für Anstand? Die Werbetrommel für die Veranstaltung dieses anderen Mädchens zu rühren, ist nicht minder geschmacklos, obwohl die Einnahmen einem guten Zweck zukommen sollen.

Es ist bestimmt acht Jahre her, seit sie diese Strecke das letzte Mal gefahren ist. Genau erinnert sie sich nicht. Auf diese Familientreffen blickt sie nicht gern zurück. Erträglich waren sie eigentlich nur durch Beth. Sie bot ihr immer einen Vorwand, sich von diesen beklemmenden Sonntagsessen und ständigen Streitereien zwischen Erica und ihrem Vater davonstehlen zu können. Ihre Mutter ging einfach hinaus, erledigte den Abwasch oder sorgte für Käse, Kaffee und Schokolade, während Alex Beth unablässig verbot, vom Tisch aufzustehen. Juliet brach es das Herz, mit ansehen zu müssen, wie ihre Nichte ängstlich vor ihrem Teller saß, während Erica schimpfte und immer aufgebrachter wurde. Juliet ignorierte Alex, zwinkerte Beth zu, nahm sie bei der Hand und ging mit ihr hinaus.

Dann setzten sie sich in das Motorboot der Familie am Strand von Culbin, das Juliet immer zum Schwanken brachte, bis Beth vor Vergnügen juchzte. Beth hatte Spaß daran, Wörter für das Geräusch zu erfinden, das entstand, wenn die Wellen gegen die Bordwand klatschten.

»*Platsch bumm!*«, rief sie.

»Ach, meinst du wirklich?«

Kichernd wiederholte Beth das Geräusch. ›*Platsch BUMM!*‹

»Interessant.« Juliet legte den Kopf zur Seite und lauschte konzentriert, sodass Beth noch lauter lachen musste.

»Ich glaube, ich muss dir widersprechen«, sagte Juliet dann. »Ich höre noch ein winzig kleines *Glucksen* dabei.« Wenn sie anschließend wieder zum Sommerhaus kamen und Beth kichernd *Ein winzig kleines Glucksen!* vor sich hin brabbelte, war das Eis zumindest für eine Weile gebrochen.

Juliet fährt unter der Eisenbahnbrücke hindurch. Als sie auf der anderen Seite herauskommt, ist es dunkel, die Straße von Bäumen verschattet. Irgendetwas ist anders. Ihr ist, als wäre ein Vorhang gefallen.

»Bist du sicher, dass du es schaffst?«, hatte Declan sie neulich gefragt, nachdem sie bei ihrer Arbeit die wichtigsten Dinge erledigt hatte. »Allein? Wenn du noch ein oder zwei Wochen wartest, kann ich mitfahren.«

Die Flüge nach Inverness waren ausgebucht, sodass sie in Edinburgh ein Auto mieten musste.

»Ich schaffe das. Ich bin die Strecke oft genug gefahren.«

»Ich weiß. Aber nicht unter diesen Umständen.«

»Declan, du traust mir also nicht zu, Auto zu fahren und gleichzeitig nachzudenken?«

Er ließ es auf sich beruhen. Declan verstand, dass sie Zeit für sich brauchte. Jedenfalls redete sie sich das ein. Vielleicht war er einfach nur froh, ihre Launen eine Weile nicht ertragen zu müssen.

Der unbefestigte Weg zum Haus ist von Schlaglöchern durchsetzt. Es muss stark geregnet haben. Bevor sie richtig in den Wald kommt, fährt sie am letzten der Nachbarhäuser vorbei, einem Bungalow auf einem mehrere Morgen großen Grundstück. Ein erbarmungswürdig dreinschauendes Pony steht dort, den Rücken zur Straße gewandt. Vom Zauber des Sommers an der Küste – die Kegelrobben, die geduckten Häuser und pastellfarbenen Strandhütten in Findhorn, deren in zarten Grau- und Blautönen gestrichene Wetterschenkel, die sonnengewärmten Kiefernstämme und das weite Meer dahinter – ist um diese Jahreszeit kaum mehr etwas zu spüren. Sie fährt am verwaisten Parkplatz der Forstverwaltung vorbei. Etwa eine Meile später verengt sich der Weg. Juliet fährt langsamer und hält am alten Fahnenmast kurz an.

Das Einzige, was hier noch weht, ist ein verwitterter Rest roten Bandes, das die Polizei zurückgelassen hat. Ihre Eltern hissten hier immer einen gelb-blauen Wimpel, der aus einem schlichten, in zwei Farben unterteilten Rechteck bestand. Sie erinnert sich, dass ihr Vater ihr die Bedeutung erklärte: *Ich möchte mit dir sprechen.* Wäre das jetzt doch nur möglich.

Sie fährt langsam weiter. Für sie ist dieser Ort immer noch der ihrer Eltern. Die ursprüngliche Siedlung Culbin wurde vor hundert Jahren unter Dünen begraben. Das ganze Gebiet steht unter Naturschutz. Kurz vor Inkrafttreten des Naturschutzgesetzes hatten Mum und Dad ein Stück Land gekauft. Mum wachte darüber, dass der Bau nach Dads Entwurf erfolgte. Als junger Architekt in einem Architektenbüro in der Innenstadt von Inverness, etwa fünfundzwanzig Meilen weiter westlich, war Dad sehr stolz darauf, wie das Strandhaus sich in die Umgebung einfügte.

Wie würde er es jetzt finden? Man hatte versucht, die Holzverkleidung zu streichen. Sie kann sich daran nicht erinnern. Es muss Ericas Idee gewesen sein.

Typisch Erica. Im selben Moment schämt Juliet sich für den Gedanken, auch wenn er zutrifft. Ein Ausbund an Energie und Tatendrang, aber vollkommen planlos und ohne sich hinterher um irgendetwas zu kümmern. Selbst hier wurde offensichtlich gepfuscht; es sieht so aus, als könnte das Haus schon wieder einen Anstrich gebrauchen. Im Bereich der Regenrinne platzen Schichten ab, und die Holzplanken, die um das halbe Gebäude verlegt wurden, beginnen an einigen Stellen zu modern. Der einstöckige, geduckte Bau scheint sich auf den Waldboden niederzukauern, als wollte er sich zwischen den flechtenüberwucherten Dünen und Heidelbeersträuchern verstecken. Der Hauptwohnraum ist offen gestaltet und zu drei Seiten mit bodentiefen Fenstern versehen, die eine harmonische Verbindung zum Wald herstellen.

Die floralen Elemente auf der gelben Tapete aus den Sechzigern sind von außen gleich zu erkennen. Ist es draußen dunkel, ist vom Wald aus drinnen jeder leicht zu sehen. Sieht man aber hinaus, versperrt die Spiegelung der Tapete in den Fenstern den Blick auf das, was sich dahinter befindet.

Beim Einbiegen auf den Parkplatz werfen die Scheinwerfer einen langen Lichtkegel zwischen die Bäume. Das Strandhaus leuchtet kurz auf, um gleich wieder im Schatten zu verschwinden. Juliet macht den Motor aus, bleibt aber noch einen Moment im Wagen sitzen, um die Stille und die Dunkelheit auf sich wirken zu lassen. Plötzlich überkommt sie Angst vor dem, was sie drinnen erwartet.

7

Der Mann, der sich Taj nannte, begleitete das junge Mädchen aus der betreuten Unterkunft in den nördlichen Stadtteil von Manchester. Warum er sie hierher brachte, wusste sie nicht. Auch nicht, was er in der Unterkunft eigentlich zu suchen hatte. Er schien dort zu arbeiten, denn er war jeden Tag dort und wartete mittags und abends vor dem Gebäude. Er war einer der wenigen Menschen, die ihren Dialekt sprachen.

Anfangs redete sie kaum, aber mit jedem Tag gewann er mehr ihr Vertrauen, und langsam empfand sie es als wohltuend, mit ihm sprechen zu können. Er redete anders als die anderen mit ihr. So hatte eigentlich noch nie jemand mit ihr gesprochen. Es gab ihr das Gefühl, zu leben, ein Mensch zu sein.

Er fragte sie, wie es bei ihr zu Hause war, bevor die Rebellen kamen, nach ihrem Lieblingsessen und nach Filmen, die sie gern sah.

Sie erzählte ihm von dem letzten Film, den sie im Kino gesehen hatte, der gleichzeitig ihr erster war, an dem Tag als sie siebzehn wurde. Das war lange her. Eine ganze Welt lag jetzt dazwischen. Der Film hieß *OBEN*. Darin ging es um einen Mann, der Ballons an sein Haus band und nach Südamerika flog. Als sie von dem Film erzählte, kamen ihr die Tränen, und Taj legte seine Arme um sie und versprach ihr, mit ihr ins Kino zu gehen.

Ein paar Tage später taten sie das auch. Aber sie verstand den Film nicht, obwohl er sich bemühte, alles zu übersetzen, und ihr alles ins Ohr flüsterte. Von den Sexszenen fühlte sie sich peinlich berührt, versuchte aber, sich nichts anmerken zu lassen. Er sollte nicht merken, dass sie noch nie einen Film für Erwachsene gesehen hatte. Danach betonte er immer wieder, dass sie sehr hübsch sei und sicher mal berühmt werde. Dass sie sogar ein Filmstar werden könne. Sie lächelte verlegen. Das stimmte nicht, aber ihm das zu sagen, traute sie sich nicht.

Ziemlich oft fragte er sie, ob sie schon einmal einen Freund gehabt hätte, und lachte, wenn sie es verneinte, weil die Eltern ihr das nie erlaubt hätten. Sie war erst dreizehn. Sie musste an den Bruder ihrer besten Freundin denken, der in ihrem Dorf in derselben Straße wohnte. Er war sechzehn und hatte dunkle Augen, die ganz schmal wurden, wenn er ihr auf dem Heimweg von der Schule heimlich zulächelte. Im Garten seines Hauses wuchsen Orangenbäume. Einmal ist sie direkt vor ihm gestolpert. Er hat ihr aufgeholfen. Sein Atem roch süß und frisch, wie Pfefferminztee.

Am Stadtrand von Manchester blieb Taj plötzlich vor einem alten Haus mit breiten Stufen und mächtigen Säulen stehen.

»Das hier war auch einmal ein Kino«, sagte er. »Jetzt ist es ein berühmter Nachtclub. Alle großen Stars kommen hierher. Fußballer, Sänger.« Sie blickte durch die geschlossenen Türen hinein und erspähte den gefliesten Boden und eine hohe achteckige Decke, die sie ein wenig an die Häuser erinnerte, die sie von früher kannte.

Er nahm sein Handy und vereinbarte mit jemandem einen Treffpunkt. Dann warteten sie auf einem schmalen Weg an der Straße. Der Beton war rissig und uneben. Durch ein Loch in einem Maschendrahtzaun am Ende des Weges gelangte man auf das Areal eines Gebäudes. Taj rauchte eine Zigarette und lachte, als sie keine mitrauchen wollte. Um ihr zu imponieren, entließ er Rauchringe in die Luft, wobei er aberwitzige Bewegungen mit dem Hals und der Zunge machte. Dicke weiße Ringe erhoben sich wabernd in die Luft und lösten sich auf, während er kleinere, schnellere Os folgen ließ.

Schließlich erschien Tajs Freund. Sie mochte ihn nicht. Er war riesig. Sein Kopf war kurz geschoren und von Narben übersät. Ein auffälliges rosafarbenes Mal verlief durch die spärlichen blonden Bartstoppeln seines faltigen Schädels. Sie hatte das Gefühl, es würde sie beäugen.

»Das ist Paul. Er ist okay. Er arbeitet hier im Club.«

Die beiden Männer redeten schnell auf Englisch miteinander, sodass sie nichts verstand.

Taj machte eine Bemerkung, und Paul lachte. Taj berührte sie am Kinn. Dann sah Paul sie seltsam an, schüttelte den Kopf und hob die Stimme. Taj legte seinen Arm um Pauls Schulter und führte ihn ein paar Schritte zur Seite. Als sie zurückkamen, schienen sie sich über etwas einig geworden zu sein.

»Paul sagt, du bist wunderschön. Er sagt, dass er dir hier einen Job besorgen kann. Du könntest etwas Geld verdienen. Sie haben wichtige Gäste. Berühmte Leute. Sie werden dich mögen.«

Sie begann, sich unwohl zu fühlen. Ihr wurde flau im Magen.

»Und?«

Er erwartete eine Antwort. Dann sah er seinen Freund an, als würde er die Geduld verlieren. Als würde sie die Zeit der beiden vergeuden.

»Was für ein Job?«, fragte sie.

Er lächelte wieder. Ein breites, zufriedenes Lächeln. »Du machst wichtige Leute glücklich. Komm mit, dann können wir dir alles zeigen und erklären.«

Sie musste dringend auf die Toilette, also willigte sie ein.

8

Der Herbst hat das Strandhaus ausgekühlt. Es riecht modrig und nach Hund. Juliet schläft schlecht. Das Holz, das sie zum Einlagern bestellt hat, ist trocken, und mit dem alten Holzofen kennt sie sich bestens aus. Trotzdem ist es nicht richtig warm geworden, nachdem sie das Bett gemacht – von dem die Polizei im Juni die Laken abgezogen hatte – und sich hingelegt hat.

Mit kalten Füßen konnte sie noch nie einschlafen. Declan hasst es, wenn sie ihm ihre Zehen in die Kniekehle drückt. »Es fühlt sich an, als würdest du mir all meine Wärme entziehen«, beklagt er sich jedes Mal, dreht sich dann um und zieht sie zu sich heran. »Wenn ich dich wärmen soll, dann richtig, Haut an Haut.«

Sie lächelt ins Dunkel. Sie vermisst Declan nicht oft. Sie waren Mitte dreißig, als sie ein Paar wurden, führten beide ein unabhängiges Leben und waren sich darin einig, nicht zu eng aufeinanderhocken zu wollen. Seine Arbeit als freischaffender Fotograf bringt es mit sich, dass sie sich während eines Shootings wochenlang nicht sehen. Und wenn sie viel zu tun hat, ist es nicht anders. Er hat immer noch seine eigene Wohnung auf der Südseite des Flusses. Dass sie eben nicht ständig zusammenleben, ist möglicherweise der Grund, warum ihr Verlangen, wenn sie ihn dann vermisst, so unbändig, fast ungehörig ist. Einmal hat sie ihm gestanden, dass es sie anmacht, seine Boxershorts so auf dem Boden ihres Schlafzimmers liegen zu sehen, wie er sie ausgezogen hat. Er hat gebrüllt vor Lachen.

»Und das, meine Damen und Herren, ist die Progressive Alliance!«

Den Kopf leicht zur Seite geneigt, hatte sie ihn mit missbilligender Miene angesehen und sich krampfhaft bemüht, nicht zu lachen. »Glaub es oder lass es, Declan«, hatte sie gemurmelt, während er ihr mit einem Finger über den schlanken Hals strich. »Man kann Feministin sein und trotzdem Männer mögen.« »Männer. Hm.« Er küsste sie. »Der Plural gefällt mir nicht. Die anderen sind alle Schweine, vergiss das nicht.«

Sie haben sich vor ein paar Jahren kennengelernt, als Declan den Auftrag bekam, ein paar Porträtaufnahmen für die PA zu machen. Normalerweise hasste sie solche Fotos, auf denen sie sich nur als ein Wesen mit schlaksigen Gliedmaßen, mürrischer Miene und schnippisch verzogenen Mundwinkeln sah. Das Foto aber, das Declan von ihr gemacht hatte, war, das musste sie zugeben, wirklich gelungen. Die Kollegen witzelten darüber, dass der Fotograf sich in sie verliebt haben müsse. Aber als sie sich später auf einer Party wiedertrafen, hätten nur wenige darauf gewettet, dass aus ihnen ein Paar würde. Freunde frotzelten, er wäre ein Abenteurer und Sturkopf. Juliet hatte aber ein Händchen dafür, Menschen für sich zu gewinnen, sodass es nicht lange dauerte, bis er ihr eingestand, zwar gern den Rebellen zu geben, in Wirklichkeit aber zu zynisch und zu feige sei, um bis in letzter Konsequenz für eine Sache einzustehen. Er bewunderte ihr Engagement und hielt ihr fast über den ganzen Abend einen Vortrag über Jazz. Juliet liebt Jazz, seit sie denken kann, war sie doch mit der riesigen Plattensammlung ihres Vaters groß geworden und hatte kaum ein Festival in Inverness ausgelassen. Es bereitete ihr großes Vergnügen, Declan hereinzulegen. Heute behauptet er immer noch, sie hätte ihn nur mit zu sich nach Hause genommen, um ihn mit ihrer Musiksammlung fertigzumachen. Das Gesicht, als ihm, lässig an den Türrahmen gelehnt, der Unterkiefer herunterfiel, war unbezahlbar. Jene Nacht war gewissermaßen die Blaupause für ihre Beziehung: spielerisch, leidenschaftlich füreinander und für sich selbst – nichts war selbstverständlich.

Ein seltsamer Zufall, denkt sie jetzt, dass Beths Freund ebenfalls mit Musik zu tun hatte. Ein Musiker, der, wie es aussah, in einem umfunktionierten Studio irgendwo hier an der Moray-Küste ein Album aufnahm. Trotzdem weiß Juliet so gut wie nichts über ihn. Von dieser Verbindung war in Karen Sutherlands Bericht kaum die Rede gewesen, als wäre sie unwichtig. Und als Juliet mehr darüber wissen wollte, erfuhr sie zu ihrer Überraschung, dass Erica und Beth über den Mann nie gesprochen hatten. Und auf der Beerdigung war er auch nicht erschienen. Auch da schien Juliet die Einzige zu sein, die das störte. Sie hatte versucht, es sich damit zu erklären, dass es für Beth nur ein harmloser Flirt war oder dass es sich bei dem jungen Mann um einen dieser eingeschüchterten Kreativen handelte, der sich selbst genügte. Trotzdem wüsste sie gern mehr über ihn und den Einfluss, den er auf ihre Nichte hatte, zumindest aber darüber, was er dachte. Das wäre ein Weg. Auch wenn es vielleicht etwas weit hergeholt schien, überlegte sie, ob er nicht das Bindeglied zu den Palmers und der Eden Media Group sein könnte. Sie ist sich darüber im Klaren, dass sich die Musikszene ständig verändert, aber wäre es für einen jungen Musiker nicht verlockend, bei einem Label wie EMG unter Vertrag zu sein?

Sie schließt die Augen und versucht, den Gedanken beiseitezuschieben. Darüber, was Fiona ihr über Dominic Palmer gesagt hat, hat sie Declan gegenüber Stillschweigen bewahrt, und das bereitet ihr ein schlechtes Gewissen, wenn sie ehrlich ist. Die Verbindung zu ihrer wunderbaren und unschuldigen Nichte fühlt sich einfach nur schmutzig an. Außerdem gehört Declan zu den Leuten, die gern alles in epischer Breite ausdiskutieren, und es gibt nun mal Dinge, die sie als Erstes mit sich allein ausmachen muss.

In letzter Zeit enden ihre Gespräche stets im Streit, und sie spürt, wie leid er es ist, dass seine Argumente nie angenommen werden. Sie hat Erica und sich selbst so lange vor der starrköpfigen Überfürsorglichkeit ihres Vaters beschützt, dass sie den Leuten heute schon bei der Andeutung eines Ratschlags eine Abfuhr erteilt. Sie weiß, dass ihre Reaktion unangemessen ist, wenn Declan ihr einen Rat geben oder Kritik äußern möchte. Aber sie würde lieber sterben als zugeben, dass sie im Grunde nur seine bedingungslose Zustimmung erwartet.

Sie zieht sich ein Kissen an die Stelle heran, an der er sonst liegen würde, aber die klobige, weiche Form erweist sich nur als schwacher Trost.

Am nächsten Morgen wird sie früh wach und ist überzeugt, einen Wagen gehört zu haben. Sie schlägt die Augen auf. Würde sich ein Wagen nähern, müsste sie das Licht der Scheinwerfer sehen, das im Bogen über die Wände wandert, über die muschelförmige Decke, das mit Fleming-Büchern vollgestopfte Regal und das Nähkästchen, das ihrer Mutter gehörte, bevor Beth es bekam.

Aber im Raum ist es dunkel. Vielleicht liegt es daran, dass sie die Augen so plötzlich aufgeschlagen hat, vielleicht auch nicht. Trotzdem liegt sie mit dem Gefühl da, ein Lichtstrahl wäre über den runden Spiegel mit dem Rosenholzrahmen an der gegenüberliegenden Wand gehuscht. Nicht zum ersten Mal wünscht sie sich, Bucky bei sich zu haben, der ungebetene Gäste mit seinem Bellen in die Flucht schlägt und sich dann vor der Schlafzimmertür zusammenrollt.

Sie horcht angestrengt. Das Ticken der Sunburst-Uhr an der Wand in der Diele. Der Kühlschrank, den sie am Abend erst wieder eingeschaltet hat, surrt vor sich hin und gibt dann und wann ein unwilliges, kurzes Rumpeln von sich, das sich anhört wie das Grollen eines Mannes. Sie braucht lange, um in den Schlaf zurückzufinden.

Es ist schon später Vormittag, als sie aufsteht und die Lebensmittel auspackt, die sie eingekauft hat. Sie setzt Kaffee auf und macht eine Scheibe von dem Weißbrot, das sie von der Tankstelle mitgebracht hat, im Backofen warm.

Während der Ofen vor sich hin summt, sieht sie sich im Haus um und überlegt, wo sie anfangen soll. Ihr Blick fällt in das kleine Schlafzimmer, das Erica und sie sich früher geteilt haben, sie betritt es aber nicht. Es riecht muffig, denn es wurde seit Jahren nicht mehr benutzt. Die Oberflächen sind von einer Staubschicht überzogen. *Winzige Stücke von dir und mir,* wie Mum immer sagte. All die Streitigkeiten, die sie in dem Raum immer hatten! Erica, die einen Flunsch zog, wenn Juliet lesen wollte, statt aufzubleiben und verbotenerweise an ekligen Likören aus dem Schrank der Eltern zu nippen. Vierzehn oder fünfzehn muss Juliet gewesen sein, als sie ein gebrauchtes Kondom unter Ericas Bett fand. Zum Teil, weil es sie anekelte, zum Teil aus Loyalität ihrer Schwester gegenüber, zum Teil aber auch, weil sie sich beide vor der Bestrafung durch den Vater schützen wollten, hatte Juliet niemandem etwas davon erzählt. Was sich dahinter verbarg, empfand sie als zutiefst verstörend. Ihre aufkeimende Sexualität, die es geradezu hinausposaunte. Sie weiß, dass die Wissenschaft anderes lehrt. Dennoch hat sie sich seitdem immer wieder gefragt, ob sie Ericas Zustände hätte verhindern können, wenn sie damals offen über die freizügige Lebensweise ihrer Schwester gesprochen hätte.

Sie öffnet den kleinen Sekretär in der Diele und findet einen fünf Jahre alten Parkschein. Eine Schale mit Münzen und ein riesiges Vergrößerungsglas, wie es alte Leute zum Lesen verwenden. Hat Beth es vielleicht zum Weben oder Nähen benutzt? Dann entdeckt sie einen alten Gezeitenkalender. Zwei Briefe von der Universität, in denen man sich nach Beth erkundigt. Sie vermutet, dass die Polizei all diese Dinge in Augenschein genommen hat. Dass keine Tagebücher darunter waren, muss eine Enttäuschung für die Ermittler gewesen sein. Ihr Gutachten basierte stattdessen allein auf diesen nebensächlichen Dingen. Beths Schuhe, die sie ordentlich abgestellt mitten auf dem Weg zum Meer fanden. Die Äußerungen der Freunde, die sie als zurückgezogen beschrieben. Die Packung mit dem Zeug, das sich schließlich als Valium entpuppte. Hinzu kam Ericas Krankengeschichte, und das reichte ihnen, um sich ein Bild zu machen.

Aber Juliet nicht.

Sie streicht mit den Fingern über ein gerahmtes Stickbild an der Wand mit einem breiten, von Bäumen gesäumten Fluss, ein Geschenk für Beth von ihren Großeltern nach einem Urlaub in Kanada. Beths erste Handarbeit. Während eines der kurzen Krankenhausaufenthalte von Erica hatte Mum ihrer Enkelin bei dem Sticksatz geholfen und ihr erklärt, wie der Schussfaden den Kettfaden kreuzt; wie das menschliche Auge ähnliche Farben als eine wahrnimmt. Juliet erinnert sich, wie sie ihre Mum amüsiert ansieht, als Beth Tage später allen Ernstes ihre Kreation erläuterte und dabei wortwörtlich die Erklärungen ihrer Großmutter wiedergab. Für unterschiedliche Flächen hatte sie Fäden mit unterschiedlichen Strukturen gewählt: Satin, Baumwolle und Wolle. *Hier ist das Wasser ruhig und glatt, seht ihr, deshalb habe ich es aus Seide gemacht. Es schimmert wie ein Spiegel. Und hier ist es aufgewühlt und stürzt brodelnd durch die Schnellen hindurch.* Für das Werk einer Anfängerin konnte sich das Resultat durchaus sehen lassen, und es verschaffte ihr Ablenkung von dem, was Erica wieder einmal durchmachte. In diesen Dingen war Mum einfach großartig. Wäre sie doch bloß noch da.

Juliet riecht an einem alten Glas Himbeermarmelade aus dem Kühlschrank, die definitiv vergoren ist. Mit einem gebutterten Toast, eingehüllt in eine schwere Decke und mit einer von

Beths Arbeiten aus dem ersten Studienjahr geht sie auf die Terrasse hinaus und setzt sich auf eine Bank. Das Holz ist alt. Sie spürt das kratzige Moos durch den gerauten Baumwollstoff des Schlafanzugs.

Die Feuerstelle, die Dad errichtet hat, scheint sich am Rande des Gartens wegzuducken. Wie können sie jemals wieder an einem Sommerabend um sie herum sitzen, wenn Beth dort ihre Entwürfe körbeweise angezündet haben soll, bevor sie starb? Die Polizei fand verkohlte Fetzen überall auf dem Rasen und im Wald. Sie haben eine Ewigkeit mit der Untersuchung zugebracht; die Mitteilung und die Schuhe, die gar nicht weit vom Weg entfernt lagen, haben sie erst Tage später entdeckt, nachdem ihre Leiche bereits angespült worden war. Diese vertane Zeit nagt an Juliet.

Sie fährt sich mit der Hand durchs Haar, zupft gedankenverloren kleine Knötchen heraus, die sich im Nacken gebildet haben, und lässt die feinen, blonden Strähnen in den Garten hinausschweben. Die Bank ist zum Meer hin ausgerichtet. Jenseits der Bäume, etwa vierzig Meter entfernt, hinter Dünen, Watt und dem von Steinen und Muscheln übersäten Strand liegt er, der stahlgraue Feind, dem ins Gesicht zu sehen sie sich zwingen muss. Nichts rührt sich, während sie zwischen den Zweigen hindurchsieht. Kein Sonnenstrahl fängt sich glitzernd auf dem Wasser. Nur ein dumpfes Grollen dringt zu ihr herauf. *Das Meer der Knochen* sagte ihr Vater immer, den die Fundstücke aus mesolithischer Zeit – Feuersteine, Tierfallen, Skelettreste von Rehen und Grabbeigaben –, die das Meer freigab, regelmäßig in Verzückung versetzten. Und irgendwo unter dem Sand liegt das alte Fischerdorf Culbin, das ein Sturm vor Jahrhunderten unter sich begraben hat. Sie zieht die Decke enger um sich, beißt von ihrem Brot ab und blickt in die Ferne.

Das ist der erste Schritt. Sie muss sich wieder an die anschwellende Brandung gewöhnen, an den Klang und das Grauen, das es für sie bedeutet. Auch in London vermeidet sie es, sich Gewässern zu nähern. Ihre Joggingrunden um die Seen in Hampstead Heath hat sie aufgegeben, ebenso die gemeinsamen Spaziergänge mit Declan am Flussufer entlang. Ihr Apartmenthaus hat eine Dachterrasse mit einer atemberaubenden Sicht auf den Kanal in Camden. Wenn Declan sie überreden kann, mit ihm zusammen hinaufzugehen, lässt sie ihn die Aussicht genießen, während ihr Blick sich entschlossen auf den alten Fernmeldeturm richtet. Sie blickt nach innen, wenn möglich. Sie arbeitet viel, und tiefergehenden Gesprächen mit Declan entzieht sie sich, weil sie sich dem nicht gewachsen fühlt. Dennoch versucht er es immer wieder und schneidet das Thema Beth behutsam an, weil er ihr helfen will, aus sich herauszukommen.

Einen Sonntag, kurz vor der Beerdigung, kann sie nicht vergessen. Sie war bei Declan und hatte den Vormittag am Laptop arbeitend im Bett verbracht. Erst mittags betrat sie, nur mit einem seiner Hemden bekleidet, die Wendeltreppe aus Metall. Auf halbem Weg nach unten hielt er sie an.

»Ich wusste, dass mich diese Treppe eines Tages ins Verderben stürzen wird«, sagte er, während er einen Fuß lächelnd auf die unterste Stufe setzte. »Ich dachte«, fuhr er fort, während er langsam zu ihr hinaufging, »ich würde wie ein betrunkener Idiot herunterfallen. Jetzt aber«, er stand vor ihr und liebkoste ihren Nacken, bevor er auf die Knie sank, »jetzt erkenne ich, dass der Teufel andere Pläne mit mir hat.«

Er stöhnte leise, während er die Innenseite ihrer Oberschenkel küsste. »Großer Gott, steh mir bei. Ich könnte hier drin glatt ertrinken.«

Sie verspannte sich sofort, versuchte, seine Worte nicht an sich heranzulassen, sich zu entspannen und wieder zu sich zu finden. Sie schloss die Augen, aber es war zu spät. Einen Moment später hielt er inne. Er fuhr mit den Händen ihren Rücken hinauf und hielt sie sanft im Arm.

»Ich hab's vermasselt, richtig?«

Beide lächelten reuevoll, gingen hinunter und bereiteten ein spätes Frühstück zu. Am Nachmittag, sichtlich bemüht, die Sache wiedergutzumachen, agierte er nervös. Um sie aufzuheitern, hatte er ihr Lieblingsalbum von Esbjörn Svensson aufgelegt, dabei aber nicht bedacht, dass Svensson bei einem Tauchunfall ums Leben gekommen war. Augenblicklich hatte sie die Musik wieder ausgeschaltet. Die grüblerischen, düsteren Klänge waren das Letzte, was sie ertragen konnte. Je mehr Declan sich bemühte, umso mehr wehrte sie alles ab und tat so, als würde sie es nicht bemerken. Schließlich gab er auf.

»Ich glaube, ich muss mal raus, ein wenig Luft schnappen.« Er legte ihr Haar zur Seite, küsste ihren Nacken, legte die Arme um sie, während sie den Blick über das Bücherregal wandern ließ. »Wollen wir etwas essen gehen?«

»Nein, vielleicht ein andermal. Ich muss morgen früh raus.«

»Juliet ... der Sonnenuntergang. Hast du heute Abend überhaupt schon mal aus dem Fenster gesehen? Das Licht auf dem Wasser ist wunderbar. Draußen weht eine leichte Brise, die dir guttun würde.«

Sie hasst sich immer noch dafür, sich ihm so entzogen zu haben. »Kannst du mich nicht verdammt noch mal in Ruhe lassen? Für mich ist es eben keine leichte Brise. Ich denke an Atemnot und daran, wie das Meer Beths Lungen füllt. Ich kann an nichts anderes denken. Tag für Tag. Minute für Minute. Immer wenn ich Wasser sehe.«

Declan war schließlich geblieben und hatte mit ihr zusammen das Abendessen gemacht. Aber der Blick, der ihm über das Gesicht huschte, war ihr nicht entgangen. Sorge, Schmerz. Und Angst. Ob es Angst um sie war oder um sie beide als Paar, wusste sie nicht. Sie hatte nichts gesagt und damit sich selbst geängstigt.

Sie kennt den Stand der Wissenschaft. Seit Ericas Diagnose

vor all den Jahren hat es einige Studien über bipolare Störungen bei eineiigen Zwillingen gegeben. Sie weiß, dass sie ein zehnfach höheres Risiko trägt. Ihr Problem mit Wasser. Ihre Gedanken, die unaufhörlich um das Thema Suizid kreisen, die unkontrollierten Wutausbrüche gegenüber Declan, all diese Dinge durchleben Menschen, so auch Erica, zu Beginn einer Krise. Aber es ist doch, verdammt noch mal, unfair, alles darauf zu schieben. Sie trauert, ganz einfach. An dem Abend fasste sie einen Entschluss: Wenn sie das durchstehen will, wenn sie jemals in der Lage sein soll, in London zu bleiben und dort mit Declan zu leben, dann muss sie lernen, mit ihrer Trauer und ihrer Angst umzugehen.

Sie geht ins Strandhaus, um sich anzuziehen und nach Schuhen zu suchen.

9

Kurz vor Mittag macht Juliet sich auf den Weg. Um das Auto hatte Beths Vater sich gekümmert, aber das kleine Motorboot der Familie muss noch aus dem Hafen geholt und zum Überwintern auf die Auffahrt zum Strandhaus gebracht werden. Vom Schlüssel weit und breit keine Spur, obwohl sie genau weiß, dass Beth es zumindest letztes Jahr noch benutzt hat. Im September hatte sie Juliet eine Postkarte geschickt, auf der sie ihr über eine kleine Bootstour zu einem der Lieblingsziele ihres Großvaters berichtete, der kleinen Insel westlich von Burghead, wohin er gerne Tagesausflüge mit der ganzen Familie machte, um dort zu schwimmen und zu picknicken. Die Karte steht noch in einem Regal in Juliets Küche in London: Sie zeigt den Schutzumschlag von *Schwalben und Amazonen* mit einem kleinen Dingi mit rotem Segel.

Liebe Tante Jet! Die Schwalbe hat sich wieder auf Entdeckungsfahrt begeben! Wir sind bis nach Kelspie gefahren. Ich hatte Hähnchen-Sandwiches und Bier dabei. Es war verdammt kalt, aber ich habe leuchtend roten Weiderich gefunden, den ich für einen neuen Entwurf verwenden werde. Kommst du nächsten Sommer hoch? Wir hätten bestimmt viel Spaß.

Juliet kennt den Text der Karte auswendig. Als Beth gestorben war, hat sie ihn immer wieder auf der Suche nach etwas gelesen, was ihr hätte auffallen müssen. Aber da ist nichts, was auf eine Depression hindeutete oder dem Bild widersprach, das Beth von sich zeichnete, nämlich dass sie das Strandhaus, das Boot und die ganze Küste liebte.

Sie war anders als andere Teenager. Sie fand es nie langweilig, jedes Jahr aufs Neue von Inverness hinaus zum Strandhaus zu fahren, wo es weit und breit nichts gab außer Stille und Natur. Nichts wünschte sie sich mehr, als in das Strandhaus einziehen zu dürfen, obwohl die Universität in Elgin neue Studentenwohnungen errichtet hatte. Juliet holt tief Luft und richtet den Blick zum Himmel hinauf. Es schnürt ihr jedes Mal die Kehle zu, wenn sie sich Beth hier vorstellt, einsam und allein.

Bei ihren Besuchen in London schien sie stets gern mit Menschen zusammen zu sein – sie ging auf Partys, besuchte Ausstellungen oder versuchte, Juliet zu überreden, die Arbeit Arbeit sein zu lassen und mit ihr etwas trinken zu gehen. Was zog sie her, warum wurde sie es nie leid, immer wieder herzukommen?

Der Steg liegt knapp eine halbe Meile entfernt am Küstenpfad, der sich um die winzigen Buchten und Seen windet, die von den Sandbänken gebildet werden. An einigen Stellen führt er auch landeinwärts in den Wald von Culbin hinein. In dieser Richtung kommt man unterwegs nur an einem anderen Strandhaus vorbei, das um einiges luxuriöser ist als das von Juliet und um diese Jahreszeit meistens als Ferienhaus vermietet wird. Es liegt leicht erhöht auf einem Hügel am Waldrand und ist von einer riesigen Hecke umgeben, ein von vornherein zum Scheitern verurteilter Versuch, die Dünen zu stabilisieren. Nach außen wächst die Hecke ungezügelt vor sich hin und drängt die Fußgänger sogar ins Watt und in den Priel ab, durch den sich das Wasser bei Flut mit atemberaubendem Tempo ins Landschaftsschutzgebiet ergießt.

Sie hatte sich bewusst für diesen Weg zum Steg entschieden. Während sie sich mit ungelenken Schritten oben über die Dünen bewegt, muss Juliet sich zwangsläufig dem Meer stellen. Den Anblick der Hinterlassenschaften von Seevögeln und des geriffelten, von Wasserlachen durchsetzten Strandes versucht sie zu vermeiden. Warum rast ihr Herz? Selbst wenn sie aus Versehen runterrutschte, würde ihr nichts passieren, zumal sie Bootsschuhe anhat. Sie hatte zunächst gezögert, sich dann am Morgen aber doch die von Beth ausgeborgt. Zunächst hatte es sich falsch angefühlt, sie überhaupt anzufassen. Als Letztes hatte Beth sie vermutlich auf diesem Weg stehenlassen und eine Mitteilung hineingesteckt, bevor sie in Shorts und Bikini losgeschwommen ist. Als sie ihre Füße in das weiche Nubukleder schob, erwartete sie, einen tief empfundenen Widerwillen oder irgendeine Verbindung zu spüren … aber da war nichts; keine Verbundenheit, nichts Tröstendes und auch nicht das Gefühl, etwas Verbotenes zu tun. Nur Leere.

Am Ende des Weges zupft sie sich einen Brombeerzweig vom Ärmel und rutscht auf dem Hintern zum Watt hinunter. Ein Klanggewirr aus Klappern, Rumoren und Raunen schlägt ihr aus dem feuchten Sand und den Kieseln entgegen, und die Gedanken, die sie gerade beiseitegeschoben hat, brodeln wieder hoch. Die Vorstellung, dass Beth auf diese Weise irgendwo ausgerutscht sein könnte, bewusstlos im flachen Wasser lag und ertrunken ist, quält sie. Wenn Declan und sie sich Zeit für einen Urlaub genommen hätten, wäre nicht Wahljahr gewesen, dann wären sie vielleicht hier gewesen und hätten sie vielleicht rechtzeitig gefunden.

Declan hatte darauf bestanden, dass sie diese Dinge mit ihrem Arzt in London, Dr. Edison, einem älteren Herrn mit wildem, silbrigem Haar, bespricht, der ihr auch geduldig zugehört hat, während sie mit den Tränen kämpfte und ihm offenbarte, was sie quälte: das Gefühl von Benommenheit, die Übelkeit; ihre Schuld; die Furcht vor dem Wasser. Er erkundigte sich nach Declan, wollte wissen, ob er sie unterstützte, und beschloss schließlich, ihr nichts zu verschreiben. Sie müsse sich über ihre Gefühle keine Sorgen machen, sie seien ganz natürlich und gehörten zur Trauer. Vorsichtig fing sie an, sich bei ihm nach dem zu erkundigen, was man über den Tod von Beth wusste. Nach der Verletzung am Hinterkopf, die sie sich laut Bericht des Gerichtsmediziners etwa zum Zeitpunkt des Todes zugezogen haben sollte.

Edison erklärte ihr, dass Beth gegen einen Felsen gestoßen sein könnte. Bei Ertrunkenen, hatte er ihr freundlich und ruhig erklärt, können Ärzte oft wenig dazu sagen, welche Verletzungen dem Opfer zugefügt wurden, bevor es starb. Das liegt zum Teil daran, dass das Wasser das Blut wegschwemmt, zum Teil aber auch daran, an dieser Stelle hatte er gezögert, unsicher, ob sie das wirklich hören wollte, dass sich Platzwunden häufig in demselben Bereich befinden wie die Verletzungen, die entstehen, weil die Leiche umgekehrt im Wasser liegt. Bei Wasserleichen ist das so. Arme und Hände baumeln herum, als suchten sie den Seegrund ab. Mit dem Kopf nach unten. Wie ein Baby kurz vor der Geburt.

»Aber was ist, wenn …« Sie brachte es nicht über sich, den Satz zu Ende zu sprechen.

Edison lächelte freundlich und führte den Satz zu Ende. »Was ist, wenn sie einen Schlag auf den Kopf bekommen hat? Wenn ihr jemand die Verletzung zugefügt hat?«

»Ja. Ich habe mal etwas von einem Diatomeen-Test gelesen. Das sind Mikroorganismen, die etwas darüber aussagen, ob das Herz im Wasser noch geschlagen hat. Wenn Kieselalgen in die Organe oder in die Knochen gelangt sind.«

»Ins Knochenmark«, korrigierte Edison sie und nickte. »Aber das Verfahren ist umstritten.« Er blinzelte sie an, als könne er ihre Gedanken lesen. »Würde es für Sie dadurch leichter werden?«, fragte er. »Wenn Sie wüssten, dass sie bereits tot war, als sie ins Wasser gelangte? Dass ihr jemand das angetan hat? Dass sie nicht einfach ins Wasser gegangen ist, um sich das Leben zu nehmen?«

Sie holte tief Luft. »Ich … Ja. Irgendwie schon. Ich finde den Gedanken unerträglich, dass sie unglücklich gewesen sein könnte, dass sie sich zu dem Schritt entschlossen hat, ohne mit jemandem zu reden. Es wäre leichter für mich, wenn wir die Wahrheit kennen würden, egal, welche.«

»Das ist Sache der Ermittler. Sie haben alles untersucht. Ich weiß, dass es Ihnen gegen den Strich geht, Juliet«, er setzte die Brille ab und putzte die Gläser mit einem Tuch aus der Box, die er ihr hingeschoben hatte, »aber manchmal gibt es keine endgültigen Antworten. Dann muss man, nachdem alles in Betracht gezogen wurde, von dem ausgehen, was am wahrscheinlichsten ist.«

Keine endgültigen Antworten. Das sollte jemandem, der aus der Politik kommt, nicht unbekannt sein. Kompromisse eingehen, verhandeln, einen Mittelweg finden. Genau diesen Teil ihres Jobs beherrscht sie am wenigsten.

Während sie durch die seichten Pfützen watet, sucht sie nach einer Stelle, an der sie wieder auf das Ufer hinaufkommt, als sie verwundert entdeckt, dass an der Grundstücksgrenze des Nachbarn ein Stück Hecke fehlt. An dieser Stelle spiegeln sich das Meer und der Strand in etwas Hohem, einer Art Tür aus geschwärztem Glas. Juliet starrt sie fassungslos an. Die musste ein Vermögen gekostet haben. Dann haben die Nachbarn jetzt tatsächlich ihren eigenen Privatzugang zum Strand. Im ganzen Umkreis sind seit Jahren keine Veränderungen genehmigt worden. Die Leute müssen Strippen gezogen haben, um die Erlaubnis zu bekommen.

Oben angekommen, sieht sie sich selbst im Rauchglas der Tür und im Hintergrund, wie für die Bühne inszeniert, die Wolken und das Meer. Und einen jungen Mann, der sich mit schnellen Schritten über die Dünen nähert.

10

Normalerweise ist es genau das, woran Declan immer seine Freude hat. Vor Jahren lernte er Lotta Morgan bei einem Auftrag für das Wensleydale-Käsemuseum kennen. Lotta war damals eine der beliebten neuen TV-Köchinnen, die auserwählt wurden, neue Rezepte zu erfinden. Declan machte die Fotos – von den Kandidatinnen und den Gerichten –, die in einer Galerie im Eingangsbereich zu den Produktionsräumen der Käserei ausgestellt wurden.

Er hatte sich auf Anhieb gut mit Lotta verstanden. Sie war klein, etwas rundlich und hatte mit ihren walisischen und indischen Wurzeln einen distanzierten, sarkastischen Blick auf die Welt. Auch Juliet verstand sich gut mit ihr, als er sie ihr später vorstellte. Declan war überrascht, wie schnell sie sogar richtige Freundinnen wurden. Nur wenigen Menschen gelang es, Juliets Hang zur Ernsthaftigkeit so schnell zu durchbrechen. Über all die Jahre hinweg hatten sie jeweils in ihren Wohnungen gemeinsam gegessen und stundenlang über Essen, Liebe, Familie und Politik geschwatzt. Als Lotta jemanden für die künstlerische Gestaltung ihres neuen Kochbuchs brauchte, in dem es um Essbares aus der Region ging, fragte sie Declan natürlich zuerst.

Auch wenn er Juliet zunehmend ungern alleine lässt, wissen doch beide, dass der Job nicht nur Declans Stärken, sondern auch seinen Empfindlichkeiten entgegenkommt, und wenn er ehrlich ist, braucht Declan diese Arbeit, besonders in Zeiten, in denen sich jeder, der in der Lage ist, auf einen Knopf zu drücken, schon für einen begnadeten Fotografen hält. Ob nun aus Loyalität oder purer Trägheit, hatte er seiner Ausbildungsfirma die Treue gehalten und immer gedacht, dass Hochzeiten und Familienporträts nicht der schlechteste Weg wären, seinen Lebensunterhalt zu verdienen. Die Wende kam vor ein paar Jahren mit einem Auftrag für die Silberhochzeit eines wohlhabenden Ehepaars aus London, das er beim Frühstück, am See und schließlich auf der großen Feier ablichten sollte, die sie ausgerichtet haben. Die einzigen Bilder, auf denen alle locker und entspannt wirkten, waren die mit dem Familienhund. In seiner Verzweiflung erkor er das Tier – ein verspielter, freundlicher Pudel – zum Motiv. Die Familie war begeistert. Aber Declan hatte genug. Seine Berufskollegen hatten inzwischen Wettbewerbe gewonnen, waren in den Journalismus gewechselt oder Reporter geworden, während Kunden mittlerweile seinen Chef anriefen und den *Pudeltypen* anfragten. Ein Spitzname, der ihn nicht gerade mit Stolz erfüllte. Kurz drauf machte er sich selbstständig, wohl wissend, wie schwer es war, die wirklich guten Jobs an Land zu ziehen. Lotta und ihr Verlag sind ihm eine sehr große Hilfe.

Am Mittwoch nehmen er und Lotta den Zug von London nach Liverpool. Den Abend verbringen sie bei Lottas Freundin Sophie. Die beiden haben sich vor zwei Jahren auf einer Wohltätigkeitsveranstaltung im Royal Hospital kennengelernt, in dem Sophie arbeitet und für die Lotta das Catering übernommen hatte. Seitdem sind sie unzertrennlich und pendeln zwischen den zwei Städten hin und her. Juliet hat Sophie öfter getroffen als er und schwärmt von ihr. Jetzt weiß er, warum. Beim Essen fragt Sophie Declan behutsam über London aus, erkundigt sich nach seinen liebsten Aufenthaltsorten und will wissen, was man dort unternehmen kann. Als er ihr gesteht, dass er Liverpool wegen der Nähe zu Irland lieber mag, versetzt ihm Lotta unter dem Tisch einen Tritt, denn sie versucht schon länger, Sophie dazu zu bringen, die Wohnung zu verkaufen und mit ihr in den Süden zu ziehen.

Beim Kaffee machen sie Pläne für den folgenden Tag. Eigentlich ist noch Pilzsaison, aber gegen Ende September werden es schon weniger. Sie werden eine Weile suchen müssen, um eine

Stelle zu finden, die noch nicht abgeerntet ist, und suchen können sie nur, solange es hell ist. Sophie muss zur Arbeit, sodass Lotta und er sich allein auf den Weg zu der heruntergekommenen Bleiminen-Hütte östlich von Ruthin in Denbighshire machen müssen, die der Familie von Lotta mütterlicherseits gehört. Sie wollen vor Tagesanbruch losfahren, den Vormittag über zum Sammeln gehen und fotografieren und nach ihrer Rückkehr ein spätes Mittagessen aus dem zubereiten, was sie gefunden hätten.

Sie stehen früh auf und fahren durch den Mersey-Tunnel, dessen fahlweiß getünchte Wände an einen Madengang denken lassen, vierzig Meilen hinaus nach Denbighshire. Lottas Golf lassen sie in Loggerheads beim Besucherzentrum stehen und machen sich in absoluter Stille zu einem einstündigen Fußmarsch auf. Sie umrunden einen weitläufigen Kalksteinbruch. Den Blick nach unten gerichtet, marschiert Lotta zielstrebig voran, sodass Declan keine Zeit bleibt, stehen zu bleiben und die steilen Terrassen zu betrachten, die sich gleich einem Amphitheater des Grauens in die Landschaft fressen. Sie achten bei jedem Schritt genau darauf, wohin sie treten, als sie eine große Kalksteinstufe hinabsteigen, und kommen bald danach an Lottas Hütte vorbei.

Sie ist winzig, die letzte einer kleinen Reihe an den Fels gelehnter Hütten, die noch erhalten geblieben ist. Das Holz ist dunkel verfärbt, was dem Rauch oder der Feuchtigkeit geschuldet sein mag. Über zwei Luken liegen massive Fensterstürze. Entzückend, entfährt es Declan, so wie man baufällige Behausungen eben immer entzückend findet. Sie gehen gleich weiter in den Mischwald aus Eschen und Birken hinein. Der Himmel ist verhangen, ein grauer, von wenigen blauen Streifen durchwebter Schleier. Hin und wieder blitzt ein Sonnenstrahl zwischen den Zweigen hindurch, während sie sich raschelnd durch das kniehohe Dickicht aus Blättern und Farn auf feuchtem Boden und Moos arbeiten.

Den *Goldkäppchen*, wie sie die Pfifferlinge immer nennt und für die die Gegend bekannt ist, schenkt Lotta keine Beachtung. Sie hat es auf den gewöhnlicheren Schwefelporling oder den Steinpilz abgesehen, falls es welche geben sollte. Declan kann den Pfifferlingen jedoch nicht widerstehen, deren Trichter sich leuchtend Gold in das Moos am Wegesrand eingraben.

»Wenn du weiter so herumtrödelst, reicht das Licht bald nicht mehr aus. Es soll sich heute noch zuziehen.«

Declan richtet die Kamera auf Lotta und stellt die Belichtung ein.

»Du nervst. Ich weiß gar nicht, wie Juliet es mit dir aushält. Kommst du jetzt?«

»Jet hat andere Dinge im Kopf. Um mich macht sie sich am wenigsten Sorgen.«

Er macht drei schnelle Aufnahmen hintereinander. Lotta, die zum Himmel hinaufsieht. Lotta, den Kopf zur Seite geneigt. Lotta, schief lächelnd in schwarzen Gummistiefeln und hüftlanger grüner Wetterjacke, wie sie einen gut zu einem Fünftel gefüllten Korb mit Pilzen hochhält.

»Natürlich, du hast recht. Wie geht es ihr? Du warst gestern Abend etwas zugeknöpft. Du hast gesagt, dass sie nach Inverness hochgefahren ist?«

»Genau. Sie hatte unglaublich viel zu tun. Wie immer war sie ein richtiges Arbeitstier. Und ich glaube, das dämmert ihr jetzt, weil die Wahl vorbei ist.«

»Und du hast sie allein nach Inverness fahren lassen?« Lotta schüttelt sich leicht. Er weiß, dass Lotta, die das Stadtleben liebt, die Vorstellung von dem gottverlassenen Feriennest und dem Dorf, das unter Sand begraben liegt, eher zum Gruseln findet.

»Du kannst mir glauben, ich habe alles versucht, sie dazu zu bringen, damit noch zu warten. Aber wer schon einmal versucht hat, JT umzustimmen, der weiß auch, wie sehr er auf verlorenem Posten steht.« Er fotografiert Lotta, wie sie an einer Weggabelung in den Wald hineinblickt. Sie hat keine Ahnung, wie nah er sie herangeholt hat. Er sieht sie die Stirn runzeln.

»Das stimmt nicht. Sie hört sehr wohl auf dich. Du hättest diesen Ausflug absagen sollen. Ich hätte Verständnis dafür gehabt.«

»Hör auf. Sie wollte nichts davon wissen. Ich wollte ihr schon sagen, dass *du* abgesagt hast, aber das hätte sie sofort durchschaut. Wenn Juliet sich etwas in den Kopf gesetzt hat, dann ist sie durch nichts auf der Welt davon abzubringen. Vielleicht braucht sie ein wenig Zeit für sich. Sie hat Angst vor Wasser. Eine Art Phobie, seit Beth ... Ich vermute, sie will sich mit dem Thema auseinandersetzen.«

»Du solltest zu ihr fahren, wenn wir hier fertig sind. Überrasch sie.«

»Hm ...« Er ist unentschlossen. »Ich hoffe nur, dass sie sich hinterher nicht noch schlechter fühlt.«

»Was willst du damit sagen?«

Declan spielt am Objektiv. »Sie will Beths Sachen sichten. Ein Mädchen von zweiundzwanzig Jahren. Jet stellt sich gern vor, eine enge Bindung zu ihr gehabt zu haben, aber ... Manchmal ist es vermutlich besser, Erinnerungen so zu belassen, wie sie sind.«

Lotta schweigt. Sie hat einen riesigen Schwefelporling entdeckt, der rüschenartig, wie der Rock einer Flamencotänzerin, in mehreren Lagen an einer Birke wächst. Eine dieser Rüschen trennt sie vom Baum ab und hält sie Declan hin. Unter ihren Fingernägeln haftet Erde. Einen Moment lang geht jeder seiner eigenen Beschäftigung nach. Lotta streift suchend umher und füllt den Korb mit kleinen Kostbarkeiten, während Declan die Objektive wechselt, sich ein Stück zurückzieht und es sich im Grünen bequem macht.

Als sie in der Nähe nichts mehr findet, macht Lotta die Umhängetasche auf, reicht Declan die Feldflasche, die sie mitgebracht haben, und holt zwei übergroße Blätterteigteilchen heraus, die sie am Vorabend gebacken hat.

Declan beißt hinein, bevor Lotta ihr Stück ausgepackt hat, und spricht mit vollem Mund. »Wie viele haben wir davon? Von denen könnte ich locker ein Dutzend verdrücken.«

»Tu dir keinen Zwang an, mein kleiner Pudel«, sagt sie trocken.

Sie sitzen nebeneinander auf einem umgestürzten Baumstamm und verspeisen das Gebäck. Declan wischt sich den Mund mit der schmutzigen Hand ab und lehnt sich zurück, streckt sich aus und sieht in den Himmel hinauf.

Nachdenklich betrachtet Lotta den Korb mit den Pilzen vor ihren Füßen. »Was genau hast du gemeint? Ich meine, als wir über Beth gesprochen haben? ›Dass man sich seine Erinnerungen manchmal besser erhalten soll‹?«

Mit halb geöffnetem Mund sieht er sie an, als wollte er etwas sagen, richtet den Blick aber wieder gen Himmel. »So ist das mit Pudeln«, sagt er. »Hunde. Sie sind treu und plauschen keine Geheimnisse aus.«

Erst antwortet sie nicht, dann platzt es aus ihr heraus: »Das ist nicht wahr.« Sie steht auf. »Sie erschnüffeln sie. Dann bellen sie und bellen so lange, bis jemand kommt.« Sorgsam darauf bedacht, dass sie nicht in den Pilzen landen, streicht sie sich die Krumen vom Mantel. »Na komm, lass uns gehen. Du kannst noch beim Suchen helfen. Wir brauchen genügend für fünf verschiedene Rezepte.«

Declan streckt sich noch einmal aus.

»Declan«, sagt sie.

»Ja?«

»Ich hoffe wirklich, du weißt, was du tust.« Sie hält seinem Blick stand. »Auch das perfekteste Essen lässt sich vergiften.«

11

Toby Norton läuft jeden Tag über den Strand von Culbin. Manchmal sogar dreimal. Er hat sich ein Aufnahmegerät von Nagra um die Taille gebunden und hält ein Mikrofon in der Hand. Juliet hat er schon erspäht, lange bevor sie ihn hinter sich über den Sand hat laufen sehen. Er hatte sie schon vom Strandhaus aus gesehen. Er war schon früh auf an dem Morgen, weil es etwas zu erledigen gab: Er musste herausfinden, wem das Auto gehört, das in der Einfahrt zu Beths Haus steht. Und wenn er sich nicht abgewandt hätte, hätte er auch gesehen, wie Juliet sich im Haus anzieht. Man kann ihm einiges vorwerfen, aber pervers ist er nicht. Durch die Bäume hindurch hat er ihr aber beim Frühstücken zugesehen, wie sie auf der Bank sitzt, auf der er und Beth manchmal saßen. Auch wie sie in Beths Bootsschuhe schlüpfte, hat er beobachtet.

Toby hält die Hände hoch, als zielte man auf ihn, als Juliet sich mit einem Aufschrei nach ihm umdreht. Fast wäre es ihm gelungen, unbemerkt wieder zurückzulaufen. Er rührt sich nicht, das Mikrofon reckt er in den Himmel hinauf. Er möchte ihr keine Angst machen. Er muss ein seltsames Bild abgeben, wie er mit den Kopfhörern dasteht. Immerhin hat er etwas Waffenähnliches in der Hand. Ihr Gesicht ist weiß wie die Wand.

»Hallo. Alles okay. Nichts passiert!« Er bemüht sich um ein freundliches Lächeln. »Wenn Sie den Weg suchen. Da oben geht es hoch.« Er deutet in die Richtung. »Sie sehen aus, als wäre Ihnen kalt.«

Er klemmt sich das Pistolenmikrofon an den Hosenbund, streift den Kapuzenpulli ab und reicht ihn ihr.

»Ich bin Toby.«

Juliets Herz rast. Sie wirft dem Jungen einen abweisenden Blick zu, ohne sich für den Pulli zu bedanken. *Ein Junge.* Anfang zwanzig vielleicht. Vermutlich nicht viel älter als Beth. Verkabelt mit einer Art Aufzeichnungsgerät steht er jetzt nur noch in roten, blumengemusterten Shorts und Flip-Flops da. Er zittert leicht.

Das erschlaffte Gewebe um die Brustwarzen herum lässt sie vermuten, dass er stark abgenommen hat. Er mustert sie eindringlich und streckt ihr die Hand entgegen, während sie verunsichert im Sand steht.

Um von der Hand wieder loszukommen, deutet Juliet mit einer vagen Geste in die Richtung, aus der sie gekommen ist.

»Juliet. Da hinten wohne ich. Nicht weit vom Strand.« Im selben Moment bereut sie, ihm das auf die Nase gebunden zu haben. Sie kennt ihn nicht, und Leute, die etwas mit Beth zu tun haben und ihr Mitleid bekunden, sind ihr nicht geheuer. Er zeigt keine Reaktion.

»Also, schön, Sie kennenzulernen, Juliet.« Er spricht mit freundlicher Stimme, nimmt sie am Ellbogen und hilft ihr die Düne wieder hinauf. »Ich wohne hier.« Er zeigt auf das Haus hinter der Hecke, von dem Juliet dachte, es sei leer. »Wir machen hier gerade Aufnahmen.«

Aufnahmen? Seit wann gibt es hier ein Aufnahmestudio?

Sie beäugt ihn wieder. Spricht sie etwa mit Beths Freund? Als sie erfuhr, dass Beth sich mit einem Musiker trifft, der hier irgendwo an der Küste arbeitet, konnte sie nicht ahnen, dass er gleich *nebenan* wohnt, nicht einmal einen Kilometer vom Strandhaus entfernt.

Sie wird vorsichtiger, während er weiterredet und sie zum Weg zurückgehen. Er plauscht über elektronische Musik und darüber, wie er mit dem Rekorder die unendlich kleinen Geräusche der Meerlandschaft aufnimmt. *Glucksen*, geht ihr durch den Kopf. Irgendwie wird er ihr sympathischer. Scheint ein netter Kerl zu sein. Sie beginnt zu ahnen, warum er und Beth sich gut verstanden haben könnten.

Vor ihnen liegt der Anleger. Er wurde gleichzeitig mit den Sommerhäusern zur gemeinsamen Nutzung gebaut und beschreibt die Form einer Sense: Der Steg ist der Sensenstiel und der Liegeplatz das Sensenblatt. Das schwarze Erlenholz, das sich dem Angriff des Salzes aus dem Meer widersetzt, ist über die Jahre ergraut. Ein kleinerer Teil, der früher eine Nebenanlage war, ist in sich zusammengefallen. Von ihm ist nichts als ein gespenstisches Durcheinander von Holzhaufen zurückgeblieben, das nirgendwo mehr hinführt.

Toby dreht sich kurz zum Haus um. »Ich würde Sie gerne hineinbitten, aber man weiß nie, wie die Jungs gerade drauf sind«, erklärt er ihr verlegen. »Ich geh schnell rein und hole mir einen Pullover.« Er läuft los.

Juliet steht wieder allein am Anfang der Pier.

Sie schlendert über die Planken, bemüht, sowohl den Blick auf das Wasser unter ihr zu vermeiden als auch nicht in die unendliche petrolblaue Weite des Moray Firth hinauszusehen. Das Wasser schwappt munter gegen das Holz. Sie konzentriert sich auf das kleine Motorboot, das vor ihr festgemacht ist und träge vor sich hindümpelt. Der cremefarbene und rote Anstrich und die lustige, knallrote Persenning lassen es aussehen wie ein Boot, das sie aus einem Kinderbuch kennt, als hätte ihr Vater es sich genauso vorgestellt, als er es auf den Namen *Schwalbe* taufte.

Mit unsicheren Bewegungen geht sie neben dem Boot auf Hände und Knie, löst die Haken an einer Ecke der Abdeckung und sieht hinein. Der Geruch von Holz und modrigem Segeltuch strömt ihr entgegen. Im rötlichen Schein des letzten Tageslichtes erkennt sie zwei Rettungswesten und einen Feuerlöscher unter den Sitzen. Alles scheint nahezu trocken zu sein.

Mehr ist nicht zu entdecken, wenn sie sich nicht noch tiefer hineinlehnen will.

Zurück auf dem Anleger, fällt ihr das andere Boot am Ende des alten Pontons auf: ein mittelgroßes Sportboot, das neben Dads ganzem Stolz aufragt. Dass ein solches Boot in der kalten Jahreszeit hier zurückgelassen wird, ist ungewöhnlich. Auch wenn die letzten Winter mild waren, sollten beide Boote spätestens im Dezember aus dem Wasser geholt werden, besonders ein so großes.

Juliet beschließt hinzugehen. Die *Favourite Daughter* muss etwa achtzehn Meter lang sein. Ihr schwarz-weiß lackierter Rumpf erhebt sich steil aus dem Wasser wie ein Killerwal. Mittel- und Achterschiff liegen im Dunkel, sodass Juliet sich nur ausmalen kann, wie das Innere ausgestattet ist. Und einem dieser Typen soll das Ding gehören? Delta Function heißen sie, hat er gesagt. Der Name sagt ihr etwas. Sie fragt sich, ob Declan von ihnen schon einmal etwas gehört haben könnte. Sie müssen ziemlich gut sein. Also vielleicht doch nicht nur ein aufstrebender junger Musiker, von dem sie dachte, dass er sich mit Beth treffen würde.

Toby taucht aus dem Garten wieder auf und joggt ihr auf dem betonierten Weg entgegen.

Sie tritt einen Schritt von der Jacht zurück. »Schönes Schiff!«

»Ja, aber es gehört mir nicht. Leider. Es gehört unserem PR-Mann.«

»Respekt. Ich glaube, Sie zahlen ihm zu viel.« Juliet versucht, ihre Stimme möglichst beiläufig klingen zu lassen. Sie geht langsam über den Steg zur *Schwalbe* zurück. »Ich habe sie mir kurz angesehen.« Sie geht auf die Knie und macht die Persenning wieder fest. »Sie ist auch ganz passabel.« Sie sieht zu ihm auf und fühlt sich unangenehm berührt, wie sie vor ihm kniet und sich rechtfertigt. Ein ovales Tribal-Tattoo ziert seine linke Wade.

»Die Batterie muss vermutlich aufgeladen werden«, stellt er fest. Er hat sich nichts übergezogen, als er im Haus war. Sein Oberkörper ist noch immer unbekleidet, und die Haut beginnt, sich mit einer Gänsehaut zu überziehen. Er scheint ihren Blick zu bemerken, und als sie sich abwendet, schlingt er die Arme um sich und schiebt die Hände unter die Achseln.

»Ist es nicht wunderschön hier? Kennen Sie sich in der Gegend aus?«

»Ich war schon eine ganze Weile nicht mehr hier oben. Früher kannte ich mich sehr gut aus.«

»Ungewöhnliche Zeit, um herzukommen. Sind Sie schon lange hier?«

»Nein. Ja. Ich brauchte ein bisschen Tapetenwechsel.«

»Ein wenig Zeit für sich. Allein?«

Juliet nickt und könnte sich im nächsten Augenblick dafür treten. Etwas an diesem Jungen und dem Unschuldsblick aus seinen blauen Augen macht es unmöglich, nicht zu antworten. Das Lächeln in diesem sonnengebräunten, intelligenten Gesicht verleiht ihr das Gefühl, mitten im Scheinwerferlicht zu stehen.

»Sie können gerne vorbeikommen, wenn Ihnen nach Gesellschaft ist. Wir haben einen Jacuzzi. Vielleicht mögen Sie das.«

Der Jacuzzi! Fast muss Juliet kichern. Daran hat sie gar nicht mehr gedacht. Der Whirlpool im italienischen Stil mit den Rokokoformen und dem kuppelartigen Dach war für ihre Eltern nicht mehr als der Ausdruck schlechten Geschmacks, als die Nachbarn es bauen ließen. Ihr hingegen gefiel es. Erica und sie haben sich mit den Ersatzschlüsseln, die bei ihren Eltern zur Aufbewahrung lagen, oft durch den Wald und die Hecke geschlichen und ihn benutzt, wenn niemand da war.

»Danke.« Sie versucht, sich nichts anmerken zu lassen. »Vielleicht haben Sie recht.« Sie überlegt, was ihre Freunde dazu sagen würden. Die liegen ihr sowieso schon damit in den

Ohren, dass sie sich ruhig mal lockerer machen könnte. Lotta und Sophie würden sich bei der Vorstellung totlachen, dass sie mit diesem Mann in den Jacuzzi geht.

Er steht einen Moment nachdenklich da und trommelt mit den Fingern auf seinen nackten Bauch. »Ehrlich. Niemand hat etwas dagegen, wenn Sie ihn benutzen, wenn Ihnen danach ist. Übrigens«, er stockt, »morgen Abend gibt es eine kleine Party. Wir haben ein paar Leute eingeladen.«

Plötzlich fällt Juliet das Auto wieder ein, das sie letzte Nacht gehört zu haben meinte.

»Nichts Aufregendes, nur eine kleine Feier zum Saisonende. Wir fahren bald wieder. Sie sollten kommen.«

»Danke, Toby, das ist sehr nett, aber …«

»Kommen Sie. Es wird bestimmt nett.«

Es wird bestimmt nett. Beths Stimme hallt ihr von der Postkarte entgegen.

Juliet zögert. »Wie sagten Sie, heißt Ihre Band?«

»Delta Function. Der Name Dirac Delta ist Ihnen vielleicht schon mal untergekommen. Max und Karlo haben sie umbenannt, als ich mit an Bord kam.«

Sie traut sich nicht, ihm zu sagen, dass sie keine Ahnung hat, wovon er spricht. Der Steg vibriert. Ein anderer Mann nähert sich. Toby blickt über die Schulter und senkt die Stimme.

»Das ist Karlo«, sagt er. Mit einem Mal wird er lebendig, öffnet die Arme weit und wirkt für Juliets Geschmack fast hektisch. Als wollte er die *Favourite Daughter* und das ganze Haus umarmen. »Das alles gehört uns, Max, Karlo und mir. Für ein paar Wochen jedenfalls. Hallo, Karlo!«, ruft er. »Dieses wundervolle Wesen hier habe ich gerade für morgen Abend eingeladen.«

Wundervolles Wesen?

»Hallo«, grüßt Karlo knapp. Er trägt einen dünnen Schnauzbart und ein noch dünneres Lächeln im Gesicht. Er ist älter als

Toby, Anfang dreißig vielleicht, hat eine hagere Statur und dünne Beine. »Klar. Sie können kommen. Kein Problem. Je mehr, umso besser.« Er hat sich ein Handtuch um die schmale Hüfte geschlungen. Das Haar ist an den Seiten rasiert und oben zu einer Tolle hochfrisiert. Mit einer steifen Bewegung dreht er sich um und tritt an den Stegrand.

Juliet argwöhnt, dass er das Handtuch gleich fallen lässt. Doch als er es tut, entblößt er nicht mehr als eine eng anliegende gelbe Badehose. Toby in seinen ausgebeulten Jeans entgeht das nicht. Sie presst die Lippen aufeinander und versucht, nicht zu lächeln.

Karlo starrt mit einem seltsamen Blick aufs Wasser hinaus. »Wir haben Sie gesehen«, sagt er über die Schulter hinweg. Zunächst ist nicht klar, ob er zu Juliet oder zu Toby spricht. Er macht eine Geste Richtung Watt vor der Hecke und dem gläsernen Eingang, über das Juliet gerade gekommen ist. »Wir haben euch beide auf dem Strand gesehen.« Er macht eine schlaksige, taumelnde Bewegung, von der Juliet sich verhöhnt fühlt.

»Sie sollten morgen wirklich kommen«, sagt er noch einmal. Er streckt sich und spannt die Muskeln an. Dann dreht er sich zum Wasser um und fixiert den Horizont. »Ein bisschen entspannen und abhängen.« Er schließt die Augen, hebt die linke Hand, um sich die Nase zuzuhalten, macht einen winzigen Schritt vom Steg und verschwindet im Wasser.

Toby starrt auf die sprudelnde Stelle, an der Karlo für einen Moment nicht zu sehen ist. Er sieht Juliet an, der Karlos letzte nassforsche Bemerkung die Sprache verschlagen hat. Sein Adamsapfel wippt einmal auf und ab. »Vergessen Sie es«, sagt er. »Er kann manchmal wirklich seltsam sein.«

Sie zuckt mit den Schultern.

»Ich gehe auch rein.« Er deutet auf das Wasser. Auf Zehenspitzen geht er an den Rand des Stegs, winkt Juliet kurz zu und taucht etwas ungelenk ins Nass hinab. Prustend kommt er ein paar Meter weiter wieder hoch und setzt zu einem schnellen, angestrengten Kraulen an.

Juliet kehrt über den Hauptweg zum Strandhaus zurück, von wo aus sie eine bessere Sicht auf das Nachbargrundstück hat. Neben dem Haus stehen ein paar teure Autos, die mit ihren schlammverspritzten Radkästen vollkommen deplatziert wirken. Von vorn kann sie erkennen, dass der Eingang umgestaltet wurde. Sie versucht sich vorstellen, wo sie das Studio eingerichtet haben könnten. Gibt es dort einen Keller? Natürlich kann sie sich nicht erinnern. Gut möglich, dass Erica ihr etwas darüber erzählt hat, oder Dad, bevor er starb, und sie nicht darauf geachtet hat. Aber dass Beth davon nichts gesagt hat, überrascht sie.

Drei Wochen bevor ihre Nichte starb, hat sie das letzte Mal mit ihr gesprochen. Wie immer wohnte Beth dort im Strandhaus, wo nur ein löchriges Mobilfunknetz zur Verfügung steht, und fuhr die dreizehn Meilen nach Elgin zur Designerschule, von der aus sie manchmal anrief.

Juliet erinnert sich nur ungern an das Gespräch. Es war schon spät, und sie arbeitete noch an Kolumnentiteln, als das Telefon klingelte.

»Hallo, Tante Jet. Ich bin's. Wie geht es dir?« Beth fragte immer erst, wie es anderen ging.

»Ganz gut.« Juliet zögerte. »Und jetzt noch besser, wenn ich deine Stimme höre. Auf der Arbeit ist derzeit der Teufel los. Du wirst es in den Zeitungen gelesen haben.«

»Ja, aber ... aber ich verstehe es nicht so ganz. Ich meine, Bumsen ist doch kein Verbrechen.«

Juliet weiß noch, wie sie über Beths leichten Highland-Slang in sich hineinlachen musste. Ihren eigenen hat sie schon in ihrem ersten Jahr in London fast abgelegt.

»Natürlich nicht«, stimmte sie zu. »Ein Verbrechen nicht.

Aber eine Affäre mit einem verheirateten Mann, der noch dazu Kinder hat, ist nicht gerade das, was bei unseren Stammwählern auf Verständnis trifft. Und wenn es dann noch gelingt, es so aussehen zu lassen, als würde sie, na ja, Gefälligkeiten gegen Sex tauschen – dann ist das eine Katastrophe. Aber das ist nicht alles.«

»Was noch?«

»Morgen geht ein uraltes Foto an die Öffentlichkeit. Ein Aktfoto. Eine alte Werbeaufnahme.«

»Das darf nicht wahr sein. Wie dämlich ist das denn? Ich meine Aktfotos. Wen interessiert denn das? Das ist doch ihre Entscheidung, oder nicht? Darum geht es doch bei der PA. Um Frauen, die eigene Entscheidungen treffen?«

»Das Problem ist, dass es eben nicht Fionas Entscheidung ist. Sie möchte nicht, dass es an die Öffentlichkeit geht. Es ist entstanden, als sie eine junge Schauspielerin war, Beth. Ihr PR-Agent hat sie benutzt. Er war ein richtiges Arschloch. Sie hat der Veröffentlichung nie zugestimmt. Und der *Examiner* druckt es nun. Das ist ein schwerwiegender Eingriff in die Privatsphäre.«

»*Examiner*.« Beths Ton wurde fast ungehalten. »Was für ein Drecksblatt. Wer liest denn so etwas noch? Hat sich denn gar nichts verändert? PA-Wähler sollten diese Masche doch durchschauen und sich nicht verleiten lassen, Fiona zu verurteilen.«

»Das hätten sie letzte Woche wegen ein paar neuer Fotos vermutlich auch kaum getan. Möglicherweise hätten sie sie sogar gut gefunden. Im aktuellen Klima ist es ja schon schwierig, liberal zu sein, dann wird sie jetzt auch noch als Heuchlerin dargestellt. Eine Feministin, die für Aktfotos posiert, anderen Frauen die Männer wegnimmt und dann auch noch die Presse manipuliert. Die Leute mögen es nicht, wenn ihr Vertrauen missbraucht wird. In drei Wochen wird gewählt. Das ist der GAU.«

»Da hast du recht.«

»Hör zu, Beth. Ich habe noch einen Termin. Fiona gibt eine Pressekonferenz, die wir noch abstimmen müssen.«

»Ja, okay.«

»Tut mir leid, Liebes. Ist bei dir alles in Ordnung? Wie läuft es? Wie geht es deiner Mutter?«

»Alles okay. Ich habe viel zu tun. Es gibt ein paar Kleinigkeiten, die ich unbedingt mit dir besprechen muss.« Sie hält inne, als wartete sie auf die Aufforderung, weiterzureden, die jedoch nicht kommt. »Aber wenn du arbeiten musst … das kann auch warten.«

»Ich ruf dich zurück, Beth. Wann passt es dir am besten?«

»Jederzeit. Ich meine, ich bin viel im Strandhaus, aber versuch es einfach. Manchmal habe ich dort auch Netz.«

»Okay. Ich hab dich lieb. Bis bald.«

»Ich dich auch, Tante Jet.«

Das war alles. Drei Wochen später war Beth tot.

Ich bin viel im Strandhaus. Kein Wunder, dass Beth so viel Zeit hier draußen verbrachte. Wenn das die Musiker sind, mit denen sie sich angefreundet hat, dann hat sie sich hier oben bestimmt wohlgefühlt. *Ob sie mit ihr auf dem Schiff hinausgefahren sind?*

Juliet bemüht sich krampfhaft, sich nichts anmerken zu lassen. Die Vorstellung, dass eine Gruppe von Männern sie beobachtet und ihr Zögern und ihre Unsicherheit bemerkt, lässt sie zusammenzucken. Toby scheint ein ganz netter Typ zu sein. Karlo ist ihr nicht geheuer. Über ihn ist sie verärgert.

Nicht, dass diese Masche etwas Neues wäre: ein dummer Spruch, der eine Frau auf dem falschen Fuß erwischt und ihr unter die Haut geht. Ein übles Ding, seit Jahren praktiziert, vermutlich, weil es funktioniert. Erst führt es zur Verunsicherung, und dann fühlt man sich auch noch gezwungen, zu

Kreuze zu kriechen, um sich seiner Anerkennung zu versichern.

Die Vorstellung, dass einer der beiden seine Spielchen mit ihr treibt, ist alles andere als lustig. Mit ihren vierzig Jahren wird sie häufig für zehn Jahre jünger gehalten, aber trotzdem. Wie alt ist Karlo? Höchstens Anfang dreißig, und Toby – fast noch ein Junge – kaum älter als Beth. Declan würde sie grimmig und argwöhnisch ansehen und sagen, was er immer sagt, nämlich, dass sie keine Ahnung habe, wie Männer ticken, aber Juliet geht darüber hinweg. Da geht es um etwas anderes.

Wenn Toby Beths Freund war – und im Moment ist das sehr fraglich –, dann wird er schnell erkannt haben, dass sie Beths Tante ist. Warum sollte er sie sonst einladen? Trotzdem ist es seltsam. Warum lädt man die Tante der toten Freundin ein und sucht das Gespräch mit ihr?

Juliet seufzt. Die Wahrheit ist, dass sie nach Strohhalmen greift. Sie wird auf diese Party gehen müssen, wenn sie wissen will, wer diese Typen sind. Sie kann sich immer noch nicht vorstellen, was Beth, eine Studentin aus einer Kleinstadt im Norden, mit einem Widerling wie Dominic Palmer zu schaffen gehabt haben soll. Mehr als diese Musikfreaks hat sie nicht, um sich auf die Suche nach einer Erklärung zu machen, so unergiebig das auch scheinen mag.

Jedenfalls hat sie im Moment nicht die leiseste Ahnung, wer sie sind, und im Strandhaus gibt es weder Mobilfunknetz noch WLAN, um etwas zu überprüfen oder Declan anrufen zu können. Und, fast muss sie lachen, nichts anzuziehen.

12

Toby schläft schon seit ein paar Tagen nicht gut. Er liegt im Bett, ohne dass es ihm gelingt, abzuschalten. Wie ein Metronom hört er sein Herz in den Ohren schlagen.

Als er noch ein Teenager war, arbeitete er immer bis in die frühen Morgenstunden und länger an seiner Musik, bis er schließlich angezogen und mit schief sitzendem Kopfhörer ins Bett kroch, während sich der morgendliche Berufsverkehr bereits durch die Vororte von Manchester quält. Damals schlief er immer gleich ein. Letzte Einfälle mäanderten ihm noch im Kopf herum, bevor er in einen kreativen Schlummer entglitt.

Das ist jetzt anders. Unter dem Einfluss von Cola und Gras versucht er, einen Rhythmus hervorzubringen. Kaum lässt er den Kopf aufs Kissen sinken, kreisen die Gedanken. Wenn es ihm möglich ist, zieht er sich gern schon früh in sein Zimmer zurück, um Abstand von den anderen zu gewinnen und zur Ruhe zu kommen.

Natürlich ist es nicht hilfreich, einerseits zu beten, dass die eigenen Gedanken endlich zur Ruhe kommen mögen, und andererseits zu wissen, dass er aufstehen und den Strand absuchen muss. Mit jeder weiteren dahinkriechenden Stunde weiß er, dass er vor den anderen aus dem Haus sein muss, egal, wie lange er geschlafen hat. Wie zum Teufel soll er nicht mehr an Beth denken, an das letzte Mal, dass er sie gesehen hat, wenn er genau wegen ihr da draußen ist, auf der Suche nach ihr, morgens, mittags und abends.

Oft steht er im Morgengrauen auf, trainiert oder geht ins Dampfbad, um auf andere Gedanken oder überhaupt zur Ruhe zu kommen. Das ist das einzig Gute an diesem Haus, denkt er.

Der Trainingsraum im Keller; das Dampfbad draußen. Er kann sie nachts nutzen, ohne die anderen zu stören.

Er entschließt sich zu einer Cardio-Sitzung auf der Rudermaschine und denkt über die Möglichkeiten nach, die er hat. Was wäre, wenn er einfach aufhört? Wenn er einfach keine Strandgänge mehr macht? Es ist verlockend. Er versucht schon so lange, alles in den Griff zu bekommen, Max' Erwartungen zu erfüllen, den Babyspeck loszuwerden, sein Profil zu schärfen. Er arbeitet sich über die letzten fünfhundert Meter hinweg, wobei er versucht, das Tempo zu halten. Er könnte auch einfach loslassen. Aufhören.

Dann würde einer der anderen übernehmen, vermutet er. Sie würden an seiner Stelle den Strand absuchen, und er würde einfach warten, bis sie zurück sind, und sie genauso fragend ansehen, wie sie es jetzt bei ihm tun. Er möchte nicht von ihnen abhängig sein. Karlo kann man sowieso nicht trauen. Er lügt, dass sich die Balken biegen, und behält Neuigkeiten für sich, solange sie ihm nützen. Dumm ist er nicht, aber selbstsüchtig und leicht beeinflussbar. Er könnte sich dazu verleiten lassen, jemanden übers Ohr zu hauen.

Dann ist da noch Max. Natürlich hat Max ihm auf die Sprünge geholfen. Toby weiß das. Aber Max zieht auch Nutzen aus dem Arrangement: Seine Karriere war auf dem Tiefpunkt, bis Toby an Bord kam. Aber dass Max möglicherweise dreimal am Tag Kontrollrunden um sein Haus dreht, ist zu viel.

Er geht zu einem anderen Gerät, setzt sich rittlings auf eine kleine Bank und setzt zu ein paar Armbeugen an. Sie werden ihr Leben lang auf ihr gegenseitiges Schweigen angewiesen sein – ein erdrückender Gedanke, gelinde gesagt –, aber es wäre einen Versuch wert, sich von den anderen zu lösen.

Diese Gedankenflut hält Toby wach. Muss er auf Max warten, um den Schlussstrich zu ziehen? Oder darauf, dass Karlo alle auffliegen lässt?

Die Idee, eigene Wege zu gehen, ist so verlockend, dass Toby es schwierig findet, seinem eigenen Urteil zu vertrauen. Die Geschichte fliegt früher oder später sowieso auf. Wäre es nicht besser, wenn er schon lange weg wäre, mit all dem nichts mehr zu tun hat?

Er trocknet sich ab und nimmt einen Schluck vom eiskalten Wasser aus dem Kühlschrank, bevor er morgens gegen Viertel vor fünf in sein Zimmer zurückgeht. Vielleicht gelingt es ihm, noch zwei Stunden zu schlafen. Mit ausreichend Abstand könnte er behaupten, nichts oder nur wenig zu wissen. Was aber wäre *ein ausreichender Abstand?* Wird er sich je wieder wirklich sicher fühlen? Er hat sogar überlegt, einen Umschlag vorzubereiten, einen *Nur-im-Fall-meines-Todes-zu-öffnen*-Brief, zur Sicherheit.

Max wollte ihn davon überzeugen, dass sich alles in Wohlgefallen auflösen würde. Je mehr Zeit sie verstreichen ließen, nach allem, was passiert ist, meinte er, umso weniger würde es schmerzen.

»Meinst du, umso weniger tut es weh, oder umso weniger zieht es unsere Karrieren in Mitleidenschaft?«, hatte Toby gefragt.

Die Antwort kam zögernd, nach ein paar zu langen Sekunden aber überzeugend. »Beides.«

Toby hatte sich abgewandt, während Max weiter davon sprach, schon bald die Sachen zu packen und abzuhauen. Sie durften nur nicht die Nerven verlieren, sagte Max. Das Album veröffentlichen. Die Tour auf den Weg bringen. Dann könnten sie alles hinter sich lassen.

Aber jetzt ist diese Frau da. Juliet. Sie werden warten müssen, bis sie wieder fährt, wenn sie kein Risiko eingehen wollen. Es würde ihnen gerade noch fehlen, dass sie Wind von der Sache bekommt. *Wir müssen sie auf andere Gedanken bringen,* sagte Max. Morgen werden sie ein wenig mit ihr plaudern.

Versuchen, ihr etwas entgegenzukommen. Dann geht sie vielleicht.

Toby sieht sie vor sich, mit ihrem kontrollierten Blick, wie sie versucht, sich die Verblüffung nicht anmerken zu lassen, und das Kichern unterdrückt, als sie Karlos grauenvolle Badehose zu sehen bekommt. An ihre klugen Augen.

Und wenn sie nicht geht?

Plan B: dafür sorgen, dass man sie nicht ernstnehmen kann.

13

Am nächsten Morgen regnet es. Juliet wird früh wach und lauscht den Tropfen, die sanft auf den Waldboden niedergehen, und dem erratischen Trommeln auf dem Dach des Strandhauses. Jedes einzelne Tröpfchen scheint in ihre Gedanken zu sickern.

Sie muss nach Elgin fahren und sich etwas Passendes für die Party heute Abend besorgen, auch wenn es das Letzte ist, wonach ihr im Augenblick der Sinn steht. Nachdem sie es sich in der Nacht noch einmal durch den Kopf gehen lassen konnte, kommen ihr Zweifel. Die gestrige Begegnung auf dem Steg war sehr sonderbar. Daraus aber zu schließen, dass die Delta-Typen irgendwie die Verbindung zwischen Beth und den Palmers darstellen, scheint ihr doch weit hergeholt zu sein. Im Übrigen ist Fiona die Einzige, die behauptet, dass es einen Zusammenhang zwischen Beth und Dominic gibt und dass dies etwas mit ihrem Tod zu tun hat. Juliet ist zwar noch nicht paranoid genug, um zu glauben, Fiona wollte sie mit diesem Manöver aus London herauslocken und beim Tauziehen um die Führungsrolle aus dem Weg haben, kann sich aber des Gedankens nicht ganz erwehren.

In Elgin gibt es ein zuverlässigeres Mobilfunknetz, sodass sie dort ihre E-Mails aus dem Büro checken und auch selbst ein wenig schreiben kann. Außerdem kann sie versuchen, etwas über Delta Function herauszubekommen, und Declan anrufen. Und sie möchte die Ausstellung besuchen, die die angebliche Freundin von Beth, diese Georgia, veranstaltet. Wenn ihr Zeit bleibt, kann sie versuchen, jemanden zu finden, der ihr einen neuen Schlüssel für die *Schwalbe* beschafft. Sie kennt einen Laden in Inverness. Und bevor sie wieder zurückfährt, um sich für die Party fertigzumachen, fährt sie noch auf einen Sprung zu Erica, mit der sie am Nachmittag zum Kaffee verabredet ist.

Sie bemerkt, dass Erica die Letzte auf ihrer Liste ist. Soll sie sie anrufen? Sie könnten gemeinsam zur *Out of the Blue*-Ausstellung gehen. Aber schon während sie nur darüber nachdenkt, weiß sie, dass das nicht passieren wird. Vielleicht geht es Erica gut, und sie hat gegen einen Ausflug und ein wenig Ablenkung nichts einzuwenden. Genauso gut kann es aber auch schiefgehen. Cathy, Ericas Ärztin, hat Juliet vor stressauslösenden Faktoren gewarnt – Wechsel der Jahreszeit, Scheidung, Trauer. Alles und nichts könne eine Krise auslösen, genauso schnell, wie alles wieder ganz normal wird. Das Beste sei, die Dinge nicht komplizierter zu machen, als sie wären, und sie zu Hause zu besuchen. Ihre Nachforschungen macht Juliet lieber allein, ohne auf jemand anderen aufpassen zu müssen.

Außerdem blendet sie die Auslöser, von denen Cathy gesprochen hat, lieber aus, da sie genauso für sie gelten könnten.

Die Strecke nach Elgin führt schnurgerade, meist über die Autobahn, durch den herbstlich goldenen Wald. Sie fährt am Ortsschild von Sueno's Stone in Forres vorbei, in dem die drei Hexen aus Shakespeares *Macbeth* der Legende nach gefangen sein sollen. Juliet hatte immer Mitleid mit ihnen. Jetzt sind die drei Hexen doppelt gefangen: die in sich verschlungenen Ornamente sind zum Schutz vor Witterungseinflüssen und Graffiti in einem hohen Gehäuse aus Panzerglas eingeschlossen. Sie genießt die Fahrt. Die breiten Straßen und die Landschaft wirken befreiend auf sie und bieten eine zauberhafte Abwechslung zu den verstopften Straßen in London.

Beths Klagen über die Parksituation am Campus fallen ihr ein, sodass sie beschließt, den Wagen an der Kathedrale abzustellen und zu Fuß in die Stadtmitte zu gehen. Die zerfledderten Wahlplakate hängen noch, von denen Fionas Gesicht unter dem Wahlspruch *Gleichberechtigung – eine starke Währung* auf sie herabblickt.

Mit einem Mal findet Juliet sich in einem Gässchen mit Boutiquen wieder, in denen Mum sich ihre Kleider hat nähen lassen. In London war sie schon seit Monaten nicht mehr einkaufen gegangen, geschweige denn woanders, und sie fühlt sich verloren. Die Läden, in denen sie sich als Teenager eingekleidet hat, gibt es wahrscheinlich schon lange nicht mehr, oder sie haben vermutlich inzwischen nichts Passendes mehr für sie. Eigentlich weiß sie nicht mal, was sie überhaupt anziehen soll.

Ihr geht durch den Kopf, wie sonderbar es ist, dass eine anscheinend recht erfolgreiche Gruppe junger Musiker beschließt, in die schottischen Highlands zu fahren, um Aufnahmen zu machen, und selbst da, nicht etwa in der Kulturhauptstadt Inverness, sondern in einem entlegenen Kaff wie Culbin. Auf Partys scheinen sie keinen Wert zu legen. Nichts Aufregendes, hatte Toby gesagt.

So falsch kann es nicht sein, hinzugehen, sagt sie sich wieder. Sie ist kein gewähltes Mitglied der PA. Auch wenn sie intern keine unbedeutende Rolle spielt, ist sie nach außen hin ein unbeschriebenes Blatt. Allmählich gewinnt ihr Profil jedoch an Schärfe, sodass sie sich vorsehen muss. Sie hat zwar nicht die leiseste Ahnung, was Fiona bewogen haben könnte, sie aus London hinauszulotsen, trotzdem wäre es nicht gut, ausgerechnet in einem Moment, in dem sie sich im Hintergrund halten sollte, von ein paar Journalisten dabei erwischt zu werden, wie sie es krachen lässt. All diese Überlegungen kosten sie Kraft, die sie für andere Dinge braucht. Das ist ein Grund, weshalb sie sich im Hintergrund gehalten und nie für ein Amt kandidiert hat. All dieser Mist.

Sie ersteht ein günstiges schwarzes Seidenkleid mit U-Boot-Ausschnitt und kleinen Kragenknöpfen auf den Schulterpassen. Es ist knielang. Ihre flachen Stiefel dürften dazu passen. Mit dem Kleid in der Tüte macht sie sich auf den Weg zur Universität, um sich die Ausstellung anzusehen, die Beth zum Gedenken veranstaltet wird, und einen Eindruck von der Studentin zu bekommen, die sie organisiert hat. Dann würde sie in einem Café, in dem sie auch online gehen und Declan anrufen kann, etwas essen.

Dieser Plan aber geht nicht auf.

Eine Gruppe von etwa zwölf Personen hat sich im Foyer der Universität eingefunden. Das Raunen leiser Gespräche erfüllt die Halle. Eine junge Frau mit langen braunen Haaren und dunkler Trägerschürze steht vor der Menge. Sie stutzt und verstummt, als sie Juliet erblickt und die Zuhörer sich umdrehen, um zu sehen, wer gekommen ist.

Juliet lächelt kurz und nickt, als das Mädchen wieder auf seine Notizen sieht und fortfährt.

»Beth ist – war – Opfer von Gleichgültigkeit, Selbstbezogenheit und zunehmender Gier nach Öffentlichkeit. Wie ein Licht, das sich auf dem tiefen Wasser spiegelt, haben uns Beths Begabung und ihre Schönheit ihre Bedrücktheit nicht erkennen lassen. Mit diesen Arbeiten versuchen wir zu zeigen, dass Licht die Dunkelheit auf überraschende Weise zu durchdringen vermag. Die Einnahmen aus Spenden und Verkäufen kommen einem neuen Fonds für eine Beratungshotline zugute. Herzlichen Dank, dass Sie gekommen sind.«

Juliet muss sich überwinden, in den verhaltenen Applaus einzufallen. Während sich die Gruppe langsam auflöst, geht sie zu dem Mädchen, von dem sie glaubt, dass es Georgia Owen ist.

»Georgia? Ich bin Juliet MacGillivray, Beths Tante.«

»Ja. Ich weiß. Hallo.« Georgia errötet bis in die Wurzeln ihres hellroten Haares. »Schön, dass Sie gekommen sind.«

Juliet ist gerührt. »Hoffentlich habe ich Sie nicht aus dem Konzept gebracht.«

»Nein. Überhaupt nicht. Es ist nur, na ja, Sie sehen ihr so unglaublich ähnlich. Ich habe mich ein wenig erschrocken.«

Juliet hat sich daran gewöhnt, der eineiige Zwilling von Erica zu sein. Dass Beth ihr ebenfalls ähnlich sehen muss, darüber hat sie nie nachgedacht. Es erfüllt sie mit Trost, dennoch ist sie irritiert. Tobys Vertrautheit gestern auf dem Steg kommt ihr umso seltsamer vor. Wenn er Beth kannte, dann muss er gewusst haben, wer sie war. Warum hat er nichts gesagt?

»Ich würde mir Ihre Arbeiten gern ansehen. Würden Sie mich herumführen?«, fragt sie rasch.

Georgias Augenbrauen schnellen hoch. »Natürlich.« Ein winziges Lächeln huscht ihr über das Gesicht. »Kommen Sie mit.«

Sie durchqueren die kathedralenartige Galerie mit dunklen Holzbalken und weißen Trennwänden. Das eine Ende ziert eine überdimensionale Wandtapete. In der unteren linken Ecke des dunkelblauen Quadrates leuchtet ein weißer Fleck.

»Das ist mein Lieblingsstück. Inspiriert von Brueghel, von seiner *Landschaft mit dem Sturz des Ikarus*. Es zeigt Ikarus in einer Ecke, wie er ins Meer stürzt, während der übrige Teil des Bildes eigentlich das Hauptmotiv darstellt. Alle machen weiter, als wäre nichts passiert. Niemand nimmt Notiz von ihm. Von seinem tragischen Schicksal.«

»Ich glaube, ich kenne es.« In ihren Sätzen schwingt dieses Trällern der Millennials mit, das so oft belächelt wird. Aber Juliet weiß, dass es einer guten Absicht entspringt: dem Wunsch, zu kommunizieren und verstanden zu werden.

»Und da drüben ...« Georgia lenkt Julia sanft am Ellbogen, und sie drehen sich um. Auf der anderen Seite der Halle hängt eine weitere Wandtapete – eine Art Widerschein der ersten. Aus der Ferne betrachtet, ist sie zunächst einfach nur weiß – leer –, bis Juliet oben rechts einen kleinen schwarz-blauen Flecken ausmacht.

»Ja. Ich erkenne, was sie gemacht haben. Sie sind ziemlich gut.«

Georgia errötet erneut, dieses Mal vor Freude. »Sie heißen *Zeuge* und *Zuschauer*.«

»Georgia, Sie haben in Ihrer Rede gerade über Gleichgültigkeit und Selbstbezogenheit gesprochen. Glauben Sie wirklich, dass Beth das war?«

»Du lieber Himmel, nein!« Sie sieht sie erschreckt an. »Ich habe nicht von Beth gesprochen. Ich habe uns gemeint. Uns alle. Wir sind meistens so gleichgültig gegenüber einander, aber trotzdem besessen von uns selbst und davon, wie die anderen uns sehen. Soziale Medien, Sie wissen, was ich meine.«

»Ja. Aus dem Grund habe ich mit den sozialen Medien nicht viel am Hut. Hatte ich noch nie.« Sie sieht Georgia an und erkennt den überraschten, leicht besorgten Ausdruck in ihrem Gesicht, der ihr zeigt, wie seltsam das in den Ohren eines Menschen dieser Generation klingen muss. Und privilegiert. Sie senkt die Stimme. »Ich meine, ich kann froh sein, Menschen bei der Arbeit um mich herum zu haben, die sich für uns um all das kümmern. Und mein Profil oder meine Laufbahn entstehen nicht aus dem Nichts, so wie jetzt bei Ihnen.« Sie hält inne. »War Beth viel im Internet unterwegs?«

»Sie hatte einen Blog, in dem sie das eine oder andere gepostet hat ... Entwürfe und Bilder. Aber nicht viel. Sie war sehr zurückhaltend« – Georgia scheint zu zögern –, »in den letzten Monaten hat sie sich etwas zurückgezogen. Meistens war sie draußen an der Küste. Hier haben wir sie nicht oft gesehen.«

Das passt zum Polizeibericht. Juliet will es trotzdem nicht glauben. »Und die Vorlesungen und Veranstaltungen an der Uni?«

»Das ja. Wenn sie hier war, hat sie auch im Studio gearbeitet. Aber ... mit uns hat sie nichts mehr unternommen.« Georgia sieht auf den Fluss hinaus. »Es tut mir so leid, dass ich sie nicht gefragt habe, ob alles in Ordnung ist.«

Sie bleiben vor einer Skulptur stehen. Sie hängt mitten in einem Schacht und changiert farblich zwischen Seegrün und Schwarz. In ihrem Inneren ist sie mit kleinen Spiegeln versehen.

Georgia wirkt unsicher. Dann: »Ich habe die Arbeiten gefunden, die sie ... zerstört hat.«

Während Juliet in den Schacht hinunterblickt, blitzen flüchtige Fragmente ihres eigenen Gesichts und der Augen in den kleinen Spiegeln auf. Sie sieht langsam zu Georgia auf.

»Eines Morgens war ich schon früh hier und ... fand die Entwürfe, an denen sie gearbeitet hat, zerschnitten. Und die der anderen auch.«

»*Die Arbeiten von anderen?*« Das hört Juliet zum ersten Mal. Sie hat bisher nur erfahren, dass Beth in einer Art Krise in den frühen Morgenstunden das Universitätsgebäude betreten haben soll. Das war am Tag, bevor sie vermisst wurde. Dann soll sie einen Teil ihrer Arbeiten zerstört, Teile davon mit ins Strandhaus genommen und in der Feuerstelle verbrannt haben. Die Arbeit anderer Studenten zu zerstören ist ein Akt der Aggression. Mit der Selbstaufopferung, die Juliet verzweifelt nachzuvollziehen versucht, hat das nichts zu tun.

Sie sieht Georgia fragend an. »Und Ihre Arbeit? War die auch ... betroffen?«

Georgia streckt einen Finger aus und berührt die vor ihnen schwebende Skulptur. Kaum wahrnehmbar schwingt sie an unsichtbaren Drähten. »Meine auch. Es waren Experimente. Nichts Bedeutendes. Andere hat es schlimmer getroffen, und die waren wirklich verärgert. Ich meine, wir hatten gerade unsere Abschlusspräsentation. Und Beth hat einfach ... sie hat deren gesamte Arbeit einfach vernichtet.«

Die Skulptur vibriert. »Haben Sie die Polizei geholt?«

»Ja. Ich wusste ja nicht, was passiert war. Wusste nicht, dass Beth es war. Na ja, leider hatte ich schon einiges weggeräumt. Ein paar Stücke habe ich an Beths Arbeitsplatz zurückgebracht. Sie haben sie fotografiert und mich vernommen.«
Juliet weiß nicht, was sie sagen soll.
»Wenn Sie möchten, zeige ich es Ihnen.«
Georgia lässt Juliet eine Weile die anderen Stücke ansehen, während sie leise mit jemandem an der Rezeption spricht.

Dann gehen sie gemeinsam durch den Vorraum und einen kleinen von Spalierbögen mit Rosen und weniger hübschen Platterbsen umgebenen Hof zu einer Art behelfsmäßigen Hütte unweit eines Schildes, das auf einen Sanitätsraum und einen Feuerlöscher hinweist. In der Hütte befinden sich vier Arbeitsplätze, die jeweils mit Arbeitsbänken und Nähmaschinen ausgestattet sind. In der Ecke steht ein Mannequin, in verwobenes Gras gehüllt. Und an der Decke hängt ein riesiges Drahtgeflecht wie eine launenhafte Spinnwebe.

Georgia führt Juliet in den hinteren Bereich und zieht eine große Kunststoffkiste unter einer Werkbank hervor.

Darin liegen einzelne ungeordnete Patchworkstücke. Unzählige kleine Quadrate und Dreiecke aus bedrucktem Baumwoll- und Webstoff. Auf einem zerstörten Webrahmen aus Pappe sind Baumwollstreifen aufgespannt. Die fransigen Ränder verleihen dem Gebilde etwas von einer flauschigen Kreatur. Juliet streicht mit der Hand über den Stoffhaufen. Sie nimmt zwei Fetzen und versucht, sie wie Puzzleteile zusammenzubringen. Sie passen nicht zusammen.

»Hat die Polizei das mitgenommen? Haben sie die Werkstatt durchsucht?«
»Nein. Sie haben die Stücke fotografiert. Die Maschine.« Sie deutet auf einen bedrohlich wirkenden Schredder in der Ecke. »Sie haben Fingerabdrücke genommen. Aber das war, bevor sie wussten, dass sie es war. Die Aufnahmen aus der Überwa-

chungskamera im Hof haben gezeigt, wie sie kam. Sie soll sehr erregt gewirkt haben. Dann ist sie mit Scheren, Messern und sogar dem Schredder tätig geworden.«

Juliets Kopf sinkt auf die Brust. Sie holt tief Luft. Das ist der erste gesicherte Hinweis darauf, dass mit Beth etwas nicht in Ordnung gewesen sein könnte. Sie erinnert sich an die Tagebücher aus ihren Teenagerjahren, die Erica zerrissen hat. *Konfetti aus Bekenntnissen und Geheimnissen,* hatte ihr Vater es genannt, als sie in ihrem Zimmer überall verstreut die Schnipsel mit Mädchenhandschrift fanden.

»Es tut mir leid«, sagt Georgia leise.

Juliet legt die Stücke in die Kiste zurück und steht auf. »Haben Sie eine Ahnung, warum sie das getan hat?«

»Ich weiß es wirklich nicht.« Georgia lässt die Beine baumeln. Sie sitzt auf einer Arbeitsbank und hält ein kleines, schwarz-weißes Kelim-Stück zwischen den Fingern. »Es ist mir schleierhaft. Monatelang hat sie unermüdlich dran gearbeitet. Wir alle haben das.«

Das Mädchen imponiert Juliet. Ihr Verdacht, sie hätte die Ausstellung nur organisiert, um für ihre eigene Arbeit zu werben, schwindet. Georgia scheint eine einfühlsame und nachdenkliche Person zu sein.

»Es war bestimmt nicht einfach, diese Ausstellung zusammenzustellen. Beth ist noch nicht lange tot, und ich kann mir vorstellen, dass einige Studenten immer noch ziemlich aufgebracht sind.«

»Ich hatte mit den Themen und Werken für meine Abschlussprüfung schon angefangen, und es wurde Zeit, etwas zu tun. Wir machen oft Ausstellungen, sodass es so schwierig nun auch wieder nicht ist. Ich meine«, sie hüstelt. »Ich meine, natürlich ist es schwer, aber …«

»Schon gut. Ich weiß, was Sie meinen. Georgia … kannten Sie Beth gut, bevor das passiert ist?«

»Das habe ich geglaubt, ja. Im ersten Jahr hier an der Uni hatten wir uns angefreundet. Einmal bin ich sogar zu Ihrem Strandhaus hinausgefahren. Aber das ist eine Weile her. Drei Jahre. Sie hat sich verändert, besonders im letzten Jahr. Sie hat stark abgenommen, war unglaublich mager. Ich wünschte, aufmerksamer gewesen zu sein.«

Juliet verspürt einen Stich in der Magengegend. Das ist ihr neu. Der Pathologe hatte das Gewicht genannt, aber sie hatte nicht darauf geachtet. Sie hatte nur gedacht, dass Beth immer schlank gewesen war und kein Gewicht zu verlieren hatte.

Sie gehen über den Hof zurück. Bevor sie sich trennen, legt Juliet Georgia eine Hand auf den Arm. »Ich möchte Sie nicht in Verlegenheit bringen, aber da draußen gibt es eine Gruppe Musiker unweit des Strandhauses. Hatte Beth Kontakt zu ihnen? Hat sie sich mit ihnen getroffen?«

Georgia nickt. »Mit einem von ihnen soll sie in der Stadt gesehen worden sein. Es gab ein paar Gerüchte.«

»Was für Gerüchte?«

Georgia tritt von einem Bein aufs andere und schluckt. »Drogen. Aber ich weiß nicht, ob Beth etwas damit zu tun hatte. Ich kann es mir eigentlich nicht vorstellen.«

Juliet nickt langsam. So leicht lässt sie sich nicht aus der Fassung bringen. Aber plötzlich ist sie sich nicht mehr ganz sicher, ob sie heute Abend wirklich auf die Party gehen soll, hält es aber eigentlich für dringend erforderlich.

Georgia spürt Juliets Unbehagen. »Tut mir leid«, sagt sie. »Mehr kann ich Ihnen wirklich nicht sagen. Ich habe immer wieder darüber nachgedacht, kann mir aber keinen Reim darauf machen, was passiert ist.«

Mit einem Lächeln versucht Juliet, sie zu beruhigen. Sie würde ihr gerne noch viel mehr Fragen stellen, spürt aber, wie Georgia sich verschließt, als wäre sie schuld an Juliets Kummer. So ist das, Menschen reagieren so. Erst sind sie offen, und alles ist gut, und wenn sie dann tief empfundenen Schmerz verspüren, machen sie zu.

Nach dem Treffen mit Georgia entdeckt sie ein Café unweit der Kathedrale. Der Himmel hat sich wieder zugezogen und lässt den Lossie nicht mehr wie einen Fluss, sondern wie einen Strom aus Teer aussehen. Juliet fröstelt, setzt sich aber trotzdem ans Fenster und bestellt ein Sauerteig-Sandwich und einen Kaffee. Sie verbindet sich mit dem Internet und sucht Beths Homepage. Seit Beth tot ist, hat sie sich die Seite bestimmt hundertmal angesehen: eine professionell wirkende Seite mit vielen Fotos von ihren Entwürfen. Die schwere Decke. Das maritim anmutende Webstück, das auf dem Sarg lag. Eine wunderschöne und vielversprechende Sammlung. Was für eine Verschwendung.

Aus Neugier stattet sie auch der PA einen Besuch in den sozialen Medien ab. Sie macht sich schon auf das Schlimmste gefasst, ist aber trotzdem über das Ausmaß an Gift entsetzt, das hier in den Diskussionen verspritzt wird:

Wenn diese Medienhure Goldman verschwunden ist, wird die PA untergehen wie ein Tampon in der Kanalisation, wo sie auch hingehört.

Diese Schlampen sollten alle vergewaltigt werden, bis sie genügend Babys haben, um die sie sich zu Hause kümmern müssen.

MacGillivray Parteichefin? Niemals. Die vertrocknete alte Fotze gehört zusammen mit ihrer unterbelichteten Nichte auf den Meeresgrund.

Was erlauben die sich, verdammt noch mal, Beths Tod als Waffe zu instrumentalisieren? Was läuft bei den Menschen falsch.

Mit zittrigen Händen formuliert sie eine entrüstete E-Mail an die Person, die die Beiträge eigentlich moderieren soll. Warum hat niemand diese Boshaftigkeiten blockiert? Arbeitet da niemand? Sie sieht in ihrem privaten Postfach nach; lauter interne E-Mails, aber nichts von Bedeutung. Die offizielle Lesart ist, dass sich die Alliance eine Bedenkzeit nimmt. Fiona und die Führungsspitze nehmen sich Zeit für eine Umstellung. Bindungen werden aufgekündigt. Selbst treueste Anhänger wollen mit dem politischen Scheitern nichts zu tun haben. Es gibt keine E-Mail, die Juliet sofort beantworten müsste. Nichts, wohin sie ihre Entrüstung schicken könnte. Es ist ein seltsames Gefühl nach dem Stress des heißen Wahlkampfs.

Um auf andere Gedanken zu kommen, stöbert sie auf einer Musikseite und findet einen Artikel über Toby, den sie mit wachsender Ungläubigkeit liest. Er scheint eine Art Kultstar zu sein. Sie speichert die Seite, um sie später offline genauer lesen zu können.

Sie versucht, Declan anzurufen, und landet direkt auf der Mailbox, was sie sich eigentlich hätte denken können, da er vermutlich mit Lotta irgendwo in der Pampa unterwegs ist. Fast erleichtert schreibt sie ihm stattdessen eine längere Nachricht. Er wird überrascht sein, dass sie auf eine Party geht. Das zu schreiben, fühlt sie sich eher in der Lage, als es ihm am Telefon persönlich zu sagen. Nicht, dass sie sich dafür rechtfertigen müsste: Eine solche Beziehung führen sie nicht, aber ... und für diesen Gedanken hasst sie sich, sie weiß, dass sie ihren Ruf vor schmutzigen Details schützen muss. Etwas Schriftliches über ihre Gründe, warum sie auf die Party geht, könnte helfen.

Ihre Finger schweben über der Tastatur: *War gestern am Steg. Habe nasse Füße bekommen, aber überlebt, und ein paar Musiker getroffen, die nebenan Aufnahmen machen. Dirac Delta oder Delta Function oder so ähnlich. Sie haben mich zu einer*

Party eingeladen. Ich muss herausfinden, was, wenn überhaupt, Beth mit diesen Jungs zu tun hat, ob sie die Verbindung zu Palmer sind und welchen Einfluss sie über die Monate auf sie hatten, bevor sie sich umgebracht hat.

Das Gespräch fällt ihr wieder ein, in dem Fiona ihr riet, auf der Hut zu sein. Declan hat sie davon noch gar nichts erzählt. Die Bemerkung zu Palmer löscht sie und drückt auf Senden.

Als sie um drei Uhr zu ihrem Auto kommt, steht die Sonne bereits tief, während sie kurz hinter den Wolken hervorkommt. Direkt am Lossie liegt die Ruine der Kathedrale von Elgin – die Leuchte des Nordens –, deren verzerrte Spiegelung sich wie Öl über die Wasseroberfläche ergießt. Ein roter Schein – der durch das leere Rosettenfenster und die Steinbögen fällt – lässt die Karkasse aussehen, als wäre sie vom Feuer geschluckt worden. Juliet setzt sich ins Auto und fährt Richtung Westen nach Inverness zu Erica.

CRATEDIGGER.COM: WARTEN AUF BOLIN –
von Phantom Limb

2. September 2018

Ein neuer Tag, und für das zehnte Album von Dirac Delta ist ein neues Erscheinungsdatum angesetzt. Dieses Mal ist es das kommende Frühjahr. Lohnt es sich, auf die neueste Inkarnation von Max Bolin zu warten?

Nach dem Gerücht über den Streit zwischen dem legendären Synthesizer-Pionier und Karlo Southall, seinem Bandkollegen, präsentierte sich der Kontrollfreak Bolin in Interviews ungewöhnlich zurückhaltend und teilte mit, dass sie mit dem jungen DJ und Producer Toby Norton wieder Tritt gefasst hätten.

Norton hat sich Hals über Kopf in das Duo gestürzt, seit Bolin ihn vor zwei Jahren auf dem ELX-Festival in Manchester engagiert hat. Unter dem Namen Delta Function hat sich die neue Band zu dritt auf die Suche nach neuem Material für geheime Gigs gemacht, in denen sich Bolins Old-School-Techno und Nortons störungsinfiltrierter Dub mit verstörender Wirkung mischen. Phasers auf elf.

14

Juliet steht draußen vor dem großen Wohnblock aus Sandstein, in dem ihre Eltern eine Wohnung hatten. Sie prüft kurz am Handy, ob es Nachrichten gibt. Nichts. Sie ist versucht, ein zweites Mal zu klingeln, hält sich aber zurück. Erica weiß, dass sie heute kommt. Warum dauert es so lange?

Das Namensschild auf dem Klingeltableau ist vergilbt. *MacGillivray/Winters*. Es muss schon da gewesen sein, als ihre Eltern das Apartment kauften. Das war vor neun Jahren, als Mum erklärte, dass ihr die Stufen im alten Haus wegen ihrer Hüfte zu beschwerlich würden. Den Namen Winters, den ihres Ex-Mannes, zu entfernen, wäre wohl noch verfrüht. Schließlich war das nicht nur der Name von Alex, sondern auch der von Beth.

Juliet bekommt plötzlich ein ungutes Gefühl. Sie dachte, sie könnte mit Erica ein wenig über Beth plauschen. Mit ihr besprechen, was mit ihren Sachen geschehen soll und ob Erica aus dem Strandhaus etwas zurückhaben möchte. Das jedoch erscheint im Moment eher unrealistisch.

Schließlich vernimmt sie Ericas Stimme. »Juliet?«

Ist es nur ihr Dialekt, fragt sich Juliet, oder verrät ihr die Stimme der Schwester so etwas wie Aufregung? Unruhe? Sofort fühlt sie sich schuldig, zu spät gekommen zu sein.

»Hallo. Ja, Erica«, stammelt Juliet, wobei sich ihr Akzent in dem verzweifelten Versuch, ihr eine Art Verbundenheit zu demonstrieren, verändert. »Hallo, ich bin's.«

Der Türdrücker summt noch eine Weile, nachdem Juliet die schwere Tür bereits geöffnet und das Haus betreten hat. Entweder will Erica sichergehen, dass sich die Tür wirklich geöffnet hatte, oder das lang anhaltende Drücken ist Ausdruck ihrer Aufregung. Juliet wartet nicht auf den Lift und nimmt die Treppe in den zweiten Stock, wo Erica sie auf der Türschwelle erwartet. Sie sieht aus, als hätte sie geschlafen oder geweint. Juliet drückt ihrer Zwillingsschwester einen zarten Kuss auf die Wange, und beide umarmen sich lange. Erica fängt schon an zu reden, bevor sie sich aus der Umarmung lösen.

»Danke, dass du gekommen bist. Cathy war wunderbar. Die Medikamente sind genau auf den Punkt, glaube ich.«

Juliet nickt. Sie hat Cathy gesagt, sie käme vorbei, um mit ihr über Ericas Medikation zu sprechen. Erica weiß, dass Juliet und Cathy sich verständigen und Informationen nicht weniger umsichtig dosieren als die Medikamente. Trotzdem ist Juliet nicht wohl dabei. Sie fühlt sich wie eine Verräterin, auch wenn sie weiß, dass es zu nichts führt, sich den Kopf ständig darüber zu zerbrechen, was Erica als Nächstes tut. Die Situation nüchtern, von außen zu betrachten, ist ganz natürlich, sagt Cathy, obwohl Juliet manchmal fürchtet, dass das genau die Paranoia ist, die Erica beschreibt.

Erica redet weiter. »Hast du Hunger? Ich habe Kekse. Obst ist auch da. Möchtest du einen Kaffee?«

»He, he.« Juliet befühlt den Seidenschal, den Erica sich lose um den Hals geschlungen hat. Ein zartes Beige mit einem grünen geometrischen Muster. »Sieh mal hier.« Sie öffnet den Mantel und zieht ihren eigenen Schal heraus – mit einem hellbeigen Karomuster. Früher trugen sie oft zufällig das, was sie eine »Zwillingsuniform« nannten. Es ist nur eine Äußerlichkeit, die ihnen aber ein Gefühl von Nähe gibt.

Sie stehen einander gegenüber und lächeln sich verlegen an. Erica hat etwas vollere Wangen als Juliet, was möglicherweise auf die Medikamente zurückzuführen ist. Ihr silbernes Haar ist auf Kinnlänge zu einem Bob gestutzt, während Juliet ihr immer noch blondes Haar schulterlang trägt. Ericas Haut ist dünner, und um Mund und Augen zeichnen sich zarte Fältchen ab.

Sie gehen durch das Apartment, und Erica deutet zum Arbeitszimmer.

»Da gehst du bitte nicht rein, dort herrscht das pure Chaos. Ich wollte für eine Kollegin ein paar Urlaubsfotos zusammensuchen. Mexiko.«

Juliet wirft einen kurzen Blick hinein. Der Schreibtisch ihres Vaters steht immer noch hinten an der Wand unter einer Gruppe früher Zeichnungen in schwarzen und hellen Rahmen, die er für das Strandhaus gemacht hat. In den ersten Tagen nach Beths Tod hat Erica sie einfach umgedreht. Und so hängen sie jetzt noch da.

Ein Laptop und eine externe Festplatte liegen auf dem grün gepolsterten Stuhl neben dem Fenster, das zu den gepflegten Grünanlagen hinausgeht. Mums Schaukelstuhl. Juliet sieht sich bei ihrer Mutter auf dem Schoß sitzen, im alten Haus, die Wange auf der kräftigen Schulter der Mutter und den Duft von – ja, wovon eigentlich? – etwas Französischem in der Nase. Lancôme vielleicht? Als Tante hat sie Beth auch immer auf den Knien in diesem Sessel geschaukelt. Dass Erica Beth darin gestillt hätte, daran kann sie sich nicht erinnern. Die Symptome der bipolaren Störung von Erica hatten sich nach der Geburt verstärkt. Beth war noch keine zwei Jahre alt, als Erica schon zwei Selbstmordversuche hinter sich hatte.

Juliet hatte gehofft, ihr Besuch würde ihr eine willkommene Abwechslung bieten, obwohl sie bei allem, was mit Familie zu tun hat, schnell auf düstere Gedanken kommt. Bei ihrem letzten Besuch hat Erica ihr gestanden, wie sehr es sie gekränkt hat, dass Juliet und Beth über die Jahre so viel Zeit gemeinsam verbracht haben, wenn sie krank war; die Nähe, die sie gemeinsam erlebten. Sie gab zu, manchmal das Gefühl gehabt zu haben, ersetzt worden zu sein, als Mutter und als Schwester. Juliet war tief getroffen und verletzt. Sie schiebt diese Gedanken beiseite und folgt Erica in die Küche.

»Kaffee? Kekse?«

»Einen Kaffee, gern, danke. Ich habe in Elgin schon etwas gegessen.« Das ist die Gelegenheit zu testen, wie Erica reagiert.

»Da läuft eine Benefizveranstaltung.«

»Ja, habe ich gelesen.«

»Gehst du hin?«

»Ich will es versuchen. Ich bin mir noch nicht sicher.«

Juliet setzt sich auf einen hohen Stuhl am Frühstücktresen und fängt vorsichtig an, von den Ausstellungsstücken und Georgia Owen zu berichten. »Kennst du sie? Sie sagte, sie wäre im ersten Studienjahr mit Beth im Strandhaus gewesen.«

Erica schenkt den Kaffee ein und setzt sich ihr gegenüber.

»Ich bin mir nicht ganz sicher. Nein, an das Jahr habe ich wenig Erinnerung. Es war vermutlich, kurz bevor Dad starb.«

»Genau.«

Schweigend trinken sie ihren Kaffee, führen die Tassen gleichzeitig zum Mund.

»Wie geht es dir?«, fragen beide gleichzeitig und sehen sich an. Synchron sprechen – auch so ein Zwillingsding.

Erica erzählt, dass sie gerade wieder angefangen hat, zu arbeiten. Zwei Tage in der Woche. Ihr Programmierjob in der Stadtverwaltung stellt sie nicht vor unlösbare Aufgaben, zumal sie sie aus dem Team, das den anderen kommunalen Bereichen zuarbeitet, herausgenommen haben – Polizei und Krankenhaus. Ihre psychische Verfassung stellt ein zu hohes Risiko dar, hieß es, um ihr den Zugang zu sensiblen und vertraulichen Daten gewähren zu können.

Juliet bemüht sich, es wertfrei zur Kenntnis zu nehmen. Anfangs hatte sie sich über diesen Umgang mit ihr noch aufgeregt, zumal Erica zu den wenigen in der IT-Abteilung gehörte, die sich auf das Verschlüsseln verstanden. Als Erica aber kündigen wollte, hatte Juliet sie ermuntert, zu bleiben. Sie wirft sich immer noch vor, sie nicht doch darin bestärkt zu haben, zu wechseln.

Alles in allem aber ist die Verwaltung ein guter Arbeitgeber, der sogar toleriert, dass Erica gelegentlich nicht zur Arbeit kommt. Letztes Jahr tauchte Erica während eines Besuchs der bayerischen Partnerstadt auf, gab jedem einzeln die Hand, stellte sich allen als die Bürgermeisterin von Inverness vor und hielt eine angeregte, aber äußerst befremdliche Rede über die schottisch-bayerischen Beziehungen. Der Gemeinderat war von der Ansprache begeistert, und der tatsächliche Bürgermeister, ein korpulenter Mann mit Bart, schickte ihr in ihrer Genesungszeit Blumen, die an »seine Stellvertreterin« adressiert waren.

Auf dem Höhepunkt einer ihrer Episoden kann Erica stundenlang erzählen. Heute aber wagt sie kaum, Juliet zu fragen, wie es ihr geht. Stattdessen erkundigt sie sich nach Declan, wie in einer sorgfältig einstudierten Konversationsübung. Eine Beobachtung, die Juliet traurig stimmt. Kaum jemand, der um eine Tochter trauert, würde sich derartiger Selbstkontrolle unterziehen, jedenfalls nicht der eigenen Schwester gegenüber. Trotzdem überlässt sie Erica die Gesprächsführung. Sie lenkt das Thema auf die Arbeit und schildert die gekürzte, offizielle Version der Umorganisation nach der Wahl, die zurzeit durchgeführt wird. Über ihre eigene Rolle als mögliche Parteichefin wie auch über die geschmacklosen Kommentare zu Beths Selbstmord schweigt sie sich aus. Natürlich behält sie auch für sich, dass sie versucht herauszufinden, was Beth mit Eden Media oder den Palmers zu tun hat. Erica wäre bestimmt außer sich, wenn der Eindruck entstünde, sie wollte sich Beths Tod öffentlich oder politisch zunutze machen. Auch wenn sie im Moment erstaunlich klar zu sein scheint, ist Erica trotzdem in der Lage, jedem alles brühwarm auf die Nase zu binden, sobald es ihr schlecht geht.

Erica hört sich ihre Ausführungen an und nimmt das unverfängliche Thema bereitwillig auf, indem sie eine Mini-Hetzrede darüber anstimmt, wie die Presse mit Fiona umspringt.

»Nicht zu fassen. Nicht ein gutes Wort und nicht die geringste Würdigung ihrer Politik. Aber ihr *Sexleben*? Das wird unter dem Mikroskop beleuchtet. Ihr nachstellen, das können sie. Bis ins Privateste hinein.«

Dann sagt sie etwas, was Juliet aufhorchen lässt. »Bei mir waren sie auch. Wollten wissen, was ich über sie denke. Aber ich habe natürlich nichts ...«

»Augenblick mal«, unterbricht Juliet sie. »Was sollten sie hier wollen?« Im selben Moment merkt sie, wie herablassend die Frage klingt. Es war nicht ihre Absicht, auch wenn Erica nicht zum ersten Mal absolut überzeugt davon wäre, einer Art von Bedrohung ausgesetzt zu sein. Einmal hat sie Juliet sogar unterstellt, ihr das Baby wegnehmen zu wollen. Im Augenblick scheint sie jedoch vollkommen klar zu sein. Ihre Stimme verrät nicht den leisesten Anklang von Erregung.

»Das kannst du dir doch denken, Jet? Einer dieser Schreiberlinge hat mich gelinkt und mich dazu gebracht, etwas über Fiona und diesen Verlagstypen zu sagen. Die wollten einfach nur eine Reaktion. Wäre ja auch eine tolle Schlagzeile: MacGillivrays durchgeknallte Schwester geht auf Ehebrecherin Goldman los.«

Juliet denkt darüber nach. So weit hergeholt ist das nicht. Sie würde lügen, wenn sie behauptet, dass Ericas Krankheit niemals Thema in der Führungsspitze gewesen ist. *Wie belastbar ist sie? Wäre die psychische Erkrankung in der Familie das gefundene Fressen für die Presse?* Aber diese Fragen waren beiseitegestellt worden. Geringes Risiko. Sie erinnert sich an eine Sitzung: Fiona hatte mit der Bemerkung, dass sie nicht die Absicht habe, sich mit den Hirngespinsten der Boulevardpresse gemeinzumachen, einen Strich unter das Thema gezogen. Gedanken macht sie sich trotzdem. Als politische Größe im Hintergrund musste Juliet sich bisher selten Sorgen darüber machen, auf der Titelseite zu landen. Das aber würde sich schlagartig ändern, wenn sie selbst an die Spitze käme. *Wie würde Erica das verkraften?*

Sie nippt an ihrem Kaffee. »Wie oft waren die Leute hier? Diese Journalisten?«

»Nur zwei Mal. Das erste Mal nach Fionas Ehebruch, und dann nach der Veröffentlichung der alten Nacktfotos. Das war vor ... bevor Beth gestorben ist.«

Die Hände um die Tasse gelegt, sieht Juliet Erica schweigend an. In solchen Momenten wird zumindest Juliet immer deutlich, wie geübt ihre Zwillingsschwester darin ist, die Contenance zu wahren. Verschlossen. Zurückgezogen. Sich irgendwie durchboxend. Sie kennt es von sich selbst, auch wenn sie in letzter Zeit eher den Eindruck hat, dass ihre Fähigkeit, zurechtzukommen, *sich politisch korrekt zu verhalten,* allmählich schwindet, ähnlich wie Sand, der durch das Stundenglas rinnt.

Jetzt ist sie wieder an dem Punkt, geistesabwesend, obwohl Erica sie doch braucht.

»Das wusste ich nicht«, sagt sie. »Warum hast du mir nichts davon gesagt? Wer war das?«

»Ich weiß es nicht. Vergessen. Sie hat mich in der Arbeit angerufen. Ich habe aufgelegt. Dann hat sie mich draußen abgefangen und ist mir zum Auto gefolgt.«

»Hat sie gesagt, von welcher Zeitung sie kommt?«

»Nein. Keine Ahnung. Sie war ... etwa eins fünfundsiebzig groß und schlank.« Erica kann keine Gesichter beschreiben, ihre Fähigkeit aber, sich die Statur von Personen zu merken, und ihre räumliche Wahrnehmung waren immer schon umso beeindruckender. »Rote Haare.«

Juliet fällt beim besten Willen keine Journalistin aus dem Politikressort ein, auf die diese Beschreibung passen könnte. Vielleicht war es jemand von der lokalen Presse.

»Ich bekomme auch Schmähbriefe«, fügt Erica nüchtern hinzu.

»Was?«

Erica steht auf und zieht ein kleines Briefbündel hinter dem Brotkasten hervor, das sie Juliet zuschiebt. Einige sind getippt, andere von Hand geschrieben: Beschwerden über Juliets politische Arbeit und an Deutlichkeit kaum zu überbietende Beschreibungen von Gewalt, die der Absender den MacGillivray-Zwillingen antun würde.

Juliet wirft nur einen flüchtigen Blick darauf. Das zweite Mal an einem Tag. Erschrocken fragt sie leise:»Glaubst du, dass Beth die auch bekommen hat?«

Ist das möglich? Eine junge Studentin wird dafür belästigt, dass ihre Tante sich politisch betätigt?

»Ich weiß es nicht.« Erica pustet sachte auf ihren Kaffee, obwohl er inzwischen nur noch lauwarm ist.

Juliet reicht über den Tisch und legt ihrer Schwester die Hand auf den Unterarm.»Es tut mir leid. So etwas solltest du nicht durchmachen müssen. Hast du jemandem davon erzählt?«

»Im Juni«, bringt Erica plötzlich hervor.»Die Journalistin. Das erste Mal. An dem Abend wurde das Freundschaftsspiel gegen Dänemark übertragen. Ich war in einer Bar, um es zu sehen.«

Juliet lächelt. Fußball gehörte zu den Leidenschaften, die Erica und Alex miteinander teilten.»Hast du etwas von Alex gehört?«

»Nein. Seit dem Streit bei der Beerdigung nicht mehr.« Alex wollte, dass Beth südlich von Culbin in Forres im Familiengrab beigesetzt wird. Schließlich hatte man sich für die Petty Chapel entschieden und eben nicht für den Kirchfriedhof in Inverness, auf dem Mum und Dad begraben sind. Wenn schon nicht bei seinen Eltern, dann sollte Beth eben auch nicht bei Ericas Eltern begraben werden, obwohl sie es waren, die sie aufgezogen hatten.

»Hat er sich überhaupt nicht gemeldet?« Juliet hört, wie sie in den örtlichen Dialekt verfällt. Aus irgendeinem Grund passiert das nicht nur, wenn sie mit Erica zusammen ist, sondern oft auch dann, wenn sie sich aufregt. Und manchmal wurmt es sie, dass sie ihre Aussprache nicht unter Kontrolle hat. Nicht dass sie bewusst überhaupt einen Dialekt pflegen würde, aber gerade in der Politik sind der Auftritt und die Wahl der Worte entscheidend.

»Nein.«

Alex scheint ein richtiges Schwein geworden zu sein. Juliet verkneift sich die Bemerkung. »Dann hoffe ich, dass er zumindest dasselbe Problem damit hat wie wir«, murmelt sie. *Er fühlt sich hoffentlich unerträglich schuldig,* möchte sie eigentlich sagen.

Bis ins hohe Alter hatten Mum und Dad sich nämlich nicht nur um Erica und Beth, sondern auch um Alex gekümmert. Kaum einen Monat nach Dads Tod und ein Jahr nach dem von Mum hatte Alex die Scheidung eingereicht. Schon nach einem Monat wurde es ihm offensichtlich zu viel, sich allein um Erica zu kümmern. Die Verantwortung wäre zu groß für ihn gewesen. Er hatte immer den einfacheren Weg gewählt. *Was für ein selbstsüchtiger Idiot.* Für Beth muss es schwer gewesen sein, dass ihr Vater sie sitzen ließ, nachdem ihre Großeltern in so schneller Folge gestorben waren. Juliet spürt Wut in sich aufsteigen. Sie trinkt den Rest ihres Kaffees und geht ins Bad.

Im Vorbeigehen wirft sie erneut einen Blick in das Arbeitszimmer. Eine alte Angewohnheit, Ericas Gemütszustand am Chaos zu bemessen, das in ihrem Zimmer herrscht. Früher, wenn Erica wieder anfing, sich abzuschotten, machten die Eltern, insbesondere der Vater, Juliet dafür verantwortlich, worunter sie immer gelitten hat. Doch je mehr sie sich dieser Vorwürfe zu erwehren versuchte, umso stärker schien Erica es provozieren zu wollen.

Die Leselampe spannt sich im Bogen über den Sessel. Auf dem Teppich liegt ein Sudoku-Heft, von Notizzetteln umgeben. Juliet betritt den Raum. *Führt Erica immer noch Tagebuch?* Bei ihrem Erinnerungsvermögen müsste sie es nicht. Juliet geht in die Hocke und dreht – mit Gewissensbissen – ein paar beigefarbene Seiten um. Sie sind voller Listen, Pfeile und eingerahmter Notizen.

Heute ist ein besserer Tag. Ich frage mich immer noch, woher Beth diese Tabletten hat.

Ericas Stimme lässt sie vor Schreck zusammenfahren. »Kein richtiges Tagebuch, nur Notizen. Ein paar Gedanken.«

Juliet steht sofort auf und macht einen Schritt zurück. »Bitte entschuldige«, entfährt es ihr. »Es steht mir nicht zu.«

»Schon gut, ich bin es gewohnt, dass Leute in meinem Denken herumschnüffeln.«

Juliet funkelt Erica an. Beide schlagen zuweilen einen rauen Ton an, und sie hat es, wenn sie ehrlich ist, jetzt auch verdient. So etwas kann in alle Richtungen losgehen.

»Ist klar!« – Ericas Stimme klingt härter. – »Ich meine, warum sollte ich auch ein Privatleben haben?«

»Du hast recht. Es tut mir wirklich leid. Natürlich kannst du erwarten, dass man dein Privatleben respektiert.«

»Das sagst du so. Aber lassen kannst du es trotzdem nicht, oder? Cathy, Alex, du ... ständig seid ihr da und beäugt mich.«

»Das stimmt nicht. Die meiste Zeit bin ich doch gar nicht hier.«

»Trotzdem beobachtest du mich. Immer schon. Hast in meinen Sachen gewühlt. Mich kontrolliert. Wo ich bin und mit wem. Glaubst du, ich merke das nicht. Es ist, als würde ich ständig von meinem Schatten verfolgt. Unentwegt. Ein nerviger, nagender Schatten.«

Juliet kann plötzlich nicht an sich halten. Zischend stößt sie zwischen den Zähnen hervor: »Hast du schon mal darüber nachgedacht, dass auch ich es satthabe? Vielleicht hätte ich selbst Kinder? Vielleicht wäre ich nicht so verdammt nervig, wenn ich nicht ständig auf irgendwelche Katastrophen gefasst sein müsste!«

Stille. Erica starrt sie fassungslos an. Juliet blinzelt. Selten hat sie in dem Ton mit jemandem gesprochen, geschweige denn mit Erica.

Unversehens bricht es aus ihr heraus.

»O Gott.« Juliet versucht zu atmen. »Ich ... bitte entschuldige. Ich glaube, du schlägst dich sehr gut. Von einer Katastrophe bist du weit entfernt. Ehrlich gesagt, weiß ich gar nicht, wie du das schaffst. Ich bin ... ich muss einfach immer daran denken. Daran, was Beth passiert ist. Ich ... ich habe das Gefühl, dass nichts wieder in Ordnung kommt. Nichts lohnt sich noch.«

Erica legt ihre Arme um sie, beide schluchzen über gefühlte Minuten. Ineinander verschlungen, mit geschlossenen Augen, jede in ihrer Welt.

Schließlich murmelt Erica. »Wer bist du, und was hast du mit meiner Schwester gemacht? Ich dachte, ich wäre die mit dem aufbrausenden Temperament.«

Juliet spürt, wie ihr die Schwester über den Rücken streicht, eine Geste von früher, vor Urzeiten.

»Es tut mir leid.«

»Pst. Schon gut.« Erica löst sich aus der Umarmung. »Was du tust, das zählt. Das ist wichtig. Und Beth hat es bewundert. Sie hat dich bewundert.« Sie nimmt einen Notizblock zur Hand. »Vielleicht solltest du deine Gedanken auch niederschreiben. Mir hilft es, die Dinge zu ordnen, sie im Kopf geradezurücken.« Sie legt den Block ins Regal, in dem sich in Regenbogenfarben eine ganze Sammlung davon befindet. Sie stutzt, nimmt ein in hübsches hellblaues Leder gebundenes Buch heraus und reicht es Juliet. »Hier. Das ist noch leer. Das kannst du haben.«

Sie knipst die Lampe aus.

Zurück in der Küche, geht Erica zum Fenster und zündet sich eine Zigarette an. Die Wanduhr tickt laut. Juliet geht in sich. Erica scheint es besser zu gehen denn je. Jedenfalls deutlich besser als ihr selbst. Ist es fair, all die Fragen und Gefühle für sich zu behalten?

»Wusstest du, dass das Haus neben unserem Strandhaus umgebaut wurde?«, fragt sie. »Dass sie ein Aufnahmestudio daraus gemacht haben? Da scheinen ein paar ziemlich berühmte Typen zu wohnen. Ich habe mich gefragt, ob einer davon mit Beth befreundet war.«

»Keine Ahnung.« Ericas Zigarette glimmt im Zwielicht. »Über so etwas hat sie mit mir nie gesprochen.«

Kann sie Erica erzählen, dass sie am Abend dort auf die Party geht? Es fühlt sich falsch an. Sie sollte die Sachen ihrer Nichte sortieren, statt mit irgendwelchen Stars aus der Musikszene Partys zu feiern. Außerdem gibt es im Moment sowieso nicht viel zu erzählen. Soll sie dafür wirklich Ericas Seelenfrieden in Gefahr bringen?

»Sie heißen Dirac Delta oder so«, fügt sie beiläufig hinzu.

»Schöner Name.« Erica holt tief Luft. »Unendlich hoch, unendlich schmal.«

»Wie bitte?«

»Das ist ein mathematischer Begriff. Das Dirac-Delta. Ein Verteilungsschema in einem Graphen mit einer unendlich hohen und unendlichen schmalen Spitze. Ein Impuls durch eine Punktlast vielleicht.«

Juliet fragt nicht, woher Erica über solche Kenntnisse verfügt. Sie weiß, dass sie in Phasen von Hochs und Tiefs eine

Menge liest. Trotzdem wüsste sie gern, was eine Band dazu bringt, sich einen solchen Namen zuzulegen. Er wirkt so ... nüchtern.

Sie plauschen noch ein wenig über das Aufräumen im Strandhaus und darüber, wann Juliet nach London zurückkehren muss.

»Zwei oder drei Wochen habe ich Zeit. Länger geht es nicht.«

»Willst du kandidieren? Als Parteivorsitzende?«

Die Nachrichten verfolgt sie also.

»Nein ... ich weiß nicht. Um ehrlich zu sein, ich weiß weder, ob ich die beste Wahl für die Aufgabe bin, noch, ob ich ihn überhaupt will. Bisher hat mich niemand gefragt.«

Die Idee, das Strandhaus zu verkaufen, hängt unausgesprochen im Raum. Erica hat das Apartment geerbt und sie das Strandhaus. Die Entscheidung darüber, was mit dem Strandhaus geschehen soll, liegt also bei ihr. Trotzdem ist das Thema heikel. Sie fängt an, ihre Sachen zusammenzusuchen, und streicht mit dem Daumen über das blaue Notizbuch, bevor sie es in die Tasche steckt.

»Weißt du, ob Beth Tagebuch geführt hat? Wurde irgendetwas gefunden?«

»Nur, was mit ihren Entwürfen zu tun hat. Nichts Persönliches. Ein paar Stücke aus Mums altem Nähkästchen, die Karen für unbedeutend hielt.«

»Ge...nau.« Karen Sutherland. Detective Inspector. Das geistloseste Geschöpf auf der Welt. *Natürlich hatten Beths Entwürfe etwas ganz Eigenes, sehr Persönliches.*

»Du kannst sie wohl immer noch nicht ausstehen, oder? Die Schulzeit ist doch lange vorbei.«

»Quatsch«, gibt Juliet knapp zurück und wechselt sofort das Thema. »Warst du schon in Culbin? Gibt es dort etwas, was ich für dich aufbewahren soll?« Sie hält inne. Alle hatten angenommen, dass Erica damit allein nicht zurechtkommt. Das erscheint ihr jetzt allerdings vollkommen abwegig. »Möchtest du mit rauskommen? Dir ansehen, welche Sachen von ihr dort sind?«

Erica zögert, und Juliet hält einen Moment den Atem an. Es ist Jahre her, seit sie und Erica gemeinsam etwas so Delikates und Vertrauliches unternommen haben.

»Ehrlich gesagt, glaube ich nicht, dass ich das kann ... oder sollte.« Die Medikamente verschaffen Erica eine Distanz und Abgeklärtheit, die manchmal überraschend direkt ist. »Tut mir leid.«

Juliet nickt. Sie ist erleichtert, und wieder ist dieses Schuldgefühl da. Erica im Strandhaus, das ist das Letzte, was sie braucht. Gerade heute.

15

In Gedanken versunken zieht Juliet sich an. Statt das Gefühl zu genießen, wie der Seidenstoff sanft über die Haut fließt, bekommt sie die zerstörten Stoffe nicht aus dem Kopf, die Georgia ihr gezeigt hat. Schere *und* ein Taschenmesser? Hat die Polizei überhaupt Fingerabdrücke genommen? Davon ist auszugehen, denkt sie, setzt den Punkt aber trotzdem auf die Liste der Fragen, die sie klären möchte. Und wer war die Journalistin, von der Erica gesprochen hat, die in Inverness herumschnüffelt?

Während sie ein wenig Make-up auflegt, versucht sie sich auf den Abend einzustimmen. Sie wird sich ein Thema für unverfänglichen Small Talk überlegen müssen, wenn sie möchte, dass sich die Jungs ihr gegenüber ein wenig öffnen.

Toby scheint interessant zu sein. Sie hat in einem Artikel gelesen, dass sein Vater eine Art Pionier auf dem Gebiet der Aufnahmetechnik war. Musique concrète. Juliet gefällt die Vorstellung. Kunst um der Kunst willen. Für so etwas ist sie zu haben. Eine kreative Herausforderung, die sie schätzt, auch wenn sie deren Grenzen erkennt. Wie oft kann man sich das Geräusch einer Klospülung oder eines auf dem Teller herumkreisenden Messers anhören?

Hörst du genau hin, öffnest dich und konzentrierst dich darauf, dann kann es dir passieren, dass du die ganze Welt mit anderen Ohren hörst. So wurde Toby zitiert. Aber es ist die Büchse der Pandora; nichts hört man mehr so wie vorher.

Seltsamerweise sagt sie selbst genau das über Ungleichheit.

Es ist fast neun, als sie sich mit der Taschenlampe auf den Weg macht. Wie ein silbriger Pfeil huscht der Lichtkegel an den schwarzen Baumstämmen entlang. Je näher sie ihrem Ziel kommt, umso mehr Musikfetzen und Bässe dringen seufzend und stampfend zu ihr, die von Baum zu Baum weitergegeben werden. Mit geschlossenen Augen könnte sie nicht sagen, wo die Klänge ihren Ausgang nehmen. Für Ende September ist der Abend sehr mild. Der Weg ist mit mehr Autos als gestern zugestellt. Die Haustür steht offen. Durch sie kommt ihr ein von Mücken gesättigter Lichtstrahl entgegen. Ihre Schuhe knirschen auf dem gepflegten Kiesweg. Juliet kommt sich albern vor. Es fällt ihr schwer, ihre Schritte nicht dem Rhythmus des Basses anzupassen. In der Tür bleibt sie stehen und ruft.

Zum Glück ist Toby gleich da.

»Juliet!« Sie spürt seine Hand an ihrer Taille. Er gibt ihr einen Kuss auf die Wange und flüstert ihr ins Ohr: »Ich freue mich, dass Sie sich entschlossen haben zu kommen.« Sie ist irritiert, gleichzeitig unwillkürlich aber auch amüsiert. Seine Begrüßung ist freundlich und anmaßend zugleich. »Frauen Ihres Kalibers haben wir nicht oft zu Gast.«

Was soll das heißen? Weiß er inzwischen, wer sie ist? Es würde sie wundern, wenn ein junger Mensch aus der Musikszene sich mit der PA auskennt. »Mein Kaliber?«, wiederholt sie.

»Na ja, ich meine, Sie sind doch, also ich will damit sagen, sehen Sie sich an ...«

Der Blick aus seinen blauen Augen wandert hin und her, bis er ihren trifft. Jetzt überkommen sie Skrupel. Es ist zu einfach. Er ist jung. Und er bemüht sich, charmant und entgegenkommend zu sein. Sie wird vor allem aber seine Hilfe brauchen, wenn sie in Erfahrung bringen will, was Beth zugestoßen ist.

Sie folgt ihm in die Küche, ein Traum aus auf Hochglanz poliertem Granit. Toby füllt das Spülbecken mit zusätzlichem Eis auf. Sie zählt zwanzig Flaschen Champagner. »Hatten Sie nicht gesagt, dass es eine Party im kleineren Rahmen werden würde?« Sie zieht die Augenbrauen hoch.

Toby lacht – ein nettes, selbstironisches Schnauben. »Champagner. Max sagt, dass das das Einfachste ist. Außerdem macht Champagner keine Flecken. In diesen Dingen kann er etwas seltsam sein. Ein paar Leute von der Plattenfirma. Max' Schwester. Ein paar Freunde. Vielleicht auch einer von den Coën-Brüdern. Die sind gerade im Lande. Letztes Jahr haben wir im Hamptons für Joel zum Geburtstag einen Gig gespielt. Das war irre. Sie sagten, wir sollten ihnen ein paar Musikproben für ihren neuen Film schicken.« Er senkt die Stimme. »Max brennt dafür.« Den Stiel zwischen Daumen und Zeigefinger reicht er ihr das Champagnerglas und ermuntert sie, sich umzusehen, während er noch ein paar Dinge erledigt.

Sie schlendert durchs Haus und versucht, sich ihre Nichte in dieser Umgebung vorzustellen. Mit jedem Schluck Champagner überkommt sie ein Gefühl von Verrat an Beth, obwohl sie und Declan schon so oft darüber gesprochen haben. Sich an den schönen Dingen des Lebens zu erfreuen heißt nicht, den Toten gegenüber illoyal zu sein.

Im Wohnzimmer trifft sie auf zwei viel zu laut miteinander redende Männer mittleren Alters, die in lässigen Anzügen auf einem niedrigen weißen Sofa sitzen.

»Irgendwie ist es wie bei Stammeskonflikten. Die Rivalität wächst und wächst.«

»Ja. Absolut.«

»Eine Art spontaner Aufruhr. Zentrifugal, aber im Zentrum ist der Druck am größten.«

Zwischen ihnen auf dem Tisch liegt ein Häufchen weißes Pulver. Einer der Männer sieht hoch und nickt ihr zu. Sie ist eine erfahrene Netzwerkerin und kann gut mit allen möglichen Leuten umgehen, von dieser Klientel allerdings beschließt sie, sich fernzuhalten.

Sie kommt an eine Treppe und geht hinab. Durch einen mit kleinen Deckenstrahlern beleuchteten und mit burgunderfarbenem Teppich ausgelegten Gang gelangt sie zu einem Aufnahmestudio. Eine Glaswand trennt zwei aneinandergrenzende identische, quadratische Räume.

Um ein Mischpult herum haben sich ein paar Leute versammelt. Sie hören Musik, rauchen und reden. Ein schleppender, manierierter Bass drängt sich vor, pointiert durch ein verzerrtes, von einer erhabenen Stimme überlagertes Knistern. Den Joint, den man ihr anbietet, lehnt Juliet freundlich lächelnd und mit einem knappen Kopfschütteln ab, worauf der Längste der Gruppe das Gespräch durch fast unmerkliches Anheben der Hand unterbricht.

Ein unglaublich gut aussehender Mann von Ende dreißig. Blond, graue Augen und dichte, silbrig blonde Bartstoppeln an Wange und Kinn. Der eng anliegende Pullover, die maßgefertigte kurze Hose und die teuren Sandalen verleihen ihm ein makelloses Äußeres. Er wendet sich ihr zu, und alle folgen seinem Blick.

»Sie müssen Juliet sein«, begrüßt er sie und reicht ihr die Hand. Seine Finger sind kräftig, sonnengebräunt und schlank.

Verblüfft, dass er ihren Namen kennt, ergreift sie seine Hand. »Ja, ach – dann sind Sie Max, nehme ich an?«

Er nickt mit einem Lächeln, bei dem sich kleine Fältchen um die Augen herum bilden. »Herzlich willkommen. Toby hat schon gesagt, dass Sie vielleicht kommen.« Er spricht mit ihr, als wären sie allein im Raum, und Juliet vermutet, dass Toby sich seinen strahlenden Blick von ihm abgeguckt hat. Und plötzlich wird ihr mit einem selten erlebten Gefühl von Gewissheit und Widerwillen klar, dass das der Mann ist, in den Beth sich verknallt hatte. Sie setzt alles dran, sich ihr Entsetzen über sein Alter nicht anmerken zu lassen.

»Ich möchte Sie gern vorstellen«, sagt er mit sanfter Stimme. Er wendet sich an die Gruppe. »Mit Karlo hatten Sie ja gestern schon das Vergnügen. Er ist der dritte Mann, ich meine, das dritte Rad im Deltagetriebe.« Ein unterdrücktes Lachen ertönt. Karlo deutet pathetisch eine Verbeugung an.

»Und das ist Ralf, unser wandelndes Lexikon über, na ja, über alles eben; und seine Freundin Molly, die ihn uns für den ganzen Sommer freundlicherweise ausgeliehen hat. So, und das ist Juliet MacGillivray, die uns heute die Ehre gibt. Beths Tante.«

Ehrfurchtsvolle Stille macht sich breit.

Toby und Karlo wussten also genau, wer sie war. Und Beths Namen auf diese besitzergreifende Art aus Max' Mund zu hören, empfindet sie als Schlag ins Gesicht.

Eine halbe Stunde später fühlt Juliet sich leicht benommen. Es ist warm, und das Studio ist vollkommen verraucht. Am liebsten würde sie hinausgehen, um ein wenig frische Luft zu schnappen, aber Max hat ihr bedeutet, dass er ihr etwas zeigen wolle. Im Moment ist er jedoch anderweitig beschäftigt. Weitere Gäste sind in den Keller gekommen. Es hat den Anschein, als wäre das hier der Ort, an dem sich alles abspielt. Ralf und Molly sorgen dafür, dass Juliet immer etwas zu trinken hat. Sie hat den Eindruck, dass sie sie beobachten.

Sie möchte sich gerade entschuldigen, als Max an ihrer Seite auftaucht.

»Entschuldigen Sie bitte, Juliet. Ich wollte Ihnen doch noch die Entwürfe zeigen. Kommen Sie mit?«

Er führt sie in das zweite, weniger stickige Studio und schließt die Tür. Sie sind allein. An einer Wand lehnt eine A1-Mappe. Er bietet Juliet einen Hocker an, kniet sich auf den Boden und öffnet den Ordner wie ein großes Buch.

Innen befinden sich durchsichtige Plastikhüllen mit Stoffstücken. Eindeutig Beths Arbeiten.

Juliet bringt kein Wort heraus. Die sorgfältig abgelegte Sammlung steht in krassem Widerspruch zu den Kisten mit den Fetzen, die Georgia ihr in der Uni gezeigt hat: eine Reinkarnation. Schweigend fängt sie langsam an zu blättern. Bei jedem Umlegen einer Seite weht ihr ein leichter Luftstoß entgegen, wenn sie sie ablegt, um zum nächsten, ebenfalls sorgfältig in einen Umschlag eingelegten Stück zu gelangen. Alle entsprechen den Abmessungen eines Platten-Covers. Einige sind auf Baumwolle gedruckt oder gestickt, andere wurden auf selbstgemachten Webstühlen gewebt, und wieder andere wurden mit hoher Auflösung gescannt, um eine naturgetreue Nachbildung des Stoffes zu erhalten. Bei einem stutzt Juliet: Es ist ein Gewebe mit verschiedenen Schattierungen aus Dunkelgrün und Schwarz im Kettgarn, woraus sich ein in Längsrichtung abgestufter Fadenlauf ergibt. Ein einzelner, strahlend weißer Faden blitzt oben über dem Schussfaden hervor.

»Beth war oft hier, wenn wir Aufnahmen gemacht haben. Wir haben gesehen, wie sehr sie sich von Natur und Landschaft hier an der Küste inspirieren ließ. Auch wir tun das, sodass sich eine Zusammenarbeit geradezu aufdrängte. Wir wollten limitierte Auflagen von Platten-Covern entwerfen. Mit ihren Entwürfen, mit echtem Stoff. Die anderen sollten digital rekonstruiert werden. Dafür ist Ralf zuständig.«

»Sie sind wunderschön«, bringt Juliet hervor.

»Nicht wahr? Wir sind begeistert. Und sie sind wie *sie*, ich meine, ich nehme an, Sie wissen, dass wir zusammen waren. Aber ich glaube, alle Jungs hier haben sie gemocht.«

Aalglatt, wie er ihr genau das sagt, von dem er glaubt, dass sie es hören will.

»Und trotzdem wusste niemand von euch, was in ihr vorging?« Dass ihre Frage aggressiver klingt, als sie beabsichtigt hat, kümmert sie im Moment nicht. Ein Typ in dem Alter und mit der Erfahrung sollte es besser wissen.

Max weicht leicht zurück.

»Nein, das ist richtig. Ich habe mir immer wieder den Kopf

darüber zerbrochen. Ich meine ... sie hatte nur uns. Uns alle gewissermaßen. Vielleicht glaubten wir, sie zu kennen, weil sie zu verstehen schien, was wir wollen. Jedes Cover sollte für ein anderes Stück im Album stehen, sodass unsere Fans so etwas wie eine Art maßgeschneiderte Version bekommen. Ich meine, wir haben Ihre ... also die Sammlung Ihres Vaters im Strandhaus gesehen. Wie Sie wissen, sind Vinylplatten wieder stark im Kommen, haben höchsten Sammlerwert.«

Wie schnell er nach den Schmeicheleien über Beth auf die Plattenindustrie zu sprechen kommt. *Vinylplatten sind wieder im Kommen ... Sammlerwert ...* Umso mehr vielleicht, weil die Künstlerin tot ist? Juliet blättert weiter.

Spürt er, wie weit er davon entfernt ist, sie für sich zu gewinnen?

Er zieht ein Stoffstück aus der Hülle und streicht hingebungsvoll mit den Fingern darüber.

»Ihre Art, mit Stoff und Farben zu arbeiten, hatte etwas ganz Besonderes. Genauso arbeiten wir mit Tönen. Die Schichtung, das Einfügen. Selbst die Sprache weist Parallelen auf: Spulen, Schneiden, Zusammenfügen. Toby und Karlo haben sie in ihr Atelier begleitet und das Geräusch eines der Webstühle aufgenommen, um es dann in eines der Stücke einzubauen.«

Juliet ist das alles neu. »Seit wann habt ihr zusammengearbeitet?«, will sie wissen. »Es klingt, als wäre es sehr aufregend für sie gewesen.«

»Sie hat Ihnen nichts davon gesagt?«

Juliet verneint kopfschüttelnd.

Max wirkt erleichtert. »Na ja, ich nehme an, dass wir sie gebeten haben, damit nicht hausieren zu gehen. Es mag großspurig klingen, aber wir haben eine Menge Nachahmer.«

»Machen Sie trotzdem weiter?«

»Wenn Sie es erlauben ...« Max macht ein ernstes Gesicht. »Was mich betrifft, wenn ich damit arbeiten darf, dann war wenigstens nicht alles umsonst. Jedenfalls dachte ich, dass Sie sich alles ansehen und dann entscheiden sollten.« Juliet blättert vor und zurück. »Sie können die Entwürfe gern haben, wenn Sie möchten. Sie hätten ... damit etwas, das fortbesteht, oder etwas, um damit abzuschließen. Ich weiß nicht, wie lange Sie bleiben, um ihre Dinge zu sortieren. Deshalb wollte ich, dass Sie sich das hier ansehen und in Ruhe über alles nachdenken.«

Etwas, das fortbesteht. Abschließen. Juliet betrachtet die Stoffe, den weißen Pfeil. Es klingt, als wollten sie sie loswerden.

Er bemüht sich weiter: »Was sie für das Album gemacht hat, wird natürlich vergütet. Und von den Einnahmen geht ein Teil an wohltätige Einrichtungen. Den Zweck dürfen Sie bestimmen.«

»Wie lange habe ich Zeit, mir das zu überlegen?«

»Spätestens Ende nächsten Monats muss alles in der Herstellung sein. Wir planen die Veröffentlichung am Internationalen Tag der Schallplatte.«

»Okay.«

»Das ist ein wichtiger Termin für die Industrie. Ist im April.«

»Ja, ich weiß, wann das ist.« Sie schnaubt verächtlich. »Ich überlege es mir, Max.«

»Danke.« Er stellt die Mappe beiseite.

Juliet würde ihn gern direkt nach der Beziehung zwischen Delta Function und den Medien fragen. Sie wüsste auch gern, warum er glaubt, dass Beth, *seine Freundin*, sich umgebracht hat. Aus welchem Grund sollte sie ihre Arbeiten an der Universität zerstört und die Hälfte davon verbrannt haben? Warum bringt sich jemand um, wenn er ein solches Projekt vor der Nase hat? Bevor sie sich die richtigen Worte zurechtgelegt hat, öffnet sich die Tür zwischen den Studios. Eine hübsche, schlanke Frau steht da, beäugt Juliet kurz und gibt Max mit einer kleinen Handbewegung zu verstehen, dass er nach oben kommen soll. Max macht sich nicht die Mühe, die beiden einander vorzustellen.

»Wenn Sie mich bitte entschuldigen, Juliet. Ich muss mich ein wenig um die Gäste kümmern.«

»Max?«

Er ist schon halb aus dem Raum. »Ja?«

»Wie haben Sie Beth kennengelernt?«

Er stutzt, dreht sich zu Juliet um, und sein Blick folgt dem leuchtend weißen Pfeil auf dem Webstück vor ihr. »Sie war ...« Er zieht die Stirn kraus. »Wie soll ich mich ausdrücken? Sie kam oft hier in den Garten und benutzte das Dampfbad. Sie dachte, das Haus stünde leer. Eines Tages haben Toby und ich sie dort nackt angetroffen. Eine sehr nette erste Begegnung.«

Die Frau an der Tür räuspert sich. Max sieht sie an, dann Juliet. »Ich muss jetzt wirklich hoch und ein wenig Small Talk machen. Bitte entschuldigen Sie mich.«

»Natürlich.«

Juliet sieht ihm hinterher. Für einen Mann, der gerade das Mädchen verloren hat, das er liebt, ist er auffallend beherrscht. Die Frau folgt ihm dicht auf den Fersen und murmelt ihm im Gehen etwas ins Ohr. Sie hat einen makellosen Teint und trägt ihr Haar perfekt zu einem eleganten Knoten im Nacken gebunden.

Als sie durch den angrenzenden Raum gehen, dreht Karlo sich unvermittelt um. Die beiden Männer stoßen zusammen. Der Inhalt von Karlos Glas ergießt sich über Max' Ärmel und den feinen Cashmere-Pulli. Max starrt entgeistert auf die nasse Stelle und dann langsam Karlo an. Sein Mund verformt sich zu einem stummen Fluch. Dann verpasst er seinem Bandmitglied einen Stoß gegen die Brust. In dem Moment kommt Ralf herein und schiebt Max regelrecht hinauf.

Die verrauchte Luft aus dem anderen Raum wabert Juliet entgegen. Sie fühlt sich nicht mehr wohl. Normalerweise ist sie nicht so mimosenhaft. Sie muss an die Luft und macht sich durch den schwach beleuchteten Gang auf den Weg zur Treppe.

Oben hat sich die Party inzwischen in die Küche verlagert, in der sich die Gäste drängeln. Molly, Ralfs Freundin, die sie unten schon gesehen hat, sitzt mit übereinandergeschlagenen Beinen auf der glänzenden Arbeitsplatte und flicht eine Haarsträhne zu einem Zopf, um sie gleich darauf wieder zu lösen.

Und mitten im Raum hält Malcolm Lyall Hof. Obwohl sie ihn noch nie gesehen hat, erkennt Juliet Fionas ehemaligen PR-Berater sofort. Er war, nachdem Fionas Nacktfotos in der Eden-Presse erschienen waren, überall auf Fotos zu sehen. In Wirklichkeit ist er kleiner, als sie ihn sich vorgestellt hat, und hat einen sonderbaren Teint zwischen Malve und Orange. Sein Haar ist silbrig durchsetzt, gelockt und reicht bis zum offenen Kragen seines weißen Hemdes. Er hat irritierend blassblaue Augen und zu viele zu weiße Zähne im Mund. Er kommt Juliet seltsam vertraut und fast lächerlich vor.

Von allen unbemerkt hält sie sich im Hintergrund und beobachtet Max am Spülbecken, wo er sich den Pullover trockengerieben hat und jetzt mit vor der Brust verschränkten Armen dasteht. Er wirkt gelangweilt und gleichzeitig innerlich aufgebracht, wie sie am Pulsieren seiner Kiefermuskeln erkennen kann, während Lyall die Runde unterhält.

»Ich hätte es fast nicht geschafft«, verkündet Lyall mit einem Akzent, der sich als eine Mischung aus Highland-Raunen und Amerikanisch beschreiben lässt. Juliet wundert sich. Sie wusste nicht, dass er Schotte ist. »Ich weiß nicht, warum, aber das Londoner Filmfestival ist ein richtiger Reinfall. Wirklich wahr. Aber damit möchte ich euch nicht langweilen. Wir sind hier, um zu feiern. Es ist euer Abend. Karlo hat mir verraten, dass das Cover für das Album schon fertig ist. Da muss ich euch doch gratulieren. Es war nicht einfach, und es ist ein phänomenales Werk.« Er hält inne, um sich einen Schluck Champagner zu genehmigen. »Wann bekomme ich das Mega-Opus zu hören? Oder ist es noch geheim?« Er lacht und wendet sich Molly zu. Er tritt neben sie und spricht mit leiser Stimme weiter. »Ich habe noch nicht ein Stück davon gehört.«

Molly lächelt unsicher und flicht stumm an ihrem Zopf weiter. Plötzlich gerät er in Verzückung. »Wie geht das?« Er stellt sein Glas ab. »Darf ich?«

Er nimmt ihr den Zopf vorsichtig aus der Hand. Ihre Finger schweben einen Moment gespreizt in der Luft. Ralf steht auf der anderen Seite der Küche und sieht verdutzt zu.

»Faszinierend!«, ruft Lyall laut und sieht den Zopf an. »Ich habe keine Ahnung, wie die Damen das machen. Wirklich nicht. Und noch dazu ohne Spiegel. Max kann das eine oder andere von dir lernen.« Er schickt ein tiefes, bellendes Lachen in den Raum. Als es bei Max ankommt, wird es abrupt still. Offensichtlich kann er darüber nicht lachen.

»Hier hast du ihn wieder, bevor ich noch alles kaputt mache.« Lyall legt ihr den Zopf in die Hand. »Was glaubst du?«, will er wissen. »Wie viele Sterne gibst du dem Album? Diesem Meisterstück?« Die Frage ist nicht rhetorisch gemeint. Er wartet neugierig auf ihre Antwort.

Molly nickt leicht. »Na ja … es ist wirklich gut.« Ihr Blick schnellt zur Seite. Gespannte Stille macht sich breit, während alles auf Molly und Lyall starrt. Sie wirkt unsicher. »Ich meine, ich habe nicht alle Tracks gehört. Nicht das ganze …«

Lyall kichert. »Denk dir nichts dabei. Ist schon gut, Kleines. Du musst mich nicht schonen. Was die kreativen Dinge angeht, da lassen sie mich lieber raus. Das kenne ich schon. Ich bin nur der Laufbursche.«

Max macht immer noch ein zerknirschtes Gesicht. Auch Juliet mahlt mit dem Kiefer. Die Stimmung ist angespannt und irritierend. Sie zieht die Stirn kraus. *Natürlich arbeitet Lyall für sie.* So viel sie weiß, ist er Spezialist darin, Karrieren Flügel wachsen zu lassen, in der Regel mithilfe einer rührseligen Leidensgeschichte als Hintergrund und der Inszenierung eines emotionalen Comebacks, dem die Menschen sich kaum entziehen können. Er baut seine Klientel auf, und wenn sie von der Sensationspresse vom Podest gestoßen wird, ist Lyall gleich wieder zur Stelle, um den nächsten Waschgang zu starten.

Juliet beäugt ihn aufmerksam. Natürlich bietet er all den Charme auf, den man von jemandem erwarten darf, dessen Job es ist, Menschen mit einer Aura zu umgeben. Warum hält Max ihn aus dem Album heraus? Nach dem, was sie gelesen und was Toby ihr erzählt hat, ist Max auf dem Sprung zu einem grandiosen internationalen Comeback. Lyall ist mit Sicherheit beteiligt.

»Übrigens«, sagt Lyall an Max gewandt. »Joels Leute waren auch in London. Die sind supergut drauf. Wollen wissen, wo du das neue Album aufnimmst. Schade, dass ich es ihnen nicht sagen konnte.«

»Du hast mit Joel gesprochen?«, fragt Max plötzlich.

»Ja, sag ich doch. Er ist sehr …«

»Aber wir haben doch abgemacht …«

»Wir haben abgemacht, dass du interessiert bist. Vergessen? Es war eine gute Gelegenheit, mit ihm zu sprechen. Nachzufassen. Hätte ich ihn einfach stehenlassen sollen?«

Max lächelt, wenn auch nur unter Einsatz der unteren Gesichtshälfte, und nimmt sich eine Champagnerflasche aus dem Spülbecken. »Schluck Champagner, Malcolm?«, fragt er. Er füllt die Gläser auf, die in seiner Nähe stehen. »Vielleicht sollten wir ins Studio runtergehen? Es stimmt, wir haben etwas nachzuholen. Karlo? Holst du Toby? Alle anderen – bedient euch, lasst es euch gut gehen.«

Juliet sieht, wie Lyall und Max sich gerade auf den Weg zur Tür machen, an der sie steht. Sie wendet das Gesicht zur Seite, tritt einen Schritt zurück und fragt sich, wie sie verhindern kann, gesehen zu werden. Aber es ist zu spät. Lyall bleibt an der Tür stehen.

»Heilige Scheiße!« Er röhrt lachend. »Juliet MacGillivray! Entweder steigen die Jungs hier tatsächlich auf, oder ... na ja, Sie steigen ab.« Er lacht erneut. »Das mit der Wahl tut mir übrigens leid. Ein flüchtiges Geschäft, die Politik. Sehr flüchtig.«

Juliet verzieht keine Miene.

Er lacht wieder und sagt, dass es alles gut hören können: »Offensichtlich ein schwieriges Geschäft.« Dann senkt er die Stimme. »Apropos, Ihre Nichte. Schlimme Sache. Es tut mir sehr leid für Sie. Max mochte sie sehr gern.«

Juliet antwortet immer noch nicht. Max richtet den Blick zur Decke und bläst die Backen auf.

»Danke«, sagt sie nur.

Max legt Lyall eine Hand auf die Schulter, als wollte er ihn wegführen. Lyall bleibt stehen.

»Sie nehmen sich doch bestimmt eine Auszeit, oder?« Dabei krümmt er zwei Finger jeder Hand zu einem Anführungszeichen in der Luft. »Sehr vernünftig. Sehr gute Entscheidung.« Er beugt sich zu ihr hinab. Sie spürt seine Lippen am Ohr, während er murmelt. »Nicht ganz ohne Risiko, herzukommen, nicht wahr? Ein Heidenspaß für die Presse, wenn die wüssten, dass Sie hier sind.«

Er nickt bedächtig und ernst. Fast hätte Juliet sich einfangen lassen. Aber wie kann er sich hier hinstellen, über den Medienrummel um die PA faseln, wenn er vermutlich derjenige war, der Fionas alte Nacktfotos an Eden Media durchgestochen hat?

Als hätte er ihre Gedanken gelesen, fügt er hinzu.

»Wie geht es übrigens Fiona? Sie war immer eine so starke Frau. Wirklich unglaublich. Lässt sich bestimmt nicht unterkriegen. Weiß der Himmel, wer sich auf diese Bilder eingelassen hat. Das war nicht in Ordnung. Ich war richtig sauer auf

Bernie. Wie konnte er zulassen, dass Dominic so etwas kauft. Ich habe ihm gesagt, dass mich das in ein schlechtes Licht rücken würde. Und man weiß nie, welchen Lauf die Dinge langfristig nehmen. Vielleicht poliert es sogar ihr Image etwas auf. Ihr Feministinnen könntet ruhig ein wenig gelassener rüberkommen.«
Unglaublich.
»Tut mir leid«, fährt er fort. »Bitte entschuldigen Sie. Aber so sehe ich die Dinge. Und wenn ich mich mit etwas auskenne, dann damit, wie die Menschen ticken. Hier ist meine Karte. Bernie wird mich dafür hassen, durchgeknallter Hund. Fiona will von mir bestimmt auch nichts wissen. Wenn ich aber für Sie oder Ihre PA etwas tun kann, rufen Sie mich an.«
»Danke«, sagt Juliet und nimmt die Karte entgegen. Sie schimmert wie eine goldene Kreditkarte. Aus einem Impuls heraus folgt sie seinem Beispiel, nähert ihre Lippen seinem Ohr und senkt die Stimme. »Ich denke dran.«
Er fixiert sie mit seinem Blick, drückt sich an ihr vorbei und murmelt eine überschwängliche Entschuldigung. Sie hofft inständig, dass es nur sein Bauch ist, den sie langsam an sich vorbeigleiten spürt.

Am liebsten würde Juliet auf der Stelle gehen. Sie arbeitet sich durch die Küche und findet eine Tür, die auf die Terrasse hinausführt. Von dort geht sie in den Garten hinunter.
Sofort schwinden der Lärm und das helle Gelächter. Der klare Nachthimmel ist übersät von funkelnden Sternen. Es hat sich abgekühlt. Auf der riesigen Rasenfläche steht ein gelber Lamborghini – vermutlich der von Lyall –, fern von allen anderen Autos, sodass er sich ausnimmt wie ein Spielzeugauto.
Juliet saugt die taufeuchte Luft in sich auf und geht über den Rasen zu dem großen Glastor, das sie gestern vom Strand aus gesehen hat. Sie bleibt stehen und sieht auf das ablaufende

Wasser und den tief stehenden Mond hinaus, denen das geschwärzte Glas einen sonderbaren, gedämpften Ton verleiht. Als hätte sich die Welt entfärbt und in Graustufen gehüllt, und als würde das Meer, dessen Wellen sich in der Ferne an einer Sandbank brechen, wie schon in den zurückliegenden Wochen die Antwort schuldig bleiben. Trotz der Kälte bleibt Juliet dort stehen und denkt nach. Wie kam Beth unbemerkt hierher und wieder hinaus? Wenn sie so viel Zeit hier verbracht hat, wie Max behauptet, dann ist sie möglicherweise auch durch dieses Tor gegangen. Sie sieht sich das Schloss genauer an und geht ein wenig auf und ab.

Was wissen die Jungs? Was genau versucht Max mit seinem eitlen Gehabe und dem ständigen Bedürfnis, alles in Szene zu setzen, unter Kontrolle zu halten, was sie einfach nicht versteht?

Die Tür zum Dampfbad hinter ihr geht auf. Die Spiegelung der Gestalt in dem geschwärzten Glas scheint über den Strand zu schweben, und der herausströmende Dampf verleiht ihr etwas Majestätisches. Toby kommt in einem weißen Umhang heraus. In Flip-Flops geht er über den Rasen, ohne die Tür hinter sich wieder zuzumachen. Gerade will Juliet ihm zurufen, dass Karlo ihn sucht, als die Tür sich erneut öffnet. Die zarte, fast geistförmige Gestalt eines Mädchens mit hellbraunem, zu einem Bob geschnittenem Haar steht im Türrahmen. Ihre Silhouette zeichnet sich vor der hellblauen Innenbeleuchtung und dem Dampf ab. Sie hebt das Gesicht zum Himmel und bläst eine Wolke von Rauch in die Nachtluft.

Beth.

16

Taj und Paul bogen mit dem Mädchen in eine ruhige, als *Privatweg* beschilderte Seitenstraße hinter dem großen alten Haus mit den vielen bunten Fensterscheiben ab, das Taj ihr einmal gezeigt hatte.

Auf dieser Seite zierten große Keramikplatten und Balkone die Fassade, deren Fenster mit Damastvorhängen verhängt waren. Paul zog einen schweren Schlüsselbund aus der Tasche und brauchte eine Weile, bis er den richtigen Schlüssel gefunden hatte.

Drinnen ging es gleich links neben der schweren Tür eine breite Treppe hinauf. Sie sah sich noch kurz über die Schulter um. In einem riesigen Spiegel in der Halle sah sie schwarz-weiße Fliesen und ein poliertes, antikes Sideboard mit einer großen Blumenvase darauf. Oben angekommen, gelangten sie durch eine weitere Tür und mit einem anderen von Pauls Schlüsseln in ein Wohnzimmer mit einem ausladenden, niedrigen nerzfarbenen Sofa. Weitere schwere Türen führten aus diesem Raum hinaus. Über einen kleinen Erker gelangte man auf einen kleinen Balkon.

»Wie wäre es mit einen Drink?«, sagte Taj.

Paul sah sie an. »Setz dich. Mach es dir bequem.«

»Wo ist Bad, bitte?«

Taj grinste Paul an. »Sie ist wirklich süß«, sagte er. »Ja natürlich. Es ist gleich hier.«

Sie folgte ihm durch einen Flur, durch ein Schlafzimmer mit einem Doppelbett, das größer als das ihrer Eltern war und auf dem sich viele Kissen türmten. Taj blieb am Bett stehen.

»Solange du hier bist, ziehst du dir etwas anderes an, okay?«, sagte er mit erhobener Stimme, als redete er mit einem Tierchen. »Ziehst du dich jetzt um?« Lächelnd zwinkerte er ihr zu und machte eine Geste mit dem Kopf in Richtung Tür.

Sie verstand nicht, was er meinte. Die Tür, auf die er deutete, führte ins Bad. Es war klein, aber das sauberste und hübscheste, das sie seit Monaten gesehen hatte. Ihr Herz raste. Sie setzte sich auf die Toilette und betrachtete die Wände, die alle aus Marmor zu sein schienen. Sie betastete sie mit einer Hand. Es fühlte sich kalt an.

Als sie herauskam, war Taj verschwunden. Aber auf dem Bett lagen ein paar Kleidungsstücke. Eine Uniform? Soll sie hier vielleicht sauber machen? Sie nahm sie zur Hand und betrachtete das aufreizende, seidige Gewebe. Hübsch. Mit Spitze. Sie ließ den Stoff zwischen den Fingern hindurchgleiten. Ein pfirsichfarbenes Dessous, wie sie es an den Models auf den Werbeplakaten an den Bus- und Straßenbahnhaltestellen gesehen hatte. Ein BH, ein Slip und – den Ausdruck dafür kannte sie nicht – eine Art kleines Kleid, das man darüberzieht. Die Models in der Werbung bogen den Körper immer lasziv nach hinten und zogen das Top über die Hüfte nach oben, um den schlanken Bauch zu zeigen, der im Slip verschwindet.

Das soll sie anziehen? Warum?

Unschlüssig stand sie im Schlafzimmer. Sie hörte die beiden Männer in einer Art Küche Englisch miteinander sprechen. Dann klang es, als würde ein paar Räume weiter ein Möbelstück herumgeschoben. Einen Moment fragte sie sich, ob ihr noch Zeit blieb, die Treppe hinunter- und wegzulaufen. Dann fiel ihr ein: Paul hatte die Tür hinter sich abgeschlossen.

17

Ein Frösteln und ein kurzer Augenblick der Verwunderung überkommen Juliet. Das Herz schlägt ihr bis zum Hals, als sie sich vom Tor zum Dampfbad umdreht, um die Gestalt genauer zu sehen. Mit dieser Bewegung macht sie auf sich aufmerksam. Das Mädchen beugt sich vor und späht in die Dunkelheit hinaus. Dann winkt sie und gibt Zeichen. Der Bann ist gebrochen.

»Sie können gern hereinkommen, wenn Sie möchten«, ruft das Mädchen in einer klaren, erwachsen klingenden Stimme mit amerikanischem Akzent. »Hier findet Sie niemand.«

Als sie auf das Mädchen zugeht, sieht Juliet, dass sie nicht älter als zwölf oder dreizehn Jahre alt sein kann und dass eine Ähnlichkeit zu Beth bestenfalls vage zu erkennen ist. Sie wünschte sich, ihr Kopf würde nicht ständig diese Spielchen mit ihr treiben, die Beth an jeder Straßenecke oder in der Straßenbahn erscheinen lassen. Das ist inzwischen ziemlich oft passiert.

Sie hält an sich. »Woher willst du wissen, dass ich nicht gefunden werden möchte?«

»Allein hier draußen im Dunkeln, da liegt die Vermutung doch nah.« Das Mädchen zieht erneut an der Zigarette.

»Du solltest besser nicht rauchen«, bringt Juliet plötzlich hervor. Eigentlich aber denkt sie: *Was tut dieses Kind hier draußen allein mit Toby?*

Mit einem gelangweilten Seufzer drückt das Mädchen die Zigarette am Türrahmen aus und schnipst sie in den Garten hinaus. Juliet ist von der Autorität beeindruckt, die sie auszustrahlen scheint.

Hinter ihr sieht Juliet in das Dampfbad hinein und erkennt

die sechseckige Form wieder, die schon da war, als die Nachbarn es eingebaut haben, nur dass die Seiten jetzt in Form von zwei Meter hohen, stufenähnlichen Bänken gestaltet sind. Es ist im maurischen Stil vollständig hellblau-weiß gefliest. Das Zentrum bildet der dort eingelassene Jacuzzi mit einem Rost darum herum, über den das Wasser ablaufen kann. Die kuppelförmige Decke ziert ein von winzigen, weiß-blauen Lichtern durchsetzter Himmel mit einer Trompe-l'Œil-Bemalung. Neben der Tür hängen die Bademäntel für Gäste.

Seit der Zeit, als Erica und sie hier immer wieder heimlich ein und aus gegangen sind, ist das ganze Haus komplett umgestaltet worden. Wie hießen die Eigentümer damals doch gleich? Seit Jahren hat sie an diese Leute nicht mehr gedacht. Von ihrer liebgewordenen Gewohnheit mussten sie und Erica ablassen, nachdem ein Neffe der Eigentümer – damals schon erwachsen – das Recht zu haben glaubte, sie begrapschen zu dürfen. Ob Erica ihn darum gebeten hatte, wurde nie ganz klar, aber ihr Vater hatte damit gedroht, die Polizei zu holen, womit das Tischtuch zerschnitten war.

»Hier gibt es auch Bademäntel, wenn Sie möchten«, sagt das Mädchen. »Alle unbenutzt und sauber.«

Die leicht schmuddelige Anmutung dieser Bemerkung lässt Juliet schmunzeln. »Das glaube ich. Bist du allein hier drin?« Sie zögert. »Kommt Toby zurück?«

»Ja, er holt nur etwas zu trinken.«

Vielleicht ist es die Erinnerung an den Grapscher, der sie bei dem Gedanken zusammenzucken lässt, dass Toby diesem Kind etwas zu trinken holt. Das Mädchen muss ihr die Irritation angesehen haben, denn sie setzt sofort nach: »Nein, nein, nicht, was Sie denken. Ich trinke Sprite.«

Juliet nickt. »Okay. Toby und du, seid ihr ... Freunde?«

Das Mädchen wirft Juliet einen verächtlichen Blick zu. »Ähm, nein?« Fast im selben Augenblick scheint sie die Bemerkung zu bereuen.«Ich meine, er ist mindestens doppelt so alt wie ich. Aber er ist in Ordnung. Er muss immer auf mich aufpassen. Hält mich von Karlo fern.«

Karlo? Dann ist das der Typ, auf den die Mädchen heute stehen? Juliet überlegt. Plötzlich empfindet sie Mitleid mit der Kleinen, dass sie ihre Zeit hier ohne Freunde zubringen muss.

Das Mädchen geht wieder hinein, streift den Bademantel ab und setzt sich im rot-weiß gestreiften Badeanzug auf die gegenüberliegende Seite des Jacuzzi und streckt ihre endlos langen Beine aus. Wie ein Vogel, der nach einer Schlange hackt, tippt sie immer wieder mit einem Zeh ins türkisfarbene Wasser, und kleine, konzentrische Kreise auf der Oberfläche machen sich auf den Weg zu Juliet. Während sie in der warmen Luft steht, spürt Juliet, wie ihr Haar strähnig wird.

Das Mädchen sieht zu ihr herüber.»Sie sollten besser einen Bademantel anziehen, wenn Sie bleiben möchten. Ihr Kleid wird sonst ruiniert. Was meinst du, Toby?«

Von Juliet unbemerkt, steht er mit einer Dose Sprite in der einen und einer Champagnerflasche in der anderen Hand plötzlich hinter ihr. Juliet tritt zur Seite, um ihm Platz zu machen. Die Situation scheint ihm die Sprache verschlagen zu haben.

»Wir sehen auch weg, wenn Sie ins Wasser möchten, stimmt's, Toby?« Das Mädchen schwingt die Beine.»Toby fährt übrigens voll auf Sie ab. Aber er sieht auch weg.«

Sie kichert.

Toby schließt peinlich berührt die Augen. Juliet sieht ihn mit hochgezogenen Brauen an, bis er sie wieder öffnet.

»Entschuldigung«, formt er lautlos mit den Lippen. Er dreht sich um und geht mit den Getränken und Leidensmiene an ihr vorbei und reicht dem Mädchen eine Dose.»Ständig. Musst. Du Ärger machen. Hier. Hast du dein Sprite.« Er betätigt einen Schalter an der Wand und erweckt der Jacuzzi geräuschvoll sprudelnd zum Leben. Zu spät, um das Gespräch fortzuführen. Das Mädchen spürt ihre Belustigung und legt sich ins Zeug. Sie redet gedehnt, hat ihren Spaß.

»Ich sehe doch, dass er auf Sie steht, weil Sie genau wie dieses Mädchen aussehen. Bess. Du hast sie doch gemocht, Toby, habe ich recht? Aber Onkel Max ist dir zuvorgekommen.«

Juliet schließt die Tür und stützt sich mit einer Hand an der gefliesten Wand ab, während sie sich Schuhe und Strümpfe auszieht. »Ich nehme an, du meinst Beth«, berichtigt sie. *Dieses Mädchen kannte Beth also auch.*

»Genau. Beth. Genau. Toby war richtig eifersüchtig, stimmt's, Tobes? Aber Onkel Max muss ja für jedes Album unbedingt ein Mädchen haben. Er ist so ein richtiger Casanova.«

»Grace, es reicht«, herrscht Toby sie an.

»Was?« Grace ist plötzlich eingeschnappt. »Ich meine, traurig ist es schon, dass sie ertrunken ist, aber ...« Sie reißt die Augen auf. »O Gott. Sie sind doch nicht etwa ihre Mutter?«

»Nein, ich bin nicht ihre Mutter«, antwortet Juliet schnell. Sie nimmt sich einen Bademantel, legt ihn entschlossen zu einem kleinen Quadrat zusammen und setzt sich damit auf eine der Bänke. Sie kreist mit den Füßen und schließt genießerisch die Augen. Als sie sie wieder aufmacht, ruht Tobys Blick auf ihr.

»Na ja.« Grace öffnet ihre Getränkedose. »Trotzdem schlimm, was ihr passiert ist.« Sie nimmt einen Schluck, als wäre es Bier.

»Ja, das ist es ...«, Juliet hält inne. Toby schüttelt bedauernd den Kopf und sieht Juliet an, ohne sich um Unauffälligkeit zu bemühen.

Grace entgeht der Blickkontakt nicht, und sie empört sich erneut. »Was soll das? Ich bin doch kein Kleinkind mehr, verdammt noch mal.«

»*Grace?*« Eine Frau erscheint in der Tür zum Dampfbad. Es ist dieselbe Frau, die Max vorhin aus dem Studio geholt hat.

»Die Zeit ist um, Liebes. Wir müssen fahren. Ich hab dich schon überall gesucht.« Auch sie spricht mit einem amerikanischen Zungenschlag. Plötzlich hält sie inne und starrt Juliet an. »Entschuldigen Sie. Hallo. Max hat uns gar nicht vorgestellt.«

»Nein, hat er nicht.« Juliet steht auf. Ein seltsamer Ort für Höflichkeiten.

»Ich bin Helena. Helena Bolin. Max' Schwester.«

»Juliet. Ich wohne nebenan.« Als sie sich kurz die Hände reichen, bemerkt Juliet, dass ihre Handflächen feucht sind. Sie hat das Gefühl, Helena würde sie sich am liebsten gleich waschen wollen.

»Schön, Sie kennenzulernen. Aber wir müssen jetzt leider fahren. Wir nehmen morgen einen sehr frühen Flug nach London und fliegen dann weiter nach New York. Grace wollte ihren Onkel Max noch einmal sehen, bevor wir Europa verlassen.«

»New York!«, entfährt es Juliet. »Das ist eine lange Reise.«

»Das stimmt, aber wenn wir Max nicht besucht hätten, würde sie gar nicht wissen, wie er aussieht.« Sie wendet sich schnell Toby zu. »Vielen Dank, dass du dich um Grace gekümmert hast.«

»Schon gut. Gern geschehen.«

Grace hüllt sich in einen Bademantel und folgt der Aufforderung zu gehen. Aus dem Garten ruft sie über die Schulter zurück: »Bis bald, Toby. Benimm dich!«

Toby wirft die Tür hinter ihr zu. Ein Luftstoß durchdringt den Raum. Er lässt sich auf eine der Bänke fallen und legt den Kopf in die Hände. »O mein Gott. Es ist mir wirklich unangenehm.«

»Schon gut.«

»Nein, nein, nein. Es ist nicht … gut. Sie ist erst zwölf. Alt genug, um sich zu benehmen.«

»Geht man mit zwölf nicht stramm auf die zwanzig zu?« Mit einem Lächeln im Gesicht denkt Juliet an Beth in dem Alter. An diese Mischung aus Naivität und amoklaufenden Hormonen. »Und Sie müssen den Babysitter spielen? Sie von Karlo weghalten?«

Toby sieht sie böse an. »Wer hat das gesagt?«

Juliet versucht, sich von dem Ton nicht beeindrucken zu lassen. »Grace.«

Toby schüttelt den Kopf. »Ich weiß nicht, woher sie das hat. Ich meine, Karlo …« Er blinzelt und zieht ein Augenlid herunter, als müsste er einen Fremdkörper entfernen. »Karlo kann ein wenig … na ja, er ist manchmal sehr unüberlegt.« Er zieht die Knie an, legt das Kinn darauf, kreuzt die Unterschenkel und schlingt die Arme darum.

Juliet betrachtet ihn. Gerade möchte er etwas sagen – und muss an sich halten.

»Würden Sie bitte kurz wegsehen?«, bittet sie ihn.

Sie schlüpft aus ihrem Kleid, hängt es an einen Haken, schüttelt den flauschigen Bademantel aus, auf dem sie saß, und legt ihn sich über die Schultern. Mit einem Zögern geht sie zur Bank.

18

Toby entschuldigt sich in einem fort für das Benehmen von Grace, immer wieder unterbrochen von einem Schluck Champagner, den er direkt aus der Flasche in sich hineinschüttet. Schließlich hat Juliet genug.

»Toby, bitte. Es ist wirklich nicht schlimm. Ein wenig peinlich vielleicht, was vermutlich genau in Graces Absicht lag, aber ...«

Sie überlegt, ob sie ihm sagen soll, dass sie in einer sehr glücklichen Beziehung lebt, lässt es aber, ohne genau zu wissen, warum.

Toby sieht sie an.

»Und zu dem, was sie über Beth gesagt hat ... Hatte sie da nicht auch recht? Um Dinge zu verstehen, muss man sie wohl erst aus dem Mund eines Kindes hören. Beth ist tot. Ertrunken. Soviel wir wissen.«

Toby richtet den Blick zu Boden, wo er die Fugen zwischen den Fliesen mit dem großen Zeh nachfährt. »Was soll das heißen ›soviel wir wissen‹? Was soll da noch sein?«

»Vielleicht sagen Sie mir das. Sie haben in den letzten Monaten sehr viel Zeit mit ihr verbracht. Ich ... mich interessiert eigentlich nur, was in ihr vorging. Was sie durchgemacht hat.«

»Glauben Sie wirklich, dass man immer genau weiß, was in einem anderen Menschen vorgeht?«, fragt er.

Was soll das heißen? Beide schweigen.

»Reichen Sie mir die Champagnerflasche?« Nicht klug vielleicht, aber im Moment fühlt es sich genau richtig an. Er rutscht auf der Bank ein Stück zu ihr heran und reicht ihr die Flasche. Sie setzt an und nimmt einen Schluck.

Mit immer noch hängendem Kopf schaut er sie von der Seite an. »Nehmen Sie es nicht so schwer. Das ist übrigens keine gute Mischung bei der Hitze hier drinnen.«

»Ach ja?« Trotzig setzt sie die Flasche noch einmal an. Ein Rest von dem goldenen Nass rinnt ihr am Kinn entlang. Sie schnaubt leise und wischt sich mit dem Ärmel des Bademantels umständlich den Mund ab. Toby sieht sie traurig und mitfühlend an. Er streckt die Hand nach ihrem Gesicht aus und fährt mit dem Daumen langsam an ihrem Kinn entlang.

Juliet lässt es geschehen. Plötzlich erwacht in ihr das Verlangen, Tobys Daumen zärtlich in den Mund zu nehmen. *Völlig falsch.* In letzter Zeit wurde sie immer öfter von verrücktspielenden Hormonen überrumpelt. *Was würde Declan tun, wenn es umgekehrt wäre?* Sie sind weder verheiratet noch ein normales Paar. Vor zwei Jahren hatte Declan im Vollrausch einen One-Night-Stand. Manchmal fragt sie sich, ob es sie geärgert hat, dass das nicht zu einem größeren Problem zwischen ihnen ausgewachsen ist. Sie hatten ausgemacht, dass sie versuchen wollten, es zu vergessen; wegschieben. Und das haben sie mit ziemlichem Erfolg geschafft … hatte sie gedacht.

Tobys Hand schwebt einen Moment vor ihrem Gesicht, als wollte er ihr eine Haarsträhne hinter das Ohr schieben. Dann ist es vorbei.

»Tut mir leid«, sagt er. »Ich … Sie hatten … da war etwas.«

Juliet sucht nach Worten.

»Erzählen Sie mir von Ihrem Tattoo.«

Überrascht und erfreut sieht er sie an. »Was möchten Sie wissen?«

»Ich weiß gar nicht, wie man auf die Idee kommen kann, sich so etwas anzutun. Ein ewig bleibendes Mal. Hält das Leben nicht schon genügend Narben für einen bereit?«

Toby dreht seine Wade zu Juliet, und beide betrachten das Kunstwerk auf der Haut seines Unterschenkels.

»Das ist eine Noaidi-Trommel«, erklärt er ihr.

Juliet nickt, ohne eine Ahnung zu haben, was das ist. Bis jetzt war das Tattoo für sie nichts als ein abstraktes ovales Muster. Von Nahem aber erkennt sie feine, skizzenhafte Figuren in dem Oval auf Tobys Wade.

»Ich war noch klein, als mein Vater mir die Noaidi-Trommeln erklärt hat. Er hat ihren Klang aufgenommen und gesammelt wie alltägliche Geräusche. Er hat mich immer mitgenommen, wenn er die Aufnahmen gemacht hat. Zu Hause hat er die Laute dann zusammengesetzt. Es war unglaublich. Manchmal dauerte so etwas Monate. Eine ganz neue Welt hat er daraus geschaffen ... aus Rhythmen und Geräuschen, aber aus Tönen, die man von irgendwoher kennt. Autos beim Überholen. Regen auf Wellplastik.«

»Das klingt interessant.« Das ist nicht das richtige Wort. »Sehr eigenwillig.«

»Ja. Das war er.«

»Und das machen Sie jetzt auch? Diese Musique concrète?«

»Genau. Na ja, eigentlich auch wieder nicht. Ich nehme viel auf, stelle Geräusche zusammen und produziere sie, bin aber kein Purist. Dad war das auch nicht, glaube ich. Eines Tages sprachen wir darüber, wie Musik eine Art mentale Landkarte des Lebens und von bestimmten Orten zeichnen kann. Da hat er mich die Klänge einer Noaidi-Trommel hören lassen. Und ich weiß noch, wie überrascht ich war, weil es ... richtige Musik war. Ein Musikinstrument, nicht etwas, das er aufgezeichnet hatte.

Jedenfalls sagte er, das wäre weit mehr als ein Instrument. Es gibt Schamanen, die die Haut ihrer Trommeln mit Figuren und Mustern bemalen, sodass die Oberfläche die Gestalt einer ... mystischen Weltkarte annimmt. Dann nehmen sie ein kleines Knochenstück, lassen es auf der vibrierenden Trommelhaut tanzen, während auf ihr gespielt wird, und deuten die Stellen, auf denen die Knochen tanzen.«

Sie sieht seine Augenlider flackern, während er seinen Erinnerungen nachhängt. *Warum erzählt er das alles?* Vielleicht tut es ihm einfach gut, sich das alles einmal von der Seele reden zu können ... Plötzlich fragt sie sich, wo Max ist. Ist das ein Ablenkungsmanöver?

Eine Schweißperle rinnt Tobys Kniekehle hinab über das Tattoo. Der Tropfen lässt eine der Figuren für einen kurzen Moment vergrößert erscheinen: ein kleines Strichmännchen mit einer Art Zauberstab in der Hand. »Da ist es ja.« Er lächelt. »Dad war schon ziemlich alt, als Mum mich bekam. Ich war noch klein, als er dement wurde. Er ging hinaus, nahm stundenlang auf und verlief sich dann. Einmal wäre er an Unterkühlung fast gestorben, sodass wir ihm verbieten mussten, das Haus zu verlassen. Aber das, was er aufgenommen hatte, war für ihn eine Art Landkarte, eine Hilfe, sich an Zeiten und Orte zu erinnern. Deshalb wollte ich, nachdem ich mein erstes Honorar ausgezahlt bekam ... irgendwie meine eigene Landkarte haben. In Erinnerung an Dad. Daher dieses Tattoo.«

Juliet betrachtet es. »Und was ist das?«, fragt sie und zeigt auf die naive Darstellung eines Hauses mit einer Art Kuppel. Ihr blasser, ovaler Fingernagel schwebt über seiner Haut.

»Das ist das Eden.« Er reibt mit dem Daumen kräftig über das kleine Symbol, als wollte er es ausradieren. »Ein Club in Manchester. Früher war ich jedes Jahr zum Techno-Festival dort. Da hat Max ... mich quasi entdeckt.«

»Ach so.« Das Eden. Soweit sie weiß, ist das ein VIP-Treffpunkt. Sie sieht es sich genauer an. »Und da arbeitet Max? Delta Funktion?«

»Nein.« Tobys Stimme klingt plötzlich hell und durchdringend. »Das hier war bevor ... vor all dem.«

Der brüske Ton lässt Juliet aufhorchen. Toby hat es wahrscheinlich bemerkt, denn er verändert seine Stimme. »Man könnte es als ein Symbol dafür bezeichnen, wie ich ... wie ich zum ersten Stück gekommen bin, das ich produziert habe. Ich meine solo. Max hat gesagt, ich sollte mir noch ein anderes Tattoo stechen lassen. Er hält das für das passende Image.«

Das passende Image. Allmählich bekommt Juliet eine Vorstellung davon, welchen Einfluss Max auf die Kreativität seiner Mitmenschen hat. Hatte er Beth genauso unter Kontrolle?

»Und jetzt, nachdem ich auch noch abgenommen hätte, sagte er, sollte ich doch hier noch eins stechen lassen.« Grinsend zeigt er auf seinen Unterbauch, den v-förmigen Bauchmuskel, der in der Badehose verschwindet.

Juliet wendet den Blick ab. Geht ganz schön ran, das Bürschchen.

»Ich finde, Sie sehen gut aus, so wie Sie sind«, bringt sie hervor. »Das mit Ihrem Vater tut mir leid. Die Tattoos sind ein wunderbarer Weg, ihn immer bei sich zu haben.«

»Ja.« Er nickt. »Das mit Beth ... tut mir auch leid. Ich glaube, Sie tragen sie auch irgendwie immer bei sich.«

»Wie meinen Sie das?«

»Haben Sie sich mal im Spiegel angesehen?« Er betrachtet sie. »Sie sehen *genauso* aus wie sie. Als ich Sie am Strand sah, war mir klar, dass Sie mit ihr verwandt sein müssen.«

Juliet schluckt. Daran wird sie sich gewöhnen müssen. Dennoch darf sie sich nicht ablenken lassen. »Ich habe den Eindruck, als wären Sie sich alle sehr nah. Wie lange kennen Sie sie schon?«

»Letzten Sommer waren wir zum ersten Mal hier. Sie kam und benutzte unser Dampfbad. Dann haben wir gesehen, wie sie mit dem kleinen Boot ein paarmal vom Steg abgelegt hat. Damit fing es an. Max und sie haben sich von Anfang an gut verstanden.«

»Das glaube ich.«

Kurz sieht es so aus, als wollte Toby noch etwas hinzufügen, aber er schweigt. Juliet ist dankbar, dass er sich nicht in Einzelheiten verliert. Sie sieht sich im Raum um und versucht, sich die Szene gar nicht erst vorzustellen, wie Max und Toby auf Beth trafen.

»Wir hatten damals keine Ahnung, wie viel Zeit sie davor allein verbracht hatte.« Der Satz versetzte Juliet einen Stich.

»Ihr Stiefvater wird Ihnen von uns erzählt haben?« Er lächelt traurig. »Er mochte Max nicht.«

»Stiefvater?« Juliet zieht die Stirn kraus. Beth hatte keinen Stiefvater. Hatte sie Alex nach der Scheidung den Leuten so vorgestellt?

»Ja. Im Frühjahr war er oft hier. Im April. Beth wollte ihn für die PR für das Album dabeihaben. Es gab einen großen Krach. Er hat abgelehnt.«

Juliet schweigt. Sie ist sich nicht sicher, was sie damit anfangen soll. Dass Alex sich in Beths Leben einmischt, ein Vater, der glaubt, er könnte seiner erwachsenen Tochter sagen, was zu tun ist, kann sie natürlich nicht gutheißen. Aber kann sie es ihm verdenken? Bei der Vorstellung, dass Beth und Max zusammen sind, wird ihr übel. Auch sie hält Beth immer noch für naiv. Natürlich war es eine Rolle, die sie ihrer Tante Jet gegenüber übertrieben zur Schau gestellt hat. Anderseits aber ist Max so viel älter als Beth. Ein Mann von Welt: kompetent, kreativ und kultiviert, im Vergleich zu den Jungs jedenfalls, mit denen sie sich an der Uni umgab. Ganz zu schweigen davon, dass er auch noch unglaublich attraktiv ist. Männer mit einem überzogenen Anspruchsdenken können verstörend anziehend sein. Sie kann nachvollziehen, wie Beth ihm so leicht und tief verfallen konnte. Und sie kann sich auch vorstellen, wie Alex darauf reagiert hat.

»Hat Max …«, die Frage kommt ihr idiotisch vor. »War sie glücklich mit ihm?«

»Ja«, antwortet er prompt und nickt entschlossen. »Soweit ich weiß, haben sie alles gemeinsam gemacht.«

Er hält inne, nimmt ihr die Flasche aus der Hand und genehmigt sich selbst einen Schluck. Er kommt ihr vor wie der verschmähte Liebhaber, den man draußen in der Kälte stehen ließ. Er lehnt sich auf der gefliesten Bank zurück und hebt den Blick zum Himmelsimitat an der Decke.

Sagt es noch einmal. »Ja. Richtig glücklich. Letzten Winter waren wir unterwegs, um ein paar Gigs zu spielen, und im Frühjahr wieder zurück, um weiter aufzunehmen. In der Zeit hatte sie eine Cover-Sammlung für uns zusammengestellt. Sie war atemberaubend. Sie hatte die Entwürfe über den Winter gemacht. Deshalb kamen wir gar nicht auf die Idee, dass sie etwas belasten könnte oder etwas mit ihr nicht stimmte ...«

»Soll das heißen, dass sie diese Entwürfe einfach so für euch gemacht hat?«

Toby reagiert nicht darauf und fährt fort. »Wir konnten doch nicht ahnen, dass da etwas so schieflief, aber im Nachhinein ...«

Toby macht eine hektische Bewegung mit der Hand, während er weiterspricht. Juliet ist nicht entgangen, dass ihm etwas herausgerutscht ist, was er besser nicht gesagt hätte, und wie sehr er sich jetzt bemüht, wieder zu seiner Geschichte zurückzufinden: auf seine Vermutung, Beth habe an einer Depression gelitten. Juliet hat genügend Politiker erlebt, die bei Interviews ins Trudeln kommen, um zu erkennen, dass sie sich auf schwieriges Terrain begeben haben.

»Nur kurz«, sagt sie. »Gehen wir einen Schritt zurück. Was hat sie dazu gebracht, diese Entwürfe zu machen?« Beth stand nicht gern im Rampenlicht. Eher musste man ihr gut zureden, bis sie bereit war, etwas von sich öffentlich zu machen. Dass sie einfach so ins Blaue hinein die Gestaltung für Delta Function übernimmt, scheint ihr ziemlich aus der Luft gegriffen. Und wenn Max tatsächlich ein solcher Kontrollfreak ist, dann dürfte er von der Idee, dass sich ein bislang unbeschriebenes Blatt in der Kunstszene ihr Album unter den Nagel reißt, auch nicht angetan gewesen sein.

Aber die Antwort kommt unerwartet für Juliet.

»Hm ...«, Toby zögert. »Ich glaube, der Vorschlag kam von Max und Lyall. Und sie hat all diese Entwürfe über den Winter gemacht ...«

Lyall? Mit ihm hatte Beth also auch noch das Vergnügen.

»Moment mal. Lyall und Max wollten Beth bei der Band haben?«, hakt Juliet ungläubig nach. »Das ist aber sehr entgegenkommend von ihnen.«

Toby sieht sie an, als käme sie von einem anderen Stern.

»Ja, ich glaube ... ich meine ...« Er setzt die Champagnerflasche unsanft auf dem Steinboden ab, sodass sie zunächst schwankt und kippelt, bis sie schließlich mit einem hellem Vibrato zum Stehen kommt.

Juliet versucht, einen klaren Kopf zu bekommen. Ihr brummt der Schädel. Sie darf Tobys Vertrauen nicht aufs Spiel setzen.

»Entschuldigung, erzählen Sie bitte weiter.«

Aber so einfach ist das nicht. Toby steht auf, läuft auf und ab, während er sich mit der Hand durch das dünne Haar fährt, das sich in feuchten Strähnen auf seinem Kopf aufstellt. Juliet hat ein schlechtes Gewissen. Sie hat einen Nerv bei ihm getroffen, ohne zu wissen, welchen und warum.

Schließlich scheint Toby sich zu etwas durchgerungen zu haben. »Man kann sagen, dass Beths Anwesenheit zu Spannungen geführt hat. Ich meine, zwischen ihr und Max hat es oft gekracht, und ... Max konnte sich nicht auf das Album konzentrieren. Lyall ist ein Macher. Er weiß, wie die Menschen ticken. Ich glaube, er wollte die Wogen glätten, damit Beth sich kreativ stärker einbringen kann. Er wollte, dass sich alle untereinander verstehen.«

Juliet hört zu und nickt, als würde alles einen Sinn ergeben. Würde es auch, wenn Toby nicht gerade gesagt hätte, dass Max und Beth ekstatisch glücklich gewesen wären. *Sie haben alles zusammen gemacht,* hat er gesagt. Was also? Waren sie glücklich, oder hat es die ganze Zeit gekracht zwischen ihnen? *Lyall wollte die Wogen glätten,* hat Toby gesagt. Die Vorstellung, dass Beth sich von einem Typen gängeln ließ, dessen Job es ist, Probleme mit der Kundschaft zu lösen und zu regeln, ist ihr zuwider. Was hatte Beth zu einem Problem gemacht? Worum ging es bei den Auseinandersetzungen? Wurde Max ihrer überdrüssig? Wenn Toby recht hat und Lyall den Plan hatte, Beths Kreativität einzubinden, dann passte es Max vielleicht nicht, dass sie seiner Kontrolle entzogen wurde.

»Warum ist sie nicht mit auf Tour gekommen?«

»Ich weiß es nicht. Ich vermute, dass sie etwas für die Uni tun musste. Aber« – er setzt sich wieder – »als wir nach dem Winter zurückkamen, schien sie voll und ganz mit ihren Entwürfen beschäftigt zu sein. Wir wussten nicht, dass sie depressiv war. Aber, rückblickend vielleicht, könnten es Anzeichen von ...«

Und schon wieder. Da war er wieder bei Beths Stimmungstief. Und er ist jetzt eindeutig nervös. Seine Knie wippen auf und ab. Das Noaidi-Tattoo tanzt. Sie hat eine Menge unbeantworteter Fragen, aber noch nie in all den Jahren, seit sie im Politikgeschäft ist, musste Juliet mit so viel Fingerspitzengefühl vorgehen. Hier stimmt etwas nicht, und Toby ist der Einzige, über den sie etwas herausfinden kann.

»Als ihr nach der Tour zurückgekommen seid ...«, setzt sie von Neuem an, aber er hebt die Hand und bedeutet ihr, aufzuhören. Die Härchen an seinen Beinen haben sich aufgestellt, und das Tattoo ist von Gänsehaut überzogen. Auch Juliet fröstelt. Die Tür zum Dampfbad ist geöffnet worden.

Es ist Max.

19

Max ist bemüht, sich nichts anmerken zu lassen, aber Juliet erkennt seinen Ärger darüber, dass Toby sich *unerlaubt von der Truppe entfernt hat,* wie er es gespielt locker formuliert.

»Ich schaff das nicht allein, Kumpel. Die Leute wollen unterhalten werden. Und das können sie auch erwarten.« Er lächelt zerknirscht und öffnet die Hände wie ein Heiliger. Aber sein Blick ist hart. Toby entschuldigt sich und trottet kleinlaut zur Tür.

Juliet bleibt noch eine Weile sitzen, nachdem sie gegangen sind, und fragt sich, warum er nicht widersprochen hat. Er hat sich immerhin um Max' Nichte gekümmert. Vielleicht aber war er ihm sogar dankbar, dass er sich ihrem Verhör entziehen konnte. Auf eine sonderbare Weise fühlt sie sich beschmutzt, als sie wieder in ihr Kleid schlüpft. Die Chemie zwischen ihr und Toby scheint auf unerklärliche Weise zu stimmen, auch wenn es ihr nicht behagt. Das aber auszunutzen, um an Informationen über Max zu kommen, empfindet sie als unverzeihlich. Normalerweise ist das nicht ihre Art.

Die Strümpfe in der Hand, steigt sie umständlich in ihre Stiefel und verlässt das Dampfbad. Von der Küche aus legt sich ein langer rechteckiger Schein über den dunklen Rasen. Sie hört Musik und Stimmen und Lyalls charakteristisches, raues Lachen. Die Atmosphäre erinnert sie an die Sommerpartys ihrer Eltern, auf denen sie und Erica sich um die Golffreunde, Bankmanager und Geschäftsleute herumgedrückt haben, über den kleinen Weg zum Wasser huschten und sich in die *Schwalbe* gehockt haben, um zu schwatzen.

Sie zieht sich in den hinteren Teil des Gartens zurück und kommt an der Lücke zur Slipanlage vorbei. Sie zögert. Ihr ist kalt, und sie bereut, nichts Wärmeres mitgenommen zu haben. Die schwüle Luft ist herbstlicher Frische gewichen. Plötzlich wünscht sie sich, wieder in dem kleinen Boot zu sitzen. Sie huscht durch die Lücke.

Sie ist wackliger auf den Beinen, als sie gedacht hätte. Mit den Absätzen ihrer Stiefel hat sie auf der feuchten Betonschräge kaum Halt. Sie streift die Schuhe ein zweites Mal an diesem Abend ab und geht zum Anleger, wo das Wasser träge gegen den grünlichen Algensaum schwappt. Behutsam setzt sie einen nackten Fuß nach dem anderen auf die kalten, feuchten Bohlen. Mit gespreizten Zehen verschafft sie sich eine höhere Standsicherheit und spürt die Rillen der alten Holzbohlen auf der Haut.

Sie bückt sich, streckt die Arme nach der *Schwalbe* aus und zieht sie zu sich heran. Sie möchte sich nur hineinsetzen; einfach dasitzen und dem Plätschern des Wassers lauschen, so wie sie es mit Beth immer getan hat. Den Ort wieder in Beschlag nehmen. Sie zerrt und rüttelt an den Leinen. Im Dunkeln lässt sich die Persenning nur schwer abnehmen, obwohl von der *Favourite Daughter* ein wenig Licht einfällt. Gedämpftes Licht, gedämpfte Unterhaltung.

Wer ist da drin? Hatte Toby nicht gesagt, dass die Jacht ihrem PR-Mann gehört – Lyall? Dessen Stimme aber hatte sie soeben aus der Küche vernommen.

Juliet steht auf, geht die paar Schritte zur Jacht und lauscht. Sie hört Stimmen, einzelne Worte versteht sie nicht: Max redet aufgebracht auf ... Toby ein. Karlos Stimme hört sie nicht, hält es aber für möglich, dass er gerade einfach nur nichts sagt.

Was bringt sie dazu, hier draußen auf Lyalls Schiff eine Geheimkonferenz abzuhalten und die Gäste im Haus sich selbst zu überlassen? Zu Max' strengen Gastgeberregeln passt das nicht.

Sie geht noch näher heran, versucht Worte aufzuschnappen.

Sie hält den Atem an und ist froh, ihre Schuhe auf der Slipanlage gelassen zu haben.

Max wird lauter. »Was? Was zum Teufel?«

Sie friert.

»Früher oder später wird sie es herausfinden, also ...«

Etwas Unverständliches. Juliet geht noch ein Stück näher heran.

Wieder die Stimme von Max: »Nein. Das wäre zu verrückt. Ich will, dass sie geht.«

Drüben neben dem Haus auf der Seite zum Wasser macht sie eine Bewegung aus. Das große Glastor öffnet sich, lässt das Meer und die Wolken auseinanderdriften. Eine Gruppe tritt lachend aus dem Garten in die mondbeschienene, schiefergraue Dunkelheit hinaus. Juliet duckt sich. Wenn sie hier draußen beim Lauschen entdeckt wird ...

Tobys Stimme: »Kannst du mir sagen, wie ich das machen soll?« Es ist mit Sicherheit seine Stimme, aber mit einem Unterton der Verzweiflung, den Juliet bei ihm bisher noch nicht gehört hat.

Die Luke geht auf. Der Wind trägt ihr Max' Stimme zu. »Uns fällt schon was ein, wie wir ihr Beine machen können, da bin ich mir sicher.«

»Aber ...«

Juliet verlagert ihr Gewicht leicht. Der Steg knarrt, und die beiden Männer verstummen auf der Stelle. Das Herz schlägt ihr bis zum Hals. Sie hört leise Schritte auf dem Achterdeck der *Favourite Daughter*. Sie duckt sich tief und kann nur beten, dass sie außerhalb ihrer Sichtweite ist. Sollte sie etwas mitgehört haben, was nicht für ihre Ohren bestimmt war? *Ich will, dass sie verschwindet.* Was soll das bedeuten? Sollten Max oder Toby etwas mit Beths Tod zu tun haben und herausfinden, dass ihre Tante hier draußen herumschnüffelt, wie würden sie reagieren?

Jemand aus der Gruppe der Nachtschwärmer auf der anderen Seite kreischt vor Vergnügen. Eine Welle hebt ein paar Meter weiter die kleine rote *Schwalbe* an und senkt sie wieder ab, sodass sie sanft an die Fender zwischen sich und dem Anleger stößt. Juliet wartet geduckt. Max' Duft, sauber, durchdringend und weich, weht ihr durch die salzhaltige Luft entgegen.

20

Zurück im Strandhaus stellt Juliet sich lange unter die Dusche und lässt sich das Wasser ausgiebig über das Gesicht, zwischen den Schulterblättern, über die Brüste und den Bauch rinnen, bis sie das Gefühl hat, sich von der Intensität des Dampfbades, dem feuchtkalten Schweiß und der Anspannung der letzten Stunde befreit zu haben.

Der heimliche Rückweg vom Anleger ins Studio, an den anderen Gästen vorbei, um Beths Entwurfsmappe zu holen. Sie konnte sie auf keinen Fall dort lassen.

Es ist fast ein Uhr, als sie sich die Haare trockenrubbelt, während sie das Album noch einmal durchblättert und sich fragt, wie Max wohl reagiert, wenn er bemerkt, dass sie den Ordner mitgenommen hat. Sie beschließt, dass es ihr egal sein kann. Die Kontrolle, die er über Beth oder die Band haben mochte, wird er über sie nicht haben.

Der dunkelgrüne Entwurf mit den weißen Pfeilen bleibt Juliets Lieblingsstück. Die meisten anderen sind ihr zu kalt, auf ihre Art freudlos, obwohl auch sie sehr schön … geradezu stürmisch sind. Eine abstrakte Patchworkarbeit von einem Gebäude in Schwarz, Grau und Gelb – ein Balkon, eine Tür –, weitere losgelöste Elemente. Es ist verstörend. Aus einem der schiefen Fenster scheint ein weißes, mundloses Gesicht herauszuschauen.

Ein anderer Entwurf ist eine Siebdruckarbeit mit Blutweiderich. Die spitzen Blätter haben eine verblüffende Wirkung, irgendwie feminin, wie sie sich in sich zusammenrollen. Eine gewisse Härte haftet dieser Arbeit an. Rote Punkte zwischen dem Blutweiderich, wie Blut, und – noch befremdlicher – Fingerabdrücke.

Hat Beth wirklich keine anderen Spuren hinterlassen? Keine Erklärung? Was hatte Erica gesagt? *Nichts Persönliches. Nur ihre Entwürfe.*

Im Schlafzimmer öffnet Juliet das alte Nähkästchen, von dem Erica gesprochen hat. Es entfaltet sich ziehharmonikaartig. Wie ein Transformer schiebt es Lade für Lade zur Seite, um die darunterliegende freizugeben. Juliet setzt sich auf das Bett daneben und fährt mit den Fingern über die kleinen bunten Baumwohlspulen, die so fest gewickelt sind, dass sie glänzen.

Im untersten Fach findet sie, worauf sie gehofft hatte: einen Stapel kleiner Skizzen und Aquarelle. Beths erste Ideen für die LP-Hüllen. Darunter auch kleine, minutiöse Illustrationen aus der Natur, die sie inspiriert hat. Jede einzelne mit Datum und Ort versehen. *Blutweiderich, September, Kelspie,* passend zu der Postkarte, die Beth nach der Tour mit dem Boot ihres Großvaters geschickt hat. Stundenlang konnte er von der dortigen Flora erzählen, wenn man ihm die Gelegenheit gab. Von ihm hat Beth sich anstecken lassen. Kurze Seiden- und Twillabschnitte stapeln sich auf den Rohentwürfen: Ostermann Crimson 325; Arkom Rust 960. Dazu ein Rezept zum Einweichen und Färben von Blutweiderich.

Juliet arbeitet sich durch, ordnet die verschiedenen Albumhüllen den frühen Zeichnungen zu. Offensichtlich hat Beth diese Arbeit bis zum Ende weitergeführt. Die letzte ist eine Wildblume mit einem unheimlichen Kapuzengesicht und engelsflügelartigen Blütenblättern. Es ist mit *Augentrost, frühe Blüte, Juni, Kelspie* beschriftet. Juliet stutzt. Hier ist der Name der Insel Kelspie dreimal unterstrichen. Eine weitere Notiz in Beths ordentlicher Handschrift lautet *Eyebright – Wahrheit; pflanzliches Augenheilmittel.*

Warum zerstört Beth das alles, steckt den größten Teil ihrer Arbeit in Brand, lässt die hier aber unberührt? Und wenn sie wirklich so niedergeschlagen war, warum ist sie dann noch in dem Monat vor ihrem Tod mit dem Boot rausgefahren und hat Wildblumen gesammelt?

Juliet legt die Notizen sorgfältig in den Nähkasten zurück und rollt sich auf dem Bett zusammen. Sie hätte Toby nach WLAN fragen oder ihn bitten sollen, ob sie sich bei ihnen einloggen darf. Sie wirft einen Blick aufs Handy, aber von Declan ist keine Nachricht gekommen. Wie gern würde sie jetzt über alles sprechen. Junge Textildesignerin stellt ihre erste Mappe zusammen, landet Megaerfolg bei Kultgruppe ... und zerstört anschließend ihr Lebenswerk? Georgia hat recht. *Nichts davon ergibt einen Sinn.* Morgen früh wird sie zu Alex fahren. Sie möchte wissen, warum er die Jungs von Delta nicht leiden konnte, wie Toby sagte.

Sie zieht die Decke hoch und legt die Hand schützend auf den Bauch an die Stelle, an der Lyall sich vorbeigedrückt hat. Wie albern, ihr zu sagen, dass sie nach London zurückfahren solle. Aber nicht *seine* Bemerkung geht ihr durch den Kopf. Es ist die von Max. *Uns fällt bestimmt was ein, was ihr Beine macht.*

Bei brennendem Licht schläft sie ein.

21

Aus Alex wurde man noch nie richtig schlau. Juliet sieht ihm von der Tür seiner Werkstatt aus zu. Er trägt Ohrenschützer und einen Gesichtsschutz. Sie ist sich nicht sicher, ob er sie gesehen hat und ignoriert oder nicht. Seit sie vor wenigen Augenblicken angekommen ist, hat er aus einer beachtlichen Kollektion schwarzer, teuflisch anmutender Werkzeuge eine Zange gegriffen und eine glühende Metallstange aus dem Ofen geholt, die er nun mit dem Hammer bearbeitet, wendet, erneut darauf eindrischt – und an einer Stelle immer breiter werden lässt. Das schrille Auftreffen tut Juliet in den Ohren weh. Sie fragt sich, wo Bucky ist. Das arme Tier muss doch ziemlich verängstigt sein. Sie gestikuliert hektisch. Alex hebt den Kopf, nickt fast unmerklich und wendet sich wieder seiner Arbeit zu.

Sie wartet draußen im Auto. Die Tür lässt sie offen, um die wenigen Sonnenstrahlen zu nutzen, die es bis ins Tal schaffen. Nicht, dass sie Angasfors nicht mag, auch wenn es tatsächlich keine Schönheit ist. Es liegt südlich von Inverness zwischen den Zuflüssen des Findhorn und von Loch Moy, die dank der dortigen Holzkohlegewinnung die örtlichen Essen versorgten, bis die Schmieden nach der Industrialisierung geschlossen wurden. Die Stadt wurde nicht für den Tourismus hergerichtet und auch nicht durch Kultureinrichtungen aufgewertet, sondern verliert jegliche Identität, weil die Menschen wegziehen. Im Schatten der Glens und durch jahrelange Kohle- und Koksverbrennung verdreckt, reihen sich mit Brettern vernagelte Autowerkstätten und verlassene Betriebe aneinander.

Juliet muss Alex zugutehalten, dass er bleibt. Er gestaltet dekorative Metallobjekte, baut Spezialwerkzeuge und repariert Autos. Er hat durchgehalten während seiner Ehe mit Erica, ist jeden Tag von Inverness und dem Haus, das er mit seinen Schwiegereltern teilte, hergefahren oder in Angasfors geblieben, wo er im provisorischen Halbgeschoss über der Werkstatt schlief, das einem Regal näher kam als einem Wohnraum. Juliet wurde es immer schwer ums Herz, wenn sie zu Hause anrief und hörte, dass Alex seit einer Woche nicht zu Hause war. Natürlich weiß sie, dass die Ehe nur dadurch gehalten hat, dass er die Möglichkeit hatte, hierher zu flüchten, wenn Erica eine ihrer Krisen durchmachte.

Ihr Handy hat ein Netz gefunden und bedeutet ihr mit mehreren aufeinanderfolgenden Pings den Eingang von Nachrichten. Voller Freude sieht sie, dass Declan geantwortet hat: *Er hofft, dass die Party schön war. Ja, er kennt Delta Function. Kennt sie gut. Er hat sogar ein signiertes Album von ihnen. Ob sie ihn anrufen kann, wenn sie Netz hat? Er muss dringend mit ihr sprechen. Er vermisst sie. Wie geht es mit dem Aufräumen im Strandhaus voran? Wie geht es Erica?*

Sie denkt an das Gespräch mit Erica zurück. Die Hass-Mail. Nach kurzem Zögern wählt sie die Nummer der Polizei von Inverness und hinterlässt eine Nachricht auf Band, in der sie Karen Sutherland um einen Rückruf bittet.

Als sie auflegt, hämmert Alex immer noch vor sich hin. Dass er sich nicht bei Erica gemeldet hat, von seinem Auftritt auf der Beerdigung ganz zu schweigen, geht ihr durch und durch. Sie holt tief Luft. Sie muss versuchen, ruhig zu bleiben, wenn sie etwas in Erfahrung bringen möchte, was sie weiterbringt.

Gerade will sie Declan zurückrufen, als das Hämmern aufhört, Alex herauskommt und die Maske vom Gesicht nimmt. Er trägt immer noch seinen dichten Bandito-Schnurrbart. Das Haar hat er zu einem Pferdeschwanz zusammengebunden. Die Haare und der Bart sind, von silbernen Strähnchen abgesehen, immer noch dunkelblond.

»Hallo, Juliet.« Selbst bei dieser knappen Begrüßung kann er seinen starken Dialekt nicht verbergen. Seine Stimme klingt schroff.

»Alex.« Sie steht auf und geht auf ihn zu. Er kommt ihr weder entgegen, noch macht er Anstalten, ihr die Hand zu geben. »Können wir reden?«

»Kein Problem. Wollte sowieso gerade Pause machen. Ich spendier dir 'nen Kaffee.« Für seine Verhältnisse geradezu charmant.

Er verschwindet kurz und taucht einen Augenblick später mit Bucky an der Leine wieder auf. Beim Anblick von Juliet duckt sich der Hund auf den Boden, zittert vor Freude am ganzen Körper und kläfft ganz sonderbar, obwohl er sie erst einmal, nämlich auf der Beerdigung, gesehen hat. Man kann gar nicht anders als lachen. Juliet geht in die Hocke, krault den Hund hinter den Ohren und schüttelt seine Pfote, während Alex mit demonstrativer Entschlossenheit die großen Wellblechtüren an der Vorderseite der Werkstatt abschließt.

»Er hält dich für Beth«, sagt er über die Schulter hinweg.

Juliet antwortet nicht. *Als könnten Hunde Menschen nicht voneinander unterscheiden. Das arme Ding ist wahrscheinlich nur froh, ein wenig Aufmerksamkeit zu bekommen.* Bucky verlagert das Körpergewicht und streckt ihr die andere Pfote entgegen. Sie sieht dem Hund in die verängstigten Augen und gibt ihm einen verstohlenen Kuss auf die Pfote.

Wortlos gehen sie zur Hauptstraße, Bucky definitiv besser gelaunt als seine zweibeinigen Begleiter. Wolken schieben sich vor die Sonne und lassen minderwertige Graffiti und *Zu-verkaufen*-Schilder erstrahlen, um sie im nächsten Moment wieder in tristes Grau zu hüllen. Im einzig geöffneten Geschäft, einer Mischung aus Familiencafé und Zeitungskiosk, bestellt Alex einen süßen Pfannkuchen, was Juliet nicht schlecht überrascht. Ihr setzt der Champagner immer noch zu, dem sie in der letzten Nacht zugesprochen hat. Kopfschüttelnd beantwortet sie den erwartungsvollen Blick des älteren Ladenbesitzers und beschließt, es bei einem schwarzen Kaffee zu belassen. Sie nehmen auf hohen Hockern an einem Tresen vor dem Fenster Platz. Bucky lässt sich zufrieden darunter nieder. Juliet muss ihren Hocker absenken, um an die Fußstütze zu reichen. Während sie den zerschlissenen Ledersitz dreht, überlegt sie, wie sie das Gespräch eröffnen kann.

»Es muss ein gutes Gefühl sein«, setzt sie an »all seinen Frust aus sich heraushämmern zu können.«

»Ist es nicht.«

Einen Moment glaubt Juliet, dass das alles ist, was er zu sagen hat, und ist froh, sich auf den Hocker konzentrieren zu können, während sie ihn weiter runterdreht.

Alex pustet auf seinen Kaffee und nimmt einen Schluck. Seine Finger sind gräulich verfärbt. »Das funktioniert so nicht. Wenn man Metall bearbeiten will, braucht man einen klaren Kopf. Wenn einen etwas belastet, lässt man es besser und verschiebt die Arbeit auf einen späteren Zeitpunkt.« Seine braunen Augen flackern, und der Blick wandert zur Straße.

Juliet hat immer schon vermutet, dass Alex den ruhigen Umgang mit Erica dem Ventil zu verdanken hat, das ihm zur Verfügung steht – harte körperliche Arbeit, die es ihm erlaubt, alles herauszulassen. Dass es genau umgekehrt ist, überrascht sie: dass die Konzentration, die ihm die Arbeit abverlangt, genau das ist, was ihm die Disziplin zur Bewältigung seiner Gefühle verschafft.

Plötzlich fällt ihr ein, wie er ihr vor Jahren einmal sagte, dass seine Arbeit tatsächlich einfach ist – erhitzen, halten und draufschlagen. Das hat sie beeindruckt. Damals sah sie eine Parallele zwischen Alex' Arbeit und seiner Beziehung zu Erica. Natürlich hatte irgendetwas in ihm Ericas Zuneigung entflammen lassen – zumindest in den ersten Jahren war ihre Liebe lodernd und leidenschaftlich. Dennoch hatte er nie vermocht, sie zu zügeln oder zu steuern. Und soweit Juliet weiß, hat Alex nicht einmal die Hand gegen sie erhoben. Im Gegenteil, er war das Paradebeispiel für Selbstkontrolle. Bis vor ein paar Jahren. Die Scheidung schien in ihm etwas auszulösen.

Sie macht noch einen Versuch: »Ich brauche deine Hilfe, Alex.«

Er nickt. »Worum geht's?«

»Ich räume gerade im Strandhaus auf und, na ja, ich will verstehen, was in den letzten paar Monaten mit Beth los war. Es gibt ein paar Dinge ... Ich weiß, dass es nicht leicht ist, darüber zu sprechen. Es gibt aber Dinge, mit denen ich mich schwertue. Ich brauche Antworten.«

Alex schnaubt verächtlich. »Juliet *sucht Antworten*. Klar. Na dann, schieß los.«

Den Unterton in seiner Stimme ignoriert sie, lässt sich schließlich auf den Hocker nieder und macht sich auf etwas gefasst. »Okay. Wusstest du, dass Beth in die Uni gegangen ist und ihre komplette Arbeit zerstört hat, bevor sie ertrunken ist?«

»Ich habe es durch die Polizei erfahren.«

»Und warum, glaubst du, hat sie das getan?«

Er zuckt mit den Schultern. »Depression?«

Juliet nickt und versucht, sich ihren Frust nicht anmerken zu lassen. »Ich habe aber den Eindruck, dass da etwas nicht stimmt. Ich meine, welchen Grund gab es für eine Depression? Sie war verliebt und arbeitete an einem spannenden Projekt. Das ergibt doch keinen Sinn.«

»Wenn sie dieselben psychischen Probleme wie ihre Mutter hatte, warum sollte es keinen Sinn ergeben? Als logisch kann man Ericas Verhalten ja auch nicht bezeichnen.«

Juliet denkt über seine Bemerkung nach. Er hat recht und auch wieder nicht. Sie weiß zu gut, dass Ericas Episoden medikamentenbedingt sind. Manchmal gibt es keine erkennbare Ursache. Aber Ericas Verhalten als nicht logisch zu bezeichnen, ist falsch. Ihr Verhalten ist eines der logischsten, das Juliet überhaupt kennt.

Sie fragt weiter. »Dieser Musiker, mit dem Beth zusammen war. Du hast ihn ja kennengelernt. Wie waren die beiden zusammen? War sie glücklich mit ihm?«

»Wie kommst du darauf, dass ich ihn kenne. Ich kenne ihn nicht.«

»Einer aus der Gruppe hat mir gesagt, dass du dort warst, wo sie ihre Aufnahmen machen. Dass du sie alle kennst.«

»Das stimmt nicht«, entgegnet Alex bestimmt. »Ich kenne die Leute nicht. Nicht einen von ihnen.«

Juliet sieht ihren Ex-Schwager verblüfft an. »Warum sollten sie mir erzählen, dass du sie kennst?«

»Keine Ahnung. Klär das mit denen.«

Bucky schnuppert an ihren Füßen.

»Sie haben gesagt, dass du da draußen warst«, insistiert Juliet. »In dem Haus, in dem sie die Aufnahmen machen. In Culbin Sands. Und dass du eine Zeit lang dort warst.«

»Pass auf, Juliet. Ich weiß nicht, was ich dir sagen soll. Ich war seit Jahren nicht mehr da draußen, außer um den Hund zu holen.« Er stupst Bucky mit dem rechten Fuß an, sodass Juliet am liebsten zurücktreten würde. »Ich weiß doch noch, wen ich kenne und wen nicht. Sie müssen jemand anderes gemeint haben.«

Juliet überlegt. Welchen Grund sollte Alex haben, ihr eine Begegnung mit Max zu verschweigen. Also hat Toby entweder gelogen oder sich geirrt.

»Okay.« Dann weiter. »Hast du eine Erklärung für Beths Niedergeschlagenheit?« Sie nimmt den Vorwurf wahr, der sich in ihre Stimme stiehlt. *Außer der Tatsache, dass du sie und ihre Mutter verlassen hast, nachdem ihr Großvater gestorben war.*

Alex seufzt. »Du weißt also nichts von der Abtreibung, richtig?«

»Wie bitte?« Juliet spürt einen Stich in der Magengegend.

Der Café-Besitzer taucht mit zwei Tellern Pfannkuchen hinter ihnen auf. Er stellt einen vor Alex, den anderen vor Juliet ab. Bucky setzt sich interessiert auf.

Juliet will protestieren, aber der Besitzer hebt eine Hand.

»Ich weiß. Aber Sie sehen aus, als könnten Sie einen vertragen.«

»Danke«, murmelt sie und bemüht sich zu lächeln.

»Geht aufs Haus.« Er lächelt und trottet davon.

Alex drückt Bucky zu Boden und stochert teilnahmslos auf seinem Teller herum. »Beth hatte eine Abtreibung. Letztes Jahr. Sie haben bei der Obduktion Narben entdeckt. Es wurde nicht erwähnt, um ihre Privatsphäre zu schützen. Außerdem waren sie sich nicht sicher, ob es wichtig war. Sie gehen davon aus, dass sie danach angefangen hat, Valium zu nehmen. Für die Mediziner war das ein weiteres Indiz.«

Auf Juliets Teller liegt ein zum Smiley-Gesicht dekorierter Pfannkuchen mit zwei Klecksen Heidelbeermarmelade für die Augen und einem lächelnden Mund aus Schlagsahne. Sie betrachtet ihn traurig. »Und weder du noch Erica haben davon gewusst?«

»Erica nicht.« Er ist kurz still. »Beth hat es mir gesagt.«

»Dir hat sie es gesagt?« Juliet bedauert die Ungläubigkeit in ihrer Stimme.

»Ja.«

»Vom Vater hat sie nichts gesagt?«

»Nein.«

»Und was ist mit dem Arzt, der ihr die Beruhigungsmittel verschrieben hat?«

»Das war nicht ihr Arzt. Sie hatte keine Rezepte dafür.«

»Wie? Was soll das heißen?«

Er seufzt wieder. »Wenn du es unbedingt wissen willst. Wir vermuten, sie hat Erica das Zeug geklaut. Sie hat sie in einem kleinen Döschen versteckt. Ihr Arzt sagte, er wusste nichts davon.«

»Beth hat also weder dir noch Erica noch ihrem Arzt gesagt, dass es ihr nicht gut geht? Ich dachte ... Als ich in dem Bericht von dem Valium gelesen habe, dachte ich, du wüsstest, dass sie das Mittel nimmt.«

»Nein.« Alex fährt mit einem Stück seines Pfannkuchens über den Teller. »Und es gibt auch keinen Grund, warum sie es dir hätte erzählen sollen.«

»Wie bitte?«

»Ach, darauf willst du also hinaus, Juliet. Um dein reines Gewissen bist du besorgt. Darum geht es dir.« Er wischt sich Mund und Bart mit einer Serviette ab.

»Mein Gewissen?« Juliet zwingt sich, ruhig zu bleiben.

»Ja, dein Gewissen. Du willst nur sichergehen, dass du nichts gewusst haben kannst. Wenn ihre Ma und ihr Pa nichts wussten, dann konntest auch du nichts wissen. So ist es doch, oder?«

Alex verstummt und sieht zum Fenster hinaus. »Das Problem ist, dass du insgeheim immer dachtest, du wärst die wichtigste Person in Beths Leben, richtig? Dass sie ihrer Tante Jet am nächsten ist? Und obwohl sie sich weder mir noch ihrer Ma anvertraut hat, glaubst du allen Ernstes, dass sie zu dir kommt, wenn ihr etwas auf der Seele liegt. Hat sie aber nicht gemacht. Und jetzt suchst du nach einem Grund, warum es kein Suizid gewesen ist, nach etwas, was dich von dem Vorwurf freispricht, nicht da gewesen zu sein.«

Getroffen und verärgert stellt Juliet ihre Kaffeetasse geräuschvoll ab. »Das ist nicht wahr. So denke ich nicht.«

Alex sieht sie an. »Nein?« Seine Stimme ist kalt, unangenehm kontrolliert. »Na, komm schon. Das hast du schon gedacht, als sie noch ein kleines Mädchen war. Hast gedacht, dass Erica und ich sie im Stich lassen würden und du ihr Rettungsanker bist. Habe ich recht, Juliet? *Tante Jet mit ihrer tollen Wohnung und ihrem tollen Leben in London. Tante Jet mit ihrem Strandhaus. Ja, natürlich kannst du darin wohnen, Beth. Selbstständig sein, Beth. Und?* Wo warst du, als sie dich brauchte?«

Es reicht. Juliet kann nicht anders.»Und wo zum Teufel warst du? Wenn du nicht die ganze Zeit hier draußen in der Werkstatt warst? Wo warst du, als ihr Großvater gestorben ist? Ach ja, die Scheidung hast du eingereicht.«

»Deinem Vater habe ich versprochen, da zu sein, bei Erica zu bleiben, bis Beth achtzehn ist. Das habe ich versprochen. Und das Versprechen habe ich gehalten.«

»So etwas ist nicht Gegenstand *eines Vertrages*«, giftet Juliet zurück.»Du warst ihr Vater.«

»Ich bin gegangen, als es Zeit wurde, wieder mein eigenes Leben zu führen. Ich bin nicht Ericas Betreuer. Und was Beth betrifft, sie war eine junge Frau mit einem eigenen Kopf und einem eigenen Körper und in der Lage, auf eigenen Füßen zu stehen. Niemand von uns hätte sie aufhalten können. Nicht Erica, nicht du, nicht ich. Aber ...« Plötzlich springt er von seinem Sitz auf. Der Hocker quietscht wie ein verletzter Hund. Bucky legt die Ohren an.»Jetzt weiß ich wenigstens, was du wirklich denkst.«

»Du kannst Bucky bei mir lassen«, sagt Juliet ruhig.

»Gern, ich muss arbeiten«, murmelt er.

Die Tür schließt sich hinter Alex. Der alte Café-Besitzer lächelt Juliet zu und macht eine aufmunternde Kopfbewegung zu der Masse, die vor ihr auf dem Teller zerfließt.»Lassen Sie es nicht kalt werden.«

22

Verschämt stand sie mitten im Wohnzimmer vor dem niedrigen Sofa, auf dem Taj Platz genommen hatte. Paul war verschwunden. Das Petticoat-Kleidchen passte nicht. Sie spürte das. Es war oben zu weit und rutschte, weil sie keine Brüste hatte, die es hätten ausfüllen können. Dadurch hing es viel zu weit unten. Mit den Fingern knetete sie die Spitze, die den Saum zierte.

Vor ihr stand ein Laptop auf einer Art Servierwagen, aber der Bildschirm war schwarz. Nur eine düstere Stimme kam aus der Richtung. »Hallo. Wie heißt du?«

Ihr Blick ging zu Taj. Er beobachtete sie mit leicht geöffnetem Mund. Es war leichter, wieder auf den Bildschirm zu sehen, als Hinweise von ihm zu erwarten.

»Ishtar.«

»Hallo, Ishtar. Du bist sehr hübsch. Hat dir das schon jemand gesagt? Die Farbe steht dir sehr gut.«

Erneut wanderte ihr Blick zu Taj.

»Sieh nicht ihn an. Sieh mich an. Entspann dich.« Er atmete leise aus. »Komm ein wenig näher. Noch näher. Gut. Ja, du bist wirklich hübsch.« Der Mann machte eine Pause und produzierte ein seltsames Geräusch hinten im Hals. Etwas zwischen Glucksen und Seufzen. »Kein Wunder, dass man dich entdeckt hat. Das ist den Jungen bestimmt auch nicht entgangen.«

Sie versuchte, sich nicht zu bewegen.

»Du könntest auch Model sein oder Schauspielerin. Taj sagt, du hättest noch nie einen Freund gehabt. Richtig?«

Sie nickte.

»Du bekommst hier eine Chance, etwas aus dir zu machen. Du hast bestimmt schwere Zeiten hinter dir?«

Sie nickte wieder und spürte irritiert, wie sich ihre Augen mit Tränen füllten.

»Aber jetzt wird alles gut. Weißt du, dass wir uns gut um dich kümmern können? Wir helfen dir, Geld zu verdienen. Vielleicht wirst du sogar berühmt. Würde dir das gefallen? Dir würde bestimmt vieles gefallen. Da bin ich mir sicher.«

Sie schluckte und kratzte sich am Hals.

»Nicht kratzen«, sagte er. Seine Stimme klang schärfer. Sie ließ ihre Hand sinken. »Es ist nicht schön. Kratzen ist schmutzig.«

Ihre Hand fühlte sich bleischwer an, wie sie da hing. Wie etwas, das nicht zu ihr gehörte. Ihr ganzer Körper schien nicht zu ihr zu gehören.

»Was wünschst du dir? Ein paar Kleider? Ein Handy?«

»Ich möchte ... ich möchte studieren.«

Der Mann gab ein Lachen von sich. Fast wie in Zeitlupe, und als würde es abbrechen, erreichte es sie als ein gedehntes Brüllen.

»Ach ja? Na so was! Studieren? Das ist die beste Antwort, die ich seit Langem gehört habe. Aber da können wir dir sicher helfen. Du musst einfach nur dein Bestes geben. Wenn du dich anstrengst, helfen wir dir. Versprichst du, dir Mühe zu geben?«

Sie nickte. Sie konnte nicht klar denken, fühlte sich leer. Das alles ist unwichtig, sagte sie sich, im Vergleich zu dem, was sie schon durchgemacht hatte. *Das war nichts.* Aber warum fühlte es sich überhaupt nicht so an?

»Gut. Als Erstes möchte ich, dass du dich für mich umdrehst. Langsam. Gut. Jetzt noch mal. Etwas weniger. So ist es richtig. Dreh dich zum Fenster. Gut. Das war doch nicht schwer, oder?«

Der Ton seiner Stimme nahm etwas Bedrohliches an.

»Macht bitte jemand die Vorhänge zu? Ich kann nichts erkennen. Es ist ja, als würde ich mir einen Geist ansehen.«

Taj sprang augenblicklich auf. Erschreckend, dass ein erwachsener Mann auf die Stimme des anderen so reagierte. Immer noch zum Fenster gewandt, sah Ishtar zu, wie Taj sich an den Bändern der schweren Vorhänge umständlich zu schaffen machte, bis kein Licht von der Straße mehr einfiel. Dann machte er eine Lampe an, die hinter dem Laptop stand.

»Ja, so ist es besser«, sagte die Stimme. »Viel besser. Bleib einfach da stehen und ... warum machst du nicht ... warte ... warum zeigst du mir nicht, ob du dich bücken und deine Zehen berühren kannst?«

Sie zauderte. Taj grinste, als er an ihr vorbeiging und sich wieder aufs Sofa setzte. Wenn sie sich bückte, würde sie beiden ihren Hintern zeigen. Sie trug diesen kleinen Schlüpfer passend zu diesem komischen Kleid. Sie fragte sich, wo Paul geblieben war. Wusste er, was hier geschah? Es war ein Fehler, herzukommen.

»Du hast gesagt, dass du es versuchen willst, Ishtar. Das tust du aber nicht. Wir müssen doch sehen, was du kannst.«

Sie zögerte, blieb stehen.

»Bück dich.« Die Stimme des Mannes vom Bildschirm klang gereizt. Vor Schreck gehorchte sie fast automatisch, genau wie Taj. Sie spürte, wie das Kleid über die Oberschenkel und halb über ihr Gesäß rutschte. Die Knie zitterten. Sie stützte sich mit den Händen auf. Die plötzliche Angst wollte nicht weichen. Ihr wurde übel, und sie bekam Angst, dass vor ihren Augen gleich ein Unglück geschehen könnte.

»Gut. Sehr schön.« Seine Stimme war wieder warm und schmalzig. »Wunderschön.« Pause. Ihr langes Haar verdeckte das Gesicht, als es vornüberfiel. Zumindest dafür war sie dankbar. Sie konnten nicht sehen, wie sie errötete. Sie sah kopfüber in den Raum. Taj saß mit übereinandergeschlagenen Beinen auf dem Sofa. Sein Blick huschte ständig vom Bildschirm zu ihr und wieder zurück zum Bildschirm, als wäre er Gast in einer Fernseh-Talkshow.

»Jetzt nicht bewegen. Bleib so stehen. Nur ... versuch mal, ob du den Slip für mich runterziehen kannst.«

Sie erstarrte. Das war nicht richtig. Das war ganz falsch.

Der Bildschirmmann seufzte, dann kicherte er. »Wir müssen sehen, wie gut du Anweisungen befolgen kannst, Ishtar. Models und Schauspielerinnen müssen tun, was man ihnen sagt.«

»Bitte. Ich nicht wollen«, sagte sie.

»Taj kann dir sicher helfen.« Taj erhob sich vom Sofa.

»Nein!«, sagte sie laut, richtete sich auf und wollte sich bedecken, aber alles ging sehr schnell. Taj packte sie mit einer Hand im Nacken und drückte sie wieder nach vorn, sodass ihr Hinterteil wieder zum Laptop zeigte. Mit der anderen Hand zog er ihr den Slip in einer flinken Bewegung bis zu den Knien herunter. Sie versuchte, sich zu bewegen, aber sein Griff im Genick war so fest, dass sie glaubte, ohnmächtig zu werden. Dann schob er ihr das Kleid bis zur Taille hoch. Ihr Intimstes war entblößt.

Taj tätschelte ihr schließlich den Rücken und nickte ihr zu, als wollte er sagen *Halt einfach still.*

»Genau so. So bleiben. Das ist gut. Sehr gut«, sagte der Bildschirmmann. Und wieder entfuhr ihm dieses Glucksen. »Das reicht. Lass sie los.«

Taj löste den Griff in ihrem Nacken und trat zur Seite. Sie richtete sich auf und zog rasch den Schlüpfer hoch, bevor sie sich umdrehte. Ihr wütender Blick huschte zwischen Taj und dem Bildschirm hin und her. »Ich ... ich das nicht mag.« Sie biss sich auf die Lippe. »Ich das nicht will.«

Der Mann seufzte.

»Ich verstehe.« Der Mann am Bildschirm klingt einen Augenblick lang ernst, als würde er nachdenken. »Na ja, wenn du dir sicher bist. Es wäre eine gute Gelegenheit ... aber es ist deine Entscheidung.«

Sie fühlte sich erleichtert. Sie würden sie gehen lassen. Alles wird gut.

Dann sprach er weiter, langsam, um sicher zu sein, dass sie ihn verstand.

»Trotzdem ist es schade. Was für eine Verschwendung. Ich werde jetzt Folgendes tun. Ich werde Taj das Video und die Bilder von unserer kleinen Sitzung schicken. Wir haben dich nämlich aufgenommen. Verstehst du? Und weil er dein Freund ist und nur das Beste für dich will, sorgt Taj dafür, dass alle Männer in der Asylunterkunft sehen, was du hier bei uns gemacht hast. Verstanden? Alle werden sehen, was du kannst. Was für ein Mädchen du bist und welches Potenzial in dir steckt.«

Er machte eine Pause, um sicher zu sein, dass sie verstand.

Ishtar fing leise an zu weinen.

»Was hältst du davon?«

23

Declans letzter Tag in Liverpool verläuft anders als geplant. Er hat Lotta und Sophie versprochen, für sie zu kochen. Jetzt aber steht ihm nicht mehr der Sinn danach. Lotta sieht ihn seit ihrem Gespräch im Wald immer noch schräg von der Seite an, und wenn das so weitergeht, kann er für nichts garantieren. Obwohl er weiß, dass es unhöflich ist, vergräbt er sich bis zum Nachmittag in Sophies Gästezimmer und wirft im gedämpften Licht einer alten Tiffanylampe einen Blick auf Lottas Retuschen in der Erwartung, dass sie endlich das Apartment verlässt.

Als sie sich endlich zu einem Radiointerview auf den Weg macht, traut er sich in den Regen hinaus, der inzwischen stärker geworden ist, um auf dem Markt Muscheln zu kaufen. Er darf bis morgen keinen Fehler machen, dann ist es gut. Für den Morgen hat er einen Flug nach Inverness gebucht, um von da mit dem Taxi zu Juliet ins Strandhaus zu fahren. Vielleicht holt sie ihn auch am Flughafen ab, aber darauf will er sich nicht verlassen. Seit sie ihm erzählt hat, dass sie auf die Party bei Delta Function gehen wolle, hat sie nichts mehr von sich hören lassen, auch wenn er dem nicht allzu viel Bedeutung beimessen möchte. Es muss nichts heißen, denn sie hat eine Menge zu tun.

Zurück im Apartment macht er sich in der Küche an die Arbeit, putzt die Muscheln und schneidet die Kartoffeln in Scheiben. Als ihm einfällt, dass er das Brot vergessen hat, geht er noch einmal los und läuft Sophie über den Weg, die frierend und durchnässt von ihrer Doppelschicht im Krankenhaus kommt. Er könnte schwören, dass auch sie ihn seltsam ansieht, aber das kann auch Einbildung sein.

Als er mit einem nicht mehr ganz frischen französischen Baguette wieder zurückkommt, hört er die Dusche laufen und angespannte Stimmen im Schlafzimmer. Er sagt sich, dass das nichts mit ihm zu tun hat. Vermutlich. Er stellt einen Jazz-Sender ein, backt das Baguette im Ofen auf und schenkt sich ein großes Glas Weißwein ein, um seine Gewissensbisse ein wenig zu mildern.

Als sie alle zusammen am großen Küchentisch sitzen, hat er zwei Drittel der Flasche bereits niedergemacht.

»Also«, fängt Sophie an. Lotta wirft ihr einen strengen Blick zu – das Äquivalent eines Tritts unter dem Tisch –, den Sophie nicht minder deutlich erwidert, »dann grüßt du Juliet von uns, okay?«

»Klar.« Unsanft und härter als beabsichtigt, setzt er die drei Schalen mit der Muschel-Schinken-Suppe vor ihnen ab.

»Lecker«, lobt Lotta. »Danke.« Sie zieht sich ihren Stuhl heran und fängt eifrig an zu essen. »Mm. Ist da Muskat drin? Und Rosmarin?«

Declan nimmt Lottas Freundlichkeit dankbar an, aber Sophie scheint seit Beths Tod eher um Juliet bemüht zu sein. Natürlich möchte sie nicht abgewiesen werden. Sie nimmt einen Schluck von ihrem Wein und stellt das Glas demonstrativ ab. Ihre Haare sind noch nass. Der Pony steht trotz ihrer Versuche, ihn mit der Handfläche niederzudrücken, vorwitzig nach allen Seiten ab.

»Pass auf, Declan ...«

Jetzt geht's los, denkt er. Sie kann einfach nichts auf sich beruhen lassen. Genau wie Juliet.

»Wir machen uns Sorgen um dich«, sagt sie. »Du weißt, wie sehr wir euch beide mögen. Und ich erlebe immer wieder, wie sehr Trauer die Menschen belasten kann. Ich habe schon sehr viele Paare erlebt, die nach einem plötzlichen Todesfall in der Familie auseinandergegangen sind.«

Schweigend kaut Declan langsam seine Kartoffeln weiter.
Sophie fährt fort. »Lotta hat es mir erzählt. Dich scheint etwas zu beschäftigen, von dem wir glauben, dass du sehr schnell mit Juliet darüber sprechen solltest.«

»Ach!«, entgegnet Declan gereizt. »Ich weiß nicht, was Beth zugestoßen ist.«

Sophie hebt die Augenbrauen. »Das habe ich auch nicht behauptet.«

Er nimmt einen großen Schluck Wein. Sein Blick wechselt hastig zwischen den beiden Frauen hin und her.

»Komm, Declan. Bitte. Mit uns kannst du reden.« Sophie sieht Lotta an. »Vielleicht wird es leichter, mit Juliet zu sprechen, wenn du sagen kannst, dass auch wir etwas wussten.«

»Also gut.« Er lässt den Löffel klappernd in den Teller fallen. »Bei einer Frage könnt ihr mir helfen.« Er wartet, putzt sich den Mund ab, während er sich die Worte zurechtlegt. »Du als Medizinerin, kannst du mir sagen, woran man erkennt, ob jemand Beruhigungsmittel nimmt?«

Sophie beugt sich vor. »Welche?«

»Ich glaube, Valium.«

»Meinst du anhand von Blutuntersuchungen, oder eher am Verhalten?«

»Verhalten.«

Sophie schiebt sich eine Strähne ihres feuchten Haares hinter das Ohr. »Dazu müsste man das normale Verhalten der Person kennen. Dann könnte man Veränderungen feststellen. Es hängt immer vom Normalzustand der Person ab. Ich meine, Valium wird für alle möglichen Zustände eingesetzt: Angst, Erregung, Schlafstörungen ... Wenn es gegen so etwas verschrieben wird, würde man eine Verbesserung der Symptome erwarten.«

»Man würde es also nur anhand einer Veränderung ... einer Verbesserung erkennen?«

»Ja. Vorausgesetzt, es wird regelmäßig eingenommen und mit Bedacht verschrieben. Es kann alle möglichen Nebenwirkungen haben ... Suizidneigung, Leberprobleme, Psychosen.«

»Keine deutlicheren Anzeichen? Veränderte Pupillen vielleicht? Auf der Haut?«

»Eigentlich nicht, solange keine Allergie gegen das Medikament vorliegt. Aber das klärt der Arzt ab, der das Mittel verschreibt.«

»Okay.« Er stochert mit dem Löffel in den Muscheln herum. Lotta schaltet sich ein. »Declan, wir sprechen über Beth, richtig? Die Gerichtsmediziner haben doch festgestellt, dass sie Beruhigungsmittel nimmt.«

»Genau. Stimmt.«

»Also, was soll das Ganze?«, fragt Sophie. »Glaubt Juliet, sie hätte mitbekommen müssen, dass Beth so etwas nimmt? Ich meine, sich kann sich doch keinen Vorwurf machen.«

Declan nimmt den Löffel wieder auf und isst schneller.

»Declan?«

»Wacholder und Rosmarin«, sagte er mit vollem Mund. »Der Räucherschinken.«

»Verdammt! Ja!« Lotta nimmt noch einen Löffel von der Suppe. »Rosmarin war klar.« Sie steht auf, macht auf einem Block auf der Arbeitsplatte eine Notiz und setzt sich wieder an den Tisch.

Sophie sieht Declan einen Moment lang beim Essen zu. Er vermeidet den Blickkontakt. Sie wiederholt ihre Frage mit ruhiger Professionalität. »Wirft Juliet sich vor, nicht erkannt zu haben, dass Beth depressiv war?«

»Ja«, antwortet er schließlich. »Ja, natürlich tut sie das. Ich sage ihr immer, dass das niemand ahnen konnte. Niemand.« Er legt den Kopf in die Hände und bläst die Wangen auf. »Nicht mal ich.«

Alle schweigen. Lotta steht wieder auf. Ihr Stuhl schrappt

über den Boden. Sie öffnet noch eine Flasche Wein, der Korkenzieher quietscht. Sie füllt die Gläser auf, während sie mit langsamen Schritten um den Tisch geht. An der Frühstückstheke bleibt sie stehen und fragt leise: »Wie hättest du es ahnen können, Declan?« Ihr Blick geht zwischen ihm und Sophie hin und her.

Er schüttelt den Kopf. Er öffnet den Mund, als wollte er etwas sagen, schweigt aber.

»Declan«, Lottas Stimme ist leise, aber eindringlich. »Wie hättest du etwas ahnen können? Wann? Hast du Beth getroffen, bevor sie gestorben ist?«

»Ich habe schon zu viel gesagt.« Er erhebt sich plötzlich und schiebt den Stuhl entschlossen unter den Tisch. »Ich muss mit Juliet sprechen. Sie soll es als Erste wissen.«

Als er aus der Küche geht, ruft Lotta ihm nach. »Declan, das Brot!« Sie öffnet die Backofentür. Dichter Rauch quillt in den Raum.

24

Bucky weigert sich, vorne zu sitzen. Er spürt, dass Juliet wütend ist. Mit behänden Sätzen springt er zwischen den Vordersitzen hindurch nach hinten und macht es sich auf der Rückbank bequem. Sie fährt zum Strandhaus, ist aufgebracht. Nicht so sehr darüber, was Alex gesagt hat, sondern vor allem darüber, dass etwas Wahres darin steckt. Ein Laster donnert laut hupend an ihr vorbei, als sie auf den Highway fährt. Die Hände fest am Steuer und erleichtert, das verschattete Angasfors-Tal hinter sich zu lassen, versucht sie, sich wieder zu beruhigen.

Ihr Instinkt trügt sie selten. Alex mag sagen, was er will, etwas stimmt hier nicht. Aber Juliet fällt es immer schwerer, die Dinge sauber voneinander zu trennen. Alles, was sie herausfindet, scheint unauflöslich miteinander verquickt zu sein. Verschleiert. Weiß Max von der Abtreibung? Hat er sie bezahlt? War das Kind überhaupt von ihm?

Sie gehört nicht zu den Leuten, die Abtreibungen per se für traumatisierende Ereignisse halten, möchte sich aber trotzdem nicht mit der Frage auseinandersetzen, wie Beth das geschafft hat, und dass sie möglicherweise sogar allein damit fertigwerden musste. Sie hätte Alex fragen können, wo der Eingriff durchgeführt wurde. Vermutlich weiß er es nicht. Er sagte, sie hätten nicht mal gewusst, wann. Ob Erica es inzwischen weiß? War das in ihren Notizen mit Beths »Nachsorge« gemeint?

Sie fährt an einem Schild vorbei, das vor Wildwechsel warnt. Sie hätte noch mehr aus Alex herausbekommen sollen. Sie hat sich von seiner unterschwelligen Aggressivität aus dem Konzept bringen lassen und muss zugeben, dass er nicht mal ganz falschlag. Tatsächlich hat sie immer geglaubt, ihre Beziehung zu Beth wäre eine besondere. Und ja, sie fühlt sich schuldig. Wenn sie jetzt aber vor der Überprüfung ihrer eigenen Motive zurückschreckt, dann lässt sie Beth erneut im Stich. Sie kann sich durch Alex' Aussagen nicht von der Spur abbringen lassen, die immer komplexer wird. Ihr Besuch bei Alex hat mehr Fragen aufgeworfen als beantwortet: Warum zum Teufel behauptet Toby, Alex würde Max kennen?

Sie fährt in eine Haltebucht, holt das kleine Notizbuch aus der Tasche, das Erica ihr geschenkt hat, und kritzelt ihre Fragen hinein.

Warum hat B Arbeiten zerstört?
Warum haben Max/Lyall Beth gebeten, Entwürfe zu machen?
Wusste Max von der Abtreibung? (War es von ihm?)
Warum hat Toby behauptet, sie hätten Alex gekannt?
Warum wollen sie nicht, dass ich hier bin?
Was hat es mit Kelspie auf sich?

Bucky winselt und hechelt, als der Motor wieder anspringt und sie weiterfahren. Er setzt sich auf und schaut zum Fenster hinaus auf die Bäume, die an ihm vorbeiziehen. Vor dem Strandhaus steht ein Polizeiwagen auf dem Weg.

»*Verdammt*«, presst Juliet zwischen den Zähnen hervor. Sie bleibt auf der befestigten Zufahrt stehen und öffnet die Wagentür. Bucky turnt geradewegs über sie hinweg, drückt sich mit den Pfoten auf ihren Oberschenkeln ab und stürmt in den Wald hinaus. Juliet lässt ihre Sachen im Auto und folgt ihm hinter das Haus.

Sie hört Karen Sutherland, bevor sie sie sieht. Obwohl sie sich seit einem Klassentreffen nicht mehr gesehen haben, damals waren sie in den Zwanzigern, erkennt sie das nebelhornartige Dröhnen ihrer Stimme sofort. Sie spricht mit einem Polizisten, der sie begleitet. Karens Eigenheit, unerträglich langsam zu sprechen, wenn es nicht nötig ist, und viel zu schnell, wenn etwas genauer erklärt werden muss, ist Juliet entfallen. Auch an der Monotonie ihrer Sprechweise hat sich nichts geändert.

Bucky trottet neugierig auf Karen zu und beschnüffelt ihre beachtlichen Waden. Den Hund ignorierend, dreht Karen sich um. »Ah, Juliet.« Die Feuerstelle zwischen sich, schauen sie sich an, und Juliet stellt fest, dass Karen – immer noch übergewichtig – um einiges kräftiger geworden ist, was sie vermuten lässt, dass sie vielleicht Krafttraining betreibt. Früher war ihr Haar mausbraun. Jetzt ist es mit blonden Strähnchen durchsetzt, die von ihrer breiten Stirn und den Wangen nach hinten gekämmt sind. »Wie geht es dir?«

»Geht so«, entgegnet Juliet.

»Juliet, ich habe deine Nachricht über Erica erhalten. Deshalb bin ich hier. Kann ich mehr darüber erfahren?« Sie deutet mit dem Kopf Richtung Haus, worauf beide zur Tür gehen. Augenblicklich wechselt ihre Stimme in ein leichtes, gedehntes, teilnahmsvolles Dröhnen. »Zunächst möchte ich dir persönlich sagen, wie leid mir das mit Beth tut. Auf der Beerdigung bot sich nicht die Gelegenheit zu einem Gespräch mit dir. Aber, ich glaube, mein Kollege Andrew Turner hat dir im Laufe seiner Ermittlungen schon ein paar Fragen gestellt.«

Juliet hört das Ticken des abkühlenden Motors.

Sie nickt. »Ja, das stimmt.«

»Und jetzt bist du hier, um Beths Sachen zusammenzupacken?«

»Ja. Ich ...«

Karen zieht ein elektronisches Notizbuch aus der Tasche. Während sie mit einem Stylus-Stift Notizen macht, schiebt sie fortwährend ihre Zunge über die Lippen. Rein, raus, rein, raus.

Auch eine Angewohnheit, die ihr zu Schulzeiten schon zu eigen war.

Sie blickt erwartungsvoll auf, den Kopf zur Seite geneigt.

»Erzähl weiter.«

»Na ja. Nichts eigentlich ...« Juliet ist verblüfft. »Ich bleibe ein paar Tage hier.«

»Wollen wir nicht reingehen?« Karen sieht sich nach ihrem Kollegen um und gibt ihm ein Zeichen, dass er schon zum Auto zurückgehen kann.

Im Haus lässt Karen ihren Blick stumm vor sich hin nickend schweifen. Vor dem Fenster, das den Blick in den Wald freigibt, bleibt sie stehen. Juliet fragt sich, ob sie sich hier zu Hause fühlt, nachdem sie bei den Ermittlungen schon viel Zeit hier drin verbracht hat.

»Kann ich dir etwas zu trinken anbieten?«

»Nein, danke.«

Juliet stellt Bucky eine Schüssel mit Wasser hin und setzt sich dann an den Tisch. »Also, ich fang mal an«, sagt sie und breitet die Finger auf dem Tisch aus. »Ich war gestern bei Erica. Sie hat mir eine Reihe von Hassbriefen gezeigt, die sie bekommen hat. Gewaltandrohungen.«

»Kannst du sie mir zeigen?«

»Nein. Ich habe sie bei Erica gelassen.«

»Weiß Erica, dass du damit zur Polizei gehst?«

»Nein.«

»Okay«, sie unterbricht ihre Notizen. »Normalerweise können wir erst tätig werden, wenn die Anzeige von der betroffenen Person kommt.«

»Na ja, ich wurde in den Briefen auch erwähnt.« Juliet versucht, sich ihre Verzweiflung nicht anmerken zu lassen. »Und sie haben meine Zwillingsschwester bedroht. Vielleicht kannst du es auf die Weise als Anzeige von jemandem betrachten, der betroffen ist?«

Karen nickt. »Hast du eine Idee, von wem sie sein könnten?«

»Nein.« Juliet muss kurz an Alex denken, verwirft den Gedanken aber sofort wieder.

»Wurdest du schon einmal verbal oder auf andere Weise bedroht?«

Juliet überlegt einen Moment. »Im Hauptbüro in London kommen schon mal Briefe an. Aber die landen zum Glück nur selten auf meinem Schreibtisch. In meinem Beruf gewöhnt man sich an so etwas, aber …« Sie muss wieder an die Kommentare auf der Website der PA denken. »… online werden immer üblere Dinge gepostet, und eins davon betraf tatsächlich Beth. Deshalb habe ich mich gefragt, ob es sich nicht lohnt, ein wenig genauer hinzusehen.«

Karen sieht auf. »Lohnt?«

»In Bezug auf Beth.«

Karens Stylus schwebt über dem elektronischen Notizbuch. Ihre Zunge schnellt rein und raus. »Juliet. Die Ermittlungen zu Beths Tod sind abgeschlossen.«

»Gilt denn diese Hass-Mail nicht als neue Information?«

»Natürlich kann ich mir die Mails ansehen. Prüfen, ob es Hinweise gibt, denen man nachgehen kann. Aber bei den Ermittlungen sind uns keine Hass-Mails an Beth aufgefallen. Ich will damit sagen, dass ich dir keine falschen Hoffnungen machen will.«

»Hoffnungen?«

Draußen zwitschert ein Vogel. Im Wohnzimmer hört man nur das Ticken der Sunburst-Uhr und das Klackern des leeren Wassernapfes, den Bucky über den Küchenboden schiebt. Juliet steht auf und macht ihn wieder voll. Alex lässt ihn vermutlich dürsten, damit er nicht so oft Gassi mit ihm gehen muss.

Zurück am Tisch beschließt sie, ihre Taktik zu ändern.

»Ich habe den Bericht gelesen, Karen. Und ich weiß, dass ich in den letzten Monaten schon eine Menge Fragen gestellt habe, aber ... kannst du mir sagen, warum in dem Bericht nichts über Beths Abtreibung zu finden ist? Oder über ihre Beziehung zu diesen Jungs von Dirac Delta?«

»Delta Function«, berichtigt Karen. »Du wirst verstehen, dass Polizeiberichte amtliche Dokumente sind.« Sie klingt, als würde sie aus einem Regelwerk zitieren. »Solange wir nicht ganz sicher sind, dass ... gewisse Informationen von Belang sind, insbesondere, wenn es sich um medizinische oder persönliche Informationen handelt, müssen wir sie aus amtlichen Aufzeichnungen rauslassen. Die Menschen haben ein Recht auf Privatsphäre.«

»Und dass sie eine Beziehung hatte, hätte sich nicht auf ihren seelischen Zustand ausgewirkt? Wir sprechen übrigens nicht von irgendeiner Beziehung.«

Karen gibt sich ahnungslos. »Worauf willst du hinaus?«

»Ach, komm. Diese Typen haben einen Ruf wie Donnerhall, und Beth war ein junges, naives Ding aus der Kleinstadt.«

»Du meinst, berühmt zu sein und ein glamouröses Leben zu führen, gibt dir das Recht, Spekulationen anzustellen? Kein Recht auf Privatsphäre?«

Juliet sieht sie empört an. Meint sie das wirklich so? Aber Karens Miene bleibt ungerührt. Professionell bis auf die Knochen.

»Natürlich nicht.« Juliet hat genug. »Aber ist es nicht möglich, dass ...« Höflichkeit. Herumlavieren. »Ich weiß nicht, Karen, ist es nicht deine Aufgabe, Schlussfolgerungen daraus zu ziehen?«

Karen legt den Stylus zur Seite.

»Interessant, dass gerade du das sagst. Es mag dich überraschen, Juliet, aber wir haben Ermittlungen durchgeführt. Sehr gründlich sogar. Über hundert Vernehmungsstunden. Wir haben in der ganzen Gegend nach Spuren gesucht.« Sie hält den Kopf jetzt zur anderen Seite geneigt.

Die beiden Frauen sehen sich an. *Beths Entwürfe hast du dir nicht angesehen,* denkt Juliet. *Ihnen hast du keine Bedeutung beigemessen.*

»Vielleicht hast du ja etwas übersehen«, bemerkt sie nüchtern.

»Vielleicht.« Karen schenkt ihr nicht mehr Glauben als einem Verfechter der Ansicht, die Erde sei eine Scheibe. Sie sieht durchs Fenster zu den Baumwipfeln hinauf und ist einen Moment lang still.

»Juliet, wir können doch offen miteinander reden. Wenn einer ortsbekannten Familie, wie deiner, etwas zustößt, was glaubst du, was bei der Untersuchung passiert? Die Leute glauben, deinen Vater gekannt zu haben. Ihre Häuser, ihre Arbeitsplätze, die Struktur der Stadt. Eine Menge davon wurde von Gordon MacGillivray geschaffen. Er hatte Freunde im Stadtrat. Und du – deine Politik, deine Rolle in der PA –, für die Leute bist du eine Art öffentliches Eigentum, eine Tochter der Stadt Inverness. Kannst du dir vorstellen, wie viele Fragen uns gestellt wurden, wie viele Leute über uns hergefallen sind, die nichts anderes interessiert hat, als dass die Untersuchungen richtig laufen? Dass nichts danebengeht.«

Juliet starrt Karen verblüfft an.

»Wer? Wer hat gefragt?«

»Alle möglichen Leute, Juliet. Mehr, als du glaubst. Alte Kunden deines Vaters, Mitglieder des Stadtrats. Der Arzt deiner Schwester. Die Band.«

»Die Band? Wer? Toby? Max?«

»Unter anderem.«

Juliet bemerkt, dass sie mit den Zähnen mahlt.

»Und?« Juliet muss sich beherrschen, um nicht mit dem Finger nach Karen zu stechen. »Und du hast dich nicht gefragt, warum dem Fall so viel Aufmerksamkeit beigemessen wird?«

»Eine Menge Leute sind von dem Fall betroffen. Ich habe

angenommen, dass Toby sich für seinen trauernden Freund interessiert hat.«

Juliet verliert selten die Fassung, aber wenn, dann bricht es explosionsartig aus ihr hervor. Sie überdenkt die Worte und wägt ab, trotzdem prasseln sie maschinengewehrartig aus ihr heraus.

»Angenommen? Mein Gott, Karen. Ich selbst war mir schon nicht sicher, ob die Untersuchung richtig durchgeführt wurde, und jetzt lässt du durchblicken, dass du gezwungen warst, alles fein säuberlich zu verpacken. Den verdammten Job zu erledigen und sich einen Teufel darum zu scheren, ob alles ordentlich durchgeführt wurde. Außerdem bin ich der Meinung, dass es mindestens einen Anhaltspunkt für ... eine Art institutionalisierter Diskriminierung gibt. Nur weil es in der Familie eine psychische Erkrankung gibt, habt ihr euch bei Beth gleich auf das Naheliegendste gestürzt.«

Karen nickt bedächtig. »Wir lernen dazu, und es gibt immer Dinge, die wir verbessern können. Aber du musst zugeben, dass der Brief ... die Ankündigung des Selbstmordes, ein Fortführen der Ermittlungen kaum zuließ.«

Juliet lehnt sich starr zurück. Diese halbgare Bestätigung, kein Eingeständnis, trägt nicht zu ihrer Besänftigung bei. So sprechen Politiker, maniert. Dazulernen, schön und gut, aber das macht nicht ungeschehen, was Beth zugestoßen ist. Je länger Karen dasitzt, schweigend, ganz Ohr, dominant, umso turbulenter kreisen die Gedanken in Juliets Kopf. Sie muss sich zügeln, wenn sie nicht Gefahr laufen will, hysterisch zu wirken, und das würde Karen in die Hände spielen, sie genau in dem bestärken, was sie gerade vorgetragen hat.

Sie holt tief Luft. Bucky trottet zu ihr und legt den Kopf auf ihre Knie. Während sie ihm mit dem Daumen die Stirn krault, legt sie sich den nächsten Satz Wort für Wort zurecht, bevor sie antwortet.

Die Band. Delta Function. Dort gab es gestern Abend einen Streit. Ich habe mitgehört. Ich glaube, Max verhält sich seltsam. Ich glaube, sie wollen, dass ich von hier verschwinde. Wie absurd das klingt. Wie das Zeug, von dem Erica glaubt, dass die Leute das von ihr behaupten. Vielleicht hätte sie nicht auf diese Party gehen sollen. Allein damit, dass sie sich dort hat blicken lassen, setzt sie ihre Glaubwürdigkeit schon aufs Spiel. *Und Alex. Warum bestreitet er, Max zu kennen? Warum soll Beth ihm und nicht ihrer Mutter von der Abtreibung erzählt haben?*

Karen sieht sie an, den Kopf immer noch geneigt.

Juliet spürt, jede Minute mehr, die Paranoia in sich aufsteigen. Und sie weiß: Eine Paranoia ist selbstverstärkend. Sie fühlt sich schon von der Angst verfolgt, paranoid zu werden. Und wenn sie nicht aufpasst, verstärkt sich das, wie ein Orkan im Winter. Sie beschließt, Karen nichts von der letzten Nacht und von Alex zu erzählen. Noch nicht.

Nachdem Karen gefahren ist, geht Juliet durch den Wald zum Aufnahmestudio. Bucky läuft zwischen den Bäumen voraus. Wenn Karen ihren Job nicht machen kann, dann muss *sie eben* die Fragen stellen. Sie ist nicht bereit, sich länger hinter obskuren Dingen zu verstecken. Sie will wissen, was hinter den angeblichen Abmachungen mit Alex steckt. Herausfinden, was Max von der Abtreibung wusste, was es mit Beths letzten Fahrten nach Kelspie auf sich hatte. Und wenn Lyall da ist, wird sie auch ihn fragen, was er zu den Notizen über Beth auf dem Schreibtisch seines Freundes Bernhard Palmer zu sagen hat.

Die Fichtennadeln auf dem weichen Waldboden dämpfen ihre Schritte. Die Luft ist kühl, seltsam, kapriziös: Plötzliche Windböen treiben regenschwere Wolken vor sich her. Zweifel mischen sich in ihre Verärgerung. Fionas Warnung geht ihr durch den Kopf: Lyall ist gefährlich. Das ist kein Spiel oder politisches Geplänkel. Die letzten vierundzwanzig Stunden haben mehr Fragen aufgeworfen als beantwortet. Dennoch ist sie sich sicherer denn je: Beth hat sich nicht umgebracht. Wenn, dann wurde sie dazu gebracht.

Bucky bleibt auf dem Weg zum Studio stehen, hockt sich hin und weigert sich, weiterzugehen. Das Haus wirkt leer. Nicht verlassen – draußen stehen Autos, und unter dem Vordach sieht sie eine Kiste mit leeren Champagnerflaschen –, aber es ist abgeschlossen und vermittelt das düstere Bild von etwas Lauerndem. Der Lamborghini ist verschwunden. Sie weiß nicht, wie lange die Party noch ging, ist aber überrascht, dass sie es geschafft haben, bis – sie sieht auf die Uhr – fast drei Uhr auf den Beinen zu sein.

In der Erwartung, dass jemand öffnet, drückt sie auf die elektronische Klingel und will schon gehen, als sie von drinnen ein leises Jammern vernimmt. Ein Staubsauger. Sie hämmert an die Tür. Das Jammern verstummt.

Eine Frau um die sechzig macht auf. Sie bindet sich ein dunkles Tuch um den Kopf und wischt sich mit einem Taschentuch durchs Gesicht. Juliet erkundigt sich, wann die *Herrschaften* zurück sind.

»Nicht da.«

»Ja. Wann – wie viel Uhr sie zurück?« Juliet hasst sich für dieses Geflöte und Radebrechen, weiß sich aber nicht anders zu helfen. Sie zeigt auf ihre Uhr. »Wann zurück?«

»Nicht da.«

»Ja. Das habe ich verstanden.«

»Sie Nachricht lassen?«

»Ja! Ja, bitte.«

»Warten.« Die Putzfrau verschwindet in Richtung Küche. Der Staubsauger steht auf dem Absatz zur Kellertreppe. Zwei große, halb volle schwarze Abfallsäcke lehnen schlaff an der Wand unter einem abstrakten Kunstobjekt. Juliet beneidet die

Frau nicht um ihre Arbeit. Sie fragt sich, wie lange sie in Großbritannien sein mag und welchen Hintergrund sie hat.

Im Flur an der Wand entdeckt sie einen kleinen Schlüsselkasten, dessen Klappe offensteht.

Juliet geht hinein und sieht sich um. Bevor sie weiß, wie ihr geschieht, späht sie in den Kasten.

Unter den etwa zwölf verschiedenen Anhängern von Haus- und Autoschlüsseln erblickt sie auch den für die *Schwalbe*. Mit der roten Plastikhülle und dem lackierten Holzanhänger in der Form eines blau-roten Dalapferdchens würde sie ihn unter Hunderten herauskennen.

Als die Putzfrau zurückkommt, ist Juliet verschwunden.

25

Juliet zieht die rote Abdeckung von der *Schwalbe*. Tobys Bemerkung, dass die Batterie aufgeladen werden müsste, kommt ihr in den Sinn. Wollte er ihr damit etwas sagen? Warum hing der Schlüssel überhaupt in deren Haus? Sind sie mit dem Boot rausgefahren? Sie überlegt. Was passiert überhaupt, wenn es ungenutzt daliegt? Die Batterie verliert pro Monat etwa zehn Prozent ihrer Leistung. Seit Juli liegt sie da. Es ist noch nicht einmal Oktober. Sie macht einen Versuch. Nichts. Noch mal. Wieder nichts.

Ihr entfährt ein Fluch, den ihre Stimme in den kleinen Hafen trägt. Das verdammte Boot wird sie doch nicht ausgerechnet jetzt im Stich lassen?

Wie konnte Karen sie so von oben herab behandeln? Und Alex? Denken sie das wirklich von ihr? Halten sie sie wirklich für nervig, kontrollsüchtig und dominant in einer Person? Schon schlimm genug, sich selbst so einzuschätzen, aber es von anderen bestätigt zu bekommen ... Halten sie sie eigentlich für eine fähige Person? Weil sie eine politische Partei anführt? Bei dem Gedanken muss sie fast lachen. *Wissen sie eigentlich nicht, wer ich wirklich bin?*

Sie wird sich jetzt das Boot nehmen, nach Kelspie rausfahren und sich dort umsehen. Wenn ihr nichts Ungewöhnliches auffällt, kann sie die Insel von der Liste streichen und muss sich von niemandem irgendwelche Fragen stellen lassen.

Beim dritten Versuch erwacht der Außenborder stotternd zum Leben. Bucky, der auf dem Anleger ungeduldig herumscharrt, spitzt die Ohren, springt ins Boot und setzt sich erwartungsvoll ans Steuer. Für ihn scheint die Welt in Ordnung zu sein. Sie legt die Rettungsweste an und konzentriert sich darauf, langsam und ruhig zu atmen. Das Wasser im Hafenbecken liegt spiegelglatt da. Nichts, was sie fürchten müsste; trotzdem zittern ihr die Knie. Vor nicht langer Zeit war das noch ihr Element, auch wenn sie schon seit Jahren nicht mehr selbst rausgefahren ist. An das letzte Mal kann sie sich nicht erinnern, aber in ihrem ganzen Leben müssen es Hunderte von Fahrten gewesen sein. Nicht anders als Fahrrad fahren.

Vom Wasser aus wirkt der Himmel weiter und offener; die watteartigen Wolken scheinen sich am Horizont zusammenzuballen. Fünfzehn Minuten wird sie bis nach Kelspie brauchen. Eine Viertelstunde, draußen auf dem Meer, allein. Declan wäre beeindruckt, wenn er wüsste, welche Fortschritte sie macht. In seiner E-Mail, die sie in Angasfors bekommen hat, stand, dass er morgen vielleicht herfliegen könnte.

Sie hält auf Findhorn zu. Stehend, die dunkleren Wasserläufe zwischen den Sandbänken im Blick, steuert sie um das Flusspferd aus Felsen, den Hipporockamus, wie Beth ihre Schwimmmarke immer nannte, herum. Das Wasser wird tiefer, und sie verspürt dieses altvertraute Kribbeln. Der Wellengang wird rauer, kaum dass sie die kleine Bucht verlassen hat, und ihr ist immer noch ein wenig schwindlig von der Bewegung des Wassers. Sie versucht, es zu ignorieren. Egal, was Karen gesagt hat, diese Entwürfe müssen eine Bedeutung gehabt haben. Wenn es einen Grund gibt, warum Beth den Namen der Insel, Kelspie, unterstrichen hat, dann findet Juliet es auf jeden Fall heute noch heraus.

Sie sieht die bewaldete Küste von Culbin zu einer graugrünen Linie schrumpfen. Die Haare wehen ihr ins Gesicht; die feuchte Salzluft brennt auf den Wangen und in den Augen. Buckys Ohren flattern im Wind. Der Motor heult auf, während das kleine, rote Boot, von einer Möwe eskortiert, über die bleifarbenen Wellen stampft. Seltsamerweise wird Juliet ausgerechnet im Zentrum ihrer Angst ganz ruhig.

Kelspie ist eine kleine Insel, die in ihrer größten Ausdehnung gerade einmal vierhundert Meter misst und um diese Jahreszeit bereits ein eher trostloses Bild bietet. Krüppelkiefern wagen sich mit ihren Spitzen kaum über die Felsplatten hervor. Juliet steuert das Boot zu der Stelle, an der ihr Vater immer anlegte, wenn er mit der Familie hinausfuhr. Fünfzig Meter vor dem Ufer wirft sie den Heckanker und drosselt den Motor. Der Anker sinkt im dunklen Brackwasser zu Boden und sucht über den felsigen Meeresboden schleifend nach Halt, während sie sich mit gedrosseltem Motor dem Ufer nähert. Sie krempelt die Jeans bis zu den Knien auf und wirft ihre Schuhe an Land. Bucky springt gleich ins Wasser, strampelt ans Ufer und schüttelt sich ausgiebig. Erst dann steigt Juliet zaudernd ins Wasser und schnappt nach Luft. Mit der Leine in der Hand arbeitet sie sich an Land und legt sie um einen größeren Stein. Ihre Füße sind kalkweiß.

Nachdem sie das Boot festgemacht hat, richtet sie sich auf und versucht, ihr Haar, das ihr ständig in die Augen weht, mit einer viel zu kleinen Klammer zu bändigen. Sie sieht sich um. Auf den ersten Blick kann sie nichts Besonderes entdecken. Dann versucht sie, die Insel aus der Perspektive ihres Vaters oder der von Erica zu sehen. Oder besser noch, der von Beth, denn auf die kommt es an. Gibt es hier irgendetwas Bedeutsames? Das Gelände steigt sanft auf eine Höhe von etwa drei Metern über dem Meeresspiegel in schiefen, geschichteten und von Spalten durchzogenen Felsformationen an. Hier und da stehen ein paar ärmliche, fast bonsaiartige Kiefern zusammen. Der Strand ist von gelbbraunem Seetang übersät. Sie zieht die Schuhe wieder an, pfeift Bucky zu sich und marschiert los.

Dreißig Minuten später haben sie die Insel umrundet, nachdem sie über die Felsen balanciert und immer wieder stehen geblieben ist, um sich einen Überblick zu verschaffen. Ihre vom Salzwasser feuchten Zehen werden wund, weil sie in den Schuhen reiben. Sie findet ein paar Blätter von Augentrost, Blumen entdeckt sie nicht. Der Wind frischt auf. Sie kommen an den Ausgangspunkt in dem natürlichen Hafen zurück. Ihre Wangen brennen, und die Augen tränen. Die Hände hat sie in den Taschen vergraben. Sie sind eiskalt. Vereinzelte Regentropfen treffen auf ihre dünne Jacke. Sie zieht sich die Kapuze über den Kopf und geht auf eine glatte, ausgewaschene Felskuppe zu, die mit einem kleinen Vorsprung über den Strand ragt.

Die Kapuze von Darth Maul.

Dad hat ihnen immer erzählt, dass sie, wenn sie sich dorthin setzten und fest genug daran glaubten, den Darth Maul dieser Insel singen hören können. Sie und Erica und später Beth zwängten sich dann in die natürliche Kuhle, schlossen die Augen und lauschten in die majestätische Stille. Das Rauschen des Meeres, die zischende, brodelnde Brandung, die sich am Felsen brach, dass sie es im ganzen Körper spürten. Trotz der Kälte lächelt sie. Mit diesem Trick brachte Dad sie dazu, ruhig zu warten, damit er die Abfahrt vorbereiten konnte.

Sie passt gerade so in den Hohlraum hinein und ist froh, sich hier ein wenig vor dem Wind schützen zu können. Bucky hockt sich ein paar Meter vor ihr auf den Strand, schaut aufs Meer und blinzelt in den Regen hinaus. Sie wäre gut beraten gewesen, ein paar mehr Sachen zum Überziehen mitzunehmen. Allzu lange darf ihr kleiner Ausflug nicht dauern. Dunkle Wolken ziehen am Himmel auf. Sie sollte schnellstmöglich zurückkehren. Sie hat nichts Außergewöhnliches entdeckt und erkennt, wie töricht es war, unvorbereitet hier rauszufahren. Die *Schwalbe* schaukelt unruhig auf und ab. Juliet schaut zu und lauscht. Welches Lied kann Kelspie ihr singen?

Plötzlich sieht sie es direkt vor sich. Als hätte es jemand eigens für sie dort hingelegt. Dreißig Meter entfernt, auf der anderen Seite der Bucht auf dem Felsvorsprung, durch das Schaukeln der *Schwalbe* im Wechsel verdeckt und wieder freigegeben, liegt es inmitten eines Steinhaufens. Nichts Gewachsenes. Die Steine wurden der Größe nach zu einem Steinhaufen gestapelt.

Juliet kriecht unter Darth Mauls Kapuze hervor und kämpft sich über den Strand. Bucky folgt ihr unwillig. Gordon hatte seinen Zwillingen erklärt, wie man diese kleinen Steinmännchen baut. Am Ende eines Tages waren die Strände, die sie besuchten, übersät davon. Im Laufe der Zeit beherrschten sie immer kompliziertere Konstruktionen. Wenn ihnen genügend Zeit blieb, passende Steine auszusuchen, dann konnten sie sogar kleine Fenster und flache Steinlagen aufschichten. Einen Sommer haben sie alle zusammen sogar ein Bauwerk mit einer Brücke errichtet. Das war eine ihrer Lieblingserinnerungen.

Die Wellen treffen bereits mit einschüchternder Kraft auf die Bucht, als Juliet stolpernd losrennt. Die Sommer hier draußen, die langen Tage an der Küste waren aus ihrer Kindheit gar nicht wegzudenken. Sie erinnert sich noch an das Jahr, es war Mittsommer, in dem sie zu Besuch war und mit Erstaunen und gleichzeitig Trauer erfuhr, dass Beth noch nie ein Steinmännchen gebaut hatte, und wie sie ihr sofort alles weitergab, was sie darüber wusste. Gordon hatte in Culbin am Strand gestanden und mit einem seltsamen Ausdruck im Gesicht zugesehen – als wüsste er von all diesen Dingen nichts mehr.

Juliet erreicht den Steinhaufen. Der eisige Wind nimmt ihr den Atem. Drei Stöcke, die zwischen die eng zusammengelegten Steine gesteckt wurden, ragen aus der Mitte des geduckten, stabilen Haufens heraus. Sie zieht sie heraus und fängt an, den Hügel Stein für Stein abzutragen. Sie schrammt sich dabei die Knöchel auf. Bucky nimmt ein Stöckchen mit dem Maul.

Im Inneren des Haufens stößt sie auf eine olivgrüne Blechdose etwa von der Größe einer Bibel. Juliet setzt sie sich auf die Knie und sieht sich nach allen Seiten um, wie ein Kind, das etwas gestohlen hat. Die Dose ist leicht, vielleicht sogar leer. Sie drückt gegen den Deckel. Er bewegt sich nicht. An der Vorderseite befindet sich ein kleines Schloss. Sie schüttelt sie und vernimmt ein papiernes Rascheln aus dem Inneren. Starker Regen setzt ein.

Sie nimmt die Klammer aus dem Haar und biegt sie zu einem Haken um, mit dem sie in dem Schloss herumstochert. Sie rutscht mit den Fingern ab. Fluchend steht sie auf und sieht sich nach einem Stein um.

Vom Felsen aus sieht sie die Wellen auf die Nordseite der Insel treffen. Sie haben in den letzten Minuten noch einmal an Kraft zugelegt. Ein Blitz zuckt durch den schwarzen Himmel über den Bergen im Nordwesten. Bei diesem Wetter kann sie unmöglich wieder zurückfahren. Das Vernünftigste wird es sein, das Boot zu sichern und das Unwetter abzuwarten.

Mit der Dose unter dem Arm rennt sie im plötzlich sintflutartig niederstürzenden Regen los. Sie deponiert die Dose unter Darth Mauls Kapuze. Bucky hockt erwartungsvoll am Strand. Er war klug genug, nicht wieder ins Boot zurückzukehren. In Jeans und Schuhen watet sie durchs Wasser. Am Bug der *Schwalbe* hievt sie sich an Bord, kniet nieder und zieht den zweiten Anker an der schweren Kette unter dem Sitz hervor. Donner grollt. Das Boot schwankt, als sie den Anker mit aller Kraft, so weit es geht, über die Bordwand wirft und fast mit ihm über Bord geht.

Die Bootsplane hat sie mit ans Inselufer genommen, um sich damit einen behelfsmäßigen Unterstand zu bauen. Der Himmel zuckt gleißend hell. Sie zerrt an der Plane, um sie über die Kapuze von Darth Maul zu ziehen. Wild flatternd widersetzt sich die Plane ihren Bemühungen, während sie sie an den

Rändern mit Steinen beschwert. Schließlich schlägt sie gegen die kalte Innenfläche und ruft Bucky zu sich, bis er endlich angekrochen kommt und sie sich beide in den Unterstand zwängen. Alles um sie herum färbt sich blutrot.

Mit überkreuzten Beinen sitzt Juliet in der düsteren Höhle. Sie nimmt die Dose und muss lange hinsehen, bis sich ihre Augen an die Dunkelheit gewöhnt haben. Der grüne Lack weist Sprünge auf und ist an einigen Stellen abgeplatzt, die abgerundeten Kanten und Scharniere haben Rost angesetzt. Am Boden entdeckt sie eingeritzte Initialen: *G. M.* Gordon Mac-Gillivray. Vage erinnert sie sich, dass ihr Vater eine solche Dose besaß, die er für seine Quittungen benutzte.

Sie dreht das Fundstück um und schlägt es gegen den Felsen. Bucky winselt.

»Entschuldigung, Kleiner«, sagt sie.

Sie hat nicht genügend Platz, um auszuholen und die Dose mit aller Kraft gegen den Felsen zu werfen. Sie bringt kaum eine Delle zustande. Mit eiskalten Händen versucht sie es noch einmal. Sie könnte es schaffen, wenn sie hinausginge und die Dose mit dem Schloss gegen den Felsen schmettern würde. Aber das wäre im Moment eher tollkühn. Ihre Jeans sind von den Knien abwärts durchnässt. Der Pulli und die Jeansjacke wärmen kaum. Wind und Regen zerren ungestüm an der Plane. Sie muss warten, bis sich der Sturm legt. Den Kopf auf die harte Dose gestützt und einen Arm um den Hund geschlungen, rollt sie sich ein. Wie ein spitzer Stein drückt der kleine Griff der Dose gegen ihre Schläfe. Sie stellt sich auf ein unbequemes und qualvolles Warten ein.

Zwei Stunden später reißt sie ein ohrenbetäubender Lärm aus dem unruhigen Dämmerzustand. Bucky ist verschwunden. Ihr ist kalt. Sie hat im Schlaf gezittert und braucht einen Augenblick, bis sie wieder weiß, wo sie ist. Noch ein Schlag. Das ist kein Gewitter. Sie richtet sich mühsam auf. Der linke

Arm und das linke Bein sind taub. Sie robbt sich an den Rand der Höhle und lugt hinter der Plane hervor. Eisregen peitscht ihr ins Gesicht, und sie versteht zunächst nicht, was sie sieht.

Verdammt.

Die *Schwalbe* liegt am Strand. Der Wind wirft das kleine Boot mit jeder Böe hin und her und immer wieder gegen den Felsen, der ihr den Weg zum Strand versperrt hat. Sollte der Rumpf bis jetzt noch keinen Schaden davongetragen haben, dann wird es nicht mehr lange dauern. Bucky ist nirgends zu sehen. Juliet will ihn rufen, aber der Wind schluckt ihre Stimme.

Sie kann nicht klar denken. Ihr ist kalt. Könnte sie die Plane vielleicht aufrollen und als Fender zwischen Boot und Felsen verwenden? *Verrückte Idee.* Sie wäre viel zu klein, außerdem ist ihr im Augenblick eine wichtigere Funktion zu ihrem Schutz zugedacht.

Nicht einmal weinen kann sie. Weder einen Laut noch Tränen bringt sie hervor. Sie ist zu wütend auf sich selbst. Als Erstes muss sie daran denken, wie traurig ihr Vater beim Anblick des zerstörten Bootes wäre. Auch Beth. Die *Schwalbe* war ihr Ein und Alles. Noch eine Verbindung zu ihrer Nichte ist damit verloren.

Was hat sie geritten, sich den Wetterbericht nicht anzuhören, bevor sie losgefahren ist? Warum hat sie nicht auf Declan gewartet? Sie kehrt zu ihren vorherigen Gedanken zurück und zittert: *Ist ihnen klar, dass sie eigentlich eine ziemlich kompetente Person ist?* Sie rollt sich unter dem Felsvorsprung wieder zusammen, als ihr dämmert, dass diese Aktion ziemlich böse enden kann. Es kann sogar sein, dass sie von Kelspie nie wieder runterkommt. Niemand weiß, dass sie hier ist.

Die Nacht ist angebrochen. Der Sturm hat sich ein wenig gelegt. Der Regen ist eisig, auch wenn der Wind nicht mehr so beißend ist. Juliet kriecht aus ihrem Unterschlupf hervor und vermag sich kaum aufzurichten. Das Blut strömt ihr schmerzhaft in die linke Seite zurück. Sie humpelt über den Strand und inspiziert das Boot im hin und wieder einfallenden Mondschein. Im Rumpf klafft ein einen halben Meter großes Leck.

Sie seufzt und zwingt sich wegzusehen. Die See ist immer noch aufgewühlt, der Meeresarm schäumt vor weißer Gischt. Selbst wenn es ruhig wäre, was könnte sie tun? Zurück nach Culbin sind es vier Meilen. Es ist schon vier Jahre her, seit sie eine längere Strecke geschwommen ist. Erica und sie wollten damals gemeinsam zum Hippo schwimmen. Geschafft haben sie es nie. Immer wieder hatten sie kehrtgemacht, Juliet meist als Erste.

Vierhundert Meter waren bei gutem Wetter machbar, in einem Pool vielleicht. Aber im offenen Wasser war es zu riskant, zumal man nirgends eine Pause einlegen und sich ausruhen konnte, bevor man zurückschwamm. Die Einzige, der das je gelungen ist, war Beth.

In einem plötzlichen Anfall von Wut geht Juliet zum Unterstand zurück, packt die Dose und schleudert sie gegen den Stein. Sie prallt ab. Sie wirft ein zweites Mal. Und noch einmal, bis sich die Scharniere des Schlosses geschlagen geben und nach etlichen weiteren Würfen aufbrechen. Sie erkennt die Umrisse eines kleinen Päckchens aus schimmerndem Papier.

Sie zieht sich wieder hinter die Plane zurück, schiebt sie einen Spalt zur Seite, um den silbrigen Mondschein hereinzulassen. Nachdem sie sich die Hände an der feuchten Jeans abgewischt hat, drückt sie den ramponierten Deckel auf. Der Inhalt lässt ihr den Atem stocken.

Es sind Fotos. Sechzehn an der Zahl. Alle schwarz-weiß. Professionell gemacht. Die meisten davon tragen Declans Wasserzeichen. Rechte vorbehalten.

Alle zeigen Beth.

Beth, oben ohne, reckt sich auf Zehenspitzen dem Himmel

entgegen, einen ihrer Entwürfe wie eine Flagge schwenkend. Beth auf einem niedrigen Sofa liegend, den Blick auf ein leicht bekleidetes Mädchen gerichtet. Neben ihr ein Mann, der Kokain schnupft. Beth nackt auf einem Bett, das Juliet nicht kennt, mit demselben Stoff über ihrer schlanken Taille und Hüfte.

26

Aufgrund des schlechten Wetters kommt Declans Flug erst mit einer Stunde Verspätung in Inverness an. Dass Juliet ihn nicht abholt, überrascht ihn trotzdem. Das sieht ihr so gar nicht ähnlich und ist kein gutes Zeichen. Er versucht, nicht mehr hineinzulesen als nötig. Vielleicht ist ihr etwas dazwischengekommen, oder sie unternimmt etwas mit Erica.

Der Taxifahrer hebt die Augenbrauen und schnaubt verächtlich, als Declan ihn bittet, zum Strandhaus zu fahren. Die Tour zu dem kleinen Ferienort ist lang, und es wird nicht leicht sein, einen fairen Preis für die Rückfahrt auszuhandeln.

»Haben Sie vergessen, abzuschließen?«, erkundigt sich der Fahrer, als sie auf die A96 einbiegen. »Schlimmer Sturm letzte Nacht. Es wird Herbst.«

Declan nickt und murmelt etwas Zustimmendes. In Liverpool hat er die ganze Nacht wach gelegen, auf den Regen gehört und dabei immer wieder durchgespielt, was er Juliet sagen würde.

Das Frühstück mit Sophie und Lotta war fulminant. Lotta war früh aufgestanden. Sie hat Zimtbrötchen gebacken und ihm einen ganzen Korb davon mitgegeben, als schickte sie Rotkäppchen zur Großmutter.

Zum Abschied umarmte sie ihn herzlich. »Dass du mir Juliet noch welche übrig lässt.«

»Viel Glück, Declan«, flüsterte Sophie ihm im Gehen ins Ohr. »Pass auf dich auf.«

Trotz ihrer Zuneigung hasst Declan sich so sehr, dass ihre Worte genauso gut auch ein Fluch hätten sein können.

Die Fahrt im Taxi kostet ihn ein Vermögen, und Declan wundert sich, als er Juliets Auto auf der Zufahrt zum Strandhaus erblickt. Während er das Bargeld zusammensucht, ist er sich des argwöhnischen Blicks des Taxifahrers auf das Polizeiband bewusst, das immer noch zwischen den Bäumen aufgespannt ist. Das hätte sie zumindest abnehmen können. Der Taxifahrer hält sich nicht lange mit dem Nachzählen seines Trinkgeldes auf und fährt gleich wieder los.

Der Regen in der letzten Nacht hat die Terrasse rutschig gemacht. Declan versucht es an der Vordertür. Sie ist abgeschlossen.

»Juliet?«, ruft er. »JT?« Keine Antwort. Der Ersatzschlüssel liegt in seinem angestammten Versteck unter dem Boden des Vogelhäuschens links neben der Tür. Er schließt auf und geht hinein.

Er lässt seine Tasche in der Diele fallen und sieht sich um. Dann geht er ins Schlafzimmer, um dort nachzusehen. Das Bett ist nicht gemacht; der Nähkasten steht aufgezogen wie eine Ziehharmonika da. Auf dem Boden liegen Zettel herum. Juliet scheint mit ihrem Vorhaben, die Sachen einzupacken, nicht weit gekommen zu sein. Immerhin, vielleicht kann er doch noch mit ihr sprechen, bevor sie es selbst herausfindet. Er zittert. Im Wohnzimmer öffnet er die kleine, gusseiserne Tür des Holzofens; die Asche ist kalt.

Er geht in den Garten hinaus und atmet die salzhaltige, vom Duft der Kiefernzapfen durchsetzte Luft ein. Ganz anders als das letzte Mal, als er hier war, im Frühling, als die Tage länger und wärmer wurden.

»Juliet?«

Die Tür der Holzhütte ist wie immer nicht abgeschlossen. Der Wind hat sie aufgestoßen. Ein ziemlich heftiger Sturm muss hier gewütet haben. Der Boden aus Erde und Sägespänen ist bis zu einem Meter in den Raum hinein durchnässt. Zum Glück ist das Wasser nicht bis zum Holzstapel gelangt. Declan nimmt einen Arm voll Scheite und drückt die Tür mit der

Schulter hinter sich zu. Als er sich zum Haus dreht, lässt er beinahe alles wieder fallen. In einer hohen Kiefer neben dem Weg hockt eine riesige graue Eule. Das helle, scheibenförmige Gesicht dreht sich zu ihm und sieht ihn aus hellgrünen Augen vorwurfsvoll an. Hätte er doch nur seine Kamera dabei. Er geht schnell ins Haus. Die Eule folgt ihm mit ihrem Blick. Aber als er mit der Kamera in der Hand wieder vor die Tür tritt, ist sie davongeflogen.

Nachdem er den Holzofen angeworfen hat, macht sich Declan einen Rest Kaffee auf dem Herd warm. In der Zwischenzeit geht er ins Schlafzimmer zurück, macht das Bett und räumt die Zettel auf, die daneben auf dem Boden liegen.

Juliet hatte immer schon die Angewohnheit, in der Nacht zu lesen, bis ihr die Lektüre aus der Hand fällt. Beths Entwürfe. Er blättert sie durch. Sie sind genauso wunderschön, wie sie es war.

Er will den Nähkasten schließen, als er die anderen Zettel im untersten Fach entdeckt. Sein Magen zieht sich nervös zusammen, während er sie durchsieht. Warum hat er Beth nicht gesagt, dass sie alles vernichten soll? Es war nicht klug, Juliet allein hierherfahren zu lassen. Vielleicht hat sie inzwischen alles gefunden.

Er durchwühlt die Schuhkartons hinten im Schrank, den Sekretär im Flur. Die Bücherregale. Er sieht unter den Kissen im Sessel nach und im Zeitschriftenständer – in dem sich manch altes Kleinod findet. Er versucht, sich von dem alten Foto nicht ablenken zu lassen. Er kann nichts finden, sitzt am Holzofen, trinkt einen Schluck von dem verbrannten Kaffee und wartet. Entweder hat Juliet es bereits herausgefunden, oder er hat noch die Chance, es ihr selbst zu erklären.

Für ein spätes Mittagessen macht er sich eine Dosensuppe warm. Er schneidet Kartoffeln hinein und schiebt eine Scheibe Brot in den Toaster. Juliet wird frieren, und Hunger hat sie ver-

mutlich auch, wenn sie zurückkommt. Der Regen ist wieder stärker geworden, eiskalt prasselt er an die Fenster. *Was macht sie bloß?*
 Es ist vier Uhr. Der Himmel ist immer noch dunkel verhangen, die Dämmerung setzt ein. Immer noch keine Spur von ihr. Zum gefühlt hundertsten Mal geht er hinaus. Der Wind hat nachgelassen, aber die Baumwipfel schaukeln noch ungestüm hin und her. Unentwegt sagt er sich, dass sie ohne Auto nicht weit gekommen sein kann. Er sieht sich auf der Auffahrt um; späht ins Auto. Auf dem Beifahrersitz liegt eine Hundeleine, und noch etwas. Etwas Geschriebenes. Er will die Wagentür öffnen, aber sie ist verschlossen. Er sieht genauer hin, kann aber nur ein paar Worte entziffern.

Zerstören
Max
Kelspie

Wollte sie mit den Delta-Jungs sprechen? Er ist nicht scharf darauf, ihnen einen Besuch abzustatten, hier tatenlos herumzusitzen, hält es aber auch nicht aus.
 Der Waldboden ist durchnässt. Die Schuhe werden schnell schwer und ziehen ihm die Füße wie Schlammfesseln nach unten. Missmutig tritt er die Schuhe neben dem Haus der Band ab, als Toby die Tür öffnet.
 Toby sieht ihn einen Moment fragend an, als versuchte er, Declans Gesicht einzuordnen. Musik, verbunden mit einer Wolke beißenden Rauchs, und gedämpftes Lachen dringen aus dem Studio die Treppe herauf.
 »O, hallo. Sie sind ... ach ... Tut mir leid. Ich habe Ihren Namen vergessen?«
 »Declan. Wir haben uns im Frühjahr kennengelernt.«
 »Ja, richtig. Der Fotograf. Sie sind Beths Stiefvater.«

Declan schnaubt verächtlich. »Das hat sie Ihnen erzählt?« Er tritt noch einmal gegen die Wand.

»Äm, ja?« Toby sieht sich kurz um. »Und sie hat gesagt, dass Sie uns nicht besonders mögen. Sie würden uns einen ›Haufen unverdaulicher Hipster‹ nennen, hat sie gesagt.« Grinsend verschränkt er die Arme vor der Brust. »Also, was kann ich für Sie tun?«

»Ich suche Juliet.« Ein Schlammklümpchen springt von Declans Stiefel hoch und trifft ihn direkt unter dem Auge. Beim Abwischen zeichnet er sich vier dunkle Streifen über die Wange. »Juliet MacGillivray? Beths Tante. Wenn ich richtig informiert bin, war sie gestern Abend hier. Ich bin ihr Lebensgefährte.«

Tobys Augen weiten sich unwillkürlich. »Okay.« Er lehnt lässig im Türrahmen. »Hier ist sie nicht. Tut mir leid. Wir Hipster sind unter uns.«

»Also – Toby, bitte. Ich mache mir Sorgen. Der Wagen ist da, aber von ihr den ganzen Tag keine Spur.«

Toby lacht. »Wow. Lassen Sie sie das nur nicht hören. Einen ganzen Tag? Holen Sie doch die Polizei! Frau weggelaufen.«

Declan platzt der Kragen. Er weiß weder, wo Juliet ist, noch, was sie vielleicht schon selbst herausgefunden hat, und dann noch das hier ... *verdammter Idiot*. Er macht einen Schritt auf ihn zu und drückt Toby gegen die Tür. »Passen Sie mal auf, Sie kleines arrogantes ...« Das Gesicht direkt vor dem des Jüngeren, nimmt er den Geruch von Tobys Haut wahr. »Sie weiß, dass ich komme. Sie sollte zu Hause sein.«

Toby schweigt und hebt nur die Augenbrauen. Der Regen setzt erneut ein und prasselt auf die Veranda.

»Herrgott!« Declan tritt einen Schritt zurück und fährt sich mit der Hand durchs nasse Haar. »Entschuldigung. Aber ... ich habe kaum geschlafen. Ich bin heute früh mit dem Flieger gekommen. Ich vermute, dass sie die ganze Nacht nicht zu Hause war. Bei dem Wetter wird sie kaum einen Spaziergang an der frischen Luft machen. Ich mache mir Sorgen.«

Tobys Blick geht in die Ferne, in den Wald. Er scheint einen Moment nachzudenken. »Möchten Sie hereinkommen?«, fragt er schließlich.

Auf dem Weg durch den Flur schließt Toby die Tür, die zum Studio hinunterführt und durch die hindurch unterdrückte Stimmen und Lachen zu hören sind. Er führt ihn in die Küche und schenkt Declan Kaffee ein.

»Nein, danke«, sagt Declan und zieht die Tasse weg. Er wünscht sich nur eines: Juliet soll nach Hause kommen. »Dann haben Sie sie nicht gesehen?«

»Nein.«

Das Küchenfenster geht zum Steg hinaus. Declan sieht in die Dämmerung hinaus, auf die unheimliche Ansammlung von Steinhaufen, der zum Weg führt.

»Ach, sie hat sich die *Schwalbe* genommen?«

Toby folgt seinem Blick. »*Verdammt.*«

»Wie bitte?«

»Sie muss sich ... Moment.« Toby geht in die Diele zurück zum Schlüsselschrank. Er schüttelt den Kopf. »Jemand hat sich den Schlüssel genommen. Hier hat er gehangen.« Er zeigt auf die leere Stelle, an der vor ein paar Tagen noch der Schlüsselring mit dem Dalapferdchen gehangen hat. »Beth hat ihn immer hiergelassen. Sie hat eine Menge Sachen hiergelassen.«

Declan starrt den leeren Haken an und zwingt sich, ruhig zu bleiben. »Ihnen ist nicht aufgefallen, dass das Boot heute nicht da ist?«

»Nein. Sie sehen doch selbst, was da draußen los ist. Bei dem Wetter haben wir kaum aus dem Fenster gesehen und das Studio den ganzen Tag so gut wie nicht verlassen.«

Erbost setzt Declan den Kaffeebecher auf einem schmalen,

glatten Sideboard ab.»Kommen Sie, können wir ein anderes Boot nehmen? Ist Lyall da?«

Toby steht einen Moment mit offenem Mund da, bis er reagiert.»Äh – ja. Wir können das Boot nehmen. Glaube ich. Ich meine. Nein, er ist nicht hier. Aber ich weiß, wie es funktioniert.« Er sucht nach dem Schlüssel.»Äh ...«

»Das hier ist er«, sagt Declan und schnappt sich den Anhänger. Einen Bootsschlüssel erkennt er unter Hunderten.»In fünf Minuten erwarte ich Sie da unten. Ziehen Sie sich was Warmes an.« Er ist schon halb zur Tür hinaus.»Haben Sie eine Taschenlampe? Eine starke. Und eine Thermoflasche? Können Sie etwas Warmes zu trinken mitbringen? Kaffee oder so was?«

Toby sieht ihn verwirrt an.»Äh, ja. Ich habe keine Ahnung, wo ich eine Taschenlampe finden soll. Declan«, ruft er,»wohin fahren wir? Haben Sie eine Idee, wo sie ist?«

»Ganz sicher bin ich mir nicht, aber ich vermute, dass sie nach Kelspie gefahren ist.«

Declan rennt zum Strandhaus zurück, stürzt hinein und kippt den Inhalt seiner Reisetasche auf den Boden. Ohne Zeit zu verschwenden, wirft er sich noch in der Diele in die wärmsten Sachen, die er dabei hat. Er reißt die Küchenschränke mit einem solchen Schwung auf, dass sie fast aus ihren Scharnieren brechen. Nudelpakete und Konservendosen schiebt er von einer Seite auf die andere und packt schließlich einen Riegel Blockschokolade ein. In einer Schublade findet er eine schwere Metalltaschenlampe und wirft auch die mit einem dumpfen Dröhnen in die Tasche, das dem in seinen Schläfen in nichts nachsteht. Als Nächstes schnappt er sich ein Federbett, rollt einen dicken Pullover und eine Jogginghose aus dem Schrank hinein und verstaut das Bündel ebenfalls in der Tasche. Er schlägt die Tür hinter sich zu, ohne sich zu vergewissern, ob sie wirklich geschlossen ist, und läuft zum Anleger.

Dort wartet Toby bereits auf ihn. Der Pony, der unter der

grünen Wollmütze hervorlugt, klebt ihm feucht an der Stirn. Er deutet auf eine große Tasche.

»Ich habe noch ein paar Sachen zusammengepackt«, sagt er. »Beths alte Jacke und ein paar andere Sachen. Für den Fall, dass Juliet nichts dabei hat.«

»Ja«, nickt Declan. »Sehr gut. Danke.«

In langsamer Fahrt verlassen sie den kleinen Hafen und biegen in den Kanal ein. Toby ist bisher nie selbst rausgefahren, und auch Declan war erst zweimal draußen: vor sieben Jahren einmal mit Juliet und letztes Frühjahr mit Beth, als sie die Küste heruntergefahren sind. Beide Male in der *Schwalbe*, einem viel kleineren Boot.

Weiter draußen nehmen sie Fahrt auf. Um diese Jahreszeit wird es früh dunkel. Declan überlegt: Nicht einmal eine Stunde bleibt ihnen noch.

27

Schon zweihundert Meter bevor sie Kelspie erreichen, machen Declan und Toby den Rumpf der *Schwalbe* und die rote Abdeckung aus, die wie ein weggeworfenes Kleid ein Stück entfernt am Ufer liegt. Die Taschenlampe erweist sich aus dieser Distanz als wenig hilfreich. Sie wirft nicht mehr als einen müden Lichtkegel in die feuchte Luft und auf die gelbliche Gischt ein paar Meter vor ihnen. Von ein paar Navigationskommandos abgesehen, redeten sie kaum ein Wort.

Toby hat entweder Angst, oder er ist ein Neuling auf dem Wasser.

Als sie sich im Beiboot dem Ufer nähern, hören sie das Bellen eines Hundes. Declan wartet, bis er die Umrisse von Steinen am Ufer ausmachen kann, und drosselt das Tempo. Als der Motor nur noch leise tuckert, ruft er laut.

»Juliet!« Er sucht das Ufer ab. »JT!« Der Anker greift. Sie machen das Boot fest. Declan springt als Erster von Bord und läuft zum Strand. Vor Freude und aufgeregt winselnd kommt Bucky auf ihn zugelaufen, senkt den Kopf und hüpft um Declan herum, als wollte er sich um seine Beine wickeln. »Juliet!«, ruft Declan wieder.

An der *Schwalbe* angekommen, sieht er sofort das klaffende Leck auf der Seite. Wieder schaut er sich um, leuchtet mit der Taschenlampe nach rechts und links. Toby kommt atemlos hinzu. Er deutet auf die Plane. Declan rennt los, und Toby versucht ihm zu folgen.

Declan zieht die Plane zur Seite. Benommen liegt Juliet auf dem schmalen Felsen. Vollkommen nackt.

»Um Gottes willen!« Declan kniet sich neben sie: »Juliet?«
Sie antwortet nicht.

Sein Herz rast. Er nimmt ihr Gesicht zwischen die Hände. Sie hat eine gesunde Gesichtsfarbe, fühlt sich jedoch eiskalt an. Er hebt ihre Augenlider mit dem Daumen an. Sie kommt kurz zu sich und versucht, ihn anzusehen.

Gott sei Dank. »Juliet. Deine Sachen. Was ist passiert? Es ist kalt. Komm her.«

Sie murmelt etwas. Sie klingt, als sei sie betrunken.

»Schon gut. Komm her.« Er will ihr aus der Höhle helfen. Sie rollt sich zusammen.

»Nass. Zu kalt. Hab sie ausgezogen.«

»Pst. Nicht sprechen. Komm her. Komm mit.«

Sie öffnet die Augen, blinzelt und jammert, als hätte sie Schmerzen. »Nein, nein, nein, nein. Geh weg. Geh!« Ihre Stimme wächst zu einem schwachen Schrei an. »GEH WEG! GEH! FASS MICH NICHT AN!«

»Was zum Teufel? Hallo, JT. Beruhige dich. Ruhig. Alles ist gut. Ich bin es. Declan.«

»NEIN! GEH!«

Toby stellt sich neben Declan. Er hat eine Daunenjacke im Arm. Behutsam legt er ihr sie um.

Sie kichert seltsam. Dann streckt sie die Arme nach ihm aus wie ein Kind. »Toby.« Sie fängt an zu weinen. »Toby. Bitte. Bring ihn von hier weg. BRING IHN WEG!«

Die Hände in einer Geste der Hilflosigkeit an die Wangen gelegt, tritt Declan einen Schritt zurück. Ein Gefühl von Eifersucht, Ohnmacht und Angst steigt in ihm auf. Toby hebt Juliet aus dem Unterstand heraus. Ihr Kopf sinkt nach hinten. Er kommt kurz ins Straucheln, fängt sich aber wieder. Declan hat in der Höhle die ramponierte Dose entdeckt. Er nimmt sie und sieht das Foto der halb bekleideten Beth, die in die Kamera winkt.

Toby ist schon auf halbem Weg zurück zum Wasser, als er etwas Unverständliches ruft. Declan stürmt hinterher. Bucky ist Toby hinterhergelaufen. Mit einem Mal bleibt er stehen und drückt sich flach auf den Boden. Er weigert sich, eine Pfote ins Wasser zu setzen.

Declan nimmt ihn auf und trägt ihn durchs Wasser zum Schiff. Bucky knurrt ihn verärgert an.

An Bord schiebt Toby Juliets Arme durch die Jackenärmel und zieht den Reißverschluss bis zum Hals hoch. Vergeblich versucht er, ihr untenherum die Sachen anzuziehen, die Declan mitgebracht hat. Ihre Beine sind schwer und steif gefroren. Er geniert sich. Er wickelt sie in die Decke und setzt ihr seine Mütze auf. Bucky sieht furchtsam zu.

Declan steuert das Schiff auf die blassen Lichter von Findhorn zu. »Gib ihr etwas Kaffee«, ruft er ihm vom Steuer aus zu.

»Keine gute Idee, ihr jetzt etwas Warmes zu trinken zu geben.«

»Was soll das heißen? Sie friert doch.«

Toby geht zu Declan und senkt die Stimme. »Sie ist unterkühlt«, sagt er. »Sie muss langsam aufgewärmt werden. Haben Sie etwas zu essen mitgebracht?«

Declan zieht die Schokolade aus der Tasche und reicht sie ihm.

Während er darauf achtet, dass sie sich nicht verschluckt, schiebt Toby ihr vorsichtig kleine Stücke der dunklen Schokolade zwischen die Lippen. Eine billigere Sorte mit höherem Zuckeranteil wäre besser gewesen. Sie hat noch ein kleines Stück im Mund, als sie erneut das Bewusstsein verliert. Vorsichtig nimmt er es mit dem Zeigefinger heraus und legt Juliets Kopf behutsam ab.

Er geht wieder zu Declan: »Sie schläft oder ist bewusstlos. Aber sie atmet.«

»Geh besser wieder zu ihr und sorg dafür, dass sie warm bleibt.« Declan räuspert sich. »Leg dich neben sie.«

Toby zögert. »Was war da los, vorhin am Strand? Was wollte sie Ihnen sagen?«

»Keine Ahnung. Sie ist nicht ganz bei sich.«

Im kalten Mondlicht sieht Toby Declans Adamsapfel auf und ab hüpfen, betrachtet die Blechdose auf dem Sitz. Der Deckel ist zugedrückt.

28

Im Zimmer des Krankenhauses kommt Juliet zu sich. Sie vernimmt ein ständiges *Pst, Pst*. Es ist sehr beruhigend. Sie öffnet die Augen. Blassgrüne Wände mit weißer Lackierung. Im Gang wischt jemand in schleppenden Bewegungen den Boden. Neben ihr sitzt Erica und löst ein Sudoku.

Juliet will den Arm heben, in dem eine Kanüle steckt, die mit einem Tropf verbunden ist. Sie kann sich nicht rühren und fragt sich, ob sie ans Bett gefesselt ist. Oder gelähmt? Kann sie sicher sein, dass sie überhaupt wach ist? Einen taumeligen Moment lang überlegt sie, wie es wäre, *eingesperrt* zu sein. Im eigenen Körper gefangen. Auf Flüssigkeiten und Chemikalien angewiesen, die in einen hinein- und wieder herausgeleitet werden. Einigen Frauen geht das jeden Tag so. Ob sich Erica manchmal so fühlt?

Erica hat ein Zahlenrätsel gelöst und sieht beim Umblättern auf.

»Juliet!« Sie beugt sich vor und nimmt Juliets Hand. »Hey.«

Juliet versucht, etwas zu sagen, bringt aber nur ein Krächzen hervor.

Erica gießt Wasser in ein Glas und führt es ihrer Zwillingsschwester an die Lippen. »Willkommen auf der Erde«, begrüßt sie sie.

Juliet räuspert sich und deutet mit einem kraftlosen Finger auf die Wände. »Nicht sehr gelungen, was du aus diesem Zimmer gemacht hast.«

Erica lächelt und sieht sich um. »Stimmt, es ist wirklich hässlich. Grün soll ja eine heilende, beruhigende Wirkung haben. Für diesen Farbton gilt das allerdings nicht. Der ist einfach nur kalt.«

Ein Pfleger kommt herein. Er lächelt beiden zu. »Schön, dass Sie wieder bei uns sind«, begrüßt er Juliet und hält ihr einen kleinen Plastikstöpsel ans Ohr, um die Temperatur zu messen. »Wir hatten eine recht vergnügliche Party hier, haben die ganze Nacht heiße Schokolade getrunken und Rätselhefte mit anderen Patienten getauscht.« Er inspiziert den Tropf und liest die Werte ab. »Sie haben uns Angst gemacht. Wir dachten schon, Sie müssten an die Herz-Lungen-Maschine.«

»Herz-Lungen-Maschine?«, krächzt sie.

»Ja. Das Blut wird aus dem Körper herausgeleitet, erwärmt und wieder zurückgeführt.«

Juliet lässt die Worte auf sich wirken. »Eine Menge Leute würden jetzt vermutlich sagen, dass das schon längst hätte passieren sollen.«

Der Pfleger lacht. »Sie werden wieder gesund. Es geht Ihnen ja schon besser.« Vor sich hin schmunzelnd verlässt er geschäftig das Zimmer.

Erica sucht Juliets Blick. »Ich bin es nicht gewohnt, auf dieser Seite zu sitzen. Normalerweise liege ich zwischen den Laken.«

Erinnerungen flackern in Juliet auf. Aber nicht Ericas Großtaten gehen ihr durch den Kopf. *Zwischen den Laken.* Declan und Beth.

Als könnte Erica ihre Gedanken lesen, sagt sie: »Declan wartet draußen. Er hat mir alles erzählt. Von den Fotos, die du gefunden hast. Er kann dir alles erklären.«

»Wie kann er …«

»Pst. Schon gut.« Sie legt ihre Hand auf die von Juliet. »Ich glaube, du solltest mit ihm reden. Lass ihn dir erklären, was passiert ist.« Sie steht auf und geht zur Tür.

Vergeblich versucht Juliet, sich aufzurichten. Sie liegt auf dem Rücken und sieht in den Himmel. Zirruswolken ziehen gleichgültig wie Dampfschwaden am Fenster vorbei. Vielleicht ist es Rauch aus dem Krankenhausschornstein. *Kleine Stücke von dir und mir.* Es klopft, und Declan öffnet einen Spaltbreit die Tür.

»Darf ich reinkommen?«

Juliet legt den Kopf auf die andere Seite des Kissens und sieht ihn an.

Rechts neben der Tür steht ein glänzender Polsterstuhl. Er zeigt drauf. »Darf ich mich hierhersetzen und von hier aus mit dir sprechen?«

»Ja.« Juliet kämpft mit den Tränen. »Bleib da.« Sie sieht wieder zum Fenster und blinzelt. Sie würde fast alles dafür geben, ihn näher bei sich zu haben. Damit er sie berühren kann.

Er hängt seine Jacke über die Stuhllehne. Sie bemerkt die Schatten unter seinen Augen. Die Bartstoppeln. Er sieht erschöpft aus. Und sie fragt sich, wie lange sie schon hier ist und wie lange er schon wartet. Er holt tief Luft.

»Wie geht es dir?«

»Fantastisch.«

»Okay, ich gebe zu, dass die Frage albern war.«

»Ja.«

»Die Fotos, die du gefunden ...«

»Deine Fotos. Von Beth.«

»Ja ... Die Fotos habe ich gemacht. Von Beth. Tut mir leid, dass ich dir davon nichts gesagt habe. Ich kann alles erklären.« Er wartet wieder. Als keine Erlaubnis kommt, fährt er fort.

»Es war im Frühjahr. Beth hatte mir eine E-Mail geschickt. Ich war gerade in Reykjavik. Sie schrieb, sie hätte aufregende Neuigkeiten. Sie hatte die Jungs von der Band kennengelernt. Delta Function. Sie sollte Platten-Cover für sie entwerfen. Für das neue Album. Und sie überlegten, wie man die Werbung dafür aufziehen kann. Wie man das Beste aus Beths Entwürfen machen kann. Der PR-Mann der Gruppe wollte Fotos von Beth für Zeitschriften und Werbung haben. Sie hat ihn gefragt, ob ich sie machen dürfte. Aus irgendeinem Grund war er einverstanden.«

Er lehnt sich zurück und legt den Kopf an die Wand, darauf bedacht, Juliets eisigem Blick nicht zu begegnen.

»Sie war ganz aus dem Häuschen. Es sollte eine Überraschung werden. Meinen Rückflug habe ich umgebucht und bin nach Inverness geflogen. Und wenn ich ehrlich bin, war ich genauso aufgeregt. Es war die Chance eines Riesenauftrags für mich.« Er beugt sich vor und legt die Arme um die Knie.

»Sie hat mich ihnen vorgestellt, und auf den ersten Blick schienen sie ganz normale Musiker zu sein. So normal jedenfalls, wie verwöhnte, reiche junge Kerle überhaupt sein können. Ich habe ihnen meine Arbeitsmethode erklärt, ihnen gesagt, dass ich beim Fotografieren möglichst unauffällig agiere, um ungezwungene, natürliche Aufnahmen zu bekommen. In dem Moment wurde die Sache merkwürdig. Als Erstes wollten sie alles kontrollieren. Ich habe versucht, ihnen klarzumachen, dass meine Fliege-an-der-Wand-Technik so nicht funktioniert, weil das ein Verfahren ist, bei dem nichts geplant wird. Irgendwie schienen sie aber zu fürchten, dass ich sie übers Ohr hauen wollte. Ihr PR-Mann ließ nicht locker.«

»Malcom Lyall.«

»Ja.« Declan sieht sie an. »Lyall fing damit an, dass ich einen anderen Blick auf die Bilder hätte als sie. Beth war für sie ein Volltreffer, sagte er. Um sie sollte es gehen. Er wollte eine vollständige Mappe, mit der er alle Plattformen bedienen konnte. Deshalb wollte ich sie bei ihrer Arbeit fotografieren und dazu noch ein paar … na ja, intimere Aufnahmen machen. Das Mädchen in einem eher künstlerischen, bohemistischen, leicht naiven Stil. Aber Lyall war immer dabei.«

Juliet schließt die Augen.

»Er war ständig in der Nähe, was übrigens äußerst respektlos war. ›Sex sells‹, sagte er immer. Es war widerlich. Und er tat so, als wüsste ich Bescheid.«

Juliet macht die Augen wieder auf.

»Und die Fotos mit dem Kokain? Kein Wunder, dass er davon ausging, du würdest gemeinsame Sache mit ihnen machen. Was hast du dir eigentlich dabei gedacht?«

»Die sind nicht von mir. Die Bilder haben nicht mein Wasserzeichen. Ich weiß weder, wo sie gemacht wurden, noch ... von wem.«

Juliet sieht ihn an.

»Juliet, ich versichere dir, dass die Bilder nicht von mir sind. Ich war nur einmal mit ihr und mit den anderen zusammen. Das war hier, an der Küste.«

»Erzähl weiter.«

»Beth fühlte sich in Lyalls Gegenwart zunehmend unwohl. Deshalb habe ich mir Max, der ...«

»Ich weiß, wer Max ist.«

»Mit dem habe ich darüber gesprochen. Zu zweit haben wir versucht, mit Lyall zu reden. Max war ... er wollte nicht, dass sie irgendetwas gegen ihren Willen tun musste. Aber, und das werde ich nie vergessen, Lyall sagte nur: ›Es gibt nur alles oder nichts. Nichts im Leben ist umsonst.‹«

Juliet zieht sich ein Stück hoch. »Was hat Max dazu gesagt?«

»Um ehrlich zu sein, verrückt waren sie beide. Das ist so eine Art Machtspiel zwischen den beiden. Ich spürte, dass Beth mit diesen freizügigen Fotos eigentlich nicht einverstanden war, schien sich aber irgendwie verpflichtet zu fühlen.

Es ist nicht gut gelaufen. Ich habe die Beherrschung verloren und ihnen gesagt, dass sie sich einen anderen Fotografen suchen müssen. Beth hat mich angefleht, weiterzumachen. Sie hat gesagt, dass sie sich bei jemand anderem nicht wohlfühlen würde. Aber es fühlte sich immer noch alles falsch an. Ich habe mit den anderen Jungs aus der Band gesprochen. Aber die haben nur gelacht. Ich glaube, die haben sich die ganze Zeit die Birne zugekokst. Die wollten von dem Problem nichts wissen.

Schließlich habe ich mich mit Beth gestritten.« Er reibt sich mit beiden Händen das Gesicht, als ihm die Erinnerungen kommen. »Ich habe sie als einen Haufen Einfaltspinsel bezeichnet und ihr geraten, sich von ihnen fernzuhalten. Ich mochte die Atmosphäre nicht. Sie war nicht gut. Ich hatte das Gefühl, dass sie sie ausnutzen. Aber sie glaubte, ihnen aus den Fotosessions etwas zeigen zu müssen. Deshalb ... habe ich ihr die schönsten Bilder überlassen, ihr aber gesagt, dass die nur für ihre Augen bestimmt sind. Ich wollte nicht, dass etwas anderes damit gemacht wird.«

»Declan.« Juliets Stimme ist leise und rau. »Warum hast du mir nichts davon erzählt? Beth ist im Sommer gestorben. Die Fotos hast du im Frühjahr gemacht. Inzwischen sind Monate vergangen.«

»Ich weiß es nicht.« Declan senkt den Kopf, als wolle er den Linoleumboden auf seine Qualität überprüfen. »Ich fühlte mich sowieso schon schlecht. Du hattest sowieso eine Menge am Hals und noch dazu mit der Trauer zu kämpfen. Ich wollte dir das nicht auch noch aufbürden.«

»Nur, damit ich es richtig verstehe.« Juliet starrt an die Decke. »Du wusstest genau, dass ich meine Zweifel hatte, dass ich mich schwertat, es zu verstehen. Und statt mir zu sagen, was du wusstest, behandelst du mich, als sei ich geisteskrank.«

Declan sieht sie zornig an. »Ich wusste gar nichts. Ich wusste nicht, wie schlecht es Beth ging. Wie sehr sie litt. Ich hatte keine Ahnung, dass sie Valium nahm. Wenn ich etwas geahnt hätte, dann hätte ich natürlich etwas gesagt. Aber ich wusste nichts. Der einzige Hinweis, dass etwas nicht stimmte, war, dass sie weinte, als ich sagte, ich würde es nicht machen. Ich habe viel darüber nachgedacht.«

Er beißt sich auf die Lippen und atmet schwer. Seine Stimme bricht.

»Sie hat geweint und mir gesagt, dass ich recht habe. Sie hat sich geschämt, mir gesagt, wie dumm sie sich vorkommt. Und sie hat mich angefleht, niemandem etwas zu sagen. Schon gar nicht dir. Ich glaube ... ich habe angenommen, sie wünschte sich nichts mehr, als dass es zum Erfolg führt. Sie wollte die Leute stolz machen, und dich.«

Er zögert. Er weiß, wie schlimm es sein muss, so etwas zu hören. Juliet verzieht das Gesicht.

»Ich habe ihr nicht ein Haar gekrümmt, Juliet. Und das weißt du. Ich meine, das mit den Bildern war ein Fehler. Die hätte ich nie machen dürfen. Aber ...«, er lässt den Kopf hängen und sieht wieder auf, »... ich dachte, das Ganze könnte eine große Sache werden. Beths Entwürfe waren fantastisch. Sie schien zunächst so glücklich zu sein. Es sah nach der Chance ihres Lebens aus. Ich wollte ihr helfen. Teil davon sein.« Er räuspert sich. »Es ist schwer, Teil deiner Familie zu sein.«

Erbost sieht sie ihn an. »Was soll das denn jetzt heißen?«

»Du und Erica. Ihr seid euch so nah. Ich weiß, dass sie auf deiner Liste immer ganz oben steht ...«

»Jetzt komm mir nicht mit diesem Unsinn.« Juliet setzt sich im Bett auf. »Es gibt keine Liste.« Ihre Stimme bricht. »Warum geht es manchen Männern ständig nur um Hierarchien? Das ist kein Nullsummenspiel. Liebe ist kein brennendes Haus, bei dem es gilt zu entscheiden, wen wir retten wollen.«

Sie sieht ihn an und wendet sich wieder ab, beißt sich auf den Daumen und sieht entschlossen zum Fenster hinaus. »Tut mir leid«, murmelt sie. So oft lässt sie ihre Wut an ihm aus. Aber wie kann er es wagen, seine Fehleinschätzung ihr und Erica vorzuwerfen? »Ich meine« – warum ist sie jetzt diejenige, die erklärt? »Liebe ist genug für alle da.«

Declan schweigt.

Als Juliet letzte Nacht auf die Intensivstation gebracht wurde und die Ärzte überlegten, ob sie an die Herz-Lungen-Maschine muss, kam die Ärztin in den Wartebereich, um ihn zu fragen, ob er wüsste, dass Juliet schwanger ist. In der siebten Woche erst. Und dass eine Fehlgeburt sehr wahrscheinlich sei.

Er schüttelte den Kopf. Nein, davon wusste er nichts. »Weiß sie es schon?«, hat er gefragt.

Die Ärztin blinzelte. »Im Moment weiß sie noch gar nichts.« Sie fuhr fort: »Aber das, was Sie getan haben, bevor sie herkam, hat sie vor einer schweren Hypothermie bewahrt. Bei leichteren Fällen kann man auf den Einsatz einer Herz-Lungen-Maschine verzichten, sodass beide eine Chance haben. Sie hatte großes Glück, auch wenn das Kind noch nicht außer Gefahr ist.«

Glücklich. Declan hatte versucht, sich vorzustellen, wie Juliet sich fühlen würde, wenn sie wüsste, dass all diese Dinge ohne sie besprochen werden.

Juliet wendet den Blick ab, als er langsam an ihr Bett tritt und sich setzt. Er betrachtet zärtlich ihr Profil. Die salzverklebten Haare. Die trockene, blasse Haut. Sie hebt ihr Kinn fast unmerklich und schließt die Augen.

»Ich liebe dich, Juliet«, sagt er nur. »Du bist die Frau, mit der ich mein Leben teilen möchte. Das mit Beth hätte ich dir erzählen sollen, habe es aber nicht getan. Das war dumm und feige.« Sie wendet sich ihm zu. Er schluckt, während er nach Worten sucht. »Wir sollten einander alles sagen können.«

Er nimmt ihre Hand, und sie lässt es zu.

29

Zwei Tage später, am Morgen ihrer Entlassung, sitzt Juliet neben dem Krankenhausbett. Die Hände auf dem Bauch, den sie vom blassen Licht der Sonne bescheinen lässt. Sie ist angekleidet, aber nicht mit ihren eigenen Sachen. Die sind auf der Insel geblieben. Bei der Einlieferung ins Krankenhaus trug sie nur Beths Bootsschuhe und die Jacke, die Toby ihr umgelegt hatte. Declan hat ihr den Laptop und das Handy gebracht und Erica eine Hose und einen weiten Pulli. Die Sachen sind ihr zu weit, als wäre sie geschrumpft. Aber sie wird bestimmt zunehmen. Sie kann kaum glauben, dass ein menschliches Wesen in ihr heranwächst.

Sie hat nicht bemerkt, dass die Blutung ausgeblieben ist, und hat auch nicht eins und eins zusammengezählt, als sie anfing, sonderbar zu werden. Die ständigen Stimmungsschwankungen zwischen himmelhoch jauchzend und zu Tode betrübt hatte sie auf die Trauer und den Stress zurückgeführt. Auch ihr Appetit hat sich verändert; ständig war sie müde und verlangte nach Kaffee, der dann seltsam schmeckte; sie hatte angenommen, dass das mit der Menopause zusammenhing, und war überrascht, gar nicht traurig darüber zu sein, sondern sogar erleichtert. Die Entscheidung, kinderlos zu bleiben, hatte sie in den letzten Jahren sehr belastet. Bevor sie vierzig wurde, hatten die Leute sie unentwegt gefragt, wann sie denn ein Baby haben wollte, und sich nicht gescheut, ihr mit auf den Weg zu geben, dass sie sich beeilen müsse.

Wenn sie jetzt darüber nachdenkt, spürt sie erneut Ärger in sich aufsteigen. Ja, sie kann gut mit Kindern, wie sie immer wieder zugeben muss. Sie mag Babys, auch das hat sie schon

Hunderte Male erklärt. Aber selbst eines zu haben, für das man sorgen muss, rund um die Uhr in den kommenden …, für den Rest ihres Lebens. Das kann sie sich kaum vorstellen.

Einzelne Momente hingegen schon. Natürlich. Sie ist nicht dumm. Vorstellen kann sie sich so einiges. Füttern. Müdigkeit, Windeln wechseln. Mit dem Kinderwagen im Park spazieren gehen. Die ersten Wörter, die ersten Schritte. Der erste Schultag. All diese Dinge hat sie erlebt, als Beth heranwuchs. Aber Eltern sein ist keine Sache von Augenblicken. Das Tagesgeschäft hat sie geschreckt. Die ständige Verantwortung. Einen wesentlichen Teil ihres Berufslebens hat sie zwar den Themen Mutterschutz und Elternrechte gewidmet, aber sie hat keine Ahnung, wie sie ihrem Job nachgehen soll – den sie sich so hart erarbeitet hat, den sie liebt und bereichernd empfindet – und gleichzeitig gut für die täglichen Bedürfnisse eines kleinen Menschen sorgen. Das Politikgeschäft geht auch während des Mutterschutzes weiter.

Du schaffst das, sagen die Leute ihr. Andere schaffen das, dann schaffst du das auch. Du kommst damit zurecht. Aber warum sollte sie … wenn sie es nie wollte?

Darüber würde sie gern mit Declan sprechen. Sie will wissen, was er denkt. Über Kinder hat er ihr gegenüber nie ein Wort verloren, auch wenn sie ihn gelegentlich dabei ertappt hat, wie er in Cafés beim Anblick von Babys Grimassen schnitt oder sich nach Kinderwagen umsah.

Sie sollten darüber sprechen, wie sie sich die Zukunft vorstellen. Das hätten sie schon lange machen sollen. Plötzlich hat sie das Gefühl, sieben Jahre lang nur improvisiert, das Leben aus dem Stegreif gelebt zu haben, ohne Plan und Ziel. Dass bisher alles nur Spaß war.

Dass er Beths Lage aber so falsch eingeschätzt und ihr nicht gesagt hat, was er wusste. Nicht, dass es ihm an Verantwortungsbewusstsein oder Einfühlungsvermögen mangeln würde.

Zumindest war ihm aufgefallen, dass es Beth nicht gut ging, und er hatte sie darauf auch angesprochen. Aber warum hat er nicht mit *ihr* gesprochen?

Unter Aufbringung aller Kräfte bückt sie sich, um die ramponierten Bootsschuhe anzuziehen, als das Handy vibrierend auf dem weißen Tisch neben dem Bett herumrutscht.

Fiona Goldman. Juliets Herz fängt an zu rasen. Ist es zu viel verlangt, sie wenigstens so lange in Ruhe zu lassen, bis sie wieder genesen ist?

Fionas Stimme ist warm, aber geschäftlich. »Juliet. Hallo. Eigentlich rufe ich gar nicht an. Ich weiß, dass du noch Ruhe brauchst. Ich mache es auch kurz. Wie geht es dir?«

Juliet überlegt kurz, ob sie lügen soll, und seufzt. »Ich bin müde, um ehrlich zu sein. Einfach nur müde.«

»Das kann ich mir vorstellen«, sagt Fiona mitfühlend. »Ich wollte dir nur sagen, dass wir alle an dich denken und dass wir uns freuen, dich bald wieder mit vollen Kräften hier zu haben.«

Ein Pfleger schiebt den Kopf durch die Tür und zieht sich sogleich zurück, als er sieht, dass Juliet telefoniert.

Fiona fährt fort. »Du kommst doch zurück.«

War das eine Frage?

»Ja«, sagt Juliet. »Ich weiß nur noch nicht, wann. Es gibt hier noch eine Menge zu regeln.«

»Du wirst hier übrigens schmerzlich vermisst, Juliet. In mehrfacher Hinsicht.« Sie macht eine Pause. »Alle gehen davon aus, dass du für den Vorsitz kandidierst. Und wir kommen langsam an den Punkt, an dem wir das wissen müssen.«

Juliet holt tief Luft. »Ich weiß es noch nicht. Was ist mit dir?«

»Ich bin weg vom Fenster.«

Fiona nennt die Dinge stets unverblümt beim Namen, denkt Juliet. Trotz ihres Promistatus noch bescheiden.

Als könnte Fiona ihre Gedanken lesen, fragt sie plötzlich:

»Gibt es Neues über Dominic Palmer? Hast du herausgefunden, warum er an dir und Beth so interessiert war?«

Ihre Worte klingen beiläufig, aber was Fiona von sich gibt, ist in den seltensten Fällen beiläufig. Juliet hält das Handy ans andere Ohr.

»Ehrlich gesagt, weiß ich gar nicht, ob Dominic Palmer so sehr an Beth interessiert war. Beth hatte hier mit einer Band zu tun. Delta Function.« Sie macht eine Pause. »Halt dich fest.«

»Ich bin ganz Ohr.«

»Ob du es glaubst oder nicht, aber deren PR-Mann ist Lyall.«

Juliet kann fast hören, wie Fiona mit den Augen rollt.

»Beth war mit einem von ihnen zusammen. Sie haben hier oben Studioaufnahmen gemacht. Wie es aussieht, schien sie die Jungs dermaßen von der Arbeit abzulenken, dass Lyall sich genötigt sah, sie in die Arbeit einzubinden. Er hat sie gebeten, Entwürfe für das Album zu machen. Ich gehe davon aus, dass Bernhard Palmer den Tipp auch von Lyall bekommen hat, seinem alten Kumpel. Lyall hat herausgefunden, dass es eine Verbindung zwischen ihr und mir gibt, und vermutlich gedacht, daraus Kapital schlagen zu können. Dass der junge Palmer interessiert war, glaube ich nicht. Vielleicht wollte er seinem Vater nur einen Gefallen tun, indem er vorgab, einer Spur zu folgen. Ich meine, es gibt dort keine Geschichte.«

Plötzlich muss sie daran denken, wie Lyall ihr auf der Party seine Dienste und seinen Rat für die PA angeboten hat.

»Lyall hat doch immer eine Masche auf Lager. Kaum hatte er mich gesehen, fing er an, davon zu schwärmen, was für eine starke Frau du seist.«

Fiona seufzt. »Lass dich nicht einwickeln. Er erzählt den Leuten, was sie hören wollen. Lyall denkt nur an sich und daran, wie er Dinge für sich nutzen kann.«

Man weiß nie, welchen Lauf die Dinge langfristig nehmen. In

Gedanken ist Juliet bei den Fotos und dem, was Declan über Lyall und Max gesagt hat. Wie die beiden nichts unversucht ließen, die Aufnahmen, die er von Beth machte, unter Kontrolle zu behalten.

»Zwischen ihm und den Jungs von der Band scheint es eine Art Machtpoker zu geben. Ich verstehe nur nicht, warum sie ihn nicht einfach rausschmeißen. Er ist ein erfahrener PR-Mann, aber so provinziell, dass es schon peinlich ist. Besonders Max gegenüber, der, mit dem Beth zusammen war, und der, nebenbei bemerkt, ein unglaublicher Kontrollfreak ist.«

Langsam nehmen die Dinge in ihrem Kopf Gestalt an. »Eigentlich habe ich mir weniger Gedanken um Dominic oder Bernhard Palmer gemacht als darum, wie Max mit Beth umgesprungen ist.«

Sie überlegt. Könnte Fiona ihr Interesse an Juliets Gesundheit und ihren Plänen vorgeschoben haben, um über die Zukunft der PA zu sprechen – die bis vor Kurzem ja auch Juliets einziges Augenmerk war.

»Die nächsten Schritte der Alliance hängen nicht nur von mir ab. Eine Menge Leute, eigene und auch solche von außen, hätten nichts dagegen, wenn ich gehe. Die Strategie, die Kampagne – das alles lag in meiner Verantwortung. Einige sind der Meinung, ich sollte die Konsequenzen ziehen.«

»Nein. Wir müssen uns einig sein, Juliet. Die Leute wollen wissen, welchen Kandidaten ich unterstütze. Und ich bin nicht die Einzige, die dich gerne vorschlagen würde. Wir müssen nur sehr behutsam vorgehen. Einerseits könnte es dich beschädigen. In repräsentativen Befragungen hat sich herausgestellt, dass unsere Verluste mir in die Schuhe geschoben werden. Die Leute sind gegen mich, nicht gegen die Alliance oder gegen ihre Politik.«

»Den Leuten gefiel das Bild nicht, das Palmer und seine Kampfhunde von dir gezeichnet haben.«

»Mag sein. Aber der Schaden ist da. Und ich möchte nicht, dass dir unsere Verbindung zum Nachteil gereicht.«

Juliet fragt sich, welches Bild die Leute von ihr haben und – für den Bruchteil einer Sekunde – wie sich das durch ihre Schwangerschaft verändern könnte, und hasst sich im selben Moment dafür. »Die Fokusgruppen. Wie waren meine Quoten?«

»Sehr gut. Die Leute schätzen es, wenn sich ein Nichtpromi in der Politik umtut. Sie schätzen dein Bekenntnis zur Familie.«

»Dabei habe ich nicht mal eine richtige Familie.« *Noch nicht.*

»Sie nehmen Anteil an ...« Fiona stockt.

Juliet führt den Satz im Geiste zu Ende. *Anteil an meiner Trauer, am Gemütszustand meiner Schwester.*

»Na ja, wenigstens etwas«, bemerkt sie zerknirscht.

»Ich wünschte, ich könnte dich unterstützen ...«

»Danke, Fiona. Ich bin dir sehr dankbar, und mir ist klar, dass es so aussieht, als würde ich dich hinhalten ...«

»Aber, es tut mir leid, ich kann es nicht.«

Juliet zögert. »Okay.«

»Nicht, solange wir nicht genau wissen, welche Verbindung zwischen Palmer und Beth bestand und ob das vielleicht auf dich zurückfallen könnte. Es tut mir leid, aber daran, dass Lyall nur einen PR-Gag im Sinn hat, glaube ich nicht. Bernhard Palmer und Lyall kennen sich seit einer Ewigkeit. Viel wahrscheinlicher ist, dass Palmer Informationen von Lyall haben wollte. Etwas, was er gegen uns verwenden kann.«

Fiona klingt langsam genauso paranoid wie Erica. So paranoid, wie Juliet sich gefühlt hat.

»Es ist nichts Persönliches, Juliet. Ich kann gar nicht oft genug betonen, welche Freude Palmer daran hätte, uns fertigzumachen. Der kleinste Vorwand würde ihm sehr zupasskommen. Unsere Politik bedroht Öl und Entwicklung in den besetzten Gebieten. Die Waffenproduktion. Und das sind seine vorrangigen Interessen. Jahrelang hat er die Rechtskonservativen unterstützt – zum eigenen Schutz. So etwas macht man nicht, ohne es zu Ende zu führen, wenn sich die Gelegenheit bietet. Tatsache ist, dass die PA sich weder den Hauch eines Skandals leisten kann noch eine Vorsitzende, die mit einem Makel behaftet ist. Das würde ihm reichen, um uns zu vernichten.«

Juliets Blick fällt auf die Dose, in der sie die Bilder von ihrer Nichte fand. Declans Fotos. Das Kokain.

»Ich habe keinen Makel.« Ihre Stimme schwankt leicht. »Und Beth auch nicht.«

»Das will ich doch hoffen. Sehr sogar. Aber auf Hoffnung können wir uns nicht verlassen. Wir müssen sicher sein. Wenn du beweisen kannst, dass Palmer nichts gegen uns in der Hand hat, dann hält dich niemand auf.«

Northern Herald: **Historisches Kino wird generalüberholt**

20. Mai 1997

Das legendäre Eden in Manchester wird zur Jahrtausendwende komplett renoviert – und zu einem exklusiven Nachtclub umgebaut.
Einer Reihe von Bauträgern ist es gelungen, über 2 Millionen Pfund an EU-Mitteln aufzubringen, um diesem Juwel im Art-nouveau-Stil zu seinem früheren Glanz zu verhelfen. Die Arbeiten umfassen die vollständige Restaurierung der berühmten Kuppel, einschließlich der Fliesen und Friese.
Bereits vor drei Jahren hatte die Stadt Manchester gegen die Betreiber geklagt, nachdem Keramikkacheln auf die Straße gestürzt waren. »Wir schätzen uns außerordentlich glücklich«, erklärte ein Sprecher der Stadt. »Das Eden ist ein einzigartiges kulturelles Angebot, das unsere Stadt zu bieten hat und das nun künftigen Generationen erhalten bleibt.«
Das Bauwerk beherrscht einen ganzen Block im Norden der Stadt und blickt auf eine sehr abwechslungsreiche Vergangenheit zurück. 1879 privat vom Grundstückseigner, der einflussreichen Palmer-Familie errichtet, um der angrenzenden Free Trade Hall etwas entgegenzusetzen, war das Eden zunächst eine Konzerthalle, dann kamen ein Kino und Druckereien hinzu. Hitler, so heißt es, soll von der Eleganz des Bauwerks so beeindruckt gewesen sein, dass er von dessen Bombardierung absah.
Kritische Stimmen hingegen halten die Vergabe öffentlicher

Mittel an Wohlhabende für nicht gerechtfertigt und merken an, dass das neue Eden ausschließlich einem Personenkreis mit exklusiver Clubmitgliedschaft vorbehalten sein wird. Immerhin sagte die Palmer-Familie zu, bestimmte Veranstaltungen auch über den freien Kartenverkauf zugänglich zu machen, und erklärte sich zur Förderung des *Electronic Music Festivals* bereit, das an Popularität gewinnt. Fördermittel für Kultur der EU sind nicht auf öffentliche Gebäude begrenzt.

Malcolm Lyall, bekannter PR-Mann für Promis und enger Freund von Bernhard Palmer, wies die Kritik zurück: »Bernie leistet mit der Restaurierung des Bauwerks etwas Großartiges, aber Zynikern kann man es eben nicht recht machen. Könnten sie es sich leisten, wären sie selbst gern Mitglied. Denen hängen einfach nur die Trauben zu hoch.« Lyall behauptet von sich, eines der ersten Mitglieder gewesen zu sein. »Es ist sehr aufregend«, sagte er. »Meine Mitgliedskarte hat die Nummer drei. Bernie hat die Nummer eins. Den Inhaber der Nummer zwei darf ich Ihnen nicht verraten, sonst müsste ich Sie anschließend umbringen.«

30

In ihrem Krankenhauszimmer durchforstet Juliet an ihrem Laptop die Zeitungsarchive auf der Suche nach Informationen über die Palmers, während sie auf Declan wartet, als sie bemerkt, wie sich der Türknopf dreht.

Sie blickt auf und sieht in das von einer Aura aus roten Locken gerahmte Gesicht einer Frau, die den Kopf durch die Tür steckt.

»Entschuldigen Sie bitte«, fängt die Frau an. »Ich möchte nicht stören, aber ich ... ich wollte Ihnen mein Mitgefühl aussprechen.«

Die Frau tritt ein. Sie trägt Jeans und eine blau-weiß gestreifte Jacke. Sie hat eine große Tasche in der Hand.

»Ich kann verstehen, wenn Sie nicht gestört werden möchten, aber meine Tochter liegt auf der onkologischen Station, und ... ich habe Ihren Namen auf dem Schild gesehen, war mir heute früh aber nicht sicher, ob es nicht vielleicht vollkommen unpassend sein könnte, hereinzukommen und Ihnen mein Beileid auszusprechen. Meine Tochter kannte Beth, und sie hat mir gesagt, dass sie immer große Stücke auf sie gehalten hat.«

Sie tritt ein und zieht den Stuhl neben der Tür ein Stück näher zu Juliet heran. Dann setzt sie sich und legt die Hände ehrfürchtig auf die Knie. »Ihr Tod hat uns beide sehr traurig gemacht.«

Juliet schluckt. »Das ist sehr freundlich von Ihnen. Danke.«

»Und Ihnen geht es gut?«

»Wie bitte?«

»Wie es aussieht, haben Sie gepackt und werden die Klinik verlassen. Das ist gut. Dann geht es Ihnen vermutlich besser. Sie waren doch krank?«

»Na ja. Ja ... bin mit dem Schrecken davongekommen.«
»Du meine Güte!«
»Ja.« Juliet greift nach einem Schuh. Mit Beths Bootsschuh auf dem Schoß sitzt sie da. Irgendetwas stimmt nicht. Ihre Gedanken verdüstern sich einen Moment. Sie schüttelt den Kopf und lächelt reumütig. »Ich war selbst schuld. Aber ... nun ja. Ihre Tochter ... entschuldigen Sie bitte, hatten Sie ihren Namen genannt?«
»Ach ja. Sie heißt Jennie. Beth hat sie sicher mal erwähnt. Aber alles erzählen sie uns eben auch nicht, stimmt's? Jennie ist mir gegenüber sehr zurückhaltend. Was in ihr vorgeht, weiß ich manchmal nur, wenn ich einen Blick auf ihre Facebook-Seite werfe.« Sie sieht Juliet durchdringend an. »Es ist schwierig, nicht wahr? Hat Beth Ihnen vertraut?«

Juliet lehnt sich zurück und atmet langsam aus. »In letzter Zeit nicht mehr, glaube ich. Nein.«

Die Frau nickt gefasst. »Haben Sie versucht, mit ihr zu reden? Ihr zu helfen?« Sie beugt sich vor.

Juliet sieht wieder auf Beths Bootsschuhe hinab. Sie wünscht sich, Declan würde sich beeilen, sie abholen und mit ihr ins Strandhaus fahren.

Die Frau lässt nicht locker. »Ich meine, ich wünschte, ich wäre es statt Jennie. Kennen Sie das Gefühl? Sie haben keine Kinder, nicht wahr?«

Juliet mustert sie mit scharfem Blick. »Nein, habe ich nicht. Aber, bitte entschuldigen Sie, wie war doch gleich Ihr Name?«

»Sie müssen mich für sehr unhöflich halten. Aber nur wenige haben Verständnis dafür. Als Jennie die Diagnose bekam ...«

Sie fischt in ihrer riesigen Tasche nach einem Taschentuch. Juliet erspäht ein MacBook darin. Die Frau tupft sich die Augen ab.

Juliet starrt auf die roten Haare der Frau. Ist das möglich? Sie zögert, traut sich kaum weiterzudenken. Wenn sie jetzt eine

Szene macht, den Sicherheitsdienst alarmiert, und das wegen einer armen Frau, die tatsächlich eine Tochter auf der Krebsstation hat ...

»Ob ich Sie vielleicht bitten darf, mir ein Glas Wasser zu geben?«, sagt sie.

Nach einem kurzen Moment der Verblüffung springt der Rotschopf auf.

»Natürlich. Ja, natürlich bringe ich Ihnen Wasser.« Sie macht sich an der Kanne und dem Plastikbecher zu schaffen. Juliet lässt sie nicht aus den Augen. »Sie werden verstehen, was ich durchmache.« Sie lässt sich Zeit, während sie das Wasser eingießt. »Was ist Ihnen durch den Kopf gegangen, als Sie von Beth erfuhren?«

Die Frau ist etwa eins siebzig. Juliet überlegt, wie viel sie selbst wohl wiegt, um vergleichen zu können. Fünfundsechzig Kilo vielleicht. Rotes Haar.

»Um ehrlich zu sein, bin ich im Moment sehr erschöpft. Ich möchte Sie daher bitten zu gehen«, sagt sie ruhig. »Richten Sie Jennie bitte meine besten Wünsche aus.«

Die Frau gibt vor, es nicht gehört zu haben. »Wir finden beide, dass Sie eine wunderbare Frau sind. Was Sie tun. Die Politik. Wie Sie es geschafft haben, trotz des schmerzlichen Verlustes weiterzumachen.«

»Würden Sie bitte gehen?«, sagt Juliet. »Jetzt.«

Sie ist wütend, aber ihre Stimme bricht.

»Ich möchte, dass Sie jetzt gehen.«

»Natürlich. Sie müssen bestimmt über viele Dinge nachdenken. Werden Sie für den Vorsitz kandidieren?«

Also doch. Das muss die Frau von der Presse sein, von der Erica gesprochen hat. Juliet greift zum Rufknopf neben dem Bett, aber bevor sie drücken kann, geht die Tür erneut auf. Fast ist sie erleichtert zu sehen, dass es nicht Declan, sondern Karen Sutherland ist. Karen sieht die Rothaarige überrascht an, stellt die Füße und die kräftigen Waden leicht auseinander und versperrt den Weg zur Tür.

»SIE«, ruft Karen laut. »Wie sind Sie hier hereingekommen?« Über die Schulter ruft sie in den Gang hinaus. »Security! Hierher! SCHNELL!«

Draußen kommt Unruhe auf, trotzdem macht die Frau keine Anstalten zu gehen. Sie steht da und durchbohrt Juliet mit ihrem Blick. »Die Menschen haben ein Recht darauf, zu erfahren, wie es Ihnen geht.«

»RAUS, AUF DER STELLE!«, brüllt Karen sie an. Eine Krankenschwester und ein Mann in dunkelblauer Uniform stürzen ins Zimmer. Sie packen die Frau an den Armen und führen sie hinaus.

»Nicht einfach laufen lassen. Ich muss mit ihr sprechen!«, ruft Karen ihnen hinterher. Sie dreht sich um. »Juliet. Alles in Ordnung mit dir?«

Juliet hatte sich in eine Zimmerecke geflüchtet und keucht. »Ja. Alles in Ordnung.« Sie richtet sich unsicher auf. »Mir geht es gut. Wer ist das?«

»Sie ist vom *Examiner*. Janine Rap. Jedenfalls ist das der Name, unter dem sie schreibt.«

Juliet beobachtet Karen, wie sie den Stuhl zur Seite schiebt und sich fast in militärischer Pose danebenstellt.

»Was machst du hier?«, fragt Juliet und merkt kaum, wie unfreundlich die Frage klingt. »Hast du vor meinem Zimmer Wache geschoben? Darum habe ich dich nicht gebeten. Was ist los?«

»Nein, Juliet. Vor deinem Zimmer saß keine Wache. Warum auch?« Karen seufzt. »Ich dachte, ich könnte kurz mit dir sprechen. Ich wollte dich nicht behelligen, wenn du zu Hause bist und dich ein wenig ausruhst. Ich dachte, ich könnte dich hier noch kurz erwischen … aber es ist vielleicht doch nicht der richtige Zeitpunkt.«

»Schon gut«, sagt Juliet schnell. »Was gibt es denn?«

»Ganz sicher?«

»Wenn du mich jetzt nicht fragst, fahre ich nach Hause und stelle mir dort unentwegt die Frage, was du wolltest. Das ist mit Sicherheit keine Hilfe.«

Karen nickt. Sie sieht sich um und fragt dann: »Du bist auf eine Insel hinausgefahren, richtig?«

Super. Karen weiß es also. Juliet sieht wieder auf Beths Schuhe und runzelt die Stirn.

»Juliet?«

»Ja. Ja, ich bin nach Kelspie rausgefahren.«

»Darf ich fragen, warum?«

»Ich dachte, ich könnte dort etwas finden. Beth war oft dort.«

»Und? Hast du etwas gefunden?«

Nur mit Mühe widersteht Juliet dem Drang, den Blick zu der grünen Armeedose auf dem Tisch neben dem Bett wandern zu lassen. Sie könnte es Karen erzählen, aber … diese Fotos, die Declan gemacht hat. Sie hat das Gefühl, Beth beschützen zu müssen – und sich selbst. Aber da ist noch etwas anderes. Sie schämt sich.

»Nein.«

Karen fährt sich mit der Zunge über die Lippen. »Aha.« Dann geht sie zur Tür und bleibt dort stehen. Die Hand schon auf dem Türknopf, dreht sie sich noch einmal um. »Ich weiß, dass du meinen Ermittlungen nicht traust, Juliet.«

Keine Reaktion.

»Ich weiß, dass du Fragen hast. Und unser letztes Gespräch war schwierig.«

Juliet verschränkt die Arme vor der Brust, als wollte sie sich wappnen. »Fragen?« Sie wiegt sich ein wenig. »Karen, es gibt nur die Fragen, die sich jeder stellt, der ein klein wenig daran interessiert ist, herauszufinden, was passiert ist. Ich möchte wissen, wie alle so schnell zu dem Schluss kommen konnten, dass meine Nichte suizidgefährdet war. Ich will wissen, warum niemand aus ihrem Umfeld wusste, dass sie depressiv war. Ich will wissen, was sie dazu gebracht haben könnte, ihre Arbeiten zu zerstören. Wer hat sie dazu gebracht? Ist man auch nur einer dieser Fragen nachgegangen?«

Karen nickt. »Ich verstehe dich, Juliet. Aber du hast den Bericht doch gelesen. Die Nachricht ...«

»Ja. Du hast mir bereits erklärt, wie schlüssig diese Nachricht für dich war. Zusammen mit den Schuhen, die neben dem Weg lagen, sodass sie erst Tage später gefunden wurde, obwohl man nach ihr gesucht hatte. Ist das nicht seltsam?« Juliets Stimme wird schrill. »Außerdem will ich wissen, warum sich niemand für die Erkenntnisse aus der Wissenschaft interessiert. Was ist mit den Diatomeen, den Kieselalgen.«

»Diatomeen-Tests sind unzuverlässig.«

Juliet presst sich die Fingerspitzen auf die Augen. Tausend winzige Punkte und abstrakte Figuren tanzen und zappeln in der Dunkelheit unter den Augenlidern. »Es gibt Leute, die das anders sehen. Nachgewiesen wurden sie nur in der Lunge. Ich habe den Bericht gelesen, Karen. Wäre sie ertrunken, hätte sie Wasser geschluckt, während ... solange das Herz noch schlug, und dann wären sie in den Kreislauf gelangt.«

»Nicht unbedingt. Die Forscher sind sich in dem Punkt nicht einig. Im Kehlkopf kann es zu einer Spastik kommen oder vor dem Ertrinken zu einem Herzinfarkt. In dem Fall lassen sich Diatomeen nicht nachweisen. Der Diatomeen-Test sagt nichts darüber aus, ob das Herz noch schlug oder eben nicht. Er ist bedeutungslos, tut mir leid.«

Schweigen. *Ob das Herz noch schlug oder nicht.* Juliet legt die Fingerspitzen an Stirn, Augenbrauen und Wangen. Sie fühlen sich an, als würden sie gerade von Säure zersetzt und verformt. Sie drückt fester, in dem Wunsch alles festzuhalten und verhindern zu können, dass sie sich ganz auflöst. *Driftet sie jetzt ab? Sie hat das Gefühl durchzudrehen.* Sie muss sich anhören wie Erica. Sie versucht, ihre Stimme ruhig und stabil zu halten.

»Es bedeutet mir etwas, Karen. Beths Herz ist mir wichtig. Jeden Tag. Jede Sekunde. Ich will wissen, ob ihr Herz noch geschlagen hat, als sie ins Wasser ging.«

»Juliet, du regst dich auf. Wir sollten besser ...«

»Nein, nein. Lass uns das Gespräch jetzt nicht beenden. Da ist noch etwas anderes.« Sie bückt sich und nimmt einen Schuh. »Die Schuhe hier. Das sind die, die abseits des Weges lagen. Warum passen sie mir?«

»Wie bitte?«

Sie wedelt mit dem Schuh. »Das sind Beths Schuhe. Diejenigen, von denen ihr alle gesagt habt, dass sie auf dem Weg lagen. Zusammen mit der Nachricht. Ich habe sie angezogen. Aber ich habe nicht Beths Schuhgröße.« Während sie spricht, lichtet sich allmählich der Nebel in Juliets Kopf. »Auf dem Etikett steht Größe vierzig, aber Beth hatte immer eine Männergröße. Sie hatte breite Füße. Wie Flossen, hat mein Vater immer gesagt. Ihre Schuhe wären mir zu groß. Diese hier können also gar nicht ihre sein.«

Sie holt Luft. Karen hat den anderen Schuh genommen und legt ihn sich auf die Handfläche.

»Warum habt ihr das nicht überprüft?« Juliet legt nach. »Und diese hier? Wer hat die hier auf den Weg gelegt? Wer hat die Nachricht dort hingelegt?«

»Okay, okay«, sagte Karen plötzlich. »Nehmen wir an, du hast recht, und jemand anderes hat sie auf den Weg gelegt.« Sie ärgert sich, wenn auch über sich selbst. Juliet erkennt schnell, wenn Wut sich nach innen richtet. »Und wie glaubst du, soll ich das untersuchen?« Karen steht mit hochgezogenen Augenbrauen da. »Du sagst, dass du sie getragen hast. Auf dem Weg zum Meer runter vielleicht? Im Strandhaus, und draußen wirst du sie vermutlich auch getragen haben. Sie sind also mit deinen Spuren behaftet. Ich kann sie nicht in die Gerichtsmedizin schicken. Schuhe weiten sich und schrumpfen im Gebrauch. Sollen wir Beths Leiche exhumieren, um zu sehen, ob sie passen?«

Karen hat die Worte noch nicht ganz ausgesprochen, als ihr schon klar ist, dass sie zu weit gegangen ist.

Eine lange Pause entsteht, während derer Juliet sich auf die Schatten konzentriert, die über die grünen Wände huschen, und krampfhaft versucht, sich die Schar von Weißkitteln gar nicht erst vorzustellen, die Beths geschwollene, verletzte Füße wie die eines Zombie-Aschenputtels in die Schuhe quetschen. Sie holt tief Luft. Und noch einmal.

Das war dilettantisch. Andererseits hat es auch etwas Erfrischendes, zu hören, wie jemand statt mit gängigen Standardantworten auch aus dem Bauch heraus reagieren kann. Juliet ist es leid, *gegängelt* zu werden. Seit Monaten hat sie nicht mehr so frei und schnell geatmet. Zum ersten Mal hat sie das Gefühl, ein echtes Gespräch über Beths Tod zu führen. Sie hat jemanden gehört, der sich tatsächlich Gedanken darüber gemacht hat, und das ist seltsamerweise ein befreiendes Gefühl.

Karen hält den Schuh unsicher in der einen Hand. Mit der anderen fährt sie sich kurz durchs Gesicht, als wollte sie eine Fliege verscheuchen. »Tut mir leid«, sagt sie. Es ist eigentlich völlig unangebracht, aber für den Moment genügt es.

»Ich möchte nur, dass du dich der Möglichkeit nicht verschließt, dass es kein Selbstmord war«, sagt Juliet schließlich. Sie greift nach Beths Jacke.

»Woher hast du die?«, fragt Karen. »Ist das deine?«

»Nein.« Juliet sieht sie überrascht an. »Das ist ... Ich weiß es nicht. Declan hat, glaube ich, gesagt, Toby hätte sie mir umgelegt, als sie mich fanden.«

Karen zieht ein Paar Latexhandschuhe aus der Tasche. »Darf ich?« Sie nimmt Juliet die Jacke aus der Hand, dreht sie um und inspiziert die Kapuze. Sie hält sie sich dicht vor die Nase, ohne sie zu berühren. »Hast du etwas dagegen, wenn ich sie mitnehme? Möglicherweise ... es könnte die Jacke sein, die Beth in der Nacht getragen hat, als sie zur Universität ging. Als sie ihre Arbeiten zerstört hat. Das Material aus der Überwachungskamera im Innenhof zeigt eine Gestalt, die eine solche Jacke trägt.«

»Natürlich«, entgegnet Juliet. »Nimm sie mit.«

»Im Strandhaus konnten wir sie nicht finden.« Karen greift in eine Innentasche und murmelt etwas vor sich hin. »Bingo.« Sie hält einen Zettel hoch, auf dem vier Zahlen notiert sind. »Hast du nicht gesagt, Toby hätte sie mit auf die Insel gebracht? Aus deren Haus?«

Juliet starrt die Daunenjacke an. »Ich glaube, ja. Aber wie sind die Jungs an die Jacke gekommen? Sollte ... Beth, als sie vom Campus zurückkam, bei ihnen gewesen sein?«

»Das ist möglich«, sagt Karen. »Oder jemand hat sie aus dem Sommerhaus mitgenommen und aus irgendeinem Grund mit ins Studio gebracht. Oder ... ich weiß nicht. Ich muss sie untersuchen, obwohl die jetzt ebenfalls verunreinigt ist.«

Juliet nickt.

»Juliet«, fährt Karen fort. »Dir ist hoffentlich klar, dass ich eigentlich weder hier sein noch mit dir sprechen darf. Wir brauchen belastbare neue Beweise, wenn wir den Fall wieder aufrollen wollen. Aber bitte: Diese Bemerkung ist nicht fürs Protokoll. Dafür könnte man mich vom Dienst suspendieren. Die Ermittlungen könnten sich dann sogar gegen mich richten.« Ein Windstoß fährt draußen durch die Zweige. »Ich bin für alles offen, muss aber darauf bestehen, dass du mir alle Informationen gibst, die du für wichtig hältst.«

Bildet Juliet sich nur ein, dass sie auf die Blechdose schielt?

Mit der freien Hand greift sie zum Türknopf. »Wirklich alles.«

31

Etwas später am selben Tag sind Declan und Juliet auf dem Rückweg zum Strandhaus. Die silbrigen Birken am Straßenrand verändern ihre Farbe. Viele werfen ihr gelbes Laub bereits ab. In wenigen Wochen schon werden die Kätzchen an den Ästen ihre Samen verstreuen, dann sind die Bäume kahl.

In Beths Decke gehüllt, Bucky zu ihren Füßen und mit der Frageliste im Notizbuch in der Hand, sitzt Juliet am Wohnzimmerfenster. Sie spricht weder über das Baby noch über den Anruf von Fiona. Ihr fehlt die Kraft zu erklären, dass Fiona sie nicht unterstützen kann, solange Beths wie immer geartete Beziehung zu den Palmers ungeklärt ist. Declan würde sich nur aufregen. Sie müssen sich darüber Gedanken machen, ob sie überhaupt für den Vorsitz kandidieren möchte, und damit käme das Thema Baby unweigerlich auf den Tisch. Dass sie dem Punkt nicht für immer aus dem Weg gehen kann, ist ihr klar. Im Augenblick aber geht es nicht.

Gemeinsam machen sie sich daran, Sachen einzupacken und Etiketten zu beschriften. Sie halten sich an die praktischen Dinge; sprechen darüber, was es kosten würde, die *Schwalbe* reparieren und von der Insel holen zu lassen.

»Wir müssen uns auf jeden Fall darum kümmern«, sagt Declan, und Juliet spürt, wie schwer es ihm fällt, das Wort *irreparabel* in den Mund zu nehmen.

Am Nachmittag gegen drei Uhr klopft es leise an der Tür. Juliet kommt aus dem Schlafzimmer. Sämtliche Knochen tun ihr weh, als sie sich den alten Morgenmantel ihres Vaters über die Schultern legt. Auf dem Schneidebrett in der Küche liegt ein halber Laib Brot. Toby steht in der Eingangstür, die Hände verlegen in den Taschen vergraben. Declan steht ihm gegenüber, das Brotmesser in der Hand.

»Toby«, begrüßt Juliet ihn an Declan vorbei. »Was gibt's?«

»Entschuldigen Sie die Störung«, sagt Toby. »Ich wollte mich nur erkundigen, wie es Ihnen geht und ob Sie vielleicht etwas brauchen.«

Declan lehnt mit einem Arm lässig am Türrahmen, als wollte er ihm den Zugang versperren. »Hier ist alles in Ordnung«, sagt er. »Danke.« Er rührt sich nicht von der Stelle.

Juliet versucht, sich nichts anmerken zu lassen. Sie weiß genau, was Declan im Sinn hat. Nachdem er ihr eröffnet hat, was sich hinter den Fotos verbirgt, wird er an der Geschichte festhalten wollen, dass Toby und die Delta-Leute verantwortungslos gehandelt und die Lage falsch eingeschätzt hätten. Nur weil Toby ihm in jener Nacht auf der Insel geholfen hat, kann er jetzt nicht so tun, als wären sie beste Freunde.

Und ganz verkehrt ist es vielleicht auch nicht, denkt sie, wenn Declan sich die Leute vom Hals halten will. Sie hat die Auseinandersetzung zwischen Max und Toby auf dem Schiff, die sie mitgehört hat, nicht vergessen.

Und außerdem kommt nicht Max, Beths Freund, her, um sich nach ihr zu erkundigen. Aber derlei Anfeindungen sind wenig hilfreich, wenn sie aufdecken wollen, was Beth tatsächlich zugestoßen ist.

Zum ersten Mal seit zwei Tagen lächelt sie. Und das Lächeln ist echt. Trotz alldem bringt der Junge sie zum Lächeln. »Das ist sehr freundlich von Ihnen«, sagt sie. »Ich habe gerade etwas geschlafen.«

Declan dreht sich um, als Juliet sich verlegen mit den Fingern durchs Haar fährt. Er senkt die Stimme. »Willst du dich nicht lieber anziehen?«

Juliet ignoriert seine Bemerkung, legt ein paar Zeitungen zusammen und zieht sich einen Lehnsessel an den Ofen. »Ich habe gehört, dass Sie mich getragen haben, Toby. Zum Boot.«

Sie räuspert sich. »Ich war wohl in einem schlimmen Zustand. Tut mir leid.«

»Das stimmt.« Er hält inne. Unter Declans Arm hindurch sieht er sie an und lächelt schief. »Sie waren wie ein Baby.« Ihr zieht sich der Magen zusammen.

»Kommen Sie rein, Toby«, sagt sie. Mit vorgeschobenem Unterkiefer tritt Declan zur Seite. Er macht die Tür etwas zu laut zu und zieht sich in die Küche zurück.

Juliet beobachtet Toby, wie er sich im Raum umsieht. Auf einer Seite sind Kisten aufeinandergestapelt. Einige Regale sind leer. Vor dem alten Plattenspieler geht er in die Hocke, blättert durch die Alben in dem Regal darunter und sieht sich die Hüllen an. Sie sieht den Rand seines Tattoos hervorlugen.

Er zieht die erste Pressung einer Aufnahme von Georgio Moroder aus dem Jahr 1979 heraus. Er scheint sich wohlzufühlen und sich auszukennen.

»Übrigens«, sagt er, während er die Platte zwischen den Fingerspitzen umdreht und das Label betrachtet. »Max möchte wissen, ob Sie über die Entwürfe für die Alben nachgedacht haben. Er sagt, Sie hätten sie neulich Abend mitgenommen.«

»Ja.« Sie sieht sich nicht genötigt, das zu erklären.

»Das soll kein Vorwurf sein. Max kommt drüber weg, wenn Sie sich nicht dazu durchringen können. Ich persönlich finde ja, dass sie zu gut sind, um nicht veröffentlicht zu werden. Aber das müssen Sie entscheiden.«

Sie zieht sich die Decke zurecht und überlegt, was sie sagen soll. Gibt es überhaupt etwas zu verbergen, wenn das, was Declan ihr erzählt hat, stimmt? »Ich bin übrigens noch auf ein paar Fotos gestoßen, die Declan für euch gemacht hat. Sie sind ziemlich aufschlussreich.«

»Ja, stimmt.« Er verdreht die Augen. »Die vom Frühjahr

Das war eine Katastrophe. Beth hat uns erzählt, Declan wäre überfürsorglich gewesen. Ich hätte schwören können, dass sie gesagt hat, er wäre ihr Stiefvater.«

Unvermutet taucht das Bild von Declan als Vater mit einem Neugeborenen auf den Armen vor ihr auf.

»Na ja, vielleicht war das ein Versuch, das Gesicht zu wahren.«

Toby stellt sich zu ihr an den Holzofen. Er öffnet die kleine Eisentür und stochert in der Glut.

»Von den Fotos habe ich nur ein oder zwei gesehen. Aber, Sie mögen von der Art dieser Fotos halten, was Sie wollen, Declan versteht sein Handwerk.«

Kurz überlegt sie, ob sie die Dose aus dem Schlafzimmer holen und ihm die Bilder zeigen soll, kommt aber zu dem Schluss, dass das zu weit gehen würde. Beth hatte einen Grund, sie zu verstecken.

»Ja«, sagt sie. »Das tut er.«

Das Feuer knistert. Toby stochert an einem Scheit, um es besser auszurichten. Funken springen aus der Glut und perlen an der verkohlten Wandung ab. Die Vertrautheit, mit der er sich im Haus bewegt, sollte sie beunruhigen. Die Freiheiten, die er sich herausnimmt. Zumindest scheint er Vertrauen zu ihr zu haben. Sie fragt sich, ob es noch weitere Auseinandersetzungen gegeben hat, außer der, die sie mitgehört hat.

»Max ist sehr angespannt, stimmt's?«, bemerkt sie.

Die Herzlichkeit weicht aus Tobys Blick. Den Feuerhaken in der rechten Hand dreht er sich langsam zu ihr um und sieht sie an. »Was wollen Sie damit sagen?«

Der Feuerhaken vibriert in seiner Hand. Seine Reaktion im Dampfbad fällt ihr ein. Er scheint gar nicht anders zu können, als seine Emotionen nach außen zu tragen. Vielleicht macht ihn das zu einem guten DJ. Es ist beunruhigend.

»Ich meine, seine Detailverliebtheit.«

»Ja.« Toby nickt langsam und bewegt sich ein paar Schritte zur Tür. »Apropos, wenn ich für euch nichts weiter tun kann, dann würde ich jetzt gehen«, sagt er. »Nur eines noch. Haben Sie die Jacke noch, die ich Ihnen umgelegt habe? Max möchte sie bestimmt zurückhaben, bevor Sie fahren.«

Declan kommt herein, ein Handtuch über der Schulter. »Ich dachte, es wäre Beths Jacke?«, sagt er.

»Also, eigentlich gehört sie Helen. Max' Schwester. Sie hat sie letztes Jahr hiergelassen.«

»Ja, natürlich.« Juliet steht halb auf und bemüht sich, keine Miene zu verziehen. »Hängt sie nicht dort?«

Toby schüttelt den Kopf.

»Irgendwo muss sie ja sein«, lügt sie. »Es sei denn, Erica hat sie?« Sie deutet auf das Durcheinander und die Bücherstapel. »Vielleicht hat sie sie aus dem Krankenhaus mitgenommen, um sie in die Reinigung zu bringen.«

Tobys Kiefermuskeln pulsieren. Er bleibt noch einen Moment in der Diele stehen, betrachtet prüfend die Jacken an der Garderobe und geht schließlich hinaus.

Juliet geht wieder ins Bett und nimmt die Dose mit den Fotos mit. Auf der Seite liegend, blättert sie schnell durch die Fotos. Immer wieder, wie bei einem Kartenspiel. Himmel. Fahne. Bett. Balkon. Sofa. Kokain. Himmel. Fahne.

Was ist mit dieser Jacke? Sie betrachtet das einzige Bild, auf dem Toby zu sehen ist. Es stammt nicht von Declan. Mit dem Foto in der Hand schläft sie ein.

Eine Weile später wird sie wach. Declan ist an ihr Bett getreten und bringt ihr heiße Milch, wie es ihm vom Krankenhaus empfohlen wurde. Dass sie sich davon übergeben muss, scheint er nicht zu bemerken. Er steht da und betrachtet einen Moment die Fotos, die auf dem Bett verstreut liegen, registriert auch das von Toby, das auf ihrem Kopfkissen liegt.

»Zum Teufel noch mal«, murmelt er vor sich hin, bevor er sich daranmacht, die Bilder aufzusammeln.

Sie setzt sich auf. »Was hast du gesagt?«

»›Zum Teufel noch mal‹, habe ich gesagt«, wiederholt er laut. »Was machst du hier?«

»Ich sehe mir ...«

»Ja, das sehe ich, dass du dir diese verdammten Fotos ansiehst. Noch mal: Kannst du das Thema nicht endlich ruhen lassen?«

Sie wendet sich brüsk ab. »Sprich nicht in diesem Ton mit mir. Wenn ich mir Fotos von meiner Nichte ansehen möchte, dann sehe ich sie mir so lange und so oft an, wie ich möchte. Hast du noch nicht begriffen, dass es nicht um dich geht?«

»Das habe ich doch nie behauptet. Es geht um dich. Du quälst dich selbst.«

»Tu ich nicht ...«

»Und du scheinst nicht begriffen zu haben, dass Beth nicht wollte, dass jemand sie zu Gesicht bekommt. Sonst hätte sie sich wohl kaum die Mühe gemacht, sie auf einer Insel mitten im Nirgendwo in einer verschlossenen Dose unter einem Steinhaufen zu deponieren. Es wundert mich, dass sie sie nicht auch mit dem Rest ihres Lebens ins Feuer geworfen hat.«

Juliet schließt die Augen. Die Vorstellung, dass Beth an ihrem letzten Abend ihr Leben verbrannt hat, ist schon schwer zu ertragen. Völlig unnötig, dass Declan diesen Gedanken auch noch als Waffe benutzt, um sich durchzusetzen. Sie senkt den Kopf und schluckt.

»Tut mir leid«, sagt Declan, die Hände unnütz zu beiden Seiten herabhängend. »Das hätte ich nicht ...«

Sie versucht, ihre Stimme ruhig zu halten. »Nein. Du hast recht. Aber verbrannt hat sie sie nicht. Sie hat bei Weitem nicht alles verbrannt. Ihre Notizen und das Nähkästchen. Die hat sie behalten. Und diese ...« Juliet betrachtet kopfschüttelnd die Fotos. »Ich weiß nicht.«

Declan setzt sich müde aufs Bett. »Ich habe ihr gesagt, dass sie nur für ihre Augen bestimmt sind und an einem sicheren Ort aufbewahrt werden sollten. Aber so weit weg, das ist schon verrückt.« Er seufzt. »Dabei sind nicht alle Fotos von mir.«

Juliet nimmt die Schwarz-Weiß-Fotos von Beth zur Hand. Auf der Rückseite steht handschriftlich: *ZU HÄNDEN VON BETH WINTERS.*

Beth sitzt auf einem niedrigen, geschwungenen Sofa. Hinter ihr hängen schwere Vorhänge vor einer großen Balkontür. Vage ist eine Gestalt zu erkennen. Ein Mann beugt sich über einen niedrigen Tisch, er schnupft Kokain. Beth sieht ihn mit einem seltsamen Gesichtsausdruck an.

»Sieht das nach einem gestellten Foto aus?«, fragt Juliet. »Wie bei einem Modeshooting oder so etwas?«

»Hm. Eigentlich nicht. Es ist das schlechteste Modefoto, das ich je gesehen habe. Sieh dir an, wie schlecht die Bilder sind. Sehr schlechte Qualität. Fast so, als wären sie von einer Überwachungskamera aufgenommen worden.«

»Und Beth sieht nicht gerade glücklich aus«, sagt Juliet.

Auf dem nächsten Foto sitzt Karlo neben Beth. Er lacht, und auf seinem Knie sitzt ein spärlich bekleidetes Mädchen. Ein anderes Mädchen steht hinter dem Sofa. Juliet und Declan betrachten die Bilder schweigend.

»Wo zum Teufel ist sie da?«, murmelt Juliet. »Es ist unheimlich. Sieh dir die anderen Mädchen an. Was sind das für Mädchen? Stripperinnen? Tänzerinnen?«

Sie sitzen nebeneinander und vergleichen die beiden Bilder.

»Was ist das?«, fragt Juliet plötzlich. »Da, hinter ihr?«

Declan hat es bereits gesehen. Am Rand des ersten Bildes, hinter Beth auf dem Sofa, eine offen stehende Tür, darin eine verschwommene Gestalt. Eine Zeit lang sagen weder Juliet noch Declan ein Wort.

Schließlich räuspert sich Declan. »Na ja, das sieht so aus, als würde sich jemand einen blasen lassen. Jedenfalls können wir mit Sicherheit davon ausgehen, dass es keine Showgirls sind.«

Juliet wirft die Decke beiseite und steht auf.

»Zieh dir etwas über«, mahnt Declan sie. Es ist spät, schon nach elf Uhr und kalt. Das letzte Holzscheit hat er schon vor einer ganzen Weile nachgelegt.

»Bitte Declan, mach nicht so einen Wirbel.«

Mit bloßen Füßen verlässt sie das Schlafzimmer und macht sich am Sekretär in der Diele zu schaffen. Schließlich kommt sie mit einem Vergrößerungsglas zu Declan ins Schlafzimmer zurückgetapst.

»Du meine Güte«, sagt Declan. »Dir ist es also wirklich ernst, wenn du sagst, du verfolgst eine Spur?«

Sie krabbelt wieder ins Bett, hält sich die Lupe vor ein Auge und holt das Bild näher zu sich heran. Die Gestalten im Hintergrund bleiben unscharf, aber was da vor sich geht, steht außer Zweifel.

Sie lässt die Lupe sinken. »Declan. Das sieht aus wie ein Kind.«

Declan greift nach der Lupe. »Oder ein sehr kleiner Erwachsener.«

»*Toby hält mich von Karlo fern*«, murmelt Juliet.

»Was?«

»Auf der Party. Max' Nichte hat das zu mir gesagt. Sie hat gesagt, dass Toby auf sie aufpassen muss, damit sie Karlo nicht zu nah kommt. Ich dachte nicht ...« Wütend drischt sie in die Kissen. »Und ich habe gedacht, *sie* wäre das Problem. Ein anmutiger junger Teenager, der sich einem Promi an den Hals wirft.«

»Moment. Wie bitte? Du willst mir jetzt nicht sagen, dass das Max' Nichte auf den Fotos ist?«

»Nein.« Sie hält das Bild am Rand. »Aber das sind junge

Mädchen. Hier auf diesen Fotos. Ganz junge Mädchen. Und eines davon ist Beth.«

Declan starrt sie an, dann wieder das Foto. Schließlich lehnt er sich zurück. »Das hätte sie nie ertragen.«

»Genau. Sie dir ihren Gesichtsausdruck an.« Beide beugen sich über das Foto. Beths mit verängstigtem Blick. Ungläubig. Sieht man genauer hin, erkennt man, wie die Mascara ihre Wangen herunterläuft. »Was hat sie da verloren?« Juliet ist fassungslos. »Warum ist Max nicht bei ihr?«

»Warum fragst du Toby nicht? Der ist doch so nett.« Declan bemüht sich um einen neutralen Ton in der Stimme.

Sie ignoriert die Bemerkung. »Das wird er mir wohl kaum sagen. Selbst wenn er wollte. Max führt ein strenges Regiment.« Sie sieht wieder durch die Lupe. »Dieser Hinweis auf der Rückseite. *ZU HÄNDEN VON* ... Ihre Handschrift ist es jedenfalls nicht. Hat das nicht eher etwas von einer Drohung?«

Declan legt sich neben sie ins Bett. Es fällt ihm schwer, ihr die Hand nicht auf die Hüfte zu legen.

Sein Bein streift ihres. »Ich weiß nicht, was du damit vorhast, aber wenn das Bild wirklich das zeigt, was du glaubst.« Er hält inne. »Karlo mit jungen Mädchen? Ist es das, was du vermutest? Und Beth bekommt diese Fotos, warum? Damit sie schweigt? Als Druckmittel? In dem Fall wird es nicht leicht sein, etwas zu beweisen. Das ist ein wesentlich größeres Ding als ...«

Es ist zu spät. Für Juliet setzt sich alles zu einem Bild zusammen. »Wir sollten doch in der Lage sein, herauszufinden, wo das ist«, unterbricht sie ihn. »Das schmiedeeiserne Gitter auf dem Balkon. Der Teufelskopf. Irgendwo habe ich das schon gesehen. Es ist so markant. Ob Alex oder Erica es vielleicht kennen?«

»Möglich. Wenn wir einen Anhaltspunkt hätten, könnten wir es auch googeln. Oder ... was ist mit den alten Büchern deines Vaters?«

Sie stehen beide auf und gehen ins Wohnzimmer. Declan lockert die Glut im Ofen auf. Juliet stellt sich vor dem Bücherregal auf die Zehenspitzen und hat nach kurzer Suche einen Armvoll Bücher zusammengesucht, darunter eine große, dicke Enzyklopädie der englischen Architektur, ein Handbuch der Architekturstile Europas und ein eher schlichter Band mit dem Titel *Heimliche Juwele: Zehn Städte in Großbritannien*.

Sie setzen sich an den Esstisch, gehen das Sachregister durch und sehen sich die Bilder an. Ohne Erfolg. Sie ziehen immer mehr Bücher aus dem Regal, von Bildbänden über berühmte Gebäude bis hin zu ausführlichen Architektenplänen aus vergangenen Zeiten. Nach einer Weile hat Declan genug, und Juliet klappern vor Kälte die Zähne.

»Wir sollten wieder ins Bett gehen. Du frierst. Es tut dir nicht gut, hier draußen zu sitzen.«

»Ich weiß, dass ich das schmiedeeiserne Gitter schon einmal gesehen habe. Irgendwo, und es ist auch nicht lange her.« Sie schließt *Architectural Atlas*. »Das hier hilft nicht weiter. Ich muss mich erinnern.«

Schwangerschaftshirn, wäre ihr fast herausgerutscht. Sie hat darüber gelesen, wie Frauen, wenn sie ein Kind erwarten, von der Umstellung der Hormone und Müdigkeit beherrscht werden. Sie beißt sich auf die Zunge.

Declan holt Beths Decke und legt sie Juliet um die Schulter. Sie streicht über die groben Maschen aus dickem Garn. »Augenblick mal!«, sagt sie plötzlich. »Einen Moment.«

Die Entwürfe für das Album. Sie huscht durchs Haus und kehrt mit den Mustern für die Plattenhüllen zurück. Hektisch blättert sie von einer Hülle zur nächsten. Bis – da. Ein Patchworkhaus in abstrakten Schichten; eine Tür, ein Kuppeldach, der Balkon. Und das verzerrte Gesicht eines Kindes, das hinaussieht.«

»Um Gottes willen!«, entfährt es Declan. »Düster.«

»Das Dach«, sagt Juliet. »Sieh dir die Kuppel an. Genau wie die in Tobys Tattoo. Das ist der Eden-Club.« Sie zieht sich die Enzyklopädie heran und geht das Sachregister durch.

»Hier ist es.« Sie schiebt Declan das offene Buch zu. »Manchester.«

Er liest laut: »Im Norden befindet sich ein beeindruckendes, als Gegenstück zur Free Trade Hall konzipiertes Gebäude. Der über die Aufhebung der Getreidezollgesetze erboste konservative Besitzer des Eden-Gebäudes ließ eine Reihe Keramikkacheln im Jugendstil mit ländlichen, englischen Szenen anfertigen, die vom Teufel in unterschiedlicher Gestalt, darunter berühmte Whigs und Industrielle, dominiert wurden. Der Betrachter findet das Motiv des Teufels mit dem gehörnten Schädel auf Putz, an Balkonen, Türknöpfen und Kanaldeckeln ...«

Zwischen den Seiten rutscht der vergilbte Ausschnitt einer Zeitung aus dem Jahr 1997 über die Bauarbeiten am Utopia-Kino heraus.

Unter der tiefhängenden Lampe über dem Tisch zeichnet sich der Schatten von Juliets Finger ab. »Toby kommt aus Manchester. Mit Max hatte er dort seinen großen Durchbruch, und zwar genau in diesem Club.«

»Das klingt plausibel.« Declan reibt sich die Augen. »Das Eden organisiert jedes Jahr ein Techno-Festival. Normalerweise muss man auf der Gästeliste stehen, um reinzukommen. Es macht regelmäßig in der Klatschpresse von sich reden. Berühmtheiten. Wer wurde mit wem gesehen? Wer betrügt seine Freundin? Solche Sachen.«

Juliet stützt ihr Kinn mit der Hand ab. »Ich möchte wetten,

dass Max einer von denen ist, die sich damit brüsten, Leuten einen Platz auf der Gästeliste organisieren zu können. Er muss im Mittelpunkt stehen. Und Beth dürfte sich geschmeichelt gefühlt haben, als man sie dorthin mitnahm.«

Declan nickt. »Von dem, was sie dort vorfand, dann allerdings weniger.«

»Ja«, pflichtet Juliet ihm bei. »Vermutlich war sie entsetzt.«

Seit sie im Krankenhaus war, haben sie noch nie so lange miteinander gesprochen. Aber jetzt schweigen sie. Draußen flüstern die Bäume, eine Eule ruft. Beide hören es. Juliet schiebt den Stuhl zurück, und Declan folgt ihr ins Schlafzimmer. Der karierte Morgenrock ihres Vaters, den sie sich übergeworfen hat, wirkt an ihr wie ein großes Zelt. Sie muss sich den Gürtel zweimal um die Taille schlingen.

Im Bett starrt Declan auf das Muschelmuster an der Decke. Juliet langt zum Nachttisch hinüber und löscht das Licht.

»Ich hätte vielleicht eine Möglichkeit, da reinzukommen«, sagt Declan. »In den Eden-Club.«

Sie dreht sich zu ihm und zieht sich das Kissen unter das Kinn. »Wie denn?«

Was will er ihr beweisen? In mancher Hinsicht ist Declan das Spiegelbild ihres Vaters, denkt sie. Bei all seinem Machogehabe hat sie Declan eigentlich selten die Fassung verlieren sehen. Sie versucht sich vorzustellen, wie er mit Max und Malcolm Lyall bei dem Shooting aneinandergeraten ist.

»Ich kenne ein paar Leute in Manchester«, erklärt er. »Paparazzi.«

Sie fragt sich, wer diese Schattenwesen in welcher Ecke von Declans Leben sind und wer eigentlich Declan ist, und ob sie ihm, solange das Licht ausgeschaltet ist, etwas von dem Schatten in ihr erzählen soll.

Auf dem Ultraschallbild sah es jedenfalls so aus. Im Krankenhaus haben sie ihr erklärt, dass sie, während sie bewusstlos war, einen intravaginalen Ultraschallstab in sie eingeführt haben. Anscheinend eine *normale Vorgehensweise*, wenn Blutwerte auf eine Schwangerschaft hinweisen, um nach einem embryonalen Herzton zu suchen. Und schon drückten sie ihr den Beweis in Form eines Schwarz-Weiß-Ausdrucks in die Hand. Sie war sich nicht einmal sicher, ob sie auf die richtige Stelle sieht: eine schwarz-weiße Mondlandschaft bei Mach 3.

Das Krankenhauspersonal war erschüttert, sogar peinlich berührt, als sie ihnen eröffnete, dass weder sie noch Declan etwas davon wussten. Vielleicht haben sie es ihm schon gesagt, überlegt sie. Aber wenn das so ist, warum sagt er nichts?

Sie erinnert sich an das nervöse Flackern im Gesicht der Ärztin, als sie zum ersten Mal wieder zu sich kam, kaum in der Lage zu verbergen, wie verstört und verunsichert sie war. In einem krampfhaften Versuch, sich diese Regungen nicht anmerken zu lassen, fragte sie schnell, wie viel Champagner und Kaffee man ihr eingeflößt hätte. Aber sie konnte niemandem etwas vormachen. Die Ärztin sah sie an, vielleicht mitleidsvoll, aber auch verärgert, als wollte sie sagen, dass sie alles gemacht hätten, um ihr Leben und das des Babys zu retten, aber dass sie den Aufwand nicht hätten betreiben müssen, wenn sie sicher wären, dass sie es nicht haben wolle. In dem Moment spürte sie, wie der Wert ihres Lebens aus Sicht der Ärztin dahinschwand. Hätte sie die Kraft dazu gehabt, wäre sie wütend geworden.

Declan liegt auf dem Rücken und spricht weiter von Manchester. Fast kann sie sein verzweifeltes Verlangen danach, etwas zu tun, mit Händen greifen. »Ich werde mich bei dem einen oder anderen melden. Das verspreche ich dir. Mal sehen, ob die etwas wissen oder in Erfahrung bringen können.«

Sie holt tief Luft: »Ist das nicht riskant? Und selbst wenn deine Leute mit Informationen aufwarten können … Ich meine, wir sprechen hier von Missbrauch. Es geht um die Ausbeutung von Kindern. Würden sie dir wirklich etwas sagen?«

»Ich kann mich ein wenig umhören.« Er streicht mit der Hand über die Kurve ihrer Taille. »Alle Geheimnisse kommen irgendwann ans Tageslicht.«

Northern Herald:
MÄDCHENLEICHE AUF BRACHLAND ENTDECKT

16. September 2018

Presseberichten zufolge handelt es sich bei der nördlich von Manchester entdeckten Toten um die Leiche einer unbegleiteten vierzehnjährigen Asylsuchenden, die vor einem Jahr nach England eingereist ist. Ihre sterblichen Überreste wurden am Dienstag gefunden, als ein Jogger auf einer Brache unweit des Ashton-Kanals auf Leichenteile stieß. Die Polizei hat Mordermittlungen aufgenommen.

Die Identifizierung der Toten ist zwar noch nicht abgeschlossen, aber ersten Berichten zufolge soll es sich um eine junge Migrantin handeln, die seit dem 20. Juni in ihrer Unterkunft vermisst wird. Sie stammt aus dem Kriegsland Syrien und suchte hier Asyl.

Der *Examiner* zitiert anonyme Quellen, nach denen die Polizei in Richtung Ehrenmord innerhalb der Flüchtlingsgemeinde ermittelt.

Die Hilfsorganisation für Flüchtlinge *Hope for Survivors* veröffentlichte im letzten Monat Zahlen, die einen Anstieg der Gewalttaten gegen Asylbewerber im ganzen Land belegen. Sie warnt vor einem weiter ansteigenden Risiko, da einige ihren Lebensunterhalt im Sexgewerbe verdienen. Die Dunkelziffer soll noch wesentlich höher liegen, da Glaube und Kultur es etlichen Opfern verbieten, sich zu melden. Die Polizei äußert sich zu den laufenden Ermittlungen bisher nicht.

32

Eine Treppe mit halbrunden Stufen erhebt sich majestätisch hinauf zum Eingangsportal des ehemaligen Eden-Kinos in Manchester. Hinter der Jugendstilverglasung öffnet sich ein weitläufiges Foyer mit einem achteckigen Lichthof hoch oben in der Decke und dekorativer Keramik am Boden. In den obersten Rängen bietet der modern gestaltete Club mit separaten Logen und Vorführräumen jetzt auch private VIP-Bereiche. Kunstvolle Sepiafotos zieren die windungsreichen Gänge. Sie lassen die neureichen Stars und Sternchen von heute verblassen, indem sie den Mäzenen aus dem Goldenen Zeitalter mit ihren ständigen Küsschen und Handshakes, ihrer weißen Abendgarderobe einschließlich Handschuhen, Fliegen und Samtjacken huldigen.

Zwei Tage nachdem er Juliet sein Versprechen gegeben hat, geht Declan mit hochgeschlagener Kapuze und gesenktem Kopf an dem Gebäude vorbei, ohne es eines Blickes zu würdigen. Fünfzig Meter davor hat er die Überwachungskamera hoch über der Straße entdeckt und möchte kein Risiko eingehen. Nach ein paar Anrufen bei seinen Kontakten und seinem ehemaligen Chef ist er auf dem Weg ins Hemming's – ein Lokal, das nur wenige Straßen entfernt liegt. Dort will er sich mit seinem Kumpel Marcus treffen. Vorher hat er sich für einen kleinen Umweg, die Rückseite des Clubs entlang, entschieden, um sich dort ein wenig ortskundig zu machen. Er möchte nicht als Grünschnabel erscheinen.

Er versucht, sich nicht zu sehr auf das Baby zu freuen, denn angesichts des hohen Risikos, dass die Schwangerschaft ein vorzeitiges Ende findet, wäre das verfrüht. Trotzdem würde er gern jemandem davon erzählen, jemandem, der nicht fragt, warum er und Juliet noch nicht darüber gesprochen haben, jemandem, der ihre Beziehung versteht. Angesichts der Tatsache jedoch, dass sich Juliets Vertrauen derzeit auf einem absoluten Tiefpunkt befindet, ist ein Gespräch mit einem Journalisten über ihre biologischen Rechte im Moment vermutlich nicht der beste Weg. Außerdem hat er keine Ahnung, was Marcus inzwischen treibt, ob er inzwischen einen Hausstand gegründet, eine Frau oder eigene Kinder hat. Mit einem solchen Thema fängt man kein Gespräch an. Seit ihren gemeinsamen Anfängen hat er Marcus nicht mehr gesehen und fragt sich, ob er ihn überhaupt wiedererkennt.

Darüber hätte er sich jedoch keine Sorgen machen müssen. An dem geschundenen Gesicht ist Marcus sofort zu erkennen. Er sitzt im gedämpft orangefarbenen Licht einer Nische im hinteren Bereich des Lokals, ein Stück vom Fenster entfernt, starrt missmutig auf seinen Laptop, in der einen Hand ein bauchiges Glas Irish Coffee, mit der anderen betatscht er sein Veilchen.

Bei Declans vorsichtiger Umarmung zuckt er zusammen.

»Marcus! Alter Junge, was ist denn mit dir passiert?«, begrüßt Declan ihn, für den es aussieht, als hätte jemand seinem Kumpel eine Aubergine in die Augenhöhle gedrückt und einen Schlitz ausgeschnitten, durch den er gerade noch sehen kann.

»Aufgebrachter Liebhaber«, bringt Marcus mit einem schiefen Lächeln hervor, wendet sein Gesicht aber schnell ab und setzt sich wieder. »Die sind so.«

»Wohl wahr«, bestätigt Declan grinsend. Über die Bank mit dem Kunstlederpolster rutscht er auf den Platz ihm gegenüber. »Wusste gar nicht, dass du jemandem so viel Leidenschaft entlocken kannst.«

»Warte einen Augenblick. Ich muss das hier erst sichern.«

Ohne von seinem Laptop aufzusehen, ruft Marcus der Bedienung seine Bestellung von zwei Irish Coffee zu. Declan wirft der jungen Frau einen entschuldigenden Blick zu. Sie antwortet ihm mit einem kurzen Lächeln, wirft den Pferdeschwanz nach hinten und dreht sich wieder um.

»Also, was verschafft mir die Ehre?«, fängt Marcus schließlich an, während er den Rechner zuklappt. »Du sagtest etwas von diesem Eden-Gebäude?«

»Genau. Ich bin für ein paar Tage in der Stadt und dachte, du könntest mir vielleicht etwas darüber erzählen. Ist es schwer, reinzukommen? Ich möchte etwas über Jugendstil machen.«

Marcus sieht ihn ungläubig an. »Du warst immer schon ein schlechter Lügner«, sagt er kopfschüttelnd. »Vermutlich hast du es deshalb nie zum Schreiberling gebracht. Ich gebe dir einen Tipp. Lass die Finger davon.«

Declan lächelt, ohne dem etwas hinzuzufügen.

»Wenn das dein Ernst ist, dann kannst du Fotos von außen machen. Eine Menge Touristen tun das. Du kannst die Glasarbeiten fotografieren. Und die Teufelsköpfe an den Balkonen.«

»Und innen?«

»Keine Chance. Jedenfalls nicht, wenn der Clubbetrieb läuft. Am Tag vielleicht. Möglicherweise sogar mit einer kleinen Führung, wenn sie denken, dass ein wenig Werbung nicht schaden kann. Während der Betriebszeiten am Abend ist der Sicherheitsdienst streng. Sie haben Kameras und ihre eigenen Fotografen. Keine Handys. Keine elektronischen Geräte. Alles muss an der Garderobe abgegeben werden.«

»Wow, das klingt ja fast paranoid.«

»Alles fauler Zauber.«

»Wie?«

Die Bedienung stellt die beiden Kaffees auf dem Tresen ab. Marcus steht auf, um sie zu holen. Er nimmt gleich einen großen Schluck von dem Schaum auf dem Getränk. Die Frau reicht ihm eine Papierserviette und zieht sich wieder zurück.

Er geht wieder an seinen Platz. »Du meinst, man begrenzt

den Zugang der Presse zum Club, um einen Hauch von Exklusivität zu erzeugen. Gleichzeitig sticht man die Gästeliste an ausgewählte Paparazzi durch und kann sich der Gier der Medienmeute so gut wie jeden Abend sicher sein.« Er tippt sich an den milchigen Schnurrbart an der Oberlippe.

»Und? Warum soll das fauler Zauber sein?«

Marcus kramt in der Jackentasche und zieht einen Flachmann heraus. Er hält ihn über Declans Glas und hebt auffordernd die Augenbrauen.

»Okay, okay, aber nur einen kleinen Schluck.«

Marcus kippt einen Schuss Whisky in Declans Glas und die doppelte Menge in sein eigenes.

Declan beäugt seinen alten Freund. »Danke. Du solltest es langsam angehen.«

»Ich bitte dich. Zu viel Koffein bringt einen um. Es ist gesünder, ihn ein wenig zu verdünnen. Im Übrigen«, er tippt sich an die Schwellungen auf dem Wangenknochen, »der Alkohol ist meine geringste Sorge.«

Declan fragt sich, ob die Geschichte vom eifersüchtigen Liebhaber stimmt. Marcus steckt immer irgendwie in Schwierigkeiten. Schon damals in der Ausbildung war er immer weit von der moralischen Richtschnur anderer Menschen entfernt. Genau das machte ihn unter den gegebenen Umständen zu seinem Mann. Aber auch zu einem Risiko.

»Was genau interessiert dich eigentlich am Eden? Dass du dich da drin nicht einfach mal ein bisschen umsehen kannst, ist dir doch klar, oder?«

»Ich bin nur neugierig. Dachte, ich schaffe es irgendwie auf die Gästeliste, um mich etwas umzuschauen.«

»Also, ich an deiner Stelle würde mich nicht mal in die Nähe begeben. Wenn ich du wäre, würde ich lieber wieder Pudel knipsen. Dobermänner oder Kampfhunde vielleicht. Da läufst du weniger Gefahr, deine Finger zu verlieren.« Marcus holt seinen Drehtabak aus der Jackentasche.»Wenn es dir irgendwie möglich ist, dann mach einen großen Bogen um die Leute. Mit denen ist nicht gut Kirschen essen, so viel kann ich dir sagen, mein Freund.«

Wenn es dir irgendwie möglich ist. Declan hängt noch an dieser Formulierung, während Marcus weiterredet.

»Erinnerst du dich an Harry Bamford?«

Declan will zunächst verneinen, als es ihm wieder einfällt. »Moment, war das nicht der Typ aus dem Kinderprogramm im Fernsehen aus den Achtzigern? Ach, wie hieß das noch?«

»*Waterwork* ...« Marcus verteilt den Tabak gleichmäßig auf einem ungefärbten Zigarettenblättchen.

»Genau! Eine Begegnung mit der Vergangenheit.«

»Na ja, er war Stammgast im Eden, bis er letztes Jahr verschwand. Vor ein paar Monaten ist er wieder aufgetaucht, bei Reinigungsarbeiten im Hafen.«

Declan sieht ihn konsterniert an. Vage kommt ihm die Zeitungsmeldung in den Sinn – ein Unfall, vermutlich im Zusammenhang mit der Baustelle. Sein Magen fängt an zu krampfen.

Marcus fährt fort, und fast scheint es ihm Vergnügen zu bereiten.»Es hieß, er wäre ins Wasser gesprungen, hätte dabei aber vergessen, seine Zementschuhe auszuziehen.« Er leckt langsam das Papier an.»Zuerst modern die Fußgelenke weg. Dann fallen die Füße ab. Dann die Hände und schließlich der Kopf. Da bekommt Wasserkunst eine ganz andere Bedeutung.«

»Mein Gott.« Declan ist froh, dass Juliet das nicht hört.»Wie schrecklich. Armer Kerl.«

»Armer Kerl? So ein Scheiß.«

»Aber ... du willst mir jetzt nicht sagen, dass der Club dahintersteckt? Warum sollten die jemandem so etwas antun?«

Marcus senkt die Stimme.»Hast du überhaupt eine Ahnung, worum es hier geht?« Er schluckt.

Declan versucht, ihm zu folgen.»Es ist ein Veranstaltungsort von Eden Media? Also von Bernhard Palmer. Dem gehört das doch, oder?«

»Ja. Aber Palmer ist kein normaler Milliardär. Der Mann geht über Leichen. Ihm gehören die Nachrichten. Ihm gehört die Presse. Fernsehen. Die Medien. Auch sein Sohn gehört ihm.«

»Was? Wie heißt der doch gleich? Dominic Palmer? Aber jetzt im Ernst ...«

»Nein, hör mir zu. Er ist ein brutaler Dreckskerl, sein Sohn Dominic ist ein brutaler Dreckskerl, und sie entstammen einer langen Linie brutaler Dreckskerle. Rücksichtslosigkeit und Heimtücke, das ist das, womit die sich auskennen.« Marcus zündet sich im Lokal die Zigarette an und nimmt einen langen Zug.

»Ich dachte, Palmer hätte eingeheiratet? In die Eden-Dynastie. Er ist nicht blutsverwandt.«

»Ja, schon. Aber das ist eine Geschichte für sich. Die Edens haben das Eden-Gebäude gebaut. Mortimer Eden war der Schwiegervater. Er hat aus dem Kino ein Unterhaltungsimperium gemacht, das sich zu einer Art Kultstätte gemausert hat. Politiker. Geschäftsleute. Er muss tatsächlich eine Art Genie gewesen sein, denn der Laden lag unweit des alten Rotlichtbezirks. Er brachte die ›Huren ins Haus‹. Filmstars waren plötzlich von hübschen Tänzerinnen umgeben. Er produzierte seinen Klatsch höchstselbst, Anzüglichkeiten – einige sprachen von Erpressung – und sonst was wanderte direkt in dieses verdammte Kinoblatt. Alle spielten mit, denn du weißt ja, schlechte Publicity gibt es nicht. Die Auflagenzahl stieg, die Geschichten wurden skandalöser. Niemand nahm Anstoß, weil alle von seiner Berichterstattung abhingen.«

»Eden hat also ... die Klatschkolumnen erfunden?«

»Nein.« Marcus hebt einen nikotingefärbten Finger. »Nicht nur das. Er hat die Boulevardzeitung erfunden.«

Declan nimmt einen Schluck von seinem Kaffee. »Das klingt fast so, als sei er für dich ein Held.«

»Ganz und gar nicht. Ein Held nicht, aber verdammt, du musst zugeben ... er war clever.«

Sie schweigen einen Moment, und Declan sieht Marcus ein wenig neidisch, aber auch mit etwas, was er nicht recht wahrhaben will, beim Rauchen zu: Mitleid. Stunden brachten sie damals in den Pausen zwischen Aufträgen in einer Pool-Halle in Stoke Newington zu, rauchten, tranken Bier und stopften gegrillte Sandwiches in sich hinein. Marcus jammerte die ganze Zeit, dass er sich die Fotografie anders vorgestellt hätte. Er hasste es, Beobachter, Zeuge zu sein. Schließlich wurde ihm ein Job als Nachwuchsreporter angeboten, für den er nach Manchester ging. Declan neidete ihm den Mut zu diesem Richtungswechsel, den Elan. Wie konnte er nur als Hilfs-Paparazzo enden?

Die Bedienung tritt an den Tisch, reißt Marcus die Zigarette aus der Hand und nimmt sie mit.

»Verdammt«, mault er. »Früher konnte man wenigstens noch drinnen rauchen.« Einen Moment wirkt er verloren und ruft ihr hinterher: »Hallo! Zwei gegrillte Sandwiches! Mit Käse.«

Er nickt Declan zu. »Wie in alten Tagen. Und ...« Er zwinkert ihm zu und zuckt vor Schmerz zusammen, als ihn das beschädigte Auge an seinen demolierten Zustand erinnert, »damit ihr nicht langweilig wird.« Er fängt an, sich noch eine Zigarette zu drehen, während er weiterspricht. »Es wird aber noch interessanter. Also, die Gerüchte über das Eden im Krieg sind ja bekannt, oder?«

»Du meinst, dass Hitler sich den Bau zu seinem Hauptquartier auserkoren hatte?«

»Genau. Aber das ist natürlich alles Quatsch. Worüber die Leute weniger reden, das sind die Dreißigerjahre und das, was mit der Zeitung passierte. Seitenweise wurde darüber geschrieben, ob England sich mit Hitler zusammentun sollte, und sich darüber beklagt, dass die Juden in Scharen nach England kamen.«

»Schon gut, sprich leiser.« Declan sieht sich verstohlen um. Abgesehen von einem alten Mann an der Bar ist das Lokal leer.

»Aber wie konnten sie ...«

»Damit durchkommen? Ab und zu brachten sie ein Editorial mit einer Aufforderung, die Dinge nicht zu verharmlosen, sich Hitler in den Weg zu stellen. Solche Dinge.«

»Um sich nicht dem Vorwurf auszusetzen, dass man sich auf die eine oder die andere Seite schlug?«

»Genau, auch wenn das eigentlich bedeutete, dass sie keine redaktionelle Meinung hatten, nicht einen Hauch von« – die Aussicht darauf, die nächsten Worte auszusprechen, entlocken ihm ein schrilles, ungläubiges Lachen – »journalistischer Integrität, außer jeder Story eine populistische Sichtweise aufzudrücken. Die Kriegsjahre erwiesen sich für das Eden als ein Glücksfall. Wusstest du, dass das Papier während des Krieges rationiert war?«

»Nein.«

»So war es aber. Die Auflagen wurden auf etwa sechzig Prozent der Mengen reduziert, die vor dem Krieg gedruckt wurden. Einige schrumpften ihre Blätter auf ganze vier Seiten zusammen. Nur der gute Eden hat es irgendwie fertiggebracht, die Tonnage kurz vor dem Krieg hochzufahren, sodass noch genug Platz für den Stoff blieb, den die Leute lesen wollten. Klatsch. Anzüglichkeiten. Flucht. Er ...« Marcus fährt mit der Hand durch die Luft, als wollte er einen Haken machen. »Er wusste sich in dem Raum zu bewegen, der ihm blieb. In den Sechzigerjahren, als Bernhard einheiratete, hatte sich das Eden-Imperium von einem lokalen Manchester-Blättchen zu einer nationalen Gruppe aus sieben Zeitungen gemausert. Nett.« Marcus rollt die neue Zigarette triumphierend zu Ende.

»Und warum hat Palmer alles geerbt und nicht einer der Edens? Das Gebäude. Der Name Eden zieht sich doch hindurch wie ein roter Faden. Die Ornamente in den Fensterscheiben. Die Keramik. Als wäre man im Garten Eden, einer Art Utopia. Getreideähren. Felder aus Gold.«

»Ha! Felder aus Gold trifft es nicht schlecht. Eden hatte nur sein Vermögen im Sinn. Er tat, was in seiner Macht stand, um sicherzustellen, dass sein eigener Sohn, der im Ruf stand, nicht besonders helle zu sein, vom Erbe ausgeschlossen wurde. Der arme Kerl hat sich schließlich umgebracht.«

»Um Gottes willen! Und die Tochter?«

»Sei nicht naiv. Mädchen führten damals kein Unternehmen. Ihr blieb gar nichts anderes übrig, als jemanden zu heiraten, der Eden genehm war. Das war Bernhard Palmer, und du kannst dir an fünf Fingern ausrechnen, was für ein Typ er gewesen sein muss, um Erbe eines verfluchten, die Nazis verehrenden, erpresserischen, kriegstreiberischen ...«

Marcus will sich gerade die Zigarette anzünden, als er das Gesicht wie ein Kind verzieht, dem man den Lutscher weggenommen hat.

»Pass auf.« Declan fährt sich mit der Hand durchs Haar. »Lass uns rausgehen. Ich glaube, ich brauch auch eine.«

Marcus klemmt sich den Laptop unter den Arm, wobei Declan sich fragt, was er damit vorhat. Draußen stehen sie an die Mülleimer neben der Küche gelehnt. Der Duft von gegrilltem Käse mischt sich in die Ausdünstungen von abgestandenem Bier, Kaffeesatz und vor sich hin faulendem Gemüse. Declan fängt an, sich umständlich eine Zigarette zu drehen, bis Marcus ein Erbarmen hat, ihm seine gibt und sich eine neue dreht.

»Entschuldigung«, murmelt Declan. »Bin aus der Übung.«

Er nimmt einen Zug und stößt einen Seufzer der Erleichterung aus. »Okay, ich fasse mal zusammen. Bernhard Palmer hat

Eden Media mit Rückendeckung seines skrupellosen, wenn auch genialen Mistkerls von Schwiegervater aufgebaut. Und Dominic zieht in jeder Hinsicht nach.«

»Richtig. Unterschätz die Leute nicht. Sie werden mit jeder Generation schlimmer ... oder vielleicht besser«, sinniert er. »Je nachdem, aus welcher Warte du es betrachtest. Man könnte auch sagen, Bernhard hat noch eins obendrauf gesetzt. Nach Kriegsende hat er sich seine aktive Beteiligung an den Verhandlungen über die Fernsehsender gesichert. Expansion. Bernie wusste, wie man diversifiziert. Er gründete Tochterfirmen. Produktionsfirmen. Film. Fernsehen. Dann übernahm Dominic das Ruder und stellte den Laden international auf. Digital.«

»Eine Goldgrube also.«

»Deshalb stellt man sich den Palmers besser nicht in den Weg. *Jeder* gehört ihnen. Jeder, der etwas auf sich hält, braucht sie. Letzte Woche war Bernhard – und vergiss nicht, der ist über achtzig – auf einer Privataudienz im Weißen Haus und letzten Monat auf einem Poloturnier in Peking.«

»Peking?«

»Die Chinesen haben sich vor Begeisterung überschlagen und über zweihunderttausend berappt, nur um in seiner Nähe sein zu können. Seine Käseblätter und Fernsehkanäle beherrschen die öffentliche Meinung in so vielen Ländern, dass er hofiert wird, als gehörte er zum Hochadel.«

»Nur eines verstehe ich nicht. Was hat das mit dem zu tun, was dem alten Bamford zugestoßen ist? Wie wurde er eine Bedrohung für sie?«

»Genau das ist der Punkt.« Marcus sieht die Straße hoch und runter. »Bernhard Palmer hat nur eine Schwäche. Er selbst und sein Freundeskreis. Freunde wie Bamford. Sie alle haben eines gemeinsam.« Als würde das alles erklären, zieht er die Augenbrauen hoch.

»Worauf willst du hinaus?«

»Du kennst die Gerüchte über Bamford nicht?«

Declan schüttelt den Kopf.

»Minderjährige. Mädchen. Jungen.«

Declan macht einen langen, kräftigen Zug an der Zigarette, während er auf die triste Steinwand hinter den Mülleimern starrt. Er bemüht sich, langsam auszuatmen, und spricht mit leiser Stimme weiter.

»Das können die doch nicht tun, nicht da in dem Club.«

Marcus schüttelt den Kopf. »Nicht im Club. Wie gesagt, fauler Zauber. Auf der Rückseite des Gebäudes hat Bernhard Palmer ein Privatapartment. Zugang nur für ganz besondere Freunde, den engsten Kreis.«

»Unglaublich. Wer sind diese Leute? Wie viele sind es?«

»Weiß ich nicht genau.« Marcus tritt die Zigarette auf dem Betonboden aus. »Der Eden-Club war für Bernie immer ein besonderer Palast. Er soll eine geradezu emotionale Bindung dazu entwickelt haben. Auch wenn das mit Emotionen weniger zu tun hat. Die Macht treibt ihn an. Es verschafft ihm tiefste Befriedigung, von all den A-Promis und kleinen Berühmtheiten umgeben zu sein, die in seinem Club Party machen. Wenn der rote Teppich ausgerollt wird. Währenddessen missbrauchen er und seine Freunde Kinder. Gleich nebenan.«

Marcus entgleiten zum ersten Mal die Gesichtszüge. Declan ist erleichtert, dass es seinen Freund nicht unberührt lässt. Schweigend stehen sie da und lassen Nikotin und alles Gesagte auf sich wirken. Declan fährt vor Schreck zusammen, als neben ihnen plötzlich der Küchenventilator anspringt. Dann ertönt von drinnen eine Glocke, und er drückt die Zigarette an der Wand aus.

Die Sandwiches stehen schon auf dem Tisch, als sie hereinkommen. Sie rutschen über die Sitze in die orange beleuchtete Nische, die sich für Declan jetzt anders anfühlt: Das Polster ist härter.

Declan beäugt Marcus von der Seite. »Woher weißt du das alles? Du warst doch nicht etwa drin?«

»Nein. Natürlich nicht. Gesindel wie ich kommt da nicht rein. Ich bin nur ein einfacher Schreiberling.« Jetzt sieht Declan ihn skeptisch an. »Ach ja? Und vorhin war *ich* noch der schlechte Lügner? Für jemanden, der sagt, es ist nicht gut, herumzuschnüffeln, bist du aber ziemlich gut informiert.«

»Und für jemanden, der nur ein bisschen neugierig ist, bist du sehr hartnäckig.« Marcus wirkt nervös und spricht mit gedämpfter Stimme weiter. »Ich hätte dir das alles gar nicht erzählen dürfen. Ich kenne ein paar Leute vom Sicherheitsdienst und einen der Fahrer. Die plaudern schon mal.«

»Plaudern? Über Plaudereien geht das hier aber weit hinaus. Willst du mir damit sagen, dass diese Leute all das wissen, ohne zur Polizei zu gehen?«

»Declan, nicht alle sind so ehrenhaft wie du. Nicht alle teilen deine Ansichten über Sitte und Moral.«

»Ansichten? Es geht um Missbrauch, Marcus.« Er beugt sich vor und klopft mit dem Finger energisch auf den Tisch. »Das ist abscheulich. Wie alt sind die Kinder, mit denen sie …«

»Schon gut, Kumpel. Beruhige dich, verdammt noch mal. Aber versprich mir …« Er räuspert sich und blickt sich um. »Pass auf, ich arbeite schon seit zwei Jahren an der Geschichte. Es ist nicht einfach. Sie haben … ihre Mittel. Archive. Und reden will niemand.«

Declan lehnt sich zurück und pfeift leise durch die Zähne. Marcus' fahle Gesichtsfarbe und die Ränder unter den Augen erscheinen ihm plötzlich in einem anderen Licht. Das ist der Mann, den Declan zu kennen glaubte.

»Archive?«

»Sie bewahren Fotos ihrer Hinterzimmerklientel auf. Aufzeichnungen. Du verstehst. Druckmittel.«

Declan lehnt sich zurück in das weiche Rückenpolster der Bank und denkt an die grobkörnigen Fotos von Beth und der Band.

»Ich meine es ernst. Das ist nichts, in das du einfach deine Nase hineinstecken kannst. Ich kann damit nicht an die Öffentlichkeit gehen. Ich habe da jemanden von der internationalen Presse, der an einer Exklusivstory interessiert ist. Du hast gesagt, es geht um etwas Persönliches, nicht um Arbeit. Das hier zieht sich über zwei Jahre meines Berufslebens hin.«

Draußen fährt eine cremefarben lackierte Straßenbahn vorbei, die das Fenster für Sekunden ausfüllt. Declan verfolgt sie mit seinem Blick. Die Pupillen huschen hastig hin und her.

»Es betrifft uns privat«, sagt er. »Es geht um Juliets Nichte. Vielleicht hast du es gelesen. Sie hat sich Anfang des Sommers das Leben genommen. Und Juliet ist davon überzeugt, dass sie in Schwierigkeiten steckte. Wir wissen, dass sie mit einer Band Kontakt hatte, die von Malcolm Lyall gemanagt wird. Das ist doch ein Freund von Palmer. Was hat Lyall mit diesen ...«

Declan bringt das Wort nicht heraus. »Ist er ...?«

Marcus nimmt sich ein Sandwich-Dreieck. Der Käse zieht Fäden, die sich teilen und zwischen Mund und dem krossen Brot baumeln. »Möglich.« Marcus kaut. »Soviel ich weiß, gehört er zum engen Kreis.«

»Das hatte ich befürchtet.«

»Befürchtet ist gut. Fürchten kannst du dich tatsächlich. Welchen Teil von *Leute werden umgebracht* verstehst du nicht?«

Declan stützt den Kopf auf die Hände. »Moment. Bamford ... Verdammt ... Er muss in seinen Siebzigern gewesen sein. Bernie Palmer ist um die achtzig, richtig? Und die schänden immer noch Kinder? Was hat Bernie dazu gebracht, Bamford ein Betonfußbad zu verpassen? Er gehörte doch dazu, oder?«

»Bamford war dement.«

Declan schüttelt den Kopf. »Ich verstehe nicht.«

»Das Risiko war zu groß. Er fing an zu quatschen. Und wer weiß. Vielleicht hat Dominic die Sache in die Hand genommen.«

»Ach du heilige Scheiße.«

»Wie gesagt. Brutal.« Marcus zupft sich ein Käsestück von den Zähnen.

»Trotzdem muss es doch möglich sein.... Ich meine, die Polizei ...«

»Ich sag dir was. Auch die gehört den Palmers.«

»Wie bitte?«

»Bernhard Palmer hat jahrelang einen Haufen Geld in die Stadt investiert. Das halbe nördliche Viertel haben sie ihm verkauft, damit er es sanieren kann. Ihre Strategie basiert auf dem Boom in der Kultur und Medienbranche. Das Nachtleben. Wenn er sich aus Projekten herauszieht, in denen sein Geld steckt, dann sind die erledigt. Manchester – die Veranstaltungsmetropole. Alles klar? Was glaubst du, woher die Spenden kommen? Was glaubst du, was die Wähler machen, wenn das Geld weg ist?«

»Aber sie können doch auch nicht ... der Polizei vorschreiben, wegzusehen ...«

»Nein, nein. So funktioniert das nicht. Die Cops haben für das Viertel ein Team abgestellt. Unruhig war die Gegend immer schon, früher ein Rotlichtviertel. Wenn du durch die Straße gehst, siehst du schicke Cafés in alten Lagerhäusern. Gehst du aber um die Häuser herum, dann siehst du die Junkies auf der Rückseite in den Treppenhäusern herumhängen. Die Polizei konzentriert sich auf asoziales Verhalten. Bei der kleinsten Beschwerde, dem geringsten Lärm, was auch immer, schreiten sie sofort ein und sorgen für Ruhe. Natürlich weiß man über die Prostitution im Club Bescheid, aber das macht keinen Unterschied zu anderen Läden. Denk nur an die Sache mit dem

Presidents' Club. Sie sehen nicht so genau hin, werden aber nicht müde, sich zu rühmen, dass sie die Nachbarschaft sauber halten.«

»Sauber? Wir reden von Kindern.«

»Ja, aber es gibt Kinder und *Kinder*. Kinder aus der Mittelschicht betrinken sich, übergeben sich, gehen aufeinander los und stechen sich gegenseitig ab. Das ist das eine. Du machst von dir reden, wenn du durchgreifst und die Statistik niedrig hältst. Und was ist mit den Unsichtbaren? Mit den Kindern, die niemand sieht und über die sich niemand beschwert? Wer sollte auch nur eines von ihnen vermisst melden?«

Du?, denkt Declan und zögert plötzlich. *Ich?*

Marcus redet weiter. »Und sie selbst gehen bestimmt nicht zur Polizei, um sich zu stellen, diese Kinder.«

»Warum denn nicht? Sie haben doch Familien. Ich meine, wo ...«

»Komm schon, Declan. *Denk nach*. An schutzlosen Kindern herrscht kein Mangel. Die Asylunterkunft ist kaum eine halbe Meile vom Club entfernt.« Er holt tief Luft und blickt zur Seite, als überlege er, ob er es sagen soll. »Ich habe ein halbes Jahr gebraucht, bis ich ein Mädchen gefunden habe, das bereit ist, zu reden. Drei Männer hat sie schon identifiziert, von denen sie sagt, dass sie sie vergewaltigt haben.«

»Verdammt.« Declan hat immer noch den Tabakgeschmack im Mund. »Und Lyall? Was hat er damit zu tun?«

»Ich bin mir nicht sicher. Über Lyall weiß ich nur, dass er und Palmer sich schon lange kennen, was aber nicht bedeuten muss, dass er damit etwas zu tun hat. Allerdings auch nicht, dass er sauber ist. Um ehrlich zu sein, bin ich vor allem daran interessiert, Palmer dranzukriegen. Die Familie ist mit allen ihren dunklen Machenschaften immer davongekommen, und ich will nicht erleben, dass er sich da rauswindet.«

Er kaut am Daumennagel.

»Aber es wäre bestimmt interessant, sich Lyall genauer anzusehen. Palmer hat Lyall vor Jahren aus einer Plattenfirma herausgekauft. Peanuts hat er dafür hingelegt, und jetzt ist sie ein Vermögen wert. Man kann sich denken, dass Lyall in dem Punkt sehr empfindlich ist.«

»Worauf willst du hinaus?«

»Palmer kann Politiker kaufen, sich die Welt nach seinem Bild gestalten. Und das muss Lyall quälen. Ich wette mal, dass Lyall, sollten wir an ihn rankommen, bereit wäre, Palmer fallenzulassen, nur um seine Haut zu retten.« Er schmunzelt.

»Woran denkst du?«

»Ich ...« Marcus sieht Declan unsicher an. »Pass auf. Ich könnte Hilfe gebrauchen. Als du angerufen hast, habe ich mir etwas überlegt. Es ist riskant. Aber wenn es dich interessiert ...«

»Erzähl weiter.«

»Das Mädchen ist bereit, Beweise zu beschaffen. Beweise von dem, was sich da drinnen abspielt, wenn sie das nächste Mal angefordert wird.«

»Angefordert? Das ist ja sehr vornehm formuliert.«

»Ich weiß. Aber, jetzt kommt's, sie ist bereit zu filmen.«

Der bittere Tabakgeschmack hängt Declan im Hals. Er schluckt. »Aber ist das nicht zu riskant für sie? Ich meine, mit dem, was du hast, kannst du damit nicht zur Polizei gehen oder an die Öffentlichkeit?«

Kopfschüttelnd sieht Marcus zum Fenster hinaus.

»Sieh dir die Skandale doch an, die es schon gegeben hat. Sie erledigen das Nötigste, und dann sind die Beweise verschwunden. Zeugen werden für unglaubwürdig erklärt. Die Sache verliert schneller an Substanz als ein geplatzter Ballon. Das will ich nicht riskieren. Dieses Mädchen ist das Mutigste, das mir je begegnet ist. Eine Freundin von ihr ist vor ein paar Monaten verschwunden. Ihre Leiche wurde im Park gefunden. Und jetzt hat sie eine Art Mission zu erfüllen. Sie hat Leute anhand von Fotos identifiziert, die ich ihr gezeigt habe. Aber das reicht nicht. Nicht belastbar. Aussage gegen Aussage. Wir brauchen Beweise.«

»Mir gefällt nicht, wie das klingt.«

»Ich habe ihr eine Kugelschreiberkamera besorgt.«

»Das darf nicht wahr sein.«

»Ich weiß. Nicht optimal, aber sie mit etwas auszurüsten, was sie am Körper trägt, geht aus naheliegenden Grüßen nicht. Sie wird eine kleine Tasche bei sich haben, in der der Kugelschreiber fest angebracht ist. Kleines Loch in der Tasche, und fertig.«

»Hast du es schon ausprobiert? Funktioniert es bei schlechtem Licht? Wie lange wird aufgezeichnet?«

»Ja, alles durchdacht. Es funktioniert. Hält ungefähr eine Stunde.«

»Und wozu brauchst du mich?«

»Ich brauche jemanden, der festhält, wie sie abgeholt und dorthin gebracht wird. Nur für den Fall, dass etwas schiefgeht. Ich meine, sie ist noch ein Kind. Sie hat bestimmt Angst und könnte etwas vergessen oder immer wieder auf die Tasche schielen. Und ich möchte Bilder aus dem Club haben. Von den Leuten, die da drinnen arbeiten. Ich möchte den ganzen verdammten Laden hochgehen lassen.«

»Hast du nicht gesagt, es gibt keine Möglichkeit, reinzukommen.«

»Richtig. Aber du und Juliet, ihr kennt bestimmt jemanden aus dem Umfeld. Bei den Kreisen, in denen ihr euch bewegt. Juliet muss doch immer alle möglichen Hände schütteln.«

Declan verneint mit einer Kopfbewegung. »Wir kennen niemanden, der ins Eden geht. Sie ist Politikerin, kein Pornostar.«

»Wenn du dich da mal nicht irrst«, sagt Marcus.

Er hat recht, denkt Declan. Goldman war Schauspielerin. Trotzdem ist sie die Letzte, die sie ins Boot holen können.

Wenn überhaupt, könnten sie vielleicht Toby bitten. Laut Juliet ist er in Manchester ein Held. Es ist seine Heimatstadt, und dem Techno-Festival im Eden verdankt er seine Karriere. Und genau deshalb würde er den Laden vermutlich auch nicht verraten. Er ist ihm zu Dank verpflichtet, wie auch Max, Karlo und Lyall.

»Dann warst du noch nie drin?«, fragt er Marcus.

»Nein.«

Sie schweigen. Marcus dreht sich eine neue Zigarette und klopft sie auf die Tischplatte. »Ich gehe noch mal raus«, sagt er und schiebt sich an der ledernen Sitzbank vorbei. »Aber ich sage dir etwas. Wer es auf die Liste schafft und dich mit hineinbekommt, der braucht echt Eier.«

Declan sitzt schweigend da und starrt versteinert die laminierte Menükarte an.

»Wäre eine Starköchin geeignet?«, fragt er.

Der Standard: Zeit der Besinnung bei der Progressive Alliance – wer kandidiert für den Vorsitz?

20. September 2018

- Nach der erdrutschartigen Niederlage bei den Wahlen in diesem Monat beginnt für die Progressive Alliance unausweichlich die Phase der Selbstbesinnung und gegenseitiger Schuldzuweisung.
- Noch ist die scheidende Vorsitzende Fiona Goldman nicht zurückgetreten. Zuverlässigen Quellen zufolge ist das jedoch nur noch eine Frage der Zeit.

In dieser Woche schildert Sarah Hausman aus der Politik-Redaktion in täglichen Beiträgen ihre persönliche Sicht auf die fünf aussichtsreichsten Kandidaten für den Vorsitz der PA. Heute: Juliet MacGillivray.

Die ehemalige Justiziarin und jetzige Generalsekretärin Juliet MacGillivray könnte man fälschlich für eine hochrangige Bürokratin der Alliance halten. Interne Parteiangelegenheiten handhabt sie souverän, während sie öffentlich kaum in Erscheinung tritt. Das sollte jedoch nicht darüber hinwegtäuschen, dass sie zu den wenigen Hochkarätern zählt, die die Partei in der Goldman-Ära hervorgebracht hat. Wie hat sie das geschafft? Und ist sie die Richtige, um den Schritt auf die große Bühne zu meistern?

Weil sie in kein Amt gewählt wurde, blieb ihr Einfluss im Verborgenen, was sicherlich dazu beitrug, dass sie sich so lange behauptet hat. Sie tritt selten vor die Kamera und hält sich auch gegenüber der Presse sehr zurück. Aber jedes politische Statement und jede Rede trägt den MacGillivray-Stempel. Insidern zufolge soll sie 2011 die entscheidende Kraft bei der Wahl Goldmans gewesen sein, wodurch die Partei an Popularität gewann.

Die Verbindung zwischen MacGillivray und Goldman, privat wie auch politisch, könnte sich jetzt als Belastung erweisen. In welchem Ausmaß MacGillivray die Beziehung zur scheidenden Vorsitzenden schadet, bleibt jedoch abzuwarten.

Dies ist allerdingt nicht das einzige Fragezeichen hinter MacGillivray. Wie es heißt, stammen alle wichtigen Reden weiterhin aus ihrer Feder, und sie ist diejenige, die die Kandidaten der Partei begutachtet. Einige Mitarbeiter halten sie für einen Kontrollfreak. Es bleibt fraglich, ob sie in der Lage ist, aus der Verwaltung heraus die Führung zu übernehmen.

Ein größerer Stolperstein für MacGillivray könnte indessen MacGillivray selbst sein. Kritiker beurteilen ihr Bild in der Öffentlichkeit und ihren persönlichen Ehrgeiz skeptisch. Ihre berufliche Tätigkeit beruht im Wesentlichen darauf, andere zu fördern und zu beschützen.

Das Privatleben der kinderlosen MacGillivray ergibt ein ähnliches Bild. Die Zwillingsschwester mit einer bipolaren Störung, der kürzliche Selbstmord ihrer jungen Nichte und das Ausscheiden der langjährigen Verbündeten Goldman könnten MacGillivrays Verlangen danach, sich in das Getümmel um den Parteivorsitz zu stürzen, dämpfen. Gerade in einer Phase, in der die Kampagne Fahrt aufnehmen sollte, hat sie sich in ihr Strandhaus an der exklusiven Küste östlich von Inverness und in unmittelbarer Nachbarschaft zum berühmten DJ Max Bolin zurückgezogen – was schwerlich als Beweis für ihre Volksnähe dienen kann.

33

Toby absolviert seinen üblichen Abendkontrollgang am Strand. Die Sonne hat sich heute nicht blicken lassen, der Himmel war mit weißlichen Wolken verhangen, aus denen nun auch das letzte Licht weicht. Leichten Fußes läuft er zwischen den Pfützen und Kieseln umher, hört nur mit einem Ohr auf das Schlurfen seiner Füße, ohne dass er hinsehen muss, wohin er sie setzt. Ein verheißungsvolles Zischen fernab der Mündung dringt zu ihm. Die Flut läuft bald auf. Dieses Geräusch hat ihn schon immer fasziniert. Ein- oder zweimal hat er es aufgenommen, und es ist Bestandteil des Albums geworden. Inzwischen aber hasst er es, so wie er auch seinen Beruf hasst.

Er sucht den dämmrigen Strand ab, kann aber, wie an allen anderen Tagen auch, von vereinzelten Treibholzstücken abgesehen, nichts finden. Bei dem Unwetter am letzten Wochenende haben die Wellen einen halben Baum am Strand abgeladen. Dort lag er drei Tage, bis er auf seltsame Weise verschwand. Ihm war das unheimlich. Der Frische des Baums, der blättrigen, goldenen Borke und den zersplitterten Ästen haftete etwas Unheilvolles an.

Er geht langsamer, als er sich Juliets Strandhaus nähert. Drinnen sieht er Licht; die gelbe Tapete erzeugt einen warmen Schein.

Plötzlich sieht er in der Biegung des Weges hinter dem Haus ein Auto stehen. Einen Wagen, den er vorher noch nie hier gesehen hat. Ein kleiner Allrad-Geländewagen. Ein Mietwagen vielleicht. Was hat er hier zu suchen? In dieser Richtung gibt es auf mehrere Hundert Meter kein Haus.

Zwischen den Bäumen hindurch nähert er sich dem Haus,

ohne es aus den Augen zu lassen. Juliet geht durchs Wohnzimmer und setzt sich an den Tisch. Sie legt das Kinn in die Hand. Sie scheint allein zu sein. Die Zeitungen, die auf dem Esstisch ausgebreitet liegen, sieht Toby nicht.

Seit Declan nach Manchester gefahren ist, ist Juliet im Strandhaus geblieben. Sie ist angespannt und nervös. Das muss der Hüttenkoller sein, von dem sie immer reden. Der einzige Mensch, mit dem sie gesprochen hat, ist der Immobilienmakler, der zu ihr ins Strandhaus gekommen ist.

Die Unterlagen, die er ihr dagelassen hat, liegen über den Tisch verstreut, wie auch die Zeitungen mit den Wahlanalysen, die Declan ihr aus dem Krankenhaus mitgebracht hat. Überall ist die PA der Aufmacher. Ist das das Ende der Partei? Für Goldman? *Der Standard* bringt Minibiografien über Goldmans mögliche Nachfolger. Darunter auch die von Juliet. Zunächst war sie überrascht, dann wütend. Viermal hat sie den Artikel gelesen. Einiges davon war sicherlich positiv, wenn nicht sogar als förderlich zu bewerten. Die Beurteilung ihrer Person jedoch empfindet sie als oberflächlich und übergriffig. Die Journalistin hat ihr Privatleben in die Öffentlichkeit getragen. Für jeden Schmierfinken wäre es ein Kinderspiel, sie hier ausfindig zu machen. Je eher sie verkauft und die Gegend verlässt, umso besser.

Sie empfindet ein frostiges Gefühl zwischen den Schulterblättern bei dem Gedanken daran, dass sie die Verbindung zu Moray, zu ihrer Kindheit und zu ihren Wurzeln kappt. Es erscheint ihr undankbar, wo ihr Vater ihr das Haus doch einst hinterlassen hat. Das Haus zu verkaufen, ist nicht nur mit unangenehmen Gedanken verbunden. Zu der Vorahnung eines Verlusts gesellt sich die Hoffnung auf Leichtigkeit und Freiheit – eine Art von *So soll es sein*. Ist es Beth vielleicht genauso ergangen, als sie aus der Wohnung ihrer Großeltern auszog,

Kindheit und Mutter zurückgelassen hat? Kaum fünfundzwanzig Kilometer waren es hierher, und trotzdem muss es für sie eine vollkommen andere Welt gewesen sein, die Belastung des Lebens mit Erica hinter sich zu lassen.

Erica. Sie würde natürlich weiterhin in Inverness leben. Nach dem Verkauf des Strandhauses hätte Juliet hier oben keine eigene Basis mehr; nichts, wohin sie sich zurückziehen könnte, wenn Erica wieder von einem ihrer Zustände heimgesucht würde. Was das betrifft, würden sie entweder zusammenkommen, oder es wäre die Trennung bzw. so etwas Ähnliches. Eine Veränderung. Wie Hammerschläge klingen ihr Alex' Worte hin und wieder in den Ohren: *Tante Jet, mit ihrer tollen Wohnung und ihrem tollen Leben in London.* Wenn der wüsste. Das Leben wird sich sehr bald unwiderruflich verändern, egal, wie sie sich entscheidet. Die Kandidatur für den Vorsitz. Mutter werden. *Oder keines von beidem?*

Sie muss dringend mit Declan über ihre gemeinsame Zukunft sprechen. Sie sollte irgendwohin fahren, wo sie Netz hat, und nachsehen, ob er ihr eine Nachricht geschickt und inzwischen seinen Freund Marcus getroffen hat. Und ob die PA sich gemeldet hat. Mit oder ohne sie, die Räder der Politik drehen sich weiter. Wenn es zutrifft, was sie in den Nachrichten hört und in den Zeitungen liest, muss sich irgendjemand trotz ihrer Abwesenheit für sie starkmachen. Aber wer?

Sie erschrickt, als sie dumpfe Schritte auf der Terrasse wahrnimmt. Auch Bucky schlägt nach einem ersten leisen Knurren zweimal laut und schrill an. Sie sieht auf, erst durch das eine, dann durch das andere Fenster. Niemand zu sehen; nichts außer der geblümten Tapete, die sich in der Scheibe spiegelt.

34

Nachdem die Aufzeichnung in London beendet ist, fliegt Lotta am nächsten Tag direkt nach Manchester. Es ist Freitag, und auf den Straßen herrscht dichter Berufsverkehr. Declan erwartet sie am Flughafen, und sie fahren gemeinsam mit dem Taxi ins Hotel. Sie reden leise auf der Rückbank. Im Radio läuft Unterhaltungsmusik aus dem Vormittagsprogramm.

»Ich hatte richtig Lust, dich wiederzusehen«, sagt Lotta.

»Wirklich wunderbar. Bei dem Wetter kann ich es kaum erwarten, das kleine Schwarze und die High Heels anzuziehen.«

»Das Wetter ist das geringste Problem«, entgegnet Declan. »Bist du dir sicher, dass du es tun willst?«

»Declan, wäre ich gekommen, wenn ich mich darauf nicht eingestellt hätte?«

Die härteste Prüfung für Lotta war der Flug. Sie hasst fliegen und tut es schon oft genug zwischen Liverpool und London. Weder sie noch Sophie haben London wirklich in ihr Herz geschlossen. Dennoch zeichnet es sich ab, dass sie sich dort eine gemeinsame Wohnung suchen müssen. Das Pendeln ist nicht mehr zu ertragen. Für Sophie bedeutet das, dass sie ihre Arbeit und die Forschung in Liverpool aufgeben und noch einmal von vorn anfangen muss.

»Ich habe dir doch gesagt, dass ich helfe, wenn ich kann, auch wenn ich nicht verstehe, warum Juliet nicht einfach zur Polizei geht.«

»Womit soll sie zur Polizei gehen? Was soll sie denen sagen?« Er spricht leiser. »Entschuldigen Sie bitte, aber ich habe gehört, dass üble Machenschaften im Gange sind, dass Bernhard Palmer und Malcolm Lyall Kinder für Liebesdienste heranziehen?

Na ja, Beweise habe ich leider nicht, und ich kann Ihnen auch nicht sagen, von wem ich das weiß.‹ Außerdem, wenn Marcus recht hat, dann interessiert die Polizei sich sowieso nicht sonderlich dafür. Wenn es stimmt, was er sagt, dann hat Palmer die Polizei nämlich immer genau da, wo er sie haben will.«

»Und was ist mit der Presse?«

»Ja. Marcus hat jemanden an der Hand, der sich dafür interessiert. Einen Redakteur. Zwei Jahre arbeitet er schon darauf hin. Eine riesige Sache für ihn. Da darf nichts schiefgehen.«

»Wie heißt der Redakteur. Brockwell?«

»Keine Ahnung. Brockwell ist abgetaucht. Der hat sich nach der Geschichte über ihn und Goldman eine Auszeit genommen.«

»Und welche Verbindung besteht zwischen diesen DJs und Beth?«

»Die Verbindung sind die Bilder, die Juliet gefunden hat.« Er vermeidet es, Lotta anzusehen, während er von Juliets Entdeckung spricht. »Aber es gab noch ein paar andere Fotos. Wir vermuten, dass sie im rückwärtigen Teil des Clubs in Palmers Privaträumen entstanden sind. Mit den Aufnahmen stimmt etwas nicht. Beth hat sie nämlich gleich versteckt, und … na ja … ziemlich kompromittierend sind sie auch. Beths Gesichtsausdruck sagt doch alles. Auf einem davon ist ein halb nacktes Kind.«

Lotta sieht ihn mit großen Augen an. »Mit Beth?«

»Nein … mit den Jungs von der Band.«

»Aber wie zum Teufel ist sie überhaupt an das Foto gekommen? Was will sie damit?«

»Jemand wird es ihr geschickt haben. Um sie zum Schweigen zu bringen.« Er spricht noch leiser. »Das ist kein harmloses Spiel. Beth ist nicht das einzige Opfer. Marcus hat noch mehr haarsträubende Geschichten auf Lager. Wenn du aussteigen willst, musst du es nur sagen.«

Lotta legt den Kopf ans kühle Taxifenster. Er will nicht sagen, dass er etwas wiedergutmachen möchte, vermutet sie. Es mag ja sein, dass sie seit ihrem Gespräch im Wald einen bestimmten Verdacht hatte, aber als er ihr am Telefon die Geschichte mit den Fotos von Beth erklärte, war sie eher überrascht, dass Juliet ihn nicht schon umgebracht hatte.

»Und du bist dir sicher, dass du auf der Gästeliste stehst?«, fragt er noch einmal.

»Ja, absolut. Meine Agentin ist aus allen Wolken gefallen, als ich sie um einen Gefallen bat. Sie weiß, dass das nicht zu meinen bevorzugten Veranstaltungsorten zählt.« Sie lacht. Declan ist ihr nicht zum ersten Mal für ihren trockenen Humor dankbar. »Wahrscheinlich wähnt sie mich jetzt in einer Art Midlife-Crisis.«

»Und Sophie? Ist sie einverstanden?«

Eine Pause entsteht. »Wir müssen uns nicht gegenseitig um Erlaubnis bitten«, entgegnet Lotta vielsagend.

Declan fragt sich, ob Sophie eine schlechte Meinung von ihm hat, weil er Juliet gegenüber etwas verschwieg. Er stellt sich Lotta und Sophie vor, wie sie darüber streiten, ob sie nach Manchester kommen solle, um ihm zu helfen. »Dann hast du Sophies Einwände also ignoriert?«

Lotta schweigt. Declan beäugt sie von der Seite. Der gut konturierte Kiefer, die dunklen Augenbrauen. Die glänzenden Regentropfen an der Fensterscheibe lassen sie fast alterslos erscheinen.

Sie erreichen das Hotel, eine unscheinbare Mittelklasseunterkunft in der Nähe des Stadions, mit Kaffeemaschine an der Rezeption und modernen, neongrünen Kreisen an den Wänden.

Lotta legt sich kurz schlafen, gönnt sich anschließend ein ausgiebiges Bad und versucht sich dann an einer besonderen Frisur, die sie mag und die ihr die Maske beim Fernsehen immer macht. Und es gelingt ihr nicht mal schlecht. Schließlich blickt sie unsicher nach links und rechts den menschenleeren Gang hinunter und verlässt ihr Zimmer in dem glamourösesten Outfit, das sie besitzt: ein schlichtes Chloé-Vintage-Kleid und eine klobige, silberne Halskette, die ihr Sophie einmal zum Geburtstag geschenkt hat. Sie klopft an Declans Tür.

Sie sitzen auf dem Bett und machen ein paar Wodkas aus der Minibar nieder, während Declan ihr die kleine Kamera zeigt, die er mitgenommen hat. Sie ist hingerissen von dem winzigen Ding, das nicht größer als ein Anhänger für Autoschlüssel ist. Declan hofft, dass das Gerät unbemerkt bleibt. Das Kabel, das Marcus ihm mitgegeben hat, lässt er unerwähnt, um sicherzustellen, dass sie sich natürlich gibt. Je weniger sie weiß, umso besser für sie beide. Er erklärt ihr seinen Plan. Wie er sich einen Eindruck von den Gegebenheiten und vom Zugang zum privaten Bereich machen und, wenn möglich, Beweise für Sexarbeit sammeln will.

Er gibt ihr Marcus' Nummer. »Wenn etwas schiefgeht, dann hol dein Handy aus der Garderobe und ruf Marcus an.«

»Sag so etwas nicht. Es ist ein Club. Was soll schon schiefgehen?«

Bevor Declan antworten kann, ruft die Rezeption an, um mitzuteilen, dass ihr Wagen eingetroffen ist. Sie fahren mit dem Aufzug hinunter und sehen vor der Tür einen schwarzen Audi mit abgedunkelten Fenstern stehen. Mit mäßig verhohlener Verachtung begleitet der Fahrer Lotta mit einem Regenschirm die wenigen Meter von dem einfachen Hotel zum Bordstein.

»Du hast dich ja wirklich nicht lumpen lassen«, raunt sie ihm zu, als Declan neben ihr auf den Ledersitz rutscht. »Hier *riecht* es sogar teuer.«

»Ich dachte, es könnte nicht schaden, so zu tun, als ob.«

Es ist eine kurze Fahrt in den nördlichen Teil des Viertels an

Cafés und Restaurants vorbei. An einem Platz, der jetzt Fußgängern vorbehalten ist, fahren sie an einem Polizeibus mit Überwachungskamera vorbei. Die Studenten sind wieder in die Stadt zurückgekehrt und gehen ihren abendlichen Vergnügungen nach.

Als sie vor dem Eden-Club vorfahren, stehen zwei Gruppen davor. Die eine bildet eine lange Schlange bibbernder Menschen, die sich in hoffnungsvoller Erwartung auf Einlass die gepflasterte Straße hinunter aufgestellt haben. Die andere Gruppe, eine deutlich kürzere Reihe, kommt mit mehr Zuversicht in den Mienen auf der rechten Seite der Tür über die mit einem roten Teppich ausgelegten Stufen gut voran. Die beiden Welten sind durch golden schimmernde, zwischen glänzenden Messingpfosten drapierte Taue voneinander getrennt. Drei hünenhafte Türsteher behalten den Eingang im Blick. Declan bittet den Fahrer, auf sie zu warten, und drückt ihm ein entsprechend stattliches Trinkgeld in die Hand, gleichzeitig bemüht, seinen gequälten Gesichtsausdruck zu verbergen, bevor er die Brieftasche wieder in die Jacke schiebt.

Sie schließen sich dem Häufchen Schönheiten auf der rechten Seite an. Ein schlanker, blonder Mann wirft einen kurzen Blick über die Schulter und wendet sich sofort wieder ab. Obwohl sie eigentlich möglichst unauffällig in den Club gelangen wollten, versetzt Declan dieses demonstrative Ignorieren einen heftigen Stich wie zu Teenagerzeiten. Er betrachtet die wartende Menge auf der linken Seite; die meisten von ihnen sind junge Frauen, die zu zweit dastehen und auf ultrahohen Plateauschuhen balancieren. Junge Männer in schillernden Hemden stehen in Gruppen zusammen. Trotz der Kälte scheinen sie guter Dinge zu sein. Ist es nur eine Art Glücksspiel für sie? Erwarten sie tatsächlich, hineinzukommen? Während er die Gruppe betrachtet, steigt eine umwerfend gut aussehende junge Frau, die nur aus Beinen auf unglaublichen Absätzen zu bestehen scheint, aus dem Fond eines Taxis. Der Türsteher auf der linken Seite winkt sie heran, und sie stolziert an der wartenden Menge vorbei.

Lotta stupst ihn in die Rippen. Sie sind vorn angekommen. Bevor Declan begreift, wie ihm geschieht, begrüßt sie der Türsteher und winkt sie durch.

»Guten Abend, Miss Morgan. Guten Abend, Sir.«

Lotta entfährt ein schallendes, angespanntes Lachen, als sie das Atrium betreten. Im selben Moment vernehmen sie Bässe, die ihnen aus jeder Wand des Gebäudes entgegenzuwummern scheinen. Declan verzieht keine Miene.

»Das war einfach zu simpel«, raunt er ihr zu.

»Ist doch gut. Du warst eiskalt.«

»Stell dir einfach vor, dass du dir gleich in die Hosen machst, dann verziehst du garantiert auch keine Miene.«

»Was ist so schlimm hier?« Lotta nimmt ihn beim Arm. »Es ist ein Club. Wir sind von Menschen umgeben. Was soll schon passieren?«

Marcus' Geschichte vom Zement, in den Bamfords Füße einbetoniert waren, hatte Declan für sich behalten. Er ist dankbar, dass Lotta mitgekommen ist, hätte ihr aber wohl die Risiken stärker verdeutlichen müssen. Sie plaudert weiter. Auch von dem Kabel, mit dem er verdrahtet ist, weiß sie nichts. »Hoffentlich gibt's hier wenigstens Betäubungsmittel oder ein bisschen SM.« Sie lacht erneut und zischt ihm zwischen den Zähnen zu: »Im Ernst. Entspann dich. Mach die Schultern locker.«

Declan dehnt die Nackenmuskulatur, indem er den Kopf von einer Seite auf die andere neigt, und versucht, sich zu entspannen. Sein Blick geht zum Lichthof hinauf, wo er die beiden Treppenläufe entdeckt, die vom Foyer nach oben führen.

»Wohin jetzt?«, fragt Lotta.

Marcus hat Declan die örtlichen Gegebenheiten, so gut es

ging, beschrieben, aber die meisten Informationen stammen aus Webseiten. Im Erdgeschoss geradeaus vor ihnen liegt das Amphi One, in dem ein hochkarätiger DJ versuchen wird, die Grenzen des Mainstream-Geschmacks auszureizen; rechts führt eine halbe Treppe zur alten Bar im Zwischengeschoss, in der sich jetzt eine gemütliche Lounge befindet. Links führt ein elegantes Treppenhaus zum ersten Rang hinauf. Von dort oben blickt man von einer VIP-Bar mit eigenen Räumlichkeiten auf das Amphi One hinab. Die früheren Logen wurden in VIP-Boxen umfunktioniert, in denen, wie Marcus sagt, die Lapdancer und Eskortdamen den größten Teil ihrer Arbeit verrichten. Der Zutritt zum zweiten Rang und der Galerie darüber ist verboten. Dort befinden sich ein Fitnessraum, ein Schwimmbad und die Verbindung zu den Luxusapartments auf der Rückseite des Gebäudes.

Die Leute vom Sicherheitsdienst sind allgegenwärtig, diskret, aber überall – leere Gesichter in dunklen Anzügen. Einer von ihnen, dessen Bizeps raumfordernd gegen die Ärmel seines Jacketts aufbegehrt, hält ihnen die Tür zum Amphi One auf. Declan fragt sich einen Moment, ob seine Verkabelung vielleicht Funkstörungen in den Headsets der Sicherheitsleute hervorrufen könnte. Aber sie bleiben unbehelligt.

Als würde er ein Kraftfeld betreten, vibrieren Declans Eingeweide synchron zum Bass und den schweißglänzenden Körperteilen vor ihm. Sich windende Arme und gespreizte Finger reichen in ein gewaltiges, über der weitläufigen, mit Trockeneis vernebelten Tanzfläche aufgespanntes Netz aus grünen und weißen Laserstrahlen hinauf, die von einem zentralen Punkt über der Bühne ausgehen und dort auch wieder zusammenlaufen. Hypnotisch.

Declan muss grinsen.

»Gehen wir an eine Bar?«, ruft Lotta ihm zu. Sie bahnt sich den Weg durch die Menge. Sie ist so klein, dass Declan kaum fassen kann, mit welcher Leichtigkeit sie sich gegen die wabernde Masse aus Fleisch durchsetzt.

»Bist du okay?«, ruft er.

»Mir geht's gut. Mein Schwerpunkt liegt ja weiter unten.«

Hinten im Raum angekommen, bestellen sie Champagnercocktails. Declan lehnt sich an die Zinkverkleidung und blinzelt in das Gewirr aus Rauch und Laserstrahlen. Von den früheren Privatlogen oben, die mit Samt verhängt sind, kann er nur wenige schemenhaft erkennen.

»Wir müssen da hoch.« Er nickt in Richtung Galerien. »Das sind die Privaträume.«

Sie sehen hinauf. Schlanke Gestalten schlendern an der Scheibe der VIP-Bar entlang und blicken in den Hauptbereich hinab. Als sie hinaufschauen wird ein Vorhang vor einer der Privatboxen teilweise zurückgezogen. Von ihrem Aussichtspunkt aus können sie nicht sehen, wer in der dunklen Öffnung steht. Lotta wird nervös. Es ist heiß, trotzdem zittert sie.

»Gehen wir zusammen? Oder teilen wir uns auf? Ich könnte mich im Zwischengeschoss umsehen.«

Er nickt. Als er sich umdreht, ergreift Lotta seinen Arm. Er beugt sich mit einem Ohr zu ihr hinab.

»Viel Glück, Declan.« Sie nimmt einen Schluck. »Ich bleibe eine Stunde, dann gehe ich. Der Champagner ist grauenhaft.«

»Okay. Dann treffen wir uns im Foyer?«

Lotta nickt, und Declan verzieht den Mund zu einem angespannten, schmallippigen Lächeln, das eher zu einer Grimasse verrutscht. Er schiebt eine Hand in die Innentasche seiner Jacke und tastet nach der Kamera. Sie sieht seine Schultern in der Masse auf der Tanzfläche verschwinden.

35

Juliet steht in der Terrassentür. Die Luft ist kalt und der Mond nur mehr als blasses Abbild seiner selbst tief hinter den Bäumen auszumachen. Sie zittert. Bucky sitzt einen Moment wachsam neben ihr, läuft dann schnüffelnd über die Terrasse auf den Rasen hinaus, und hebt ein Bein. Das Meer klingt ruhiger als sonst in der Nacht. Aber sie vernimmt ein Rascheln aus dem Dickicht. Juliet horcht genau hin und konzentriert ihren Blick auf die undurchdringliche Finsternis. Bucky hebt den Kopf. Mit gespitzten Ohren steht er da und wittert Richtung Wald. Er knurrt leise.

Nichts fürchtet Juliet mehr, als das Strandhaus zu verlassen, wenn es draußen dunkel ist. Die plötzliche Wahrnehmung, allein, ja, einsam zu sein, macht ihr Angst. In der Hauptsaison, wenn die Tage länger sind und die Leute draußen noch spazieren gehen, ist das anders. Das warme Licht und den sicheren Bereich hinter sich zu lassen, den das Haus ihr bietet, hinauszugehen, wenn die Dämmerung eingesetzt hat …

Schon als kleines Mädchen fürchtete sie sich, wenn sie im Herbst abends etwas aus dem Holzschuppen holen sollte. Sie flitzte dann immer schnell hin und, selbst wenn beide Arme mit Holzscheiten beladen waren, mindestens genauso schnell wieder zurück ins Haus. Manchmal bot Erica sich an, an ihrer Stelle zu gehen, verlangte aber nicht selten etwas dafür – meist einen gemeinsamen Gang zum Meer, um dort im Mondschein nackt baden zu gehen. Erica wollte immer zum Hippo schwimmen, was schon am Tag eine Herausforderung war, von nachts bei höherem Wellengang ganz zu schweigen. Meistens hatten sie nicht einmal ein Viertel der Strecke zurückgelegt, wenn Juliet aufgab. Besonders an ein Mal erinnert sie sich, als Erica etwa vierzig Meter vor ihr verschwand. Wie ein aufgezogener Kreisel wirbelte Juliet auf der Stelle tretend im Wasser umher und suchte die düsteren Wellen nach einem Stück der zügig kraulenden, blassen Arme ihrer Schwester ab. Sie rief nach ihr – eher um sie zu warnen –, darauf gefasst, Wasser ins Gesicht gespritzt zu bekommen oder unter Wasser gezogen zu werden. Einer dieser üblichen Späße. Sie hatte gewartet. Nichts. Immer wieder rief sie Ericas Namen, noch mal und noch mal, bis die Angst in ihrer Stimme bei ihrer Schwester schließlich doch Mitleid erweckte: Vom Ufer her vernahm sie eine Stimme und sah Erica dort stehen. In Sicherheit, ihr zuwinkend. Keuchend kam Juliet zum Strand zurück und wollte auf sie losgehen. Erica aber war es ernst.

»Ich wollte sehen, wie weit du gehst«, sagte sie nur.

Jetzt dreht Juliet sich um und greift nach einer Jacke, die sie sich umständlich über den dicken Pullover zieht. Sie sucht ein Paar Gummistiefel, nimmt Buckys Leine, ruft den Hund zu sich und versucht, den Ring an seinem Halsband zu finden. Er ist es nicht gewohnt, hier draußen an der Leine zu gehen, und sieht sie bekümmert an.

»Nicht, weil ich dir nicht traue, Kleiner«, sagt sie vor ihm kniend. Sie umfasst seine Schnauze und krault ihm mit den Daumen die Lefzen. »Aber es ist besser, wenn du in der Nähe bleibst.«

Das Licht lässt sie an, nimmt eine Taschenlampe und schließt die Tür hinter sich ab. Am Waldrand bleibt sie stehen. Bucky läuft weiter, bis das Ende der Leine erreicht ist, und sieht sich vorwurfsvoll nach ihr um.

»Hallo?«, ruft sie.

Sie leuchtet mit der Taschenlampe ins Dunkel. Der Schein verwandelt die Äste und ihre eigenen Schatten in fratzenhafte, umherirrende Formen. Es wäre vernünftiger gewesen, im Haus zu bleiben, denkt sie, während sie langsam, aber entschlossen weiter in den Wald hineingeht. Bucky zerrt ungestüm an der Leine, bis sie nachgibt, ihn zu sich heranzieht, den kleinen Haken löst und ihn laufen lässt.

Er stürmt davon, begrüßt jeden Baum und schnüffelt aufgeregt daran herum, während Juliet sich weiter umsieht. Sie kann es nicht leiden, die Dunkelheit im Rücken zu haben. Immer wieder dreht sie sich um, leuchtet mit der Taschenlampe hinter sich und tut so, als müsste sie nach Bucky rufen, was sie auch leise tut, obwohl er sich nie weit von ihr entfernt.

Plötzlich hört sie, wie sich wenige Meter von ihr etwas bewegt. Auch Bucky hört es. Als würde ein Ast brechen, obwohl der Boden dick von Tannennadeln bedeckt, weich und elastisch ist. *Du könntest dich verstecken*, denkt sie. *Du könntest dich hier hinlegen und dich verstecken.* Der ganze Wald wirkt gedämpft. *Du könntest laut schreien, ohne dass dich jemand hört.*

»Wer ist da?«, fragt sie mit scharfem Ton. Bucky sieht sie mit respektvoller Überraschung an. Da ist sie wieder, diese unwürdige Emotion; Angst macht sie wütend. Sie steht da, lauscht angestrengt und hört nichts als ihren eigenen Atem und Buckys Hecheln.

»Guter Junge«, sagt sie laut. »Such weiter. Wo ist der Hase?« Bucky macht große Augen, in denen das Weiß leuchtet, und prescht in großem Bogen zwischen den Bäumen hindurch. Sie dreht sich in alle Richtungen, als wäre sie eine Spindel an seiner Leine. Er kommt zurück, um sich seiner Anerkennung zu vergewissern, und bleibt mit alarmiert aufgestellten Ohren stehen, bevor er wieder auf Schnuppertour geht.

Weder er noch Juliet können jemanden entdecken.

Auf dem Rückweg zum Strandhaus versucht sie sich zu beruhigen. Sie hält die Taschenlampe fest in der Hand und folgt dem auf und ab wippenden Lichtschein. Beim Holzschuppen an der Grundstücksgrenze bleibt sie stehen und betrachtet das dunkle Haus. Hat sie das Licht nicht angelassen? Dann muss sie sich das wohl eingebildet haben. Im Mondschein kann sie durch das ganze Haus hindurchsehen, bis zu den Bäumen davor. Toby, der mit hochgeschlagener Kapuze und in den Taschen vergrabenen Händen auf der anderen Seite des Hauptweges steht, sehen weder sie noch Bucky.

Sie schließt auf und geht hinein. Bucky schlabbert geräuschvoll Wasser aus dem Napf in der Küche und macht es sich vor dem Holzofen gemütlich. Zumindest er ist mit ihrem Ausflug zufrieden. Juliet streift die Stiefel ab, schlüpft aus der Jeans und zieht sich den schweren Pullover über den Kopf. Die Haare fliegen ihr statisch aufgeladen ins Gesicht. Sie sollte den Kurztext zur Bekanntmachung ihrer Kandidatur überarbeiten, den sie schon angefangen hat; überlegen, was sie den kritischen Stimmen in den Zeitungen entgegenhalten soll. Das heißt, wenn sie überhaupt antworten möchte.

Die Zeitungen sind aber nicht auf dem Tisch, wo sie sie hingelegt hat. Dads Bücher liegen da und die grüne Dose, aber keine Zeitungen. Kein Entwurf. Sie steht ratlos im Raum. Dann durchsucht sie den Stapel mit dem Anmachholz neben dem Brennholzkorb. Nichts.

Wo zum Teufel sind die hin?

Sie greift zum Schürhaken und geht langsam, so leise sie kann, zum Schlafzimmer. Vor der Tür bleibt sie stehen und schlägt dagegen, dass sie mit Wucht auffliegt und gegen die Wand kracht. Sie drückt noch einmal dagegen, um sicher zu sein, dass niemand dahinter steht. Sie macht das Licht an, geht hinein und öffnet den Schrank. Die Kleiderbügel wackeln. Sie sieht unter dem Bett nach.

Bucky knurrt aus dem Wohnzimmer. Sie hält inne.

»Bucky?«, flüstert sie.

Der Hund kommt ins Schlafzimmer getapst und streckt ihr

die Pfote entgegen, als sie sich vor ihm auf den Boden kniet. Sie könnte heulen. Mit Bucky an ihrer Seite durchsucht sie jeden Raum, während sie sich ständig fragt, ob sie die Tür hinter sich abgeschlossen hat, als sie zurückkamen. Hätte sie das tun sollen? Wäre es besser gewesen? Um dann vielleicht mit einem Eindringling eingeschlossen zu sein?

Erst als alles hell erleuchtet ist und sie jeden Raum durchsucht hat, geht sie zur Haustür und schließt ab. Sie entdeckt die Zeitungen auf dem Tisch in der Diele. Das Haus ist wie ein verdammtes schwarzes Loch, das alles verschlingt – Gefühle, Gegenstände, nicht mal vor klugen Gedankengängen macht es halt –, um es zu etwas Undurchdringlichem und Dunklem zu verdichten.

Beim Zähneputzen betrachtet sie sich in dem marmorierten Spiegel im Bad. Vielleicht wäre es besser, einfach den Verstand zu verlieren. Auf ihrer Tour nach Kelspie hat sie sich ja fast schon umgebracht. Oder sollte sie besser den Wald nach Leichen schändenden Monstern durchsuchen. Declan nach Manchester in einen Club schicken, um den Satan zu jagen. Das macht doch niemand, der noch ganz bei Trost ist.

Sie öffnet den kleinen Badezimmerschrank. Beths Toilettensachen. Ein Döschen Gesichtscreme. Etwas Mascara. Sogar noch ein großer, alter Flakon in hellem Absinth-Grün mit dem Eau de Cologne ihres Vaters. Sie erinnert sich, wie Beth einmal sagte, sie würde sich das irgendwann gerne auflegen. Sie öffnet den Schraubverschluss und riecht daran: ein Hauch von Limone und Leder. Augenblicklich schweifen ihre Gedanken in die labyrinthischen Jahre ihrer Kindheit ab, zu den Freitagabenden, an denen ihre Eltern in ihrem Haus in Inverness selbst gemixte Cocktails tranken und Fundraising-Veranstaltungen im Golfclub abhielten.

Was tut sie da? Sie ist hergekommen, um ihre Sachen einzupacken, und sollte damit zum Ende kommen. Über die wenigen Schachteln, die sie mit Declan zusammengetragen hat, als sie aus dem Krankenhaus zurückkehrte, ist sie kaum hinausgekommen. Stattdessen wachsen Kleider, Papiere, Geschirr und all der Krimskrams, den sie aus Regalen und hintersten Schrankecken gefischt hat, zu immer mehr Stapeln an, die Totems ähneln. Sie muss sich darum kümmern. Morgen.

Sie greift nach dem Morgenmantel aus dem karierten Schottenkaro, der auf der Rückseite der Badezimmertür hängt. Er ist nicht da. Sie muss ihn im Schlafzimmer gelassen haben. Sie löscht das Licht und huscht nackt durch das vom Mondlicht durchflutete Strandhaus ins Schlafzimmer.

Draußen wendet sich Toby ab. Der Geländewagen mit Allradantrieb steht immer noch da. Leer.

36

Früher, zu Anfang seiner Berufslaufbahn, als er fast jedes Wochenende für Hochzeiten angefordert wurde, hatte Declan es sich zur Gewohnheit gemacht, Veranstaltungsgebäude genau unter die Lupe zu nehmen. Er ging die Treppen rauf und wieder runter, um sich ein wenig umzuschauen, die Stelle zu finden, die den besten Überblick bot. Genau das tut er jetzt auch, als er ins Hauptfoyer zurückgeht und die verschiedenen Eingänge in Augenschein nimmt. Einige sind als Notausgänge gekennzeichnet, andere werden von Sicherheitsleuten bewacht.

Er folgt der Beschilderung zu den Garderoben und huscht ins Kellergeschoss hinab, in dem er in einem hochflorigen, roten Teppich versinkt. Die kahlen Wände sind dunkel, fast schwarz gestrichen. Zwei Männer von etwa Mitte fünfzig kommen durch eine nicht gekennzeichnete Tür heraus, die in derselben Farbe gestrichen ist wie die Wände.

»Wenn die sich weigert, dann zieh ich sie mir an den Haaren herbei«, hört er den einen von ihnen tönen. Declan bleibt stehen und gibt vor, sich die Schnürsenkel zu binden, während er ihnen hinterhersieht. *Aus welchem Teil des Gebäudes sind sie gekommen?* Ein Sicherheitsmann mit Schultern so breit, dass er kaum durch die Tür passt, bringt sich wieder in Stellung, während sich die Tür langsam schließt.

Declan war entfallen, dass es gar nicht so einfach ist, sich ohne dienstbereites Handy irgendwo zu bewegen. Er geht auf die Toilette, wäscht sich die Hände, trocknet sie mit einem dicken Leinenhandtuch ab und folgt der Anweisung, es nach Gebrauch in den Wäschekorb zu werfen. Er geht wieder hinaus, bindet sich den anderen Schuh zu und greift zu der Minikamera in seiner Jacke. Sie ist noch da. An der Tür tut sich nichts. Der Türsteher hat sich nicht von der Stelle gerührt.

Zurück im Foyer steuert Declan auf die Haupttreppe zu. Da ihre Namen dank Lottas Agentin auf der Gästeliste stehen, müsste er eigentlich Zutritt zur VIP-Bar haben. Auf dem Weg nach oben nickt er einem anderen Sicherheitsmann zu, der ungerührt nur einmal mit den Augen blinzelt. Declan nimmt zwei Stufen auf einmal, das Wummern von Trommeln begleitet ihn.

Die Bar im ersten Rang ist in gedämpftes, bläuliches Licht getaucht. Ein eigener DJ in einer Art Box in der Mitte des Raums legt spanische Rhythmen auf. Die winzige Tanzfläche ist, vom wabernden Trockeneisnebel abgesehen, leer. Declan schlendert ans andere Ende des Raums, wo ein von der Decke bis zum Boden reichendes Fenster, wie auf einem von Nebel verhüllten Flughafen den Blick auf den Hauptraum freigibt. Ein oder zwei dunkle Nischen mit Tischen und Hockern am Rand sind besetzt, ohne dass Gesichter zu erkennen wären. Offensichtlich wird hier am Tisch bedient, denn schon bewegt sich eine Kellnerin, Hostess oder was auch immer auf ihn zu. Allein für sich gibt es hier nichts zu entdecken, so viel ist klar. Er lächelt dem Mädchen mit einer kleinen entschuldigenden Geste zu und zieht sich wieder in den Gang zurück, ohne den Hauch einer Ahnung, was er als Nächstes austesten könnte.

Die Privatboxen sind durch Saloon-Türen vom Gang getrennt. Ein Paar mittleren Alters kommt heraus. Sie mit aufgetürmtem Blondhaar, er hingegen ein unscheinbares ergrautes Etwas mit schlaff herunterhängenden Pausbacken. *Ein Paar.* Aus welchem Grund auch immer hatte Declan sich das nie so vorgestellt. Sexuelle Ausschweifungen dachte er immer, wären etwas für Einzelgänger. Ein schmutziges Geheimnis. Jedenfalls nichts, was man mit Freunden teilen würde. Wie naiv.

Natürlich wird das Geheimnis geteilt. Sich zu zeigen, muss Teil des Vergnügens sein.

Declan beschließt, zu ihnen zu gehen, und begrüßt sie freundlich.

»Wir haben uns ja schon lange nicht mehr gesehen«, sagt er und streckt dem Mann seine Hand entgegen. Der sieht ihn verblüfft an, reicht Declan eher reflexhaft ebenfalls die Hand.

Warum nicht aufs Ganze gehen? Declan gibt der Dame einen Kuss auf die Wange, die Tür und den Türsteher mit einem Auge im Blick.

»Sie sehen wie immer fantastisch aus«, sagt er mit einem liebenswürdigen Lächeln, als er sich umdreht und zur Tür geht. »Ihre Frisur gefällt mir ausgesprochen gut.«

Der Türsteher legt einen Finger an den Ohrhörer und hört auf eine Anweisung, die er bekommt. Sein Blick geht zu Declan, der gerade noch zur Tür kommt, bevor die sich schließt, und sich mit rasendem Herzen knapp hindurchzwängt. Er wartet schon darauf, dass ihn eine Hand an der Schulter packt, aber nichts passiert.

Vor ihm öffnet sich ein mit Teppich ausgelegter Gang mit dezenter Wandbeleuchtung. Die Musik ist nur unwesentlich gedämpft. Das Gebäude ist für Hardcore-Rhythmen nicht geschaffen, die sich in den alten Gemäuern nicht ausblenden lassen. Vielleicht aber ist das nicht einmal ungewollt, überlegt Declan, wenn das die Geräusche anderer Sünden dämpft. Ein Stück weiter erspäht er eine Wand aus dicken, roten Samtvorhängen, hinter denen er die Eingänge zu den alten Logen, den Privatbereichen vermutet.

Erneut tastet er nach der Kamera in der Tasche, während er eine leichte Übelkeit in sich aufsteigen spürt. Er versucht sich zusammenzureißen und stellt sich vor, welchen Mut Marcus' Mädchen in ein paar Nächten aufbringen muss. Er ist schließlich erwachsen. Wenn sie es schafft, nach dem, was sie durchgemacht hat, sich der Herausforderung zu stellen, dann kann er das auch.

Er überprüft den Flur. Niemand zu sehen. An der Decke, etwa einen Meter weiter, ist eine Art Rauchmelder installiert. *Oder vielleicht eine Kamera?* An der gegenüberliegenden Wand ein Sepiafoto von Cary Grant und Ingrid Bergman bei Aufnahmen zum Film *Indiskret*. Zielstrebig steuert er auf die roten Vorhänge zu.

Mit einem Finger schiebt er das Tuch zur Seite. Dahinter befinden sich eine kleine Nische und eine schmale Schwingtür, die er mit dem Ellbogen aufstößt. Die Musik hämmert wieder lauter. Er steckt den Kopf in eine verhängte Privatloge über dem Hauptauditorium, im Halbdunkel. Auf einem breiten Zweiersofa sitzt ein ungeniert vor sich hin grunzender Mann. Er sieht Declan an. Die Hose ist ihm bis auf die Füße heruntergerutscht, und auf seinem Schoß reitet mit bloßem Hintern ein Mädchen. Die Professionalität ihrer Bewegungen lässt Declan daran zweifeln, dass es sich dabei um seine Freundin handeln könnte.

Der Kerl gräbt seine Finger tief in den Hintern des Mädchens. Sie versucht, seine Hände wegzudrücken, worauf er ihr so heftig ins Gesicht schlägt, dass Declan den Abdruck sieht, den der Schlag auf ihrer Wange hinterlässt. Sie fällt ihm fast vom Schoß. Er zieht sie wieder zu sich, und sie setzt ihre Bewegungen fort.

Blitzartig zieht Declan sich zurück und bereitet die Kamera vor, ohne lange zu überlegen, was er tut. Er drückt die Tür noch einmal gerade so weit auf, dass er die Hand auf die richtige Höhe bringt, und drückt zweimal ab. Zum dritten Foto kommt es nicht mehr. Am Arm gepackt, wird er durch die Tür gezerrt.

Der Glatzkopf, von kleinem Wuchs, doch wie sich herausstellt, überraschend flink – zumal ihm die Hose immer noch unten hängt –, schlägt Declan mit der offenen Hand und voller Kraft ins Gesicht.

»Dreckskerl! Was haben Sie hier verloren?«, kreischt er. Er verpasst Declan einen zweiten, noch festeren Schlag. »He?« Einen dritten. »Scheißkerl!« Und einen vierten, bis Declan die Ohren klingen und er einen Arm hebt, um den nächsten Schlag abzuwehren.

Als Nächstes packt ihn der Berserker an der Kehle und rammt ihm den Ellbogen in den weichen Bereich unterhalb der Rippen. Declan muss sich das nackte Genital seines Widersachers vorstellen, wie es gegen seinen Anzug reibt. Er windet und krümmt sich, weitere Schläge folgen in die Nieren. Die pure angestaute Aggression. *Herrgott! Allein die Vorstellung, mit diesem Mistkerl Sex haben zu müssen.* Die Attacken lassen nach, aber gerade so lange, bis der Zwerg sich die dunkle Hose endlich hochzieht und um den Wanst herum festzurrt. Betont langsam knöpft er sie vorne zu, zieht als Nächstes den Gürtel heraus, wickelt ihn sich um die Hand und lässt das Schnallenende frei. Declan legt sich die Arme um den Kopf und wartet auf das Unausweichliche.

Aber nichts passiert.

Das Mädchen ist aufgestanden und hat sich hinter ihren Kunden gestellt. Declan braucht einen Moment, um zu begreifen, dass sie das andere Ende des Gürtels in der Hand hat. Der Kerl dreht sich zu ihr um, reißt ihr das Leder aus den Händen, dass sie strauchelt. Er hebt die Arme und lässt Riemen und Schnalle auf sie niedersausen. Sie schreit auf. Erneut hebt er die Arme und peitscht durch die Luft. Dieses Mal trifft die Schnalle ihre Schläfe. Sie fällt.

Declan richtet sich schwankend auf. Er war noch nie ein guter Kämpfer, und das Einzige, was ihm einfällt, ist, sich dem Kerl in dem engen Raum an die Schulter zu hängen. Beide stürzen auf einen kleinen runden, mit Champagner vollgestellten Tisch; Gläser, Flaschen und beide Männer gehen zu Boden. Obwohl die Aktion von Declan ausging, ist der Glatzkopf schneller wieder auf den Beinen und hält ein zerbrochenes Champagnerglas in der Hand, das er ihm wie eine brennende Fackel vors Gesicht hält.

In der Absicht, ihn zu besänftigen, streckt Declan die Hände aus. Bei dem Versuch, sich zurückzuziehen, stößt er gegen den Zweisitzer, der direkt vor dem Balkon steht. Er macht kleine Schritte zur Seite und behält das Mädchen hinter ihnen im Auge. Auf Knien kriecht sie auf dem Boden herum. Blut rinnt ihr die Schläfe hinab. Wenn sie noch halbwegs bei Verstand ist, dann sieht sie zu, dass sie hier wegkommt.

Zu ihr hinüberzusehen, erweist sich jedoch als Fehler. Der Kerl nutzt den Moment und springt los. Declan schafft es gerade noch, dem zerbrochenen Glas auszuweichen, das ihm am Wangenknochen vorbeischrammt. Im Umdrehen wirft er einen kurzen Blick auf den Balkon und stellt entsetzt fest, dass es kein Sicherheitsgeländer gibt. Der Freier ergreift die Gelegenheit, drängt Declan halb über den Balkonrand zurück, während er ihm die scharfen Kanten des Sektglases direkt vor die Augen hält.

Einen Ausweg gibt es nicht. Entweder schafft er es, sich durch einen Sprung über den Rand des Balkons zu retten, oder er verliert ein Auge. Diplomatie scheint im Augenblick wenig aussichtsreich zu sein, aber als Declan trotzdem zu einem Versuch ansetzt, sackt der Glatzkopf auf einmal zusammen und rutscht von ihm herunter zu Boden.

Einen Meter dahinter steht das Mädchen. Es schwankt leicht, die Champagnerflasche, mit der sie ihrem Kunden einen Schlag auf den Kopf verpasst hat, kraftlos in der Hand. Declan und das Mädchen starren ihn an und warten darauf, dass er sich bewegt. Aber das tut er nicht.

Das Mädchen handelt blitzschnell und zieht sich den hochgeschlossenen, glänzenden schwarzen Lederanzug an. Kaum hat sie sich hineingezwängt, dreht sie sich um, und Declan begreift, dass er den Reißverschluss hochziehen soll. Mit zittrigen Händen folgt er der Aufforderung.

»Danke«, murmelt sie, während sie mit einer Hand schon dabei ist, ihr Haar zu richten und die losen Strähnen festzustecken.

»Alles in Ordnung mit Ihnen?«, fragt er. »Ich habe nicht ...«

»Wir müssen weg von hier«, unterbricht sie ihn.

»Und was geschieht mit ihm?«

Das Mädchen geht neben ihrem ehemaligen Kunden auf die Knie und prüft den Puls an seinem Hals. Sie nickt und richtet sich unsicher wieder auf. Sie schwankt immer noch. Älter als achtzehn kann sie nicht sein. »Okay.« Sie bläht die Wangen auf.

»Okay.«

»Sind Sie ... Gibt es jemanden, dem ...?« Er hat die Frage noch nicht ganz ausgesprochen, als ihm Zweifel kommen: *Sie tickt nicht wie normale Menschen.* Und plötzlich dämmert ihm etwas. *Er steckt mit ihr in dieser Sache drin.*

»Kommen Sie mit.«

Vorsichtig verlassen sie das Separee und lassen die Schwingtür dumpf hinter sich zufallen. Declan ist immer noch benommen und kaum in der Lage, ihr von der VIP-Bar weg durch den Flur zu folgen. Sie kommt kurz ins Straucheln, sodass ihre Pobacken in der strammen Hülle schwingen, als sie um die Ecke läuft. Erotisch ist das nicht.

Sie gelangen an eine Tür mit einem Tastenfeld. Sie gibt einen Code ein. Dahinter führt eine in das kalte Licht von Neonröhren getauchte Treppe hinab. Sie winkt ihn heran, und sie gehen hinab. Immer wieder horcht er, ob Schritte zu hören sind. Unten angekommen, stehen sie erneut vor einer Doppeltür, über der ein Schild auf einen Notausgang hinweist. Declan spürt den Luftzug, der durch sie hindurchströmt. In die andere Richtung führt ein weiterer schmaler Gang, an dessen Ende er ein rotes und grünes Flackern ausmacht, als würde jemand fernsehen.

»Los, weiter«, treibt sie ihn an.

Declan stößt Adrenalin aus wie ein Feuerspucker, während er sich durch den Gang laviert. Wie soll er erklären, was er in dem Separee zu suchen hatte? Was geschieht mit diesem Mädchen? Sie hat ihren Kunden niedergeschlagen. Nicht das, was Freier normalerweise erwarten würden.

Sie gelangen an ein altmodisches Hausmeisterbüro mit einem Bullaugenfenster. Von drinnen sind Stimmen zu vernehmen. Das Mädchen hämmert gegen die Tür. Declan sieht sich um. Der einzige Weg, hier wegzukommen, ist der, den sie gekommen sind. Sein Herz rast. Gerade will er einen Schritt zurücktreten und tastet mit den Fingern schon nach der Kamera in der Jackentasche, als sich die Tür öffnet.

Lotta sieht auf die Uhr. Fünfundfünfzig Minuten sind vergangen. Mit übereinandergeschlagenen Beinen und um Unauffälligkeit bemüht, sitzt sie auf einem Barhocker in der Jazz-Lounge vor ihrem zweiten Drink. Der aufrührerische Klang des Saxofons spiegelt ihr Innerstes. Von Declan immer noch keine Spur. Fünf Minuten gibt sie ihm noch, wie versprochen. Sie nippt an ihrem Drink, krampfhaft bemüht, nicht nervös mit dem Bein zu wippen.

Nach zwanzig Minuten gleitet sie nervös, leicht angetrunken und ernsthaft besorgt vom Hocker und geht zum Ausgang. Denkt Declan vielleicht, dass sie sich draußen treffen wollen?

Sie holt ihr Handy aus der Garderobe. Von den Türstehern wird sie unterwürfig mit anzüglichen Bemerkungen bedacht.

»Gute Nacht, Miss Morgan. Beehren Sie uns gerne bald wieder.«

Erleichtert und gleichzeitig ängstlich tritt sie in die feuchte Luft auf die Straße in Manchester hinaus. Die Schlange der wartenden jungen Menschen, die auf Einlass in den Club hoffen, ist angewachsen. Auch ein paar Paparazzi haben sich inzwischen eingefunden. Beide Gruppen sehen mit einer Mischung aus Neid und Mitleid in ihre Richtung, als sie sich auf den Weg macht. Sie sucht die Straße nach dem Wagen ab, der auf sie warten soll. Die Gegend ist nur spärlich beleuchtet, und es ist zu dunkel, um weit sehen zu können. Schließlich glaubt sie, den Audi etwa dreihundert Meter entfernt entdeckt zu haben.

Aber sie sieht noch etwas anderes: Zwei Männer schleppen, halb tragend, halb zerrend, etwas die Straße entlang. Schließlich erkennt sie, dass es ein Mann ist. Sie sieht genauer hin, geht langsamer. Ist das Declan? Er trägt eine dunkle Hose. Sein Kopf kippt wie der einer toten Taube schlaff nach hinten herab.

Einer der beiden Männer öffnet einen Nebeneingang. Dort legen sie ihn im Gang des Clubs auf dem Boden ab und machen die Tür hinter sich zu.

Das Lachen eines Mannes lässt Declan wieder zu sich kommen. Er weiß nicht, wo er ist. Die Beleuchtung ist spärlich, und seine Augen sind geschwollen; nur schemenhaft erkennt er einen polierten Couchtisch mit einer Lampe darauf und teuer aussehende Vorhänge.

Er versucht sich zu erinnern, wie er hergekommen ist. Er sieht sich in einer Ecke des Büros im Keller stehen, während das Mädchen dem Wachmann erklärt, was passiert ist. Sie hatten ihr einen Whisky gegeben. Ihm auch, während sie schilderte, wie Declan ihr zu Hilfe kam, als der Freier ausgerastet ist. Sie war so überzeugend, dass er sich fragte, ob sie wirklich glaubte, was sie erzählte.

»Wir kümmern uns darum«, sagten sie fortwährend, während aus ihren Headsets die Stimmen der Kollegen krächzten, die an anderen Stellen des Clubs Posten bezogen hatten. Die Männer im Keller schalteten zwischen den Kameras einer riesigen Überwachungsanlage an der Wand hin und her. Declan zuckte zusammen, als ein Bild von ihm erschien: die eine Hand auf der Schulter einer halb nackten Tänzerin und den Blick auf ihren Hintern gerichtet. Das allein ist schon schlimm genug, aber nicht das, was ihn beunruhigt. Wenn sie die Kamera und das Kabel finden, ist er erledigt. Vielleicht ist ihnen seine Nervosität aufgefallen. Jedenfalls haben sie ihm noch mehr Whisky gereicht.

Jedenfalls schmeckte es nach Whisky.

Nur vage erinnert er sich, die Treppe zu den Apartments des Eden hinaufgegangen zu sein, durch düstere Gänge des Gebäudes und über eine geschwungene Treppe in der Galerie – ein schwindelerregender Aufstieg hoch über der Menge im Amphi One –, wobei er auf einer Seite über dem Geländer hing und auf der anderen von einem dieser Türsteher gestützt wurde. Oben angekommen, blitzte ein blauer Lichtbogen auf. Ein Taser?

Danach wurde es schwarz um ihn herum.

Sie haben ihn an einen Sessel mit steiler Rückenlehne gefesselt. Aber um die brutalen Schmerzen nicht aufflammen zu lassen, die seinen Körper durchfluten, erweist es sich sowieso als das beste Mittel, sich nicht zu bewegen. Um Himmels willen. *Was haben sie mit ihm gemacht? Ist er ausgerastet? Ist er in der Galerie die Treppen heruntergefallen?* Oder sind es die Folgen der Schläge, die er von dem aufgebrachten Glatzkopf kassiert hat? Kopf, Gesicht, Nase, Nebenhöhlen – alles pocht und brummt. Die verschwollenen Augen fühlen sich an, als trüge er eine Fettmaske. Er zieht es vor, sie geschlossen zu halten, und konzentriert sich auf das, was er hört. Von irgendwo vernimmt er ein Stöhnen.

Er fragt sich, wie lange er schon hier ist. Wo ist Lotta? Vielleicht ist es ihr gelungen, dieses Drecksloch zu verlassen und sich in Sicherheit zu bringen.

Er denkt an Juliet. Lotta ruft sie bestimmt an. Sie ist vor Sorge bestimmt schon halb wahnsinnig. Die Sache mit Beth und den Fotos dürfte sie kaum verwunden haben, aber sie liebt ihn trotzdem. Vielleicht erzählt sie ihm auch deshalb nichts von dem Baby. Würde sie es tun, wenn sie es verliert, fragt er sich plötzlich. Und jetzt das hier ... Das ist nicht gut.

Eine kleine Bewegung lässt ihn vor Schmerz fast aufschreien. Die Rippen. Er versucht, in den Schmerz hineinzuatmen, wie eine Frau, die in den Wehen liegt, aber das macht es nur noch schlimmer. Wie der blöde alte Witz, den Marcus jetzt zum Besten geben würde. *Eigentlich tut es nur weh, wenn ich atme.*

Lotta geht unter den tropfenden Linden auf und ab, während sie darauf wartet, dass Marcus endlich ans Telefon geht. Sie hat den Seiteneingang, in dem die Türsteher den Bewusstlosen abgelegt haben, nicht aus den Augen gelassen. Aber mehr passiert dort nicht.

»Hallo?«

»Marcus.« Sie spricht mit leiser Stimme. »Hier ist Lotta. Eine Freundin von Declan. Er hat mir Ihre Nummer gegeben.«

Sie vernimmt ein Schlurfen, dann Stille und fragt sich, ob er aufgelegt hat. Schließlich meldet er sich. »Wo sind Sie jetzt? Hört jemand mit?«

»Ich stehe auf der Straße vor dem Club. Declan ist nicht zum verabredeten Treffpunkt gekommen. Ich glaube, die Sicherheitsleute haben ihn geschnappt. Gerade habe ich gesehen, wie sie jemanden in eine Art Seiteneingang geschleppt haben.«

»Verdammt.«

»Was?«

»Das ist nicht gut.«

»Was soll ich tun? Die Polizei rufen oder einen Krankenwagen?«

»Sind Sie noch bei Trost?« Marcus' Stimme schnellt eine Oktave nach oben. »Den Palmers gehört praktisch die ganze Stadt.«

Lotta beschleicht ein mulmiges Gefühl.

»Wissen die, wer ihr seid?«, fragt Marcus sie plötzlich.

»Ja.«

»Sie haben euch also zusammen kommen sehen, nehme ich an?«

»Genau.«

»Und Sie sind sicher, dass sie ihn haben? Seiteneingang, haben Sie gesagt?«

»Na ja ... ziemlich sicher. Ja.«

»Dann sehen Sie als Erstes zu, dass Sie von dort verschwinden. Sie sind nämlich die Nächste, die sie suchen.«

Daran hatte Lotta noch gar nicht gedacht. Sie sieht über die Schulter. Die Schlange vor dem Clubeingang ist noch länger geworden. Sie kann die Türsteher nicht sehen.

»Was ist mit Declan?«

Marcus schweigt.

»Hallo?«

»Der lässt sich schon etwas einfallen, um da rauszukommen.«

»Das ist alles?«

»Glauben Sie mir, wenn Sie da jetzt einen Aufstand machen, könnten Sie sich auch gleich umbringen. Die wissen, wer Sie sind, und wenn sie erst herausgefunden haben, was Declan vorhatte, sind Sie dran. Die haben eine Menge zu verlieren.«

»Aber ...«

»Nichts aber. Sie wissen, wer Sie sind. Machen Sie, dass Sie wegkommen. Sofort.« Er legt auf.

Mit zittrigen Händen steckt Lotta ihr Handy ein und geht los, ohne den Blick von dem Seiteneingang zu lassen. Sie geht schneller. Vor einem geschlossenen Café, an dem sie vorbeigeht, hinterlassen ihre Schritte ein metallisches Echo, wie aus einem Kellerschacht. Sie schaudert und rennt die letzten Meter auf den Audi zu.

Sie will die Tür öffnen, aber sie ist verschlossen. Der Fahrer, der sich mit geschlossenen Augen in seinem Sitz zurückgelehnt hat, scheint nicht im Geringsten zu erschrecken, als sie an die Scheibe klopft. Er öffnet die Augen, langsam und nur halb, und mustert sie mit einem verächtlichen Blick. Hektisch gestikulierend bedeutet sie ihm, dass er das Fenster herunterlassen soll. Widerwillig tut er es schließlich.

»Bitte, machen Sie auf? Ich möchte einsteigen.«

Als sie endlich im Wagen sitzt, atmet sie einen Moment tief durch. Der Fahrer lässt den Motor an, als wollte er zu einer ganz gewöhnlichen Nachtschicht aufbrechen. Die Wischerblätter rutschen in übertriebener Reaktion auf die winzigen Tröpfchen, die sich aus der Luft absetzen, über die Windschutzscheibe.

»Zurück zum Hotel?«, fragt er.

Sie muss sich entscheiden. Kann sie wirklich einfach fahren und Declan zurücklassen? Was hat er herausgefunden? Und was hat Marcus gemeint? *Sie wissen, wer Sie sind. Machen Sie, dass Sie wegkommen.*

»Nein. Würden Sie bitte warten. Ich muss ...« Sie schweift in Gedanken ab. Was genau muss sie tun? Auf Declan warten? Der Chauffeur beäugt sie im Rückspiegel. Ihr Blick fällt auf einen Lufterfrischer in Form einer kleinen pinkfarbenen Pinie.

Sie ruft Sophie an.

»Hallo?« Sophies Stimme klingt verschlafen. Zum Glück hat sie ihr Handy nicht ausgeschaltet und auch keine Zusatzschicht übernommen.

»Soph. Ich bin's. Ich ... ich hab ein Problem.«

Sie hört, wie Sophie sich im Bett bewegt, sich auf die Ellbogen stützt, die Kissen knautscht, so wie sie es tut, wenn sie nachts ins Krankenhaus gerufen wird. Sonst macht es sie eher wütend, jetzt aber hat es für Lotta seltsamerweise eher etwas Beruhigendes.

»Was ist los?«

»Declan ist ... Die Türsteher haben ihn geschnappt. Ich glaube, er ist verletzt. Genaues weiß ich nicht. Wir haben uns aufgeteilt. Er wollte sich allein im Club umsehen ...« Was sie da beschreibt, klingt verrückt, fast kindisch.

»Wo bist du jetzt?«

»Draußen. Im Auto.« Schweigen. Sie weiß, was Sophie denkt, überlegt.

»Wie schwer ist er verletzt?«

Lotta möchte dem Fahrer keine Angst machen. »Er sah schlimm aus«, sagt sie leise. »Ich glaube, er war bewusstlos. Sein Kopf hing schlaff herab.«

»Kannst du die Polizei oder den Krankenwagen rufen?«

»Ich glaube nicht. Ich wurde gewarnt. Declans Freund hat mir gesagt, ich soll machen, dass ich hier wegkomme.« Wieder Schweigen.

Dann ... »Du kannst ihn doch nicht einfach zurücklassen.« Das klingt schon eher nach ihr. Diese Sicherheit in ihrer Stimme. So war sie schon immer.

»Seid ihr zusammen dort angekommen?«

»Ja.«

»Dann hast du zwei Möglichkeiten.« Wie immer, kühl und überlegt. »Sag den Sicherheitsleuten an der Tür, dass du auf ihn wartest. Mal sehen, was sie sagen. Wenn sie wissen, dass jemand auf ihn wartet, dann überlegen sie es sich vielleicht und ... na ja, lassen ihn laufen.«

»Okay. Mach ich.« *So geht das nicht.* »Und die andere Möglichkeit?«

»Sind Leute von der Presse da? Mach auf dich aufmerksam ... vielleicht beschließen sie dann, dass er einen Skandal nicht wert ist, und lassen ihn gehen.«

Lassen ihn gehen? Lotta wird übel. »Ich bin mir nicht sicher, ob die Pressefotografen an mir oder Declan interessiert sind. Bisher haben sie jedenfalls keine Notiz von uns genommen. So prominent sind wir nicht.«

»Dann mach dich auf andere Weise interessant.«

»Wie bitte? Wie soll ich das denn machen?«

»Keine Ahnung. Mach, was Promis tun, wenn sie Aufmerksamkeit erregen wollen. Sag denen einfach, dass du dich verlobt hast. Oder dass du dich gerade getrennt hast. Betrink dich. Provozier eine Kleiderpanne.«

Wenn sie nicht vor Angst vergehen würde, hätte Lotta jetzt gelacht.

»Genau. Das klingt gut«, sagt sie. »Nur« – sie zögert – »wenn ich mit ihm zusammen bin und er auf der falschen Seite ist ... diese Leute sind gefährlich.«

Sie hört Sophie leise und ruhig atmen und wünscht sich nichts auf der Welt mehr, als neben ihr im Bett zu liegen. Sophie sagt nicht, und wird es auch nie sagen: *Ich habe es dir ja gesagt.*

»Eins nach dem anderen«, sagt sie schließlich. »Wichtig ist, ihn heil da rauszubekommen. Deine besten Verbündeten im Augenblick sind die Presseleute vor dem Club. Sie könnten alles an die Öffentlichkeit bringen. Die Typen müssen das wissen. Das Licht der Öffentlichkeit ist ein sehr effizientes Reinigungsmittel. Produzier einen Skandal, hol ihn da raus, und wenn nötig, gehen wir danach zur Polizei.«

Die Polizei. Die Zusammenarbeit mit einem Rettungsteam und der Polizei im Krankenhaus hat in Sophie ein nahezu unerschütterliches Vertrauen in alles wachsen lassen, was sie für den richten Weg hält. Und das ist in diesem Fall völlig fehl am Platz.

Declan hält die Augen geschlossen, so lange er kann, ohne das Bewusstsein zu verlieren. Er hat keine Ahnung, wie viel Zeit verstrichen ist. Minuten vielleicht. In seinem entrückten Zustand stellt er sich die Frage, ob es sich bei dem, was seine Atmung durch die Nase blockiert, um Gehirnmasse handeln könnte. Davon hat er schon gehört. Und wenn das so ist, dann lass es schnell gehen. Lass das ganze Hirn schnell heraustreten. Dann ist es vorbei und beendet.

Plötzlich überkommt ihn die Sorge um seine Kamera, und er zwingt sich, die Augenlider zu heben. Haben die Mistkerle sie entdeckt? Seine Jacke hängt über einem Plüschsessel auf der anderen Seite des Raums. Das Hemd ist unversehrt. Sie scheinen das Kabel nicht entdeckt zu haben. Als er sich in dem abgedunkelten Raum suchend umsieht, begreift er, dass er ihn von dem grobkörnigen Foto aus Beths Blechdose her kennt: Es ist der Salon, in dem Beth mit einem Kokain schnupfenden Etwas fotografiert wurde. Der Raum mit dem Kind.

Mit dem unversehrten Ohr hört er, dass sich die Tür öffnet. In goldbestickten Slippern und in die Hose gestecktem offenem weißem Hemd schleicht sich Malcolm Lyall über den hochflorigen Teppich zu ihm.

Declan blinzelt an Lyall vorbei durch die halb offene Tür in den Nebenraum. Im spärlichen Licht erkennt er nur das an die Wand projizierte Bild eines jungen Mädchens. Von dem Hundehalsband abgesehen, das sie mit einer Leine verbindet, an der ein Mann lustvoll zerrt, ist sie nackt. Declan muss sich überwinden, ihr Gesicht anzusehen. Es wirkt maskenhaft und leblos. Der Blick ist verschwommen. Sie sieht wie dreizehn aus. Während er das Bild auf sich wirken lässt, begreift Declan mit Entsetzen, dass jemand dort in dem anderen Raum vor dem Bildschirm sitzt. Bevor er jedoch erkennen kann, wer es ist, schließt Lyall die Tür leise hinter sich. Das beruhigt Declan. Er hat schon befürchtet, zum Betrachten dieser Scheußlichkeiten gezwungen und beim Zusehen gefilmt zu werden. Auch wenn das bedeuten würde, dass sie ihn am Leben ließen, solange sie ihn damit erpressen können.

Lyall setzt sich. »Mr Byrne. Ich glaube, wir sind Ihnen zu Dank verpflichtet.«

»Wie bitte?« Die Lippen fühlen sich dick und nutzlos an.

»Sie haben sich für eine junge Frau in Not als wahrer Retter erwiesen.« Er hält inne. »Wir haben das Filmmaterial.«

Declan schluckt. »Ich weiß nicht ...«

»O doch. Ein wahrer Held.« Er beugt sich nach vorn. »Es scheint zu Ihren Tugenden zu gehören, verzweifelte junge Frauen aus einer misslichen Lage zu befreien. Haben Sie Ihrer Nichte nicht auch geholfen? Letztes Frühjahr? Bei der Werbeaktion? Und jetzt hier. Ausgesprochen knipswütig.«

Fast beiläufig zeigt er ihm die kleine Kamera in seiner Hand.

»Der ... Erkundungsgang scheint ihr nicht gut bekommen zu sein.«

Ohne zu antworten, hält Declan Lyalls Blick stand.

»Um ehrlich zu sein, bin ich enttäuscht. Von Ihnen hätte ich mehr erwartet. Ich weiß, ich weiß. Sie sind immerhin Fotograf, wie Sie mir nicht müde wurden zu erklären. Wie kommen Sie auf die Idee ...« Er lässt die Kamera zu Boden fallen, stellt sich mit einem Fuß darauf. »... ein solches Gerät mitzubringen?« Er zermalmt die Kamera mit der Ferse. Declan hört das Kunststoffgehäuse knirschen. »Warum bringen Sie so etwas mit in meinen Club?«

Declan widersteht dem Versuch, ihn zu korrigieren. Der Club gehört Bernhard Palmer. Lyall besitzt lediglich einen kleinen Anteil. Jetzt den Besserwisser zu geben, hält er nicht für den geeigneten Zeitpunkt.

»Wo Sie doch genau wissen, dass wir sehr strenge Vorschriften haben, um die Privatsphäre unserer Kunden zu schützen. Kunden wie Ihre neue *Freundin*, Lotta Morgan, zum Beispiel.« Er hält inne. »Warum verletzen Sie unser Vertrauen auf eine so schäbige Weise?«

»Lotta hat nichts damit zu tun.«

»Nein, davon bin ich überzeugt.«

Der Hohn in Lyalls Stimme macht Declan nervös. Er versucht, ruhig zu bleiben. »Passen Sie auf. Ich habe jemandem einen Gefallen getan.« *Nicht lange reden.* »Eine Freundin, die ihren Ehemann im Verdacht hat, sich hier herumzutreiben, deshalb ...«

»O nein, nein, nein. Kommen Sie Mr Byrne. Oder darf ich Declan sagen?«

Declan antwortet nicht.

»Declan.« Lyall lächelt. »Das ist eine sehr amüsante Geschichte, aber von Ihren Kollegen würde sich doch niemand auf ein solches Spielzeug einlassen.« Er greift in die Tasche. »Oder auf so etwas hier.« Er zieht das Kabel hervor, das Declan von Marcus erhalten hat.

Verdammt.

»Für wen Sie arbeiten, weiß ich nicht. Sicher ist aber, dass die Leute Sie in eine sehr schwierige Lage gebracht haben. Ich fürchte, Sie kommen mit leeren Händen zurück.«

Lyall steht auf, geht ein wenig auf und ab, richtet einen Laptop auf einem Gestell ein und schaltet eine Lampe an. Gedämpftes Licht erfüllt den Raum. Declan wird flau im Magen – auf einem Stuhl etwa vier Meter entfernt sitzt ein Mädchen. Wie lange schon?

Sie sieht Declan in die Augen. Ein Ausdruck von Verzweiflung huscht ihr kurz über das Gesicht, dem sie augenblicklich einen gekonnten Schmollmund folgen lässt. In dem Moment befürchtet Declan das Schlimmste.

Man wird ihn nicht zwingen, die Show anzusehen. Er wird die Show sein.

»Ich muss Ihnen leider mitteilen, dass Miss Morgan nicht mehr unten auf Sie wartet. Sie hat das Gebäude verlassen. Aber Juliet würde bestimmt gern wissen, was Sie heute Abend hier treiben.«

Will Lyall nur testen, wie weit er gehen kann? Oder glaubt er wirklich, dass Juliet nicht weiß, dass er hier ist?

»Sie scheinen Ihre Mädchen überall zu haben. Jodee, zum Beispiel. Sie wartet schon, dass wir unsere kleine Unterhaltung beenden.«

Zum ersten Mal zerrt Declan an den Fesseln um die Hand- und Fußgelenke.

»Wissen Sie, Declan, bei uns gelten gewisse Versicherungsregeln. Sie werden schnell verstehen, wie sie funktionieren. Ich werde mich jetzt zurückziehen, damit Jodee Ihnen alles ausführlich erklären kann.«

Lyall beugt sich vor, kippt und dreht den Laptop ein wenig und vergewissert sich, dass Declan genau davor sitzt. Wie aufs Stichwort kommt das Mädchen heran und setzt sich auf Declans Knie. Sie ist klein, aber auch das geringe Gewicht gegen seinen Brustkorb lässt ihn fast unter die Decke springen.

Declans Lippen fühlen sich an, als wären sie zusammengebacken, und er wünscht sich bei Gott, dass sie es wären.

Lotta sitzt im Fond des Wagens und trommelt mit den Fingern auf den Knien. Sie braucht einen Vorwand, um zum Türsteher zurückzugehen. Etwas, das die Aufmerksamkeit der Presseleute auf sich zieht.

Eine Panne mit ihrem Kleid? Sie sieht an ihrem hübschen Chloé-Kleid hinab. Der schlichte Schnitt lässt einfach keine Panne zu, wenn es nicht so aussehen soll, als hätte sie es bewusst darauf angelegt. Sie kann sich da draußen unmöglich mit heraushängendem Busen in Positur stellen, während Declan brutal zusammengeschlagen wird.

Sie könnte es zerreißen oder einfach behaupten, Declan hätte es getan. Dass er über sie hergefallen wäre. Darum bitten, dass man Declan verhaftet? Dann würden die Sicherheitsleute ihn bestimmt laufen lassen. Wirklich? Die Polizei holen. Aber nach dem, was Marcus gesagt hat, sind der Club und die Polizei dicke miteinander, sodass das vermutlich keine gute Idee wäre. Und Declans Ruf würde sie auch noch beschädigen. Ein Sexskandal? Den Ruch bekommt man so schnell nicht wieder los.

Die Scheibenwischer brabbeln weiter vor sich hin. Sie dreht sich um und sieht sich durchs Heckfenster zum Club um. Das Bild ist von den Linien der Scheibenheizung durchzogen, die sie an ein Notenblatt erinnern. Ein Wagen fährt vor, und eine Gruppe junger Leute springt heraus. Die Paparazzi empfangen sie mit Gejohle, und augenblicklich bricht ein Blitzlichtgewitter über sie herein.

Vielleicht sollte sie Sophies Rat befolgen und einfach verkünden, dass Declan und sie heiraten werden? *Ich warte auf meinen Verlobten. Er kommt jeden Moment. Ich gehe nicht ohne ihn.* Könnte funktionieren. Vielleicht. Aber es fühlt sich falsch an. Nicht zuletzt, weil sie und Sophie es nie geschafft haben. Sie sind immer sehr beschäftigt: leben und arbeiten in zwei verschiedenen Städten; ganz reale Hindernisse, die ihr jetzt einfach nur trivial erscheinen. Hinzu kommt, dass Lotta sich noch gar nicht geoutet hat, was Sophie als verletzend und frustrierend empfindet.

»Du hast Angst«, sagt sie manchmal. »Vor dem, was die

Leute sagen. ›Eine Lesbe in der Küche. Was weiß die schon vom Kochen für eine Familie?‹«

Lotta hat immer darauf bestanden, *Privates privat zu belassen*. Denkt sie über eine Scheinverlobung mit einem ihrer besten Freunde nach? Natürlich würden Declan und sie *nicht wirklich heiraten*. Die Geschichte wäre erfunden, um sie beide aus einer schwierigen Lage zu befreien. Warum hat sie so ein schlechtes Gefühl dabei? Als würde sie damit ein Unglück heraufbeschwören.

Sie holt tief Luft und beugt sich zum Fahrer vor. »Ich glaube, nein ... Ich glaube, wir brauchen Sie nicht mehr. Vielen Dank und bitte entschulden Sie, dass wir Sie haben warten lassen.«

Sie steigt aus und streicht ihr Kleid glatt. Hinter sich hört sie, wie der Fahrer den Motor anlässt und sich das Fenster auf seiner Seite mit einem fast lautlosen elektrischen Surren schließt. Wenn ein Geräusch Gleichgültigkeit demonstriert, denkt Lotta, dann ist es dieses. Das Geräusch eines Fensters, das elektrisch betrieben hochfährt, um die Welt auszuschließen.

Sie fängt an, sich ihre Geschichte im Kopf zurechtzulegen. *Mein Freund. Mein Verlobter. Er ist verschwunden. Ich glaube, er ist verletzt. Rufen Sie den Krankenwagen. Er wurde verletzt, im Club. Er ist bewusstlos ...*

Sie geht an dem geschlossenen Café vorbei, die Stühle am Rand der Terrasse sind mit Ketten zusammengebunden. Im Rinnstein liegt ein zerbrochenes Glas. Sie sieht eine Scherbe – das Bruchstück einer Flasche mit einem dickeren, runden Rand.

Sie hat einmal einen Metzgerkurs gemacht. Oben im Norden Schwedens. Es ging um eine Serie über Nahrungssuche in anderen Ländern. Den ganzen Tag war sie im Schnee zu Fuß auf der Jagd nach Elchen, mit einem Mann, über den sie die ganze Zeit vor Lachen hätte weinen können, wenn er diese gedehnten Töne auf seinem großen Horn blies, um das klagende Stöhnen einer Elchkuh nachzumachen. Für ihren Sinn von Humor zeigte er kein Verständnis. Sie lernten, das Tier aus der Decke zu schlagen und gleich dort in der Wildnis zu zerlegen: es reißverschlussartig bis zur Keule aufzuschlitzen, auszuweiden und die Decke abzuziehen. Je lustiger sie die Sache fand, umso ernster wurde ihr Lehrmeister. Für ihn zählte nur eines: die Qualität der Messer. Er war nahezu besessen von Schleiftechniken, Ersatzklingen und alternativen Werkzeugen.

»Die Leute haben überhaupt keine Ahnung, wie gut Glas schneidet«, stellte er mit strahlenden Augen fest. »Hast du kein Messer zur Hand, dann bietet dir eine Glasscherbe einen ausgezeichneten Ersatz.«

Er schwärmte davon, dass Glas sogar über zwei Schneiden verfügt und dass die Spitze, wenn es einen extrem sauberen Schnitt braucht, der auch den Präparator erfreut, »äußerst scharf ist und sogar ein Skalpell übertrifft, und dass man nicht im Fleisch herumhacken und bohren muss und nicht Gefahr läuft, ein Organ zu verletzen«. Diese Worte sind Lotta lange im Gedächtnis geblieben. »Du machst saubere Schnitte, dann verletzt du das Fleisch nicht.«

Sie hebt die Scherbe auf und betrachtet sie unter der Straßenlaterne genauer. Sie wünscht sich, sie wäre sauber. Sie beißt die Zähne zusammen und versucht, sich vorzustellen, dass ihr Oberschenkel nicht ihrer, sondern der eines Tieres ist. Dann durchdringt sie damit die Strümpfe und die Haut, während sie lange, aber unterdrückt stöhnt. Sie presst die Spitze tiefer hinein, beißt wieder die Zähne zusammen und schafft es schließlich, sie ein Stück hoch- und dann herauszuziehen.

Blut quillt hervor und läuft ihr über die Hand. Gut. Sie wirft die Scherbe in einen Rinnstein und fährt sich mit der Hand über das Gesicht und den Hals. Es muss wild aussehen. Sie atmet bewusst langsam tief ein, bläht die Lunge auf und lässt die Luft genauso langsam wieder entweichen. *Ich bin verletzt*, wird sie sagen. *Ich brauche meinen Freund. Er ist noch im Club. Declan Byrne. Suchen Sie ihn.*

Sie stellt sich vor, wie Declan aus einem abgeschlossenen Bereich heraustritt, von zwei schweren, muskelbepackten Hünen gestützt, die ihm in die Jacke helfen und an den Schultern ein wenig Staub abklopfen. Er dreht sich zu ihr um, grinst sie an und lässt eine selbstironische, witzige Bemerkung fallen.

Blutüberströmt hinkt sie auf die blitzenden Lichter und die Schlange zu.

Plötzlich öffnet sich die Tür und Jodee, zwischen Declans Beinen kniend, während er verzweifelt versucht, sich ihr zu entziehen, um zu verhindern, dass sie sich an seinem Hosenstall zu schaffen macht, springt auf. Zwei Männer in dunklen Hemden und mit Stöpseln in den Ohren stehen im Raum. Sie greift zu einem Kissen, um sich zu bedecken, während die Männer Declans Hände und Füße von den Fesseln befreien.

Sie nehmen sich nicht die Zeit für Freundlichkeiten. Declan gibt alles, um nicht laut aufzubrüllen.

Stumm zerren sie ihn hoch. Ihm dröhnt der Schädel, und fast verliert er erneut das Bewusstsein. Er müht sich mit der Hose ab, während einer der Kerle ihn schon zur Tür schiebt.

»Was haben Sie vor? Wohin gehen wir?«

Auf der Ecke eines Couchtisches neben der Tür erblickt Declan den Minirekorder, den Lyall ihm abgenommen hat, genauer gesagt, eine zerbrochene schwarze Scheibe.

»Und was ist mit ihr?«, fragt er die Männer und deutet mit dem Kopf auf das Mädchen, das in der anderen Ecke steht und immer noch das Kissen vor sich hält.

Sie drehen sich um, sehen erst das Mädchen, dann einander

an. In dem Moment fegt Declan sich die Teile der zerbrochenen Kamera in die Hand und lässt sie in der Tasche verschwinden.

Das ist seine Versicherung.

Als sich die Kerle ihm wieder zuwenden, läuft er gegen den Tisch. Die Lampe kippt. Er greift an die Tischkante, als wollte er sie und sich festhalten.

»Ich fühle mich nicht gut«, murmelt er.

»Keine Sorge«, sagt einer von ihnen. »Das geht bald vorbei.«

37

In der Nacht wacht Juliet mit dem unbestimmten Gefühl auf, dass etwas nicht stimmt. Nicht Erinnerungen und Trauer sind es, die ihr gleich beim Aufwachen wie abgestandene Luft in die Nase steigen. Daran hat sie sich inzwischen gewöhnt. Nein, es ist etwas anderes. Etwas Körperliches. Eine Mischung aus ihrem eigenen nächtlichen Atem und dem schwachen Geruch erkalteter Asche erfüllt den Raum. Aber da ist noch etwas anderes, etwas Scharfes, wie Metall.

Unwillkürlich fasst sie sich zwischen die Beine, um zu sehen, ob sie blutet. Seit den unheilvollen Warnungen bezüglich ihres Alters und Gesundheitszustands, die man ihr in der Klinik mit auf den Weg gegeben hat, fürchtet sie, das Baby zu verlieren. Ein Gefühl, das sich mittlerweile fast zu einer Art Resignation verdichtet hat. Nicht zum ersten Mal erwischt sie sich bei dem Verdacht, dass sie sich beobachtet – von außen –, um zu sehen, wie sie reagiert, wenn es passiert: erleichtert oder enttäuscht? Sie kann sich nicht erklären, warum sie glaubt, nur die Wahl zwischen diesen beiden Emotionen zu haben, oder warum diese sich so anfühlen, als gehörten sie nicht zu ihr und müssten irgendwie ertragen werden, etwa wie man einen Hut oder einen Schal trägt. Sie schiebt die Hand unter das Laken, hält gespannt den Atem an, aber die Finger bleiben unbefleckt.

Auf dem Weg ins Bad bemerkt sie einen seltsamen Schimmer in der Diele, der vom Fenster im Wohnzimmer hereinzukommen scheint. Sie schließt die Haustür auf. Nebelartige Bänder wabern über den sichtbaren Teil des Gartens. Der Geruch wird schärfer. Sie macht die Tür weiter auf.

Rauch.

Keine zwanzig Meter vom Haus entfernt steht die Holzhütte

in Flammen. Juliet packt das Entsetzen. Wie lange es schon brennt, ist schwer zu sagen, aber von der Tür ist nicht mehr als ein schwelendes, schwarzes Loch geblieben, und ein Teil des alten Wellblechdachs wölbt sich nach innen. An der Seite, dort, wo das Holz gestapelt ist, lodern die Flammen züngelnd in den Himmel empor.

Der Wind bläst Funken- und Aschewolken in ihre Richtung. Sie vermeidet es, den Rauch einzuatmen, aber ihr Herz rebelliert, schlägt und drängt sie, ihre Lunge mit Sauerstoff zu füllen. Sie atmet schnell und flach, wendet den Kopf nach links und rechts, während sie versucht, ruhig zu bleiben und erst nachzusehen, ob nicht auch das Haus Feuer gefangen hat. Unweit der Feuerstelle stand immer ein Eimer mit Löschsand bereit, auch wenn er nie zum Einsatz kam. Außerdem ist fraglich, ob ein Sandeimer hier überhaupt noch etwas ausrichten kann: Das Feuer hat ein beträchtliches Ausmaß erreicht. Wie konnte das passieren? Holzscheite entzünden sich doch nicht von allein. Barfuß läuft Juliet über die Terrasse, auf den Rasen und findet den Sandeimer leer. Er ist nicht mehr aufgefüllt worden, seit Beth damit vermutlich die Flammen gelöscht hat, die sie selbst entfacht haben soll.

Juliet läuft zum Haus zurück und entrollt den alten, gelben Gartenschlauch, der an dem Wasserhahn draußen vor der Küche angebracht ist. Der Hahn klemmt und sitzt so fest, dass ihm kaum mehr als ein paar Tropfen zu entlocken sind. Ihre Wangen und die Stirn sind heiß, das Gesicht glüht panisch im Widerschein des Feuers. Sie zerrt den tröpfelnden Schlauch um die Scheune herum auf den Weg und das Gras, so nah an den Holzstapel heran, wie es nur geht. Es wird Stunden dauern, bis alles durchnässt ist, und danach ist das Holz unbrauchbar. Der Schuppen wird nicht zu retten sein. Lediglich zusehen zu können, welche Zerstörungskraft die Flammen entfachen, ist grauenvoll.

Aber wer, zum Teufel, tut so etwas? Und wo ist er? Wird sie beobachtet? Sieht jemand zu, wie sie reagiert?

Hilflos und aus Angst, dass jemand kommen könnte, drückt Juliet sich an die Hauswand, eine Hand schützend auf den Bauch gelegt. Selbst wenn sie jetzt zur Straße fährt, bis sie Netz hat, um einen Notruf abzusetzen, ist die Hütte vollständig niedergebrannt, bevor jemand kommt.

Sie denkt nach. Wie hoch ist das Risiko, dass die Flammen auch das Haus oder den Wald erfassen? Vielleicht gering? Ihr Vater hat dafür gesorgt, dass das Plumpsklo in einer sicheren Brandschneise steht. Die Menschen in den Highlands wissen sich vor einer Feuersbrunst zu schützen.

Nichtsdestotrotz hat Beth vor drei Monaten vermutlich auch hier gestanden und hat dasselbe getan. Hier, in diesem Garten, hat sie die brennende Feuerstelle nicht nur beobachtet, *sondern auch genährt,* mit ihrer Arbeit, an der sie jahrelang gefeilt und die sie immer weiter perfektioniert hat, sogar mit den Werken von anderen. Pure Gefühlskälte. *So kennt sie sie nicht.*

Deshalb spricht man von einem *tosenden Feuer.* Der Lärm ist tatsächlich beängstigend. Es kracht und stöhnt, es brüllt darauf los und saugt Unmengen von Rauchschwaden und Sauerstoff aus der Umgebung in sich hinein. Dort hat Beth gestanden, Ähnliches gehört, den Flammen zugesehen, ihr Grölen vernommen, um dann ungerührt ein letztes Mal ins Wasser zu gehen. Und davor noch Sand über die Asche gestreut?

Warum? Wenn sie sich wirklich in einem so schlechten Gemütszustand befand, konnte es ihr doch egal sein, ob das Haus mit allem darin in Flammen aufging.

38

»Habe ich dich richtig verstanden?«
Marcus legt die Hände auf den kleinen Tisch zwischen sich und Declan. Die Haut um seinen Daumennagel wirkt abgenagt. Sie sitzen im Wohnwagen eines von Marcus' Bekannten an einer Ausfallstraße von Manchester zwischen Altrincham und Sale. Die Besitzer sind nicht da. Marcus hat ihm die Adresse per SMS geschickt und die Stelle beschrieben, wo er den Schlüssel findet. Nachdem er die Notaufnahme verlassen konnte, hat Declan die Nacht notdürftig mit einem Kinderschlafsack bedeckt und frierend hier in einer Koje verbracht.

»Ich habe dir gesagt, dass du vorsichtig sein musst«, sagt Marcus.

Declan senkt den Kopf, ein Fehler, der von seiner Nase augenblicklich mit erneutem pochendem Schmerz bestraft wird. Keine zwei Tage ist es her, als ein Arzt, während Lotta mit zweiundzwanzig Stichen genäht wurde, Declan mit Fragen ablenkte und gleichzeitig behutsam sein Gesicht abtastete. Einer knappen Warnung folgte das ruckartige Richten der Nase. Declans Füße schnellten in die Höhe. Der Arzt schimpfte. *Still halten.* Dann noch ein Dreh nach links und noch einer in die Mitte. Sekunden später ließ der Schmerz nach. Geblieben sind blaue Flecken auf den Wangen und um die Augen, die sich mit denen von Marcus durchaus messen können.

Declan reicht ihm seinen Plastikbecher. Marcus sieht ihn strafend an, lässt sich aber erweichen und holt den Flachmann aus der Tasche, wie ein Kind, das dem ungehorsamen Hund Leckerli verabreicht.

»›Verhalte dich unauffällig‹, habe ich gesagt. Und was

machst du? Ich fasse mal zusammen.« Marcus zählt es an den Fingern ab. »Stürmst in alle privaten Bereiche, lässt dich mit einer mordlustigen Prostituierten filmen, von den Schlägern des Eden mit einem Taser matt und von Lyall höchstpersönlich unter Druck setzen. Lotta fügt sich Stichwunden zu, und dann lasst ihr euch auch noch von der Journaille ablichten, wie sie euch in den Krankenwagen schaffen und dabei ausseht wie die Hauptdarsteller in *Frankensteins Braut*.«

Declan schaudert es, er kippt seinen Drink runter und fragt sich, was mit dem Glatzkopf passiert ist. Zugegeben, ein Mistkerl, aber immerhin noch ein Mensch. Vielleicht ist er tot. Lotta hat ihm erzählt, wie sie beobachtet hat, dass sie einen Mann über die Straße geschleift und in irgendwelchen dunklen Räumen abgelegt haben. Immer wieder denkt er darüber nach. Das Mädchen hat seinen Puls geprüft und dann genickt. Er dachte, das würde bedeuten ... Er versucht sich an das Gesicht des Glatzkopfs zu erinnern. Aber es wurde aus seinem Gedächtnis gelöscht und von dem leeren Blick des Mädchens in Lyalls Vorzimmer und dem dumpfen Grauen danach überschrieben. Die Bilder von all dem Blut, das aus Lotta herausströmte, ihre Kleidung durchtränkte und ihr über die Hände lief, lassen die Geschehnisse der Nacht zu einem düsteren, surrealen Albtraum ineinanderfließen.

»Und der Polizei hast du erzählt, dass du die Treppe runtergefallen bist?«

»Ja.« Declan nickt sehr langsam und kaum merklich. »Ja, richtig.«

Tatsächlich ist Marcus der Einzige, dem er von dem Glatzkopf und all dem erzählt hat, was sich oben bei Lyall zugetragen hat. Juliet wollte er so etwas nicht in einer Sprachnachricht mitteilen. Aus dem Krankenhaus hat er ihr ein paar Nachrichten geschickt, während die Krankenschwester Lotta zusammenflickte. Aber er stand neben sich und wollte auf jeden Fall verhindern, dass sie vorher davon aus der Presse erfährt. Seitdem fand er keine Gelegenheit, sein Handy aufzuladen, auch wenn er es, wenn er ehrlich ist, sowieso nicht eilig hat damit. Dennoch ist ihm natürlich klar, dass er unbedingt mit ihr sprechen muss, wenn er nicht riskieren will, dass sie sich in den Flieger setzt und selbst nach Manchester kommt.

Marcus' Miene verfinstert sich, als er wieder auf die Zeitung blickt, die vor ihnen liegt. Auf der Titelseite prangt ein Foto von Declan, in Begleitung zweier um ihn bemühter Sicherheitsleute, sodass alle Welt glauben muss, dass er zu Palmers und Lyalls Spießgesellen gehört.

Declan weiß, was Marcus denkt. Selbst wenn sie Beweismaterial hätten, bringen ihm diese netten Fotos auf der Titelseite ein gehöriges Glaubwürdigkeitsproblem ein. Er greift in die Tasche und holt die zerbrochene Minikamera heraus. »Noch ist nicht alles verloren«, sagt er. »Hier könnte noch was drauf sein.«

Marcus nimmt das Gerät in die Hand und betrachtet es wie einen alten Kaugummi. »Declan …« Marcus zögert. »Was genau ist da oben passiert?«

»Ich …« Declan schließt die Augen. »Habe ich doch gesagt. Sie wollten mich mit einem Mädchen filmen. Als Druckmittel, nehme ich an, um sicherzugehen, dass ich nicht quatsche.«

»Und dann?«

Declan lässt sich mit der Antwort Zeit. »Lotta hat eine fantastische Show hingelegt, oder? Sie haben die Reißleine gezogen, mich hergerichtet, die gröbsten Spuren beseitigt und wie eine königliche Hoheit nach draußen eskortiert.«

Er gesteht es sich nur ungern ein, aber dass Lyalls Schläger ihn haben gehen lassen, nagt an Declan. Sie müssen an das Beweismaterial gekommen sein, das sie wollten und brauchten. Hätten sie ihn sonst laufen lassen? Lotta hätte verbluten können, das hätte sie nicht gestört. Sie haben Videoaufnahmen von ihm mit dieser Tänzerin und mit dem noch jüngeren Mädchen. Auch wenn sie nicht weit gekommen ist, scheint das, was sie haben, auszureichen, um ihn fertigzumachen.

Und sie haben recht. Es würde ihn ruinieren, und Juliet auch. Wenn das ruchbar wird, verliert er Juliet, und sie ihre Karriere. Plötzlich wird ihm klar, was Beth durchgemacht haben muss. Diese Fotos. Sie muss eine panische Angst davor gehabt haben, dass sie an die Öffentlichkeit gelangen.

Aber Angst wirkt sich auf unterschiedliche Menschen unterschiedlich aus.

Glauben die Kerle wirklich, dass er sich so einfach geschlagen gibt? Dass er auf Marcus und Juliet versucht, dazu zu bringen aufzugeben und zur Tagesordnung überzugehen? Zunächst einmal kennen sie Juliet nicht. Allein schon mit dem Versuch, sie dazu zu bringen, alles zu vergessen, wäre er sie los. Und sie kennen ihn nicht. Nichts entfacht seinen Zorn mehr als Menschen, die zu wissen glauben, wie er reagiert.

»Ach, danke übrigens.« Er zieht die Augenbrauen hoch. »Lotta hat mir erzählt, wie sehr du geholfen hast.«

Marcus ignoriert diesen verbalen Fußtritt und dreht die Minikamera in der Hand hin und her. »Wir wissen also, dass Lyall in der Stadt ist«, sagt er. »Und der einzige Beweis dafür war auf dem Ding hier?«

Declan nickt. »Und außer ihm war noch jemand dort. In dem anderen Raum, in dem er sich irgendwelches schmuddeliges Zeug angesehen hat.«

»Wer war das?«

»Keine Ahnung.« Declan beugt vorsichtig den Nacken und schnuppert am letzten Tropfen Whisky in seinem Becher. »Musst du das Mädchen wirklich noch da reinschicken?«, fragt er. »Um sich filmen zu lassen?«

»*Von reinschicken kann keine Rede sein*«, schnaubt Marcus. »Ich fände es gut, wenn du versuchst, sie davon abzuhalten.«

39

Am folgenden Tag fährt Declan mit Zug und Bus nach Lyme Park hinaus, eine Stunde außerhalb von Manchester, um Marcus und das Mädchen zu treffen. Den langen Weg von der Bushaltestelle die Hauptstraße entlang zum Landsitz hinauf geht er zu Fuß. Die Schmerzen, die seinen ganzen Körper durchzucken, und die ächzenden Rippen zwingen ihn, langsam zu gehen. Nach jedem Auto, das sich ihm von hinten nähert, sieht er sich um. Das Gebäude ist imposant, lässt ihn dennoch wie alle diese manikürt wirkenden Anwesen eher unbeeindruckt. Geradezu anmaßend für einen Fotografen, dessen ist er sich bewusst. Er kann es nicht gutheißen, wenn das Bild einer Landschaft so in Sehenswürdigkeiten zerlegt wird, dass einem geradezu vorgeschrieben wird, was es anzuschauen gilt.

Breite Kieswege winden sich zwischen überdüngten Rasenflächen und Bäumen, deren Wuchs ihn eher an Legosteine denken lässt. Das eigentliche Gebäude hebt sich majestätisch in leuchtendem Sandstein von der Landschaft ab. Declan steht vor dem Haupteingang und sieht einem älteren Paar zu, das sich gegenseitig stützend die Stufen hinaufmüht, sowie zwei Müttern, die ihre Kleinkinder in gepunkteten Stiefeln von der abschüssigen Rasenfläche scheuchen. Niemand von ihnen sieht so aus, als würde er für Eden arbeiten.

Eine Viertelstunde später trifft Marcus mit dem Mädchen ein. Sie trägt Turnschuhe, schwarze Jeans, einen dicken grauen Pullover und ein lose um den Kopf geschlungenes schwarzes Tuch. Um ihre Augen zeichnen sich dunkle Ringe ab, und ihr Blick huscht nervös hin und her. Sie wirkt unterernährt. Marcus sagte, sie wäre vierzehn. Aber sie sieht jünger und gleichzeitig älter aus. Sie hat einen gelblichen Teint und hohe Wangenknochen. Unablässig streicht sie eine Strähne ihres langen, dunklen Haars unter das Tuch. Vermutlich hat ihr Haar schon eine Weile keine Schere mehr gesehen. Vielleicht ist sie nervös.

»Declan, das ist Ishtar. Ishtar, mein Freund Declan.« Mit den Zähnen zupft sie sich ein trockenes Hautstück von der Lippe. Sie hält den Kopf gesenkt.

Declan bemüht sich um ein aufmunterndes Lächeln, stellt aber sogleich fest, dass seine Gesichtsnerven das kaum zulassen. Seit seinem Besuch im Club hat er kaum geschlafen. Keine angenehme Vorstellung, noch einmal in die Fänge von Palmer oder Lyall zu geraten. Zumindest hat er das Kunststück vollbracht, Lotta fachgerecht verbunden wieder zurück nach Liverpool zu bringen. Verbände aber, die die Bilder in seinem Kopf abdecken könnten, gibt es nicht. Er lässt sein Handy zum Aufladen in Marcus' Auto, dann gehen sie hinein.

Die Dame mittleren Alters am Kartenschalter beäugt das Trio argwöhnisch. Schwer zu sagen, was sie misstrauisch macht: zwei erwachsene, von Blessuren übersäte Männer in Begleitung eines jungen, augenscheinlich ausländischen Mädchens, oder die Tatsache, dass heute eigentlich ein Schultag ist. Nach ein paar verstohlenen Blicken sieht sie schließlich weg. Declan begreift, wie leicht es jemandem wie Lyall und seinen Kumpanen gemacht wird, ihren schmutzigen Machenschaften nachzugehen. Die Leute sind zu höflich, um Fragen zu stellen, wenn ihnen etwas so Seltsames auffällt, wie etwa das Arrangement, das Marcus und das Mädchen getroffen haben. Auch Declan hat seine Probleme damit. Marcus hatte einen Teilzeitjob in der Kantine im Asylzentrum angenommen. Nach sechs Monaten hat er es irgendwie geschafft, sie zum Reden zu bringen. Dass der alte Zyniker das Vertrauen eines gebrochenen Teenagers gewinnen konnte, will Declan immer noch nicht in den Kopf. Aber wenn man die beiden zusammen sieht, springt sie einem förmlich ins Auge, diese Gebrochenheit, die beide gemeinsam haben.

Sie gehen durch die Gärten. Der Kies knirscht unter den Füßen und glitzert wie Schnee. Ishtar scheint sich auszukennen. Sie geht vor. Erst als sie an eine größere Rasenfläche kommen, lässt sie sich etwas zurückfallen. In einer freundschaftlichen Geste legt ihr Declan die Hand auf die Schulter. Sie sieht ihn nicht an.

Schließlich raunt er Marcus zu: »Wenn du sie für einen Tag da herausbekommst, warum nicht ganz?«

»Du meinst, ich soll mit einer registrierten Asylsuchenden durchbrennen, die ganz nebenbei bemerkt auch noch minderjährig ist?«

»Nein. Aber allein das, was sie dir erzählt hat, reicht doch schon für eine Anzeige. Ich meine, gibt es für solche Fälle nicht eine Art Schutzprogramm?«

»Kann man wohl kaum so nennen. Die Unterkunft ist ein offenes Haus. Sie können kommen und gehen, wie und wann sie wollen. Umgekehrt kommt auch fast jeder rein. Da hängen alle möglichen Leute herum. Ehrlich gesagt, ist es schon erstaunlich genug, dass es nicht mehr Probleme gibt. Ihr Freund – der, von dem ich dir erzählt habe, den sie tot aufgefunden haben –, bevor sie verschwand, ist sie einfach weggelaufen und hat auf der Straße gelebt. Sie wurde von der Polizei aufgegriffen und hat denen erzählt, was passiert ist. Und rate mal, was dann passiert ist. Sie haben sie einfach wieder in die Unterkunft zurückgebracht.«

»Bitte. Ich sprechen«, meldet Ishtar sich überraschend zu Wort. Ihre Stimme klingt weich, leise, nahezu schwingend, wie die Saiten eines Instruments. »Ich Marcus bitten, nicht jemand erzählen. Peinlich für mich. Ich bin ... ist gefährlich für mich, wenn Leute wissen.«

Declan bleibt besorgt stehen. »Aber du weißt, dass er Journalist ist und deine Geschichte veröffentlichen möchte?«

»Er mein Name verstecken.«

Declan wirft Marcus einen Blick zu.

»Ja«, sagt Marcus und sieht ihn verlegen an. »Wenn ich kann.«

»Ist gefährlich für mich. Also wir stoppen sie. Ich sie filmen. Dann sie bezahlen.« Wie einfach das bei ihr klingt. »Mein Leben nicht gut. Ich bin nichts. Ich weiß es. Ist überall gleich.«

Sie gehen weiter. Marcus räuspert sich: »Das sind übrigens ihre Worte, nicht meine.«

»Ich mag das nicht«, sagt Declan.

»Glaubst du etwa, sie findet das gut?«

»Du machst eine Geschichte daraus. Und was bekommt sie? Dein Redakteur, oder wer auch immer, garantieren die für ihre Sicherheit?«

»Nein.« Marcus sieht ihn traurig an. »So funktioniert das nicht. Aber es lenkt die Aufmerksamkeit der Öffentlichkeit auf sie ... auf ihren Fall. Dadurch ist sie bestimmt um einiges sicherer. Die Leute werden wissen wollen, wie die Geschichte weitergeht. Wenn das publik ist, findet sich vielleicht ein Wohltäter, der ihr irgendwo sogar ein Stipendium gewährt.«

Sie stehen vor einer hohen Glasfläche, die den diesigen Septemberhimmel spiegelt. Sie ist in die elegante Fassade einer Orangerie aus dem neunzehnten Jahrhundert eingepasst. Der Anflug eines Lächelns umspielt Ishtars Lippen.

Kaum treten sie durch die Tür, werden sie von warmer Luft und dem Duft von Kamelien und Feigen umfangen, die an die heißen Tücher erinnern, die kurz nach dem Start im Flugzeug gereicht werden. Heiß, sauber und wohltuend. Ishtar sieht den gefliesten Weg hoch und runter, schließt die Augen und holt tief Luft. Ein Hauch von Frische legt sich auf ihr Gesicht.

Sie sprechen leiser, als sie zwischen einem Stufenbrunnen

und opulentem, wohlriechendem Grün hindurch weitergehen und den Plan besprechen. Ishtar bekommt immer eine SMS mit der ihr mitgeteilt wird, wann und wo sie warten soll. Meist wird sie an derselben Stelle, in der Regel wenige Straßenzüge vom Asylzentrum entfernt, abgeholt. Marcus und Declan folgen dann dem Fahrer, der sie zu den Apartments auf der Rückseite des Clubs bringt. Marcus möchte, dass Declan alles fotografiert.

»Wir bleiben hinter dir«, sagt er zu Ishtar. »So, wie ich es vorher auch gemacht habe. Sollte etwas passieren, sind wir da. Danach fahren wir dir bis zu der Stelle nach, an der du wieder abgesetzt wirst. Dort gibst du uns die Tasche mit der Kamera, und dein Job ist erledigt.«

Als sie aus dem Glashaus kommen, fühlt sich die Luft plötzlich viel kälter an. Als wäre eine andere Jahreszeit ausgebrochen, während sie drinnen waren. Ihr Atem bildet Wolken vor den Gesichtern, als sie sich über den Rasen auf den Rückweg machen.

Als sie wieder in Marcus' Auto sitzen, setzt die Dämmerung ein. Zwischen den Vordersitzen nach vorne gebeugt, lässt Ishtar sich zeigen, was sie tun muss. Die Kamera ist nicht schwer zu bedienen. Sie sieht aus wie ein Stift, dunkelblau und gold, ist aber mit einem USB-Stick, einem Mikrofon und einem hochauflösenden Sprachrekorder ausgestattet.

Während Marcus ihn auseinanderschraubt, um Ishtar den Schalter zu zeigen, den sie umlegen muss, wenn sie von Kamera auf Video umschalten will, fragt Declan sich, was ihr wohl durch den Kopf geht, wenn sie heimlich Männer dabei filmt, wie sie ... das tun, was sie mit ihr tun. Sie wirkt vollkommen ruhig, während seine Nerven zum Zerreißen gespannt sind. Der Gedanke an Jodee, das Mädchen in dem Raum von Palmer und Lyall, lässt ihn vor Scham innerlich vergehen.

Er sollte noch mal versuchen, Juliet zu erreichen. Seltsam,

dass sie noch nicht zurückgerufen hat. Andererseits aber ist er fast erleichtert, weil er ihr sonst alles erzählen müsste. Ist es im Augenblick nicht besser, wenn sie nichts weiß? Sie würde sonst sofort zur Polizei gehen. Darf er ihr auch diese Geschichte vorenthalten? Für ein oder zwei Tage?

Er versucht, sich wieder auf das zu konzentrieren, was Marcus sagt. Auf die Stiftkamera. Er hofft, dass sie funktioniert. Es fällt ihm schwer zu glauben, dass so etwas auf dem freien Markt zu bekommen ist. Vor nicht allzu langer Zeit hat man so etwas nur in Spionagefilmen gesehen. Ishtar scheint das kleine Gerät hingegen wenig zu beeindrucken. Selbst ihr angeschlagenes Handy lässt diese Stiftkamera alt aussehen. *Ein Stift, verdammt noch mal! Welches Kind trägt so etwas in der Tasche mit sich herum?* Declan packt mit einem Mal die Furcht, dass die ganze Sache schiefgehen könnte. Es ist schon genug schiefgelaufen.

»Du musst nur diesen Schalter hier umstellen«, sagt Marcus. »Nach rechts.«

»Ja«, sagt sie.

»Das Gerät zeichnet eine Stunde lang auf. Bist du sicher, dass das reicht?«

»Ja.«

»Also. Erst einschalten, wenn du aufnehmen kannst, okay?«

Declan hat das Mädchen mit dem leeren Blick vor Augen. Ihm wird übel. Ishtar zuckt nicht mit der Wimper.

»Ja.«

»So musst du ihn hinlegen und dann dafür sorgen, dass dieses kleine Loch auf das gerichtet ist, was aufgezeichnet werden soll.«

Sie nickt.

»Schreiben kann man damit übrigens auch. Hier. Wenn ihn dir jemand aus der Tasche nimmt, um damit zu schreiben, dann funktioniert das auch. Man merkt es nicht. Aber du musst ihn wieder an die richtige Stelle legen.«

Sie nimmt den Stift und macht ihn in ihrer kleinen gewebten Handtasche fest. Von außen inspizieren sie das Ergebnis. Passt. Das Loch, das sie gemacht haben, um zu filmen, ist winzig klein. Das sieht niemand.

»Draußen sind Kameras im Auto und im Apartment. Wir sind zur Stelle, wenn etwas danebengeht.«

Zur Stelle. Um was zu tun? Ein Blutbad mit ansehen zu müssen?

Marcus muss Ishtar zurückbringen. Er gibt Declan das Handy und bittet ihn, mit öffentlichen Verkehrsmitteln zurückzufahren, weil es besser sei, wenn man sie in der Nähe der Unterkunft nicht zusammen sehe. Die vierzehn Meilen nach Manchester kommen Declan länger vor als der Hinweg. Er schaut in die Gärten, an denen er vorbeifährt, und sieht die Kinder in warmen Küchen vor ihren Hausaufgaben sitzen. Schließlich fährt er mit einer Straßenbahn durch den abendlichen Berufsverkehr. Die Nase fängt wieder an zu pochen. Die Bremslichter und Scheinwerfer spiegeln sich in den Ladenfronten und schmücken sie wie Christbaumkugeln.

Vier verpasste Anrufe von Juliet. Nach anfänglichem Zögern ruft er sie schließlich an. Er ist erleichtert, als gleich die Mailbox anspringt. Wahrscheinlich ist sie in Culbin und hat kein Netz. Es sei denn, sie ignoriert seinen Anruf. Er spricht ihr eine kurze Nachricht aufs Band.

»Hallo, Juliet. Hoffe, es geht dir gut. Hast du meine Nachrichten bekommen? Ich nehme an, du hast inzwischen die Zeitung gelesen. Wie gesagt, nichts, worüber du dir Sorgen machen müsstest. Ich wollte dir nur sagen, dass es mir gut geht, und Lotta auch. Ich treffe mich hier mit einem alten Freund. Er hat ein paar Informationen zum Eden ...« Er hält inne. »Viel mehr gibt es dazu im Moment nicht zu sagen, nur dass es schlimmer, viel schlimmer ist, als wir gedacht haben.«

Er zögert. Er möchte ihr keine Angst einjagen, aber die Vorstellung, dass sie allein da draußen im Wald ist, kann er kaum ertragen. Sollten die Palmers auf die Idee kommen, sich auch sie vorzunehmen, dann wäre sie eine leichte Beute.»Ich frage mich ... ich glaube, du solltest vielleicht lieber in die Stadt ziehen. Kannst du nicht zu Erica gehen? Dann erreiche ich dich auch leichter am Telefon.«

Der Straßenbahnfahrer zerrt an der Glocke und brüllt jemandem etwas hinterher, der achtlos über die Schienen läuft. Eine Frau stöckelt in High Heels über den Bürgersteig und bleibt mit einem Absatz zwischen den Pflastersteinen hängen. Declan schließt die lädierten Augen.»Ich liebe dich. Ich rufe dich an, sobald ich mehr weiß.«

Der kleine Ausflug bringt nicht das, was er sich erhofft hatte. So einfach ist Erlösung hier nicht zu haben.

40

»Was gibt es, Frank?«

Karens Wange glüht an der Stelle, an die sie den Hörer hält. Sie stellt sich Frank gern in seinem Labor in der Gerichtsmedizin vor. Damals, am Anfang ihrer Berufslaufbahn, hatte er sie unter seine Fittiche genommen, als sie ihr Praktikum in der Gerichtsmedizin absolvierte. Manchmal wünscht sie sich, sie hätte diesen Weg eingeschlagen. Dass der Teil ihrer Arbeit, der ihr abverlangt, sich in der Öffentlichkeit zu zeigen, nicht zu ihren Stärken gehört, ist ihr bewusst. Sie könnte jetzt dort sein, irgendwo, am Ende all dieser weißen Gänge, beim Kalibrieren, mit einem Instrument nach dem anderen, Frank mit seinem Schnauzbart an ihrer Seite. Der ist mittlerweile weiß geworden. Hier und da ein Auftritt bei Gericht. Verhandlung. Beweise. Wie von Zauberhand erscheinen Fingerabdrücke im Schwarzlicht.

Frank rügt sie. Sie hört ein Kratzen in der Leitung, während er spricht, und fragt sich, ob das vielleicht seine Barthaare sind.

»Es wäre schneller gegangen, wenn du mir gesagt hättest, worum es geht«, sagt er.

»Du willst mich wohl auf die Probe stellen.« Sie lächelt, als sie daran denkt, was er ihr vor all den Jahren eingebläut hat. *Sie sagen dir nicht, wonach du suchen sollst. Du sagst ihnen, was du gefunden hast.*

»Verbrannte Gewebsfasern, die mit denen übereinstimmen, die bei dem Feuer gefunden wurden, das Beth Winters entfacht hatte. Das Mädchen, das im Sommer ertrunken ist.«

»Und?«

»Jede Menge unvollständige Spuren. Nicht einfach bei einer solchen Jacke. Eine Menge Fragezeichen. Aber vier verschiedene DNA-Spuren haben wir gefunden. Die von Beth. Dann vermutlich die eines Verwandten von Beth. Und außerdem gibt es Übereinstimmungen mit der DNA von zwei der Typen, die Sie schon ausgeschlossen haben. Karlo Southall und, äh, Toby Norton.«

»Und was ist mit dem Zettel, der in der Tasche steckte? Mit den Zahlen?«

»Nur er.«

»Wie?«

»Nur Karlo«, ergänzt er mit hoher Stimme, die immer schrill tönt, wenn er sich aufregt oder ärgert. »Ist doch interessant, oder?«

Karen antwortet nicht.

»Tut mir leid. Aber das war's.«

Sie fährt sich mit der Zunge über die Unterlippe. »Schon gut. Etwas anderes habe ich nicht erwartet.«

»Was ist mit den Zahlen?«, erkundigt er sich.

»Ich hatte gehofft, dass Sie mir das sagen können.«

»Der PIN-Code einer Bankkarte vielleicht? Oder eines Handys?«

»Ja, daran habe ich auch schon gedacht.«

Sie bedankt sich, beendet das Gespräch und betrachtet noch einen Moment das Telefon in ihrer Hand, bevor sie es weglegt, den Laptop öffnet und eine Videodatei anklickt.

Die Kamera ist fest installiert und gibt den Blick auf einen dunklen Hof mit einer Reihe bogenförmiger Palisaden frei. Im Hintergrund erhebt sich der hohe Schornstein einer Verbrennungsanlage. Das Zählwerk in einer Bildschirmecke zeigt *1:26* an. Eine schlanke Gestalt in hautengen Jeans und mit der Daunenjacke, die sich jetzt bei Frank im Labor befindet, erscheint. Die Person hält den Kopf gesenkt, sieht sich kurz nach links, dann nach rechts um, und verschwindet wieder aus dem Bild. Kurz darauf das Flackern einer Neonröhre in der provisorischen Hütte rechts im Bild. Sie sieht es sich immer wieder an.

Karen schließt die Augen, zögert und wählt eine andere Nummer.

»Nick, vielleicht brauche ich eine Extrastreife auf der A96 zwischen Inverness und Elgin und dann noch zur Küste rauf nach Culbin. Wen hätten wir denn da zu bieten?«

»Da ist dieses Wochenende ein Spiel. Brauchen Sie einen Wagen aus der Stadt raus?«

»Nein. Ich habe gesagt, zusätzlich. Nicht umgeschichtet.«

»Aber bei dem Spiel ...«

»Auf meine Verantwortung.«

»Okay. Erkundigen kann ich mich ja. Nur Nachtstreifen?«

Karen fährt sich erneut mit der Zunge über die Lippen. Wie ließe sich eine Rund-um-die-Uhr-Bereitschaft begründen? Alle Entscheidungen scheinen in letzter Zeit genauestens überprüft zu werden. »Dann beantragen wir zwei Sechsstundenschichten. Von einundzwanzig bis neun Uhr. Bis auf Weiteres.«

»Sehr schön. Das verschafft ein paar Jungs nette Überstunden.«

»Und am Tag möchte ich eine reguläre Streife da oben haben. Alle neunzig Minuten eine Kontrollfahrt.«

Sie hört Nick zwischen den Zähnen pfeifen. »Was suchen wir denn?«

Nur Bucky ist bei ihr, als Juliet sich traut, den rauchenden Holzhaufen hinter sich zu lassen und zur Ausweichstelle hinter der Eisenbahnbrücke auf dem Weg zur A96 zu fahren, wo sie Netz hat. Dort hört sie als Erstes die ebenso verstörenden wie rätselhaften Nachrichten ab, die Declan ihr in Liverpool auf Band gesprochen hat. Sie will ihn sofort zurückrufen, bekommt aber dieselbe Antwort, die sie die letzten zwei Tage schon immer bekam. *Die Nummer, die Sie gewählt haben, ist abgeschaltet.* Ihre Sorge verwandelt sich in Wut.

Sie ruft Karen an. Ein Kollege nimmt ab. Jetzt ist es so weit: Sie ist dabei, den Verstand zu verlieren. Hat sie den Schuppen vielleicht selbst in Brand gesetzt? Was hat sie im Wald gehört? Sie bemüht sich, ruhig zu bleiben und sich nicht in irgendetwas hineinzusteigern.

Als sie auflegt, verkünden fünf schnell aufeinanderfolgende Klingeltöne den Eingang weiterer Nachrichten aus London – PA Zentrale, Fiona. *Wie läuft's? Kommst du voran?*, fragt Fiona.

Kaum sind sie wieder beim Haus, rennt Bucky nervös und neugierig um die schwelenden Überreste des Schuppens herum. Verdammt. Sie braucht einen Kaffee, und eine Tasse ist doch wohl erlaubt.

Erst seit sie versucht, sich den Kaffee abzugewöhnen, weiß sie, wie sehr sie ihn braucht. Sie steht am Wohnzimmerfenster und nippt an ihrem Wachmacher, der mindestens so schwarz ist wie das verkohlte Holz.

Keine Stunde später ist Karen bei ihr. Sie ist gleich losgefahren, als sie von dem Brand erfuhr. Im Haus sieht sie Juliet inmitten eines Haufens aufgetürmter Kisten sitzen, die alle mit fähnchenähnlichen Zetteln und Aufklebern versehen sind.

Während Karen sich umsieht, nimmt Juliet die Umgebung aus Karens Sicht wahr: die halb gepackten Kisten; Wäschestapel auf Büchern, die sich wiederum auf Schriftstücken stapeln. Und draußen hat sie das Gefühl, dass Karen die Lage nur mit mäßigem Interesse inspiziert, ein paar schwer deutbare Geräusche von sich gibt und ein paar Fotos schießt. Schweigend blicken sie einen Augenblick lang gemeinsam auf das vor sich hin knisternde Ausmaß der Zerstörung hinab. Einem Brand haftet auch etwas Faszinierendes an.

Im Haus zurück, schaffen sie auf dem Esszimmertisch Platz,

an dem am Abend davor Juliet und Declan über die Bücher ihres Vaters gebeugt saßen.

»Also«, fängt Karen an. »Erzähl doch noch mal genau, was passiert ist.«

»Ich wurde wach und hatte einen bestimmten Geruch in der Nase. Der Schuppen stand in Flammen. Ich konnte sie nicht löschen.«

»Wie ist das Feuer entstanden?«

Fast hätte sie entnervt aufgestöhnt. »Ich weiß es nicht, Karen. Deshalb habe ich dich doch angerufen. Ich hätte jedenfalls Benzin genommen, wenn ich so ein großes Feuer hätte in Gang setzen wollen.«

»Bitte entschuldige, Juliet. Aber ich muss dich das fragen. Eine Untersuchung des Brandes wäre ... na ja, teuer und schwer zu begründen. Vermutlich würde man sagen ...«

»Was? Dass ich ihn selbst gelegt habe? Warum sollte ich das tun?« Sie zieht die Stirn kraus. »Ah, jetzt verstehe ich.«

Weil die Leute denken, dass ich genauso irre bin wie meine Schwester und meine Nichte. Und dass ich eine Sonderbehandlung bekomme.

Karen wechselt das Thema. »Warum sollte jemand das getan haben?«

»Ich ...« Juliet zögert. Sie muss zugeben, dass es wirklich krank klingt. »Um mir Angst zu machen?«

»Ist Declan hier?«

»Nein.« Juliet macht eine Pause.

Sie verschwendet Karens Zeit. Geht das die Polizei überhaupt etwas an? Trauernde Familienangehörige machen ein Theater um armselige Details, suchen nach Gründen und irgendetwas, das den Schicksalsschlag erklären könnte, der ihnen widerfahren ist. Soll sie ihr sagen, warum Declan nach Manchester gefahren ist? Wenn er da überhaupt noch ist. Nicht einmal das weiß sie. Klingt das nicht sogar noch verrückter?

Schlimmer, als wir dachten, hat Declan aufs Band gesprochen. Sie spürt Karens Blick auf sich ruhen.

»Er musste weg«, bringt sie schließlich hervor.

»Und was ist mit dir? Geht es dir jetzt besser? Nach dem, was ... auf der Insel passiert ist?«

»Ja, danke. Ich habe Glück gehabt. Das war eine ziemlich dumme Aktion.«

Karen nickt. Trotz der Risiken, von denen Karen behauptet, sie ie auf sich genommen zu haben, kann Juliet ihr Professionalität nicht absprechen. Und es ist wohl kaum fair, Karen deswegen zur Rede zu stellen, während sie selbst insgeheim darüber nachdenkt, nichts von den Fotos zu sagen, und auch ihren Verdacht hinsichtlich Palmer und dieser Frau nicht zu erwähnen, die sie beschuldigt hat, Beths Tod nicht gründlich genug untersucht zu haben. Die grüne Armeedose steht im Schlafzimmer. Ein Behälter voller Geheimnisse.

»Karen. Würdest du ... einen Moment, bitte.«

Juliet holt die Dose und stellt sie entschlossen auf den Tisch.

»Die habe ich gefunden«, sagt sie mit fester Stimme, die härter klingt als beabsichtigt. Was Declan betrifft, ist sie beschämt, besorgt und verärgert darüber, dass er die verdammten Fotos überhaupt gemacht hat. Am meisten aber schämt sie sich für Beth.

Ihre Stimme zittert leicht. »Im Krankenhaus hast du mich gefragt, ob ich auf Kelspie etwas gefunden hätte. Das hier habe ich gefunden. Es gehörte ... also, früher meinem Vater, und dann Beth.« Sie holt tief Luft. *Kann sie noch zurück?* »Sie hatte es dort versteckt.«

»Versteckt? Warum?«

»Ich bin mir nicht sicher, aber ...« *Kann sie die kompromittierenden Bilder von der Koks-Party im Eden-Club vielleicht noch entfernen?* Juliet öffnet das verbeulte Behältnis und schiebt Karen langsam die Fotos über den Tisch, eines nach dem anderen, wobei sie bemerkt, dass man nicht mehr aufhören könne, wenn man erst einmal angefangen habe.

»Declan hat sie gemacht. Letztes Frühjahr. Beth hat für die Band ein paar Entwürfe für das Album gemacht.« *Ein Schwarz-Weiß-Foto von Beth, oben ohne, den Rücken zur Kamera gewandt, den Blick aufs Meer gerichtet.* »Und das hier sollten Werbeaufnahmen sein.« *Beth auf einem Bett liegend.* »Sie waren ... es hat nicht funktioniert. Zum Schluss hat Beth von Declan ein paar Abzüge bekommen. Ihm ist es unangenehm, wie die Aufnahmen zustande gekommen sind.«

Karen betrachtet jedes Bild aufmerksam, sodass Juliet Zeit bleibt, jedes einzeln auszuwählen, bevor sie es zu den anderen auf einen kleinen Stapel vor sich legt. Die letzten beiden Fotos, die heikelsten, behält sie zurück – der Unbekannte beim Koksen und das Mädchen auf den Knien.

Karen breitet die Bilder auf dem Tisch vor sich aus. »Wusstest du, dass Declan daran arbeitet?«

»Nein. Und ich war ...« Warum soll sie sich zieren? »Ich war außer mir und verärgert. Beth hat natürlich niemandem etwas davon erzählt und auch Declan gebeten, zu schweigen.«

»Und dann hast du sie auf der Insel gefunden?« Karens Blick haftet auf der Dose.

»Ja. Unter einem dieser kleinen Steinhaufen, die die Leute am Strand errichten. Da lag sie drin. Ich weiß nicht, warum.«

»Und was hat dich dazu gebracht, da draußen zu suchen?«

»Kelspie? Sie ist oft dort hingefahren, um Pflanzen zu sammeln. Das habe ich in ihren Notizen gelesen. Ich ...«

»Und Declan, hast du nicht gesagt, dass du da rausfährst?«

»Nein.« Juliet räuspert sich. »Da gibt es noch etwas. Unter Declans Fotos waren auch diese hier.« Sie legt die beiden rätselhaften Fotos zu den anderen auf den Tisch. »Wir wissen nicht, wer sie gemacht hat. Declan war es jedenfalls nicht. Wir vermuten, dass sie in Manchester entstanden sind. Im Eden-

Club. Sieh dir das Mädchen an und lies, was auf der Rückseite steht.« Juliet dreht eins der Fotos um. »Beth hat ein wirklich verstörendes Album für sie entworfen ... Hier, sieh es dir selbst an.«

Sie reicht ihr die große Mappe und schlägt die Seite mit dem blassen Gesicht in dem Patchworkfenster auf.

Karen schweigt eine Weile. Alles sehr interessant, aber nichts, womit sie viel anfangen könnte.

»Ist Declan dahin gefahren? Nach Manchester?«

»Ja«, sagt sie nach längerem Zögern.

Karen legt ihr Notizbuch zur Seite. »Beth scheint in zweifelhafte Geschichten verwickelt zu sein. Ich gebe dir recht. Das wirft Fragen auf.« Sie schürzt die Lippen. »Trotzdem kann ich die Ermittlungen nicht deshalb wieder aufrollen. Drogenmissbrauch. Irgendein aus dem Zusammenhang gerissenes Bild? Ein kleines Kunstprojekt?«

Juliets Hoffnung schwindet.

»Aber, ehrlich gesagt«, fährt Karen langsam fort, »treibt mich inzwischen etwas ganz anderes um. Ich komme immer mehr zu dem Schluss, dass es möglich ist ...«

Jetzt kommt es.

Ja, das ist möglich. Ich bin dabei, den Verstand zu verlieren.

Karen zieht ihr Tablet aus der Tasche und loggt sich ein. »Ich möchte dir etwas zeigen. Ich räume ein, dass es ..., wenn jemand es darauf anlegt, dich hier wegzuhaben, und zwar schnell, wenn jemand dich dazu bringen will, zu verschwinden, dann wäre es tatsächlich plausibel, den Schuppen niederzubrennen, damit du nicht mehr heizen kannst.«

Mit langsamen Bewegungen nimmt Juliet die Kaffeekanne und füllt erst Karens, dann ihre eigene Tasse auf. Sie hebt sie an die Lippen und pustet auf die Oberfläche. Das hatte sie aus Karens Mund nicht erwartet.

Eine Antwort bleibt ihr erspart. Es klopft an der Tür. Karen schaltet den Bildschirm ab und lehnt sich mit verschränkten Armen auf ihrem Stuhl zurück. Juliet geht zur Tür.

Toby kommt herein und macht eine respektvolle Verbeugung, zieht sich die übergroßen Kopfhörer von den Ohren und steckt sie in eine Tasche. Gehetzt und mit offenem Mund sieht er Karen an, bevor er sich im Raum umsieht, als wolle er überprüfen, ob noch jemand im Haus ist.

»Entschuldigung. Äh, ist alles in Ordnung? Ich bleibe nicht lange. Ich wollte nur …« Er sieht Juliet an. »Ich wollte mich erkundigen, ob alles in Ordnung ist. Ich … ich habe den Streifenwagen draußen stehen sehen.«

Juliet lächelt. »Ja. Mir geht es gut. Karen Sutherland kennen Sie?« Karen gibt sich von der Unterbrechung unbeeindruckt. Sie sieht Toby durchdringend an. Er erwidert ihren Blick mit einem Lächeln.

»Ja. Ja, natürlich.« Er geht zum Tisch und gibt Karen die Hand. »Ich habe mir Sorgen um Jet gemacht.«

Juliet geht in die Küche und holt eine Tasse für ihn. *Jet? Hat er das von Beth?*

Er fährt fort. »Es ging ihr nämlich nicht gut. Und jetzt, wo sie hier allein ist …« Er setzt sich unentschlossen an den Tisch und sieht die Fotos, die dort verteilt liegen. »Ach. Declans berühmte Fotos.«

Karen legt sie zusammen und klopft die Kante des Stapels auf den Tisch. »Berühmt?«

Toby lacht. »Vielleicht auch nicht.« Er scheint zu überlegen. »Ist mit Declan alles in Ordnung?«, fragt er.

»Warum interessiert Sie das?«

»Na ja …« Er zieht ein Boulevardblatt aus der Tasche, schlägt es auf und reicht es Juliet. »Deshalb.«

Declan und Lotta in voller Größe über eine ganze Doppelseite.

Starköchin Lotta Morgan in Begleitung von Declan Byrne, dem ehemaligen Liebhaber der Spitzenkandidatin der Progressive Alliance, Juliet MacGillivray, im legendären Eden-Club in Manchester abgestürzt.

Juliet spürt Karens Blick auf sie gerichtet. Sie überfliegt den Artikel, während sie versucht, sich nichts anmerken zu lassen. »Ach.« Mit einer ungewollt heftigen Bewegung legt sie das Blatt zur Seite. »Diese beiden tun sich einfach nicht gut.«

Aber Toby ist noch nicht fertig. »Dass ihr in Clubs geht, hätte ich nicht gedacht. Ich meine, ich habe Jet erzählt, wie verspannt Declan mir vorkam, als er diese Fotos machte. Irgendwie war es fast lustig. Beth hat uns sogar erzählt, er wäre ihr Stiefvater.«

Karen räuspert sich. »Aber auf der Beerdigung haben Sie ihren echten Vater doch gesehen, oder?«

Toby wirft zuerst ihr, dann Juliet einen scharfen Blick zu. »Na ja, ich ... Wir waren nicht auf der Beerdigung. Max ... Wir wollten uns da raushalten. Wir haben uns gefragt, ob es vielleicht die Presse auf den Plan rufen würde, wenn wir dort auftauchen, und das fanden wir der Familie gegenüber nicht fair.«

»Sehr rücksichtsvoll von euch.« Karen fährt sich mit der Zunge über die Unterlippe. »Es war doch bestimmt ein schwerer Schlag für die ganze Szene. So etwas macht doch keine gute Stimmung vor der Veröffentlichung eines Albums, oder?« Sie lächelt ihn undurchdringlich an.

Tobys Blick huscht nervös zwischen den beiden Frauen hin und her.

Fast empfindet Juliet Mitleid mit ihm, aber Karen überrascht sie. *Worauf will sie hinaus?*

»Es ging uns nicht um das Album«, bemerkt er schließlich mit ruhiger Stimme. »Max war nicht gut drauf.«

»Natürlich.«

Eine lange Stille entsteht. Juliet ist sich der seltsamen Beziehung zwischen ihr und Toby durchaus bewusst. Plötzlich hat sie das Gefühl, dass sich etwas verändert. *Hat Toby die ganze Zeit mit ihr gespielt?* Karen nimmt einen Schluck von ihrem Kaffee, ohne Toby aus den Augen zu lassen.

Abrupt schiebt Juliet ihren Stuhl zurück. »Toby hat geholfen, mich zu finden, da draußen auf der Insel. Mit Declan.« Ihre Stimme klingt zu laut, als wollte sie sich selbst davon überzeugen. Sie lacht. »Toby hat mich gerettet.«

Kaum merkbar bedenkt Toby Juliet mit einem kurzen Blick von der Seite, so kurz, dass sie sich fragt, ob sie sich das eingebildet hat. Dann lächelt er sie strahlend an.

»Ich möchte nicht weiter stören und sollte besser gehen. Ich bin froh, dass es Ihnen besser geht. Für den Fall, dass wir etwas für Sie tun können, bevor Sie gehen ... Sie wissen ja, wo wir wohnen.«

Er zwinkert ihr zu. *Zwinkern?* Was soll das?

»Ach so, bevor ich es vergesse«, fügt er fast beiläufig hinzu. »Haben Sie die Jacke gefunden?«

»Ach«, sagt Juliet. »Ja, natürlich. Ich ...« Sie versucht, Karens Blick auszuweichen. »Moment ... ich sehe nach.« Sie errötet. In der Diele tut sie so, als wühlte sie sich durch den Wald an Jacken, die dort an Haken neben der Tür hängen.

»Ist die Jacke wichtig?«, möchte Karen wissen. Sie ist eine viel bessere Heuchlerin als Juliet.

»Nein, nein«, sagt Toby rasch. »Wirklich«, ruft er in die Diele hinaus. »Nicht so wichtig. Kein Problem.«

Juliet begleitet ihn zur Tür und raunt ihm eine Entschuldigung zu. Sie würde ihm am liebsten in den Hintern treten, während er sich davonmacht. Karen loggt sich an ihrem Tablet wieder ein, als Juliet ins Esszimmer zurückkehrt.

Juliet sieht zum Fenster hinaus, um sich zu vergewissern, ob

Toby wirklich gegangen ist.«Gibt es etwas Neues über die Jacke?«, fragt sie.

»Ein paar Fingerabdrücke«, sagt Karen. »Mehrere DNA-Spuren. Von dir und den Jungs. Verkohlte Faserreste von der Feuerstelle. Und auf dem Zettel nur die Spuren von Karlo, was allerdings bemerkenswert ist. Es könnte die PIN eines Handys oder von einer Bankkarte sein. Forensisch Verwertbares konnten wir leider nicht entdecken. Aber ich möchte dir gern noch etwas anderes zeigen.«

Nachdem sie sich durch ein paar Ordner geklickt hat, dreht sie das Tablet in Juliets Richtung und sieht sie ernst an, bevor sie das Video von dem Hinterhof in Elgin laufen lässt.

»Mach dich auf was gefasst. Das ist das Video von dem Hof in der Nacht, in der an der Uni alle Entwürfe zerstört wurden.«

Juliet erstarrt und sieht auf den Bildschirm. Sie sieht die Aufnahmen zum ersten Mal: Es ist einer der letzten Momente vor Beths Tod. Am Ende schluckt sie. Ihr Finger schwebt über der Play-Taste.

»Hättest du etwas dagegen, wenn ich …?«, fragt sie mit rauer Stimme.

Karen nickt ihr auffordernd zu, und Juliet sieht sich die Aufnahme noch einmal an.

»Wir sehen also Beth und die berühmte Jacke«, murmelt Karen.

Juliet blinzelt auf den Bildschirm und drückt auf Pause. Sie schließt die Augen und denkt an Georgia Owen zurück, die sie über diesen Hof geführt hat und die vor der Tür der Baracke stehenblieb.

»Könnte es sich bei der Nummer um den Code für eine Tür handeln?«, fragt sie. »Für die Tür zu den Werkstätten der Studenten?«

»Aber warum sollte Beth sie aufschreiben?«, fragt Karen.

»Vielleicht hat sie sie gar nicht aufgeschrieben. Du hast doch gesagt, dass nur Karlos Fingerabdrücke auf dem Zettel waren, nicht die von Beth.«

Sie lassen den Film noch einmal laufen.

Karen trommelt mit den Fingern auf den Tisch und beugt sich vor. »Juliet, bitte entschuldige, wenn ich so direkt frage: Wann willst du nach London zurückfahren?«

»Weiß ich noch nicht. Es gibt hier noch einiges zu tun. Ich meine …« Sie deutet mit einer müden Geste in den Raum.

»Und wann erwartest du Declan zurück?«

»Das ist auch noch nicht sicher.«

»Vielleicht hältst du meinen Vorschlag für übertrieben, aber vielleicht könnte Erica ja herkommen und bei dir bleiben? Oder du bleibst bei ihr in Inverness? Zum Packen kannst du ja jederzeit herkommen. Ich weiß dich hier ungern allein.«

Um Gottes willen, ist das wieder eines dieser Hirngespinste von Karen Sutherland?

»Danke, Karen. Aber, wie gesagt. Mir geht es gut. Ich brauche hier noch ein paar Tage. Du kannst dir sicher vorstellen, dass es für uns alle nicht einfach war. Aber«, in diesem Moment wird ihr klar, was zu tun ist, »das Strandhaus wird verkauft. Danach fangen wir an, alles hinter uns zu lassen.«

Karen dreht sich um und blickt durch das Fenster Richtung Meer. »Wie du meinst. Hier ist meine Durchwahl. Ruf mich auf jeden Fall an, wenn etwas Seltsames passiert. Egal, was.« Sie zögert. »Ich möchte dir keine falschen Versprechungen machen, weil das nicht mein Beritt ist. Aber in deinem Fall habe ich ein paar zusätzliche … Streifenwagen eingesetzt.«

Fall?

Karen fährt fort: »Ich nehme an, du bereitest dich auf deine Rückkehr zur PA vor. Nach London.« Sie stockt. »Aber das musst du mir natürlich nicht erzählen. Bedenke aber, dass du jetzt eine öffentliche Person bist. Die Presse schreibt über dich.

Du bist hier draußen nicht sicher, Juliet. Andere Menschen in deiner Lage umgeben sich mit Personenschutz.«

Juliet blinzelt, ist sich unsicher, was sie darauf antworten soll, und nickt nur zögerlich zustimmend. Sie sollte ihr dankbar sein. Aber die Wahrheit, die aus Karens Worten spricht, hat ihr jeglichen Sinn für Anstand und Manieren genommen. *Sie sollte nicht allein hier draußen sein.*

41

Nach Einbruch der Dämmerung fährt Juliet zur Eisenbahnbrücke, um Declan zum siebten Mal seit dem Durcheinander im Eden-Club anzurufen, und kommt endlich durch. Seine Stimme verrät ihr, dass er sich in keiner guten Verfassung befindet. Er klingt nervös und scheint zu näseln. Trotzdem kommt es zum Streit. Wieder einmal. Sie hält ihm vor, alles herunterzuspielen und auch noch Lotta mit hineinzuziehen. Er wirft ihr vor, dass sie sich weigert, andere überhaupt einzubeziehen oder um Hilfe zu bitten.

»Das ist nicht wahr«, widerspricht sie. »Ich habe es Karen gesagt. So ziemlich alles habe ich ihr gesagt. So etwas nennt man, die richtigen Kanäle einschalten, statt sich wie ein Halbwüchsiger in der Gegend herumzutreiben, um seine Männlichkeit unter Beweis zu stellen.«

»Um Himmels willen!« Declan räuspert sich. »Das sind doch nicht die richtigen Kanäle. Was soll Karen denn da machen?«

»Da liegst du falsch. Ich habe mich in ihr geirrt. Sie hat sich auch von sich aus angeboten.«

»Was für eine Überraschung. Noch eine Kehrtwende in Sachen Vertrauen. Noch jemand, dem du mehr vertraust als mir.«

Als sie aufgelegt hat, sitzt sie im Wagen und weint und schluchzt wie seit Beths Beerdigung nicht mehr. Als keine Tränen mehr kommen, starrt sie wie versteinert auf die Backsteinbrücke, deren Mauerwerk mit zunehmender Dunkelheit die Farbe getrockneten Blutes annimmt. Sie greift erneut zum Handy und ruft Declan noch einmal an. Er nimmt sofort an, sagt aber nichts.

»Declan«, fängt sie an. »Es tut mir leid … vielleicht sollten wir einfach nach London zurückfahren?« Ihre Stimme bricht. »Das ist doch der helle Wahnsinn hier.«

Er schweigt, und ihr wird ganz flau im Magen, die alte Angst vor der Ablehnung durch ihren Vater, durch einen Mann.

Dann ... »Willst du das wirklich?« Bevor sie antworten kann, fährt Declan fort. »Okay. Pass auf, was diesen kranken Bastard angeht, gebe ich dir recht. Marcus ist da an einer faulen Sache dran, und er zählt auf mich. Und nach all dem, was ich gesehen und durchgemacht habe, gebe ich jetzt ganz bestimmt nicht auf.«

»Gut, dann komme ich zu dir.«

Er hebt die Stimme. »Das geht nicht, Jet. Ich hocke hier in einem Wohnwagen. Es ist kalt, und du bist noch nicht ganz über den Berg.« Er spricht wieder leiser. »Außerdem wäre die Aufregung nicht gut für meine Rippen.«

Juliet lacht zum ersten Mal seit langer Zeit.

»Mach dir keine Sorgen«, murmelt sie. »Ich kann sehr behutsam sein.«

Die Netzbalken ihres Handys flackern. Ein heimliches Verlangen nach Zärtlichkeit schwingt mit zwischen ihnen.

»Bitte sei vorsichtig«, sagt sie schließlich.

»Mach dir um mich keine Sorgen, pass du lieber auf dich auf. Pack die Sachen zusammen und regle alles. Und hör auf Karen. Geh zu Erica.«

Sie respektiert den Ratschlag und fährt später mit Bucky und einem kleinen Korb mit Beths Sachen zu Erica, unter dem Vorwand, alles gemeinsam durchsehen zu wollen. Auf der nahezu menschenleeren A96 kommt ein dunkler Wagen aus einer Seitenstraße heraus und folgt ihr, ohne den Abstand zu verringern. Immer wieder sieht sie in den Rückspiegel. Sie wird nervös. Als sie an ihre Ausfahrt kommt, fährt der Wagen weiter, und erst jetzt fällt ihr wieder ein, dass Karen zusätzliche Streifen ordern wollte. Sie hat sich also durchgesetzt.

Als sie bei Erica ankommt, ist es nach zehn, und sie stöbern gemeinsam bis in den frühen Morgen in alten Schätzen und schwelgen in Erinnerungen. Erica hat die Zeitung gelesen, und Juliet muss sich etwas ausdenken, um ihr zu erklären, was Declan und Lotta in Manchester gemacht haben. Sie erzählt ihr etwas von einer Werbeaktion für Lottas Buch, hält sich dabei an einem kleinen Glas Wein fest und gibt ihr Bestes, um Ericas fragenden Blicken auszuweichen.

Früh am nächsten Morgen liegt sie, von einem Hormonschub geweckt, auf dem Sofa. Bucky neben ihr auf dem Boden horcht auf die Geräusche, die Erica macht, während sie umherläuft und vor sich hin brabbelt, dass sie zur Arbeit muss. Die späte Septembersonne schickt ein paar Strahlen durch die Jalousien herein, und im Umfeld der erwachenden Vorstadt scheint ihr alles viel klarer und sinnvoller zu sein. Ihre Fragen, aber auch ihre Prioritäten.

Um Nachforschungen über Max und Delta Function anzustellen, muss sie nicht um jeden Preis hier oben an der Küste bleiben, und sie sieht auch nicht ein, sich ihr Leben mit Declan von diesen Typen vermiesen zu lassen. Sie sollte sich auf die Fragen konzentrieren, die sie im Augenblick beantworten kann, und dann nach London zurückfahren. Zurück zu ihrer Arbeit. Zurück in ihr Leben.

Nachdem Erica die Wohnung verlassen hat, geht Juliet unter die Dusche, zieht sich an und stattet der medizinischen Abteilung der öffentlichen Bibliothek einen Besuch ab, um zu sehen, was sie dort über Diatomeen-Tests finden kann. Dummerweise hat Karen recht. Die Wissenschaft ist sich dazu uneinig.

In der Stadt sieht sie sich nach etwas für Beths Grab um. Ein Blumenhändler rät ihr zu einem Herbstgesteck. Nicht gerade aufregend, aber sie entscheidet sich trotzdem für eines mit lila Beeren und in Kupfertönen angesprühten Blättern.

Zum zweiten Mal an diesem Tag rinnen ihr Tränen über die Wangen, als sie vor Beths Grabstein auf dem Friedhof der Petty Chapel kniet und behutsam das Gebinde ablegt. Sie sucht das Gespräch mit Beth – dem schlanken Körper in der kalten Erde unter ihr –, doch die Trauer schnürt ihr die Kehle zu und erstickt die Worte. Sie lässt sich auf einer Bank nieder. Bucky kauert zu ihren Füßen, bis die Zähne vor Kälte klappern und ihr wehtun.

Jäh von einem Heißhunger auf Fleisch und etwas Salziges überfallen, beschließt sie, für ein spätes Mittagessen nach Inverness zu fahren. In einem Café am Fluss schaltet sie ihren Laptop ein, während sie auf Burger und Chips wartet, und formuliert ein paar Notizen für die Parteiaktivisten. Sie empfindet es als befreiend, an die Arbeit zu denken. Sie schreibt noch ein paar persönliche E-Mails, in denen sie sich für die Unterstützung bedankt, die ihr zumeist von Hinterbänklern und Parteiveteranen zuteilwurde, die um Einfluss und – vermutlich – auch um Positionen buhlen, für den Fall, dass sie Vorsitzende werden sollte. Sie findet ein paar Einladungen zu Veranstaltungen von Lobbyisten aus der Wirtschaft und von öffentlichen Stellen. Eine fällt ihr auf. Sie sieht genauer hin.

Es ist eine E-Mail aus dem Innenministerium, vom Staatssekretär für innere Sicherheit.

Er ist neu im Amt und über ihre Aktivitäten zum Thema Frauen im Justizsystem im Bilde. Juliet überlegt. Er könnte der richtige Ansprechpartner sein. Sein Aufgabengebiet umfasst Polizei, Reformen, die unabhängige Beschwerdestelle, Kriminalstatistik und Transparenz.

Man erwartet ihn auf einer Veranstaltung unweit von Inverness, und er möchte wissen, ob sie sich dort treffen könnten. Heute.

Sie sieht auf die Uhr.

42

Ishtar wartet an der Straßenbahnhaltestelle Cemetery Road, zwei Straßen von der Asylunterkunft entfernt.

Declan und Marcus fahren langsam an ihr vorbei. Sie beachtet sie nicht weiter. »Sie hat uns gesehen«, bemerkt Marcus.

Auf der anderen Straßenseite, etwa sechzig Meter entfernt, bleiben sie auf einem Parkplatz vor einem großen Wohnblock stehen. Declan schraubt ein großes Objektiv vor die Canon und bereitet eine Aufnahme von ihr vor, wie sie, den Kopf bedeckt, vor den Plastiksitzen, an die Neonbeleuchtung des Haltestellenhäuschens gelehnt, dasteht. Sie trägt ein dunkelrotes Kopftuch, einen langen schwarzen Rock, Turnschuhe und eine Jeansjacke sowie eine kleine gewebte Schultertasche.

Keine fünf Minuten später nähert sich ein schwarzer Mercedes mit getönten Scheiben und bleibt stehen. Ishtar steigt ein. Declan macht einen Haufen Fotos.

Sie folgen dem Wagen Richtung Norden über einen kopfsteingepflasterten, von Bäumen umgebenen Platz mit unzähligen Pubs, in denen sich Studenten drängen.

Declan fragt sich, ob es nicht schon fast dreist ist, eine Route zu wählen, die direkt am Eden vorbeiführt.

»Mist«, murmelt Marcus.

Vor ihnen hält ein Taxi und verstellt die Straße direkt vor dem Club. Obwohl Marcus nur noch Schritttempo fährt, kommt er unausweichlich direkt hinter dem Mercedes zum Stehen. Die Menge der draußen Wartenden ist heute noch größer. Schließlich setzt sich das Taxi in Bewegung, und sie fahren weiter. Einer der Türsteher, ein breitschultriger, kahl rasierter Kerl, scheint ihren Wagen mit seinem Blick zu durchbohren, als sie vorbeifahren. Declan wendet sich blitzschnell ab.

Das Eden-Gebäude reicht bis ans Ende des Blocks. An der Ecke biegt der Mercedes links ab. Sie folgen ihm. Der Mercedes biegt noch einmal links ab in eine kleinere Straße auf der Rückseite des Clubs, in der sich die privaten Apartments befinden.

»Wir sind da«, raunt Marcus. »Reinfahren dürfen wir nicht. Das ist ein Privatweg. Kannst du von hier aus Fotos machen?« Er fährt rechts an den Rand.

Declan muss über die Sitze nach hinten klettern, kann aber die Bremslichter des Mercedes sehen. Mit flinken Griffen nimmt er ein paar Einstellungen an der Kamera vor und macht Schnappschüsse von Ishtar, wie sie aussteigt und zwischen den Säulen im Eingangsbereich des Apartmentblocks verschwindet.

Jetzt warten sie.

»Was *sind* das für Typen, die sich zum Abholen dieser Kinder anheuern lassen?«, murmelt Declan. »Wie können die das vor sich verantworten?«

Marcus macht sich am Autoradio zu schaffen.

»Ich weiß es nicht. Wahrscheinlich ist es ihnen egal. Die brauchen einen Job, und sie brauchen Geld.« Das bläuliche Licht des Radio-Displays erhellt eine Seite seines Gesichts. »Sie übernehmen vermutlich ein paar Botengänge, und ehe sie sich's versehen, stecken sie tiefer drin, als ihnen lieb ist. Und irgendwann sind sie so verstrickt, dass es kein Zurück mehr gibt.« Er findet einen Softrock-Sender und lehnt sich zufrieden zurück. »Vielleicht wissen sie zu viel. Und bei der leisesten Andeutung, dass sie aussteigen wollen, sind sie die Nächsten.«

Declan nickt. Er hatte ganz vergessen, wie gut Marcus sich mit Menschen auskennt, deren Leben sich am Rande des Erträglichen entlanghangelt. Er scheint eine gewisse Affinität zu ihnen entwickelt zu haben, ohne sich selbst in Gefahr zu begeben.

»Einige von ihnen betrachten sich vermutlich sogar als eine Art Beschützer. Ishtar sagt, dass es einen gibt, der gern mit ihr redet. Einer der Fahrer. Er fragt sie, ob es ihr gut geht, und hält Händchen. So was eben. Und er spricht davon, dass er sie von hier wegbringen könnte.«

»Sie ist vierzehn! Er kann sie gar nicht wegbringen. Der ist doch genauso übel wie die anderen.«

»Dass er so übel ist wie die anderen, glaube ich nicht. Was die mit diesen Kids ...« Er verliert sich in Gedanken. Das Musikstück ist beendet, und ein anderes setzt ein, ohne dass Declan einen Unterschied ausmachen könnte. Marcus klopft mit der Hand den Rhythmus aufs Knie.

»Und die *Freier*, sind die schon da? Oder bekommen wir gleich live mit, wenn sie eintreffen?«

»Möglich. Wenn wir Glück haben. Ishtar sagt, das ist unterschiedlich. Manchmal ist sie vor ihnen da. Dann ist da eine Frau, die ...«

»Eine Frau?«

»Ja. Du glaubst doch nicht etwa, dass nur wir Männer Schweine sind?« Marcus sucht nach seinem Tabak. »Manchmal ist schon jemand da, wenn sie kommt. Manchmal sind es mehrere. Das sind übrigens keine Freier. Nicht Ishtars Freier. Das ist das fragwürdige Geschenk, das sie bekommt, wenn sie sich benimmt. Aber eine Prostituierte ist sie nicht. Ihre Bezahlung besteht darin, nicht in irgendeinem Graben zu enden, wie ihr Freund.«

Um sie herum geht Nebel nieder. Wie Streichhölzer erheben sich die Straßenlaternen im weißen Dunst, als bestünde ihre Aufgabe darin, den schweren Himmel abzustützen, wie die Vorhänge in einem absurden Theater. Declan behält die Szene argwöhnisch im Blick. Solche Bedingungen machen ihm die Arbeit nicht leichter.

Marcus raucht.

»Wie lange ... bleibt sie da drin?«, will Declan wissen.
»Es kann schnell gehen. Meistens ein halbe Stunde, dann wollen sie sie wieder loswerden. Auf eine Unterhaltung danach legt ja niemand großen Wert. Einmal war sie fast drei Stunden drin.«

»O Gott im Himmel.«

»Ich glaube nicht, dass der viel damit zu tun hat ... ausnahmsweise.«

Declan zwängt sich durch die Lücke zwischen den Vordersitzen und greift zum Radio.

»Entschuldigung. Aber wenn das hier so lange dauert, dann möchte ich von dem Mist nicht länger beschallt werden.«

43

Peter Blythe gehört nicht zu den Menschen, die sich in Sachen Gerechtigkeit für Frauen an die PA wenden würden. Aber als Verfechter parteiübergreifender Zusammenarbeit kann er die Einladung nicht ignorieren. Außerdem tut es ihr gut, sich nach der Aufregung in den letzten Tagen wieder mit ihrer eigentlichen Arbeit zu befassen. Sie fährt aus Inverness hinaus und neun Meilen Richtung Osten nach Finlochy.

Auf der Fahrt überlegt sie, was sie über Blythe weiß. Er ist zwar neu im Innenministerium, aber nicht unbedingt für ein dynamisches Auftreten oder Durchsetzungsstärke bekannt. Eher ein politisches Urgestein. Sein Name ist ihr zum ersten Mal in den Neunzigern untergekommen. Damals hat er sich im Zusammenhang mit der Durchsetzung drakonischer Einschnitte bei den Sozialleistungen profiliert.

Danach verließ er die Regierung, unrühmlich, zugunsten einer Führungsposition in der Privatwirtschaft, bevor er eine Zeit lang zur Staatsanwaltschaft ging. Später dann … genau weiß sie es nicht mehr. Mit einem sicheren Listenplatz für die Torys kehrte er zu Beginn der Flüchtlingskrise in die Politik zurück. In allen Medien war er mit seiner lautstarken Kritik am Versagen der Grenzkontrollen nicht zu übersehen. Wenige Wochen nach der Wahl hatte er den neuen Job. Sie fragt sich, worüber er mit ihr sprechen möchte, zumal die PA jetzt geschwächt dasteht.

Der Parkplatz liegt verlassen da, als sie das Wasserkraftwerk erreicht, in dem die Veranstaltung stattfinden soll. Sie holt ihr Handy heraus, um die Adresse und Uhrzeit zu überprüfen, die Blythe ihr in seiner E-Mail genannt hat. Die Adresse stimmt. Er würde auf einer abendlichen Zusammenkunft über polizeiliches Handeln gegenüber gesellschaftlichen Randgruppen referieren, hat er geschrieben.

Das Kraftwerk ist schon seit Jahren nicht mehr am Netz und seitdem, soviel Juliet weiß, ein Energie-Museum. Sie sieht jedoch überall nur Paletten herumstehen, und der Vorplatz ist von einem Bauzaun umgeben.

Sie steigt aus und sieht in den Himmel hinauf, bevor sie begreift, dass das Dröhnen, das sie einem Flugzeug zugeschrieben hat, vom Fluss her zu ihr dringt, der durch die alten Stauanlagen stürzt. Der Lärm ist ohrenbetäubend.

Sie schaudert, krault Bucky kurz hinter den Ohren und schließt die Wagentür ab. Mit der Laptoptasche über der Schulter macht sie sich auf den Weg zu dem provisorischen Zaun und lässt den Blick über das Gelände schweifen.

Etwa zweihundert Meter weiter auf der anderen Seite eines Grashügels macht sie ein großes Gebäude aus, dahinter eine Reihe alter rot und weiß verkleideter Gerüste und einen Lichtkranz. Sollte sie am falschen Eingang stehen? Sie steigt über das Betonfundament des Metallzauns und zwängt sich durch die Lücke zwischen zwei Platten.

Als sie über das Gras geht, erkennt sie, dass es sich bei dem, was sie für Lichter gehalten hat, nur um die Sicherheitsbeleuchtung auf der anderen Seite des Gebäudes handelt. Ängstlich sieht sie sich um. Das Gelände ist menschenleer. Die Dämmerung setzt ein. Ihr wird unheimlich zumute. Sie denkt daran, wie peinlich es wäre, die Einladung zu verpassen, nachdem sie bereits geantwortet hat, dass sie auf dem Weg sei. Blythe ist ein Mann von Welt, wenn auch etwas altmodisch. Auf schlechte Manieren, heißt es, soll er sehr ungehalten reagieren.

Zur Rechten gehen die wackligen Holzstege und Betonpfeiler ein Stück weit über den Beauly hinaus; das aufgestaute Wasser spiegelglatt auf der einen Seite, die sich kraftvoll durch die stillgelegten Schleusen zwängenden Fluten auf der anderen.

Zur Linken starren sie die riesigen, bleiverglasten Fenster des Backsteinbaus an. An der Fassade die großen Eisenräder, die einst den Zufluss des Wassers zu den Turbinen regulierten, jetzt aber stillstehen.

Ein Wagen biegt hinter ihr auf das Gelände ein und bleibt in der Einfahrt stehen, sodass er sie blockiert. Juliets Herz fängt an zu rasen und hämmert gegen ihre Rippen. *Was ist hier los?*

Blythe steigt aus dem Fond, streicht sich das Jackett glatt und blickt sich um. Als er Juliet auf der Anhöhe beim Fluss erblickt, dreht er sich um, spricht ein paar Worte mit dem Chauffeur und macht sich auf den Weg zu ihr. Er ist groß, schlank, Ende fünfzig und in seinem maßgefertigten Nadelstreifenanzug und den teuren in Oxblood gefärbten Schuhen von unbestreitbarer Eleganz.

Einem ersten Impuls folgend, würde Juliet am liebsten weglaufen, doch wohin?

»Juliet, wie geht es Ihnen? Schön, Sie hier zu treffen. Peter Blythe.«

Sie geben sich die Hand. Blythe fährt sich mit den Fingern durch das dünne, gewellte blonde Haar. Sein Gesicht ist blass und von Sommersprossen übersät.

»Bitte entschuldigen Sie die Verwechslung. Es gibt noch zwei andere Wasserkraftwerke am Beauly. Meine Assistentin ... ach, egal. Jedenfalls bin ich froh, Sie hier gefunden zu haben. Ich dachte, es ist einen Versuch wert, einfach einmal nachzusehen, ob ich Sie hier vielleicht finde. Vielen Dank, dass Sie gewartet haben.«

»Schon gut. Ich bin gerade erst gekommen.«

»Gehen wir ein Stück?« Er fährt sich mit dem Finger um den Kragen, ohne die Krawatte zu lockern. »Ich würde gern zum Wasser gehen. Ich habe fast den ganzen Tag in Autos und überhitzten Konferenzräumen zugebracht.«

Juliet fällt es schwer, sich ihren Widerwillen nicht anmerken zu lassen. »Natürlich.«

Nebeneinander schlendern sie auf einen Steg zu, der über einen Teil des Staudamms führt, an dessen Fundament rostzerfressene Armierstäbe aus zerbrochenen Betonplatten ragen. An ihrer Längsseite haftet eine verwitterte, gusseiserne Tafel mit stumpfem Glanz: Carrick & Quick.

Überraschend energiegeladen schreitet Blythe die Stufen hinauf und atmet oben laut aus, bevor er die Lunge durch die Nase wieder mit Luft befüllt. Juliet zögert einen Moment, bevor sie ihm der Not gehorchend folgt. Lücken zwischen den Eisenstufen geben den Blick auf die lautstark unter ihnen vorbeischießenden Wassermassen frei.

Blythe lehnt sich gegen den Handlauf, der bedenklich wackelt, ohne dass ihn das zu stören scheint. »Sie werden sich fragen, warum ich Sie um ein Treffen gebeten habe. Kommen wir also gleich zum Punkt. Ich habe Ihre berufliche Laufbahn mit großem Interesse verfolgt und möchte Sie fragen, ob Sie sich vorstellen können, eine unabhängige Arbeitsgruppe über Erfahrungen von Frauen im Rechtssystem zu leiten.«

Juliet zieht die Augenbrauen hoch.

Das kommt völlig unerwartet. Sie überlegt schnell. Es wäre kein schlechtes Podium gerade jetzt, wo der PA ein Glaubwürdigkeitsschub guttun würde. Andererseits würde ein solches Projekt aber auch Kräfte binden, die ihr bei ihrer eigentlichen Arbeit, dem Wiederaufbau der Partei, fehlen würden.

Sie windet sich. »Das ist ein umfangreiches Projekt. Ich bin mir nicht sicher, ob ich dafür geeignet bin. Und neutral bin ich sicher auch nicht.«

»Unsinn. Niemand ist für diese Aufgabe besser geeignet als Sie. Sie müssten auch nicht allein arbeiten. Sie können sich ein Team zusammenstellen.«

Juliet dreht sich um und sieht auf die gestaute Seite des

Beauly hinaus, während sie mit den Händen am wackligen Geländer Halt sucht. Am gegenüberliegenden Ufer spiegeln sich die Bäume im grünen, spiegelglatten Wasser, ein ausgefranster Saum aus doppelköpfigen Kiefern, der aussieht wie verfilzte Wattestäbchen.

Irgendetwas stimmt hier nicht. Warum hat Blythe sich ausgerechnet sie ausgeguckt?

»Ich wusste gar nichts von einem solchen Projekt«, sagt sie. »Muss so etwas nicht erst ein Auswahlverfahren durchlaufen?«

»Ach, Auswahlverfahren«, sagt er herablassend. »Wir machen das ganz unkompliziert.«

»Darüber muss doch das Parlament entscheiden.«

»Da ist schon richtig, aber ...« Er zögert kurz, bevor er sein Ego wieder zur Schau stellt. »Solche Projekte kann ich eigenständig in die Wege leiten.«

Er kehrt zu höflichen Formen zurück. »Hören Sie, ich weiß, dass Ihr Interesse an Gerechtigkeit für Frauen über die Parteigrenzen hinausgeht. Es wird Zeit, Ihr Getto zu verlassen, wenn Sie mir den Ausdruck gestatten. Ich habe zu viele kluge Köpfe verkümmern sehen, die sich in Verschwörungstheorien und eigennützige Interessen verstrickt haben.«

»Ich weiß nicht, ob ich Ihnen folgen kann.«

»Kommen Sie. Die Sache ist ein wenig heikel, aber ich will offen zu Ihnen sein. Mir kam zu Ohren, dass für die Ermittlungen zum Tod Ihrer Nichte zusätzliche Kräfte bereitgestellt werden.« Er macht eine Pause. »Für eine Ermittlung, die bereits abgeschlossen war.«

Ein Mann des offenen Wortes. Juliet sieht einem Vogel nach, der über der Baumlinie kreist. Sie hat bisher die Erfahrung gemacht, dass Menschen, die von sich behaupten, offen zu sein, einfach nur aalglatt sind. Woher weiß Blythe von Karens kleinen Nachforschungen, und was geht es ihn an? Er steht der nationalen Polizeibehörde vor. Warum sollte er sich in diese

Niederungen begeben? Aber sie muss sich weder selbst noch für Karen rechtfertigen; der Mann redet weiter.

»… natürlich ist dagegen nichts einzuwenden, aber es könnte einige Leute misstrauisch machen. Sie werden verstehen, dass man der politischen Klasse nicht vorwerfen kann, nur nach ihrer privaten Agenda zu verfahren und auch danach zu handeln. Es würde sie beschädigen, und Sie übrigens noch mehr als uns. Selbstverständlich nur, wenn es herauskommt.«

Was für ein Schwachsinn. Wer hat ihn geschickt, um sie unter Druck zu setzen? Juliet murmelt etwas Unverbindliches.

»Bevor wir weitermachen«, sagt er. »Erlauben Sie mir die Frage, ob Sie allein hier draußen sind?«

Juliet runzelt die Stirn. »Warum?«

Er lächelt milde. »Weil ich weiß, dass das für diese Gegend zuständige Revier Personenschutz für Sie angefordert hat, und das wiederum ist, wie soll ich mich ausdrücken, rechtlich nicht ganz wasserdicht. Sie bekleiden schließlich kein Wahlamt. Sie sind als Privatperson in Inverness. Zu Besuch.«

»Ja.«

»Wie würde das aussehen?« Er schüttelt den Kopf. »Die Presse macht die edelmütigsten Menschen ohne Schwierigkeiten zu Parias.«

Er dreht sich zum Wasser um und lehnt sich mit seinem ganzen Körpergewicht an das Geländer, sodass der Steg bebt. Kichernd umfasst er die Balustrade und rüttelt an ihr.

»Das Ding ist ja richtig gefährlich. Man sollte es absperren. Aber vermutlich rechnet niemand damit, dass sich jemand hierher verirrt. Hier kommt man ja nicht einfach so vorbei.«

Ein wahres Meisterstück in Einschüchterung. Juliet tritt einen Schritt zurück und bleibt in der Mitte des Stegs stehen. Blythe sieht aufs Wasser hinaus. Sein Ton wird schärfer.

»Wissen Sie, was ich heute noch erfahren habe? Ich habe erfahren, dass sie hier oben von Anfang an Probleme hatten.

Falscher Standort. Das Wasser wird in dieser Lage im Fluss zu kalt und verwandelt sich in einen zähflüssigen, matschigen Brei. Die kleinste Unreinheit, das kleinste Körnchen irgendwo reicht, um die ganze Anlage zum Stillstand zu bringen. Dabei sollte man glauben, sie hätten ihre Hausaufgaben gemacht, oder?«

Sein Blick geht vom gegenüberliegenden Ufer zu der Stelle, an der die Wagen stehen. Er hebt einen Arm und winkt. »Aber darüber sind Sie sicher informiert, da Sie ja von hier sind.« Hinter ihnen zwängt sich der Fluss tosend und schäumend durch die Schleusentore. »Ich liebe es, meine Hausaufgaben zu machen, Juliet.«

Sie antwortet nicht. Er reicht ihr erneut die Hand. Sie blickt auf ein sehniges, mit Leberflecken übersätes Etwas.

Mit einem Lächeln straft er die Geste Lügen. »Bitte entschuldigen Sie mich. Ich muss gehen. Ich hatte gehofft, Sie überzeugen zu können. Sehr schade, und schade auch um das politische Talent, das in Ihnen steckt.«

Sie erstarrt, als er ihr auf die Schulter klopft. »Es ist besser, sich nicht zu lange hier draußen aufzuhalten. Ich kann mir vorstellen, dass sich nachts manch dunkle Gestalt hierher verirrt.«

Er eilt die Stufen hinab und sieht sich immer wieder nach links und rechts um, während er die Grasfläche überquert. Juliet steht auf der Brücke und beobachtet den Parkplatz des Kraftwerks. Als Blythe zum Wagen kommt, steigt ein Mann in einem schwarzen Trainingsanzug aus und sieht zu ihr herauf.

Juliet unterzieht ihre nähere Umgebung einem prüfenden Blick. Ein schartiges Loch in der Eisenkonstruktion der Brücke keine zehn Meter hinter ihr lässt eine Flucht auf die andere Seite nicht zu.

Sie eilt die Treppe hinab, geht aber unten statt in Richtung der Wagen nach rechts. Ohne sich umzusehen, läuft sie los.

44

Eine Stunde später hat sich der Nebel verdichtet. Die Sicht für Declan und Marcus ist auf wenige Wagenlängen reduziert.

»Das ist nicht gut«, sagt Declan immer wieder. »Gar nicht gut.« Er nimmt weitere Einstellungen an der Kamera und der Klimaanlage in Marcus' Wagen vor, um klare Sicht zu bekommen. »Wirklich überhaupt nicht gut.«

»Verdammt, hör endlich auf«, brüllt Marcus ihn schließlich an. »Du musstest wohl noch nie warten, oder?«

»Okay, komm runter«, beruhigt Declan ihn. »Es tut mir leid, aber ... von hier aus bekomme ich kein Bild zustande. Es ist zwecklos. Ob wir hier sind oder nicht, kommt aufs Gleiche raus.«

»Wir bleiben. Sie wird unseren Wagen suchen, wenn sie da rauskommt. Also bleiben wir hier.«

»Das meine ich doch gar nicht. Ich könnte aussteigen und näher herangehen. Ich könnte von der Straße aus fotografieren. Bei dem Wetter sieht mich doch sowieso niemand. Ich gehe zwischen zwei Wagen in Deckung.«

»Hm.« Marcus klingt wenig überzeugt. Er zögert und ballt nervös die Fäuste. »*Verdammt*. Okay, mach das. Und komm zurück, sobald du ein Foto hast.« Declan öffnet die Wagentür.

»Und, Declan?«, zischt Marcus. »Lass dich nicht erwischen.«

Declan duckt sich ungelenk mit der um seinen Hals baumelnden Kamera. Die Kamera fest an die Brust gedrückt, huscht er auf die andere Seite zu der Privatstraße hinüber, in der die Apartments des Eden-Gebäudes liegen. Ein Kribbeln durchdringt seinen Körper. Als würde er wieder in eine seiner Jungenfantasien eintauchen, als Spion oder Kriegsfotograf. Ein flacher Bordstein und ein Privatparkplatz begrenzen die eine Seite der gepflasterten Straße, eine Baumreihe die andere. Winzige Tröpfchen benetzen nasskalt seine Stirn. Natürlich ist das hier keine Fantasie, aber ... es fühlt sich bedeutsam an. Bedeutsamer als das, was er sonst tut. Nichts gegen Lotta, aber das Fotografieren von gekochtem Käse ist nicht das, wofür er gebrannt hat, als er den ruhigen Job bei seinem alten Chef quittierte.

Er steht unter einem tropfenden Baum, etwa fünfundzwanzig Meter von der Tür entfernt, durch die Ishtar hineingegangen ist. Auf der anderen Straßenseite macht er eine Stelle zwischen zwei Wagen aus – einem dicken Audi und einem Tesla. Dort flitzt er hin und duckt sich keuchend weg, den Rücken an das Nummernschild des Audi gepresst.

Zwanzig Minuten später liegt Declan ausgestreckt im Rinnstein vor dem Tesla und hinter dem Hinterreifen des Audi. Sein Blouson und der vordere Teil seiner Hose sind vollkommen durchnässt, dafür aber hat er freie Sicht auf das Apartment.

Die Tür öffnet sich. Eine Frau von Ende fünfzig steckt den Kopf heraus. Declan ist bereit. Er fotografiert ihr Gesicht. Der vor dem Apartment wartende Wagen lässt den Motor an. Die Frau spannt einen Regenschirm auf und hält ihn hinaus. Ishtar stellt sich darunter. Declan schnaubt. *Verdammter Regenschirm. Sie soll sich wohl beschützt fühlen.* Er macht drei Aufnahmen.

Ishtar steigt ein. Der Wagen verlässt den Parkplatz, wendet und fährt wieder auf die Straße zurück. Declan bleibt stehen. Er vergewissert sich, dass die Tür des Apartments wieder geschlossen ist, bevor er nach Partisanenart wieder zum Wagen zurückläuft. Marcus hat den Motor schon angelassen.

»Geschafft«, keucht er. »Ich hab sie. Ich hab das Gesicht von der Schlampe.«

Marcus nickt eher gestresst als erfreut. »Hoffentlich hatte Ishtar auch so viel Glück.«

»Richtig«, sagt Declan immer noch wie im Rausch. »Zumindest aber stehen wir nicht ganz ohne da. Ich meine, wir haben Beweise.« Er tippt auf die Kamera. »Hier drin.«

In sicherem Abstand folgt Marcus dem Mercedes. Die feuchte Luft lässt die Bremslichter wie einen Strahlenkranz aufleuchten. »Der Zeitstempel ist wichtig«, sagt er. »Der Zeitstempel auf dem Film, zusammen mit deinen Fotos. Das beweist, was sich hier heute Nacht abgespielt hat. Jeden Schritt, der Reihe nach. Welches Jahr wir haben. Wie alt sie ist. Alles.«

Declan konzentriert sich auf diese Details. Wenigstens einer ist fokussiert und spielt nicht den Helden. Er ermahnt sich: *Marcus ist seit Monaten an der Sache dran. Versau es nicht.*

Aber es scheint nach Plan zu laufen. Erwartungsgemäß fährt der Mercedes das kurze Stück zurück zur Cemetery Road, dorthin, wo Ishtar abgeholt wurde.

»Okay«, sagt Marcus. »Gleich steigt sie aus, geht zur Straßenbahnhaltestelle und wartet. Sobald der Fahrer losgefahren ist, gehe ich rüber, und sie gibt mir die Tasche. Und du hältst alles mit der Kamera fest: Ishtar steigt aus, die Übergabe. Wie nah musst du ran?«

Declan überlegt.

»Zwanzig Meter?«

»So nah?«

»Ja.«

»Okay. Ich versuche es. Vielleicht musst du improvisieren. Zu lange sollten wir nicht warten, es sei denn, es ist der Fahrer, der gern noch mit ihr plauscht.«

Declan runzelt die Stirn. »Ist das nicht zu riskant, die Tasche einfach dort an der Haltestelle zu übergeben?«

»Es ist eine ruhige Straße. Ishtar kann sie nicht mit sich herumtragen oder mit in die Unterkunft nehmen. Das wäre noch gefährlicher.«

Sie erreichen die Cemetery Road. Die Haltestelle liegt ein paar Hundert Meter weiter auf dem Mittelstreifen. Marcus fährt auf den Park-&-Ride-Streifen rechts neben der Straße. Im Schritttempo zieht er an einer nicht enden wollenden Reihe parkender Wagen unterhalb eines Bürohauses vorbei. Alle Plätze sind besetzt. Declan sieht zum Gebäude hinauf. Die meisten Fenster sind leer und schwarz oder entsenden den blassbläulichen Schein eines eingeschaltet gebliebenen Computerbildschirms.

Marcus bleibt stehen, um nicht auf die Höhe des Mercedes zu geraten. Nur die Reihe der geparkten Wagen trennt sie. Schließlich findet er doch eine Lücke und atmet erleichtert auf. Er stellt den Motor und die Scheinwerfer ab. »So – okay?«

»Ja. Ganz gut«, murmelt Declan. Tatsächlich könnte es nicht besser sein. Zwanzig Meter vor ihnen kommt der Mercedes zum Stehen. Die hintere Tür öffnet sich und Ishtars Fuß erscheint. Sie richtet sich auf und sieht sich um.

»Sie sucht uns«, sagte Marcus. »Sie weiß nicht, ob wir hier sind.«

Declan macht eine Probeaufnahme und korrigiert die Einstellungen, darauf bedacht, den Kopf unten zu halten. Ishtars Gesicht ist immer noch von dem roten Tuch verdeckt. Er macht eine Reihe Aufnahmen. Das Klicken des Kameraverschlusses kommt ihm übermäßig laut vor. Er zoomt die kleine gewebte Schultertasche heran. Sie geht zur Bushaltestelle und setzt sich auf einen Sitz.

Der Mercedes rührt sich nicht vom Fleck.

»Worauf wartet er? Warum fährt er nicht los?«, flüstert Declan. Keine Antwort. Marcus ist schon ausgestiegen und auf dem Weg zur Haltestelle. Declan hat nicht mal gehört, dass die Tür geschlossen wurde.

Der Mercedes steht immer noch da. Werden sie vom Fahrer beobachtet? Declans Herz schlägt schneller, während er Marcus auf das Wartehäuschen zugehen sieht. *Halt wenigstens Abstand zu ihr. Oder, besser noch, bleib stehen. Bleib einfach stehen.* Aber Marcus lässt sich direkt neben Ishtar nieder. Sie starrt geradeaus.

Der Mercedes-Fahrer öffnet die Autotür, steigt aus und richtet sich zu seiner ganzen Größe auf. Die Silhouette der riesenhaften Gestalt blockiert das Licht, das die Laterne auf die Straße wirft. Der Hüne hat sich bereits in Bewegung gesetzt, als Declan einen langen, schmalen Gegenstand in seiner Hand entdeckt. Baseballschläger? Eisenstange? Wie hypnotisiert schießt Declan ein Foto. Der Kerl schlägt mit dem Ding nicht fortwährend in die eigene Handfläche, wie es die Ganoven im Film tun, wenn sie kurz davor sind, die Selbstbeherrschung zu verlieren. Dieser Mann strahlt das Selbstbewusstsein von jemandem aus, der sehr genau weiß, dass ihm sein Plan keine großen Schwierigkeiten bereiten wird.

Einen kurzen Augenblick lang hat es den Anschein, als sähe er Declan direkt an. Dann greift er mit der freien Hand in eine Gürteltasche und zieht einen kleinen Gegenstand heraus, den er prüft ... und lädt. Mit der Kamera auf dem Armaturenbrett, um sie bei den widrigen Lichtverhältnissen stabil zu halten, macht Declan noch eine Aufnahme. Jetzt einen Blitz zu Hilfe zu nehmen, ist nicht empfehlenswert. Er traut sich kaum zu atmen. Soll er den Motor einschalten? *Mach, dass du da wegkommst, Marcus. Steh auf und geh. Jetzt.*

Ishtar erhebt sich. Ihr Blick wandert zum Fahrer, dann geht sie los, zügig, aber ohne Eile, die Straße entlang, die Tasche immer noch über die Schulter gehängt. Sie hat sie Marcus nicht gegeben. *Was ist da los? Treibt sie ein Spielchen mit ihnen?*

Der Kerl steuert auf die Haltestelle zu, bedächtig ... langsamen, zielstrebigen Schrittes in brutalster Absicht. Wenigstens ist Marcus inzwischen aufgestanden. Gut. Langsame Bewegungen sind besser. Noch ein Foto. Declan stellt sich darauf ein, dass der Fahrer losbrüllt, Marcus auffordert, auf der Stelle stehen zu bleiben. Aber derlei Umgangsformen scheinen nicht zu seinem Repertoire zu gehören.

Jetzt geht Marcus los, aber nicht in Richtung Declan und zum Wagen zurück. *Ist das ein Versuch, den Kerl wegzulocken? Oder folgt er Ishtar?* Sie ist schon mehr als hundert Meter weiter.

Marcus rennt los und rutscht auf dem glatten Asphalt aus. Der Kerl ist schon bei ihm, bevor er es schafft, sich wieder aufzurappeln. Ihm bleibt keine Zeit, um Hilfe zu rufen. Declan zuckt zusammen und jault unwillkürlich auf, als der Fahrer den Arm hebt und einen vernichtenden Schlag auf Marcus' Hinterkopf niedergehen lässt.

Der Türgriff ist gleich neben Declans Hand. Er sollte aussteigen. Rufen. Zumindest sollte er es versuchen – aber er tut es nicht. Nicht einen Finger rührt er, außer buchstäblich den, den er braucht, um den Auslöser der Kamera zu betätigen. Gehetzt atmend macht er eine Aufnahme nach der anderen.

Marcus' Knie geben nach. Er sackt auf die perfekte Höhe für den nächsten Schlag zusammen, der ihn dieses Mal ins Gesicht trifft. Körperflüssigkeiten schießen ihm aus Mund und Nase, mit ... ja, das sind Zähne, zwei Zähnen. Der Überfall ist gnadenlos. Marcus kippt zur Seite und hält die Arme schützend über den Kopf. Der Typ stellt sich mit dem Fuß auf den Kopf und tritt mit aller Kraft zu. Jetzt endlich öffnet Declan die Beifahrertür.

Er hält den Kopf gesenkt, hängt sich die Kamera um den Hals und geht zwischen ihrem und dem benachbarten Wagen in Deckung. Das unheilvolle Knirschen und Knacken von Marcus' splitterndem Ellbogen, der ihm verdreht wird, hört er nicht, dazu ist er zu weit entfernt. Aber den Schrei vernimmt er. Vorsichtig schiebt er den Kopf über die Autohaube und fotografiert weiter.

Im Moment realisiert Declan, dass er die Szene beobachtet hat, als stünde er neben sich, wie der Objektsucher auf seiner alten Kamera, der ihm das Motiv um wenige Millimeter versetzt neben dem echten Bild zeigt. In den Nachrichten hört man Berichte über Menschen, die bis zur Bewusstlosigkeit zusammengeschlagen werden. Manches Mal hat er sich schon gefragt, was jemanden dazu bringt, einem anderen so etwas anzutun. Jetzt verschiebt sich die Perspektive – er hat die richtige Linse gefunden und sieht die Antwort auf diese Frage nur ein paar Meter vor sich.

Lange kann es nicht mehr dauern. Bewusstlosigkeit ist nicht das, womit sich solche Typen zufriedengeben. Der Kerl bringt Marcus um, wenn er es nicht schon getan hat.

Noch ein Schrei. Declan zuckt zusammen. Er blickt in das schwarze Loch, zu den Büros hinauf. Wenn dort überhaupt noch jemand arbeitet, dann kleben sie mit Kopfhörern auf den Ohren vor ihren Bildschirmen und bekommen von all dem nichts mit. Er muss etwas tun. Wenn er nichts tut ...

Der Fahrer bearbeitet Marcus' Kopf, als gelte es, eine Tür einzutreten. Declan holt ein paarmal tief Luft und richtet sich unbeholfen auf, als etwas von hinten an seiner Jacke zerrt und ihn wieder herunterzieht. Er dreht sich um und hält sich in Erwartung eines weiteren Eden-Schlägers reflexartig die Hände vors Gesicht.

Es ist Ishtar.

45

Ishtar trägt die Tasche mit den Aufzeichnungen immer noch bei sich. Sie muss um den Büroblock herum zurückgekommen sein. Zwischen den Autos auf dem feuchten Boden kauernd, flüstert sie:

»Wir gehen. Müssen gehen.«

Declan nickt, blickt über die Autohaube hinweg auf Marcus' zusammengesunkene Gestalt neben der Haltestelle, auf die in diesem Moment eine weitere Folge heftiger Tritte niedergeht. Wie kann es sein, dass er sich überhaupt noch bewegt? Declan fällt die Waffe ein, die er bei dem Mann gesehen hat.

»Ist der Kerl bewaffnet?«, fragt er.

»Ja.« Ishtar sieht ihn flehend an. »Gehen müssen. Video ich haben.«

Declan nickt erneut. Er weiß, dass sie recht hat, aber ihre Geistesgegenwart ist irritierend.

»Warte dort hinten an der Ecke«, weist er Ishtar an.

»Nein, bitte. Bitte.« Er bemerkt die Erregung in ihrer Stimme.

»Ich hole dich dort ab. Wenn der Kerl herkommt ... Er darf dich nicht sehen. Verstehst du das?«

Sie schiebt ihre Hand in seine. Ihre Haut fühlt sich erstaunlich warm und trocken an. Sie zittert. »Bitte. Sie mich mitnehmen. Ich mit Sie kommen. Wenn Sie passiert etwas, ich tot. Bitte.«

Verdammt.

Er wirft erneut einen Blick auf die Haltestelle und überlegt, ob er eine Möglichkeit hat, loszufahren, über den Gehweg und die Straßenbahnschienen der Cemetery Road hinweg, um diese Bestie zusammenzufahren. Das wäre die einzige Möglichkeit. Der Koloss hat die Statur eines ausgewachsenen Grizzlybären.

Mit dem Ergebnis seiner Arbeit offensichtlich zufrieden, tippt er Marcus mit dem Fuß an. Während Declan hinüberlinst, um zu sehen, ob Marcus reagiert, überkommt ihn ein kalter Schauer. Eine Leere macht sich tief in ihm breit, von der er weiß, dass sie bleiben wird.

Der Barbar wartet drauf, dass Marcus stirbt.

Der Nebel wird dünner, und er sieht eine diffuse, blasse, verdichtete Form auftauchen. Ein vertrautes Klingeln ertönt, bevor eine große, längliche Form deutlich sichtbar wird: Blau und cremefarben erkennt Declan vermutlich das Schönste, was er je gesehen hat. Eine Straßenbahn.

Gott sei Dank. Der Kerl wird nicht so blöd sein, Marcus vor den Augen des Fahrers und der Passagiere zu erschießen, oder?

Marcus liegt reglos da. Der Typ beugt sich hinab, tastet Marcus' Puls und lässt die Hand überraschend behutsam wieder fallen. Dann packt er ihn unter den Achseln und zieht ihn über den Boden, bleibt nach ein paar Metern stehen und tritt zurück.

Declan fragt sich, was das soll. Über Sand und Kaugummireste robbt er sich voran, als es ihm plötzlich klar wird: Der Typ benutzt Marcus als Köder. Er hat ihn auf die Straßenbahnschienen gelegt. Wenn Declan jetzt rüberläuft, bevor die Straßenbahn Marcus überfährt, ist er verloren. Er, und das Mädchen auch.

In diesen wenigen Sekunden der Verstörtheit hat der Mercedes-Fahrer die Straße überquert und ist verschwunden. Declan bugsiert sich auf Händen und Knien an Ishtar vorbei und späht um den Auspuff herum an den parkenden Wagen vorbei. Hundert Meter weiter sieht er den Typen mit betont lässigem Schritt die Wagenreihe entlang in ihre Richtung kommen, bei jedem Wagen stehenbleiben und hineinsehen. Er hat etwas Dunkles in der rechten Hand.

»Declan«, flüstert Ishtar. Und plötzlich hört er auch Juliets Stimme. *Konzentrier dich. Denk nach.*

Juliet allein im Strandhaus. Er wünscht sich, er hätte ihr gesagt, dass er von dem Baby weiß, bevor er ging.

Denk nach.

Diese Entscheidung wird die schlimmste sein, die er je getroffen hat. Die Straßenbahn ist jetzt ganz nah.

Konzentrier dich.

Er versucht, sich vorzustellen, wo die Zündung des Wagens ist. Sie ist elektrisch. Hoffentlich ist der Schlüssel noch im Wagen. Wenn nicht, wenn er in Marcus' Tasche auf der anderen Straßenseite ist, kann er den Wagen nicht starten. Nicht einmal einschließen können sie sich. Außerdem befinden sie sich auf der Beifahrerseite.

Die Schritte des Mannes sind jetzt in Hörweite.

Triff eine Entscheidung.

Der Abendnebel gibt den trapezförmigen Umriss des Oberleitungsdrahtes frei. Ob Marcus die Straßenbahn hört und denselben geteilten Himmel sieht wie er? Doch von einem Moment auf den anderen kann es zu spät sein: Keine Entscheidung zu treffen ist die Entscheidung geworden. Nichts zu tun ist dann die Tat: Die Straßenbahn wird in Marcus hineinkrachen, ein Quietschen und Kreischen der Bremsen wird losbrechen, das alles übertönt – von dem Gebot abgesehen, endlich etwas zu tun.

»Los, steig ein«, ruft Declan ihr im Schutz des ohrenbetäubenden Lärms zu.

Ishtar zögert nicht. Wie auf Kommando reißen sie die beiden Türen auf der Beifahrerseite auf. Declan hievt sich auf die Fahrerseite und drückt auf den elektrischen Zündknopf. Nahezu geräuschlos springt der Motor an, und die Türen verriegeln sich mit einem beruhigenden Klicken. *Verdammter Hybrid. Was sie bräuchten, wäre ein Monster-Truck und nicht diese*

Puddingschüssel. Der Kerl dürfte vermutlich nur Sekunden brauchen, um sie aufzubekommen. Declan legt den Rückwärtsgang ein und tritt aufs Gas, ohne sich groß umzusehen, in der Hoffnung, den Kerl anzufahren.

Sie erreichen die Einmündung des Park-&-Ride-Parkplatzes auf die Hauptstraße und hören das Klingeln der Straßenbahn im Dunst, das sich mit dem Rufen und Schreien der Fahrgäste mischt. Die Leute strömen aus der Bahn; ein Mann läuft an den Straßenrand und übergibt sich. Declans Augen füllen sich mit Tränen.

»Wir fahren«, sagt Ishtar und atmet auf.

Der Mercedes-Fahrer rennt ihnen hinterher. Wie riesige Kolben schwingen die Arme zu beiden Seiten. Sein riesiges Gesicht taucht im Heckfenster auf, die Finger gieren nach dem Türgriff. Ishtar schreit auf. Declan drückt das Gaspedal durch und prescht davon.

46

Den Rücken an die Wand gepresst, hält Juliet sich im alten Pumpenhaus versteckt. Blythe ist gefahren, dessen ist sie sich ziemlich sicher. Sie hat gehört, wie der Motor angesprungen und der Wagen davongefahren ist. Aber was ist mit dem Kerl im Trainingsanzug? Sie hat keine Ahnung, wo er ist, und ist auch nicht scharf darauf, das herauszufinden.

Sie lauscht, hört aber nur das Rauschen des Windes, der durch das Gemäuer streicht.

Sie muss zum Auto zurück, sinnt nach Möglichkeiten, verwirft aber jeden Gedanken gleich wieder. Hätte jemand es auf sie abgesehen, würde er natürlich genau dort warten.

Vielleicht gelingt es ihr, sich durch den Wald bis zur Straße durchzuschlagen und nach Inverness zurückzulaufen. Aber das bedeutete einen Fußmarsch von fünfzehn Kilometern über dunkle Straßen. Außerdem würde sie schon von Weitem wie ein hell erleuchteter Luxusdampfer erstrahlen, wenn die Scheinwerfer eines Autos sie erfassten. Ein tragisches Ende, das sich womöglich nie aufklären ließe.

NACHTS ALLEIN UNTERWEGS:
MACGILLIVRAY WIRFT SICH VOR AUTO

Hunderte von Artikeln über Selbstmord und ungeklärte Todesfälle hatte sie in den ersten Wochen nach Beths Tod gelesen. Von dem Spion, der sich umgebracht haben soll und in einer Sporttasche mit Reißverschluss gefunden wurde. Dem Waffenspezialisten, der in den Wald ging, um sich die Pulsadern aufzuschneiden. Wenn solche Fälle als Suizid durchgehen, dann alle anderen auch. Ihr ist klar, dass der Fall, sollte ihr hier etwas zustoßen, sollte sie hier draußen zum Schweigen gebracht werden, als tragische Folge ihres politischen Scheiterns, der Trauer um Beth und des Kummers über Ericas Erkrankung zu den Akten gelegt würde.

Möglicherweise würde er sogar ihrer Schwangerschaft zugeschoben.

Ihr dreht sich der Magen um. Seit Blythe mit ihr auf diese Brücke gegangen ist, wird sie von schraubstockartigen Krämpfen heimgesucht.

Sie nimmt das Handy aus der Tasche und prüft, ob sie Netz hat. Es ist schwach. Sie klammert sich an die Hoffnung, jemanden anrufen zu können. Irgendjemanden. Declan, Karen, Toby. Mehr als ein Dutzend Mal überprüft sie, ob das Ding wirklich auf stumm geschaltet ist, damit es sie nicht verrät. Aber spätestens wenn sich der Akku erschöpft hat, wird sich diese Sorge von selbst erledigt haben.

47

Ich habe das Kennzeichen überprüfen lassen«, sagt Paul. Es ist nachts kurz vor zwei. Er steht vor Bernhard Palmers ausladendem Eichenschreibtisch im hinteren Teil der Eden-Apartments, während er sich unentwegt seine kräftigen, blutverschmierten Knöchel reibt. »Der Wagen ist auf Marcus Keyes zugelassen. Freier Journalist und Mitglied der Journalisten-Gewerkschaft.«

Palmers Doppelkinn und die linke Wange, auf die er den Kopf stützt, hängen schlaff über der erstaunlich glatten Faust. Er sieht auf und beäugt Paul unter buschigen, graublonden Augenbrauen hinweg.

Fahrer. Sicherheitspersonal. Alles hirnlose Gestalten, von denen sich Paul nicht zu unterscheiden scheint. Ein Toter in Polizeigewahrsam, ist es nicht so? Trotzdem. Er verfügt über beste Kontakte zur Polizei und unberechenbare Launen. Zwei Eigenschaften, die ihn auszeichnen. Aber was zum Teufel macht dieser Irre hier, wenn unten Gäste sind und der Champagner kalt steht. Palmer dreht sich auf seinem Sessel um und betrachtet die penibel gestutzten und angestrahlten Sträucher im Garten.

Unter schweren Lidern blickt Palmers Schwiegervater aus einem Porträtgemälde auf sie herab. Paul fühlt sich in dem Raum wie in einem schlecht sitzenden Anzug. Der grünliche Widerschein aus dem Garten fängt sich auf Palmers knolliger Nase und schmeichelt seinem Teint.

»Er wurde ein paarmal hier gesehen, Sir. Er hat mit ihr gesprochen. Wir dachten, er arbeitet im Asylzentrum. Er geht des Öfteren ins Hemming's. Wir haben ihn beobachtet. Und heute Nacht ist er uns nachgefahren ...«

»Stopp«, sagt Palmer, ohne sich umzudrehen. Paul entgeht die betont leise Stimme nicht. »Um eine Dissertation habe ich nicht gebeten. Sie haben sich doch um ihn gekümmert, oder nicht?«

»Ja. Er ist erledigt.«

Wenigstens etwas.

»Aber der Punkt ist, Sir.« Paul räuspert sich. »Wir wissen nicht, wo sie ist. Sie haben sie mitgenommen.«

Palmer legt seine feisten Hände übereinander und sieht Paul mit durchdringendem Blick an.

»Ach. Das ist also der Punkt?«

Hat dieser Idiot etwa auch noch ein Auge auf sie geworfen? Eine Beziehung zu dem Mädchen aufgebaut? Nicht ohne Vergnügen ignoriert Palmer die Aufregung des Mannes und betrachtet scheinbar seelenruhig seine Fingernägel. »Sind Sie sicher, dass sie im Auto war?«

»Ja, war sie. Sie ist weg, nicht ins Asylzentrum zurück. Das wissen wir. Taj kümmert sich darum.«

»Und weiter?« *Himmel, muss man dem Mann die Würmer einzeln aus der Nase ziehen?* Ist der Typ nicht eine Empfehlung von Blythe? Was er hier von sich gibt, ist allerdings einfach nur erbärmlich. »Und wer ist gefahren, wenn Keyes tot ist? Sie wird es kaum gewesen sein, oder?«

Paul tritt von einem Fuß auf den anderen. »Da war noch ein anderer Typ. Den haben wir letzte Woche zweimal zusammen mit Keyes gesehen. War in keiner guten Verfassung. Die Bedienung im Hemming's sagte, er heißt Declan.«

Palmer spricht noch leiser. »Was sagen Sie da?«

»Die Bedienung im Hemming's. Sie sagte, Keyes habe ihn Declan genannt. Das ist alles, was wir haben.«

Ein Glasaschenbecher, schwer, oval, mit geschwungenen Rändern und einer obszönen Rille, um eine dicke Zigarre aufzunehmen, steht auf der rechten Seite der mit braunrotem Leder bezogenen Schreibtischplatte. In Gedanken versunken streicht Palmer mit den Fingern darüber, wiegt ihn bedächtig in der Hand.

»Sprechen Sie allen Ernstes von Declan Byrne. Von dem Typen, der neulich nachts mit Lyall hier war? Mit der Köchin, dieser lesbischen Schlampe?«

Paul steht einen Moment verdutzt und ratlos da. »Ich war an dem Abend nicht hier, Sir.«

Palmer knallt den Aschenbecher mit einer Wucht auf die Platte, dass die Ecke eine halbmondförmige Nut im Leder hinterlässt. Dann öffnet er ein Zigarrenetui, sucht sich eine Zigarre aus und führt sie langsam unter der Nase entlang, um sich zu beruhigen. Eine Cohiba. Sonnenverbrannte Erde, Kakao und Teer.

Palmer nimmt das Aroma noch einmal in sich auf. *Das alles kann kein Zufall sein.* Morgan und dieser Byrne im Club, und jetzt treibt sich Byrne auch noch *mit einem verdammten Journalisten* in der Stadt herum.

Einem toten Journalisten.

Sie hätten sich auch um Byrne kümmern müssen, als Gelegenheit dazu war. *Verdammt, Lyall hat ihn laufen lassen.* Hat wohl gedacht, es wäre damit getan, ihm ein bisschen Angst zu machen. Verhandeln war noch nie seine Stärke.

»Sie sagen, sie haben die Stadt in Richtung Süden verlassen?«

»Sieht so aus. Das Kennzeichen wurde auf der M56 gesichtet.«

Palmer öffnet die Schreibtischschublade und sucht den Zigarrenschneider. Er findet die Doppelklingen-Guillotine neben einem Notizblock und einem Stapel Rezepte. Betont langsam fährt er fort.

»Paul, das ist doch Ihr Name, richtig? Wenn Sie Byrne wären und plötzlich für ein junges Mädchen verantwortlich, was würden Sie tun?«

Paul errötet und sieht betreten auf seine Füße. »Ich weiß nicht. Vielleicht zum nächsten sicheren Ort bringen? In ein Frauenhaus?«

»Frauenhaus«, wiederholt Palmer. Er hebt die dichten Augenbrauen. »Byrnes Freundin Morgan. Hat die nicht ein Apartment in Liverpool?«

Paul zuckt mit den Schultern. »Weiß nicht, Sir.«

»Okay. Hören Sie, Paul. Sie hängen sich dran. Ich gebe Ihnen die Adresse.«

»Das gebe ich so weiter. Ich finde die beiden, ich finde das Mädchen.«

»Ja«, sagt Palmer. »Es hieß, dass ich Ihnen vertrauen kann.« Er beäugt die Guillotine. Für diese Spielchen ist er zu alt. Außerdem verabscheut er sie. Er entscheidet sich für einen anderen Weg. »Sie sind doch geschieden, richtig?«

Paul nickt und blinzelt. »Ja, nachdem ich meinen Job verloren hatte.«

»Und wie geht es Ihrem Jungen?«

Paul schüttelt den Kopf, dann bricht es aus ihm heraus. »Ich darf ihn nicht sehen.«

»Na ja, wir könnten dafür sorgen, dass Sie das Recht bekommen, Ihren Sohn zu sehen, dass Ihre Frau ihre Meinung ändert.«

Palmer bewegt die Guillotine vielsagend ein paar Millimeter hin und her.

Paul nickt. »Danke, Sir.«

Besonders dankbar klingt das nicht. Vielleicht sollte er noch etwas nachlegen. Um sicherzugehen. Er weiß, dass Paul lieber allein arbeitet. »Hol Taj ab, okay?«, setzt er hinzu. »Nimm ihn mit.«

Paul blickt stur geradeaus. »Was sollen wir machen, wenn wir sie finden?«

»Lasst es wie einen Unfall aussehen. Brand, Verkehrsunfall.

Wir wissen nicht, was Byrne weiß oder wem er was erzählt hat.«

»Ein fehlgeschlagener Raubüberfall?«

»Klingt gut«, stimmt Palmer zu. Er nimmt die Guillotine, schiebt das Ende der Cohiba hinein und vollzieht einen sauberen Schnitt.

48

Als sie über die Mersey Gateway Bridge fahren, beugt Ishtar sich nach vorn und sieht zu der Schrägseilkonstruktion hoch über der Brücke empor. Man könnte auf die Idee kommen, auf Grund unterwegs zu sein, der von einem Magnetfeld hochgezogen wird. Eine Meile weiter verlässt Declan die Hauptstraße und fährt eine Tankstelle an.

Die Abendluft am Stadtrand ist erfüllt von einem Gemisch aus gefrorenem Nebel und Benzin. Er tankt voll und klopft dann ans Beifahrerfenster, um ihr mit Gesten zu erklären, dass er telefonieren muss.

»Ich habe Freunde, zu denen wir fahren können.« Er geht an den Rand des Tankstellengeländes und wählt Lottas Nummer, ohne die unbeleuchtete Straße aus den Augen zu lassen. Auf der gegenüberliegenden Seite steht ein mit Brettern verbarrikadiertes Pub, dessen Name noch zu lesen ist. *The Good Companion.* Mit Ausnahme der Schwaden aus gefrierendem Nebel, die vom Fluss heraufziehen, bewegt sich nichts.

Das Freizeichen ertönt ein paarmal. Keine Antwort. Er stellt sich Lotta vor, wie sie mit bandagiertem Oberschenkel zum großen Küchentisch in Sophies Apartment humpelt, auf dem sie ihr Handy vermutlich hat liegenlassen. Vielleicht will sie aber auch nicht mit ihm sprechen. Sie hat nichts gesagt, als Sophie sie aus dem Krankenhaus abholte. Er glaubt, dass ihr das Bein genauso viel Schmerzen bereitete, wie ihm der Kopf und die Rippen. Wahrscheinlich hat sie ihn dafür verflucht, dass er sie in diesen Albtraum hineingequatscht hat.

Schließlich nimmt sie doch ab.

»Hallo, Declan.«

»Lotta, ich ... alles in Ordnung bei dir?«

»Ja. Mir geht's gut. Ich habe geschlafen. Es ist halb drei. Was ist los?«

Seine Stimme klingt unsicherer, als ihm lieb ist. »Ich muss zu euch kommen. Es gab ... ich habe ... eines der Mädchen ist bei mir. Ich weiß nicht, was ich tun soll. Können wir ...«

Lotta unterbricht ihn. »Wo ist Marcus? Hat er dich wieder in was reingezogen?«

»Marcus ist tot.«

Lotta antwortet nicht. Er bildet sich ein, ein Schlucken zu hören. »Wie bitte?«

»Ich kann nicht ... hör zu. Ich kann es dir jetzt nicht erzählen. Keine Zeit. Tut mir leid, dass ich dich damit behellige. Ich weiß nicht, was ich sonst tun soll. Ich habe dieses Mädchen bei mir. Sie ist weggelaufen. Ich bin nur ins Auto gesprungen und losgefahren. Wenn wir einfach zu dir kommen könnten ...«

»Wo bist du jetzt?«

»Nicht weit weg. Wir haben in Widnes gerade den Mersey überquert.«

»Folgt dir jemand?«

»Nein. Im Moment nicht. Ich glaube, nicht. Also, ich weiß es nicht.«

»Fahr zur Hütte.«

»Was?«

»Komm auf keinen Fall her. Sie wissen, wer wir beide sind. Marcus hat es mir eindringlich zu verstehen gegeben. Du darfst nicht herkommen. Folge der Beschilderung nach Ruthin.«

Declan dreht sich zum Wagen um. Ishtar beobachtet ihn.

»Erinnerst du dich an den Weg?«

Declan zögert. »Ich glaube schon.«

»Hast du ein Navi? Ich schicke dir die Koordinaten. Nimm die A494. Augenblick, lass mich nachsehen.« Er hört, wie sie auf der Suche nach einer Karten-App auf dem Handy herumwischt. »Hier ist es. Das Pub bei Loggerheads erkennst du bestimmt wieder. Der Schlüssel liegt unter dem Stein auf der Treppe zur Hütte. Ich komme auch hin. Vielleicht bin ich sogar vor euch da. Ich mach Feuer und bringe etwas zu essen mit. Braucht sie Klamotten? Brauchst du etwas?«

Lotta ist einfach unbezahlbar.

»Ja. Nein. Mach dir um mich keine Gedanken.« Er bebt am ganzen Körper. »Etwas zu essen, ja. Das wäre gut.«

»Okay. Fahr vorsichtig.«

»Lotta?«

»Ja?«

»Danke.«

Er sieht zu Ishtar hinüber, die immer noch auf dem Beifahrersitz sitzt und sich gerade umsieht. Er folgt ihrem Blick. Ein Auto?

Biegen da Scheinwerfer um die Ecke? Lottas Worte klingen in ihm nach. *Sie wissen, wer wir beide sind. Du darfst nicht herkommen.*

In Gedanken ist er bei Juliet im Strandhaus. Die Schläger vom Eden sind bestimmt schon auf dem Weg zu ihr. Wenn sie noch dort ist, kann er sie nicht erreichen, und wenn er ihr Nachrichten auf Band spricht, macht ihr das nur Angst. Trotzdem muss er es versuchen.

Der Anrufbeantworter springt an.

»Juliet.« Er hält inne. Was soll er ihr sagen? Dass Marcus tot ist? Dass er durch die Nacht fährt, um ein Missbrauchsopfer in Sicherheit zu bringen? »Ich bin ... ich wollte dir nur sagen, dass alles in Ordnung ist, aber ... hör zu. Du musst vorsichtig sein, es ist nicht sicher. Ich bin auf dem Weg aus der Stadt hinaus und rufe dich bald wieder an. Hör zu, du musst dich vorsehen. Hörst du? Es ist nicht sicher. Bleib nicht allein im Sommerhaus. Fahr zu Erica, wenn du nicht schon dorthin unterwegs bist. Und ... ich weiß nicht ... aber behalt den Hund bei dir.«

Er legt auf. Nach Inverness zu fahren, in die Stadt, ist doch sicherer, oder? Widerspricht aber seinem aktuellen Plan.

Er hört einen Wagen herankommen. Faszinierend, die Stille in einer Vorstadtnacht, wenn nichts zu hören ist, außer dem leisen Rauschen von Reifen auf Asphalt. Er läuft zu Marcus' Toyota, lässt den Motor an und fährt ihn ohne Licht ein paar Meter weiter neben das Tankstellengebäude, wo er von der Straße aus nicht zu sehen ist.

Ishtar sieht ihn besorgt an. »Auf Toilette muss«, sagt sie.

»Das geht hier nicht. Sie ist abgeschlossen.«

»Dann ich draußen gehen.«

»Jetzt nicht«, sagt Declan verzweifelt. Sie kann jetzt unmöglich aussteigen. »Warte noch einen Moment.«

Der Wagen fährt vorbei, Declan atmet erleichtert auf. Ishtar öffnet die Wagentür und macht sich auf den Weg zu den Büschen auf der anderen Straßenseite hinter dem Pub. Es ist verrückt. Es muss doch etwas anderes geben als diesen Wahnsinn. Wann sieht er die nächsten Scheinwerfer auf sich zukommen? Und selbst, wenn sie es zur Hütte schaffen, was dann? Was kommt als Nächstes? Sollen sie sich ein Leben lang verstecken?

Ishtar scheint es nicht eilig zu haben. Er sucht das dunkle Gebüsch nach Bewegungen ab. Aber da ist nichts. Gerade will er die Wagentür öffnen und nach ihr rufen, als sie wieder auftaucht. In aller Ruhe kommt sie zurück, wischt sich die Hände an der Jeans ab.

Sie kennt dieses Leben. Ein Leben voller Wechsel und Veränderungen, ohne Stabilität oder Sicherheit, und das seit sie ihre Heimat verlassen hat ... oder noch länger. Er denkt an die letzte Stunde, die er mit ihr zusammen unterwegs war. Schweigend nebeneinander im Auto. Er weiß nichts über sie, hat sie nicht gefragt, weder nach ihrer Familie oder ihrem Hintergrund ... noch nach den Hoffnungen, die sie in die Zukunft setzt. Als wären das Leben in der Unterkunft und der Missbrauch das Einzige, was sie ausmacht.

Sie steigt ins Auto. »Wir fahren?«, fragt sie.

Ihre Lieblingsfrage.

49

Zweimal hat Juliet ihn gehört, wie er umherstreicht und sie sucht.

Unterhalb des Fußwegs kauert sie in einer kleinen Öffnung, in der ein niedriges Fenster das Untergeschoss der Anlage mit Tageslicht versorgt, und weiß, dass sie jemanden anrufen muss, bevor entweder sie oder der Akku aus dem Leben scheiden. Sie hebt den Kopf vorsichtig aus der Deckung, um sich zu vergewissern, dass niemand in der Nähe ist, und stiehlt sich aus ihrem Versteck.

Auf dem fluchtartigen Rückweg von der Brücke war sie an einer alten Leiter vorbeigekommen, die zum Dach hinaufführt. Dort oben hat sie möglicherweise Netz. Die Höhe müsste reichen. Zumindest kann sie sich einen Überblick über das Gelände verschaffen. Vielleicht gelingt es ihr sogar, ihn mit den Autoschlüsseln abzulenken, wenn sie die Fernbedienung drückt und Bucky zum Bellen bringt. Sollte ihr aber jemand folgen, dann sitzt sie immer noch in der Falle.

Sie lässt die Tasche zurück. Nur mit dem Handy und dem Autoschlüssel schleicht sie sich um die Gebäudeecke herum, darauf bedacht, im Schatten zu bleiben. Sie findet die Leiter. Sie führt fünfzehn Meter das dreistöckige Gebäude hinauf und ist mit einem gebogenen Käfig versehen, der einen Sturz verhindern soll, wenn jemand eine Sprosse verfehlt.

Beim Anblick der über und über von Rost überzogenen Leiter fragt sie sich kurz, wie alt sie sein mag und wie sicher die Bolzen und Nieten wohl sind. Die Schuhe wird sie ausziehen müssen, wenn sie beim Aufstieg kein Geräusch produzieren will. Wieder lässt sie ein Paar zurück, als gelte es, wie im Märchen eine Spur aus Brosamen zu legen.

Sie zieht die Stiefel aus, versteckt sie und steigt die Leiter hoch.

Bisher war sie immer schwindelfrei. Erst seit Kurzem fühlt sie sich in der Höhe unsicher. Sie kann nicht hinuntersehen, um herauszufinden, ob jemand sie beobachtet. Sie konzentriert sich auf ihre Hände, und dass sie die Füße – die ohne Schuhe nur schwer Halt finden – erst dann bewegt, wenn sie die nächste kalte Sprosse gegriffen hat. Sie muss in einen gleichmäßigen Rhythmus kommen, aber das ist nicht leicht, als die Leiter zu vibrieren beginnt und ein Geräusch erzeugt, das in ihren Ohren so laut klingt, als wollte sie ihre Anwesenheit in die Welt hinausposaunen. Sie versucht, langsamer zu gehen, aber die Füße schmerzen, wenn sie sie langsam auf jede Eisensprosse setzt. Sie hat das Gefühl, ewig zu brauchen.

Oben angekommen, geht sie auf dem rauen Betonboden keuchend auf die Knie. Die Nacht ist mondlos. Es dauert eine Weile, bis sich ihre Augen an die Dunkelheit gewöhnt haben. Das Dach schimmert in einem dumpfen Grau. Schemenhaft macht sie eine Rolle Stacheldraht aus, eine große Teertonne, Dosen und Flaschen – die Hinterlassenschaften der Industrie und von herumstreunenden Kindern und Obdachlosen.

Sie stellt sich auf und geht auf die andere Seite, möglichst tief hinter eine niedrige Brüstung geduckt, um ein klaffendes Loch in der Dachfläche herum, das direkt ins darunterliegende Geschoss führt. Da unten steht ihr Auto allein auf dem dunklen Platz. Drinnen ist Bucky. Sie kann ihn von ferne sehen.

Der Akku ihres Handys ist am Limit, und das Netz reicht gerade aus, um eine Nachricht zu empfangen. *Declan.* Vorsichtig und sich nach allen Seiten umschauend vernimmt sie weniger den Inhalt seiner Nachricht als den Klang seiner Stimme, mit der er sie spricht.

Declans Ansage ist kaum beendet, als ein schrilles Quietschen zu ihr dringt. Jemand kommt die Leiter hoch. Die schweren, schnellen Schritte von jemandem, der keinen Wert darauf zu legen scheint, unbemerkt zu bleiben.

Sie sieht sich schnell um und zieht sich flink zur Stacheldrahtrolle zurück. Nirgends kann sie sich verstecken.

Sie greift nach dem Schlüsselbund und schiebt sich die Schlüssel wie einen Kubotan einzeln zwischen die Finger, als die Schritte das obere Ende der Leiter erreichen.

Zunächst macht sie nur einen dunklen Schatten aus.

»Was wollen Sie?«, ruft sie laut. Er wirkt jung. Aber der Eindruck mag seiner Kleidung geschuldet sein. Kapuzenpulli, Turnschuhe. »Egal, welchen Auftrag Sie haben, Sie müssen es nicht tun. Es gibt immer einen anderen Weg.«

Keine Antwort. Er sieht sich hastig zu beiden Seiten um und hält dann direkt auf sie zu.

Sie greift nach dem Draht und zerrt ihn zwischen sich und ihn. Die Rolle ist schwerer, als sie dachte, die Stacheln graben sich in die Haut, verheddern sich mit den Fingern, zwischen denen immer noch die Schlüssel stecken. Der Wagen unten auf dem Parkplatz piept und blinkt, während er in einem fort verriegelt und entriegelt wird. Sie hört Buckys aufgeregtes Bellen. Ob es das war, was ihn kurz abgelenkt hat, wird Juliet nie erfahren. Aber das Loch vor sich im Dach sieht er zu spät. Er macht zwar noch einen Versuch, darüber hinwegzuspringen, verschwindet aber mit einem knappen Kraftausdruck auf den Lippen mit den Füßen voran, wobei er mit dem Hinterkopf hörbar gegen die schroffe Betonkante trifft.

50

Sophie sitzt in einer Ecke des Personalraums und erledigt ein paar Verwaltungsarbeiten, als sich in ihr ein wohlbekanntes, schwindelerregendes Gefühl breitmacht. Sie greift sich im Wechsel jeweils über die andere Schulter und massiert sie, um die Verspannung zu lösen. Bevor sie geht, sieht sie noch einmal nach einem Patienten im Endstadium einer Muskeldystrophie, der allen Erwartungen zum Trotz immer noch lebt.

Draußen ist es noch dunkel, als sie das Gebäude verlässt. Sophie liebt die Stille auf dem Heimweg nach der Schicht. Auch heute ist das so, obwohl ein gewisses Gefühl von Jenseitigkeit an diesem Morgen dominiert, denn es sieht nach Schnee aus. Der gefrierende Nebel der letzten Tage hat sich verzogen. Die Straßenlaternen sind von einer mattgelben Aura umgeben.

Sie klopft leise an die Hintertür der kleinen Backstube an der Ecke. Normalerweise macht der Bäcker erst in ein paar Stunden auf, aber seit dem Tag, als sie dort vorbeikam, während er draußen seine Zigarettenpause machte, sie darauf ansprach, wie übernächtigt sie aussehe, und ihr dabei einen dunklen, festen Leib Früchtebrot in die Hand drückte, hat sich daraus ein kleines Ritual entwickelt. Der Duft von Hefe und Zucker weht ihr entgegen, als er die Tür öffnet.

»Hola, Doctora«, begrüßt er sie. Seit er herausgefunden hat, dass sie eine Leidenschaft für Sprachen teilen, testet er sie gern aus.

»Buenos dias«, begrüßt sie ihn strahlend. »Äh. *Podrias darme ... dos ... pasteles con canela?*«

»*Por supuesto. Que rico.*« Er murmelt etwas vor sich hin und verschwindet zwischen den großen Metallregalen und Tabletts, die sich in der Küche stapeln und Sophie ein wenig an das Lager im Krankenhaus erinnern, nur dass hier statt Chemikalien und chirurgischen Instrumenten zarte Backwaren aufbewahrt werden.

Nach erfolgter Transaktion bedankt sich Sophie bei dem Bäcker und eilt in Vorfreude auf ein warmes Getränk, ihren Schlafanzug und darauf, sich neben Lotta ins Bett zu legen, nach Hause in ihre Wohnung. Ob Lotta daran gedacht hat, den Verband an ihrem Oberschenkel zu wechseln? Im ganzen Haus brennt nicht ein Licht. Sie schließt die Tür, so leise es geht, und nimmt die Treppe statt des klappernden Aufzugs, um die schlafenden Nachbarn nicht zu stören.

Vor der Wohnungstür angekommen, stellt sie fest, dass sie einen Spaltbreit offen steht.

Verwundert stößt sie die Tür auf, bleibt aber draußen stehen und sieht in den langen Flur.

Der Mantelständer liegt umgestoßen in der Ecke, Mäntel und Jacken auf dem Boden. Hüte und Schals sind überall verstreut. Als hätten Kinder hier einen Kostümball veranstaltet. Mit einem mulmigen Gefühl in der Magengegend wagt sie sich einen Schritt hinein.

»Hallo?« Noch ein Schritt. »Lotta?«

Die Schlafzimmertür am Ende des Flurs steht offen. Sie traut sich kaum zu atmen, während sie näher tritt und sie vorsichtig aufstößt. Die Tür öffnet sich in weitem Bogen. Das Bett ist nicht gemacht, die hellgraue Bettdecke auf einer Seite aufgeschlagen. Sophie legt eine Hand aufs Laken. Es ist kalt.

Ein Sessel im Wohnzimmer ist umgekippt, die Schubladen des Sideboards sind herausgerissen, die Bücher aus den Regalen gefegt. Sie liegen offen, mit gebrochenen Rücken und umgeknickten Umschlägen überall verteilt. Ihre geliebte Erstausgabe von John Masefields *Das wunderbare Kästchen* liegt mit den Seiten nach unten auf dem Boden. Der Umschlag zeigt

tanzende Bären und Diebe, Kasperltheater und Meerjungfrauen. Alles, wovor es Kindern gruselt. Eine wertvolle Ausgabe, aber derjenige, der hier eingebrochen ist, hat sie übersehen. Es sei denn ... sie sind noch nicht fertig.
Still steht sie da und lauscht. Nichts.
»Lotta?«
Keine Antwort.
Auf dem Tresen in der Küche findet sie neben der Kaffeetasse eine hastig niedergeschriebene Notiz.
Bin zur Hütte gefahren. Declan muss dort jemanden verstecken. Ich nehme etwas zu essen mit. Bin bald wieder zurück. Pass auf dich auf. Ich liebe dich.
Eine Zeit ist nicht notiert, sodass Sophie nicht weiß, seit wann Lotta unterwegs ist. Vorsichtig geht sie von einem Raum in den anderen, betrachtet das verwüstete Apartment. Das ist nicht das Werk von jemandem, der einfach nur eilig ein paar Sachen zusammenrafft. Hier ist vermutlich jemand eingebrochen, nachdem Lotta die Wohnung verlassen hatte. Hoffentlich.
Sophie wühlt in der Handtasche nach ihrem Handy. Fünf verpasste Anrufe. Sie steht in der Küche und wählt Lottas Nummer.

Während Sophie ihre Schicht im Krankenhaus beendet, trifft Declan in Loggerheads ein. Er fährt vorbei an geschlossenen Pubs durch das verschlafene Ortszentrum. Er wendet und fährt zurück, bis er zunächst zwei große, gelbe Bagger mit abgesenkten Schaufeln am Straßenrand stehen sieht und schließlich auch die Baustelle auf der anderen Seite des holprigen Wegs entdeckt, der zum Steinbruch und zu Lottas Hütte führt. Er ist sich nicht sicher, ob Marcus' Wagen den Schlaglöchern gewachsen ist, aber für alle sichtbar an der Straße zurücklassen möchte er ihn auch nicht. Ishtar schläft. Der Gedanke, sie bei der Kälte und so früh am Morgen wecken zu müssen, widerstrebt ihm. Außerdem wären es noch ein paar Meilen zu laufen. Sie wird noch früh genug wach.

Das Licht der Scheinwerfer erfasst drei Baumstämme, hinter denen sich weitere zu düsteren Reihen verdichten. Der Wagen hat sich schon ein Stück holpernd und schaukelnd durch unwegsames Gelände gearbeitet, als Declan bemerkt, dass Ishtar wieder wach ist. Sie setzt sich auf und beugt sich zitternd, das Tuch enger um sich geschlungen, nach vorn. Am Rand des Steinbruchs sieht er Lottas 4×4-Geländewagen stehen, und unterhalb der ausgewaschenen Sandsteinstufen steigt eine dünne Rauchsäule aus dem alten Schornstein der Hütte in den Himmel auf.

Als sie aussteigen, empfängt Lotta sie an der Tür. Sie führt Ishtar zum Kamin, vor dem ein niedriger Hocker mit einer ausgeblichenen, zusammengefalteten Decke liegt. Besorgt sieht sie sich nach Declan um, der plötzlich nicht mehr an sich halten kann. Auf Zehenspitzen legt sie ihre Arme um seine zitternden Schultern. Er lässt es geschehen und hält sich schluchzend an ihr fest.

Ishtar beobachtet die beiden einen Moment lang mit übereinandergelegten Händen. Dann senkt sich ihr Blick auf die blanken Fußbodendielen.

»Na komm«, sagt Lotta. Sie massiert ihm die Schultern. »Ihr müsst erst mal etwas Warmes essen.« Sie gießt Kaffee aus der Thermoskanne in die Emailletassen. In einem anderen Topf macht sie Porridge warm. Ihre flinken Bewegungen lassen Routine erkennen.

Sie reicht Ishtar eine Schüssel mit süßem Porridge. Das Mädchen starrt misstrauisch auf die blassgelbliche Pampe und riecht vorsichtig daran. Lotta lächelt ihr aufmunternd zu. »Das ist lecker«, sagt sie. »Probier es mal.«

Declan fängt an zu essen und pflichtet ihr mit anerkennenden Geräuschen bei. Er spürt die Wärme zunächst am Gaumen, bevor sie auf die lädierte Nase ausstrahlt. »Lecker.«

Ishtar sticht mit dem Löffel hinein, der einen Moment fast senkrecht stehen bleibt, bis er langsam zur Seite sinkt. Sie nimmt einen Löffel voll und lässt ihn wieder in die Schüssel fallen.

Lotta senkt die Stimme. »Euch beiden ist nichts passiert? Was ist mit Marcus?«

Declan schüttelt den Kopf. »Einer von den Palmers.« Er blinzelt kurz. »Er hat einfach ... er hat ihn einfach zusammengeschlagen und dann auf die Straßenbahnschienen gelegt.«

Lotta starrt ihn entsetzt an. Declan nimmt noch einen Löffel. Das Schlucken fällt ihm schwer. Sie stellt keine weiteren Fragen, und er ist ihr dankbar dafür. Im Moment sieht er sich nicht imstande zu beschreiben, was letzte Nacht geschehen ist, geschweige denn, die Rolle zu rechtfertigen, die er dabei gespielt hat. Immer wieder geht er den Moment durch, als Marcus von der Straßenbahn erfasst wurde, und versucht, ein anderes Ende wahr werden zu lassen.

Es funktioniert nicht.

Lotta gießt sich Kaffee ein und geht hinaus. Draußen werden die Vögel wach. Sophie müsste inzwischen zu Hause sein und hat vermutlich auch die Nachricht gefunden. Jedenfalls hat sie vor zehn Minuten eine lange Sprachmitteilung auf Band gesprochen. Lotta hält sich das Handy ans Ohr. Etwas Graues navigiert flatternd zwischen den Bäumen hindurch. Eine Nebelkrähe lässt sich laut krächzend auf dem Dach der Hütte nieder.

»Lotta.« Sophies Stimme ist sehr leise. Lotta wirft der Krähe einen grimmigen Blick zu, während sie versucht, über das Gekrächze hinwegzuhören. »Ich hoffe, bei dir ist alles in Ordnung? Und Declan ist auch okay? Ich habe deine Nachricht gelesen. Hör zu. Ich will dir keine Angst machen, aber hier wurde eingebrochen. Ich wollte nur sicher sein, dass ... dass du nicht hier warst, als ...« Sie hält inne und fährt flüsternd fort. »Verdammt« haucht sie. Sophie flucht normalerweise nie.

»Das ist jemand ...«

Sie vernimmt ein Knistern im Handy, gefolgt von einer Reihe heftiger Schläge. Sophie schreit auf. Lotta auch. Die Krähe flattert erschreckt davon. Das Geräusch am anderen Ende der Leitung hört sich an, als würde das Handy über den Boden schlittern. Lotta hält sich eine Hand vor den Mund, als dürfe sie keinen Laut von sich geben. Hilflos steht sie auf dem schmalen Weg und hört alles mit an. Declan ist an die Tür gekommen und sieht sie an.

Die Stimme eines Mannes mit verschliffenem Akzent. »Sag mir, wo sie sind.«

Sophie klingt jetzt weiter weg, als würde sie zurückweichen. »Ich weiß es nicht. Ich weiß nicht.«

Sie lügt. Die feinen, dunklen Härchen auf Lottas Armen und am Hals stellen sich auf, während ein kalter Schauer aus Angst und Adrenalin sie durchfährt.

»Doch. Natürlich wissen Sie es. Sie lügen.« Noch ein Schlag. Das Rascheln von Papier. »Diese Notiz hier. Wo ist die Hütte?«

»Ich weiß es nicht.«

»Lügen Sie mich nicht an.«

Der metallisch helle Klang von etwas, das herausgezogen wird. Lotta erkennt es sofort. Ein Messer aus dem Messerblock.

»Du sagst uns jetzt, wo sie sind. Verstehst du?«

Uns. Wie viele sind es?

»Nein, bitte. Ich weiß es nicht. Ich fahre selten Auto. Ich weiß nicht, wie man dort hinkommt.«

»Wir fahren los, und Sie führen uns da hin.«

»Nein.« Sophies Stimme verändert sich.

»Dann sind Sie nutzlos für uns? Alte Lesbenschlampe.« Gelächter.

Wimmern.

Ein anderes Geräusch kommt hinzu, höher. »Fotze. Vielleicht würde ihr ein letztes Mal ein richtiger Kerl in ihr drin gefallen. Oder?«

Die Geräusche klingen jetzt nach einem richtigen Kampf. Stühle schrammen über die Küchenfliesen. Irgendetwas stürzt um. Schläge, Schreie – erst laut und durchdringend, dann gedämpft.

Anschließend herrscht Stille. Lange Stille.

Lotta schließt die Augen. Sie beugt sich nach vorn und sinkt mit einem langen unterdrückten Schluchzen auf den kalten Boden. Declan geht zu ihr, erst zögerlich, dann läuft er über den Weg zu ihr, nimmt ihr das Handy aus der kraftlosen Hand.

Lotta schüttelt heftig den Kopf. »Das ist eine Aufnahme. Das ist ...« Sie würgt und spuckt eine dünne, kaffeeschwarze Masse in den Kies.

Declan hört sich das Knistern am Ende der Sprachnachricht an. Weitere dreißig Sekunden später ist eine zaghafte Männerstimme zu hören, als käme sie aus einem anderen Raum.

»Hallo?«

Langsame Schritte.

»Hallo ...? Sophie ...? Lotta?«

Stille. Keine Antwort.

»O mein Gott, mein Gott, mein Gott.« Schlurfen. »O, Gott. Roslyn! Roslyn! Ruf einen Krankenwagen. Schnell. Ruf einen Krankenwagen.«

Declan geht in der Hütte auf und ab und bringt mit jedem Schritt den Holzboden und die Regale in der Ecke mit den alten Flaschen und Körben zum Vibrieren. Ishtar sieht ihn verängstigt an. Es hat eine Weile gedauert, bis er Lotta vom Boden hochgehoben und ins Haus gebracht hat. »Ich muss zurück«, sagt Lotta, die inzwischen an dem kleinen Tisch sitzt. Sie spricht stockend und mit vom Weinen heiserer Stimme und putzt sich die Nase mit einem alten Küchenhandtuch.

Declan reibt sich immer wieder das Gesicht und massiert sich mit den Fingern die Schläfen. Er ist müde. Die Spannung seiner Kopfhaut ist im Moment das Einzige, was er spürt.

»Wir müssen erst im Krankenhaus anrufen«, sagt er.

»Declan, ich fahre zurück. Ich muss Sophie sehen. Wir müssen mit der Polizei sprechen.«

Vergeblich wählt sie Sophies Handynummer immer wieder. Sie hat ihr Handy auch nach Telefonnummern von Nachbarn in Liverpool durchsucht. Ebenfalls ohne Erfolg. Sie war zu sehr auf den Umzug nach London fixiert, sodass sie gar nicht mehr daran dachte, dort Wurzeln zu schlagen.

»Wenn es Juliet wäre« – sie verzieht das Gesicht –, »was würdest du tun? Du wärst doch bestimmt schon auf dem Weg zu ihr.«

Declan massiert sich mit den Fingerspitzen die Stirn. Sie hat recht. Aber er kann sie nicht dorthin zurückfahren lassen.

»Lotta, ich habe letzte Nacht mit angesehen, wie einer meiner langjährigsten Freunde umgebracht wurde. Und ich ... ich habe nichts getan. Dass du zu Sophie fahren möchtest, verstehe ich. Und ich kann dich nicht aufhalten. Aber ... bitte, hör mir einen Moment zu. Wenn du jetzt zurückfährst, dann ist es genau das, was die wollen. Wer immer ihr das angetan hat, ist vermutlich noch da und wartet auf dich. Glaubst du, Sophie würde das wollen? Warum hat sie wohl gelogen und dich dadurch geschützt? Nur damit du dich auf direktem Weg in die Höhle des Löwen begibst?«

»Wir können der Polizei alles erzählen. Die Polizei ...«

»Im Augenblick wissen wir nicht einmal, wem wir trauen können und wem nicht. Marcus hat gesagt, dass das bis in die höchsten Etagen reicht.«

»Also, was dann? Einfach hierbleiben und warten?« Sie sieht

ihn ungläubig an.»Warten, bis sie herkommen?« Ihre Augen funkeln wie Feuer und Eis.»Dann lass sie kommen. Was haben wir zu verlieren?«

Declans Blick wandert zu Ishtar hinüber.»Wir haben eine ganze Menge zu verlieren. Und nicht nur wir.«

Lotta schweigt. Ihre Augen füllen sich mit Tränen. Sie greift zu ihrem Handy.»Ich versuche es noch mal im Krankenhaus.«

Ishtar hustet leise und fängt an zu erzählen.»Wenn wir Syrien weg, war Nacht. Krieg ganz nah. Al-Hasaka. Alle sagen müssen, wen unterstützen. Präsident, kurdisch YPG, Rebellen, ISIS. Wir nicht unterstützen niemand. Mein Cousin gestorben, und meine Mutter Angst für uns. Mein Bruder achtzehn und jetzt muss Armee. Wir dann fliehen. Mutter, Vater, Bruder packen und in Nacht gehen. Alles dagelassen.«

Sie spricht, ohne Declan oder Lotta anzusehen. Erst jetzt hebt sie den Blick.

»Mein Vater Lehrer. Er sagt, wir gehen England, weil dort zusammenbleiben und Familie sein. Aber er krank. Nicht kann laufen. Wir Türkei Geld geben. Auf Lastwagen nach Istanbul. Lange in Lastwagen ohne Luft. Bruder Loch gemacht für Luft. Dann wir Boot in Wasser. Boot zu klein. Nur Mutter und ich gegangen. Wasser kommt in Boot. Alle Panik. Schwimmen. Meine Mutter weg. Küstenwache Italien kommen mit Boot. Dann ich Zug Frankreich. Sehr kalt. Ich schlafen auf Straße und fahren Calais. Ich drei Monate auf Weg.«

Declan und Lotta sehen Ishtar an.

»Marcus sagen, ich sicher bin, wenn alle wissen, was passiert. Ich Hilfe bekommen für Familie finden und nach England bringen.«

Declan räuspert sich.»Ishtar, ich weiß nicht ...«

Ihre Stimme wird bestimmter.»Müssen versuchen. Haben Marcus' Computer. Haben Film, ich gemacht. Wir sagen Geschichte. Nachrichten. Polizei.«

»Aber das ist riskant ...«

»Du kennen sichere Person«, sagt sie. Die dunklen Augen scheinen ihr Gesicht vollständig auszufüllen. »Marcus mir sagen. Deine Frau sehr starke Frau. Sie nicht akzeptieren das. Sie kämpfen, Leute kennen.«

Declan versucht, Lottas Blick zu erhaschen, aber sie wendet sich ab.

Er räuspert sich. »Ich ... gleich morgen früh rufe ich an. Wir sollten jetzt versuchen, ein wenig zu schlafen.«

Sie brauchen jemanden, der in Marcus' Laptop sieht. Sie brauchen jemanden bei der Polizei, dem sie trauen können. Und Juliet hat Zugang zu beidem. Ob es ihnen passt oder nicht, er weiß, dass Ishtar recht hat. Aber, wo zum Teufel Juliet ist, das weiß er nicht.

51

Auf zerkratzten Händen und schmerzenden Knien kriecht Juliet über den rauen Beton an den Rand des Schachts. Sie sieht hinein, und ein säuerliches Gemisch aus Pisse und Schimmel steigt ihr aus dem dunklen Loch in die Nase. Vier Meter unter ihr liegt Blythes Fußsoldat reglos da. Die Kapuze ist ihm vom Gesicht gerutscht. Die Augen scheinen geöffnet zu sein und haben einen starren Blick. Eine zerbrochene Schaufensterpuppe für Sportbekleidung.

Sie beißt die Zähne zusammen, könnte heulen vor Schreck, Erleichterung und einer Mischung aus Verachtung und Mitleid.

»Hallo?«, ruft sie hinunter. »Hallo?«

Keine Reaktion. Zu ihm hinunter kommt sie nicht, um nachzusehen, wie schwer verletzt er ist. Gott sei Dank.

Sie steigt die Leiter wieder hinab und läuft um das Gebäude herum zum Auto. Bucky springt aufgeregt hin und her, kratzt mit den Pfoten am Fenster, dreht sich und bellt. Als sie die Tür öffnet, fällt er ihr fast vor die Füße auf den Boden. Während er, sich an jedem Reifen erleichternd, ums Auto hetzt, steckt Juliet ihr Handy ins Ladegerät und wählt mit zittrigen Fingern die Notfallnummer, die Karen ihr gegeben hat.

»Bleib bei dem Hund«, sagt Karen. »Schließ dich im Wagen ein. Ich komme.«

»Wir brauchen auch einen Krankenwagen«, fügt Juliet noch hinzu.

»Bist du verletzt?«

»Nicht für mich. Für ihn.«

52

Es ist kurz nach halb sieben. Karen kehrt gerade aufs Revier in Inverness zurück, nachdem sie Juliet bei Erica abgesetzt hat, als der Anruf von Declan zu ihr durchgestellt wird.

Die Straßenlaternen am Parkplatz schalten sich langsam ab, obwohl die Morgendämmerung noch nicht eingesetzt hat. Ein paar Tage noch, dann werden die Uhren umgestellt. Karen hört die Müdigkeit, aber auch das Adrenalin, das Declans Stimme färbt. Er versucht ihr zu erzählen, was passiert ist, seit er und Lotta in Manchester aufgetaucht sind, warum sie überhaupt dort hingegangen sind.

Er berichtet ihr auch über die Nachforschungen, die Marcus über Bernhard Palmer und den Eden-Club angestellt hat.

Karen lässt ihn ausreden, obwohl Juliet ihr bei der nächtlichen Vernehmung das meiste bereits erzählt hat. Während er seine Informationen in unzusammenhängenden Fragmenten liefert, schreibt sie ihrem Kollegen, Andrew Turner, eine Notiz und legt sie ihm auf den Schreibtisch.

Prüfen, ob Sophie West in ein Liverpooler Krankenhaus eingeliefert wurde. Weiblich, vierunddreißig Jahre.

Turner beäugt den Zettel stirnrunzelnd und nickt.

Declan redet weiter. »Marcus sagte, dass sie unantastbar sind. Dass sie einen besonderen Schutz genießen, von ganz oben. Außer dir wusste ich niemanden, an den ich mich sonst hätte wenden können. Marcus hat Beweise. Ist alles auf seinem Laptop gespeichert. Und wir haben einen USB-Stick mit Videomaterial von einem der Opfer. Aber es ist alles mit einem Passwort gesichert. An die Informationen komme ich nicht ran.«

»Das ist ein Problem. Das zu knacken, kann Wochen dauern.«

Karen öffnet ein landesweites Meldesystem, in das sie *Mordverdächtige* eingeben kann, hält aber kurz inne. Solange nicht klar ist, was sich auf dem Laptop befindet, kann sie das Risiko nicht eingehen, jedenfalls nicht, wenn Blythe etwas damit zu tun hat, wovon sie ausgehen muss, nach dem, was Juliet ihr in der letzten Nacht erzählt hat. Sie brauchen wasserdichte Beweise, und der Laptop könnte der Schlüssel sein. Das ist alles, was sie haben. Vor dem Hintergrund der Blamage der Forensik mit der Jacke, an die sie illegal gekommen ist, weil sie sie im Krankenhaus einfach mitgehen ließ, ist es möglich, dass sie als Beweismittel nicht zugelassen wird. Vielleicht doch, aber das hängt vom Richter ab.

Declan fährt fort. »Sie scheinen zu wissen, dass ihnen jemand auf den Fersen ist. Und die Verbindung zwischen mir und Lotta haben sie schon hergestellt. Deshalb haben sie ihre Schläger nach Liverpool geschickt. Zu Sophie. Was ist, wenn sie sich unterwegs noch jemanden vornehmen? Wenn sie sich Juliet oder Erica ...«

Karen geht in ein kleines Büro und schließt die Tür hinter sich. »Entschuldige, Declan. Ich muss Sie unterbrechen. Heute Nacht hat es hier einen Zwischenfall gegeben. Juliet geht es gut. Sie ist wieder bei Erica, und in der Gegend sind Extrastreifen unterwegs. Ich bin gerade mit ihrem ... Sie wollte es Ihnen später selbst erzählen. Wie es aussieht, wollte jemand sie massiv einschüchtern.«

»O Gott. Was ist passiert? Ist sie okay?«

»Ja. Es geht ihr gut.«

»Was ist denn passiert?«

»Das kann sie Ihnen selbst erzählen. Aber ehrlich gesagt, ist meine größere Sorge gerade, dass die Typen versuchen werden, das Land zu verlassen, bevor wir genügend Beweise haben, um sie dingfest zu machen. Ich kann Ihnen nur raten ...«

Sie will sagen *ins Auto zu springen und mir den Laptop zu bringen*. Turner erscheint wieder und reicht ihr eine handschriftliche Notiz.

West nach Notruf vor drei Stunden in Liverpool eingeliefert. Tot. Vergewaltigt und Kehle durchgeschnitten.

53

Es ist kurz nach acht, als Karen wieder bei Erica erscheint. Normalerweise führt sie ihre Einsätze nie allein durch, aber dies ist jetzt nicht der geeignete Moment, um auf Formalien zu bestehen. Sie muss Erica und Juliet an einen sicheren Ort bringen, und zwar schnell. Turner wartet in einem anderen Wagen unter dem Kirschbaum an der Einfahrt. Er hat den Auftrag, die Gegend im Auge zu behalten.

Erica lässt sie mit dem Türdrücker ein, und sie steigt die Treppe hinauf. Die Wohnungstür steht offen, und sie geht gleich hinein. Sie trifft Erica noch im Morgenmantel an. Sie ist gerade dabei, Teewasser aufzusetzen und Make-up aufzulegen. Das Mascarabürstchen schwebt einen Moment reglos vor ihrem Gesicht, während Karen steif neben der Küchenbank steht und zu reden beginnt.

Erst jetzt wendet Erica sich Karen zu. »Was ist los?«

Karen zögert. »Es tut mir wirklich leid. Ich weiß, dass du eine unruhige Nacht hattest, aber ich muss noch einmal mit Juliet sprechen. Ich glaube, es wäre gut, euch beide woanders hinzubringen. Wir müssen sie wecken.«

»Sie ist nicht hier. Sie konnte nicht schlafen und ist mit dem Hund rausgegangen. Sie sagte, sie wollte noch ein paar Sachen aus dem Strandhaus holen.«

Karen beißt sich auf die Lippen. »Dann muss ich zu ihr rausfahren. Turner bringt dich ...«

»Was ist denn los?«

Karen verzieht gequält das Gesicht. Genau dieses Gespräch wollte sie sich ersparen. Es gibt Kollegen, die ein Händchen dafür haben, Familien über ihre Ermittlungen auf dem Laufenden zu halten, die genau wissen, was man wann sagen darf, und die nötige Distanz wahren, aber trotzdem zu beruhigen und zu trösten vermögen. Für Karen war das immer schon ein schwieriges Geschäft. Sie hasst es, den Leuten erklären zu müssen, dass Spuren ins Leere laufen. Sie hasst es, falsche Hoffnungen zu wecken. Und zu viele Informationen in den Händen von Familienmitgliedern können problematisch sein. Aber nach dem, was Juliet ihr über Diskriminierung erzählt hat, verschweigt sie Erica gegenüber nur ungern etwas.

»Wir haben Hinweise, dass Beth etwas über ... organisierte Kriminalität wusste. Wie es aussieht, sind die Leute dabei, Spuren zu verwischen. In Liverpool wurde heute Morgen jemand umgebracht. Das könnte damit in Zusammenhang stehen.«

»Mord?«

»Ja.«

Karen zieht sich plötzlich der Magen zusammen. Sie hofft inständig, dass Erica nicht wissen will, um wen es geht. Sie weiß nicht, ob Sophie engen Kontakt zur ganzen Familie hatte. Ihr die Nachricht auf diese Weise zu überbringen, wäre nicht gut.

»Aber wie ... was hat das mit Beth zu tun?«

»Das müssen wir noch herausfinden. Aber ...«

»Soll das heißen, dass Beth keinen Selbstmord begangen hat? Dass jemand sie umgebracht hat?«

»Möglich. Oder ... vielleicht wurde sie mit etwas unter Druck gesetzt, von dem wir noch nichts wissen. Etwas, das sie in den Tod getrieben hat.«

Erica zündet sich eine Zigarette an. Ihre Hände zittern leicht.

»Seit wann bist du an der Sache dran?«

Schwer zu sagen, ob Erica verärgert ist, weil es alte Wunden wieder aufreißt oder weil sie nicht eingeweiht war. Aber nicht zum ersten Mal erfährt Karen etwas mehr über Erica und Juliet. Es muss schwer gewesen sein, einen so berühmten, erfolgreichen Zwilling zu haben und gleichzeitig ihr schlimmster Feind zu sein.

»Bitte, versteh mich nicht falsch ...« Karen zögert. Von der Jacke und dem, was sie mit Juliet besprochen hat, sagt sie besser nichts. »Die Ermittlungen haben sich schnell entwickelt und sind äußerst delikat.«

»Von schnell kann wohl kaum die Rede sein. Beth ist im Juni gestorben.«

»Wir ... ich arbeite an einem neuen Ansatz. Es ist eigentlich ein Freund von Declan. Ein Journalist. Aber das alles ist nicht ... offiziell. Ich begebe mich hier ziemlich in die Schusslinie.«

»Ist das nicht dein Job?«

Karen blinzelt. Das zu sagen, ist ihr gutes Recht, aber es hat keinen Zweck, ins Detail zu gehen. Dazu fehlt jetzt die Zeit.

»Erica, Declan ist auf dem Weg von Liverpool hierher. Er hat einen Laptop mit Informationen dabei, die uns vielleicht weiterhelfen. Bis dahin müssen wir aufpassen ...«

»Was meinst du damit, die uns vielleicht weiterhelfen?«

»Es hängt von den Informationen ab. Und um an die zu kommen, müssen wir das Passwort knacken.«

Erica nickt. »Dabei kann ich helfen. Dauert nicht lange. Ich brauche nur ein paar Sachen aus dem Büro. Wann ist Declan hier?«

»Er ist unterwegs.«

»Von Liverpool? Aber das sind ja noch Stunden.«

»Richtig. Hör zu. Ich muss mich jetzt wirklich auf den Weg zum Strandhaus ...«

»Ja, ja, klar. Fahr zu Juliet. Und wenn dein Kollege mich fährt, könnten wir Declan entgegenkommen. Das würde die Sache beschleunigen. Um herzukommen, bräuchten sie doppelt so lang. Und wir kämen schneller an die Daten heran.«

Sie redet sehr schnell, aber was Erica sagt, klingt vernünftig, wie eine Mutter, die das Abholen der Kinder von der Schule organisiert. »Wann ist er losgefahren? Wenn wir jetzt losfahren, dann treffen wir ihn in ... wo? Gretna. Ungefähr in der Gegend?«

Karen zögert.

Im Büro erzählt man sich, dass Erica, die vor ein paar Jahren durch die Eignungsprüfung für den Online-Service gefallen ist, den der Stadtrat einrichten wollte, häufig gebeten wird, Fehler im Computersystem zu suchen und Verschlüsselungen zu knacken – von jungen Mitarbeitern, die dann die Lorbeeren dafür kassieren.

»Mir ist wichtig, dass du in Sicherheit bist, Erica. Du, Juliet ...«

Zum ersten Mal hebt Erica ihre Stimme leicht. »Ich weiß, was du denkst, Karen. Aber mir geht es gut. Du kannst gern Cathy anrufen, meine Ärztin. Frag sie. Wenn du ernsthaft glaubst, ich sitze hier untätig herum, statt herauszufinden, was mit Beth passiert ist, dann bist du noch verrückter als ich. Und wenn dir etwas Besseres einfällt, um an die Daten im Laptop ranzukommen, dann sag es mir. Aber in meinen Ohren klingt es so, als stünden dir so viele Möglichkeiten gar nicht offen.«

54

Bucky jagt vor Juliet über den Strand. Er liebt es, umherliegendes Treibholz zu sammeln, um ausgiebig dafür gelobt zu werden. Voller Stolz und mit dem Kopf auf und ab wippend, kommt er mit einem riesigen Bündel Äste im Maul zu ihr zurück. Die Holzstücke sind manchmal so groß, dass er unter ihrer Last fast das Gleichgewicht verliert.

Juliet hat sich bemüht, keinen Lärm zu machen, als sie losfuhr. Nachdem sie sich Declans verängstigte, eindringliche Nachricht noch einmal angehört hat und ihn nicht erreichen konnte, hat sie beschlossen, ein paar Sachen aus dem Strandhaus zu holen und vorläufig nicht wieder hinzufahren.

Die Ereignisse der Nacht hängen ihr nach. Sie hat das Gefühl, auf der Flucht zu sein. Das Zwitschern der Vögel kommt ihr in der Stille ohrenbetäubend vor. Gänse und Wasserläufer steigen mit hektischem Flügelschlag über dem Watt empor, während Bucky zwischen ihnen herumhastet. Immer wieder wirft sie die Stöckchen weit hinter sich, sodass er wieder kehrtmachen muss, um sie einzuholen. Er scheint das Prinzip nicht im Geringsten infrage zu stellen oder der Rennerei müde zu werden.

»Guter Junge!«, lobt sie ihn, als er wieder auf sie zugerannt kommt. »Guter Junge.« Kaum ist er bei ihr, wirft sie ein weiteres Stöckchen. Er sieht sie fragend an, aber nur kurz, legt das Holz vorsichtig ab, das er soeben geholt hat, und ist schon wieder unterwegs, um das nächste zu holen.

Juliet geht weiter. Etwa hundert Meter entfernt sieht sie Toby um die Landspitze herumkommen, die schwarze Kapuze auf dem Kopf, um sich vor dem Wind zu schützen. Sie verzieht das Gesicht und denkt an jenen ersten Tag vor ein paar Wochen, als sie diesen Weg vor lauter Zittern kaum laufen konnte. Zumindest weiß sie jetzt, dass nicht Ebbe und Flut ihr das Gefühl geben, sich wie durch Watte zu bewegen, sondern die Schwangerschaft. Grinsend und winkend kommt er auf sie zu. Sie erwidert den Gruß. Warum kommt er hier jeden Tag entlang? Ist das Teil des Plans, sie nicht aus den Augen zu lassen?

Vor sich am Strand – ein kleines, blassrotes Etwas – fast auf halbem Weg zwischen beiden.

Juliet sieht es als Erste. Sie ändert leicht die Richtung und steuert darauf zu. Erst dann erkennt Toby, dass sie ein Ziel hat. Er folgt ihrem Kurs. Nur zwanzig Meter trennen die beiden, als Juliet erkennt, was es ist.

Beths Schuh.

55

Wie auf Kommando flitzt Bucky los. Toby rennt gleichzeitig in die Richtung, sodass Bucky sich zum Spielen aufgefordert fühlt. Dass sein Name gerufen wird, steht jedoch nicht in den Spielregeln, und ein Hund lässt sich nicht um seine Belohnung bringen. Bucky bellt. Einmal. *Aus Spaß? Als Warnung?* Vielleicht von beidem ein bisschen. Vielleicht ist es nur ein alter, von der Sonne und dem Meerwasser ausgeblichener Bootsschuh. Aber Schuhe sind nun mal das Höchste, und dieses Spiel ist sein Lieblingsspiel.

Mit wenigen Sätzen ist er da, schnappt sich den Gegenstand und knurrt, was er normalerweise selten tut. Es ist nicht irgendein Schuh.

Er springt davon, den ansteigenden Strand zum Kiesweg vor der Baumlinie hinauf. Keuchend stehen Juliet und Toby fast auf gleicher Höhe da. Juliet wagt kaum, Toby anzusehen, der sich keuchend mit beiden Händen auf den Knien abstützt.

»Verdammt«, flucht er.

Juliets Übelkeit hat sich nach dem kleinen Spurt gelegt.

»Ja, verdammt«, wiederholt sie leise. Zu leise. Zynismus ist jetzt nicht angebracht. Ein anderer Teil ihres Gehirns muss eine falsche Verbindung hergestellt haben.

Toby bewegt die Schultern vor und zurück. »Was glaubst du, hat er gefunden?«, fragt er.

Den Schuh vor sich zwischen den Vorderpfoten, hockt sich Bucky am Waldrand mit hechelnder Zunge nieder.

»Bucky! Sitz!«, ruft Juliet.

Jetzt wendet sie ihr blasses Gesicht Toby zu. Wie Gift sickert der Akzent ihrer Kindheit in ihre Stimme ein. »Du weißt genau, was er gefunden hat. Das ist Beths Schuh.«

»Großer Gott, wirklich?«

»Weißt du, Toby, eines ist seltsam und bereitet mir Kopfzerbrechen. Ich meine die Schuhe im Sommerhaus ... Die passen mir nämlich. Und, zu deiner Information, Beth und ich hatten nicht dieselbe Schuhgröße.«

Er fährt sich mit den Händen durchs Haar. »Seltsam. Vielleicht sind sie geschrumpft.«

»Nein, sind sie nicht. Sie sind ganz und gar nicht geschrumpft. Sie sehen nämlich aus wie neu. Und sie passen mir perfekt, weil sie Größe vierzig haben und ich Größe vierzig habe.«

»Tut mir leid. Aber ich verstehe nicht, worauf Sie hinauswollen.«

»Ich habe die Damenschuhgröße vierzig.« Juliet lächelt. »Beth aber nicht. Sie hat immer größere genommen. Sie trug immer die Männergröße vierzig, also Herrenschuhe.«

»Aber ...«, Toby hält inne.

»Ja?«

»Ich habe andere Schuhe von ihr gesehen. Die waren Größe vierzig.«

Juliet nickt betont bedächtig. Sie sieht ihn durchdringend an. Er senkt den Blick.

»Was interessiert dich ihre Schuhgröße überhaupt, Toby?«

»Also ...« Lachend hebt er den Kopf und sieht sie wieder mit diesen riesigen Augen an. »Ich weiß es nicht. Bei uns lagen immer viele Männerklamotten herum, und plötzlich kamen Mädchensachen dazu. Handtaschen, Schuhe. Schwer, das nicht zu bemerken.«

»Ach ja? Weißt du, was ich glaube? Ich glaube, dass die Schuhe im Strandhaus gar nicht die von Beth sind. Und wenn es nicht ihre sind, dann hat Beth sie vermutlich auch nicht da draußen auf dem Weg abgestellt. Und wenn das nicht ihre Schuhe waren, dann ist auch der Abschiedsbrief, der bei den Schuhen gefunden wurde, nicht von ihr.«

Toby nickt. »Jet, ist wirklich alles in Ordnung mit Ihnen? Weil ...«

»Nenn mich nicht Jet.«

»Wie bitte?«

»Du sollst mich verdammt noch mal nicht Jet nennen. Und versuch erst gar nicht, mir weiszumachen, ich würde mir das alles nur einbilden.«

Toby antwortet nicht. Er geht über den Strand zu Bucky hinauf.

»Komm her, Kleiner«, ruft er und klopft sich aufmunternd auf die Oberschenkel. Bucky erhebt sich, spitzt die Ohren, den Schuh zu allem bereit wieder im Maul.

Juliet beäugt die Szene mit Herzklopfen, wartet, bis Toby fast bei Bucky ist, und ruft den Hund dann energisch zu sich. Toby breitet Arme und Beine aus, als wollte er einen Stammestanz der Maori aufführen. Bucky hetzt an ihm vorbei auf Juliet zu.

Er hält es immer noch für ein Spiel. Fast lässt er sich den Schuh von Juliet aus dem Maul nehmen, schießt dann aber an ihr vorbei. Am Ufer, nur wenige Meter von ihr entfernt, tänzelt er von einer Pfote auf die andere.

Juliet weiß, dass sie nicht rufen oder sich ärgern darf. Darauf reagiert Bucky nicht. Er hört gern, dass er alles richtig macht. »Guter Junge«, raunt sie ihm zu. Sie sieht sich zu Toby um, der noch bei den Bäumen steht, und macht sich gemächlichen Schrittes auf den Weg in Richtung Strandhaus. »Guter Junge. Na komm!«

Sie findet eines seiner Stöckchen und nimmt es noch überzogen von schleimigem Hundesabber als Köder auf. »Na komm, Kleiner. Schau her! Sieh mal, was ich hier habe?« Sie hält Bucky das Stückchen vor das Maul. Er schnüffelt daran, kennt den Trick.

Es kann dem Reiz kaum widerstehen und schnaubt leise. Sein Blick huscht hin und her, folgt dem Flug des Stöckchens durch den bleigrauen Himmel, als Juliet versucht, seine Aufmerksamkeit zu wecken. Als er Toby näher kommen sieht, ändert er seine Meinung. Der Kerl kriegt das Stöckchen nicht. Als Juliet zum Wurf ausholt, stürmt er, den Schuh im Maul, hinterher.

Doch Juliet wirft das Stöckchen nicht.

Toby packt es von hinten, während sie es in die Luft hält, und reißt es ihr aus der Hand. Sie schreit auf, fasst sich an das umgedrehte Handgelenk, wirbelt herum und sieht Toby, das Stück Treibholz wie eine Kriegsaxt in der Luft schwingend, dastehen. Er sieht sie mit einem seltsamen Blick an.

»Toby, ich weiß nicht, was hier los ist, aber ...«

Er schleudert das Stöckchen auf eine sonderbare, fast gehässige Weise fort. Sie weicht zurück.

»Toby! Bitte, tu mir nicht weh.«

Er rührt sich nicht von der Stelle und macht auch keinen Rückzieher. Seine Augen haben einen fast silbrigen Glanz angenommen.

»Egal, in welcher Sache du drinsteckst. Wir können darüber reden.«

Bucky knurrt.

»Toby, ich weiß jetzt seit ... das muss ... das ist eine Nummer zu groß für dich. Das ist etwas, mit dem du nichts zu tun haben solltest. Wir können darüber reden. Du kannst mir vertrauen, Toby.«

Er verzieht das Gesicht, sodass sie ihn kaum wiedererkennt. Ist es so? Wurde Beth hier am Ufer bewusstlos geschlagen?

Nur kurz, für den Bruchteil einer Sekunde, möchte Juliet wissen, wie es sich angefühlt hat, als könnte sie es, wenn sie es für sich akzeptiert, sich in die Gewalt hineindenkt, endlich verstehen ... und die nicht enden wollende Trauer, die Zweifel und alles, was sie je gewusst, geglaubt oder worüber sie sich gesorgt hat, hätten ein Ende, und sie würde ihren Frieden finden.

Toby spannt die Muskeln des Unterkiefers an, reibt die unteren Zähne an der Oberlippe und stöhnt. *Was ist los mit ihm?*

»Toby?«

Es gleicht einer Beschwörungsformel. Menschen hören ihren eigenen Namen gern. Früher hat sie Fiona immer geraten, Journalisten in Pressekonferenzen mit Namen anzusprechen. Den eigenen Namen zu hören, regt die Region des Gehirns an, die mit dem eigenen Urteilsvermögen zusammenhängt, und hält einen davon ab, andere zu beurteilen.

»Toby, schon gut. Ich glaube nicht, dass du vorhast, mir wehzutun.«

Er stöhnt erneut.

»Oder meinem Baby.« Sie hält inne. »Ich bin schwanger, Toby. Ich bekomme ein Baby.«

Er steht immer noch mit erhobenen Armen da und blinzelt. Sein flackernder Blick wandert zu Bucky und dem Schuh. Mit einem Mal scheint sein Gesicht einzufallen. Alle Spannung weicht aus ihm, als wäre es von einem Moment auf den anderen um zehn Jahre gealtert. Er senkt den Arm, sinkt zu Boden auf den Schlamm und die Steine und legt den Kopf in die Hände. Er wirft das Treibholz ein klägliches Stück weit weg.

Bucky beäugt ihn mit Abscheu.

Bis zu dem Moment, in dem sie sieht, wie seine Schultern heftig anfangen zu beben, weiß Juliet nicht, ob Toby wütend, enttäuscht oder beides ist. »O Gott«, stöhnt er. »Lieber Gott, hilf mir.«

Juliet hört, wie er verzweifelt versucht, sein Schluchzen zu unterdrücken. Sie weiß, wie sich das anfühlt. Überwältigt von einem Gefühl der Erleichterung, kämpft auch sie gegen die Tränen an.

Sie setzt sich neben ihn. »Lass dir Zeit.«

56

Lotta ist immer noch starr vor Schreck und schweigt, als Declan sich ans Steuer ihres Golfs setzt. Marcus' Wagen lassen sie am Steinbruch zurück. Die siebenstündige Fahrt nach Inverness erfordert ein zuverlässiges Gefährt. Zitternd rollt Lotta sich auf dem Rücksitz zusammen, und Declan legt ihr eine Decke über. Sie wendet ihr Gesicht ab.

Eine Stunde später passieren sie auf einer ruhigen Straße südlich von Chester eine Grenze. Ishtar richtet sich auf und dreht sich nach dem Schild um.

Willkommen in ENGLAND unter dem Bild einer roten Rose. Die Fahrt verläuft ohne Zwischenfälle. Einziger Zeuge ist das leuchtend gelbe Moos am Straßenrand.

Nicht das Überqueren der Grenze ist das Problem. Über zwei Stunden haben sie sich in der Hütte aufgehalten. Mehr als genug Zeit für Sophies Killer, um von Liverpool aus dorthin zu kommen, sollten sie die Stelle tatsächlich ausfindig gemacht haben.

Aber es kam niemand – und das kann für Declan nur bedeuten, dass die Schläger länger brauchten, weil sie es nicht gefunden haben, oder ihnen schon voraus auf dem Weg zum Strandhaus sind.

57

Toby atmet lang und tief aus und sieht sich über den heller werdenden Strand zum Aufnahmestudio um.
»Wir können hier nicht bleiben«, sagt er. »Sie können uns sehen.«
»Wer?«
»Sie werden uns suchen. Max, Karlo. Oder Lyall. Er kommt später. Er hat angerufen und gesagt, dass er auf dem Weg hierher ist.« Er spricht schneller. »Wegen des Bootes. Er sagte etwas von, er müsse in den Niederlanden eine Crew an Bord nehmen, und sprach von Palmers Villa in St. Barts. Heute Mittag wird Treibstoff geliefert. Er müsste bald hier sein.«
»Beruhige dich. Erklär mir, was meiner Nichte zugestoßen ist und was es mit den Schuhen und dem Brief auf sich hat.«
Toby schluckt erneut ein paarmal. Dann atmet er lange und stoßweise aus. »Es ist schlimm. Es ist wirklich schlimm, Jet. Entschuldigung, Juliet.«
»Gehen wir ein Stück«, schlägt sie vor. »Lass uns zum Strandhaus gehen. Auf dem Weg dahin kannst du mir alles erzählen.«
Toby hilft Juliet auf, während er sich immer wieder nervös umsieht. Ein Brachvogel lässt sich bei seiner Futtersuche nicht stören. Stöckchen und Schuh im Maul, läuft Bucky voraus.
»Beth ...«, fängt er an und sieht sich erneut um. »Lyall ...« Plötzlich bricht es aus ihm heraus, wie eine unerwartet einsetzende Springflut. »Es gibt etwas ... etwas, das Sie wissen müssen. Es liegt schon Jahre zurück. Ich wusste nichts davon, als ich zu der Gruppe kam, aber ... Max hat es immer gewusst.«
Er stockt und horcht konzentriert in den Wald hinein, bevor er fortfährt. »Karlo hat ein Problem.« Der Adamsapfel hüpft

nervös auf und ab. »Er steht auf junge Mädchen, wobei ich glaube, dass es nicht nur Mädchen sind. Er wurde erwischt. Vielleicht hat man ihm auch eine Falle gestellt, ich weiß es nicht. Auf jeden Fall waren Mädchen da, im Eden-Club. Ich meine nicht die Tänzerinnen im Club. Ich spreche von ... es ist noch schlimmer.«

Er bleibt stehen, sieht Juliet an, sucht ihren Blick. Sie erkennt seine Verzweiflung. Wieder schaut er zum Waldrand hinüber, bevor er weiterredet. »Juliet, diese Kids. Sie sind minderjährig. Da gibt es Räume. Es ist ... als würden sie in einer Schaufensterauslage angeboten.«

Sie fragt sich, wie lange er dieses Wissen schon mit sich herumträgt. Das Versprechen, auf das er vielleicht hofft, dass es so schlimm, wie es klingt, schon nicht sein wird, kann sie ihm nicht geben.

»Bei der Gründung von Delta Function vor ein paar Jahren hat Max sich die Verträge angesehen und versucht, einiges anders zu machen, als plötzlich aus heiterem Himmel diese Fotos von Karlo mit den Kindern auftauchten. Ich glaube, ihn hat die Panik gepackt, und er hat wieder bei EMG unterschrieben.«

»Und Lyall hat ihm gnädigerweise angeboten, diesen kranken Scheiß zu decken.«

Toby sieht sie ausdruckslos an und nickt.

»Wollen Sie damit sagen, dass er alle erpresst?«

»Inzwischen weiß ich, dass es ein Versuch war, auszubrechen, als Max mich an Bord geholt hat. Sie wissen schon, neue Band, neue Leute, neue Ideen. Aber Lyall übernahm nach und nach die Führung. Es war seine Idee, hierherzukommen. Er wollte, dass wir Abstand gewinnen und mit dem Album anfangen. Er sagte, er müsse uns beschützen.«

Das Sommerhaus taucht zwischen den Kiefern auf. Sie biegen in den schmalen Pfad ein.

»Es war für ihn ein Mittel, uns zu gängeln. Wir kamen aus

dem Vertrag nicht heraus, konnten ohne ihn nicht weitermachen, weil er immer behauptete, der Einzige zu sein, der dafür sorgen konnte, dass die Presse nicht Wind von Karlos Geheimnis bekam. Er ist so eine Art Partner bei Eden Media. Er sagte immer, dass wir ruiniert wären, wenn über Karlo etwas herauskommt. Dass wir nie wieder Arbeit bekämen.«

»Und Beth hat das aufgedeckt?«

»Ja.« Er senkt die Stimme. »Und Lyall ..., dieses verdammte Arschloch. Alle wissen, dass er ein Mistkerl ist, aber er schien besessen von Beth zu sein. Als müsste er sich etwas beweisen. Ständig hat er sich vor ihr gebrüstet, wollte sie mit seinem Geld und seinem Lebensstil beeindrucken.«

Juliet bemüht sich um einen festen Schritt, den Blick strikt vor sich auf den Boden gerichtet.

»Beth war jedenfalls nicht dumm. Dass mit Karlo etwas nicht stimmt, hat sie erkannt und wollte das nicht einfach hinnehmen. Immer wenn sie etwas getrunken hatte, fing sie an, sich darüber zu beklagen, bis Max und Lyall ihr vorschlugen, Entwürfe für die Band zu machen. Lyall organisierte einen Abend im Eden, an dem wir alle spielen sollten. Eine richtig große Sache. Er bestand darauf, dass wir alle gehen. Er tat so, als wäre es sein persönliches Striplokal. Aber ...« Er stockt und sucht den Wald ab. »Haben Sie das Auto gehört?«

»Nein. Da ist nichts. Mach weiter.«

»Max hat im Club aufgelegt. Er ist von der Angst getrieben, alt zu werden, nicht mehr wichtig zu sein. Den Anschluss zu verlieren. Für ihn war es ein großartiger Abend. Er war glücklich, wieder im Eden auflegen zu dürfen. Und ich weiß jetzt, dass Lyall das arrangiert hat, um sich Max gefügig zu halten. Wie Max das zulassen konnte, weiß ich nicht, aber während er auflegte, nahm Lyall Beth mit hinauf in diese Apartments, wo sie diese ... Sexpartys abhalten. Einen Escort-Service und solche Dinge gibt es im Club zwar auch, aber in den Apartments geht es noch anders zur Sache. Da sind die Kids.«

Er holt tief Luft und sieht sich erneut um.

»Ich dürfte Ihnen das alles gar nicht erzählen. Sie bringen mich um.« Er schluckt. »Die bringen uns beide um.«

Plötzlich beugt er sich nach vorn und würgt. Minutenlang gibt er grünliche Galle von sich. Juliet tritt zurück und verschränkt die Arme, widersteht dem Reflex, ihn zu beruhigen. Fast scheint es, als wolle er sich innerlich reinigen, alles Gift herausbringen, das in ihm war. Als es vorbei ist, fährt er sich mit zittriger Hand über den Mund.

»Entschuldigen Sie«, stammelt er.

»Lyall und Palmer«, sagt sie. »Die sollten Angst haben, Toby.«

Er nickt, auch wenn er davon nicht überzeugt zu sein scheint.

»Lyall hat Beth also … dahin gebracht, wo die Kinder waren.«

Toby sieht sich wieder um.

»Ich weiß nicht, warum. Vielleicht wollte er sie einfach nur niedermachen, ihr zu verstehen geben, dass sie mit drinhängt. Aber sie ist ausgerastet. Ich meine, sie ist richtig durchgedreht. Sie ist in den Club zurückgerannt, sodass Max sein Set unterbrechen musste. Den Rest des Abends haben sie sich gegenseitig nur noch angeschrien. Sie war hysterisch. Sie wollte auf dem direkten Weg zur Polizei gehen.«

»Und? Warum hat sie das nicht getan?«

»Lyall hat sie bearbeitet.«

»Was soll das heißen?«, will Juliet wissen, auch wenn sie die Antwort fürchtet.

»Auf seine Art. Unterschwellige Drohungen. Er sagte ihr Dinge wie, dass man wegen so etwas nicht die Karriere wegwirft, bevor sie begonnen hat. Dass sie schon tief drinsteckt. Und was das für Sie bedeuten würde.«

»Für mich?«

»Klar. Dass es Sie und die PA ruinieren würde, wenn herauskommt, dass Ihre Familie mit Sex an Minderjährigen und solchen Dingen zu tun hat. So hat er sie immer weiter unter Druck gesetzt, auch damit, dass sie ja bereits Mitglied von Delta Function sei.«

Juliet stellt sich Beth vor, wie sie versucht, mit all dem fertigzuwerden. *Es gibt ein paar Kleinigkeiten, die ich unbedingt mit dir besprechen muss,* hatte sie in ihrem letzten Telefongespräch gesagt. Wie oft hat Beth es versucht und sich dabei immer bemüht, nicht aufgeregt zu klingen? Wie oft sollte es sich anhören, als hätte sie alles unter Kontrolle?

»Ich kann mir nicht vorstellen, dass sie das beeindruckt hat.«

»Ja, aber sie war vernarrt in Max. Sie wollte ihm nicht schaden. Ich glaube, eine Zeit lang hat sie einfach den Kopf in den Sand gesteckt, sich auf ihre Entwürfe konzentriert. Ich glaube, dass das für sie die einzige Möglichkeit war, sich Lyall vom Leib zu halten. Sie ist in die Arbeit für das Album-Cover abgetaucht. Vielleicht war es eine Art Gestalttherapie für sie.«

Juliet würde ihm am liebsten eine langen. Sie hält die Hände hinter dem Rücken, um sich zu erden. Irgendetwas passt nicht zusammen. Beths Entwürfe für das Album gehen ihr nicht aus dem Kopf: das blasse, verzerrte Gesicht im Fenster des Eden-Gebäudes.

»Und was ist am Ende schiefgegangen?«, fragt sie.

Toby sieht sie verwirrt an. »Was?«

»Meine Nichte ist tot«, stellt sie unterkühlt fest. »Irgendwann muss doch etwas aus dem Ruder gelaufen sein. Die *Gestalttherapie* funktionierte wohl nicht.«

Mitten auf dem Waldweg bleiben sie stehen. Weit kann es bis zu der Stelle, an der die Schuhe und die Notiz gefunden wurden, nicht mehr sein.

»Ich weiß es nicht. Ich nehme an, dass sie nicht mehr zurückkonnte, nachdem sie mit ihrer Arbeit angefangen hatte. Deshalb hat sie sich mit allem arrangiert. Sie saß mit im Boot. Und Lyall glaubte, alles machen zu können. Max hatte einen heftigen Streit mit ihm, offensichtlich weil Lyall … die Finger nicht von ihr lassen konnte.«

Ein Abgrund tut sich in Juliets Innerstem auf. Die Abtreibung. Sie fragt sich, ob Toby davon weiß. Sollte Lyall Beth vergewaltigt haben?

»Sie hat sich in sich selbst verkrochen. Wurde immer …« Juliet erwartet, dass er *deprimierter* sagen möchte, aber er hält inne. »Wütender. Richtig wütend. Sie war ein besserer Mensch, als ich es je sein werde.«

Er holt tief Luft, schnieft und presst sich die Manschetten seines Kapuzenpullis gegen die tränengefüllten Augen. Dann tritt er an den Wegrand, wendet den Blick Richtung Meer und fängt an, mit dem rechten Fuß ein großes Oval in die Kiefernnadeln zu zeichnen.

Juliet sieht zu. Denkt er an seine Karriere oder vielleicht sogar an ihre oder die der PA? Als wäre das wichtig. Als er schließlich aufsieht und weiterspricht, kommt etwas ganz anderes.

»Schließlich sagte sie, dass sie gehen wollte. Dass sie so nicht weiterleben könne. Das hat sie geschrieben.«

»Was?« Die Härchen in ihrem Nacken stellen sich auf.

»Sie hat Max eine Nachricht geschrieben und auf den Nachtschrank gelegt. *Ich kann so nicht weiterleben.* Wir haben sie eine ganze Woche nicht gesehen. Max war außer sich. Er fürchtete, sie würde mit all dem an die Öffentlichkeit gehen. Dann tauchte Lyall auf, um die Situation zu retten. Er versprach, sie schon wieder zur Vernunft zu bringen. Max konnte sie überreden zu kommen, und wir … wir sind mit Lyalls Boot hinausgefahren. Alle zusammen.«

Jetzt räumt er die Form, die er gerade gezeichnet hat, in der Mitte frei, indem er Moos, Tannennadeln und Zweige mit der Fußspitze beiseiteschiebt. Anschließend zeichnet er gedankenverloren ein Muster in den kalten, trockenen Boden. Juliet erkennt eine Noaidi-Trommel. Er schnieft und wischt sich erneut die Nase ab.

»Es gab Champagner. Lyall machte einen auf Playboy. Aber Beth war abweisend, hat mit niemandem gesprochen. Eine Stunde lang sagte sie kein Wort, bis es Lyall reichte. Er war sauer, verhöhnte sie als verwöhnte, kleine Schlampe. Dann haben die beiden gestritten. Aus ihr platzte heraus, was sie die ganze Zeit in sich hineingefressen hatte. Sie warf ihm an den Kopf, dass er böse und ein Unmensch sei und sie seine Nähe nicht ertragen könne. Immer wieder hat sie ihm das gesagt, wie eine Platte mit einem Sprung. Dann wollte sie runter vom Schiff, aber Max packte sie. Es gab ein Gerangel, und sie warf mit einem Schuh nach Lyall. Der flog über Bord ins Wasser. Lyall schlug sie. Alles ging so schnell. Sie stürzte und verletzte sich am Kopf. Dieses Geräusch. Ich habe so etwas noch nie gehört ... sie sackte zusammen und fiel ins Wasser.«

Erneut fängt er an zu weinen und geht in die Hocke. Heftige, stoßweise Atemzüge bringen seinen ganzen Körper zum Beben.

»Und Lyall ging in aller Seelenruhe ums Boot. Erst dachte ich, er würde nach einem Seil oder Rettungsring suchen. Stattdessen aber ... lichtet er den Anker. Ich bin dann reingesprungen, konnte sie aber nicht finden. Immer wieder bin ich getaucht. Und Lyall ... ließ einfach den Motor an. Er hat mich einfach zurückgelassen, und ich konnte sie nicht finden.« Er schnappt nach Luft. »Ich konnte sie einfach nicht finden.«

Juliet zittert. Sie hat zugehört, ohne ihn anzusehen. Sie kann den Anblick nicht ertragen, wie er mit buchhalterischer Präzision seine Figuren in den Boden zeichnet, während er Beths letzte Augenblicke beschreibt. Jetzt sieht sie auf. Am Strandhaus ... dort bewegt sich etwas.

Karen Sutherland.

Mit einer heimlichen Handbewegung, von Toby unbemerkt, signalisiert sie ihr, *warte*.

»Ach ja? Und wie bist du wieder zurückgekommen?«, will sie wissen.

»Ich ...« Er schluckt. »Ich bin losgeschwommen, und dann tauchte Lyall wieder auf ... ungefähr zweihundert Meter vor mir. Ich bin hingeschwommen, und sie haben mich an Bord gezogen.«

Karen kommt zu ihnen. Toby reibt sich das Gesicht.

»Ich hab's versaut. Ich war vollkommen außer mir. Sie haben versucht, mich zu beruhigen. Lyall sagte, dass alles gut würde. Immer wieder sagte er, dass sie vom Schiff runterwollte. Lass sie schwimmen.« Jetzt weint er richtig und hemmungslos. »Ich habe gehört, wie sie sich den Kopf angeschlagen hat. Sie muss bewusstlos gewesen sein. Ich wusste es ... wir alle wussten, dass es mit schwimmen nicht getan war. Und als sie später an dem Abend immer noch nicht zurück war ... drehte Lyall den Spieß um. Er schob es uns in die Schuhe, sagte, dass es unsere Schuld ist.«

Er klingt wie ein Kind, ein kleiner Junge, der er, denkt Juliet, eigentlich auch ist. Ein richtiges Baby.

»Wenn das herauskommt, sagte er, dann sind wir alle dran; und dass es über Karlo rauskommen würde und wir alle mit drinsteckten. Und dann kam er damit, dass wir unseren Bekanntheitsgrad nicht aufs Spiel setzen dürfen. Und Max war einverstanden.«

»Ihr habt es vertuscht.«

»Der andere Schuh von Beth war noch an Bord, und Lyall schlug vor, dass man es so aussehen lassen könnte ... Jedenfalls ist er los und hat ein anderes, gleiches Paar Schuhe gekauft.

Dabei hat er vermutlich nicht dran gedacht, die Männergröße zu kaufen. Er hat die falsche Größe gekauft. Und die Nachricht, die sie Max geschrieben hatte, als sie ihn verlassen wollte, haben sie auch benutzt.«

Juliet starrt zu Boden und wiederholt leise, »dass sie *so nicht weiterleben kann.*«

Toby nickt. Mit hängendem Kopf lässt er von dem Muster ab, das er in den Boden zeichnet. Keine drei Meter hinter ihm steht Karen, ohne dass er sie bemerkt hat.

»Und wer hat die Schuhe an den Wegrand gestellt?«

»Ich.« Eine Schleimblase baut sich unter seiner Nase auf. Er wischt sie sich mit dem Ärmel ab. »Sie sagten, wenn sie mir vertrauen sollen, dann müsste ich etwas tun. Aber … ihre Sachen verbrennen, das wollte ich nicht. Ich konnte das nicht. Das war Karlo, und ich glaube, es hat ihm sogar Spaß gemacht. Er hat sich angezogen wie sie. Ist in ihrer Jacke und mit dem Zugangscode zur Uni gegangen. Mich haben sie die Schuhe und die Notiz …«

Er tippt mit dem Fuß auf den Boden, mitten in die Form.

»Genau hier.«

58

Kurz nach Mittag nähert sich Lottas Golf den Außenbezirken von Gretna, wo Karens Partner, Turner, in einem Hotel ein Treffen mit Erica arrangiert hat. Ein Schild am Ortseingang begrüßt sie mit *Willkommen in Gretna: Historisches Eisenbahn-Dorf*.

Declan drosselt das Tempo und rollt mit den Schultern, um die Verspannung zu lösen. Er sucht Lottas Blick im Rückspiegel, die, in eine Decke gehüllt, wie eine russische Puppe, leer vor sich hinstarrt. Der Himmel ist nahezu farblos. Ishtar sieht Declan von der Seite an.

Das Anvil ist ein Dreisternehotel mit kostenlosem WLAN und einem großen Restaurantbereich, in dem zu den Mahlzeiten ein Büfett aufgebaut wird. Ein holzgerahmtes Fenster gibt den Blick auf die kleinen Häuser auf der gegenüberliegenden Seite frei. Declan meldet sich am Empfang, legt ein wenig Geld hin, und sie werden ins Restaurant geführt. Man reicht ihnen Teller, obwohl das Büfett bereits abgeräumt wird, als sie hereinkommen. Ishtar bedient sich an Pasta. Declan steuert direkt auf die Kaffeekanne zu. Lotta nimmt mit dem Rücken zum Fenster schweigend Platz.

Sie warten.

Keine dreißig Kilometer hinter ihnen ist Paul in gemächlichem Tempo allein unterwegs. Nach dem Fehlschlag in Liverpool hat er sich von Taj getrennt. Er möchte kein Risiko mehr eingehen. Er hat den Polizeifunk abgehört und weiß, dass ein Streifenwagen von Inverness auf dem Weg zu einem exterritorialen Treffen in Gretna ist. Das kann kein Zufall sein. Ein alter Kumpel bei der Polizei hat ihm das bestätigt, auch wenn er keine Erklärung für den Einsatz liefern konnte, aber die braucht Paul auch nicht.

Er wechselt den Sender und gibt auf einem langen, geraden Abschnitt der M6 Gas.

Declan sieht Sergeant Andrew Turner mit Erica im Wagen ankommen. Er sieht nicht zufrieden aus, wenig überraschend nach der dreistündigen Fahrt von Manchester. Er ist vermutlich der Meinung, dass, was immer sich auf dem verdammten Laptop befindet, eher in die Obhut einer Spezialabteilung gehört als in die Hand von Hackern in einem drittklassigen Hotel.

Turner geht zum Empfang, um sich ein Besprechungszimmer geben zu lassen, während Erica sich sofort zu Declan, Lotta und Ishtar im hinteren Restaurantbereich an den Tisch setzt. Obwohl sie sich nicht kennen, fällt Erica Lotta spontan um den Hals.

Sie ziehen sich in einen Seminarraum zurück, der gerade genügend Platz für den ovalen Tisch bietet, der darin steht. Mit einem unbehaglichen Gefühl sehen Declan, Ishtar und Turner zu, wie Erica sich an die Arbeit macht.

Sie baut die Festplatte aus Marcus' Laptop aus und verbindet sie mit einem Spezialgerät, das sie mitgebracht hat.

Ishtar zupft Declan am Ärmel und deutet mit einer Kopfbewegung auf Lotta, die mit bebenden Schultern in der Ecke des Raums sitzt.

Declan geht wieder zum Empfang und muss einen Moment warten, bis sich ein älteres Paar vor dem Auschecken in das Bonusprogramm des Hotels eingetragen hat. Ungeduldig spielt er mit den Zehen im Schuh. Schließlich wendet sich der Angestellte ihm zu. Kleine, kegelförmige Lampenschirme hängen zu niedrig über dem Tresen, als dass man sich vorbeugen könnte, um diskrete Fragen zu stellen. Möglichst leise erkundigt er sich nach einem Zimmer und fragt, ob ein Arzt zum Hotel kommen könnte.

Paul sitzt zeitunglesen in der Halle, ohne dass Declan ihn bemerkt. Für seine Größe versteht Paul es erstaunlich gut, sich unsichtbar zu machen, eine Fähigkeit, die er sich über viele Jahre angeeignet hat. Seine Ex-Frau behauptete immer, er könne in einer Menge unter- und wieder auftauchen, wie es ihm gefällt. Sie mochte das nicht. Er blättert um.

Während Erica lautstark ihrer Verärgerung über die lahme Hacker-Software Luft macht, begleiten Declan und Ishtar Lotta durch den leeren Eingangsbereich zu dem Zimmer im zweiten Stock hinauf, das er gerade gebucht hat. Er dreht die Wasserhähne auf und weist Ishtar an, darauf zu achten, dass Lotta sich nicht einschließt.

Nach der langen Fahrt durch die Nacht ist Declan so müde, dass er sich am liebsten selbst auf dem weißen Laken ausstrecken würde. Aber er weiß, dass er sowieso nicht schlafen könnte. Die Umrisse von Marcus' totem Körper auf den Straßenbahnschienen sind ihm hinter den Augenlidern eingebrannt. Und ab und an klingt ihm die Stimme von Sophies Nachbarn am anderen Ende der Leitung in den Ohren. Die Fassungslosigkeit und das Entsetzen. Er blinzelt hektisch. Er muss weitermachen. Mehr kann er nicht tun. Er bemüht sich, Ishtar zuzulächeln, und will gerade wieder hinuntergehen, als ihm die Stiftkamera einfällt.

»Hast du die kleine Kamera noch?«, flüstert er ihr zu. »Den Stift, den Marcus dir gegeben hat?«

Ishtar nickt und wühlt in der kleinen Stofftasche herum, die sie immer noch um die Schulter hat. Fast unwillig reicht sie ihm das Gerät, ohne ihn anzusehen.

»Ist schon gut«, redet er ihr zu. »Was immer da drauf ist, du hast nichts falsch gemacht.«

Paul zieht den Oberkellner der Spätschicht an den Füßen hinter die Garderobe und legt ihn in der Ecke einer Kammer, gleich neben dem Gang links vom Empfang, ab. Auf der Suche nach der Größe XL arbeitet er sich durch die frisch gewaschenen, plastikumhüllten Dienstuniformen. Er nimmt eine in L. Egal. Je kürzer die Hose, umso harmloser das Erscheinungsbild.

Zurück im Seminarraum startet Erica das Programm zum Knacken des Passworts und steckt Ishtars Stiftkamera in einen USB-Slot an ihrem eigenen Laptop. Im Raum, in dem es sowieso schon still ist, macht sich eine ganz neue Form von Stille breit, während das dreiundfünfzig Minuten lange Video läuft.

»*Warst du ein braves Mädchen, seit wir uns das letzte Mal gesehen haben?*«, fragt eine männliche Stimme.

Ishtar blockiert mit ihrem Körper einen Moment lang die Sicht. »*Ja.*«

Der Mann im Film sitzt in einem weißen, offenstehenden Hemd auf dem Bett. Sein beleibter und trotzdem schlaffer Oberkörper hat einen gelblichen Stich wie ranzige Milch. Das von Stoppeln übersäte Doppelkinn lässt keinen Zweifel daran aufkommen, wer es ist. Bernhard Palmer.

Er winkt sie mit einem Finger und einem angedeuteten Lächeln zu sich. Sie macht zwei zaghafte Schritte auf ihn zu.

»Ich kann mir das nicht ansehen«, sagt Erica.

Ruckartig drückt sie sich auf dem Stuhl vom Tisch weg und ist noch nicht ganz an der Tür, als diese sich öffnet. Ein hünenhafter Hotelangestellter mit zu kurzer Hose und einem mit einem weißen Tuch bedeckten Servierwagen erfüllt den ganzen Türrahmen. Sie tritt zur Seite, um ihn hereinzulassen. Declans Aufmerksamkeit und auch die von Turner sind auf den Laptop gerichtet. Erica schlüpft durch die Tür hinaus, um eine Zigarette zu rauchen.

»*Komm zu mir und knie dich dort hin.*«

Turners Augen weiten sich.

In ihrem Rücken schiebt Paul den Servierwagen auf eine Seite des Raums. Unter dem ordentlich darübergelegten Tuch verbirgt sich ein ganzes Waffenarsenal. Er dreht sich zum Bildschirm um.

»*Du weißt, was du jetzt tun musst. Nimm ihn in die Hand.*«

Paul ist nicht dumm, aber es ist das erste Mal, dass er die Verdorbenheit seines Brötchengebers zu Gesicht bekommt. Es fühlt sich wie eine Ewigkeit an, seit er Ishtar das letzte Mal gesehen hat, obwohl er sie erst letzte Nacht von ihrer Straßenbahnhaltestelle abgeholt und zu ihrer Verabredung in Palmers Apartment gefahren hat. Irgendwie hat er sich das nie so richtig vorgestellt. Sie streicht sich das lange, dunkle Haar zur Seite. Palmer nimmt es fest in die Hand und legt die Faust herum. An seinem kleinen Finger prangt ein diamantbesetzter goldener Ring.

Declan dreht sich der Magen um. Er schließt die Augen und atmet langsam und tief ein, in der Hoffnung, damit der Übelkeit entgegenwirken zu können. Erst als er wieder ausatmet und die Augen ein klein wenig öffnet, nimmt er den Ober im Raum wahr. Er hält das Video an und räuspert sich.

»Gut. Die Kamera scheint funktioniert zu haben. Ich bin mir nicht sicher, ob man das wirklich …«

Er dreht sich zu dem Mann um und sieht ihn misstrauisch an. Ihre Blicke treffen sich. In dem Moment kommt Turner, der die letzten Minuten auf seinem Stuhl erstarrt ist, wieder zur Besinnung. Unvermittelt springt er auf und bezieht seinen Posten zwischen dem, was den Bildschirm ausfüllt, und dem Hotelangestellten. Mit aufgebrachter Stimme bittet er den Ober, dafür zu sorgen, dass sie nicht mehr gestört werden.

Die Hand des Obers schwebt über dem abgedeckten Servierwagen.

»Bitte«, sagt Turner. Er tritt einen Schritt vor. »Wir müssen Sie bitten zu gehen. Das ist eine Polizeiangelegenheit.«

59

Es ist früher Nachmittag, als Toby, der auf dem Achterdeck der *Favourite Daughter* steht, Lyall über den Steg kommen hört. Sein Gang, der schwere Schritt – jedes Aufsetzen des Fußes scheint später zu kommen, als man erwarten würde, wie das Tempo von Frank Sinatra – sind unverwechselbar.

»Was zum Teufel tust du hier draußen?«, blafft Lyall Toby an, ohne ihn zu begrüßen.

»Ich wollte den Kopf ein wenig freibekommen.«

Lyall schnaubt verächtlich.

»Wirklich, ich komme öfter her, um über Beth nachzudenken.«

Lyall stellt die Kiste mit den Vorräten ab, die er mitgebracht hat, und inspiziert wichtigtuerisch den Bootsrumpf. Dann klettert er an Bord, zieht die Kisten unter den Sitzen hervor, nimmt die Rettungswesten heraus und zählt sie. Seine Bewegungen sind planvoll, trotzdem wirkt er angespannter als sonst.

Toby läuft ihm hinterher, beobachtet seine Bewegungen und wünschte sich, er würde stehenbleiben.

»Willst du mit dem Schiff raus?«, fragt Toby.

Lyall antwortet nicht.

»Sie hätte uns nie kennenlernen dürfen.«

Schließlich beißt Lyall an. »Wovon zum Teufel sprichst du?«

»Habe ich doch gesagt. Von Beth.«

Lyall geht mit geradem Rücken in die Hocke und packt die Kiste aus. »Vielleicht hättet ihr euch besser von ihr ferngehalten. Sie war doch durchgeknallt. Durch sie sind wir mit dem Album in Verzug geraten, während ihr herumlamentiert und im eigenen Saft kocht.«

»Sie war kein Psycho.«

Lyall blinzelt. »Was weißt du denn schon über Frauen, Kleiner. Du musst noch 'ne Menge lernen.«

»Ach, aber du kanntest Beth, ja?«

»Sie war eine verwöhnte kleine Göre, die gern Aufmerksamkeit auf sich zog.«

»Wohl kaum. Immerhin hat sie versucht, deinen Aufmerksamkeiten aus dem Weg zu gehen.«

Lyall stößt ein kehliges Lachen aus. »Sie hatte ihren Spaß daran. Allen Frauen macht das Spaß. Es schmeichelt ihnen. Kleine Flirts. Das ist ihr Lebenselixier. So funktionieren sie.«

Toby sieht ihn ungläubig an. »Ist das dein Ernst?« Er schüttelt den Kopf. »Glaubst du wirklich, eine Frau wie Beth…« Die Stimme bricht ihm weg. »Du glaubst also wirklich, dass es einer Frau wie ihr gefällt, wie du um sie herumschleichst.«

Lyalls Gesicht läuft zunehmend rot an. Das Blut steigt ihm den Oberkörper hinauf über den Nacken in die Wangen. Zwei himbeerfarbene Flecken erscheinen zu beiden Seiten seiner Nase.

»Du weißt doch, wie sie dich genannt hat?« Toby grinst. »Pepe hat sie dich genannt. Pepe, der Frosch.«

Lyall lacht in sich hinein. »Es gibt einen schmalen Grat zwischen Anziehung und Abneigung. Wenn du das verstehst, dann kommst du bei den Frauen auch besser an.«

»Wie bitte? So wie du? Das nennst du Erfolg?« Toby zieht die Augenbrauen hoch und nickt einmal. »Ich weiß, was du bei ihr versucht hast. Max hat es mir erzählt.«

Lyall blinzelt. »Das war ein Missverständnis. Ich habe mit Max darüber gesprochen. Wir sind uns einig. Wenn die meisten Frauen schon selbst nicht wissen, was sie wollen, wie sollen wir dann ihre Signale richtig deuten.«

»Mir kamen sie ziemlich eindeutig vor. Bis zum Schluss. Als sie dich anschrie, sie ans Ufer zu bringen oder sie von Bord zu lassen. Das war verdammt laut und deutlich.«

»Sie war hysterisch.«

»Sie war nicht hysterisch. Sie war wütend. Das ist ein Unterschied.«

»Wütend?« Lyall hebt die Stimme. »Wütend? Die kleine Schlampe hatte keinen Grund, über irgendetwas wütend zu sein. Sie hatte Arbeit – und für einen ersten Job war das Arbeit auf höchstem Niveau. Allein die Publicity, die ihr das gebracht hat. Sie war nicht besser als eine Hure. Sie hat mit Max geschlafen, um dahinzukommen, wohin sie wollte.«

»Das stimmt nicht, Lyall. Du warst es doch, der sie dazu getrieben hat, die Entwürfe für das Album zu machen. Du warst das. Vielleicht haben wir unsere Seele an dich verkauft. Max und ich. Wir haben uns gebeugt. Aber nicht alle sind so schwach wie wir. Du hast versucht, dir ihr Schweigen zu erkaufen, aber das hat nicht funktioniert.«

»Du solltest vorsichtig sein, Kleiner.«

»Glaubst du, wir wissen nicht, woher diese Bilder von Karlo stammen? Dass du Karlo mit Mädchen versorgst?«

»Alle wollen einen sicheren Bereich. Ich beschütze ...«

»Beschützen nennst du das?«

»Du hast doch keine Ahnung, was ich alles tue, um euch zu beschützen. Max. Die ganze Band. Das tue ich, und dafür bezahlt ihr mich. Schon vergessen?«

»Genauso, wie du uns beschützt hast, als du Beth mit nach Manchester genommen hast? Zu Palmer?« Toby gibt ein hartes, ungläubiges Lachen von sich. »Du selbstgefälliges Arschloch. Du bist doch derjenige, der gestört ist. Du glaubst wohl, du kannst dir alles erlauben. Sie dorthin bringen. Hast du wirklich gedacht, du könntest sie damit beeindrucken, oder sie dafür begeistern?«

Lyall antwortet nicht. Als hätte er ein Gespür für Dinge, die ihn belasten könnten.

Toby setzt nach. »Oder sollten diese kleinen Mädchen eigentlich gar nicht dort sein? War das auch ein Missverständnis?«

Lyalls Gesicht ist inzwischen knallrot. Er fängt an, die Selbstbeherrschung zu verlieren. »Du hast doch keine Ahnung.«

Toby sieht ihn ungläubig an. »Wie bitte?«

»Pass mal auf, du kleiner Klugscheißer. Du hast doch keine Ahnung. Während ihr euch bei eurem angeblichen Engel gegenseitig im Weg gestanden habt, habe ich dafür gesorgt, dass es euch gut geht. Ihr kanntet Beth doch gar nicht. Keiner von euch hat sich Gedanken gemacht. Sie war zweiundzwanzig. Glaubst du wirklich, dass sie bis an ihr seliges Ende mit Max zusammenbleiben wollte? Sie hätte sich genommen, was sie kriegen konnte, und Max hätte – wie immer – irgendwann das Interesse verloren. Und was dann? Dann sähe es jetzt anders aus. Dann hätten wir eine kleine durchtriebene Schlampe am Bein, die überall Gerüchte und Lügen verbreitet.«

»Warum sollte sie ...«

»Weil sie sich für etwas Besseres hielt. Ihre Tante ist die Vorhut dieses Feministenalbtraums. Wie lange hätte sie wohl gewartet, bevor sie euch alles kaputt gemacht hätte?«

»Wovon redest du?«

»Kontrolle.« Lyall grinst breit. »Ich spreche von Kontrolle. Davon, kein Risiko einzugehen. Davon, euch den Rücken freizuhalten. Und dafür braucht man Munition.«

Toby wartet ab. Die Auseinandersetzung wird hitziger.

»Sie sind doch alle gleich«, sagt Lyall. »Früher oder später hätte sie versucht, uns alle abzuzocken. Sie wäre mit einer herzerweichenden Geschichte über *Missbrauch* und *die armen Kinder* gekommen. Wie armselig. Was wusste sie denn? Das sind keine gewöhnlichen Kids. Einige sind um den halben Globus gereist, kennen das Spiel. Hatten sie überhaupt eine Wahl? Nein. Aber uns hätte sie zerstört und dich auch.«

Aufgebracht fährt er fort. »Und was tut man, damit das nicht passiert? Man sorgt dafür, dass sie kein Interesse daran hat, diese Informationen an die Öffentlichkeit zu bringen. Dass sie mit drinsteckt. Bis zum Hals. Oder zumindest, dass sie das glaubt.«

»Dann hast du dafür gesorgt, dass die Mädchen dort sind? Damit sie zur Mitwisserin wurde? Wie konntest du so weit gehen?«

»Noch nie etwas von glaubhaften Zweifeln gehört? Ich habe damit nichts zu tun. Die Apartments gehören Bernie.«

»Jedenfalls hat es nicht geklappt. Dein Plan ist nicht aufgegangen. Du hast deine Munition verschossen. Beth hat sich nicht einschüchtern lassen. Sie wollte an die Öffentlichkeit. Und deshalb wolltest du, dass sie stirbt.«

»Ich wollte nicht, dass sie stirbt. Sie wollte von Bord. Das hat sie laut hinausgeschrien.«

Jetzt ist es raus.

Tobys Herz fühlt sich an wie ein Nest voller Aale. »Okay.« Er darf jetzt keinen Fehler machen. »Und als Nächstes behauptest du, sie hätte darum gebeten.«

»Ja, sie hat darum gebeten, verdammt noch mal. Die kleine Hure. Ins Gesicht hat sie es mir geschrien. Diese verschlagene Schlampe. Sie wollte vom Schiff runter. Wie sollte sie denn schwimmen? Wir waren drei Meilen weit draußen. Sie wollte sich umbringen, und das ist ihr auch gelungen. Ich habe ihr nur unnötiges Leid erspart.«

Schließlich holt er tief Luft. »Den Schlag hat sie gar nicht gespürt.«

Hundert Meter weiter in einer Lücke zwischen dem Rauchglastor des Aufnahmestudios und der großen Hecke setzt Juliet die Kopfhörer ab. Der junge Polizist neben ihr hält Tobys Richtmikrofon fest in der Hand, so wie Toby es ihm erklärt hatte.

»Miss MacGillivray?«

In Juliets Kopf rauscht es. Etwas in ihr hat sich verschoben. Sie hat es deutlich gespürt, etwas Tiefgreifendes – wie eine tektonische Platte, die tief im Erdinneren zerbricht und nun nichts als pure Wut in ihrem Herzen, in den Adern und im Magen pulsieren lässt und alle anderen Sinne ausschaltet. Sie unterdrückt einen lauten Schrei, steht auf und reißt sich die Kabel und die Geräte vom Leib, mit denen sie ausgestattet ist.

»Juliet?«, fragt der junge Polizist. »Miss MacGillivray?«

Sie antwortet nicht. Wie fremdbestimmt steuert sie über den Steg auf die *Favourite Daughter* zu.

60

Juliets Schritte dröhnen über die Erlenholzplanken. Aber sie stört das nicht. Eine Kraft aus ihrem Innersten treibt sie an, als wäre ihre Lunge mit brennendem Treibstoff gefüllt. Sie erreicht das Schiff.

»LYALL!«, schreit sie. Die ausgedienten Bohlen des alten Stegs an der Seite werfen ihre Stimme zurück. Sie betritt die Heckplattform und stürmt die Treppe hinauf.

Mittschiffs in der Lounge kommt Toby wieder auf die Beine. Er verzieht das Gesicht, streckt warnend die Hände aus und fragt sich verzweifelt, was sie da tut.

Lyall kommt die Treppe von den Kabinen herauf. Seine Gesichtsfarbe lässt darauf schließen, dass er aufgebracht ist, und die Löckchen im Nacken, die kess an seinem aufgestellten Kragen spielen, erscheinen ihr jetzt geradezu frevelhaft. Warum hat sie das vorher nicht gesehen? Warum tritt die Verkommenheit dieser Männer immer erst im Nachhinein zutage.

»Juliet!« Er lacht vergnügt, die Hände in die Hüfte gestemmt. »Immer noch Urlaub? Schön, dass Sie …«

»Seien Sie still!«, herrschte sie ihn an. »Kein Wort. Ich möchte Ihre Stimme nie wieder hören. Nicht ein Wort.«

Tobys Augen weiten sich. Er steht ängstlich zwischen ihnen. Juliet ignoriert ihn. »Ich weiß, was Sie getan haben, Lyall«, fährt sie fort. »Ich habe alles mit angehört. Alles, was Sie mit Beth gemacht haben.« Mit jedem Wort wird ihre Stimme leiser. »Was für ein feiges Stück Scheiße Sie doch sind. Was für ein Mann sind Sie? Ein unschuldiges Mädchen? Sie hat Ihnen nichts getan, nichts falsch gemacht. Sie haben sie umgebracht. Sie haben sie ins Wasser gestoßen und nicht mal angehalten, um sich um sie zu kümmern. Sie haben sie zweimal umgebracht.«

»Moment mal, hören Sie zu, ich ...«

»Sie sollen *den Mund halten,* habe ich gesagt. Sie hatten Ihre Chance. Die Möglichkeit, umzukehren. Und Sie haben sich bewusst dagegen entschieden. Aber das ist nicht alles. Das ist nicht mal die Hälfte. Sie verfügen auch noch über einen besonderen Hang zur Korruption. Diese Kids in Manchester? Die Kinder, an denen Sie sich verlustieren? Sie sind ein Monster. Sie und Ihre Leute. Und dafür werden Sie büßen.«

Lyalls Miene erstarrt zu irgendetwas zwischen Lächeln und Grimasse. Er geht dicht an ihr vorbei über das Seitendeck, macht mit zielgerichteten Bewegungen die Leinen los und holt die Fender ein.

»Verdammt, was soll das?«, zischt Toby Juliet zu. »Was haben Sie vor? Das war nicht der Plan.«

Juliet sieht Toby an. »Ich weiß nicht, ich musste einfach ...«

»Sie haben alles mit angehört. Reicht das nicht? Wo ist Karen?«

»Ich weiß es nicht, eigentlich sollte sie jetzt hier sein. Sie haben Straßensperren eingerichtet, wollten die Küstenwache zusammenziehen.«

Beide erstarren, als Lyall von Bord springt, auf dem Steg in die Hocke geht und das Tau von der Klampe löst.

»Was hat er vor?«

»Sieht so aus, als wollte er ablegen.«

Lyall springt wieder an Bord und betätigt die Ankerwinde. Die Kette setzt sich rasselnd in Bewegung. Toby sieht verwirrt zu. Er geht zum Achterdeck und dreht sich bei der Luke um.

»Wir müssen runter vom Schiff.«

Juliet rührt sich nicht vom Fleck. »Gehen Sie. Ich gehe nirgendwohin. Das ist genau das, was er will. Uns Angst machen.«

»Juliet.« Toby ist unschlüssig. »Es ist ein riskantes Spiel, er ist zu allem fähig. Sie können nicht hierbleiben. So habe ich ihn noch nie erlebt.«

»Ich bleibe.«

»Okay.« Er sieht sie flehentlich an, hat Angst. Sie muss ihm einen Grund geben, die Erlaubnis, sie zurücklassen zu dürfen.

»Na los. Wir brauchen Karen. Holen Sie sie.«

Widerwillig verlässt Toby die Kabine. Juliet folgt ihm aufs Unterdeck und sieht ihm hinterher, wie er die Stufen hinabgeht und sich über den Steg vom Schiff entfernt, wobei er sich furchtsam nach ihr umsieht. Sie muss an den ersten Tag denken, an dem sie ihn hier getroffen hat; seine Aufmerksamkeit. Der unbeholfene Sprung ins Wasser, Karlo hinterher. Haben sie da nach dem Schuh gesucht?

Lyall lässt den Motor an. Juliet steigt zum Steuerstand hinauf. Dieselgestank erfüllt die Luft. Sie ist überrascht, wie hoch über dem Wasser das ist. Ihr wird mulmig, und sie hat keine Rettungsweste.

»Wohin fahren Sie?«

Lyalls Kiefer mahlen.

»Irgendein magisches Ziel im Kopf, wo Sie glauben entkommen zu können? Sich selbst?«

Er beißt sich auf die Zähne. »Das werden wir sehen.« Seine Stimme ist ruhig, aber angespannt. »Ihre erste Schiffstour mit Malcolm Lyall. Ich fühle mich geehrt, Sie als meinen Gast begrüßen zu dürfen.«

Seinen Worten haftet etwas Animalisches, Sadistisches an. Sie fragt sich, welche Art der Bestrafung er ihr zugedacht hat. Schweigend und zähneknirschend sitzt sie auf dem Oberdeck hinter ihm, während er das Schiff aus dem kleinen Hafen hinausnavigiert. Die Entscheidung, bei Lyall zu bleiben, ist leichtsinnig und gefährlich. Sie weiß das. Und ihr ist auch klar, dass es jetzt kein Zurück mehr gibt.

Er sieht sich über die Schulter zu ihr um. »Sind Sie wirklich sicher, dass Sie mitfahren wollen? Wenn ich, wie Sie sagen, ein so brutaler Kerl bin, dann dürfte es die Leute überraschen, dass Sie freiwillig mitkommen.«

»Kommen Sie mir nicht auf die Tour. Was die Leute denken, ist mir egal. Ich bleibe so lange, bis ich die Befriedigung habe, Sie untergehen zu sehen. Weit werden Sie sowieso nicht kommen. Dass man Sie sucht, dürfte Ihnen doch klar sein, oder?«

Lyalls hellblaue Augen suchen den Horizont ab.

Sie nehmen Fahrt auf. Der Wind fängt sich in ihrem Haar, und Juliet fragt sich, was Beth wohl von Lyalls Boot gehalten haben mochte. Sie war gern auf dem Wasser, aber so hoch hier oben, bei all dem Luxus, ist man den Elementen entrückt. Gab Beth diese Distanz an jenem letzten Tag vielleicht das Gefühl, unbesiegbar zu sein? Hat sie die Lage falsch eingeschätzt? Fünf Kilometer waren sie hinausgefahren, hat Lyall gesagt. Früher schaffte sie es ohne Probleme bis zum Hippo und wieder zurück – fast ein Kilometer. Fünf Kilometer hätte sie vielleicht auch geschafft. Wenn Lyall sie nicht verletzt hätte.

Juliet nimmt die salzige, dieselgeschwängerte Luft in sich auf und blickt ihm auf den Nacken. Vierhundert Meter von ihnen entfernt an der Küste zieht das Strandhaus steuerbord an ihnen vorbei. Jeden Moment müssten sie jetzt das Hippo passieren. Sie sucht das Wasser nach der trommelförmigen Granitoberfläche ab.

»Die Straßen sind abgeriegelt. Die Küstenwache ...«

»Ha«, faucht er. »Bis die da sind, sind wir schon lange weg.«

»Ich wäre mir da nicht so sicher.«

»Schweigen Sie«, blafft Lyall zurück. »Wenigstens eine Sekunde. Ob das wohl möglich ist? Seit Sie auf meinem Schiff sind, faseln Sie ununterbrochen. Durchgeknallte Schlampe.«

Juliet hebt mit einem amüsierten Lächeln die Augenbrauen. »Sie fühlen sich gestört? Durch meine Stimme?«

Lyall hält den Blick auf den Horizont gerichtet. Juliet dreht sich zum Ufer um und versucht abzuschätzen, wo sie ungefähr sind. Das Hippo sieht sie immer noch nicht. Und das bedeutet ..., dass sie genau darauf zuhalten.

»Lyall«, ruft sie ihm zu. »Hart nach Steuerbord!«
»Eine Frau sagt mir nicht, was ich zu tun habe.«
»Aber ...«
»NEIN!«, brüllt er. »AUF MEINEM SCHIFF GILT, WAS ICH SAGE!«

Sie sucht nach der Notstoppleine, mit der man den Motor abschalten kann. Lyall hat sie nicht angelegt.

»Machen Sie keinen Fehler, Lyall. Ich versuche ...«

Zu spät.

Mit ohrenbetäubendem Krach schießt das vollgetankte Boot vertikal aus dem Wasser, als würde es eine Wand hochfahren. Von irgendwo nimmt sie den Knall einer Explosion war, aber Juliet weiß, dass sie nicht mehr an Bord ist, dass sie durch die Luft geschleudert wird. Die *Favourite Daughter* ist über ihr und überall um sie herum, zerlegt sich, einer eigenen Logik folgend, in ihre Einzelteile und wirbelt chaotisch um eine unsichtbare Achse herum. Lyalls Schrei irgendwo in der Nähe. Juliet sieht und hört alles in surrealer Zeitlupe, bevor sie auf dem Wasser aufschlägt.

61

Juliet will noch tief Luft holen, bevor sie abtaucht, die aber bleibt ihr schlagartig weg, als sie auf die eiskalte Oberfläche des Moray Firth trifft. Das Wasser gurgelt und brodelt um sie herum. Sie wird mit einer Kraft umhergewirbelt, dass sie nicht mehr weiß, wo oben und unten ist. Sie hält den Atem an und kämpft gegen den todbringenden Drang an, Luft zu holen.

Ein gewaltiges Donnern und Tosen erfüllt ihre Ohren. Oder ist es vielleicht ihr eigenes Blut, ihr rasendes Herz? *Achte auf die Luftblasen.* Heißt es nicht so? *Sie steigen an die Oberfläche.* Aber die Blasen sind überall. Einer silbrig schimmernden Wand gleich wirbeln sie auf sie zu, gespickt mit Tausenden kleinster Fragmente, die ihr in die Augen dringen und an der Haut reiben.

Mit einem Mal gleitet Lyall an ihr vorbei, die Augen schreckgeweitet, mit den Armen gegen einen unsichtbaren Feind ankämpfend, die Beine gespreizt. Sich verzweifelt windend, taucht er langsam immer weiter ab.

Aus einem Impuls heraus streckt sie die Arme nach ihm aus, und gerade, als die Strudel ihn davonzutreiben scheinen, berühren sich ihre Fingerspitzen, gieren nach Halt. Ihre Blicke treffen sich. Seine Pupillen sind große, harte Scheiben. Von Panik ergriffen, klammert er sich an sie und zieht sie wie ein Gewicht mit sich hinab.

In dem Moment stürzt ein riesiges Trümmerstück der *Favourite Daughter* über ihnen in die See. Das Wrackteil aus Holz und Fiberglas trifft Lyall mit voller Wucht mitten ins Gesicht, reißt ihn hinab, um ihn irgendwo am Meeresgrund festzunageln. Während er sich ihrem Blickfeld entzieht, sieht Juliet nur noch Beths Körper vor sich, der wie eine Puppe aus Blei bewusstlos im Wasser schwebt.

Ihre Kehle und die Lunge füllen sich augenblicklich, als sie das brackige Wasser einatmet. Eine alles durchdringende Finsternis umfängt sie und hält sie gefangen. Sie würgt nicht und kämpft auch nicht, denn einen Kampf zu kämpfen gibt es nicht mehr. Das Letzte, was sie bewusst wahrnimmt, ist ein Gefühl der Erleichterung. Sie schließt die Augen, lässt Erinnerungen an sich vorüberziehen und begreift in diesem Frieden, dass auch sie eine Hülle, eine Schutzhülle ist, die in sich – schwimmend, schwebend, atmend – im Fruchtwasser ein Leben trägt, das sie geschaffen hat.

Sie fängt an zu strampeln.

Der Standard: EDEN-CEO BEI TRAGISCHEM UNFALL VERMUTLICH UMS LEBEN GEKOMMEN

2. Oktober 2018

Am gestrigen Vormittag ist Bernhard Palmer, Vorsitzender der Eden Media Group, mit seinem Flugzeug auf der Karibikinsel Saint Barthélemy verunglückt und vermutlich ums Leben gekommen. Der Zweisitzer wurde von einer starken Windböe erfasst und stürzte über vulkanisch geprägter Landschaft ab. Die Maschine fing sofort Feuer. Von Überlebenden ist nichts bekannt. Ermittler vor Ort, die das Wrack untersuchen, teilen mit, dass die Identifizierung der menschlichen Überreste einige Zeit in Anspruch nehmen wird.
Palmer wurde im Zusammenhang mit Ermittlungen zum Tod einer jungen Migrantin gesucht. Er steht im Verdacht, Sexualverbrechen begangen und anstößige Fotos verbreitet zu haben. Wie es heißt, besteht ein enger Zusammenhang mit einem privaten Apartment hinter seinem exklusiven Eden-Club in Manchester.
Aus Polizeikreisen wurde bekannt, dass sich die Ermittlungen auf einen größeren Kreis hochrangiger Personen erstrecken, darunter Malcolm Lyall, ein enger Vertrauter Palmers und bekannter Marketingexperte. Lyall kam vor zehn Tagen bei einem Bootsunglück in Schottland ebenfalls ums Leben. Neue Erkenntnisse veranlassten die Behörden, ihre Ermitt-

lungen zum Tod der zweiundzwanzigjährigen Beth Winters wieder aufzunehmen.

Noch Anfang des Jahres war man davon ausgegangen, dass Winters Selbstmord begangen habe. Sie war mit einem langjährigen Kunden Lyalls, DJ Max Bolin, liiert und ist die Nichte der Politikerin Juliet MacGillivray, die derzeit als aussichtsreichste Kandidatin für den Parteivorsitz der Progressive Alliance gehandelt wird. MacGillivray hat sich zur Sache bisher nicht geäußert.

62

An einem Dienstagmorgen Ende Oktober kommt das Paket in Juliets Büro in Brixton an. Wie alle anderen davor ist auch dieses in schlichtes Papier eingepackt. Ihre Assistentin bringt es ihr.

»Soll ich es für dich öffnen?«

Juliet schüttelt den Kopf. Als das erste Paket vor drei Wochen hier ankam und von einer jungen Rechercheurin geöffnet wurde, musste sie eine Menge erklären.

»Nein, danke. Leg es einfach dort auf die Seite.«

Aber sie kann keinen klaren Gedanken fassen. Schließlich nimmt sie es doch in die Hand und beäugt den Stempel. Nichts, was Rückschlüsse auf einen Absender zuließe; genauso wie bei den drei Paketen, die sie zuvor bekommen hat. Es hat etwa die Größe einer zusammengefalteten Zeitung.

Sie seufzt verärgert und macht sich mit abgekauten Fingernägeln daran, das braune Klebeband zu lösen, bis sie aufgibt und zur Schere greift. Den Rücken zum Bürofenster gewandt, schlitzt sie die Verpackung auf und lässt den Inhalt in ihre Hand gleiten.

Ein weicher, heller Stoff rutscht ihr in die Hand. Ein Strampler mit kleinen pinkfarbenen Häschen mit Schleifen. *Playboy*-Hasen. Null bis drei Jahre steht auf dem Etikett.

Verärgert stopft sie ihn in die Verpackung zurück. Dass sie die Leute aus der Forensik gar nicht erst bemühen muss, ist ihr klar. Karen hat die anderen Pakete untersuchen lassen und nichts gefunden. Aber Juliet braucht keine Fingerabdrücke oder Haarsträhnen, um zu wissen, wer es geschickt hat.

Mit Herzrasen ruft sie Declan an.

»Lass dich von dem Mist doch nicht verrückt machen«, sagt

er. »Gib die Sachen Karens Leuten und kümmere dich um deine Arbeit. Lass sie nicht die Oberhand gewinnen.«

Sie weiß, dass er recht hat, tut sich aber mit der Umsetzung schwer. »Er ist es«, sagt sie. »Palmer. Ich weiß, dass er es ist.«

»Er ist tot, Juliet.«

»Nein. Damit sagt er mir, dass er nicht tot ist.«

»Wenn das tatsächlich so ist, dann will er dich damit ärgern. Lass dich nicht darauf ein.«

»Was soll ihm das bringen? Sollte es nicht in seinem Interesse sein, zu verschwinden? Warum hätte er all den Aufwand betreiben sollen, um die Welt glauben zu machen, dass er tot ist.«

»Sollte er es wirklich sein, und ich sage nicht, dass er es ist, dann musst du denken wie er. Er ist kein Politiker, Juliet.«

Sie antwortet nicht.

»Für ihn ist es eine Art Sport. Er will, dass du weißt, dass du nicht gewonnen hast. Und er weiß, dass du nicht an die Öffentlichkeit gehst. Damit nicht.«

Sie antwortet immer noch nicht und überlegt.

»Möchtest du das?«, fragt er. »An die Öffentlichkeit gehen?«

»Nein.« Sie hält inne. »Nein. Unser Privatleben geht niemanden etwas an. Ich frage mich, wie zum Teufel er das überhaupt herausgefunden hat.«

»Weißt du«, er überlegt. »Wenn ich es mir recht überlege, könnten dir auch andere Leute diese Sachen schicken. Es gibt eine Menge Spinner auf der Welt. Leute, die nicht ganz sauber ticken. Abtreibungsgegner zum Beispiel. Du hast selbst gesagt, dass das Krankenhauspersonal in Inverness dich darüber … reden gehört hat.«

Er will sie damit von der Vorstellung abbringen, Palmer laufe noch immer irgendwo da draußen herum. Aber ihm wird bewusst, dass das keine gute Idee ist. Es war zu einem heftigen Streit zwischen ihnen gekommen, nachdem sie ihm schließlich von ihrem Gespräch mit der Geburtshelferin und ihren ersten Vorbehalten gegenüber dem Baby erzählt hatte. Er war verletzt. Verletzt, dass sie so lange gewartet hatte, bis sie es ihm erzählt hatte, auch wenn es ihm eigentlich nicht zustand, so zu denken. Nach dem, was er ihr alles vorenthalten hatte.

Wenn er mit dem Thema Krankenhaus weitermacht, wird sie denken, dass er alles wieder aufrollen will.

»Kannst du ausschließen, dass es jemand von deiner Arbeit ist? Jemand, der dir schaden möchte? Oder diese Journalistin im Krankenhaus. Die die Story haben wollte?«

»Ganz sicher. Es ist Palmer. Ich weiß es. Dass er in dem Flugzeug umgekommen ist, ist nicht bewiesen.«

»Einen zweifelsfreien Beweis wirst du wohl auch nie bekommen. Hör zu, du hast einen Albtraum durchgemacht. Wir alle. Es ist nur natürlich, danach Angst zu haben, vielleicht auch ein wenig paranoid zu sein.«

Ein wenig paranoid.

»Ich bin kein Kleinkind, Declan. Du kennst die Kommentare im Netz. Die Drohungen. Ich habe ein dickes Fell. Ich bin an derlei Mist gewöhnt. Nicht aber daran, zerfetzte Babymützen mit der Post zu bekommen.«

»Du hast ja recht. Ich habe mich falsch ausgedrückt«, sagt er. »Ich wollte nur sagen, wenn du Lyall nicht mit eigenen Augen hättest ertrinken sehen, hättest du dann nicht Angst, dass auch er noch leben könnte? Dir dein Leben zur Hölle machen will?«

Sie hält das Päckchen fest in der Hand.

»Dass Lyall tot ist, wissen wir. Aber egal, ob Palmer tot ist oder nicht, es wird immer andere geben.« Declan lässt nicht locker, obwohl er ahnt, dass das unklug ist. »Ich meine, Leute, die genauso schlecht sind und genau das tun, was Lyall und Palmer getan haben. Was willst du machen? Die Wohnung in

London und das Strandhaus verkaufen und dich verkriechen? Bis ans Ende deiner Tage mit der Furcht leben, dass sie dich und deine Freunde behelligen?«

Juliet blinzelt. Von ihrem letzten Gespräch vor ein paar Tagen spätabends mit Erica hat sie ihm nichts erzählt. Es ging um die letzten Vorbereitungen für den Verkauf. Erica klang wehmütig.

»Ich hoffe, du hast kein Problem damit«, hatte Juliet gesagt. »Mit dem Verkauf des Sommerhauses. Ich weiß nicht, wie wir uns dort jemals wieder wohlfühlen sollen. Wie wir überhaupt mit dem abschließen können, was Beth zugestoßen ist, oder Lyall.«

Erica hatte einen seltsamen Laut von sich gegeben, als würde sie lachen, und auch wieder nicht. »Aber es hatte doch immer mit Lyall zu tun. Weißt du nicht mehr?«

Und plötzlich brachen alle Erinnerungen wieder über sie herein. Die Familie. Die Nachbarn mit der gigantischen Hecke, dem makellos gepflegten Rasen und dem pompösen Dampfbad, in dem Juliet, damals achtzehn Jahre alt, Erica mit diesem Grapscher in flagranti erwischt hatte, mit dem Cousin, der zu Besuch war, mit den langen Haaren und der unverschämt gebräunten Haut. Juliet war ausgerastet. Nannte ihn einen Perversen und brüllte ihn an, dass er sich von ihrer Schwester fernhalten solle, sonst würde sie zur Polizei gehen.

Eine lange Pause war entstanden, bis Juliet sich räusperte. »Du willst mir doch nicht etwa sagen, dass das Lyall war?«

Erica fuhr fort. Sie hatte Juliets Zweifel offensichtlich nicht wahrgenommen. »Weißt du noch, wie böse er wurde? Ich meine, es wird dich kaum überraschen. Du und Dad, ihr kamt gerade noch rechtzeitig.«

Das lag lange zurück und war nur eine von vielen ähnlichen Geschichten mit verschiedenen Jungen. Warum hat sie da nie eine Verbindung gesehen? Ein Grauen lief Juliet den Rücken hinab, als sie eins und eins zusammenzählte, und die Frage war ihr schon herausgerutscht, bevor sie zu Ende gedacht hatte.

»Er war nicht Beths Vater, oder?«

»Nein.« Juliet hörte, wie Erica an der Zigarette zog. »Zumindest glaube ich es nicht. Ich glaube, wir werden es nie erfahren.«

»Juliet?«, sagt Declan jetzt. Er wartet auf eine Antwort. »Du kannst nicht alles Böse aus der Welt schaffen. Willst du sie alle zur Strecke bringen, als hätten sie es allesamt auf dich abgesehen?«

Juliet reibt sich die Schläfen.

»Es geht nicht darum, dass jemand *hinter uns her ist*«, bringt sie hervor. »Es geht um Gerechtigkeit für Beth und all diese Kids, deren Leben sie zerstört haben. Und Sophie. Und Marcus. Wer immer das Zeug hier schickt, will mir sagen, dass sie damit durchkommen, Declan. Und noch schlimmer ist, dass sie mir damit sagen, dass sie es wieder tun werden. Ich meine, ein kleiner Strampler mit Playboy-Bunnies darauf? Eindeutiger geht es doch gar nicht, oder?«

Eine Pressesprecherin geht an ihrem Büro vorbei und sieht durch die Scheibe herein. Sie redet leise weiter. »Das spricht doch für sich.«

Die anderen »Geschenke« – eine obszöne Puppe; ein Lätzchen mit widerwärtigen Blutspritzern – gehen ihr durch den Kopf. Sie horcht in die Stille am anderen Ende der Leitung hinein. Declan würde ihr gern etwas Aufmunterndes sagen, aber ihm fehlen die Worte.

63

Dominic Palmer nimmt den Anruf seines Vaters auf seiner zweiten SIM-Karte an. Eigentlich wartet er schon seit Tagen darauf, aber als sich der Vater jetzt aus Moskau meldet, ist es doch überraschend – aus mehreren Gründen. Die Begrüßung fällt wie immer knapp aus. Auch untergetaucht bringt er keine väterlichen Sentimentalitäten auf.

Andererseits ist der Fokus seines Vaters auf Juliet MacGillivray schon fast … wie nennt man so etwas? Nicht eigentlich emotional, aber überzogen, besessen. Natürlich kommt er als Erstes auf sie zu sprechen.

»Was sagen die Umfragen?«

Dominic lässt sich seine Irritation nicht anmerken.

»Sie führt die Liste der Kandidaten immer noch an. Sie hat hohe Zustimmungsraten.«

»Das ist unfassbar.«

»Eigentlich nicht, wenn man bedenkt, dass sie auf dieser #MeToo-Welle reitet.«

»Idioten.«

Leidenschaftlich, das ist das Wort.

Zumindest, vermutet Dominic, ist es ein Versuch, dem heiklen Thema aus dem Weg zu gehen. Den Vorwürfen gegenüber dem Eden. Sie haben noch gar nicht darüber gesprochen; sein Vater wird ihm nicht verraten, was ihm die Anwälte sagen. Das Ego des Mannes ist unerschütterlich. Er hat nicht einmal versucht, auch nur etwas davon zu leugnen.

Das ist schon eine beachtliche Leistung: für Tod erklärt zu werden, wegen des Verdachts auf Sex mit Minderjährigen gesucht zu werden und trotzdem so zu tun, als wäre nichts geschehen. Als ginge es sonst niemanden etwas an. Als hätte es den Aktienwert von EMG nicht mal eben um dreißig Prozent in den Keller rauschen lassen. Als hätte Dominic nicht Stunden damit zugebracht, seiner vollkommen aufgelösten Frau zu erklären, dass sein Vater unmöglich eine sexuelle Vorliebe für Kinder haben könne, und wenn es denn so wäre, sich *das* auf keinen Fall auf seine eigenen Enkel ausgewirkt hätte.

Wenigstens ist Mutter tot. Das ist ein Segen.

Aus dieser Fixierung auf MacGillivray lässt sich zumindest schließen, dass sein Vater nicht mehr so sehr die Peitsche schwingt. Wie zu vermuten war, gibt es nicht die geringste Anerkennung für irgendwelche ... Leistungen. Für Dominics Aufstieg. Kein Dank oder Lob oder etwa ein Ausdruck von Stolz. *Verdammt,* soll er in seiner geistigen Umnachtung doch in Russland bleiben. Offen gestanden, tut es sogar gut, nicht bis ins kleinste Detail über jeden Bereich des Eden-Imperiums Bericht erstatten zu müssen, ein wenig freier zu sein.

»Warum hängst du ihr nicht eine Abtreibung an?«

»Du hörst mir nicht zu, Dad. Ich habe es dir doch gesagt«, so hat er noch nie mit seinem Vater gesprochen, und um ehrlich zu sein, es ist erfrischend, »der Zeitpunkt ist ungünstig. Es ist besser zu warten, bis wir sicher sein können, dass es wirklich eine Abtreibung war. Stell dir die Headline am Tag nach der Geburt vor. Oder kurz vorher? Der Schuss könnte nach hinten losgehen.«

»Da bin ich mir nicht so sicher.«

»Ich sag dir was: So wie die Dinge im Moment liegen, würde die ganze Geschichte wie ein Kartenhaus in sich zusammenfallen. Es würde nur die Aufmerksamkeit auf ihr Martyrium lenken. Im Moment ist sie der feuchte Traum jedes Liberalen. Sie kann nichts falsch machen.« Dominic zögert kurz. »Die ganze Sache, ihre Beteiligung, je mehr Details über ihre Beteiligung an der verdammten Untersuchung ans Licht kommen, umso mehr spielt es ihnen in die Hände. MacGillivrays Law-and-Order-Werte schlagen zurzeit alles. Im Ernst. Die übertrifft alle im rechten Flügel.«

»Das ist doch Unsinn.« Ein gutturales Raunen, fast ein Knurren, dringt durch die Leitung. »*Law and Order*. Was ist mit Sicherheit? Wirtschaft? Jobs? Was ist mit zwölf Milliarden an Exporten?«

Dominic sieht auf die Uhr.

»Ach ... übrigens wie geht es dir? Alles in Ordnung?«

»Ich bin versorgt. Es geht mir gut, könnte mich dran gewöhnen. Der Zimmerservice ist, wie soll ich sagen, einzigartig. Und damit meine ich, dass es, wenn du deine Bestellung richtig und pünktlich bekommst, eher die Ausnahme als die Regel ist.«

»Zumindest bringen sie es dir. Sie kümmern sich um dich?«

»Natürlich.«

Sie verabschieden sich alles andere als überschwänglich und legen auf.

Bernhard Palmer schnaubt, als er auflegt. Manchmal wundert er sich über den Jungen. Er ist ein Weichei, und das war er immer schon, daran gibt es keinen Zweifel. Palmer wünscht sich oft, seine Tochter hätte Interesse am Geschäft gezeigt. Sie hätte das Zeug dazu. Aber sie hat seit Jahren nicht mit ihm gesprochen.

Vor seiner Suite wird es unruhig. Das wird der Hering sein. Endlich. Der Kellner klopft einmal und schiebt den mit einem weißen Tuch abgedeckten Servierwagen herein.

Palmer steht auf und geht zum Schreibtisch vor dem Fenster, um seine Zigarre abzulegen. Im blauschwarz gerahmten Fenster sieht er die Spiegelung des Kellners, der in der Raummitte stehen geblieben ist.

»Zum Kamin«, ordnet er an. »Habe ich ja schon gesagt.«

Der Kerl rührt sich nicht von der Stelle.

Palmer dreht sich um und erkennt in dem Moment, dass es

nicht der eigentliche Ober ist. Dieser Mann ist größer ... bulliger. Der Servierwagen nimmt sich vor ihm wie ein Spielzeug aus. Palmer kneift die Augen zusammen. Er hätte die Brille aufsetzen sollen. Das ist doch ... jetzt erkennt er ihn.

Ist das nicht dieser Laufbursche? Wie kommt der hierher?

Wirklich beeindruckend. Palmer kichert vor sich hin. Blythe hat gesagt, dass der Typ etwas Besonderes ist. Loyal. Ist er nicht ein Ex-Bulle? War es nicht so? Hat wirklich keine Mühe gescheut, um herzufinden. Wahrscheinlich wartet er auf sein Entgelt.

Palmer räuspert sich. »Mein Gott! Ich habe Sie erst gar nicht erkannt. Kommen Sie rein.« Er geht langsam zur Bar hinüber. »Darf ich Ihnen einen Drink anbieten?«

Keine Antwort.

Paul stellt sich mit seinem breiten Kreuz vor den Wagen, sodass Palmer ihn nicht sehen kann, und nimmt das Tuch ab. Hinter ihm klirren Eiswürfel, als Palmer sich einen Drink zubereitet. Mit ruhigen Handgriffen schraubt Paul den Schalldämpfer auf die P22, lädt durch und überprüft sie noch einmal.

Als er sich umdreht, steht Palmer – einen Whisky-Dekanter in der einen und ein schweres Kristallglas in der anderen Hand – vor einem Art-déco-Cocktailschrank auf der anderen Seite des Wohnraums. Der prachtvolle Spiegel mit dem Designerrahmen ergibt ein perfektes Bild.

Paul platziert eine Kugel sauber mitten in der Schläfe des Chefs seines Chefs. Es gibt keine Austrittswunde.

64

Declan kehrt mit dem Besen noch einmal durchs Strandhaus und trägt die letzte Kiste ins Auto, als er Juliet rufen hört.

»Ich geh noch mal zum Meer!«

Sie weiß, dass es ihr letzter Blick auf das Watt vor Culbin ist, während sie über den Strand läuft. Den Blick zurück zum Haus mit der Rauchfahne, die sich wie auf einer Kinderzeichnung in den Himmel schlängelt, erträgt sie nicht. Stattdessen wendet sie sich dem Meer zu, dem Strandabschnitt in der Bucht von Moray, an dem sie früher stets Trost fand.

Sie zaudert dort, wo der Sand sich dunkler färbt, doch das Wasser steigt weiter an, umspült sie und schließt sich hinter ihr, als giere es danach, den Saum aus Treibholz und Muscheln zu erreichen, der sich am Waldrand abgesetzt hat. Ein paar Meter weiter schlagen die Wellen schmatzend auf der höchsten Stelle der Sandbank auf. Feinste Tröpfchen stieben in die salzige Luft, verharren einen Augenblick, bevor sie auf dem geriffelten Schlick unter ihren Füßen niedergehen.

Sie spürt die Kälte des Wassers an ihren Zehen nicht. Ihr Blick geht auf die Bucht hinaus: auf die silbrig blaue, sich vor dem weiß-grauen Himmel im stetigen Rhythmus hebende und senkende Flut. Das Hippo, den Felsen, etwa vierhundert Meter weit draußen im Meer, kann sie nur schwach erkennen.

Sie nimmt einen großen flachen Stein und wiegt ihn in der Hand. Dann geht sie in die Hocke, sammelt weitere und arrangiert sie sorgsam neu. Dabei stellt sie sich Beth vor, wie sie das gleiche draußen auf Kelspie tut. So klug. Eine in die Luft ragende Nadel als Zeichen zu hinterlassen.

Einen Monat ist es nun her, seit Juliet mit Toby auf der Terrasse des Strandhauses saß. Beide starr vor Schreck und stumm, während Karen ein paar Telefonanrufe tätigte. Wie auf Autopilot gestellt, hatte er angefangen zu erklären, wie sein Aufnahmegerät funktionierte. Wie er glaubte, Lyall zum Reden bringen zu können.

Er hätte immer weitergeredet, Juliet die Reichweite und die einzelnen Aufzeichnungsqualitäten der unterschiedlichen Mikrofone erklärt, wenn sie ihn nicht unterbrochen hätte.

»Toby«, hatte sie gesagt. »An dem letzten Tag damals, auf dem Boot. Hatte sie Angst? Beth. Hat sie sich vor etwas gefürchtet?«

Er hatte sie angesehen, und der Ausdruck von Demut und Scham in seinem Gesicht war etwas Neuem gewichen.

»Nein«, antwortete er, schüttelte bedächtig den Kopf. »Sie war wütend. Trotzig bis zum Schluss.«

Juliet hebt einen Stein auf. Er hat etwa die Größe einer kleinen Feige, glatt und grau, von zartrosafarbenen Adern durchzogen. Die Größe des Lebens in ihr. Wenn sie ihn ins Wasser wirft, würde sie das Geräusch des Auftreffens auf den Wellen ein paar Meter vor sich nicht einmal hören. Wie lange würde es dauern, bis er wieder ans Ufer kommt? An diesem unsteten Streifen kaum vorhersehbar.

Sie steckt ihn ein, nimmt ihn in ihre Obhut, spürt den Druck an ihrem Körper. Sie steht auf, streckt sich und nimmt das Gewicht in der Tasche wahr. Ein Talisman. Ein Glücksbringer. Für die Kandidatur. Für das Kinderzimmer vielleicht.

Declan beobachtet sie vom Waldrand aus. Erneut vernimmt sie seine Stimme, die ihren Namen ruft. Sie geht los.

Epilog. *City Courier:*
Das dunkle Herz der Stadt

November 2018

- Posthumer Exklusivbericht von Marcus Keyes in Zusammenarbeit mit Declan Byrne.
- Ausbeutung von Kindern und sexueller Missbrauch in Manchester weit verbreitet.
- Zwei Täter kürzlich gestorben. Weitere aus höchsten Kreisen der Gesellschaft nach wie vor aktiv.
- Verdeckte Ermittlungen legen offen, wie es im Zusammenwirken von Polizei, kommunalen Finanzierungsstrategien und der Unterstützung bekannter Persönlichkeiten möglich war, einen Pädophilenring zu schützen, der seit fast zwei Jahrzehnten aktiv war.

Es fängt an mit der Hoffnung auf ein besseres Leben. Laut Informationen des Innenministeriums stellten letztes Jahr 2952 unbegleitete Kinder im Vereinigten Königreich Antrag auf Asyl. Die meisten dieser Kinder waren allein unterwegs und kamen aus Ländern wie Sudan, Eritrea, Vietnam, Albanien und Syrien nach Europa. Viele wurden unterwegs von ihren Familien getrennt und erlitten schwere Traumata und Missbrauch. Laut Aussage des Innenministeriums wurden Maßnahmen ergriffen, dennoch kommen weiterhin verzweifelte Kinder meist ohne Papiere ins Land. Warum? Unsere Gesetze entsprechen im Allgemeinen den internationalen Richtlinien, und unbegleitet reisende Minderjährige sollten genauso behandelt werden wie andere betreute Kinder auch. Aber das Vereinigte Königreich hat eine gewisse Tradition als Zufluchtsstätte. Viele Briten erinnern sich voller Stolz an den Schutz, den sie Evakuierten und den *Kindertransporten* im Zweiten Weltkrieg gewährten. Vielleicht macht uns das zu einem begehrten Ziel.

In Wahrheit hat der Zustrom in den letzten Jahren zu einer großen Belastung geführt. Menschenrechtsorganisationen beklagen besorgniserregende Mängel. Fehlende Untersuchungen, schlechte mentale und körperliche Gesundheitsvorsorge, unsichere Unterbringung und unzureichende Sicherheit sind nur einige der bekannten Defizite. Laut UNICEF »nehmen unbegleitete Jugendliche eher den illegalen als den formal korrekten Weg ins Vereinigte Königreich«. Einige Behörden beklagen, dass sie »nicht über die Mittel verfügen, um ihre Pflicht gegenüber diesen Kindern zu erfüllen.« Auch in Großbritannien werden minderjährige Flüchtlinge vermisst, Europol geht von mindestens 10 000 Vermissten in ganz Europa aus.

Zum Zeitpunkt dieser Berichte habe ich in Manchester bereits verdeckt ermittelt, in der realen Welt dieser verzweifelten jungen Menschen recherchiert.

Nach einer Einarbeitungszeit von nur vier Tagen durfte ich in der Kantine eines Aufnahmezentrums arbeiten. Ich hatte uneingeschränkten Zugang zu den dort lebenden Kindern, die zwölf Jahre und älter waren. Jungen und Mädchen unterschiedlicher Altersstufen aus verschiedenen Kulturen teilten sich die Unterkunft, und mir fiel auf, wie Mitarbeiter wegsahen, wenn Kinder und unbekannte Erwachsene kamen und gingen. Oft noch spät in der Nacht, ohne registriert zu werden. Auf Nachfrage teilte man mir mit, dass es keine Haftanstalt sei.

Anfangs schien Manchester ein guter Aufenthaltsort zu sein.

Im September verschwand in einem östlichen Vorort eine vierzehnjährige Asylsuchende aus der Unterkunft und wurde später in einem Park tot aufgefunden.

Die Polizei kam schnell zu dem Schluss, dass es sich um einen Ehrenmord unter den Flüchtlingen handeln müsse. Im Zuge meiner Recherchen aber wurde klar, dass Spannungen in der Gemeinschaft weder der einzige noch der entscheidende Grund waren. Diese Kinder waren Ausbeutung in der Stadt in besonderem Maße ausgesetzt, angefangen von der Taschengeld-Prostitution bis hin zur systematischen Rekrutierung durch organisierte kriminelle Banden.

Nach monatelangen Untersuchungen und dank des Muts einer der Überlebenden hat sich gezeigt, dass eine dieser Banden mit in Englands Event-Metropole operierte und dass hochrangige Angehörige des Establishments einschließlich der Polizei beteiligt sind. Peter Blythe, Staatsminister für innere Sicherheit, soll für die Dauer der Untersuchungen vom Dienst suspendiert worden sein.

Die Überlebende konnte anhand von Fotos nicht nur eine Reihe ihrer Peiniger identifizieren, sondern war auch in der Lage, die Übergriffe auf Film festzuhalten. Das Material wurde inzwischen den Behörden übergeben. Zwei Angeklagte, PR Agent Malcolm Lyall und Bernhard Palmer, Eden-CEO, sollen sich das Leben genommen haben, nachdem unwiderlegbare Beweise für ihre Beteiligung ans Licht kamen.

Danksagung

Ein großer Dank geht an Jemima Forrester und David Higham Associates, an Lauren Parsons von Legend Press sowie an Lucy Chamberlain, Ditte Loekkegaard, Rose Cooper und das ganze Legend-Team. Es ist mir eine Ehre, zu ihren Autoren zu zählen.

Ebenso gilt mein Dank Beatrice Hammar und Andreas Nilsson für die Anregung: euer Strandhaus und die echte *Swallow*. Natürlich auch für eure Rückmeldung und die der anderen großzügigen Leser: Jane und Henry Branson, Susannah Waters, Mark Love, Jenny Ogilvie, Cat Walmsley und Andrei Rada. Herzlichen Dank euch allen. Mein besonderer Respekt gilt Andrei, der ein unglaublicher Musiker und Komponist ist. Es war mir eine große Freude, mitmachen zu dürfen.

Danke auch an die wunderbare Rosie Walsh, meine Partnerin beim Schreiben. Für ihren Beitrag zur Problemlösung, ihr Verständnis und ihre Ermutigung weit über das hinaus, was ihre Pflicht gewesen wäre. Dir einfach nur zu danken, reicht nicht. Ich kann es kaum erwarten zu sehen, wie deine brillante Fortsetzung von *The Man Who Didn't Call* weggeht wie warme Semmeln.

Knight's Forensic Pathology muss an dieser Stelle unbedingt genannt werden. Auch Darren Bushs Veröffentlichungen über Schmiedekunst seien erwähnt. Ihm gebührt mein Dank dafür, dass er sein Wissen mit mir geteilt hat, und für den Ausdruck *heating, holding and hitting*. Ein großes Danke auch an die freundlichen Menschen im Loggerheads Country Park, insbesondere an Joel Walley, dessen Umweltschutzbeauftragten, und an das Winchester Writers' Festival, das ich angehenden Autoren nur empfehlen kann.

Danken möchte ich auch den freundlichen Studenten und Mitarbeitern, insbesondere June Hyndman und ihrem Kurs im Moray College, der University of the Highlands and Islands, die mich in das Department für Textilgestaltung eingeladen und ihre Arbeit und Fachkenntnisse mit mir geteilt haben.

Und allen bei Belga, wo ich wie ein Familienmitglied aufgenommen wurde. Ein großes Danke und mein Respekt.

Alison Rendle hat mir geholfen, diese Reise zu planen, ebenso wie Mrs Riddett, Ann Watts, Madame Jolly, Mrs Leech, Paul King und Brian Campbell. Lehrer und Ideengeber. Danke.

Brian und Chris O'Donoghue sei für ein Elternhaus gedankt, in dem Bücher einen hohen Wert hatten und Sprache Spaß machte. Mum für die langen Stunden, die sie damit verbracht hat, meine Schreibversuche aus der Kindheit abzutippen. Ohne euch, Anna und Charlie, hätte ich mir dieses Buch gar nicht vorstellen können. Jane Branson möchte ich danken für ihre schwesterliche Lebensklugheit. Deinen wunderbaren Roman braucht die Welt.

Vor allem aber Tom Wellings. Für deine tiefe Liebe, deine Unterstützung und Herausforderung. Danke.

*Bissig, scharfsinnig, mit einer toughen Heldin:
die neue Crime-Serie aus Großbritannien!*

A. K. TURNER

TOTE SCHWEIGEN NIE

THRILLER

Als Assistentin der Rechtsmedizin ist Cassie Raven schräge Blicke gewöhnt. Möglicherweise ist auch ihr Gothic-Look mit zahlreichen Piercings und Tattoos nicht ganz unschuldig daran – ebenso wie ihre Überzeugung, dass die Toten mit uns sprechen, wenn wir nur ganz genau hinhören. Obwohl Cassie schon unzählige Körper seziert hat, war noch nie jemand darunter, den sie kannte oder der ihr gar etwas bedeutet hätte. Bis eines Tages ihre geliebte Mentorin auf dem Seziertisch landet. Cassies Chef behauptet, deren Tod in der Badewanne sei ein Unfall gewesen. Doch der Körper der Toten erzählt eine andere Geschichte …

»*A. K. Turner kombiniert Naturwissenschaft und exzellentes Storytelling.*« Val McDermid